D1703790

BRUGUERA LIBRO AMIGO

MALCOLM LOWRY

Nació el 28 de julio de 1909 en Merreyside, cerca de Liverpool. Durante su primera juventud viajó como marinero por el Extremo Oriente. Entre 1929 y 1932 cursó estudios de Filosofía en Cambridge. Luego, ya dedicado a la literatura, se entregó a una existencia itinerante. Residió en Nueva York, en Hollywood, en México y en la Columbia Británica. En 1939, divorciado de su primera esposa, se casó con la novelista Margerie Bonner. En 1947 publicó la versión definitiva de su obra maestra, *Bajo el volcán* que había reescrito cinco veces. Su vida, llena de tensiones psíquicas y muy afectada por el alcoholismo, terminó trágicamente en Sussex, el 27 de junio de 1957, al morir asfixiado mientras dormía.

OTRAS OBRAS DEL AUTOR

Ultramarina
Lunar Caustic
Por el Canal de Panamá
Escúchanos, Señor, desde tu morada
Oscuro como la tumba donde yace mi amigo

MALCOLM LOWRY

BAJO EL VOLCAN

BRUGUERA

Título original:
UNDER THE VOLCANO

Traducción: *Raúl Ortiz y Ortiz*

2.ª edición: setiembre, 1983
La presente edición es propiedad de Editorial Bruguera, S. A.
Camps y Fabrés, 5. Barcelona (España)
© Mrs. Margerie Lowry C/O Harold Matson Company, Nueva York
Primera edición en lengua castellana: © 1964 by Ediciones Era, S. A.
Traducción: © Ediciones Era, S. A. - 1964
Diseño de cubierta: Neslé Soulé

Printed in Spain
ISBN 84-02-09239-X / Depósito legal: B. 24.751 - 1983
Impreso en los Talleres Gráficos de Editorial Bruguera, S. A.
Carretera Nacional 152, km 21,650. Parets del Vallès (Barcelona) - 1983

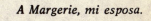
A Margerie, mi esposa.

¡De cuantas maravillas | pueblan el mundo, la mayor, el hombre! | El en alas del noto entre la bruma | cruza la blanca mar, sin que le asombre | la hinchada ola de rugiente espuma. | Y a la Tierra también, la anciana diosa, | incansable, inmortal, ha domeñado | con sus ágiles mulas, yunta airosa, | que año tras año le hincan el arado.

El a las aves, cabecitas hueras, | a los monstruos del ponto y a las fieras, | ingenioso y sagaz, las redes tiende, | y nada de sus mallas se defiende. | Para rendir al animal que ronda | libre los campos, con primor se amaña, | y bajo el yugo domador sujeta | al resistente toro de montaña, | al potro hirsuto de cerviz inquieta.

El lenguaje adquirió, y el pensamiento | que corre más que el viento, | y el temple vario en que el vivir estriba | del hombre en la ciudad. Con hábil treta | los flechazos del hielo astuto esquiva | y el chubasco importuno | que no dejan parar a cielo raso. | Su avance no detiene azar alguno, | y no hay dolencia que le salga al paso | que a soslayar no acierte. | De sólo un mal no escapa: de la muerte.

SÓFOCLES, Antígona

Now I blessed the condition of the dog and toad, yea, gladly would I have been in the condition of the dog or horse, for I knew they had no soul to perish under the everlasting weight of Hell or Sin, as mine was like to do. Nay, and though I saw this, felt this, and was broken to pieces with it, yet that which added to my sorrow was, that I could not find with all my soul that I did desire deliverance.

JOHN BUNYAN,
Grace Abounding for the Chief of Sinners

Wer immer strebend sich bemüht, den können wir erlösen.

GOETHE

I

Dos cadenas montañosas atraviesan la República, aproximadamente de norte a sur, formando entre sí valles y planicies. Ante uno de estos valles, dominado por dos volcanes, se extiende a dos mil metros sobre el nivel del mar, la ciudad de Quauhnáhuac. Queda situada bastante al sur del Trópico de Cáncer; para ser exactos, en el paralelo diecinueve, casi a la misma latitud en que se encuentran, al oeste, en el Pacífico, las islas de Revillagigedo o, mucho más hacia el oeste, el extremo más meridional de Hawai y, hacia el este, el puerto de Tzucox en el litoral atlántico de Yucatán, cerca de la frontera de Honduras Británica o, mucho más hacia el este, en la India, la ciudad de Yuggernaut, en la Bahía de Bengala.

Los muros de la ciudad, construida en una colina, son altos; las calles y veredas, tortuosas y accidentadas; los caminos, sinuosos. Una carretera amplia y hermosa, de estilo norteamericano, entra por el norte y se pierde en estrechas callejuelas para convertirse, al salir, en un sendero de cabras. Quauhnáhuac tiene dieciocho iglesias y cincuenta y siete cantinas. También se enorgullece de su campo de golf, de multitud de espléndidos hoteles y de no menos de cuatrocientas albercas, públicas y particulares, colmadas por la lluvia que incesantemente se precipita de las montañas.

En las afueras de la ciudad, cerca de la estación del ferrocarril, se yergue, en una colina ligeramente más alta,

11

el Hotel Casino de la Selva. Está situado bastante lejos
de la carretera principal y lo rodean jardines y terrazas
que, en cualquier dirección, dominan un amplio panora-
ma. Aunque palaciego, lo invade cierta atmósfera de desolado esplendor. Porque ya no es un casino. Ni siquiera
se pueden apostar a una partida de dados las bebidas
que se consumen en el bar. Lo rondan fantasmas de ju-
gadores arruinados. Nadie parece nadar jamás en su espléndida piscina olímpica. Vacíos y funestos están los
trampolines. Los frontones, desiertos, invadidos de hierba. Sólo dos campos de tenis se mantienen en buen estado durante la temporada.

Hacia la hora del crepúsculo del Día de Muertos, en
noviembre de 1939, dos hombres, vestidos de franela
blanca, estaban sentados bebiendo anís en la terraza
principal del Casino. Habían jugado primero al tenis, luego al billar, y las raquetas envueltas en fundas impermeables y cautivas en sus prensas —la del doctor, trian-
gular, la del otro, cuadrangular— descansaban frente a
ellos en el parapeto. Mientras se acercaban las procesio-
nes que descendían serpeando por la colina detrás del
hotel, llegaban hasta ambos los sonidos plañideros de
sus cánticos; volviéronse para ver a los dolientes, a los
que sólo pudieron distinguir poco después, cuando las
melancólicas luces de sus velas comenzaron a girar entre los lejanos haces de los maizales. El doctor Arturo
Díaz Vigil acercó la botella de Anís del Mono a M. Jacques Laruelle, que ahora se asomaba, absorto, por encima del parapeto.

Abajo, ligeramente a la derecha, en el gigantesco atardecer encarnado cuyo reflejo sangraba en las piscinas
desiertas esparcidas por doquier como otros tantos espejismos, extendíanse la paz y la dulzura de la ciudad.
Desde donde estaban sentados, ésta parecía bastante
apacible. Sólo escuchando atentamente, como ahora lo
hacía M. Laruelle, podía percibirse un sonido confuso y
remoto —claro y, sin embargo, inseparable del minúsculo murmullo, del sonsonete de los dolientes— como de
un cántico que se elevaba para luego caer, y un pisoteo
regular —los estallidos y gritos de la fiesta que había
durado todo el día.

M. Laruelle se sirvió otro anís. Estaba bebiendo anís
porque le recordaba el ajenjo. Un intenso rubor teñía
su rostro y su mano colocada sobre la botella, en cuya

etiqueta un demonio encarnado blandía ante sus ojos un tridente, temblaba un poco al asirla.

—Quise persuadirle de que se marchara para *se déalcoholiser* —dijo el doctor Vigil. Titubeó al emplear la expresión francesa, y prosiguió en su mal inglés—. Pero yo mismo me sentía tan enfermo aquel día, después del baile, que sufría física, realmente. Eso es pésimo porque nosotros los médicos debemos comportarnos como apóstoles. Recuerde que aquel día también usted y yo jugamos al tenis. Pues bien, después busqué al Cónsul en su jardín y le mandé un muchacho para ver si venía unos minutos à tocar a mi puerta; se lo agradecería; si no, que me escribiera una nota si la bebida no lo había matado ya.

M. Laruelle sonrió.

—Pero se han marchado —prosiguió el otro—. Y sí, pensé preguntarle a usted también aquel día si lo habían buscado en casa del Cónsul.

—Estaba en mi casa cuando usted telefoneó, Arturo.

—¡Oh!, ya lo sé, pero pescamos una horrible borrachera esa noche anterior, nos pusimos tan 'perfectamente borrachos' *, que me pareció a mí que el Cónsul se sentía tan mal como yo —el doctor Vigil meneó la cabeza—. La enfermedad no se halla sólo en el cuerpo, sino en aquella parte a la que solía llamarse alma, ¡pobre de su amigo! ¡Gastar su dinero en la tierra en esas tragedias continuas!

M. Laruelle terminó su copa. Levantóse y se dirigió al parapeto; apoyando las manos sobre las raquetas, miró hacia abajo, en torno suyo: contempló los abandonados frontones de jai-alai con las paredes cubiertas de hierba, vio las mesas de tenis, muertas, y la fuente, bastante cercana al centro de la avenida del hotel, en donde un campesino había detenido su caballo para darle de beber. Dos americanos, un joven y una chica, iniciaban un tardío partido de ping-pong en la galería del anexo inferior. Cuanto había ocurrido hacía hoy exactamente un año parecía pertenecer ya a una era distinta. Se hubiera podido creer que los horrores del presente lo habían engullido como una gota de agua. Pero no había sido así. Aunque la tragedia estaba transformándose en

---

* Todas las palabras entre comillas simples, están en castellano en el original. (*N. del T.*)

algo irreal y sin significado, parecía que aún era permitido recordar los días en que la vida personal tenía algún valor y no era una simple errata en algún comunicado. Encendió un cigarrillo. Lejos, a su izquierda, en el nordeste, más allá del valle y de los contrafuertes en forma de terraza de la Sierra Madre Oriental, ambos volcanes, Popocatépetl e Iztaccíhuatl, se erguían majestuosos y nítidos, contra el fondo del crepúsculo. Más cerca, tal vez a unos quince kilómetros, a menor altura que el valle principal, distinguió el pueblo de Tomalín, anidado tras la selva, desde la cual ascendía un tenue velo de humo ilícito: alguien quemaba leña para hacer carbón. Ante sí, del otro lado de la carretera principal, se extendían campos y boscajes entre los cuales serpeaban un río y el camino de Alcapancingo. La atalaya de una prisión se elevaba sobre un bosque entre el río y la carretera que se perdía más adelante, allá donde las colinas purpúreas de un paraíso a lo Doré desaparecían en la distancia. En la ciudad, las luces del único cine de Quauhnáhuac, que construido en una colina se destacaba notablemente, se encendieron de pronto; vacilaron un momento y volvieron a prenderse.

—'No se puede vivir sin amar' —dijo M. Laruelle—. Como ese 'estúpido' lo escribió en mi casa.

—Vamos, 'amigo' despreocúpese —dijo el Dr. Vigil, a su espalda.

—Pero, '¡hombre!' ¡Yvonne volvió! Eso es lo que nunca podré entender. ¡Volvió a su lado! —M. Laruelle regresó a la mesa, en donde se sirvió y bebió un vaso de agua mineral de Tehuacán. Dijo:

—'Salud y pesetas'.

—'Y tiempo para gastarlas' —replicó, absorto, su amigo...

M. Laruelle contempló al doctor que, recostado en su silla de playa, bostezaba; observó su rostro, su rostro de mexicano imposiblemente apuesto, moreno e imperturbable, los ojos oscuros de mirada bondadosa, inocentes, como los de aquellos niños oaxaqueños, bellos y ansiosos, que viven en Tehuantepec (sitio ideal en el que las mujeres hacen el trabajo mientras los hombres se bañan todo el día) y las manos pequeñas y finas y sus delicadas muñecas en las que resultaba casi sorprendente ver que despuntaba un vello negro y áspero.

—Dejé de preocuparme hace mucho, Arturo —dijo en inglés, quitándose el cigarrillo de los labios con sus dedos nerviosos y finos, en los cuales tenía conciencia de llevar demasiados anillos—. Lo que encuentro más...
—M. Laruelle se percató de que su cigarrillo estaba apagado y se sirvió otro anís.

—'Con permiso' —el doctor Vigil le acercó un encendedor que ardió con tal rapidez, que le pareció como si ya hubiera estado prendido en el bolsillo de donde lo sacó; tal fue la coincidencia entre ademán e ignición. Ofreció la llama a M. Laruelle—. ¿No fue usted nunca aquí a la iglesia de los desheredados —preguntó de súbito—, donde está la Virgen de aquellos que no tienen a nadie?

M. Laruelle negó con la cabeza.

—Ninguno va allí. Sólo los que no tienen a nadie —dijo el doctor pausadamente. Se guardó el encendedor en el bolsillo y miró su reloj, enderezando la muñeca con ágil movimiento—. *Allons-nous-en* —añadió— 'vámonos' —y se rió perezosamente con una serie de cabeceos que parecían inclinar su cuerpo hacia adelante, hasta que la cabeza descansó entre sus manos. Después se levantó y fue a situarse junto a M. Laruelle en el parapeto, aspirando profundamente—. ¡Ah! Esta es la hora que me encanta, con el sol que se oculta, cuando todo hombre se pone a cantar y todos los perros a «ladronear».

M. Laruelle se rió. Mientras conversaban, el cielo, hacia el sur, se había cubierto de furor y tempestad; ya los dolientes habían desaparecido de la colina. Adormecidos en la altura, los zopilotes flotaban en el aire sobre sus cabezas.

—Entonces, a las ocho y media; tal vez vaya a pasar un rato en el 'cine'.

—Bueno. Lo veré entonces esta noche en el sitio convenido. Recuerde: sigo sin creer que se vaya mañana —tendió la mano y M. Laruelle, que le guardaba afecto, la estrechó vigorosamente—. Trate de venir en la noche; si no, entienda, por favor, que siempre tendré interés por su salud.

—'Hasta la vista'.

—'Hasta la vista'.

Solo, junto a la carretera por la que hacía cuatro años llegó desde Los Angeles, hasta el último kilómetro de aquel viaje largo, insensato y hermoso, también M. Laruelle resistíase a creer que se marcharía. La idea del mañana le pareció casi insoportable. Se detuvo indeciso sobre la ruta que seguiría para llegar a casa, cuando el autobús Tomalín-Zócalo, pequeño y repleto, pasó traqueteando a su lado hacia la falda de la colina, rumbo a la barranca, antes de iniciar el ascenso a Quauhnáhuac. Esta noche le repugnaba seguir el mismo camino. Atravesó la calle, con rumbo a la estación. Aunque no iba a marcharse por ferrocarril, ante la idea de la partida, de su inminencia, nuevamente le invadió una abrumadora tristeza y, evitando puerilmente las agujas, siguió por los rieles. Los rayos del sol poniente rebotaban en los tanques de petróleo que se hallaban en el pasto del andén. La estación dormitaba. Las vías estaban desiertas; las señales, levantadas. Poco de cuanto en ella había daba idea de que alguna vez allí llegara un tren, por no decir que de allí saliera.

QUAUHNAHUAC

Sin embargo, hacía poco menos de un año que este lugar había sido testigo de una separación que nunca olvidaría. No había simpatizado con el hermanastro del Cónsul la primera vez que se vieron cuando llegó con Yvonne y el Cónsul a casa de M. Laruelle en la calle Nicaragua, así como tampoco —ahora podía verlo claramente— Hugh había sentido simpatía alguna por él. El aspecto estrafalario de Hugh (aunque el efecto de ver nuevamente a Yvonne fue entonces tan abrumador, que la impresión de extravagancia no fue tan fuerte como para no reconocerlo, inmediatamente después en Parián) le había parecido simplemente la caricatura de aquella descripción amable y semiamarga que de él le hiciera el Cónsul. Así pues, éste era el muchacho del que M. Laruelle recordaba vagamente haber oído hablar años antes. Le había bastado media hora para descartarlo, clasificándolo como un pelmazo irresponsable, marxista de salón, vano y tímido en realidad, aunque afectara poses de romántico extravertido. En tanto que Hugh, a quien ciertamente, y por diversas razones, el Cónsul no había «preparado» para conocer a M. Laruelle, vio en él, sin duda alguna, un tipo de pelmazo aún más afectado, esteta de edad madura, célibe inveteradamente promiscuo, untuoso y dominante con las mujeres. Pero más tarde, al cabo de tres noches de insomnio había transcurrido una eternidad: el dolor y la perplejidad ante la incomparable catástrofe los había acercado. Durante las horas que siguieron al momento en que contestó la llamada telefónica de Hugh desde Parián, M. Laruelle aprendió mucho sobre él: sus esperanzas, sus temores, sus fingimientos consigo mismo, sus angustias. Al marcharse Hugh, fue como si hubiese perdido un hijo.

Sin inquietarse por su ropa de tenis, M. Laruelle ascendió el terraplén. A pesar de todo, había tenido razón, se dijo al llegar a lo alto, en donde se detuvo para tomar aire; había tenido razón después de que el Cónsul fue «descubierto» (aunque, mientras tanto, sobrevino aquella situación grotescamente patética, en la cual no hubo cónsul británico —acaso primera ocasión en que se hubiera necesitado uno con tanta urgencia— a quien recurrir); razón en insistir en que Hugh hiciera a un lado todos los escrúpulos convencionales y se aprovechara de la extraña renuencia de la «policía» a arrestarlo, de la ansiedad que, según parecía, manifestaban por desembarazarse de él los policías cuando, en estricta lógica, hubieran debido retenerlo como testigo, cuando menos de aquello a lo que ahora, a distancia, podía aludirse como «el caso», y tomara, en cuanto le fuese posible, aquel barco que providencialmente lo esperaba en Veracruz. M. Laruelle volvió la mirada a la estación; Hugh dejaba un vacío. En cierto sentido, se había fugado con su última ilusión. Porque Hugh, a los veintinueve años, seguía soñando con cambiar el mundo (no podía decirse en otra forma) mediante sus actos, de la misma manera que Laruelle, a los cuarenta y dos, aún no había renunciado a la esperanza de cambiarlo con las grandes películas que, de algún modo, se proponía realizar. Pero ahora esos sueños parecían absurdos y presuntuosos. Después de todo, había hecho grandes películas, dentro de lo que fueron las grandes películas del pasado. Y, no obstante —lo sabía—, en nada habían cambiado al mundo. De cualquier manera, existía entre Hugh y él cierta identidad: él, como Hugh, iba a Veracruz y, lo mismo que Hugh, ignoraba si su barco llegaría a puerto...

La ruta de M. Laruelle atravesaba labrantíos cultivados a medias que lindaban con estrechos senderos de hierbas por donde pasaban los aguamieleros al volver de su trabajo. Hasta entonces, había sido éste uno de sus paseos predilectos, aunque no lo había recorrido desde antes de las lluvias. Las pencas de los cactos atraían con su frescura; aquellos árboles verdes, iluminados por la luz de un sol crepuscular, bien podían ser, sauces llorones sacudidos por ráfagas del viento que se levantaba; en lontananza, al pie de gráciles colinas en forma de hogazas, nacía un lago de luz dorada. Pero ahora algo funesto invadía este atardecer. Sombríos nubarrones se agolpaban en el sur. El sol desparramaba cristal derretido en los campos. En el violento crepúsculo los volcanes adquirían un aspecto aterrador. Meciendo la raqueta, M. Laruelle caminaba prestamente con sus buenos zapatos de tenis que ya deberían estar en su equipaje. Nuevamente era presa de un temor: la sensación de ser aquí, después de todos estos años y en su último día, un extraño. Cuatro años, casi cinco, y seguía sintiéndose como un vagabundo en otro planeta. Y no es que así contribuyera a hacer menos dolorosa la partida, aunque pronto, Dios mediante, vería París otra vez. ¡Al fin! La guerra, salvo en su aspecto dañino, no le inspiraba muchos sentimientos. Uno u otro bando acabaría ganando. De cualquier manera, la vida sería ardua. Aunque, si perdieran los aliados, sería más penosa aún. Y en ambos casos, la lucha individual proseguiría.

¡Qué continua y sorprendentemente cambiaba el paisaje! Ahora eran campos cubiertos de piedras y una hilera de árboles secos. El perfil de un arado ruinoso levantaba los brazos al cielo en muda súplica. Otro planeta, pensó nuevamente, un planeta extraño en el que, si se mirara un poco más lejos, después de Tres Marías, podría descubrirse inmediatamente cualquier tipo de paisaje: Costwolds, Windermere, New Hampshire, las praderas del Eure-et-Loire, hasta las grises dunas de Cheshire, hasta el Sahara; un planeta en el cual se cambiaba de clima en un abrir y cerrar de ojos y bastaba tomarse la molestia de pensar en ello y atravesar una carretera para recorrer tres civilizaciones; pero hermoso —no cabía negar su belleza, fatal o purificadora, según fuera el caso: la belleza misma del Paraíso Terrenal.

Y, no obstante, ¿qué había logrado en el Paraíso Terrenal? Pocos amigos. Se había hecho de una amante mexicana, con quien había reñido, y de varios ídolos mayas que no podría sacar del país, y además...

M. Laruelle se preguntó si llovería: en ocasiones, aunque raramente, acontecía en esta época; como, por ejemplo, el año pasado en que llovió fuera de temporada. Y aquellos nubarrones en el sur eran de tempestad. Se imaginó que olfateaba lluvia y pasó por su cabeza la idea de que nada le agradaría tanto como mojarse, empaparse hasta la médula, y caminar, caminar a lo largo de este país agreste con su traje de franela blanca untado al cuerpo, cada vez más y más y más empapado. Contempló las nubes: oscuros caballos veloces erguidos en el cielo. ¡Sombría tempestad que se desataba a destiempo! Así ocurría con el amor, pensó; el amor que llega demasiado tarde. ¡Sólo que a éste no seguía la calma, como cuando la fragancia vespertina o el rayo de sol, lento y cálido, vuelven a la tierra sorprendida! M. Laruelle se alejó apresurando el paso. Y si tal amor de súbito nos enmudece, nos ciega, nos enloquece o nos mata —con encontrarle un símil no vamos a cambiar nuestro destino. *Tonnerre de dieu!*... Con describir cómo era un amor tardío no se saciaba sed alguna.

Como desde que salió del Casino de la Selva, M. Laruelle había ido bajando poco a poco por la colina, la ciudad se alzaba ahora casi inmediatamente a su derecha. Desde el campo por el que atravesaba podía distinguir, por encima de las copas de los árboles, en la falda de la colina, más allá de la silueta acastillada y sombría del Palacio de Cortés, la rueda de la fortuna que, ya iluminada, giraba lentamente en la plaza de Quauhnáhuac; creyó poder distinguir el murmullo de las risas que escapaban de las cestas relucientes y, una vez más, la leve embriaguez de las voces que cantaban, se apagaban y desfallecían hasta hacerse inaudibles en el viento. Hasta sus oídos llegaba, a campo traviesa, una melancólica tonada norteamericana: «Saint Louis Blues» o algo por el estilo que era, por momentos, una oleada musical impelida por la brisa y salpicada de un lejano parloteo que parecía no quebrarse, sino golpear contra los muros y torres de las inmediaciones; después, con un gemido, sumíase en la distancia. Se halló en el sendero que llevaba al camino de Tomalín pasando por la cervecería. Llegó a la ruta de Alcapancingo. Pasó un coche y, mientras con el rostro vuelto aguardaba a que se asentase el polvo, recordó aquel viaje en auto con Yvonne y el Cónsul a lo largo del lecho del lago, antaño cráter de inmenso volcán, y nuevamente contempló el horizonte que se desvanecía en el polvo, los autobuses que zumbaban en medio de las tolvaneras, los trémulos muchachos de pie en la parte trasera de los camiones, asidos a la muerte, con sus rostros protegidos contra el polvo (y siempre pensó que en esto había una magnificencia, un simbolismo proyectado hacia el futuro, para el cual un pueblo heroico había adquirido tan grande preparación ya que en todo México se podían ver camiones desaforados con sus jóvenes albañiles con las piernas abiertas plantadas firmemente, cuyos pantalones, al agitarse, las golpeaban con fuerza), y vio bajo los rayos de sol, en lo alto de la colina redonda, las colinas oscurecidas por el polvo en las cercanías del lago, cual islas azotadas por un chubasco. El Cónsul, cuya vieja casa distinguía ahora M. Laruelle en la loma, más allá de la barranca, parecía feliz en aquel entonces, cuando discurría por Cholula con sus trescientas seis iglesias y sus dos peluquerías, «El Toilet» y «El Harem», y después, cuando ascendía la pirámide en ruinas, de la cual afirmaba con orgullo que era la Torre de Babel original. ¡Qué admirablemente ocultaba lo que debía de ser la Babel de sus pensamientos!

En medio de la tolvanera se acercaban dos indios harapientos; discutían con la profunda concentración de profesores universitarios deambulando en la Sorbona a la luz de un crepúsculo estival. Sus voces y los movimientos de sus manos refinadas, aunque sucias, eran increíblemente corteses y delicados. Su porte evocaba la majestad de príncipes aztecas; sus rostros las sombrías esculturas de las ruinas mayas.

—'...perfectamente borracho'.
—'...completamente fantástico'.
—'Sí, hombre, la vida impersonal'.
—'Claro, hombre'...
—'¡Positivamente!'
—'Buenas noches'.
—'Buenas noches'.

Desaparecieron en la penumbra. La rueda de la fortuna se perdió de vista. En vez de acercarse, los sonidos de la feria y la música callaron durante un rato. M. Laruelle volvió la vista hacia el poniente: caballero de antaño con raqueta de tenis por adarga y lámpara de bolsillo por taleguilla, pensó por un momento en las batallas a las que habría de sobrevivir el alma para vagar por allí. Se había propuesto seguir a la derecha, por otro sendero que, pasando por la granja modelo en donde pacían los caballos del Camino de la Selva, desembocaba directamente a su propia calle, la calle Nicaragua. Pero movido por un repentino impulso, dio vuelta hacia la izquierda para seguir por el camino que pasaba por la prisión. En ésta, su última noche, sintió un confuso deseo de decir adiós a las ruinas del palacio de Maximiliano.

En el sur, un inmenso arcángel, negro como trueno, se agitaba desde el Pacífico. Y sin embargo la tempestad contenía, a fin de cuentas, su propia alma secreta... Su pasión por Yvonne (independientemente de que hubiera o no sido buena actriz; él le había dicho la verdad al asegurarle que habría sido superior en cualquiera de sus propias películas) había evocado en su corazón, aunque de manera inexplicable, aquella primera vez en que solo, al atravesar las praderas de Saint Près —adormecida aldea francesa de remansos, canales y grises molinos abandonados en donde a la sazón se alojaba—, vio surgir lenta y maravillosamente, con belleza infinita, por encima de los campos de rastrojo en los que abundaban las flores silvestres, surgir lentamente bajo los rayos del sol, al igual que siglos antes las habían visto erguirse los peregrinos que erraban por esos mismos campos, las flechas gemelas de la catedral de Chartres. Su amor le había traído una paz, por tiempo demasiado breve, que extrañamente se asemejaba al encantamiento, al embrujo del mismo Chartres de hacía muchos años, cuyas callejuelas laterales amaba y desde cuyos cafés podía contemplar la catedral que navegaba eternamente contra las nubes: sortilegio que no podía romper ni el hecho mismo de sus escandalosas deudas: M. Laruelle se dirigió con paso ágil hacia el Palacio. ¡Tampoco remordimiento alguno por el infortunio del Cónsul había roto aquel otro sortilegio quince años después, aquí en Quauhnáhuac! De hecho, pensó M. Laruelle, lo que durante algún tiempo volvió a unirlos a él y al Cónsul, aun después de la partida de Yvonne, no fue, ni en uno ni en otro, el remordimiento. Acaso parcialmente fue, más bien, el deseo de aquella engañosa comodidad (tan satisfactoria casi como ejercer cierta presión sobre un diente adolorido) derivada de la muda simulación, por parte de ambos, de que Yvonne seguía allí.

...¡Ah, pero todo esto pudo haber parecido razón suficiente para poner el mundo entero entre ellos y Quauhnáhuac! Y, no obstante, ninguno de los dos lo había hecho. Y ahora, M. Laruelle sentía caer sobre sus hombros, desde afuera, el peso de ambos, como si, de alguna manera, se hubiera transferido a estas montañas violáceas que se erguían a su derredor, tan misteriosas con sus minas de plata secretas, tan retiradas y, no obstante, tan cercanas, tan inmóviles; y de estas montañas emanaba una rara fuerza melancólica que trataba de retenerlo aquí corporalmente, y era esta fuerza su propio peso, el peso de muchas cosas pero, sobre todo, el peso del dolor.

Pasó por un campo en el que un desteñido Ford azul, ruina total, había sido empujado cuesta abajo hasta ponerlo tras un seto: habíanle colocado dos ladrillos bajo las ruedas delanteras para evitar que partiera involuntariamente. ¿Qué esperas?, quiso preguntarle, sintiendo una especie de afinidad, una ternura por aquellos harapos de lo que fuera una capota y que ahora se agitaba al viento... *Mi amor, ¿por qué me marché? ¿Por qué no me lo impediste?* Aquellas palabras escritas en la tarjeta postal de Yvonne que llegó con tanta demora, no iban dirigidas a M. Laruelle; aquella misma postal que el Cónsul debió de haber dejado intencionadamente bajo su almohada en el curso de esa última mañana —pero ¿cómo podía saber exactamente cuándo?— como si hubiera calculado todo, *seguro* de que M. Laruelle la descubriría en el preciso momento en que Hugh, enloquecido, le llamaría desde Parián. ¡Parián! A la derecha se alzaba el muro de la cárcel. Arriba, en la atalaya, apenas visible en lo alto de los muros, dos policías con binoculares avizoraban a oriente y poniente. M. Laruelle atravesó el río por un puente y después siguió por un atajo, recorriendo un amplio claro del bosque, acondicionado, a todas luces, como jardín botánico. Del sureste surgían parvadas que se amontonaban: pájaros feos, negros, pequeños, y sin embargo, demasiado largos, semejantes a insectos monstruosos, parecidos a los cuervos, de torpes colas largas y vuelo ondulante, enérgico y laborioso. Fustigando con su vuelo la hora crepuscular, retornaban febrilmente, como cada atardecer, a refugiarse entre la espesura de los fresnos del 'zócalo', los cuales, hasta que cayera la noche, resonarían con sus chillidos estridentes, incesantes y mecánicos. Dispersándose, la obscena cohorte enmudeció y pasó a la deriva.

Cuando M. Laruelle llegó al palacio ya el sol se había puesto.

A pesar de su amor propio, Laruelle deploró inmediatamente haber venido. Acaso aquellos rotos pilares rosados habían estado esperando en la penumbra para desplomársele encima, y en el estanque, cubierto de lama verdosa, los escalones arrancados que colgaban de una grapa oxidada, parecían también aguardarlo para caer sobre su cabeza. La maleza había invadido la capilla maloliente y derruida; salpicados de orines sus muros, en donde acechaban los alacranes, se desmoronaban: entablamento en ruinas, triste arquivolta, piedras resbaladizas cubiertas de excremento; este lugar, en que antaño floreció el amor, parecía ahora parte de una pesadilla. Y Laruelle estaba cansado de pesadillas. Francia, pensó, nunca debió trasladarse a México, ni aun bajo el disfraz de los Austria; Maximiliano fue desafortunado hasta en sus palacios. ¡Pobre diablo! ¿Por qué tuvieron que llamar también Miramar a ese fatal palacio de Trieste; aquel en que Carlota perdió la razón y donde todos los que en él vivieron, desde la Emperatriz Isabel de Austria hasta el Archiduque Fernando, perecieron de muerte violenta? Y sin embargo, ¡cuánto debieron de amar esta tierra aquellos dos solitarios desterrados cubiertos de púrpura! Seres humanos después de todo, amantes fuera de su elemento, su Edén, sin que ninguno supiese por qué, comenzó a transformarse ante sus ojos en prisión y a apestar a cervecería, quedando, a la larga, como única majestad, la tragedia. Fantasmas. Fantasmas, como en el Casino, vivían aquí ciertamente. Y un fantasma seguía diciendo: —Es nuestro destino vivir aquí, Carlota. Mira este glorioso país montañoso; mira sus colinas, sus valles, sus volcanes increíblemente bellos. ¡Y pensar que es nuestro! Seamos buenos y constructivos y hagámonos merecedores de él. O fantasmas que reñían: —No; te amabas a ti mismo; amabas tu miseria más que a mí. Nos hiciste esto deliberadamente. —¿Yo? —Siempre tuviste gente que te atendiera, que te amara, que te dirigiera. Escuchaste a todos, menos a mí, que tanto te quise. —¿Tanto? Tú sólo te quisiste a ti misma. —No; te quise, siempre te quise, debes creerme, por favor; debes recordar cómo proyectábamos ir a México. ¿Recuerdas? —Sí, tienes razón. Tuve mi oportunidad contigo. ¡Nunca más se presentará una oportunidad semejante! Y de pronto, allí donde estaban, volvían a llorar apasionadamente.

Pero era la voz del Cónsul, no la de Maximiliano, la que M. Laruelle así hubiera podido escuchar en el palacio: y al reanudar su camino, encantado de haber llegado al término de la calle Nicaragua, aunque fuera al extremo más remoto, recordó el día en que había sorprendido al Cónsul y a Yvonne, abrazándose allí; no fue mucho tiempo después de que llegaran a México, pero ¡qué diferente le había parecido entonces el palacio! M. Laruelle aflojó el paso. El viento se había calmado. Abrió su abrigo de *tweed* inglés (comprado, no obstante, en High Life, pronunciado *íchlif*, Ciudad de México) y aflojó su bufanda azul moteada. La noche era inusitadamente opresiva. ¡Y qué silenciosa! Ni un sonido, ni un grito llegaban ahora a sus oídos. Sólo la torpe succión de sus pasos. Ni un alma a la vista. Además, M. Laruelle se sentía ligeramente escoriado; sus pantalones le apretaban. Estaba engordando demasiado; ya había engordado demasiado en México, lo cual sugería otra razón extravagante que alguna gente podría aducir para levantarse en armas, y que no llegaría a los periódicos. Con ademán absurdo, agitó la raqueta de tenis en el aire, imitando los movimientos de un saque y de una contestación: pero pesaba demasiado; se había olvidado de la prensa. Pasó junto a la granja modelo a su derecha; los edificios, los campos, las colinas ahora ensombrecidas en la oscuridad que caía rápidamente. De nuevo se hizo visible la parte superior de la rueda de la fortuna, silenciosa e incandescente, en la cima de la colina casi frente a él; luego desapareció tras los árboles. El camino, en condiciones lamentables y plagado de baches, descendía aquí abruptamente la colina; se aproximaba al puentecito sobre la honda 'barranca'. Se detuvo en la mitad del puente; encendió un nuevo cigarrillo con el que había estado fumando y se asomó por encima del parapeto. Era demasiado oscuro para ver el fondo, ¡pero aquí sí existían finalidad y hendidura! Quauhnáhuac era, en este aspecto, como el tiempo: por doquier que se mirase estaba aguardando el abismo a la vuelta de la esquina. ¡Dormitorio para zopilotes y ciudad de Moloch! Mientras se crucificaba a Cristo —decía la hierática leyenda traída por el mar— la tierra se había abierto en toda esta región, aunque en aquel entonces la coincidencia difícilmente pudo impresionar a alguien. En este mismo puente el Cónsul le sugirió alguna vez que hiciese una película sobre la Atlántida. Sí, asomado de la misma manera, ebrio (aunque dueño de sí) coherente, un tanto loco, un tanto impaciente —fue una de esas ocasiones en que el Cónsul había bebido hasta la sobriedad— le había hablado sobre el espíritu del abismo, sobre el dios de la tempestad, el 'huracán' que «atestiguaba de manera tan sugerente sobre las relaciones entre una y otra orilla del Atlántico». Cualquiera que fuese el significado de lo que quiso decir. Aunque no fue aquélla la primera ocasión en que el Cónsul y él se asomaron al abismo. Porque siempre había existido, hacía siglos —y ¿cómo olvidarlo ahora?— el «Bunker del Infierno»: y ese otro encuentro que parecía guardar cierta oscura relación con aquél, posterior, en el Palacio de Maximiliano... ¿Acaso había sido realmente tan extraordinario descubrir al Cónsul, descubrir que, aquí en Quauhnáhuac, su antiguo compañero de juegos inglés —difícilmente podía llamarlo «condiscípulo»— al que no había visto durante casi un cuarto de siglo, vivía y, de hecho, había vivido en su calle, sin que él lo supiera, durante seis semanas? Probablemente, no; probablemente sólo fue una de esas insensatas coincidencias que podrían calificarse de «trampa favorita de los dioses». ¡Pero con cuánta nitidez volvió a evocar aquellas vacaciones de antaño en las playas de Inglaterra!

...M. Laruelle, nacido en Languión, Mosela —cuyo padre, rico filatelista de excéntricas costumbres, se había mudado a París— solía pasar cuando era niño las vacaciones de verano en Normandía, en compañía de sus padres. Courseulles, en Calvados, a orillas de la Mancha, no era un centro de moda. Todo lo contrario. Algunas pensiones fustigadas por el viento, kilómetros de dunas desiertas y el mar, frío. A pesar de ello, fue a Courseulles, en el sofocante verano de 1911, donde llegó la familia del famoso poeta inglés Abraham Taskerson, trayendo consigo a un extraño huérfano anglo-hindú, soñadora criatura de quince años, tan tímido y, sin embargo, tan cuidadosamente dueño de sí, aficionado a escribir poemas, actividad que el viejo Taskerson (que había permanecido en Inglaterra) parecía estimular, y que, a veces, estallaba en llanto si se mencionaba en su presencia la palabra «padre» o «madre». Jacques, aproximadamente de la misma edad, había sentido extraña simpatía por él. Y puesto que los demás chicos Taskerson —seis cuando menos, casi todos mayores y, según parecía, todos de casta más recia, aunque, de hecho, eran parientes colaterales del joven Geoffrey Firmin— solían andar en grupo, dejando solo al chico, Jacques lo veía con frecuencia. Juntos recorrían la playa con un par de viejos palos de golf provenientes de Inglaterra y un lastimoso par de pelotas de goma que ellos, eufóricos, arrojarían al mar en su último día de vacaciones. Geoffrey se convirtió en «Frijolillo». La madre de Laruelle, para quien, sin embargo, el muchacho era «ese hermoso joven poeta inglés», lo veía también con simpatía; por otra parte, la madre de los Taskerson se había encariñado con el chico francés: como resultado de ello, Jacques recibió una invitación para pasar el mes de septiembre con los Taskerson en Inglaterra, en donde Geoffrey permanecería hasta el inicio del período escolar. El padre de Jacques, que pensaba enviarlo a una escuela inglesa cuando cumpliera dieciocho años, dio su consentimiento. Admiraba en particular el porte erguido y viril de los Taskerson... Y así fue como M. Laruelle llegó a Leasowe.

El lugar era una especie de versión adulta y civilizada de Courseulles en la costa inglesa del noroeste. Los Taskerson vivían en una cómoda casa cuyo jardín posterior lindaba con un campo de golf hermoso y ondulante, casi contiguo al mar. Parecía el mar; de hecho era el estuario, de diez kilómetros de ancho, de un río; hacia el oeste un blanco cabrilleo indicaba dónde empezaba el verdadero mar. Las montañas galesas, esbeltas, negras y borrascosas, con la cúspide a veces cubierta de nieve, por lo que a Geoff le recordaban la India, se extendían al otro lado del río. Durante la semana, cuando se les permitía jugar, el campo de golf estaba desierto: amapolas amarillas y desganadas, se agitaban entre la espinosa vegetación marina. En la playa se extendían los restos de un bosque antediluviano entre los que sobresalían feos troncos ennegrecidos y, más lejos, el tope de un macizo faro abandonado. En el estuario había una isla en la que se alzaba un molino de viento, como curiosa flor negra, y, en bajamar, podía llegarse hasta ella montado en burro. Sobre el horizonte flotaba el humo de los cargueros provenientes de Liverpool, que se dirigían hacia alta mar. Reinaba una sensación de espacio y de vacío. Sólo durante los fines de semana se hacía patente cierta desventaja en la localidad. Aunque la temporada llegaba a su fin y los grises hoteles para hidrópatas a lo largo de las avenidas iban quedándose vacíos, el campo de golf se llenaba todo el día con corredores de Bolsa de Liverpool que jugaban dobles. Desde la mañana del sábado hasta la noche del domingo una continuada granizada de pelotas de golf volaba fuera del campo bombardeando el tejado. Entonces daba gusto salir con Geoffrey al pueblo —que aún estaba lleno de muchachas sonrientes y atractivas— y recorrer las calles asoleadas, barridas por el viento, o presenciar alguna función de guiñol en la playa. O, mejor que todo, navegar por la laguna en un yate prestado que Geoffrey maniobraba con pericia.

Porque —igual que había ocurrido en Courseulles— con frecuencia los dejaban solos. Y ahora Jacques podía comprender mejor por qué había visto tan poco a los Taskerson en Normandía. Aquellos chicos eran portentosos caminantes. No les arredraba caminar cuarenta o cincuenta kilómetros al día. Pero lo que parecía más extraño aún —ya que ninguno había pasado de la edad escolar— es que fueran asimismo portentosos bebedores. En el curso de una simple caminata de ocho kilómetros solían detenerse en igual número de tabernas y beber, en cada una, uno o dos litros de potente cerveza. Hasta el más joven, que no cumplía los quince años, se acababa sus seis litros en una tarde. Y si alguno se indisponía por esta razón, tanto mejor. Así le quedaba sitio para seguir bebiendo. Ni Jacques, de estómago débil —aunque en casa estaba acostumbrado a tomar cierta cantidad de vino— ni Geoffrey, a quien le repugnaba el sabor de la cerveza y asistía a una severa escuela wesleyana, podían soportar este ritmo medieval. Pero, de hecho, toda la familia bebía desmedidamente. El viejo Taskerson, hombre agudo y bondadoso, había perdido al único de sus hijos que heredara un mínimo de talento literario; cada noche se sentaba, pensativo, en su estudio, dejaba la puerta abierta, y bebía hora tras hora, sus gatos sobre el regazo y el diario vespertino con el crujido de cuyas páginas manifestaba lejano reproche contra los demás hijos, quienes, por su parte, se quedaban bebiendo en el comedor hora tras hora. La señora Taskerson, diferente en su hogar —en donde acaso sentía menos necesidad de producir buena impresión— se sentaba junto a sus hijos, encendido su hermoso rostro y también, a medias, en actitud de reproche, bebía, sin embargo, regocijadamente hasta dejarlos a todos bajo la mesa. Cierto que los muchachos le llevaban buena delantera. Y no es que fueran de los que suelen verse dando tumbos por la calle. Para ellos era cuestión de honor parecer más sobrios mientras más borrachos estaban. Por regla general caminaban fabulosamente erguidos, con los hombros echados hacia atrás, la mirada al frente, como guardias en servicio; sólo que, al finalizar el día, lo hacían muy, muy lentamente; en suma, con el mismo «erguido porte masculino» que tanto impresionaba al padre de M. Laruelle. Aun así, no era en modo alguno inusitado descubrir por la mañana a toda la familia durmiendo en el piso del comedor. No obstante, ninguno parecía sentirse peor por ello. Y la despensa siempre estaba atestada de barriles de cerveza que podía destapar quien lo desease. Saludables y robustos, los muchachos comían como leones. Devoraban inmensos trozos de panza de cordero frita y embutidos llamados negros, o de sangre, una especie de asadura recubierta de avena que Jacques temía pudiera estar destinada a su plato, por lo menos en parte: —*boudin*, ¿sabes, Jacques?—, mientras que Frijolillo, a quien ahora con frecuencia aludían como «el Fermín ése», permanecía sentado, ruboroso y fuera de lugar, con su vaso de cerveza pálida intacto, esforzándose tímidamente por conversar con el señor Taskerson.

Al principio le fue difícil comprender qué hacía «el Fermín ése» con tan inverosímil familia. No compartía ninguno de los gustos de los muchachos Taskerson y ni siquiera asistía a la misma escuela. Sin embargo, era fácil ver que sus parientes habían tenido los mejores motivos para enviarlo aquí. «Geoffrey andaba siempre con las narices metidas en los libros», de modo que el «primo Abraham», cuya obra tenía un cierto aspecto religioso, era el «hombre indicado para auxiliarlo». Por otra parte, probablemente debían de estar tan poco enterados de la conducta de los hijos como los propios padres de Jacques: sabían que ganaban en la escuela todos los premios de idiomas y de deportes: seguramente que estos muchachos, apuestos y robustos, eran «precisamente lo indicado» para ayudar al pobre Geoffrey a dominar su timidez y a no desvariar pensando en su padre y en la India. Jacques abrió plenamente el corazón del pobre de Frijolillo. Su madre había muerto en Cachemira, cuando él aún era niño y, aproximadamente al cabo de un año, su padre, que casó en segundas nupcias, desapareció tan sencilla como escandalosamente. Nadie llegó a saber con precisión en Cachemira, ni en ninguna otra parte, lo que había ocurrido. Un buen día ascendió al Himalaya y se esfumó, dejando en Srinagar a Geoffrey con su hermanastro Hugh —que a la sazón era un niño de brazos— y a su madrastra. Después, como si aquello no hubiera bastado, murió la madrastra dejando a los dos chicos desamparados en la India. ¡Pobre Frijolillo! A pesar de lo extraño de su carácter, cualquier gesto bondadoso le conmovía realmente. Le conmovía hasta que le llamaran «el Fermín ése». Y sentía verdadero afecto por el viejo Taskerson. M. Laruelle pensaba que, a su manera, Fermín sentía afecto por todos los Taskerson y que los habría defendido hasta morir. Había en su persona un aire de indefensión que desarmaba y, al mismo tiempo, de lealtad. Y, después de todo, los muchachos Taskerson, con todo y su monstruosa brusquedad inglesa, se habían esforzado por no excluirlo y por manifestarle su simpatía durante aquella primera vacación estival en Inglaterra. No era culpa de ellos que no pudiese beber siete litros en catorce minutos ni caminar ochenta kilómetros sin desfallecer. A ellos se debía, en parte, el que Jacques estuviese aquí para acompañarlo. Y tal vez habían logrado que venciera parcialmente su timidez. Porque, cuando menos, Frijolillo había aprendido de los Taskerson —así como él, a su vez, se lo enseñó a Jacques— el arte de «levantar muchachas». Solían entonar, de preferencia con el acento francés de Jacques, una absurda canción de Pierrot. Jacques y él cantaban mientras recorrían el paseo:

Oh we allll WALK ze wibberlee wobberlee WALK
And we alll TALK ze wibberlee wobberlee TALK
And we alll WEAR wibberlee wobberlee TIES
And-look-at-all-ze-pretty-girls-with-wibberlee-
    wobberlee eyes. Oh
We allll SING ze wibberlee wobberlee SONG
Until ze day is dawn-ing,
And-we-all-have-zat-wibberlee-wobberlee-wobberlee
    wibberlee-wibberlee-wobberlee feeling
In ze morning.

Después, el ritual consistía en gritar «¡Hola!» y perseguir a alguna muchacha cuya admiración (según lo imaginaban si ella se volvía a mirarlos) habían logrado despertar. Si en efecto así era, y si ello ocurría después del crepúsculo, la llevaban a pasear al campo de golf que estaba lleno, según la frase de los Taskerson, de «buenos lugares donde sentarse». Se hallaban éstos entre los *bunkers* principales, o en las zanjas, entre las dunas. Por lo general, los *bunkers*, aunque llenos de arena, estaban protegidos del viento y eran profundos; pero ninguno tan profundo como el «*Bunker* del Infierno». El *Bunker* del Infierno era un temido obstáculo, bastante cercano a la casa de los Taskerson, a mitad de la colina que antecedía al hoyo dieciocho. En cierto sentido protegía al césped, si bien a gran distancia, ya que estaba situado mucho más abajo y ligeramente a la derecha. La fosa se abría como si quisiera engullir el tercer tiro de un golfista como Geoffrey —jugador apuesto y grácil por naturaleza— y aproximadamente el decimoquinto de un chambón como Jacques. Jacques y Frijolillo decían con frecuencia que el *Bunker* del Infierno era un buen sitio para llevar a las chicas, aunque habían convenido en que, dondequiera que fueran no ocurriría nada serio. En general, en aquello de «levantarlas» había algo inocente. Al cabo de algún tiempo, Frijolillo que, por decirlo en términos amables, era virgen y Jacques que pretendía no serlo, se acostumbraron a «levantar» chicas en el paseo; las llevaban al campo de golf en donde se separaban y volvían a encontrarse más tarde.

Por extraño que pareciera, en casa de los Taskerson se observaba un horario rígido. Hasta ahora M. Laruelle no sabía por qué no se había llegado a un acuerdo respecto al *Bunker* del Infierno. Por cierto que nunca tuvo intenciones de espiar a Geoffrey. Pero un día, cuando atravesaba con su chica (con la que se aburría) el octavo *fairway* rumbo a la avenida Leasowe, les sorprendieron unas voces provenientes del *Bunker*. Luego, el claro de luna reveló la insólita escena de la que ni él ni su amiga pudieron apartar la vista. Laruelle se habría retirado rápidamente, pero ni él ni la muchacha —ninguno de los dos consciente del sensible impacto de lo que ocurría en el *Bunker* del Infierno— pudieron contener la risa. Cosa curiosa, M. Laruelle no recordaba nada de lo que habían dicho; sólo quedó en su memoria la expresión que se dibujó en el rostro de Geoffrey, iluminado por el claro de luna, y la manera tan torpe y grotesca en que la chica se puso precipitadamente de pie, y también recordaba que después Geoffrey y él se habían comportado con admirable aplomo. Todos fueron juntos a una taberna de nombre extraño, algo así como «Ya no es lo mismo». Era evidente que se trataba de la primera vez que el Cónsul entraba a un bar por iniciativa propia; en voz alta pidió un *Johnny Walker* para todos, pero el cantinero, después de haberlo consultado con el propietario, se rehusó a servirles, y los pusieron en la calle por ser menores de edad. Desgraciadamente, por alguna razón, su amistad no sobrevivió a estas dos pequeñas aunque lastimosas frustraciones que, sin duda alguna, fueron providenciales. Mientras tanto, el padre de M. Laruelle ya había renunciado a la idea de enviarlo a la escuela en Inglaterra. Las vacaciones, que habían sido un fiasco, se desvanecieron en la desolación y en los ventarrones equinocciales. Hubo una separación triste y melancólica en Liverpool y luego un viaje también triste y melancólico hasta Dover; de allí, aislado como un leproso, zarpó rumbo a Calais en el barco que cruzaba el canal barrido por las olas...

Consciente de pronto, al escuchar un ruido que se acercaba, M. Laruelle se irguió apenas a tiempo para poder esquivar a un jinete que se detuvo en el puente. Había caído la noche como la Casa de Usher. El caballo parpadeaba ante los brillantes faros de un coche —fenómeno inusitado hasta entonces en la calle Nicaragua—

que, proveniente del centro, avanzaba meciéndose como barco por la horrenda calle. El jinete estaba tan borracho que iba acostado cuan largo era sobre su cabalgadura, perdidos los estribos —prodigio sorprendente si se tomaba en cuenta su estatura— y apenas lograba aferrarse a las riendas, aunque ni una sola vez se asió a la cabeza del arzón para enderezarse. Rebelándose, el caballo se encabritó fieramente, tal vez, en parte, temeroso de su jinete, en parte despreciándolo, y se lanzó hacia el auto. El jinete, que al principio parecía estar a punto de caer de espaldas, se salvó de milagro para sólo resbalar hacia un lado como acróbata ecuestre; volvió a acomodarse en la silla, deslizóse, cayó hacia atrás, pero cada vez logró salvarse, no aferrándose a la cabeza de la silla sino siempre a las riendas, que ahora sostenía con una sola mano, los estribos sueltos aún mientras, iracundo, fustigaba al caballo con el machete que sacó de una funda larga y curva. Entretanto, los faros iluminaban a una familia que bajaba desparramándose por una colina: un hombre y una mujer enlutados, y dos niños pulcramente vestidos a quienes la mujer protegió en la orilla del camino cuando el jinete pasó vertiginosamente junto a ellos, en tanto que el hombre se refugiaba en la zanja. El carro se detuvo, bajó las luces y alumbró al jinete, se dirigió hacia M. Laruelle y atravesó el puente tras él. Era un coche potente y silencioso de fabricación norteamericana, que se hundía con firmeza en sus muelles y cuyo motor apenas se dejaba escuchar; el chasquido de las herraduras del caballo se oyó con nitidez mientras se retiraba subiendo por la calle Nicaragua, iluminada con luz mortecina, y pasó frente a la casa del Cónsul, en donde habría una ventana encendida que M. Laruelle no quería ver (porque, mucho después de haber abandonado Adán el paraíso, seguía ardiendo la llama en su hogar) y, cerca de la escuela, a la izquierda, en donde repararon la puerta, y en el lugar en que conoció a Yvonne aquel día, con Hugh y Geoffrey —e imaginó que el jinete no se detendría ante su propia casa, donde se amontonaban sus baúles que aún no acababa de hacer, sino que galoparía imprudente al volver la esquina, por la calle Tierra de Fuego y más lejos aún, por toda la ciudad, con la mirada de terror de quien está por enfrentarse cara a cara con la muerte— y también esto, pensó de pronto, también esta loca visión de un frenesí insensato, aunque contenido, no del todo desbocado, casi admirable en cierta manera, también esto, confusamente, había sido el Cónsul...

M. Laruelle ascendió la pendiente: cansado, se detuvo en la parte de la ciudad al pie de la plaza. Sin embargo, no había subido por la calle Nicaragua. Para no pasar por su propia casa, siguió por un atajo a la izquierda, poco después de la escuela: callejón empinado y tortuoso que daba vuelta a espaldas del 'zócalo'. La gente lo miraba con curiosidad mientras bajaba por la Avenida de la Revolución con el estorbo de su raqueta de tenis. Siguiendo hasta el fin de esta calle se llegaba a la carretera principal y al Casino de la Selva. M. Laruelle sonrió: a este paso podía seguir trazando indefinidamente círculos excéntricos en torno a su casa. A su espalda seguía el torbellino de la feria, a la que apenas se había dignado mirar. El centro, lleno de colorido aun en las noches, estaba profusamente iluminado, si bien sólo en partes, como una bahía. Sombras impelidas por el viento barrían las aceras. Y en la oscuridad, algunos árboles aislados, que parecían cubiertos de polvo de carbón, inclinaban sus ramas bajo el peso del hollín. El pequeño autobús volvió a pasar a su lado, con su ruido de chatarra, ahora con rumbo opuesto; frenaba con energía en la escarpada pendiente, y no tenía faros posteriores: el último autobús para Tomalín. Pasó ante la ventana del Dr. Vigil por la acera de enfrente. 'Dr. Arturo Díaz Vigil, Médico Cirujano y Partero, Facultad de México, de la Escuela Médico Militar, Enfermedades de Niños, Indisposiciones Nerviosas' —¡y con cuánto refinamiento difería todo esto de los anuncios que podían leerse en los mingitorios!— 'Consultas de 12 a 2 y de 4 a 7'. Ligera exageración, pensó. Junto a él correteaban los voceadores que vendían Quauhnáhuac Nuevo, periódico pro-Almazán, pro-Eje, publicado —se decía— por la fastidiosa 'Unión Militar'. Un avión de combate francés derribado por un caza alemán. Los trabajadores de Australia abogan por la paz. ¿Quiere usted —le preguntaba un anuncio en una vitrina— vestirse con elegancia y a la última moda de Europa y los Estados Unidos? M. Laruelle siguió cuesta abajo. Delante del cuartel recorrían el tramo de su guardia dos soldados cubiertos con cascos militares semejantes a los del ejército francés y vestidos con uniformes de desteñido púrpura grisáceo, guarnecidos y entrelazados con galones verdes. Cruzó la calle. Cerca del cine advirtió que había algo irregular, que se sentía una excitación extraña y anómala en el ambiente, una especie de fiebre. La temperatura había bajado de repente. Y el cine estaba a oscuras, como si esa noche se hubiera suspendido la función. Por otra parte, una multitud, no una cola, sino evidentemente algunos de los asistentes a la sala que de pronto habían tenido que salir de ella con precipitación, se agolpaba en la acera, bajo la arquería, para escuchar un altoparlante que, instalado en un camión, tocaba estruendosamente la Marcha de Washington Post. De repente estalló un trueno y las luces de la calle se apagaron. Antes, también las luces del cine se habían apagado. Va a llover, pensó M. Laruelle. Pero había perdido el deseo de mojarse. Puso al abrigo la raqueta de tenis bajo el saco y echó a correr. Un vendaval irrumpió en la calle, levantando en vuelo a su paso viejos periódicos y soplando en las lámparas de gasolina de las tortillerías hasta casi apagarlas: por encima del hotel, que quedaba frente al cine, se dibujó el violento garabato de un relámpago, al que siguió otro trueno. El viento gemía; la mayor parte de la gente, riéndose, corría por todas partes en busca de refugio. M. Laruelle escuchaba los truenos estallando a su espalda, en las montañas. Apenas llegó a tiempo. La lluvia caía a torrentes.

Sin aliento, se guareció bajo el pórtico en la entrada del teatro que, no obstante, parecía más bien la entrada de algún lóbrego bazar o mercado. En ella se apretujaban los campesinos que llegaban con sus canastas. Ante la taquilla, vacía por el momento y con la puerta entornada, una gallina solicitaba frenéticamente que se la admitiera. Por doquier la gente encendía linternas o fósforos. La camioneta con el magnavoz se alejaba en medio de la lluvia y los truenos. *'Las manos de Orlac'*, anunciaba un cartel: *'6 y 8.30'*. *'Las manos de Orlac, con Peter Lorre'*.

En la calle, las luces de los faroles volvieron a encenderse, pero las del teatro seguían apagadas. M. Laruelle buscó un cigarrillo. Las manos de Orlac... ¡Con cuánta rapidez, pensó, había hecho revivir en su mente ese nombre los primeros días del cine, en realidad, sus propios días de estudiante tardío, los días del Estudiante de Praga, y Wiene y Werner Krauss y Karl Grüne; los días de la Ufa, cuando una Alemania derrotada se ganaba el respeto del mundo culto con las películas que producía. Salvo que, en aquel entonces, Conrad Veidt había actuado en *Orlac*. Cosa extraña: aquella película fue apenas mejor que la actual versión: débil producto de Hollywood que viera años atrás en México, o quizá (M. Laruelle miró en torno suyo), quizá en este mismo cine. No era imposible. Pero en la medida en que la recordaba, ni el mismo Peter Lorre había podido salvarla, y no quería volver a verla. Y sin embargo, ¡qué complicado e interminable relato sobre la tiranía y el asilo parecía referir aquel cartel que, suspendido sobre su cabeza, mostraba al asesino Orlac! Un artista con manos de asesino; ésa era la etiqueta, el jeroglífico de los tiempos. Porque en realidad era la propia Alemania la que, en la horrible degradación del lastimoso dibujo, colgaba sobre su cabeza. O, ¿acaso se trataba —por un incómodo esfuerzo de la imaginación— del mismo M. Laruelle?

Ante él se hallaba el gerente del cine ofreciéndole, entre sus manos que le presentaba como si fueran una copa —con aquella relampagueante cortesía con que el doctor Vigil y todos los latinoamericanos se adelantaban a sus búsquedas en los bolsillos— un fósforo para su cigarro. Sus cabellos, sin huella de lluvia, que parecían casi laqueados, y un fuerte perfume que emanaba de él, delataban su diaria visita a la 'peluquería'; estaba impecablemente vestido con pantalones rayados y un abrigo negro, 'muy correcto' a despecho de truenos y relámpagos, como la mayoría de los mexicanos de su tipo. Tiró el fósforo con un ademán que no desperdició, porque lo convirtió en saludo. —Venga a tomarse una copa —dijo.

—La temporada de lluvias se resiste a terminar —comentó, sonriente, M. Laruelle, mientras a codazos, se abrían paso hacia la cantina que, si bien contigua al cine, no compartía su pórtico. Alumbraban la cantina —conocida como la Cervecería XX, que era asimismo el «donde ya sabe» de Vigil—, velas colocadas en botellas sobre el mostrador y también en algunas mesas distribuidas a lo largo de las paredes. Todas las mesas estaban ocupadas.

'¡Chingar!' —dijo en voz baja el administrador, preocupado, vigilante y mirando en torno suyo. En la extremidad de la pequeña barra, donde había sitio para dos, ambos ocuparon, de pie, un lugar—. Siento mucho que la función tenga que suspenderse, pero los alambres están descompuestos. 'Chingado'. Cada bendita semana algo se descompone en las luces. La semana pasada fue mucho peor, realmente terrible; sabe usted, contratamos una compañía de Panamá que puso una obra para ver si tenía éxito antes de llevarla a México.

—No le importa que...

—'No hombre' —respondió el otro, riéndose. M. Laruelle preguntó al señor Bustamante, que al fin había logrado atraer la atención del cantinero, si no era aquí donde había visto la película de Orlac, y si ahora la presentaban nuevamente como un gran éxito— '¿uno?'...

M. Laruelle, vaciló: —Tequila —y después corrigió—. No, anís... anís, 'por favor, señor'.

—'Y una... mm... gaseosa' —dijo el señor Bustamante al cantinero—. 'No, señor' —preocupado aún, examinaba la tela del abrigo apenas mojado de M. Laruelle, paseando apreciativamente los dedos sobre ella—. 'Compañero', no la hemos vuelto a presentar. Simplemente ha vuelto. El otro día presenté aquí mis últimos noticiarios, créame, los primeros noticiarios de la guerra española, que también volvieron.

—Sin embargo, veo que tiene películas modernas —M. Laruelle (que acababa de rechazar una butaca en el palco de las 'autoridades' para la segunda función si acaso la había) lanzó una mirada un tanto irónica hacia un cartel de mal gusto que, colgado detrás de la barra, mostraba a una actriz alemana, cuyas facciones, sin embargo, parecían esmeradamente españolas: *La simpatiquísima y encantadora María Landrock, notable artista alemana que pronto habremos de ver en sensacional film*'.

—'...un momentito, señor. Con permiso'.

El señor Bustamante salió, no por la misma puerta que habían utilizado al ingresar, sino por una entrada lateral situada detrás de la barra, inmediatamente a la derecha (de la que habían retirado una cortina) y que daba directamente al cine. M. Laruelle tuvo una visión completa del interior. De allí, exactamente como si la función continuase, provenía un estruendoso bullicio de niños chillones y de vendedores que pregonaban papas fritas y 'frijoles'. Resultaba difícil creer que tanta gente hubiera abandonado sus asientos. Sombrías siluetas de perros callejeros entraban y salían por entre las butacas. Las luces no estaban del todo apagadas; centelleaban, con vacilante brillo color rojizo anaranjado. En la pantalla, donde se paseaba una interminable procesión de sombras iluminadas por linternas de mano, estaba suspendida, mágicamente proyectada al revés, una débil excusa por la «función interrumpida»; en el palco de 'autoridades' se encendieron tres cigarrillos con un solo fósforo. Atrás, donde el reflejo de la luz permitía leer los caracteres de 'SALIDA', apenas distinguió la ansiosa figura del señor Bustamante, que se dirigía a su oficina. Afuera, tronaba y llovía. M. Laruelle sorbió el anís enturbiado por el agua, que primero le dio una agradable sensación de frescura y después le produjo náusea. En realidad, en nada se asemejaba al ajenjo. Ya no se sentía cansado y comenzaba a sentir hambre. Eran las siete de la noche. Pero Vigil y él probablemente cenarían más tarde en el Gambrinus o en el restaurante de Charley. De un plato escogió un cuarto de limón y lo chupó, pensativo, mientras leía un calendario que, cerca de la enigmática María Landrock, representaba, detrás del bar, el encuentro de Cortés y Moctezuma en Tenochtitlán: *'El último Emperador Azteca'*, decía, *'Moctezuma y Hernán Cortés, representativo de la raza hispana, quedan frente a frente: dos razas y dos civilizaciones que habían llegado a un alto grado de perfección se mezclan para integrar el núcleo de nuestra nacionalidad actual'*. Pero el señor Bustamante volvía ya, y una de sus manos, que levantaba por encima de la multitud concentrada cerca de la cortina, sostenía un libro...

M. Laruelle, consciente de su propio desconcierto, volvía y revolvía el libro entre sus manos. Después lo puso sobre el mostrador y tomó un sorbo de anís.

—'Bueno, muchas gracias, señor' —dijo.

—'De nada' —respondió el señor Bustamante bajando la voz; apartó con amplio ademán una tétrica columna que se acercaba trayendo una bandeja de calaveras de chocolate—. No sé cuánto tiempo; quizá dos, tal vez tres años 'aquí'.

M. Laruelle contempló de nuevo la guarda del libro y luego lo cerró sobre el mostrador. Por encima de sus cabezas golpeaba la lluvia en la azotea del cine. Hacía dieciocho meses que el Cónsul le había prestado el manoseado volumen de dramas isabelinos empastado en cuero. En aquella época Geoffrey e Yvonne estuvieron separados tal vez cinco meses. Seis más transcurrieron antes de que ella regresara. En el jardín del Cónsul, sombríos, erraban a la deriva entre las rosas y el plúmbago y los ceriflores «como preservativos dilapidados» —según lo había firmado el Cónsul, dirigiéndole una mirada diabólica, mirada a la vez, casi oficial, que ahora parecía significar: —Ya sé, Jacques, que quizá nunca me devuelvas el libro; pero supón que te lo preste precisamente por esa razón, y que un día llegues a lamentarte por no habérmelo regresado. ¡Ah! entonces podré perdonarte, pero ¿podrás perdonarte a ti mismo? No sólo por no haberlo devuelto, sino porque para entonces, el libro ya se habrá convertido en emblema de lo que aún hoy es imposible devolver. —M. Laruelle tomó el libro. Lo deseaba porque hacía algún tiempo se había venido gestando en lo recóndito de su mente la idea de realizar en Francia una versión fílmica moderna de la historia de Fausto, cuyo protagonista sería un personaje como Trotsky: pero, de hecho, no había abierto el volumen sino hasta ese momento. Aunque después el Cónsul le pidió en repetidas ocasiones que se lo devolviera, Laruelle se dio cuenta de que no lo tenía desde el mismo día en que debió de haberlo dejado olvidado en el cine. Bajo la única puerta de celosías de la Cervecería XX que, en el rincón del costado izquierdo daba a una calle lateral, M. Laruelle oía el agua que se precipitaba en torrentes por los arroyos. Un trueno repentino sacudió todo el edificio y el sonido, semejante al del carbón que se arroja por un tobogán se desvaneció en la distancia.

—¿Sabe usted, 'señor' —dijo, de pronto—, que este libro no es mío?

—Lo sé —replicó suavemente el señor Bustamante, casi murmurando—. Creo que era de su 'amigo' —tosió con carraspeo discreto y nervioso, a la manera de una *appoggiatura*—. Su 'amigo', el 'bicho' —aparentemente sensible ante la sonrisa de M. Laruelle, se interrumpió con tranquilidad—. No quiero decir *'bitch'*, sino el *'bicho'*, el de los ojos azules —y luego, como si todavía cupiera duda de la persona sobre quien hablaba, pellizcó su barba y prolongó el ademán hacia abajo, dibujando una perilla imaginaria—. Su 'amigo' ¡ah! el 'señor' Firmin. 'El Cónsul'. El 'americano'.

—No. No era americano —M. Laruelle trató de alzar un poco la voz. Resultábale difícil porque en la cantina todos habían dejado de hablar y advirtió que también en el cine reinaba un insólito silencio: la luz se había apagado del todo y, mirando por encima del hombro del señor Bustamante, vio tras la cortina un cementerio de oscuridad apuñalada por destellos de lámparas de mano, semejantes a ondas cálidas; los vendedores habían bajado la voz, los niños dejaron de reír y llorar, y el escaso público permanecía sentado, con negligencia, aburrido —aunque paciente— ante la pantalla oscurecida que de vez en cuando se iluminaba con las sombras grotescas y silenciosas de gigantes, lanzas y aves que la recorrían, y luego oscurecíase de nuevo; los ocupantes del balcón de la derecha, que no se habían tomado la molestia de moverse ni de bajar, eran un friso sólido y sombrío tallado en el muro; hombres serios, bigotudos, guerreros que aguardaban el comienzo de la función para echar una mirada a las manos ensangrentadas del asesino.

—¿No? —dijo en voz baja el señor Bustamante. Dio un sorbo a su 'gaseosa' mirando el teatro en la penumbra y luego, preocupado nuevamente, recorrió la cantina con la mirada—. Pero ¿entonces sí era cónsul de veras? Porque lo recuerdo muchas veces, sentado aquí, bebiendo: Y a menudo el pobre tipo no tenía calcetines.

M. Laruelle rió brevemente: —Sí, era el cónsul británico aquí —hablaban en español, a media voz, y el señor Bustamante, desesperado de que hubieran transcurrido otros diez minutos sin luz, se dejó persuadir de que debía tomar un vaso de cerveza, en tanto que M. Laruelle sólo bebió algo sin alcohol.

Pero no había logrado explicar al cortés mexicano lo que era el Cónsul. Aunque débiles, las luces habían vuelto a encenderse en el cine y la cantina, pero la función no se reanudaba y M. Laurelle se halló solo en la Cervecería XX, sentado frente a una copa de anís, ante una de las mesas del rincón. Su estómago sufriría las consecuencias; sólo había bebido en exceso durante el último año. Seguía sentado, rígido, con el libro de dramas isabelinos cerrado sobre la mesa, contemplando su raqueta de tenis apoyada sobre el respaldo de la silla que estaba frente a la reservada para el doctor Vigil. Se sentía como si estuviese en una tina de baño después de vaciarla: atontado, casi muerto. Si se hubiera ido a casa, ya habría acabado de empacar. Pero ni siquiera podía tomar la decisión de decir adiós al señor Bustamante. Llovía aún, sobre México, fuera de temporada y en la calle crecían las aguas sombrías para engullir su 'zacuali' en la calle Nicaragua, su inútil torre contra el segundo diluvio. ¡Noche de la Culminación de las Pléyades! Después de todo, ¿qué era un Cónsul para acordarse de él? El señor Bustamante, mayor de lo que parecía, recordaba la era de Porfirio Díaz, la época en que, en los Estados Unidos, cada pueblecillo de la frontera mexicana conservaba un «cónsul». Es más, había cónsules mexicanos hasta en los pueblos a cientos de millas de la frontera. ¿Acaso no se suponía que los cónsules velaran por los intereses del comercio entre los países? Pero los pueblos de Arizona, que ni siquiera celebraban con México operaciones de diez dólares en todo un año, tenían sus cónsules mantenidos por Díaz. Claro está que no eran cónsules, sino espías. El señor Bustamante lo sabía porque, antes de la revolución, su mismo padre —liberal y partidario de Ponciano Arriaga— estuvo detenido tres meses en Douglas, Arizona (a pesar de lo cual el señor Bustamante votaría por Almazán), por orden de uno de los cónsules de Díaz. Por lo tanto ¿acaso no era razonable suponer —llegó a sugerir sin intenciones ofensivas y tal vez no del todo en serio— que el señor Firmin pertenecía a esa clase de cónsules? No un cónsul mexicano, claro está, ni de la misma calaña de aquéllos, sino un cónsul inglés que apenas habría logrado convencer a alguien de que le preocupaban los intereses británicos en un lugar donde éstos no existían (así como tampoco había súbditos) y, sobre todo, teniendo en cuenta que se consideraba que Inglaterra había roto relaciones diplomáticas con México.

En realidad, el señor Bustamante daba la impresión de estar en parte convencido de que habían engañado a M. Laruelle; de que el señor Firmin había sido, de hecho, una especie de espía o, como decía él, de «escorpía» Pero en ninguna parte del mundo existe gente más humana ni más propensa a la simpatía que los mexicanos... aunque voten por Almazán. El señor Bustamante estaba dispuesto a compadecer al Cónsul, aunque se tratase de un «escorpía»; dispuesto a compadecer, desde lo profundo de su corazón, a la pobre alma temblorosa, solitaria y desheredada que aquí se sentaba a beber noche tras noche, abandonado por su esposa (aunque ella volvió, M. Laruelle estuvo a punto de gritarlo a voz en cuello, ¡eso fue lo extraordinario, que ella volvió!) y —recordando sus calcetines— posiblemente abandonado hasta por su país; aquel ser que vagaba por la ciudad, sin sombrero, 'desconsolado' y fuera de sí, perseguido por otros «escorpías» que —sin que nunca tuviera plena certeza de ello, ya que suponía: ora que este hombre con gafas oscuras era un vago, y aquél que se paseaba por la otra acera, un 'peón', ora un niño calvo con aretes que se mecía más allá con furia en una hamaca crujiente— guardaban la entrada de cada calle y callejón, lo que ya ni siquiera un mexicano podía creer (porque no era cierto, dijo M. Laruelle) pero que aún era bastante posible, según el padre del señor Bustamante lo hubiera asegurado: déjalo que comience y descubra algo, tal como su propio padre le hubiera asegurado que él, M. Laruelle, no podría atravesar la frontera en un camión ganadero sin que «ellos» se enteraran en la ciudad de México y que, antes de que llegara, ya habrían decidido lo que harían al respecto. Ciertamente, el señor Bustamante no conocía bien al Cónsul, aunque era su costumbre andar con los ojos abiertos; pero toda la ciudad lo conocía de vista, y la impresión que daba, o de cualquier modo, la que produjo aquel último año, aparte de ser la de andar siempre *muy borracho*', claro está, era de un hombre que vivía en continuo terror por su vida. Una vez había entrado corriendo en la 'cantina El Bosque', atendida por la vieja señora Gregorio, hoy viuda, gritando algo así como «¡Asilo!» y que lo perseguían; y la viuda, más aterrorizada que él, lo había ocultado en el cuarto del fondo durante media tarde. No era la viuda quien le había relatado esto, sino el mismo señor Gregorio (antes de que muriera), cuyo hermano era jardinero del señor Bustamante; porque la propia señora Gregorio era mitad inglesa o americana y ella había tenido que dar explicaciones difíciles al señor Gregorio y a su hermano Bernardino. Y, no obstante, aunque el Cónsul hubiera sido un «escorpía», ya no lo era y podía perdonársele. Después de todo, era 'simpático'. ¿Acaso no lo había visto en una ocasión, en esta misma cantina, dar todo su dinero a un mendigo al que se llevaba la policía?

—...Pero el Cónsul no fue un cobarde —interrumpió M. Laruelle, aunque tal vez inconexamente—, al menos no de esos que se ponen a temblar por su vida. Por lo contrario, fue un hombre extremadamente valeroso; de hecho, ni más ni menos que un héroe que ganó, por su notable gallardía al servicio de su país durante la última guerra, una codiciada condecoración. Ni tampoco fue, con todos sus defectos, hombre vicioso en el fondo.

Sin saber por qué, M. Laruelle pensó que probablemente hubiera podido ser una enorme fuerza al servicio del bien. Pero el señor Bustamante nunca había afirmado que fuera un cobarde. Casi con reverencia, el señor Bustamante advirtió que ser cobarde y temer por su vida son dos cosas enteramente distintas en México. Y el Cónsul no era, por cierto, un vicioso, sino un *hombre noble*. Pero ¿acaso tales características y distinguidos antecedentes, como los que pretendía M. Laruelle que eran atributos del Cónsul, no lo habrían capacitado especialmente para desempeñar las actividades excesivamente peligrosas inherentes a un «escorpía»? Parecía inútil tratar de explicar al señor Bustamante que el empleo del pobre Cónsul era simplemente una jubilación; que, si bien al principio había tenido intenciones de ingresar en el Indian Civil Service, de hecho había entrado al Servicio Diplomático y que, por uno u otro motivo, lo habían confinado a cargos consulares cada vez más remotos, hasta que por último le concedieron la sinecura de Quauhnáhuac por tratarse de un puesto en el que existían menores probabilidades de que fuera a causar molestias al Imperio en el que creía tan apasionadamente —cuando menos con parte de su pensamiento, según lo sospechaba M. Laruelle.

Pero ¿por qué había ocurrido todo esto?, preguntábase ahora. '¿Quién sabe?' Se arriesgó a tomar otro anís y, al primer sorbo, una escena probablemente bastante inexacta resurgió en su mente (M. Laruelle estuvo en la artillería durante la última guerra, a la cual sobrevivió a pesar de que su oficial fue, durante una época, Guillaume Apollinaire). Reinaba una tranquilidad de muerte en la línea del ecuador, pero aunque el vapor *Samaritan* hubiera debido estar allí, se encontraba, en realidad, muy al norte. Por cierto que, tratándose de un vapor proveniente de Shangai con rumbo a Newcastle y Nueva Gales del Sur, cargado de antimonio y mercurio y wolfram, había seguido durante algún tiempo una ruta asaz extraña. Por ejemplo, ¿por qué salir al Océano Pacífico por el estrecho de Bungo, en Japón, al sur de Shikoku, y no por el Mar de China Oriental? Durante varios días, y en forma no del todo diferente a una oveja descarriada, en las inconmensurables praderas verdes de las aguas, había navegado fuera de su ruta, lejos de islas interesantes y diversas. La Mujer de Lot y El Arzobispo. Rosario e Isla de Azufre. Isla Volcán y San Agustín. En algún lugar entre la Roca de Guy y el Arrecife de Eufrosina, se divisó el periscopio, y a toda velocidad se dirigieron a popa. Pero cuando emergió el submarino, se descompuso el barco. Buque mercante sin armas, el *Samaritan* no opuso resistencia. Pero antes de que llegara hasta él la tripulación del submarino, que iba a abordarlo, cambió de repente su condición. Como por obra de magia, el cordero se convirtió en dragón que escupía fuego. El submarino ni siquiera tuvo tiempo de sumergirse. Capturaron a toda la tripulación. El *Samaritan*, cuyo capitán pereció en el combate, siguió su curso, dejando al indefenso submarino que ardía como cigarro encendido en la vasta superficie del Pacífico.

Y por algún oscuro motivo que M. Laruelle ignoraba (porque Geoffrey no sirvió en la marina mercante, sino que llegó a ella pasando por el Club de Yates, y no se sabe con qué categoría, en alguna empresa de salvamentos, como teniente naval o quizá en esa época, sólo Dios sabe, como capitán de corbeta) fue el responsable en gran parte de este incidente. Y por eso, o por la gallardía que implicaba, recibió la Orden o la Cruz Británica por Servicios Distinguidos.

Pero, según parece, hubo un leve inconveniente. Porque, aunque declararon prisioneros de guerra a los tripulantes del submarino, cuando el *Samaritan* (era éste sólo uno de tantos nombres del barco, si bien el predilecto del Cónsul) llegó a puerto, por motivos misteriosos ninguno de los oficiales se encontraba entre ellos. Algo había ocurrido a aquellos oficiales alemanes y lo que aconteció no era para relatarse. Los secuestraron —se dijo— los fogoneros del *Samaritan*, quienes los quemaron vivos en las calderas.

M. Laruelle meditó sobre esto. El Cónsul amaba a Inglaterra y de joven pudo adherirse al odio popular contra el enemigo, aunque era dudoso, ya que en aquella época ésta era prerrogativa de quienes no combatían. Pero era hombre honorable y probablemente nadie supuso ni por un momento que hubiera ordenado a los fogoneros del *Samaritan* que echaran a los alemanes a la caldera. Nadie podía pensar que aquéllos hubieran obedecido semejante mandato. Pero era un hecho que allí los habían metido y de nada valía alegar que era el mejor sitio para ellos. Era preciso inculpar a alguien.

De manera que el Cónsul no recibió su condecoración sin que antes se le sometiera a Consejo de Guerra. Resultó absuelto. M. Laruelle no comprendía claramente por qué sólo él había sido juzgado. Y, no obstante, era fácil imaginar al Cónsul como una especie de pseudo «Lord Jim» —aunque algo más lacrimoso— viviendo en exilio voluntario y meditando, a pesar de su recompensa, en su honor perdido, en su secreto, e imaginando quedar mancillado por tal causa durante toda su vida. Pero no era el caso; lejos de ello. Evidentemente, no le quedó estigma alguno. Ni tampoco dio muestras de repugnancia al discutir lo ocurrido con M. Laruelle, quien años antes había leído un prudente artículo publicado, al respecto, en *Paris-Soir*. De hecho, hasta llegó a hacer algunas bromas sobre el incidente. —No se arrojan alemanes a los hornos con la mano en la cintura —decía. No fue sino en dos o tres ocasiones durante aquellos últimos meses, cuando borracho, y ante el asombro de M. Laruelle, no sólo proclamó de repente su culpa en aquel caso, sino que confesó el sufrimiento horrible que este hecho le produjo. Pero fue más lejos. En nada inculpó a los fogoneros. No se les había dado orden alguna. Hinchando los músculos anunció cómo, sin ayuda, él mismo había ejecutado aquella acción. Pero ya para entonces el pobre Cónsul había perdido casi toda su capacidad de decir la verdad y su vida se había convertido en una quijotesca ficción oral. A diferencia de «Jim», había descuidado su honor y los oficiales alemanes se convirtieron en simple pretexto para comprar una botella de mezcal. Así se lo dijo M. Laruelle; tuvieron grotesca riña y volvieron a distanciarse —cuando cosas más amargas no habían logrado separarlos— y así siguieron hasta el fin (de hecho, la última época fue perversa y deplorablemente peor que ninguna, como años antes ocurriera en Leasowe).

Then will I headlong fly into the earth:
Earth, gape! it will not harbour me! *

M. Laruelle abrió al azar el libro de dramas isabelinos y, al ver las palabras que parecieran tener la virtud de sumergir sus pensamientos en las profundidades de un océano y de cumplir en su espíritu la amenaza que, en su angustia, había conjurado al Fausto de Marlowe, se olvidó por un momento de cuanto le rodeaba. Sólo que Fausto no había dicho eso exactamente. Examinó el pasaje con mayor detenimiento. Fausto dijo: «Entonces lanzaréme»` y «¡Oh, no, no...!» No estaba tan mal. Dadas las circunstancias, lanzarse no era tan malo como clavarse. Labrada en la cubierta de cuero del libro había una figura sin rostro que corría llevando una antorcha semejante a un largo cuello con cabeza de ibis sagrado y el pico abierto. M. Laruelle suspiró, confuso. ¿Qué había producido la ilusión?, ¿el evasivo parpadeo de la vela acoplado a la mortecina —aunque ahora menos débil— luz eléctrica, o tal vez alguna correspondencia (según le gustaba afirmar a Geoffrey) entre el mundo subnormal y lo anormalmente sospechoso? ¡Cuánto se deleitaba también el Cónsul con el absurdo juego!: sortes Shakespeareanae... *Y de cuantas maravillas de hecho, puede atestiguar toda Alemania. Entra Wagner, solus... Ick sal usted wat suggen, Hans. Dis skip, dat comed de Candy es als vol, por los sacramentos divinos, van azúcar, almendras, batista et alle dingen, mil, mil ding.* M. Laruelle cerró el libro en la comedia de Dekker y luego, ante el cantinero que, con el trapo bajo el brazo lo observaba con apacible asombro cerró los ojos y, volviendo a abrir el libro, hizo girar un dedo en el aire y con firmeza lo dejó caer en un pasaje que acercó a la luz:

Cut is the branch that might have grown full straight,
And burnèd is Apollo's laurel bough
That sometime grew within this learnèd man,
Faustus is gone: regard his hellish fall. **

* *Entonces con violencia clavaréme en la tierra:*
  ¡Abre tus fauces, tierra! ¡Mas no quiere albergarme!
** *Han cortado la rama que pudo enderezarse;*
  Han quemado la rama que de Apolo es laurel
  Y antaño floreciera en este hombre sabio.
  Ha muerto Fausto. Contemplad su infernal caída.

Conmovido, M. Laruelle volvió a poner el libro sobre la mesa, cerrándolo con los dedos y el pulgar de una mano, mientras se agachaba para recoger del suelo, con la otra, un papel doblado que salió volando de él. Recogió la hoja con dos dedos, la desdobló y la volvió. *Hotel Bella Vista*, decía. En realidad eran dos hojas extraordinariamente delgadas que estuvieron comprimidas en el libro, largas aunque estrechas y totalmente escritas a lápiz por ambos lados, sin margen alguno. A primera vista, no parecía tratarse de una carta. Pero era inequívoco, aun en la incierta luz que provenía de la mano, mitad encorvada, mitad generosa y totalmente ebria, del Cónsul: las e griegas, los contrafuertes de las d, las t como cruces solitarias a orillas de los caminos —salvo cuando crucificaban toda una palabra—, las palabras mismas que se inclinaban agudamente hacia abajo, aunque los rasgos individuales parecían resistirse al descenso y ascendían, vigorosos, en sentido contrario. M. Laruelle sintió escrúpulos, al darse cuenta de que, en realidad, se trataba de una especie de carta, aunque de tal índole, que el autor indudablemente tuvo pocas intenciones (y posiblemente ninguna capacidad) de desarrollar el ulterior esfuerzo táctil de ponerla en el correo:

...Noche: y una vez más el nocturno combate con la muerte, el cuarto que se cimbra con demoníacas orquestas, las ráfagas de sueño aterrado, las voces fuera de la ventana, mi nombre que repiten con desdén imaginarios grupos que van llegando —espinetas de la oscuridad. ¡Como si no hubiera bastantes ruidos reales en estas noches de color canoso! No semejantes al desgarrador tumulto de las ciudades norteamericanas, el ruido que produce el desvendar gigantes agónicos, sino al aullido de perros callejeros, a los gallos que anuncian el alba toda la noche, al tamborileo, a los quejidos que más tarde habrán de descubrirse, verde plumaje acurrucado en los alambres telegráficos de los jardines ocultos, o aves perchadas en manzanos— a la eterna tristeza del gran México, que nunca duerme. En cuanto a mí, me gusta abrigar mi tristeza en la penumbra de antiguos monasterios, mi culpa en los claustros y bajo los tapices y entre las misericordias de inconcebibles 'cantinas', donde alfareros de rostro entristecido y mutilados pordioseros beben al despuntar el alba cuya fría belleza de junquillo volvemos a descubrir en la muerte. Así es que, cuando te fuiste, Yvonne, me marché a Oaxaca. ¡No hay palabra más triste! ¿Quieres que te relate, Yvonne, aquel terrible viaje: la travesía por el desierto en el angosto ferrocarril sentado en el potro del asiento de un vagón de tercera clase?, ¿del niño cuya vida salvamos su madre y yo sobándole la barriga con tequila de mi botella?, ¿o cómo, cuando entré a mi cuarto en el hotel donde una vez fuimos felices, el ruido de la matanza, abajo, en la cocina, me hizo salir al resplandor de la calle?, ¿y cómo, más tarde, encontré aquella noche un zopilote posado en la palangana? ¡Horrores a la medida de los nervios de un gigante! No, mis secretos son de ultratumba y deben permanecer como tales. Y así, a veces me veo como un gran explorador que ha descubierto algún país extraordinario del que jamás podrá regresar para darlo a conocer al mundo: porque el nombre de esta tierra es el infierno.

Claro que no está en México, sino en el corazón. Y, como de costumbre, estaba hoy en Quauhnáhuac, cuando recibí de nuestro abogado la noticia de nuestro divorcio. Tal como me lo merecía. Me llegaron también otras noticias: Inglaterra ha roto relaciones diplomáticas con México, y todos sus cónsules —aquellos, al menos, que son ingleses— serán retirados. Son éstos, en su mayoría, gente buena y amable cuya calidad degrado. No volveré a casa con ellos. Quizá me vaya a casa, pero no a Inglaterra, no a aquel hogar. Así es que, a medianoche, me fui en el Plymouth a Tomalín para ver a Cervantes, mi amigo tlaxcalteca, el gallero del 'Salón Ofelia'. Y de allí vine a Parián, al Farolito donde estoy sentado ahora, en un cuartito vecino a la cantina, a las cuatro y media de la madrugada, bebiendo 'ochas' y luego mezcal y escribiéndote todo esto en una hoja de papel que robé en el Bella Vista la otra noche, tal vez porque el hecho de ver el papel del Consulado (que es una tumba) me hiere la mirada. Creo conocer bastante del sufrimiento físico. Pero lo peor de todo es: sentir que se muere el alma. Me pregunto si, porque en verdad ha muerto mi alma esta noche, siento en este momento algo semejante a la paz.

¿O acaso es porque al través del infierno hay un camino, como bien lo sabía Blake, y aunque no lo recorra, en los últimos tiempos he podido verlo a veces en mis sueños? Fue éste uno de los insólitos efectos que en mí produjeron las noticias de mi abogado. Me parece ver ahora, entre los mezcales, esa vereda, y más allá, extraños paisajes, como visiones de una nueva vida que juntos pudimos haber vivido. Me parece vernos viviendo en algún país del norte con montañas y colinas y aguas azuladas; nuestra casa construida en un estuario y una noche, felices el uno en el otro, estamos en el balcón de esa casa, contemplando el agua más allá, se ocultan los aserraderos entre los árboles, y bajo las colinas, del otro lado del estuario, hay algo que se parece a una refinería, sólo que suavizada y embellecida por la distancia.

Es una noche veraniega y azulada, sin luna, pero es tarde, tal vez las diez y Venus arde fulgurante en plena luz, por lo cual estamos ciertamente en algún lugar muy al norte y de pie en este balcón cuando, de más allá de la costa, viene el trueno aglutinante de largo tren de carga con varias locomotoras; trueno, porque, aunque de él nos separe ese ancho brazo de agua, el tren corre hacia el este, y el viento cambiante vira ahora desde un punto del oriente y nosotros miramos hacia el este, como ángeles de Swedenborg bajo un cielo límpido, salvo, a lo lejos, hacia el noroeste, en donde, por encima de lejanas montañas cuya púrpura ya se ha desvanecido, flota una masa de nubes de blancura casi inmaculada que alumbran, desde dentro —como si se hiciera la luz en una lámpara de alabastro— súbitos relámpagos dorados, aunque no puede escucharse su estruendo, sino sólo el rugido del gran tren con sus máquinas y amplios ecos desviados, a medida que se aleja de las colinas hacia las montañas: y luego, de pronto, un bote pesquero con las drizas en alto dobla velozmente el cabo, como blanca jirafa, ágil y majestuoso, dejando directamente a la zaga la estela de un largo surco festoneado de plata, que no parece dirigirse hacia tierra, sino que ahora se desliza gravemente rumbo a la playa, hacia nosotros, y la estela plateada del remolino, fustigando primero a lo lejos las orillas luego se esparce a lo largo de toda la curva de la playa, y su creciente estruendo y conmoción, unidos ahora al decreciente trueno del tren, se quiebran al rebotar contra nuestra playa mientras que las balsas —porque hay balsas de troncos flotantes— se mueven al unísono y esta caricia de plata ondulante todo lo mece y lo irrita, lo tortura y lo excita gallardamente, y luego poco a poco vuelve la calma y en el agua se reflejan los nubarrones blancos y lejanos, y después, en el interior de las nubes blancas en las profundidades, estalla el relámpago, mientras que el pesquero, en cuyo flanco se desliza, sobre el surco de plata, el rollo dorado que en él refleja la luz de una cabina, se desvanece al volver el cabo, silencio, y luego, nuevamente, en el interior de las nubes de alabastro, blancas, blancas y distantes, más allá de las montañas, el mudo relámpago dorado en la noche azul, extraterrena...

Y mientras estamos contemplando el espectáculo, de pronto surge ante nuestra vista el remolino de otro barco invisible, cual gigantesca rueda cuyos enormes rayos barren la bahía.

(Después de varios mezcales) Desde diciembre de 1937 cuando te fuiste —y me dicen que es ahora la primavera de 1938— he estado luchando deliberadamente en contra de mi amor por ti. No me atreví a someterme a él. Me he asido a cada raíz y rama que puedan salvarme en este abismo de mi vida, pero no puedo engañarme más. Si he de sobrevivir, necesito tu ayuda. De otra manera, tarde o temprano caeré. ¡Ah, si sólo me hubieras dejado en recuerdo algo para odiarte, para que así, al fin y al cabo, no me emocionara ningún pensamiento tuyo en este terrible lugar en que me encuentro! Pero en cambio me enviaste aquellas cartas. A propósito ¿por qué mandaste las primeras a la Wells Fargo de México? ¿No pensaste que podía seguir aquí? O si estaba en Oaxaca ¿que Quauhnáhuac no seguía siendo mi base? Resulta muy raro. Además, hubiera sido fácil averiguarlo. Y luego, si sólo me hubieras escrito en seguida, todo hubiera podido ser diferente —si al menos, movida por la mutua angustia de nuestra separación— si me hubieras enviado siquiera una postal para apelar simplemente ante nosotros, a pesar de todo lo ocurrido, para dar fin inmediatamente al absurdo —de algún modo, de cualquier modo— para decir que nos amábamos, cualquier cosa, un simple telegrama. Pero esperaste demasiado —o, al menos, así lo parece ahora, después de Navidad— ¡Navidad! y Año Nuevo, y luego no pude leer lo que entonces me mandaste. No: apenas si me he sentido una vez lo suficientemente libre del tormento, o lo bastante sobrio para captar algo más que el sentido general de cualquiera de estas cartas. Aunque podía entonces y puedo aún sentirlas. Creo que llevo algunas conmigo. Pero es muy doloroso leerlas; parecen haber sido digeridas hace mucho tiempo. No trataré de hacerlo ahora. Me parten el corazón. Y, de cualquier modo, llegaron demasiado tarde. Y supongo que ahora no habrá más.

¡Ay! pero ¿por qué, al menos, no simulé haberlas leído, por qué no simulé aceptar algún galardón de arrepentimiento al ver que me las enviabas? ¿Y por qué no mandé inmediatamente un telegrama o unas líneas? ¡Ay! ¿Por qué no, por qué no, por qué no? Porque supongo que habrías vuelto a tiempo si te lo hubiera pedido. Pero esto es vivir en el infierno. No pude, no puedo pedírtelo. No pude, no puedo mandar un telegrama. Me he quedado, en la 'Compañía Telegráfica Mexicana', aquí, y en México, y en Oaxaca, sudoroso y trémulo en la oficina de correos y escribiendo telegramas toda la tarde, cuando había bebido lo bastante para templar mi pulso, y no he mandado ninguno. Y en una ocasión tuve un número tuyo y, de hecho, te llamé por larga distancia a Los Angeles, aunque sin éxito. Y otra vez, el teléfono se descompuso. Entonces, ¿por qué no voy a los Estados Unidos? Estoy demasiado enfermo para arreglar lo de los boletos, para sufrir el agotador delirio de las interminables y tediosas llanuras de cactos. Y, ¿para qué irse a morir a los Estados Unidos? Tal vez no me importaría que me enterraran allá. Pero creo que preferiría morir en México.

Mientras tanto, ¿me ves todavía trabajando en el libro, tratando aún de contestar a preguntas tales como: existe una realidad última, externa, consciente y omnipresente, etc., etc., que puedan captar tales medios, aceptables a todos los credos y religiones y puedan adecuarse a todos los climas y países? ¿O acaso me encuentras entre Misericordia y Comprensión, entre Chesed y Binah (pero aún en Chesed) —mi equilibrio, y el equilibrio lo es todo— meciéndose, columpiándose sobre el horrible vacío infranqueable, el omnímodo aunque irreversible camino del relámpago de Dios que regresa a Dios? ¡Como si alguna vez hubiera estado en Chesed!

Más bien como el Qliphoth. ¡Cuando debiera haber estado produciendo herméticos volúmenes en verso intitulados El Triunfo de Humpty Dumpty o la Nariz de Verruga Luminosa! O, cuando mejor me fuera, como Clare, «tejiendo la horrenda visión»... Hay un poeta frustrado en cada hombre. Aunque en las circunstancias actuales tal vez sea buena idea fingir cuando menos que está uno realizando la gran obra personal sobre «Sabiduría Secreta» y entonces puede uno alegar, si nunca se publica, que el título explica esta deficiencia.

...Pero, ¡ay del Caballero de la Triste Figura! Porque ¡oh Yvonne! me persigue tanto el recuerdo de tus canciones, tu calor y jovialidad, tu sencillez y camaradería, tus aptitudes para cientos de cosas, tu fundamental equilibrio, tu desgarbo, tu limpieza igualmente excesiva y los dulces comienzos de nuestro matrimonio. ¿Recuerdas la canción de Strauss que solíamos cantar? Una vez al año, los muertos viven un día. ¡Oh, vuelve a mí como aquella vez en mayo! Los jardines del Generalife y los jardines de la Alhambra. Y la sombra de nuestro destino cuando nos encontramos en España: el bar Hollywood en Granada. ¿Por qué Hollywood? Y el convento de allá ¿por qué de Los Angeles? Y, en Málaga, la Pensión México. Y sin embargo, nada podrá ocupar jamás el sitio de aquella unión que una vez conocimos y la cual sólo Cristo sabe que aún debe existir en algún lado. Lo sabía ya en París, antes de que Hugh viniera. ¿También esto es ilusión? Me estoy poniendo a llorar. Pero nadie puede ocupar tu sitio; ya debiera saber a estas alturas (me río al escribir esto) si te quiero o no... A veces siento que me invade una poderosa sensación, celos desesperantes y asombrosos que, al agravarlos la bebida, se convierten en un deseo de destruirme mediante mi propia imaginación, cuando menos para no verme presa de... fantasmas...

(Después de varios 'mezcalitos' y el alba en el Farolito) ...De cualquier manera, el tiempo es falso curandero. ¿Cómo pueden atreverse a hablarme de ti? No puedes imaginar la tristeza de mi vida. Asediado sin cesar, dormido o despierto, por la idea de que puedas necesitar mi ayuda (que no estoy en condiciones de darte) como yo necesito la tuya (que no estás en condiciones de darme), viéndote en mis visiones y en cada sombra, me sentí obligado a escribir esto, que nunca enviaré, para preguntarte qué podemos hacer. ¿No es extraordinario? Y no obstante ¿no nos lo debemos, no debemos a ese yo que creamos aparte de nosotros, el intentar nuevamente? ¡Ay! ¿Qué le ha pasado al amor y a la comprensión que una vez tuvimos? ¿Qué le ocurrirá? ¿qué será de nuestros corazones? El amor es lo único que da sentido en este mundo a nuestras lastimosas sendas: claro que no estoy descubriendo nada nuevo. Vas a pensar que estoy loco, pero también así bebo, como si estuviera recibiendo un eterno sacramento. ¡Oh, Yvonne, no podemos permitir que lo que antaño creamos se hunda en el olvido de manera tan sombría!...

Alza tus ojos hacia las colinas, parece decirme una voz. A veces, cuando veo el avioncito rojo de Acapulco que a las siete de la mañana vuela por encima de las extrañas colinas (y al que más probablemente oigo recostado, tembloroso, cimbrándome y muriéndome en la cama, cuando todavía estoy en ella a estas horas) —sólo un minúsculo rugido que se aleja— mientras que, balbuciente, me estiro para alcanzar la copa de mezcal, la bebida de la que nunca puedo creer, aun cuando la llevo hasta mis labios, que sea verdadera y que he tenido la admirable previsión de colocar a fácil alcance la noche anterior, pienso que estarás en él, en ese avión que cada mañana vuela sobre mi cabeza, y que has venido a salvarme. Luego acaba la mañana, y no vienes. Pero rezo por esto ahora: porque vengas. Pensándolo bien no veo por qué de Acapulco. Pero, por amor de Dios, Yvonne, óyeme, he rendido las armas; en este momento las he depuesto y allí va el avión, lo oí entonces en la distancia, sólo un momento, más allá de Tomalín — regresa, regresa. Dejaré de beber; cualquier cosa. Me muero sin ti. Por amor de Cristo, Yvonne, vuelve a mí, óyeme es un grito, vuelve a mí, Yvonne, aunque sea por un día...

M. Laruelle comenzó a doblar lentamente la carta, alisando con cuidado los dobleces entre índice y pulgar y luego, casi sin pensarlo, la arrugó. Permaneció sentado ante la mesa con la bola de papel en la mano, mirando, profundamente abstraído, en torno suyo. Durante los últimos cinco minutos había cambiado enteramente la escena en el interior de la cantina. Afuera, parecía haber callado la tempestad, pero la Cervecería XX se había llenado entretanto de campesinos que a todas luces buscaban refugio. No estaban sentados ante las mesas desiertas (porque si bien la función no se reanudaba, casi todo el público había vuelto al interior del teatro que ahora presentaba un aspecto bastante tranquilo, como si presintiera ya la continuación del espectáculo) sino amontonados en el bar. Y cierta belleza y una especie de piedad rodeaban esta escena. En la cantina ardían aún simultáneamente las velas y la débil luz eléctrica. Mientras el piso se cubría de canastas, en su mayor parte vacías y recargadas unas sobre otras, un campesino tomó de la mano a dos niñas y el cantinero dio una naranja a la más pequeña: alguien salió, la niña se sentó sobre la naranja, la puerta de persianas se abrió y se cerró. M. Laruelle consultó su reloj —Vigil no vendría aún en media hora— luego, miró las hojas arrugadas que tenía en la mano. La refrescante brisa del aire lavado por la lluvia penetró hasta la cantina por la celosía. Y era posible escuchar la lluvia que goteaba de los tejados y el agua que corría aún en las calles, por los arroyos y, una vez más, en la distancia, los sonidos de la feria. Estaba a punto de volver a colocar la carta arrugada dentro del libro, cuando, en parte distraído, aunque obedeciendo a un impulso repentino y definitivo, la puso sobre la flama. La llamarada iluminó toda la cantina con un resplandor en el que las figuras de la barra (entre las que ahora distinguía —además de las niñitas y los campesinos, cultivadores de maguey o membrillos, vestidos con holgadas ropas blancas y sombreros de ala ancha— a varias mujeres enlutadas que regresaban de los cementerios y hombres de ropa y rostros oscuros con cuello abierto y corbatas sueltas) parecieron congelarse por un momento: un mural. Todos dejaron de hablar y lo miraron con curiosidad, todos salvo el cantinero que, por un instante, pareció a punto de protestar y luego perdió interés cuando M. Laruelle dejó que la masa se retorciera en un cenicero en donde, adaptándose elegantemente a su propia forma, se dobló sobre sí misma y —castillo ardiente— se derrumbó, se apaciguó hasta convertirse en crujiente colmena al través de

la cual se arrastraban y volaban las chispas cual diminutos gusanos rojos, mientras que, por encima, restos
de cenizas grises flotaban en el tenue humo: hollejo seco
que crepitaba levemente...

De pronto, afuera comenzó a tañer una campana y
luego cesó abruptamente el clamor: ¡dolente! ¡dolore!

Por encima de la ciudad, en medio de la noche oscura
y tempestuosa, la rueda luminosa giraba al revés...

II

«¡Transportarán un cadáver por expreso!»

Yvonne pensó que la incansable voz que vibraba al lanzar hacia la plaza esta singular observación desde el antepecho de la ventana del bar Bella Vista, le era tan inequívoca y dolorosamente conocida —aunque su dueño permanecía invisible— como el amplio hotel de balcones floridos, e igualmente irreal.

—Pero ¿por qué, Fernando, por qué supones que deban transportar un cadáver por expreso?

El chófer mexicano —también conocido— que acababa de recoger las maletas (porque en el minúsculo aeropuerto de Quauhnáhuac no había taxis, sino la presuntuosa camioneta en la que insistieron en llevarla al Bella Vista) volvió a colocarlas en el pavimento, como para tranquilizarla: bien sé por qué está usted aquí, pero nadie la ha reconocido, salvo yo, y no la traicionaré.

—'Sí, señora' —y rió entre dientes—. 'Señora... el Cónsul' —suspirando, asomó la cabeza con cierta admiración por la ventana del bar—. '¡Qué hombre!'

—...por otra parte, ¡maldita sea, Fernando!, ¿por qué no habría de ser? ¿Por qué no habrían de transportar un cadáver por expreso?

—'Absolutamente necesario'.

—...¡sólo un montón de condenados rancheros de Alabama!

Y era ésta, otra nueva voz. Así pues, el bar, abierto toda la noche para este acontecimiento, estaba, a todas luces, lleno. Avergonzada, entumecida, nostálgica y ansiosa, renuente a entrar en la cantina repleta, pero igualmente remisa a que el chófer del taxi lo hiciese por ella, Yvonne, con la conciencia a tal extremo fustigada por el viento y el aire y el viaje, que aún creía seguir viajando, seguir entrando a la bahía de Acapulco ayer por la noche, en medio de un huracán de inmensas mariposas que, espléndidas, se precipitaban mar adentro, para recibir al *Pennsylvania* (le pareció, al principio, como si sacaran barriendo surtidores de papeles multicolores de la cubierta de primera), miró con desconfianza en torno de la plaza (tranquila, en realidad, en medio de esta conmoción de mariposas que seguían zigzagueando en lo alto o cerca de las portillas abiertas y desaparecían interminablemente en dirección de la popa), *su* plaza que —inmóvil y brillante bajo el sol matutino de las siete, silenciosa y reposada— comenzaba, expectante, a desperezarse, con sus tiovivos y la rueda de la fortuna aguardando en duermevela la fiesta vespertina y también con sus viejos taxis que, alineados, esperaban algo más: una huelga para esa misma tarde, según le habían informado confidencialmente. El 'zócalo' era el mismo, a pesar de su aspecto de arlequín adormilado. El antiguo kiosco estaba vacío y, caracoleando bajo los árboles oscilantes, la estatua ecuestre del turbulento Huerta,* de mirada para siempre feroz, veía hacia el valle, más allá del cual, como si nada hubiera ocurrido y como si fuese noviembre de 1936 y no noviembre de 1938, se alzaban, eternamente, sus volcanes, sus hermosos, hermosos volcanes. ¡Ah, qué familiar le era todo esto! Quauhnáhuac, su ciudad de frías y raudas aguas de montaña. ¡Donde se posa el águila! ¿O acaso significaba, en realidad —según decía Louis—, cerca del bosque? ¿Cómo había podido vivir sin los árboles, sin las frondosas y relucientes profundidades de estos antiguos 'fresnos'? Respiró profundamente; el aire conservaba aún cierta insinuación de aurora, la aurora de esta misma mañana en Acapulco: de dorados y verdes y púrpuras oscuros que cubrían las máximas alturas e iban descubriendo, al replegarse, un río de lapislázuli en donde el cuerno de Venus ardía con tal

* A pesar de la afirmación del autor, no se tiene conocimiento de que haya existido en Cuernavaca un monumento al general Victoriano Huerta. *(N. del T.)*

intensidad que Yvonne llegó a creer que aquella luz podría haber proyectado su sombra palidecida sobre el aeropuerto, y los zopilotes que flotaban perezosos, allá en lo alto por encima del horizonte de color ladrillo, hacia cuyo pacífico presagio había ascendido el avioncito de la Compañía Mexicana de Aviación como minúsculo demonio rojo, alado emisario de Lucifer, mientras que en tierra, el cono de viento ondeaba su firme despedida...

Con una lenta y última mirada abrazó todo el zócalo: la ambulancia vacía que bien pudo no haberse movido desde que ella estuvo allí por última vez, frente al 'Servicio de Ambulancias' en el interior del Palacio de Cortés, un enorme cartelón que colgaba entre dos árboles y decía: '*Hotel Bella Vista Gran Baile Noviembre 1938 a beneficio de la Cruz Roja. Los mejores artistas de radio en acción. No falte Ud.*' Por debajo del cual volvían a casa algunos trasnochadores, pálidos y agotados como la música que se reanudaba en ese momento para recordarle que el baile proseguía; luego penetró en silencio, parpadeando y miope, en la repentina penumbra del bar, perfumada de cuero y alcohol, y el mar de aquella mañana entró con ella, áspero y puro, con sus largas olas matutinas que se acercaban, se erguían y luego se deslizaban para al cabo hundirse en elipses incoloras sobre la arena, mientras que pelícanos madrugadores que andaban de cacería, girando, se zambullían, se zambullían y giraban y volvían a zambullirse en la espuma, moviéndose con precisión de planetas, a la vez que las olas, agotadas, volvían rápidamente a su calma; a lo largo de la playa se esparcían los pecios: había escuchado a los muchachos que, como jóvenes tritones, desde sus barquillas mecidas por las ondas que bañaban la antigua Tierra Firme, comenzaban ya a soplar en sus lúgubres caracolas marinas...

No obstante, el bar estaba vacío.

O, mejor dicho, había una persona. Vestido aún con el traje smoking, que no parecía particularmente arrugado, el Cónsul, sobre cuyos ojos caía un mechón claro, asía su perilla corta y puntiaguda con una de sus manos y, sentado oblicuamente con un pie puesto en el barrote del taburete vecino, recostado a medias sobre el mostrador pequeño y anguloso ante el que se hallaba, parecía hablar consigo mismo, porque el cantinero —muchachillo de piel oscura y bruñida de aproximadamente dieciocho años— estaba a corta distancia, frente a un cancel de vidrio que separaba el salón (de otro bar —recordó Yvonne— que da a una calle lateral) y no parecía escucharle. Yvonne permaneció junto a la puerta, silenciosa e inmóvil, mirando hacia ellos, mientras seguían obsesionando su imaginación el rugido del aeroplano, las ráfagas que soplaban cuando el mar quedó a sus espaldas, los caminos que ascendían y descendían, los pueblecitos que desfilaban sin cesar con sus iglesias encorvadas, Quauhnáhuac con todas sus albercas de cobalto que volvían a alzarse oblicuamente para recibirla. Pero el regocijo del vuelo, de montaña sobre montaña, el furioso embate de los rayos del sol cuando la tierra gira en la penumbra, un río que resplandece, una cañada que, sombría, serpentea allá abajo en la distancia y los volcanes que, de pronto, surgen del este incandescente, el regocijo y los anhelos la abandonaron. Yvonne sintió que su alma, que había emprendido el vuelo para encontrar la de este hombre, se desgarraba. Vio que se había equivocado respecto al cantinero: después de todo, sí estaba escuchando. Es decir, que si bien podía no comprender lo que decía Geoffrey (que, advirtió Yvonne, no llevaba calcetines), continuaba esperando —con un trapo en las manos, mientras revisaba los vasos cada vez con mayor lentitud— la oportunidad de decir o hacer algo. Dejó el vaso que limpiaba. Luego recogió el cigarrillo del Cónsul que en la orilla del mostrador se consumía en un cenicero, inhaló intensamente, cerrando los ojos en actitud de éxtasis juguetón, los abrió y apuntó (exhalando apenas el humo por nariz y boca en lentas oleadas) hacia un anuncio de *Cafiaspirina* que, detrás de la última fila de botellas de 'tequila añejo', mostraba a una mujer en *brassière* escarlata recostada sobre un diván. —'Absolutamente necesario' —dijo, e Yvonne se percató de que la frase (del Cónsul, indudablemente) aludía a la mujer, no a la *Cafiaspirina*. Pero como no atrajera la atención del Cónsul, cerró de nuevo los ojos con la misma expresión, volvió a abrirlos, dejó el cigarrillo donde estaba y, arrojando humo, señaló una vez más el anuncio junto al cual, advirtió Yvonne, había un cartel del cine del lugar, que tan sólo decía: '*Las Manos de Orlac, con Peter Lorre*' y repitió: —'Absolutamente necesario'.

—Un cadáver, trátese de un adulto o de un menor —prosiguió el Cónsul después de interrumpirse por un momento para reír de esta pantomima y luego afirmar con cierta angustia—, sí, Fernando, 'absolutamente necesario' —y es un rito (pensó Yvonne), un rito entre ellos, como una vez los hubo entre nosotros, sólo que a la larga Geoffrey acabó por aburrirse un poco de los nuestros— y el Cónsul siguió examinando el horario azul y rojo de los Ferrocarriles Nacionales de México. Luego, alzando de repente los ojos, la vio; con gesto miope escrutó en torno suyo antes de poder reconocerla allí, de pie, tal vez un poco borrosa porque el sol estaba a sus espaldas, con una mano (de la que colgaba su bolso rojo) sobre la cadera, allí, de pie, como ella sabía que él debía verla, medio airosa y un tanto desconfiada.

Con el horario en la mano se levantó mientras ella se acercaba: —...Dios mío!

Yvonne vaciló, pero él no hizo esfuerzo alguno por ir hacia ella; en silencio, Yvonne se deslizó sobre un banco cercano al del Cónsul; no se besaron.

—Sorpresa. He vuelto... Mi avión llegó hace una hora.

—...cuando llegan los de Alabama, no hacemos preguntas a nadie —se dijo de repente en la barra, del otro lado del cancel de vidrio—: ¡Venimos con talones alados!

—De Acapulco, Hornos... Vine por barco, Geoff, de San Pedro... por Panama Pacific. En el *Pennsylvania*, Geoff...

—...¡holandeses bestias! El sol seca los labios y se parten. ¡Por Cristo, qué vergüenza! ¡Los caballos se alejan dando coces en el polvo! Me sublevé. Dispararon. También a ellos les tocó. No yerran el tiro. Primero disparan y luego preguntan. ¡Carajo, tienes razón! Y es mucho decir. Me pesco a un montón de cabrones labriegos y no les hago preguntas. ¡Eso es!... fúmate un mentolado.

—¿No te encantan estas madrugadas? —la mano del Cónsul, si bien no su voz, temblaba al dejar el horario—. Fuma, como lo sugería nuestro vecino de aquí junto —asomó la cabeza por la división— un... —le impresionó el nombre en la temblorosa cajetilla en que le ofrecía un cigarro, que ella rehusó— «Alas».*

El Cónsul decía sentenciosamente: —¡Ah, Hornos!... Pero ¿por qué venir por el Cabo de Cuernos? Me dicen los marineros que tiene la mala costumbre de menear la cola. ¿O acaso cape Horn quiere decir Calderas?

—...'calle Nicaragua cincuenta y dos' —Yvonne obligó a un dios moreno, que ya tenía sus maletas y hacía una reverencia antes de desaparecer misteriosamente, a que le aceptara un tostón.

—Y ¿qué tal si ya no viviera allí? —cuando volvió a sentarse era tal la violencia con que temblaba el Cónsul, que tuvo que asir con ambas manos la botella de whisky de la que estaba sirviéndose—: ¿Una copa?

—...

Yvonne dudó en aceptarla. Pero aceptó: aunque le repugnaba beber por las mañanas, era indudable que debía hacerlo: era lo que había decidido hacer, si fuera necesario: no beber, solitaria, una copa aislada, sino muchas en compañía del Cónsul. Pero, en vez de ello, sintió desaparecer la sonrisa de su rostro que luchaba por contener las lágrimas que había resuelto no dejar correr por ningún motivo, pensando y consciente de que Geoffrey sabía que pensaba: —Me esperaba esto. Me lo esperaba —de pronto oyó su propia voz que decía: —Tómate una y yo brindaré. (De hecho, esperaba casi cualquier cosa. Después de todo ¿qué podía esperarse? En el barco se lo repitió durante todo el trayecto; había tomado el barco porque a bordo tendría tiempo de convencerse de que su viaje no era irreflexivo ni precipitado, y en el avión, en donde descubrió que era ambas cosas, que debió haberle advertido y que era abominablemente injusto sorprenderlo). Geoffrey —prosiguió mientras se preguntaba si tendría un aspecto patético sentada allí, con todos sus discursos meditados con esmero, con sus planes y su tacto que tan obviamente se desvanecían en la penumbra o le parecían sólo repugnantes (ella misma se consideraba algo repugnante) por no haber querido beber—. ¿Qué has hecho? Te escribí

---

* Retruécano intraducible con la interjección inglesa Alas!, que en español equivale al ¡Ay!, poético, y el sustantivo castellano alas. (N. del T.)

muchas veces. Te escribí hasta que mi corazón se quebró. ¿Qué has hecho de tu...

—...vida —provino una voz del cancel de vidrios—. ¡Qué vida! ¡Es una vergüenza! La gente, de donde yo vengo, no se echa a correr. Nos enfrentamos y así...

—No. Claro que al no recibir contestación pensé que habías vuelto a Inglaterra. ¿Qué has hecho? Oh, Geoff... ¿has renunciado al servicio consular?

—...fui a Fort Sale. Le clavaban a uno el cuete y le clavaban los Browning. Brinco, brinco, brinco, brinco, brinco, ¿ves? ¿comprendes?

—Me encontré a Louis en Santa Bárbara. Me dijo que aún seguías aquí.

—...¡y ya lo creo que no puedes, no puedes hacerlo y eso es lo que haces en Alabama!

—Bueno, de hecho sólo he salido una vez —el Cónsul dio un sorbo largo y tembloroso y luego se sentó junto a ella—, a Oaxaca. ¿Te acuerdas de Oaxaca?

—...¿Oaxaca?

—...Oaxaca.

...La palabra era como un corazón que se quebraba, un repentino repicar de campanas socofadas en medio del vendaval, últimas sílabas de algún sediento que agoniza en el desierto. ¡Si se acordaba de Oaxaca! ¿Las rosas y el gran árbol —¿era eso?— el polvo y los camiones a Etla y Nochistlán? ¡Y el letrero *'damas acompañadas de un caballero, gratis'*! ¿O, en la noche, los gritos de amor de ambos, que al ascender hacia el antiguo aire zapoteca * perfumado, sólo eran escuchados por fantasmas? En Oaxaca se encontraron sólo una vez. Ella contemplaba al Cónsul que, ordenando las hojas sobre el mostrador, parecía no tanto estar a la defensiva cuanto cambiar mentalmente del papel que representaba para Fernando, al papel que representaría para ella que, con asombro lo observaba. De repente clamó en su corazón: — seguramente que nosotros no somos esto. Esto no puede ser nosotros... que alguien me diga que no es así, que esto que está aquí no puede ser *nosotros*... —Divorcio. ¿Qué significaba, en realidad, este vocablo? En el

---

* Aunque Lowry alude al *"fragrant Mayan air"*, como no existen vestigios mayas en Oaxaca, hemos empleado el gentilicio "zapoteca", por haber sido ésta la cultura que floreció en aquella región. *(N. del T.)*

barco, lo había visto en el diccionario: escindir, desunir. Y divorciado significaba: escindido, desunido. Oaxaca significaba divorcio. No se divorciaron allí, pero el Cónsul fue a aquel sitio cuando ella se marchó, como si hubiera deseado entrar en el corazón de la escisión, de la desunión. Y sin embargo ¡se habían querido! Pero fue como si ese amor hubiera vagado lejos de aquí por desoladas llanuras de cactos, perdido, como si tropezara y cayera, acosado por bestias salvajes, como si pidiera auxilio, agonizante, para al fin suspirar con una especie de paz extenuada: Oaxaca...

—...Lo raro de este pequeño cadáver, Yvonne —decía el Cónsul— es que debe acompañarlo una persona que lo conduzca de la mano; no, perdón. Aparentemente, no de la mano, sino sólo de un boleto de primera clase —sonriendo, presentó su mano derecha que temblaba como si estuviese borrando el gris de una pizarra imaginaria—. Son realmente las temblorinas las que hacen insoportable este tipo de vida. Pero algún día acabarán. Sólo he estado bebiendo lo suficiente para que cesen. Nada más la indispensable bebida terapéutica —Yvonne lo miraba— ...pero lo peor es la temblorina, claro está —continuó—. Después de algún tiempo te llegas a acostumbrar a lo otro, y en realidad me está yendo muy bien, estoy mucho mejor de lo que estaba hace seis meses; mucho, pero mucho mejor de lo que estaba, digamos, en Oaxaca —e Yvonne advirtió en sus ojos un extraño brillo familiar que siempre la espantaba, y que ahora se volvía hacia el interior, a la manera de aquellos sombríos resplandores de las lámparas en las escotillas del *Pennsylvania* durante las maniobras de descarga, sólo que la maniobra aquí era de despojo: Yvonne sintió un repentino miedo de que este resplandor, como antaño, se volcara hacia fuera para volverse en contra suya.

—Bien sabe Dios que ya te he visto en tal estado —decían sus pensamientos, decía su amor en la penumbra del bar—, demasiadas veces para que, de todas maneras, me sorprenda. Pero ahora existe una profunda diferencia. Es como una suprema negativa... ¡oh, Geoffrey!, ¿por qué no puedes volver hacia atrás? ¿Tienes que quedarte por siempre y para siempre en esta estúpida oscuridad, buscándola, aun ahora, allí donde no puede alcanzarte, para siempre en la oscuridad de la separación, de la desunión? ¡Oh, Geoffrey! ¿Por qué lo haces?

—Pero óyeme, ¡maldita sea!, no está enteramente oscuro —parecía contestarle el Cónsul con amabilidad, mientras sacaba una pipa a medio llenar y con máxima dificultad la encendía, en tanto que Yvonne seguía con su mirada la del Cónsul que erraba en el bar sin encontrar los ojos del cantinero, el cual, grave y aparentando estar ocupado, se eclipsaba en la oscuridad—, no me comprendes si crees que cuanto veo es del todo oscuro; y si insistes en creerlo, ¿cómo puedo decirte por qué lo hago? Pero si miras ese rayo de sol allí, ¡ah!, quizás tengas la respuesta. Ve; mira cómo entra por la ventana: ¿qué belleza puede compararse a la de una cantina en las primeras horas de la mañana? ¿Tus volcanes allá afuera? ¿Tus estrellas? ...¿Ras Algethi? ¿Antares enfurecida en el sur sudeste? Perdóname, pero no. No son tan hermosas como por fuerza lo es esta cantina que —decadencia de mi parte— acaso no sea propiamente una cantina; pero piensa en todas aquellas terribles cantinas en donde enloquece la gente, las cantinas que pronto estarán alzando sus persianas, porque ni las mismas puertas del cielo que se abrieran de par en par para recibirme podrían llenarme de un gozo celestial tan complejo y desesperanzado como el que me produce la persiana de acero que se enrolla con estruendo, como el que me dan las puertas sin candado que giran en sus goznes para admitir a aquellos cuyas almas se estremecen con las bebidas que llevan con mano trémula hasta sus labios. Todos los misterios, todas las esperanzas, todos los desengaños, sí, todos los desastres existen aquí, detrás de esas puertas que se mecen. Y, a propósito ¿ves aquella anciana de Tarasco sentada en el rincón? Antes no podías, pero ¿la ves ahora? —preguntaban los ojos del Cónsul mientras recorrían en torno suyo con la lucidez estupefacta y extraviada de un enamorado—, ¿cómo esperas comprender, a menos de que bebas como yo, la hermosura de una anciana de Tarasco que juega al dominó a las siete de la mañana?

Era verdad; resultaba casi pavoroso: en la estancia había alguien más a quien Yvonne no vio sino después de que el Cónsul, sin decir palabra, hubo mirado atrás: los ojos de Yvonne se posaron en la anciana sentada en la penumbra, ante la única mesa del bar. Su bastón de acero, con puño que imitaba la garra de algún animal, se asía a la orilla de la mesa como si estuviera vivo. De un cordel llevaba sujeto un polluelo al que ocultaba bajo el vestido, a la altura del corazón. A cada momento, el polluelo se asomaba para echar atrevidas miradas de reojo. La anciana lo puso cerca de sí, sobre la mesa, en donde comenzó a picotear entre las fichas de dominó, piando suavemente. Después lo volvió a guardar abrigándolo con ternura bajo su vestido. Pero Yvonne miró hacia otra parte. La anciana con el polluelo y el dominó le helaba el corazón. Era como un mal presagio.

—... Hablando de cadáveres —dijo el Cónsul sirviéndose otro whisky y firmando con mano algo más segura en una libreta, en tanto que Yvonne se dirigía hacia la puerta— personalmente, me gustaría que me enterraran junto a William Blackstone —empujó la libreta hacia Fernando, al que, por fortuna, no había tratado de presentar a Yvonne—. El que se fue a vivir entre las indias. Sabes quién es, por supuesto —de pie, vuelto en parte hacia ella, el Cónsul observaba en actitud dubitativa esta nueva copa que no había tomado.

—...Por Dios, Alabama, si la quieres, anda, tómala... Yo no la quiero, pero si tú la deseas, anda tómala.

—'Absolutamente necesario'.

El Cónsul dejó la mitad de su copa.

Afuera, a pleno sol, en la resaca de música fatigada proveniente del baile que aún continuaba, Yvonne volvió a esperar y, nerviosa miró por encima del hombro hacia la entrada principal del hotel, de donde a cada momento salían, como avispas medio aturdidas de oculta colmena, trasnochados borrachos, cuando de pronto, correcto, abrupto (ejército y armada), consular, el Cónsul, apenas tembloroso ahora, sacó de sus bolsillos un par de gafas oscuras y se las puso.

—Bien —dijo—, todos los taxis parecen haber desaparecido. ¿Caminamos?

—¿Por qué? ¿Qué le pasó al coche? —era tal su confusión ante el temor de encontrarse con algún conocido, que Yvonne casi tomó del brazo a otro hombre que llevaba anteojos oscuros: era un joven mexicano andrajoso que estaba recargado en uno de los muros del hotel y al cual dijo el Cónsul con voz en la que había algo enigmático mientras que con su bastón le daba leves golpecitos en la muñeca: 'Buenas tardes, señor'. Yvonne comenzó a caminar rápidamente—. Sí, caminemos.

Cortés, el Cónsul la tomó por el brazo (Yvonne advirtió que al harapiento mexicano de anteojos oscuros se había unido otro, descalzo y con un ojo morado, que antes estuvo reclinado en la pared, sólo que más lejos, al que también dijo el Cónsul: 'Buenas tardes', pero no salían más huéspedes del hotel y sólo los dos hombres a quienes el Cónsul había dicho cortésmente: 'Buenas' se hallaban allí, golpeándose con el codo, como si con ello quisieran decir: Nos dijo 'Buenas tardes'. ¡Vaya tipo!) y comenzaron a cruzar oblicuamente la plaza. La feria no empezaría sino mucho más tarde, y las calles —que recordaban tantos otros días de muertos— estaban casi desiertas. Las banderas brillantes y las banderolas de papel destellaban: brillante e inmóvil, la enorme rueda cavilaba bajo los árboles. Aun así, la ciudad, por encima y alrededor de ellos, estaba ya repleta de ruidos agudos y lejanos como explosiones de variados colores. ¡Box!, se leía en un cartel. 'ARENA TOMALIN'. *'Frente al Jardín Xicoténcatl. Domingo 8 de Noviembre de 1938. 4 Emocionantes Peleas.'*

Yvonne trató de no preguntarle:

—¿Volviste a chocar el auto?

—En realidad, lo perdí.

—¡Lo *perdiste*!

—Es una lástima, porque... ¡Mira, caramba! ¿no estás horriblemente cansada, Yvonne?

—Para nada. Más bien creo que eres tú quien debe estarlo...

—*¡Box! 'Preliminar a 4 Rounds. EL TURCO (Gonzalo Calderón de Par. de 52 kilos) vs. EL OSO (de Par. de 53 kilos)'.*

—En el barco dormí un millón de horas. Y preferiría caminar; sólo que...

—No es nada. Sólo un asomo de reumatismo. ¿O acaso es el *sprue?* Me alegra inyectar un poco de circulación a estas viejas piernas.

...*¡Box! 'Evento Especial a 5 Rounds, en los que el vencedor pasará al grupo de Semi-Finales. TOMAS AGUERO (el Invencible Indio de Quauhnáhuac de 57 kilos, que acaba de llegar de la Capital de la República). ARENA TOMALIN. Frente al Jardín Xicoténcatl.'*

—Lástima de coche, porque habríamos podido ir al box —dijo el Cónsul caminando casi exageradamente derecho.

—Detesto el box.

—...De todos modos, no será hasta el próximo domingo... Oí que hoy habría una especie de jaripeo en Tomalín... ¿Te acuerdas?...

—¡No!

Aunque lo desconocía tanto como Yvonne, el Cónsul, en señal de incierto saludo, alzó un dedo hacia un tipo con aspecto de carpintero que, pasando veloz a su lado con una tabla de madera veteada bajo el brazo y meneando la cabeza, le lanzó —casi cantándola— una sonriente palabra que sonaba algo así como '¡mezcalito!'

Los rayos del sol caían, ardientes, sobre sus cabezas, resplandecían sobre la eterna ambulancia cuyos faros se transformaron momentáneamente en cegador espejo de aumento, y brillaban sobre los volcanes: Yvonne no podía verlos ahora. Sin embargo, como nació en Hawaii, ya habían existido otros volcanes en su vida. Sentado bajo un árbol en una de las bancas de la plaza, con los pies apenas tocando el suelo, el escribiente público tecleaba ruidosamente en su gigantesca máquina de escribir.

—Elijo la única salida, punto y coma —dictó el Cónsul, alegre, aunque sobrio, al pasar junto a él—. Adiós, punto. Otro párrafo, otro capítulo, otros mundos...

Toda la escena que la rodeaba —los nombres de las tiendas en torno a la plaza: *La China Poblana', vestidos bordados a mano*, los anuncios: *'Baños de la Libertad, Los mejores de la Capital y los únicos en donde nunca falta el agua, Estufas especiales para Damas y Caballeros* y *Sr. Panadero: Si quiere hacer buen pan exija las harinas Princesa Donafí'*— volvió a impresionarla de tal manera por serle tan extrañamente familiar y, a la vez, tan agudamente ajena después de un año de ausencia, de separación de pensamiento y cuerpo y de manera de ser, que le pareció, por un momento, intolerable.

—Pudiste utilizar sus servicios para contestar algunas de *mis* cartas— dijo.

—Mira ¿te acuerdas cómo solía llamarlo María? —con su bastón, el Cónsul apuntó por entre los árboles a la tienda de abarrotes norteamericana que formaba esquina con el Palacio de Cortés—: Piiigly Wiiigly.

No voy (pensó Yvonne apretando el paso y mordiéndose los labios), no voy a llorar.

El Cónsul la había tomado del brazo. —Lo siento, nunca pensé...

Volvieron a salir a la calle: cuando la atravesaron, Yvonne se alegró de la excusa que le ofrecía la vitrina de la imprenta para aliñarse un poco. Como antaño, ambos permanecieron mirando hacia el interior. La tienda, contigua al palacio, aunque separada de él por la breve distancia de una callejuela desolada como socavón, abría temprano. Desde el espejo del escaparate la criatura oceánica que le devolvía su mirada estaba a tal grado impregnada y bronceada por el sol y acariciada por la brisa marina y la espuma que, a pesar de que hacía los furtivos movimientos de la vanidad de Yvonne, parecía cabalgar sobre la resaca, más allá del dolor humano. Pero el sol tornaba el dolor en veneno, y un cuerpo radiante sólo servía para mofarse de un corazón adolorido; Yvonne lo sabía, aunque aquella bronceada criatura, hija de las olas, de la orilla del mar y de hierbas peinadas por el viento, lo ignorase. En el escaparate mismo, a cada lado de esta abstraída mirada de su rostro reflejado, se alineaban las mismas invitaciones de boda que recordaba, las mismas fotografías retocadas, de novias extravagantemente floríferas; pero esta vez había algo más que antes no había advertido y hacia lo cual apuntaba ahora el Cónsul, murmurando: —¡Qué extraño! —a la vez que se aproximaba para ver de más cerca: una amplificación fotográfica mostraba la desintegración de un depósito glacial de una gran roca, hendida por el fuego de los bosques en la Sierra Madre. Esta fotografía, curiosa y curiosamente triste —a la cual el carácter de los demás objetos expuestos prestaba irónica mordacidad adicional—, colgada atrás, por encima del volante de la prensa que estaba girando, se llamaba: 'La Despedida'.

Pasaron ante la fachada del Palacio de Cortés; luego, del lado del muro ciego, descendieron por el risco que lo atraviesa a lo largo. Con su recorrido abrieron un atajo hacia la calle Tierra del Fuego que, formando una curva más lejos, les salió al encuentro, pero como la escarpa era poco menos que un montón de basura con desechos humeantes, tuvieron que caminar con precaución. Sin embargo, Yvonne respiraba más libremente ahora que dejaban atrás el centro de la ciudad. *La despedida*, pensó. Después de que la humedad y los desperdicios concluyeran su labor, las dos mitades separadas de aquella roca reventada se desmoronarían. Era inevitable; así lo decía la foto... ¿Sería así, en efecto? ¿Acaso no existía algún medio para salvar a esa pobre roca, de cuya inmutabilidad nadie, poco antes, se hubiera atrevido a dudar? ¡Ah! ¿quién hubiera osado imaginarla sino como una sola roca íntegra? Pero aun admitiendo que se hubiese separado, ¿no habría manera —antes de que se produjese la desintegración total— de salvar cuando menos las mitades separadas? No la había. La violencia del fuego que había resquebrajado la roca hasta dividirla, incitaba a la destrucción independiente de cada mitad, anulando la fuerza que pudo haberlas mantenido como unidades: ¡Oh! pero ¿por qué —merced a qué fantástica taumaturgia geológica— no habrían de soldarse una vez más las partes? Yvonne ansiaba sanar la roca hendida. Era ella misma una de las rocas y anhelaba salvar a la otra, para que ambas pudiesen salvarse. Con un esfuerzo superior a su energía se obligaba a acercársele, vertía sus ruegos, sus lágrimas apasionadas, otorgaba todo su perdón: pero la otra roca permanecía inmutable. —Todo eso está muy bien —decía— pero ocurre que es culpa tuya; en cuanto a mí, me propongo desintegrarme cuando mejor me plazca.

—...en Tortú —dijo el Cónsul, aunque Yvonne no le escuchaba ahora que habían desembocado en la calle Tierra del Fuego, escabrosa callejuela estrecha que, desierta, parecía poco familiar. Una vez más, el Cónsul se puso a temblar.

—Geoffrey, tengo tanta sed; ¿por qué no nos detenemos a tomar una copa?

—¡Geoffrey, por esta vez seamos temerarios y emborrachémonos juntos antes del desayuno!

Pero Yvonne no dijo ninguna de estas dos cosas.

...¡La calle de la Tierra del Fuego! A mano izquierda se alzaban, muy por encima del nivel de la calle, desiguales aceras de toscos escalones tallados en la superficie. Toda la callejuela, ligeramente encorvada en el centro —donde las cloacas al descubierto se hallaban colmadas—, descendía en agudo declive hacia la derecha como si, en algún temblor, hubiera derrapado. De este lado, casas de un piso techadas de tejas y con ventanas oblongas y enrejadas. Parecían construidas a un nivel inferior, no obstante estar al ras de la calle. Del otro lado, por encima de aquellas casas, pasaron frente a tiendecillas aún adormecidas, aunque en su mayoría empezaban a abrir sus puertas o, como era el caso del 'Molino para Nixtamal, Morelense', que ya se hallaba abierto; talabarterías, un expendio de leche acurrucado bajo su placa 'Lechería' (alguien había observado con insistencia que quería decir burdel, pero Yvonne no había captado el retruécano),* y sombríos interiores atravesados por cordeles de donde pendían diminutas salchichas —'chorizos'— por encima de los mostradores, en los que también podía adquirirse queso de cabra o membrillos dulces o cacao, y ante el umbral de uno de los cuales se detuvo el Cónsul diciendo: —'Un momentito' —antes de desaparecer—. Sigue y te alcanzo. No tardo nada.

Yvonne siguió caminando un poco y luego volvió sobre sus pasos. No había entrado en ninguna de estas tiendas desde su primera semana en México, y el riesgo de que la reconocieran en la de abarrotes era muy pequeño. Sin embargo, arrepintiéndose de su tardío impulso de seguir al Cónsul hasta aquel lugar, aguardó afuera, girando, inquieta, como yatecillo anclado. Se alejaba la oportunidad de seguirlo. Un ánimo de martirio invadió su ser. Quería que el Cónsul, al salir, la viera esperando allí, abandonada y ofendida. Pero volviéndose para mirar el camino que habían recorrido, se olvidó de Geoffrey un instante... Le pareció increíble. ¡Se encontraba nuevamente en Quauhnáhuac! Allí estaba el Palacio de Cortés, y allá, en lo alto del risco, mirando hacia el valle, se erguía un hombre que, por su aspecto de marcial atención, bien pudiera haber sido el mismo Cortés. Al moverse el hombre destruyó la ilusión. Ahora se asemejaba menos a Cortés que al pobre jovenzuelo con anteojos oscuros reclinado en la pared del Bella Vista.

—*You-are-a-man-who-like-much-Vine!* —de la tienda de 'abarrotes' surgió hacia la calle apacible una voz gritona y después el estruendo de una risa masculina increíblemente llena de buen humor, pero rufianesca—. *You are... diablo!* —Se produjo un silencio durante el cual Yvonne oyó que el Cónsul decía algo—. *Eggs!* —estalló nuevamente la voz eufórica—. *You... two diablos!* You *tree diablos* —la voz cacareó con júbilo—. *Eggs!* —y luego—, *Who is the beautiful layee?*... Ah, you are... ah *five diablos*, you ah... Eggs! —la expresión burlona siguió al Cónsul

---

* *Lechery*: lujuria. Retruécano intraducible. (*N. del T.*)

al reaparecer sonriente e impávido, en la acera a mayor altura que Yvonne.

—En Tortú —prosiguió tomando el paso de Yvonne, ya que volvía a sentirse más sereno—; la Universidad ideal en la que no se consiente que ninguna actividad de cualquier índole (según me han informado fuentes autorizadas), nada, ni el atletismo, interfiera con la tarea de... ¡cuidado!... beber...

Surgido de la nada, navegaba el entierro del niño; al diminuto ataúd cubierto de encaje seguía la banda (dos saxofones, un guitarrón y un violín que, sorprendentemente, tocaban 'La Cucaracha'), detrás venían las mujeres, solemnísimas, en tanto que poco más lejos algunos mirones bromeaban y, casi correteando, levantaban una tolvanera en la cual se desparramaban.

Yvonne y el Cónsul se apartaron mientras el modesto séquito se dirigía con rapidez rumbo a la ciudad y luego, sin mirarse, siguieron caminando. La orilla de la calle ya no era tan alta y la acera y las tiendas quedaron atrás. A la izquierda se alzaba un pequeño muro tras el cual había lotecillos vacíos mientras que, a la derecha, las casas se convertían en chozas bajas y abiertas, llenas de negro carbón. El corazón de Yvonne, que había luchado contra una insufrible angustia, dejó de latir un segundo. Aunque resultase increíble, se acercaban al sector residencial, a su propio rumbo.

—¡Fíjate por dónde caminas, Geoffrey! —pero fue Yvonne quien tropezó al volver la esquina en ángulo recto de la calle Nicaragua. El Cónsul la contempló, inexpresivo, mientras ella, al levantar la mirada al sol, vio la extraña casa frente a ellos casi al final de la calle, con sus dos torres unidas por una pasarela sobre la cumbrera del tejado, a la que alguien más —un peón— miraba también con curiosidad.

—Sí, todavía está allí; no se ha movido ni una pulgada —dijo el Cónsul y pasaron junto a la casa, a la izquierda, con aquella inscripción en la pared que Yvonne no quería ver; y ya para entonces iban por la calle Nicaragua.

—Y, no obstante, la calle parece, en cierto modo, diferente —Yvonne volvió a hundirse en el silencio. De hecho, hacía un tremendo esfuerzo por dominarse. Lo que no hubiera podido explicar era que recientemente aquella casa no había figurado en su evocación de Quauhnáhuac. A veces, en los últimos tiempos, su imaginación la había llevado en compañía de Geoffrey por la calle Nicaragua, pero ni una sola vez (¡pobres fantasmas!) habían llegado a enfrentarse al 'zacuali' de Jacques. Ya de tiempo atrás se había desvanecido sin dejar huella alguna; era como si la casa no hubiese existido jamás, tal como puede ocurrir en la mente de un asesino: que algún punto prominente en los lugares cercanos a su crimen, se vuelva borroso, de manera que, al regresar a la vecindad que le fuera tan familiar, no sepa para dónde volverse. Pero, en realidad, la calle Nicaragua no parecía diferente. Allí se extendía aún, atestada de enormes piedras sueltas de color gris, llena de los mismos cráteres lunares y en aquel bien conocido estado de congelada erupción que la hacía aparecer como si estuviesen reparándola —aunque, en realidad, aquí sólo atestiguaba chuscamente el continuo e insuperable desacuerdo entre el municipio y los propietarios respecto a su conservación ¡calle Nicaragua!... el nombre, a pesar de todo, cantaba como un lamento en el interior de Yvonne: sólo aquella ridícula sacudida que sufrió al contemplar la casa de Jacques, podía explicar que se sintiera, cuando menos en parte de su ser, tan tranquila frente a ella.

La calle, larga, sin aceras, se precipitaba, con inclinación cada vez mayor, casi siempre entre altos muros por encima de los cuales sobresalían los árboles (aunque en esos momentos había más chozas a su derecha) hasta que, a unos trescientos metros, torcía a la izquierda, en donde aproximadamente a la misma distancia antes de llegar a su casa, volvía a perderse de vista. Más allá, los árboles ocultaban las pequeñas colinas ondulantes. Casi todas las grandes residencias, a su izquierda, se habían construido muy lejos de la carretera, rumbo a la barranca, y así, miraban hacia los volcanes que se alzaban al otro lado del valle. Una vez más Yvonne veía en la distancia las montañas al través de una brecha abierta entre dos fincas —pequeño campo confinado por una cerca de alambre de púas, en el que abundaban altas hierbas espinosas que parecía haber amontonado con violencia algún vendaval que de repente hubiese dejado de soplar. Allí estaban Popocatépetl e Iztaccíhuatl, lejanos embajadores de Maúna Loa, Mokuaweoweo; pero ahora sombríos nubarrones ocultaban su base. El pasto, pensó Yvonne, no era tan verde como debía serlo al terminar las lluvias; tal vez hubiera una sequía, aunque en los arroyos a cada lado del camino se desbordaba el agua al precipitarse de los montes y... —Y allí está también él. Tampoco se ha movido una pulgada —sin volverse, el Cónsul indicó con la cabeza en dirección a la casa de M. Laruelle.

—¿Quién? ¿quién no se ha...? —balbuceó Yvonne. Miró hacia atrás: sólo estaba el peón que se había detenido para ver la casa y ahora entraba por un callejón.

—¡Jacques!

—¡Jacques!

—Exactamente. En realidad, juntos nos hemos divertido de lo lindo. Pasamos revista a todo, desde el Obispo Berkeley hasta el *mirabilis jalapa* de las cuatro.

—Que hacen ¿*qué*?

—El Servicio Diplomático —el Cónsul se había detenido y encendía su pipa—. A veces creo que realmente hay que decir algo en su favor.

El Cónsul se inclinó para dejar caer un fósforo que flotó en las aguas desbordantes del arroyo, y, en cierto modo avanzaban, hasta se apresuraban: pensativa, Yvonne escuchaba el golpeteo y el raspar ágil e irritado de sus tacones que resonaban en la calle y, a su espalda, la voz aparentemente tranquila del Cónsul.

—Por ejemplo, si hubieras sido agregado británico en la Embajada de Bielorrusia en Zagreb en 1922 (y siempre he creído que una mujer como tú habría hecho muy buen papel como agregado en la Embajada de Bielorrusia en Zagreb en 1922 —aunque sólo Dios sabe cómo logró subsistir tanto tiempo) podrías haber adquirido cierta, no digo exactamente técnica, sino un talante, una máscara, un modo, en cualquier caso, de plantar en tu rostro, de un momento a otro, un aspecto de sublime y fraudulenta abstracción.

—...

—Aunque bien me doy cuenta de cuánto te impresiona; de cómo la imagen de nuestra implícita indiferencia —es decir, de Jacques y mía, quiero decir— te impresiona, como si fuera más indecente que, digamos, Jacques no debió haberse marchado cuando tú te fuiste o que no debimos interrumpir nuestra amistad.

—...

—Pero si tú, Yvonne, hubieras estado en el puente de un barco-trampa británico (y siempre he creído que una

72

mujer como tú lo habría hecho muy bien en el puente de un barco-trampa) atisbando Tottenham Court Road por un telescopio (claro que hablo en lenguaje figurado) día tras día, contando las olas, te habrías enterado...

—¡Fíjate, por favor, por dónde caminas!

—Aunque, claro si hubieras sido Cónsul en *Cuernos*vaca, esa ciudad maldecida por el amor perdido de Maximiliano y Carlota, entonces, bueno entonces...

...'¡BOX! ARENA TOMALIN, EL BALON *vs.* EL REDONDILLO'.

—Pero no creo haber terminado con aquello del pequeño cadáver. Lo que resulta en realidad tan sorprendente es que debe ser inscrito; sí, inscrito en los registros de salida de la frontera de Estados Unidos. Mientras que para él, los gastos equivalen a dos pasajes de adulto...

—...

—Sin embargo, como pareces no querer escucharme, prepárate, para algo más que tal vez debo decirte.

—...

—Algo más, repito, muy importante que quizás debo decirte.

—Sí, ¿de qué se trata?

—De Hugh.

Yvonne dijo al fin:

—Has tenido noticias de Hugh. ¿Cómo está?

—Está viviendo conmigo.

...'¡BOX! ARENA TOMALIN. FRENTE AL JARDIN XICOTENCATL. *Domingo 8 de noviembre de 1938. 4 Emocionantes Peleas.* EL BALON *vs.* EL REDONDILLO'.

'*Las manos de Orlac. Con Peter Lorre'.*

—¿Qué? —Yvonne se detuvo violentamente.

—Parece que esta vez estuvo en los Estados Unidos en un rancho ganadero —dijo el Cónsul con bastante seriedad mientras que, en cierta forma, de cualquier modo, seguían avanzando, pero ahora con mayor lentitud—. ¡Sólo Dios sabe con qué objeto! Seguro que no fue para aprender a montar, pero a fin de cuentas, se presentó hace casi una semana, equipado de manera a todas luces extravagante, parecido a Hoot S. Hart en *Riders to the Purple Sage.* Aparentemente, se «autoteleportó» o lo deportaron de Estados Unidos en un camión de ganado. No pretendo saber cómo se las arreglan los de la prensa en estos asuntos. O, tal vez, se trataba de una apuesta... De cualquier forma, llegó hasta Chihuahua con el ganado y con algún compinche contrabandista de armas o portador de ellas llamado... ¿Weber? ...no me acuerdo (de todos modos, no lo conocí) que lo puso en un avión para que recorriera el resto del camino —sonriente el Cónsul golpeó con su pipa el tacón de su zapato. —Parece que, en estos días, todos vuelan para verme.

—Pero... pero Hugh... No comprendo...

—En el camino perdió su ropa; pero no fue por descuido, aunque no lo creas, sólo que en la frontera querían hacerle pagar derechos más altos de lo que valía, así es que naturalmente la abandonó allá. Sin embargo, no perdió el pasaporte, lo cual quizá resulte insólito porque de algún modo sigue trabajando (aunque no puedo imaginarme con qué carácter) para el *London Globe*... Por supuesto, ya sabes que en los últimos tiempos se ha vuelto bastante famoso. Es la segunda vez que le ocurre, por si acaso no te enteraste de la primera.

—¿Supo lo de nuestro divorcio? —logró preguntar Yvonne.

El Cónsul negó con la cabeza. Proseguían lentamente y el Cónsul miraba hacia abajo.

—¿Se lo dijiste?

El Cónsul permanecía callado y caminaba cada vez con mayor lentitud. Al cabo, habló: —¿Qué dije?

—Nada, Geoff.

—Bueno, ahora, claro, sabe que estamos separados —con su bastón, el Cónsul decapitó una polvorienta amapola que crecía a orillas de la cuneta.

—Pero esperaba que ambos estuviésemos aquí. Supongo que se imaginó que dejamos de... pero evité decirle que el divorcio se había consumado. Es decir, creo que lo evité. Quería evitarlo. Si mal no recuerdo, honradamente, estaba a punto de decírselo cuando se marchó.

—Entonces, ya no está viviendo contigo.

El Cónsul estalló en carcajadas que se convirtieron en un acceso de tos. —¡Oh, sí! claro que sí... De hecho, casi me muero con la tensión de sus operaciones de salvamento. Lo que equivale a decir que estuvo tratando de «curarme». ¿No puedes verlo? ¿Acaso no puedes reconocer su fina mano italiana? Y casi lo logró, literalmente y de golpe y porrazo, con algún malévolo compuesto de estricnina que elaboró. Pero —el Cónsul pareció tener cierta dificultad, sólo por un momento, para colocar un pie delante del otro—, para concretar más, tenía en realidad mejores razones para quedarse que para hacer de salvador a la Theodore Watts Dunton. A mi Swinburne —el Cónsul decapitó otra amapola—. Un Swinburne mudo. Había logrado olfatear cierta noticia mientras estaba de vacaciones en el rancho y vino siguiendo la pista como trapo rojo tras el toro. ¿No te lo había dicho ya?... Por lo cual (¿no te lo dije ya?) se fue a México.

Al cabo de un rato, Yvonne dijo con voz tan débil que apenas logró oírse a sí misma: —Pues bien, podremos estar tú y yo solos, ¿no crees?

—'¿Quién sabe?'

—Pero si dices que ahora está en la capital —prorrumpió.

—Oh, va a dejar el trabajo... puede que ahora esté en casa. En todo caso, regresa hoy, según creo. Dice que desea «acción». ¡Pobre tipo!; está gozando de la popularidad que lleva puesta estos días —y, fuera o no sincero, el Cónsul añadió con bastante simpatía, o al menos así pareció por el tono en que lo dijo—. Sólo Dios sabe cuál será el fin de esa comezoncilla romántica que tiene.

—¿Y cómo crees que se sienta —de pronto preguntó Yvonne con valor—, cuando vuelva a verte?

—Sí; pues bien, no habrá mucha diferencia; todavía no es tiempo de que se note, pero estaba a punto de decir —prosiguió el Cónsul con la voz un poco ronca—, que los días de excesos, es decir, los de Laruelle y míos, cesaron con el advenimiento de Hugh —atizó el polvo con su bastón, dibujando figurillas durante un minuto, a medida que avanzaba como si estuviese ciego—. El que más se divirtió fui yo, porque Jacques tiene el estómago débil y suele sentirse mal después de la tercera copa, y después de la cuarta se pone a hacer el Buen Samaritano, y a la quinta también le da por sentirse Theodore Watts Dunton... De modo que, por decirlo así, supe apreciar un cambio de técnica. Hasta tal punto que ahora te agradecería, a nombre de Hugh, que no le dijeras nada.

—¡Oh!

El Cónsul carraspeó. —No es que haya bebido mucho durante su ausencia, ni tampoco que esté sobrio como una piedra, según puedes advertirlo fácilmente.

—Oh, claro que sí —sonrió Yvonne llena de pensamientos que ya la habían arrastrado a miles de kilómetros en loca fuga de todo esto. Sin embargo, seguía caminando despacio al lado del Cónsul. Y deliberadamente, como el alpinista que, encontrándose a la intemperie, levanta los ojos hacia los pinos que coronan el precipicio y se tranquiliza diciendo: —¡Qué importa el vacío que se extiende a mis pies! ¡Cuánto peor sería si me hallase en la copa de uno de aquellos pinos!— se esforzó por arrancarse de aquel momento: dejó de pensar: o pensó una vez más en la calle recordando la última y mordaz mirada con que la vio (¡y cuánto más angustiosa le pareció entonces la situación!) al iniciar aquel fatídico viaje a la Ciudad de México, viendo hacia atrás desde el Plymouth —ahora perdido— que, con estrépito, volvía la esquina hundiéndose en sus muelles al pasar por los baches y se detenía bruscamente para luego arrastrarse, y de nuevo precipitarse hacia adelante, rozando, sin importar de qué lado, las paredes, más altas de cómo las recordaba, cubiertas de bugambilias: ígneas y tupidas riberas de flores. Por encima de ellas podían verse las copas de los árboles con sus pesados ramajes inmóviles y, de vez en cuando, entre ellos, una atalaya —eterno mirador de Parián— y aquí, tras los muros, las casas, invisibles, como lo eran también desde lo alto (en una ocasión se tomó la molestia de averiguarlo) que parecían estar acurrucados en el interior de sus patios, aislados los miradores flotando por encima como solitarios vigías del alma. Ni tampoco, entre el encaje de acero forjado de altas rejas que vagamente evocaban a Nueva Orleans, podían distinguirse con mayor claridad las casas encerradas por estos muros en donde los lápices de los enamorados habían dejado furtivas constancias de sus citas, muros que, con frecuencia, ocultaban no tanto un México real, cuanto el sueño de algún español nostálgico de su patria. Durante un trecho, el arroyo se ocultó en la tierra, y otra de aquellas chozas bajas construidas al nivel de la calle la miró amenazante, abriendo sus siniestras fauces ennegrecidas en el sitio donde María solía comprar carbón. Luego, el agua volvió a brotar brillando bajo los rayos del sol, y del otro lado surgió, a través de una brecha abierta en la pared, solitario, el Popocatépetl. Sin que ella se diera cuenta, había pasado la esquina y la entrada de su casa estaba a la vista.

La calle completamente desierta y silenciosa ahora (salvo por el murmullo de los arroyos que brotaban para convertirse en dos pequeños torrentes impetuosos que competían en una carrera) le recordaba vagamente cómo, con los ojos del corazón, antes de que conociera a Louis, cuando en parte imaginaba que el Cónsul había regresado a Inglaterra, ella misma había tratado de conservar la imagen de Quauhnáhuac como una especie de vereda firme en donde su fantasma podía deambular al abrigo de las marejadas de una posible catástrofe, acompañada tan sólo por su propia sombra consoladora aunque indeseable.

Después, desde el otro día, Quauhnáhuac le pareció —aunque siempre despoblada— distinta: depurada, sin mácula del ayer, con Geoffrey que, solitario, (aunque de carne y hueso ahora) era aquí susceptible de redención y necesitaba su ayuda.

Geoffrey se encontraba aquí por cierto; pero no sólo estaba acompañado, no sólo no necesitaba de su ayuda, sino que vivía en el centro mismo de la culpa de Yvonne, culpa que, a todas luces lo sustentaba de forma extraña...

Yvonne asió con fuerza su bolso; en su cabeza se hizo de repente un vacío y apenas se fijó en las mojoneras hacia las cuales el Cónsul —recobrada aparentemente su presencia de ánimo— apuntaba en silencio con su bastón: a la derecha se alejaba la vereda que conducía al campo y a la iglesita que habían convertido en escuela, con sus lápidas y la barra horizontal en el patio de recreo, y la sombría entrada del foso (los altos muros a ambos lados habían desaparecido temporalmente) de la mina abandonada que corría por debajo del jardín.

> *To and fro from school...*
> *Popocatepetl*
> *It was your shining day...* *

canturreó el Cónsul. Yvonne sintió que su corazón se desgarraba. Un sentimiento de paz compartida, la paz

---

* *Ir y venir de la escuela...*
  Popocatépetl
  Era tu día brillante...

de las montañas, parecía envolverlos; era falsa, era mentira, pero, por un momento, fue casi como antaño, cuando regresaban, del mercado a casa. Riéndose, Yvonne lo tomó por el brazo y caminaron al mismo paso. Y aquí se alzaban ahora una vez más los muros, y su rampa bajaba hacia la calle, en donde nadie había apaciguado el polvo alborotado por los pies descalzos de los madrugadores y allí, fuera de los goznes, estaba ahora su puerta, caída cerca de la entrada, como de hecho siempre había yacido, insolente, oculta en parte tras el seto de bugambilias.

—Ahora sí, Yvonne. Ven, querida... ¡Ya casi estamos en casa!

—Sí.

—¡Qué extraño!... —dijo el Cónsul.

Un repugnante perro callejero los siguió cuando entraron.

III

La tragedia proclamada, mientras recorrían la media
luna de la rampa, tanto por los baches que en ella se
abrían como por las altas plantas exóticas —lívidas y cre-
pusculares al través de las gafas oscuras del Cónsul—,
que sucumbían por doquier de innecesaria sed y casi
parecían apuntalarse unas contra otras, aunque lucha-
ban como agonizantes voluptuosos en éxtasis por conservar una última actitud de fortaleza o de desolada fecundidad colectiva —pensó vagamente el Cónsul—, la
tragedia parecía ser examinada e interpretada por una
persona que caminara a su lado, sufriendo por él y diciendo: —Mira: cuán extrañas, cuán tristes pueden ser las
cosas familiares. Toca este árbol que antaño fuera tu
amigo: ¡ay, que aquello que ha llevado tu sangre pueda
convertirse en algo tan extraño! Mira ese nicho en el
muro, allí, en la casa, donde Cristo sigue inmóvil, sufriendo, y te ayudaría si se lo pidieras: no puedes pe-
dírselo. Considera la agonía de las rosas. Mira en el
césped los granos de café de Concepta (solías decir que
eran de María) secándose al sol. ¿Puedes reconocer aún
su dulce aroma? Mira los plátanos con sus extrañas flo-
raciones familiares, antaño emblema de vida, hoy símbolo de maligna muerte fálica. Ya no sabes amar estas
cosas. Ahora todo tu amor son las 'cantinas'; débil supervivencia de un amor por la vida, que se ha convertido en
veneno —que no es sólo enteramente veneno—, y el vene-

no se ha convertido en tu alimento cotidiano, cuando en la taberna...

—Entonces, ¿también se fue Pedro? —Yvonne lo asía fuertemente por el brazo, pero su voz le pareció casi natural al Cónsul.

—Sí, ¡a Dios gracias!

—¿Y los gatos?

—'¡Perro!' dijo el Cónsul, con gesto amigable y quitándose las gafas, al perro callejero que familiarmente apareció a sus pies. Pero, alebrado, el animal volvió sobre sus pasos por la rampa—. Aunque me temo que el jardín es un espléndido caos. Durante meses hemos estado virtualmente sin jardinero. Hugh arrancó un poco de cizaña. Limpió también la alberca... ¿Oyes? Hoy debe acabar de llenarse —la rampa se ensanchaba hasta formar un pequeño redondel para luego desembocar por un sendero que atravesaba oblicuamente el angosto talud de césped con sus islas de rosales hasta la puerta del «frente» que, de hecho, ocupaba la parte posterior de la casa blanca y baja, techada con tejas imbricadas de color maceta semejantes a tubos cortados por la mitad. Vislumbrado por entre los árboles, con la chimenea en el extremo izquierdo —de la cual se alzaba un hilo de humo negro—, el bungalow pareció por un instante como una barquilla anclada—. No. Chantaje y demandas por salarios caídos han sido mi suerte. Y hormigas cortahojas de diversas especies. Una noche que salí, robaron la casa. E inundaciones: los drenajes de Quauhnáhuac nos visitaron no sin dejar algo que hasta últimas fechas apestaba como el Huevo Cósmico. Pero no importa; tal vez puedas...

Yvonne liberó su brazo para hacer a un lado el tentáculo de un jazmín trompeta cuyas ramas obstruían el sendero.

—¡Oh, Geoffrey! ¿Dónde están mis camelias?...

—¡Sólo Dios sabe! —sobre un arroyuelo seco que dividía el prado y corría paralelo a la casa, había a guisa de puente, una tabla contrahecha. Entre floripondio y rosa una araña tejía una intrincada tela. Derramando chillidos guijosos, una parvada de tiránicos papamoscas, en sombrío y vertiginoso vuelo, pasó rasando la casa. Yvonne y el Cónsul atravesaron la tabla y llegaron al porche.

Una vieja con rostro de negro gnomo altamente intelectual —pensaba siempre el Cónsul— (acaso querida de
algún retorcido guardián de aquella mina que antaño
existió bajo su jardín) surgió de la «puerta del frente»
llevando el inevitable «mechudo», el 'trapeador' o «mari-
do americano» por encima del hombro, raspando y arrastrando los pies, aunque el raspar y el arrastrar parecían
diferenciarse, como si distintos mecanismos los regula-
ran. —Aquí está Concepta —dijo el Cónsul—. Yvonne:
Concepta. Concepta, la señora Firmin —la expresión del
gnomo se iluminó con infantil sonrisa, con lo cual su
rostro transformóse por un momento en el de una niña
inocente. Concepta se limpió las manos en el delantal:
mientras estrechaba la de Yvonne, el Cónsul titubeó,
viendo ahora, estudiando con sobrio interés (aunque en
este punto se sintió de pronto con una borrachera más
agradable que la de cualquier otro momento justamente
antes de aquella laguna mental de la noche anterior)
el equipaje de Yvonne que se hallaba en el porche, frente a él tres maletas y una caja de sombreros tan adornados con etiquetas, que bien podrían estallar en cierto
tipo de floración para también decir, he aquí tu histo-
rial: Hotel Hilo Honolulu, Villa Carmona Granada, Hotel Theba Algeciras, Hotel Península Gibraltar, Hotel Na-
zareth Galilea, Hotel Manchester Paris, Cosmo Hotel
London, S. S. *Ile de France*, Regis Hotel, Canada Hotel
México D. F. —y ahora las nuevas etiquetas— los últimos
capullos: Hotel Astor New York, The Town House Los
Angeles, S. S. *Pennsylvania*, Hotel Mirador Acapulco,
Compañía Mexicana de Aviación. —'¿El otro señor?'
—dijo el Cónsul a Concepta, que sacudía la cabeza con
enfático deleite—. No ha regresado todavía. Está bien,
Yvonne, supongo que quieres tu antiguo cuarto. De todos modos, Hugh está en el de atrás con la máquina.
    —¿La máquina?
    —La segadora mecánica.
    —...'¿por qué no, agua caliente?' —mientras Concep-
ta se alejaba con dos de las maletas arrastrando y raspando los pies, su voz, festiva, musical y suave, ascendía
y descendía.
    —¡De modo es que hay agua caliente para ti; esto sí
es un milagro!
    Del otro lado de la casa, el paisaje tornóse de repen-
te como el mar, amplio y acariciado por los vientos.

Más allá de la barranca, las llanuras ondulaban hasta el mismo pie de los volcanes, cuya base se ocultaba tras una barrera de bruma y por encima de la cual alzábanse el inmaculado cono del viejo Popo y, extendiéndose a su izquierda —como una Ciudad Universitaria en la nieve—, los picos dentados del Iztaccíhuatl y, por un momento, Yvonne y el Cónsul permanecieron en el porche, mudos ambos —sin enlazar sus manos pero sí rozándoselas—, como si no estuvieran lo bastante seguros de no estar soñando, cada cual separado del otro en su lejano lecho desolado, sus manos sólo fragmentos arrastrados por el vendaval de sus recuerdos, temerosos a medias de unirse y, no obstante, tocándose por encima del mar que ulula en la noche.

Muy próxima a sus pies, risueña, la pequeña alberca —si bien casi llena— seguía colmándose con el agua procedente de una manguera que, conectada a una llave, goteaba; antaño, ambos pintaron de azul sus paredes y el fondo; el color apenas se había desteñido y, reflejando el cielo, remedándolo, el agua parecía de intenso color turquesa. Hugh había acicalado las orillas de la alberca, pero el jardín, a medida que se alejaba, se sumía en una indescriptible confusión de zarzas de las que el Cónsul desvió la mirada: la placentera sensación evanescente de la embriaguez se disipaba...

Distraídamente, miró de soslayo en torno al porche que también ceñía un poco el lado izquierdo de la casa, la casa a la que Yvonne no había entrado aún y por la cual, como si respondiera al ruego del Cónsul, Concepta se les acercaba ahora. Venía con la vista fija en la bandeja que llevaba sin mirar a su derecha ni a su izquierda, ni a las plantas polvosas y vanas que se desplomaban por encima del corto parapeto, ni a la hamaca manchada, ni al lastimoso melodrama de la silla rota, ni al sofá destripado, ni a los incómodos quijotes de serrín que reclinaban sus monturas de paja sobre los muros de la casa, y cada vez se acercaba más a ellos arrastrando los pies en medio del polvo y de las hojas muertas que no había tenido tiempo de barrer del piso de mosaicos rojizos.

—Concepta conoce mis costumbres, ¿ves? —el Cónsul miró ahora la bandeja en la que había dos vasos, una botella de *Johnny Walker* a medio consumir, un sifón, un 'jarro' con hielo que se derretía y la botella de siniestro aspecto, también a medias, con una opaca mezcla rojiza cual tinto barato, o acaso jarabe para la tos—. De cualquier manera, he aquí la estricnina. ¿Quieres un whisky con soda? ...El hielo parece ser en tu honor, de todos modos. ¿Ni siquiera un ajenjo solo? —el Cónsul cambió la bandeja del parapeto a una mesa de mimbre que Concepta acababa de sacar.

—¡Dios me libre! Para mí, no. Gracias.

—Entonces, un whisky solo. Anda, ¿qué tienes que perder?

—¡Primero déjame desayunar algo!

—...Bien pudo haber dicho que sí, por una vez —con velocidad increíble murmuró una voz en ese momento a oídos del Cónsul— porque ahora claro pobre de ti deseas con ansias emborracharte de nuevo ¿verdad? todo el problema según lo estimamos nosotros es que el tan anhelado regreso de Yvonne ¡ay! sólo apartó la angustia mi viejo no sirve para nada —seguía cotorreando la voz— en sí ha creado la situación más importante de tu vida salvo una es decir esta situación mucho más decisiva que a su vez origina que para hacerle frente tengas que beberte quinientas copas —reconoció la voz de un agradable e impertinente familiar, tal vez con cuernos, pródigo en disfraces, especialista en casuística, que añadió severo—, pero ¿acaso eres hombre que se debilite y tome una copa en esta hora crítica Geoffrey Firmin? no lo eres lucharás contra ello ya has triunfado de esta tentación ¿acaso no lo has hecho? no lo has hecho luego debo recordártelo ¿no rehusaste anoche copa tras copa y finalmente después de un sueñito sabroso ya del todo sobrio no lo hiciste? lo hiciste ¿no lo hiciste? lo hiciste sabemos que después lo hiciste, sólo tomaste lo bastante para corregir tu temblor ¡un magistral dominio de ti mismo que ella no aprecia ni puede apreciar!

—En cierto modo pienso que no crees en la estricnina —dijo el Cónsul con discreto triunfo (aunque sintió inmenso consuelo ante la simple presencia de la botella de whisky), mientras servía medio vaso de la mezcla de la siniestra botella. He resistido a la tentación cuando menos dos minutos y medio: mi redención es segura.— Tampoco yo creo en la estricnina, no me vas a hacer llorar de nuevo Geoffrey Firmin, payaso desgraciado, te voy a patear el hocico. ¡Oh idiota! —se trataba de otro familiar y el Cónsul alzó su vaso en prueba de gratitud

y bebió pensativo la mitad de su contenido—. La estricnina —irónicamente había puesto un poco de hielo en
ella— tenía un sabor dulzón, algo semejante al casis;
tal vez suministraba cierta especie de estímulo subcons-
ciente que apenas se advertía: el Cónsul, aún de pie, era
también consciente de una débil y vaga recrudescencia
de su dolor, despreciable...

—Pero 'cabrón' no puedes ver que lo que está pensando es que la primera cosa en que piensas, después
que ella ha llegado a casa de este modo, es en una copa
aunque sólo sea una copa de estricnina cuya intrusa necesidad y yuxtaposición anulan su propia inocencia así
es que ves debieras hacerlo ante semejante hostilidad
¿acaso no debieras? comenzar ahora con whisky en vez
de comenzar más tarde con tequila a todo esto ¿dónde
está? bien sabemos dónde está eso sería el principio del
fin tampoco con mezcal que sería el fin aunque quizás
sería un fin endiabladamente bueno pero el whisky el
noble añejo y saludable fuego que escalda la garganta
de los ancestros de tu esposa 'nació' en 1820 y 'sigue tan
campante' y luego bien podrías tomarte un poco de
cerveza también es buena para la salud y llena de vitaminas porque tu hermano estará aquí y es todo un
acontecimiento y, tal vez sea ésta la razón para tener
un festejo claro que sí y mientras bebes el whisky y
después la cerveza podías sin embargo limitarte 'poco
a poco' según debes pero cualquiera sabe que es peligroso tratar de hacerlo muy violentamente pero siguiendo la labor positiva de Hugh para regenerarte claro que
lo lograrías —nuevamente era su primer familiar y, suspirando, el Cónsul puso el vaso en la bandeja con amenazadora firmeza de la mano.

—¿Qué fue lo que dijiste? —preguntó a Yvonne.

—Dije tres veces —repitió Yvonne riendo— por amor
de Dios, toma una bebida decente. No tienes que beber
ese brebaje para impresionarme... Me limitaré a sentarme aquí y regocijarme.

—¿Qué? —ella sentada en el parapeto, miraba hacia
el valle aparentando interesarse en el paisaje y disfru-
tarlo. En el jardín reinaba una calma sepulcral. Pero el
viento debió cambiar de repente: el *Izta* se había esfu-
mado, mientras que el Popocatépetl se hallaba casi enteramente oscurecido por columnas horizontales de nubes negras, como si fueran líneas de humo dibujadas

transversalmente sobre la montaña por varios trenes que corriesen paralelos—. ¿Quieres repetir eso? —el Cónsul la tomó de la mano.

Se abrazaron —o casi lo pareció— apasionadamente: de alguna parte de los cielos, un cisne, traspasado, cayó pesadamente en tierra. Fuera de la 'cantina' El Puerto del Sol, en Independencia, los predestinados ya debían estar amontonándose al calor del sol, esperando a que alzaran las cortinas con estruendo de trompetas...

—No, gracias; seguiré con la vieja medicina —el Cónsul casi se fue de espaldas en su vieja y rota mecedora verde. Sobrio, permaneció sentado ante Yvonne. Era éste el momento que tanto anhelara bajo las camas, durmiendo en los rincones de los bares, a la orilla de bosques sombríos, veredas, bazares, prisiones, el momento en que... —pero el momento, nonato, se desvaneció: y tras él, aproximábase la *ursa horribilis* de la noche. ¿Qué había hecho? Dormir en alguna parte, de eso no cabía duda. *Tak*: *tok*: *auxilio*: *auxilio*: la piscina imitaba el tic tac de un reloj. Había dormido, ¿qué más? Hurgando en los bolsillos del pantalón de su traje, su mano, su mano sintió el duro filo de un indicio. La tarjeta que sacó a la luz, decía:

Arturo Díaz Vigil
Médico Cirujano y Partero
Enfermedades de Niños
Indisposiciones Nerviosas
Consultas de 12 a 2 y de 4 a 7
Av. Revolución Número 8

—...¿Has vuelto de veras? ¿O sólo viniste a verme? —preguntábale el Cónsul con dulzura, mientras volvía a guardar la tarjeta.

—Aquí estoy, ¿no es así? —dijo Yvonne con alegría, incluso con una ligera entonación de desafío.

—¡Qué extraño! —comentó el Cónsul, tratando a medias de levantarse para coger la copa que Yvonne, a pesar de él, le había autorizado, y protestó la voz violenta: Geoffrey Firmin grandísimo imbécil, te voy a patear el hocico si lo haces, si te bebes un trago, gritaré ¡oh idiota!—. Pero con eso das prueba de mucho valor. ¿Qué tal sí?... ¿sabes?, estoy en un lío terrible.

—Pero creo que te ves es*plén*dida. No tienes *idea* de lo bien que luces —(absurdamente, el Cónsul había doblado los biceps y se los palpaba: —¡Fuerte todavía como un caballo, por decirlo así; fuerte como un caballo!)— ¿Cómo me veo? —pareció decirle Yvonne. Desvió un poco el rostro y lo mantuvo de perfil.

—¿No te lo dije? —el Cónsul la observó—. Hermosa... morena —¿había dicho él eso?—. Bronceada como una mora. Te has estado bañando en el mar —añadió—. Parece como si te hubieras asoleado mucho... Claro que también aquí ha habido mucho sol —prosiguió—. Como siempre... Demasiado. A pesar de la lluvia... Sabes, no me gusta.

—En realidad, sí te gusta —replicó Yvonne aparentemente— podríamos salir al sol, ¿sabes?

—Bien...

El Cónsul seguía sentado frente a Yvonne en la mecedora rota de color verde. Tal vez sólo era el alma, pensó emergiendo lentamente de la estricnina para llegar a una especie de indiferencia y discutir con Lucrecio, la que envejecía, mientras que el cuerpo era capaz de renovarse muchas veces, a menos que hubiese adquirido un inalterable hábito de senectud. Y quizá el alma prosperaba a expensas de su propio dolor, así que los sufrimientos que le había infligido al alma de su esposa no sólo le habían aprovechado sino que, merced a ellos, había florecido. ¡Ah, no sólo por los sufrimientos que *él* le había infligido! ¿Y aquellos de los que era responsable el adúltero espectro llamado Cliff, aquel al que siempre imaginaba sólo como un saco y un pantalón de pijama abierto en el frente? ¿Y el niño, que también extrañamente se llamó Geoffrey y que el mismo espectro le había hecho a Yvonne dos años antes de su primer viaje a Reno, y que ahora tendría seis años, si no hubiera muerto a la edad de tantos meses, hacía tantos años, de meningitis, en 1932, tres años antes de que ellos se conocieran y casaran en Granada, en España? Y de cualquier manera, allí estaba Yvonne, bronceada y juvenil, como si fuera intemporal: a los quince, según ella misma se lo había dicho, era (es decir, aproximadamente en la época en que debió actuar en aquellas películas del oeste que M. Laruelle aseguraba hábilmente no haber visto, pero de una de las cuales afirmaba que había influido en Eisenstein o alguien así) una chica de quien

decía la gente: —No es bonita, pero va a ser hermosa—:
a los veinte seguían diciendo lo mismo, y a los veinti-
siete cuando ya se había casado con él seguía siendo
verdad, según, claro está, el criterio con que se ven
esas cosas: lo mismo seguía siendo verdad para sus
treinta años; daba la impresión de alguien que aún va
a ser, que acaso está a punto de ser «hermosa»: la misma nariz respingada, las orejas diminutas, los ojos cá-
lidos y oscuros, ahora nublados y de mirada lastimosa,
la misma boca ancha de labios carnosos, también cálida
y generosa, y la barba ligeramente débil. Era el de Yvonne el mismo rostro brillante y fresco que podía desplomarse, según solía decir Hugh, como un montón de
cenizas y volverse gris. Y sin embargo, había cambiado.
¡Ah, sí, en verdad! De manera muy semejante a la de
algún capitán degradado que ya no manda en su barco
al que ve en la bahía al través de la ventana de un bar.
Yvonne ya no era suya... Sin lugar a duda alguien le
había dado el visto bueno sobre su elegante ropa de viaje de color azul pizarra: pero no había sido él.

De repente, con un gesto de suave impaciencia, Yvonne se arrancó el sombrero y sacudiendo sus cabellos cas-
taños descoloridos por el sol, levantóse del parapeto. Se
instaló en el sofá, cruzando sus piernas inusitadamente
bellas y aristocráticamente largas. El sofá emitió un
desgarrador arpegio de cuerdas de guitarra. El Cónsul
encontró sus gafas oscuras y se las puso con aire casi
juguetón. Pero con lejana angustia advirtió que ella seguía esperando cobrar valor para entrar en la casa. Con-
sularmente, con voz fingida y profunda, dijo:

—Hugh debe llegar pronto si tomó el primer autobús.

—¿A qué hora sale el primer autobús?

—A las diez y media, a las once —¿qué importaba? De
la ciudad llegaba el repicar de las campanas. A menos,
claro está, que pareciera del todo imposible, se temía
la hora de llegada de alguien, excepto que trajera licor.
¿Y qué tal si no hubiese habido licor en la casa, sino
sólo la estricnina? ¿Lo habría soportado? Ya estaría en
estos mismos momentos dando traspiés en las calles polvorientas en medio del creciente calor del día, en busca
de una botella; o habría mandado a Concepta. En algún
diminuto bar, en la esquina de cualquier polvoso callejón, olvidado su cargo, bebería toda la mañana para ce-

lebrar el regreso de Yvonne mientras ella durmiese. Tal vez simularía ser un islandés o algún visitante de los Andes o de la Argentina. Mucho más que la llegada de Hugh, era de temerse el desenlace que ya lo asaltaba con el paso de la famosa campana eclesiástica de Goethe en busca del infante que no había ido a la iglesia. Yvonne hizo girar una sola vez el anillo en torno a su dedo. ¿Seguía llevándolo por amor o por uno de dos tipos de conveniencia, o por ambas cosas? Oh, pobre chica, ¿sería por el bien de él o por el bien de los dos? Seguía el tic-tac de la piscina. *¿Podría bañarse en ella un alma y quedar limpia o apagar su sed?*

—Son apenas las ocho y media —el Cónsul volvió a quitarse las gafas.

—Tus ojos, amor mío... tienen un brillo tal —prorrumpió·con esta afirmación Yvonne: y la campana de la iglesia se acercaba: y, repicando, saltó una barrera y el niño tropezó.

—Un poco de inflamación... Sólo un poco —Die glocke glocke tönt nicht mehr... El Cónsul dibujó una figura en uno de los mosaicos del porche con sus zapatos de etiqueta en los que sentía sus pies sin calcetines (no porque, según lo afirmaba el señor Bustamante, gerente del cine de la localidad, bebiendo se hubiera arruinado hasta el punto de no poder comprar calcetines, sino porque toda su armazón estaba a tal grado neurítica por el alcohol, que encontraba imposible ponérselos), hinchados y doloridos. No lo estarían si no fuese por la estricnina ¡maldito brebaje! y esta horrible sobriedad gélida y total en que lo había sumido. Yvonne había vuelto a sentarse en el parapeto y se reclinaba contra una columna. Se mordió los labios, absorta en la contemplación del jardín.

—¡Geoffrey, este lugar es una ruina!

—Mariana y su granja rodeada por un foso, brillan por su ausencia —el Cónsul daba cuerda al reloj que traía en la muñeca—... Pero fíjate, supón, por ejemplo, que abandonas una ciudad sitiada al enemigo, y luego, de una u otra manera vuelves a ella no mucho después (hay algo que no me gusta en mi analogía, pero no importa, supón que lo haces) luego entonces no puedes esperar que tu alma visite las mismas frescas alamedas, o encuentre las mismas bienvenidas aquí y allá, ¿no lo crees?

—Pero yo no abandoné...

—Y no digamos, aunque esa ciudad aparente seguir su ritmo normal, si bien algo derrotada, lo admito, y sus tranvías corran más o menos puntuales —el Cónsul apretó en la muñeca la correa de su reloj—: ¿Eh?

—...¡Mira ese pájaro rojo en las ramas del árbol, Geoffrey! Nunca había visto un cardenal tan grande.

—No —sin que nadie lo observara, asió la botella de whisky; la destapó, olió su contenido y con gravedad volvió a colocarla en la bandeja, frunciendo los labios—: No podías haberlo visto. Porque no es un cardenal.

—Creo que es un cardenal. Mira su pecho rojo. ¡Es como un trozo de flama! —era evidente para el Cónsul que Yvonne temía tanto como él la escena que se avecinaba, y que ahora sentía como si algo la arrastrase a seguir hablando sobre cualquier cosa, hasta que el momento perfectamente inoportuno llegara, ese mismo momento en que, sin que ella lo viera, la temible campana alcanzaría literalmente con gigantesca lengua protuberante e infernal aliento wesleyano al infante sentenciado—. ¡Allí, sobre el hibisco!

El Cónsul cerró un ojo. —Creo que es un quetzal de cola color de cobre. Y no tiene rojo el pecho. Es un pobre solitario que probablemente vive allá por el Cañón de los Lobos, lejos de todos esos tipos con ideas, de manera que puede meditar sobre el hecho de no ser cardenal.

—¡Estoy segura de que es un cardenal que vive aquí mismo en este jardín!

—Como quieras. *Trogon ambiguus ambiguus,* es el nombre exacto, según creo ¡el pájaro ambiguo! Dos ambigüedades deben constituir una afirmación y héla, pues, aquí: quetzal de cola cobriza, no cardenal —el Cónsul tendió la mano hacia la bandeja para alcanzar el vaso de estricnina que estaba vacío, pero olvidando a medio camino lo que en él se proponía servir, o acaso por ser una de las botellas lo que al principio deseara, aunque fuera sólo para oler, y no el vaso, dejó caer la mano y se inclinó hacia adelante convirtiendo así el movimiento en una manifestación de interés por los volcanes. Dijo:

—El viejo Popeye no tardará en surgir de nuevo.

—Por ahora parece estar enteramente sumergido en espinaca —tembló la voz de Yvonne.

En el momento de esta vieja broma común, el Cónsul encendió un fósforo para el cigarro que, por alguna razón, no había podido colocar entre sus labios: al cabo de un instante, hallándose ante un fósforo apagado, se lo volvió a meter en el bolsillo.

Durante un rato permanecieron frente a frente como dos mudas fortalezas.

El agua, que seguía goteando en la alberca —¡Dios mío, con qué mortal lentitud!— colmaba el silencio existente entre ambos... Había algo más; el Cónsul imaginó seguir oyendo la música del baile, que debió haber cesado ya, de manera que fue como si a este silencio lo invadiera un rancio golpeteo de tambores. Paria: también eso quería decir tambores. Parián. Era sin duda la ausencia casi palpable de la música lo que no obstante hacía parecer tan extraño que los árboles se mecieran conforme a su ritmo, ilusión que envolvía de horror no sólo al jardín, sino también a las llanuras en lontananza y a toda la escena ante sus ojos: el horror de intolerable irrealidad. Esto no debe ser muy distinto, se dijo, de lo que sufre algún loco en aquellos momentos en que, sentado benignamente en los patios del manicomio, la locura cesa de súbito de ser un refugio y encarna en el cielo que se hace añicos y en todos sus alrededores, en presencia de lo cual, la razón, ya enmudecida, sólo puede bajar la cabeza. ¿Acaso encuentra solaz el loco en tales instantes, cuando sus pensamientos estallan como balas de cañón al través de su cerebro en la exquisita belleza del jardín del manicomio o en las colinas cercanas, más allá de la terrible chimenea? Difícilmente, pensó el Cónsul. En cuanto a esta belleza particular, sabía que estaba tan muerta como su propio matrimonio e igualmente destrozada. El sol resplandecía ahora fulgurante sobre todo aquel mundo que se presentaba ante su mirada, y sus rayos hacían resaltar la silueta de la arboleda empenachada en la cima del Popocatépetl que, semejante a una gigantesca ballena surgiendo de las aguas, se abría paso entre las nubes; pero nada de esto bastaba para levantarle el ánimo. Los rayos del sol no podían compartir el peso de su conciencia, de afición sin origen. El sol no le conocía. Allá abajo, a su izquierda, más allá de los plátanos, el jardinero de la casa en que solía pasar los fines de semana el embajador argentino, caminaba tirando tajos y reveses sumido entre las altas hierbas, desbrozando el terreno para una pista de badminton y, sin embargo, algo, a pesar de lo inocente de esta ocupación, contenía una horrible amenaza en contra del Cónsul. Las mismas hojas anchas de los plátanos que, gráciles, se inclinaban, parecíanle amenazadoramente salvajes, como las alas de los pelícanos antes de plegarse. En el jardín los movimientos de otras avecillas rojas, semejantes a botones de rosa animados, le parecieron insoportablemente bruscos y furtivos. Era como si las criaturas estuviesen atadas a sus nervios con alambres sensibles. Cuando sonó el teléfono, su corazón casi dejó de palpitar.

De hecho, el teléfono sonaba claramente y el Cónsul abandonó el porche para ir al comedor, en donde, aterrorizado por el furioso objeto, comenzó a hablar en el audífono y luego, sudando, rápidamente en el micrófono —porque era una llamada de larga distancia—, sin saber lo que decía, y escuchando con claridad la voz en sordina de Tom, y convirtiendo las preguntas en sus propias respuestas, temeroso de que en cualquier momento se vertiera aceite hirviendo en sus tímpanos o en su boca: —Está bien. Adiós... Oh, dime, Tom ¿de dónde provenían esos rumores sobre la plata que aparecieron ayer y fueron desmentidos por Washington? Me pregunto de dónde vinieron... ¿Qué los originó? Sí. De acuerdo. Adiós. Sí, en efecto, terrible. ¿De veras? Lo siento. Pero, después de todo, son ellos los propietarios. ¿O me engaño? Adiós. Lo harán probablemente. Sí, de acuerdo, de acuerdo. ¡Adiós; adiós!... —¡Cristo! ¿Qué querrá para hablarme a estas horas de la mañana? ¿Qué horas son en Estados Unidos? Erikson 43.

¡Cristo!... Colgó la bocina al revés y regresó al porche; Yvonne no estaba allí; al cabo de un instante, la oyó en el baño...

Culpable, el Cónsul ascendía la calle Nicaragua.

Era como si estuviese subiendo con gran esfuerzo por alguna interminable escalera entre dos casas. O quizás por el mismo Popeye. Nunca le pareció que fuera tan largo el trayecto hasta la cúspide de esta colina. La calle de adoquines rotos y sueltos se alejaba al infinito en la distancia, como una vida agonizante. Pensó: 900 pesos = 100 botellas de whisky = 900 idem de tequila. Ergolis: no debía uno beber tequila ni whisky, sino mezcal. También la calle era como un horno caliente y el

Cónsul sudaba a chorros. ¡Lejos! ¡Lejos! No iba muy lejos, ni tampoco a la cima de la colina. Un sendero se desviaba a la izquierda antes de llegar a la casa de Jacques, cubierto de follajes, al principio apenas más ancho que una vereda para coche; luego zigzagueaba, y en algún lugar a la derecha en ese sendero, a unos cinco minutos de camino, en una esquina polvorienta, aguardaba, fresca, una cantina sin nombre, tal vez con caballos atados a la entrada y aquel inmenso gato blanco dormido bajo el mostrador, del cual solía decir un patilludo: —El ...mm... ¡trabajó toda la noche, míster, y duerme todo el día!— y esta cantina estaría abierta.

Allá iba (la vereda estaba claramente a la vista, con un perro que guardaba la entrada) para tomar en un ambiente tranquilo un par de copas indispensables que en su mente no tenían naturaleza determinada, y estaría de vuelta antes de que Yvonne acabara de bañarse. También era posible, desde luego, que se encontrase con...

Pero, repentinamente, la calle Nicaragua se alzó para encontrarlo.

El Cónsul yacía boca abajo, en la calle desierta.

...Hugh ¿eres tú, mi viejo, quien tiende la mano a su viejo amigo? Muchas gracias. Ya que, por cierto, quizás te toque en estos días tender la mano. Y no es que no me haya encantado ayudarte siempre. Hasta en París me encantó aquella vez que regresaste de Adén con un lío por tu *carte d'identité* y el pasaporte sin el cual prefieres viajar con frecuencia y cuyo número recuerdo todavía es el 21312. Tal vez me dio tanto más gusto en la medida en que me sirvió para distraerme de los enredos de mis propios problemas y lo que es más, comprobó, para mi gran satisfacción, aunque algunos de mis colegas comenzaban precisamente a dudarlo, que aún no estaba tan divorciado de la vida como para no ser capaz de cumplir con prontitud a tales deberes. ¿Por qué digo esto? ¡En parte es para que veas que también reconozco cuán cerca del desastre nos vimos arrastrados Yvonne y yo antes de encontrarte! ¿Me estás escuchando, Hugh?... ¿queda aclarado? ¿Aclarado que te perdono, así como en cierta forma nunca he podido perdonar del todo a Yvonne, y que puedo seguir queriéndote como a un hermano y que te respeto como hombre? ¿Aclarado que volvería a ayudarte, y no de mala gana? De hecho, desde que nuestro Padre inició solo el ascenso de los

Alpes Blancos y nunca regresó (aunque el caso fue que se trataba del Himalaya y, con más frecuencia de lo que quisiera, pienso que estos volcanes me lo recuerdan al igual que este valle me recuerda el Valle del Indo así como aquellos viejos árboles de Taxco con sus turbantes me recuerdan a Srinigar, y como Xochimilco —¿me estás escuchando, Hugh— de todos los lugares que vi cuando primero llegué aquí me recordó aquellas casas flotantes en el Shalimar, que tú no puedes recordar, y tu madre, mi madrastra, murió, todas aquellas cosas terribles que parecieron ocurrir al mismo tiempo, como si toda la familia política de la catástrofe surgiera de la nada, o quizás de Damchok, para mudarse a nuestra casa con equipaje y trebejos) he tenido muy pocas oportunidades para actuar, por decirlo así, como hermano tuyo. Pero fíjate; tal vez he actuado como padre: aunque entonces eras sólo una criatura mareada en el viejo y errante *Cocanada* de la «Peninsular y Oriental». Pero después, cuando volvimos a Inglaterra, hubo demasiados tutores y sustitutos en Harrogate, demasiados establecimientos y escuelas, por no mencionar la guerra, en cuya batalla (porque como acertadamente lo dices, aún no ha concluido) sigo luchando con una botella y también tú continúas combatiendo en ella con ideas que, espero, a la larga lleguen a ser menos calamitosas para ti de lo que fueron para nuestro padre las suyas, o ya que en estas andamos, de lo que han sido las mías para mí. Aparte de todo esto —¿sigues allí, Hugh, tendiendo la mano?— debería hacerte ver en términos no imprecisos, que nunca creí ni por un momento que semejante cosa como la que ocurrió fuera a ocurrir o que siquiera pudiese llegar a ocurrir. El que yo haya perdido la confianza en Yvonne no implicaba por fuerza que ella la hubiese perdido en mí, de quien se tenía un concepto bastante distinto. Y de que yo confiaba en ti, por sabido se calla. Mucho menos pude haber pensado siquiera que tratarías de justificarte moralmente so pretexto de que yo me hallaba sumido en la corrupción: hay también ciertas razones, que serán reveladas sólo el día del juicio, por las cuales no te debiste erigir en juez mío. Y sin embargo temo —¿me estás escuchando, Hugh?— que mucho antes de ese día, lo que hiciste impulsivamente y lo que has tratado de olvidar en la cruel abstracción de la juventud, te hará verte a ti mismo bajo aspectos diferentes y más sombríos. Con tristeza temo por cierto que puedas, precisamente porque eres persona buena y sencilla en el fondo y respetas auténticamente más que la mayor parte de la gente los principios y reglas que pudieron haber evitado aquello, heredar, a medida que envejezcas y que tu conciencia se debilite, un sufrimiento por ello más abominable que cualquiera de los que me hayas infligido. ¿Cómo puedo ayudarte? ¿Cómo detenerlo? ¿Cómo ha de convencer el hombre asesinado a su victimario que no lo asediará? ¡Ah, el pasado se colma con mayor rapidez de lo que sabemos, y Dios no es muy paciente con los remordimientos! Pero ¿sirve de algo cuando estoy tratando de decirte: que me doy cuenta hasta qué grado fui causa de que todo esto me aconteciera? ¿Sirve, además, admitir que empujar a Yvonne a tus brazos de aquella manera fue una acción débil, casi iba a decir, una broma, que provocó en cambio el inevitable golpe en el cerebro e inundó de serrín el corazón y la boca? Sinceramente lo espero... Sin embargo, mientras tanto, mi viejo, dando traspiés, mi mente, bajo la influencia de la estricnina de la última media hora, de las diversas bebidas terapéuticas anteriores, de las numerosas bebidas antiterapéuticas tomadas con el doctor Vigil aún antes (debes conocer al doctor Vigil, no digo nada de su amigo Jacques Laruelle con quien por diversas razones he evitado presentarte hasta ahora —por favor recuérdame que recupere mis comedias isabelinas que le presté) del continuo beber durante dos días y una noche aún anteriores, de los setecientos setenta y siete y medio... pero ¿para qué seguir? Mi mente, repito, debe de algún modo, por intoxicada que esté, como Don Quijote cuando elude alguna ciudad por él aborrecida en razón de los excesos que en ella cometiera, tomar un atajo... ¿mencioné al doctor Vigil?...

—Vamos, vamos ¿qué pasa allí? —la voz inglesa «muy británica» surgió apenas un poco más arriba de su cabeza, de detrás del volante (según podía verlo ahora el Cónsul), de un coche muy bajo que, susurrante, se detuvo a su lado: un M.G. Magna, o algo por el estilo.

—Nada —el Cónsul, de súbito sobrio como un juez, se levantó ágilmente—. No pasa absolutamente nada.

—¡Vamos, no puede ser; estaba usted tirado cuan largo es en el camino! —el rostro británico, vuelto ahora hacia el Cónsul, era rubicundo, jovial, amable, preocupado, por encima de la corbata inglesa a rayas que recordaba una fuente en un gran patio.

El Cónsul sacudía el polvo de sus ropas; en vano buscaba las heridas; no tenía ni un rasguño. Veía con nitidez la fuente. *¿Podría bañarse en ella un alma y quedar limpia o apagar su sed?*

—Aparentemente todo está bien —dijo—, ¡muchas gracias!

—¡Maldita sea!, pero si digo que estaba usted tirado allí en mitad del camino; pude haberle pasado por encima, ¡vamos! ¿Hay algo que anda mal? ¿No? —el inglés apagó el motor—. Dígame, ¿no lo he visto antes en alguna parte?

—...

—...

—Trinity —el Cónsul se percató de que su propia voz se volvía involuntariamente un poco más «británica»—. A menos que...

—Caius.

—Pero si lleva una corbata de Trinity... —reparó el Cónsul en un comedido tono de triunfo.

—¿Trinity?... Sí. De hecho, es de mi primo —el inglés bajó la cabeza para ver la corbata por encima de su barba, y su rostro encantado y jovial se sonrojó un poco más—. Vamos a Guatemala... Este es un país maravilloso. Lástima de todo este lío del petróleo, ¿verdad? Pésimo... ¿Está seguro, amigo, que no tiene algún hueso roto ni nada?

—No. No hay huesos rotos —dijo el Cónsul. Pero temblaba.

El inglés se inclinó hacia adelante como si de nuevo buscase el interruptor del coche. —¿Seguro que está bien? Estamos hospedados en el Hotel Bella Vista y no nos marcharemos sino hasta esta tarde. Podría llevarle para que echara una siestecita... ¡Hay un bar bastante aceptable, pero toda la noche hacen un escándalo horrible! Supongo que estuvo en el baile, ¿es por eso? Empieza a sentirse mal, ¿verdad? Siempre llevo una botella de algo en el coche para cualquier emergencia... No. No de escocés. Irlandés. Irlandés de Burke. ¿Quiere un traguito? Tal vez prefiera...

—¡Ah!... —el Cónsul daba un trago prolongado—. Un millón de gracias.

—Siga... siga...

—Gracias —el Cónsul le devolvió la botella—. Un millón...

—Bien; felicidades —el inglés volvió a poner en marcha el motor—. Felicidades, mi viejo. No se ande tirando en las calles. ¡Vamos, hombre, que uno de estos días lo aplastan o lo atropellan o le hacen algo, caramba! ¡Vaya camino detestable! ¡Qué espléndido tiempo! ¿verdad? —agitando la mano, el inglés puso el auto en marcha y ascendió por la pendiente.

—Si algún día se llega a meter en un lío —gritaba el Cónsul con desenfado— soy... espere, aquí está mi tarjeta.

—¡Caracoles!

...Aunque no era la tarjeta del doctor Vigil la que el Cónsul sostenía en su mano, tampoco era por cierto la suya. *Cortesía del Gobierno Venezolano.* ¿Qué era esto? *El gobierno venezolano le agradecería...* ¿De dónde pudo salir esto? *"El Gobierno Venezolano le agradecería acusar recibo al Ministro de Relaciones Exteriores. Caracas, Venezuela".* Bueno, pues Caracas... bueno, ¿por qué no?

Erguido como Jim Taskerson —pensó, también ya casado, ¡pobre diablo!—, repuesto, el Cónsul se deslizó cuesta abajo por la calle Nicaragua.

En el interior de la casa escuchábase el sonido del agua de la tina que se vaciaba: se aliñó con rapidez de relámpago.

Interceptando a Concepta (aunque no sin antes tener el tacto de añadir a lo que llevaba la sirvienta una dosis de estricnina) que iba con la bandeja del desayuno, el Cónsul, con el aspecto inocente de quien ha cometido un asesinato mientras se hace el muerto en una partida de bridge, entró en la recámara de Yvonne, ordenada y reluciente. Un sarape oaxaqueño de colores llamativos cubría la baja cama en que Yvonne, a medio dormir, yacía con la cabeza apoyada en una mano.

—¡Qué hay!

—¡Qué hay!

Una revista que había estado leyendo cayó al suelo. Inclinándose ligeramente por encima del jugo de naranja y los huevos 'rancheros', el Cónsul atravesó con osadía por emociones diversas e importantes.

—¿Estás cómoda ahí?

—Perfectamente, gracias —sonriendo, Yvonne aceptó la bandeja. Se trataba de la revista de aficionados a la astronomía a la que se había suscrito, y desde los forros, las enormes cúpulas de un observatorio, cubiertas de una aureola dorada cuyas siluetas oscuras se destacaban como cascos romanos, miraban burlonas al Cónsul—. *"Los mayas —leyó en voz alta— estaban adelantadísimos en astronomía de observación. Pero no sospecharon la existencia del sistema copernicano"*. —Tiró la revista sobre la cama y se sentó cómodamente en la silla, con las piernas cruzadas, las yemas de los dedos rozándose con extraña suavidad, el vaso de estricnina en el suelo, a un lado—. ¿Por qué habrían de sospecharlo?... Aunque lo que me encanta son los años «vagos» de los antiguos mayas. ¡Y no hay que olvidar sus «pseudo-años»! Y sus deliciosos nombres para los meses. Pop. Uo. Zip. Tzec. Xul. Yaxhin.

—Mac —Yvonne reía—. ¿No hay uno llamado Mac?

—Hay Yax y Zac. Y Uayeb: ése es el que más me gusta, el mes que sólo dura cinco días.

—¡Acuso recibo de su atenta fechada el primero de Zip!

—¿Pero adónde te lleva todo esto a la larga? —el Cónsul sorbía la estricnina que aún no daba pruebas de su capacidad como *chaser* del *Burke* irlandés que quizá se hallaba ahora en el garage del Bella Vista)—. Me refiero al saber. Una de las primeras penitencias que me impuse fue aprender de memoria la sección filosófica de *La Guerra y la Paz*. Claro que eso fue antes de que pudiera escaparme como un mono de Santiago entre los aparejos de la Cábala. Pero luego, el otro día me di cuenta repentinamente de que lo único que recordaba de todo el libro era que Napoleón tenía contracciones en una pierna.

—¿No vas a comer nada?

—Ya comí.

Yvonne, que desayunaba con apetito, preguntó:

—¿Cómo anda el mercado?

—Tom está un poco harto porque le confiscaron algunas propiedades en Tlaxcala o Puebla. Pensó que se saldría con la suya. Aquéllos no tienen todavía mi número, pero no estoy seguro de mi situación ahora que he renunciado al servicio.

—Así es que...

—A propósito, me debo disculpar por vestir todavía estos trapos que además, están todos polvorientos; es pésimo. ¡Debí haberme puesto cuando menos un *blazer* en tu honor! —el Cónsul sonrió para sí al escuchar su acento que, por razones impublicables, se había vuelto casi incontrolablemente «británico».

—Así es que ¿de veras renunciaste?

—¡Oh, absolutamente! He estado pensando en naturalizarme mexicano, en irme a vivir entre los indios, como William Blackstone. Pero para nuestras costumbres de hacer dinero ¿sabes? que son (supongo) misteriosísimas para ti que sólo las contemplas desde afuera... —el Cónsul paseó, tranquilo, la mirada por los cuadros colgados en la pared que eran, en su mayoría, acuarelas pintadas por su madre y representaban escenas de Cachemira: un pequeño cerco de piedra gris rodeando varios abedules y un álamo de mayor altura, tumba de Lalla Rookh, un paisaje agrestemente torrencial, vagamente escocés, el abra, la barranca de Gugganvir; más que nunca, el Shalimar se parecía al Cam: un paisaje lejano del Nanga Parbat contemplado desde el valle del Sind pudo ser pintado aquí en el porche y bien pudiera el Nanga Parbat pasar por el viejo Popo...— contemplas desde afuera —repitió—, resultado de tanta preocupación, especulación, previsión, alimentos por divorcio, usufructos...

—Pero... —Yvonne hizo a un lado la bandeja del desayuno, tomó un cigarrillo de su estuche y lo encendió antes de que el Cónsul pudiera ayudarla.

—¡Ya lo habríamos hecho!

Yvonne permanecía acostada, fumando... el Cónsul acabó por oír apenas lo que decía —tranquila, sensata, valerosamente— porque la conciencia de algo extraordinario surgió en su mente. En un abrir y cerrar de ojos vio, como si se tratara de barcos en el horizonte, bajo un cielo lateral, negro y abstracto, la oportunidad de celebrar un festín desesperado (no importaba que fuese él el único en celebrarlo), que se alejaba mientras que, al mismo tiempo, se acercaba lo que sólo podían ser, lo que era ¡Buen Dios! su salvación...

—¿*Ahora*? —dijo en voz baja—. Pero no podemos irnos así *ahora*, teniendo en cuenta lo de Hugh y tú y yo y una cosa u otra, ¿no crees? ¿No te parece que es muy poco factible? —(porque su salvación pudo no parecer tan inminente si no fuera porque el whisky *Burke* irlandés se decidió de pronto a apretarle, aunque sólo fuera imperceptiblemente, las riendas. Era la euforia de aquel instante, aunque se prolongara, la que se sentía amenazada)—. ¿No crees? —repitió.

—Estoy segura de que Hugh comprendería...

—¡Pero si no se trata de eso!

—Geoffrey, esta casa se ha vuelto en cierto modo maligna...

—...Quiero decir que sería una jugada bastante sucia...

¡Dios!... El Cónsul adoptó lentamente una expresión destinada a parecer algo burlona y al mismo tiempo confiada, con la que indicaba una terminante sensatez consular. Porque eso era. La campana eclesiástica de Goethe lo miraba directamente a los ojos; por fortuna estaba preparado para hacerle frente. —Recuerdo un tipo al que ayudé en una ocasión en Nueva York —dijo con fingida indiferencia— de algún modo; era un actor sin empleo. «¡Vaya, señor Firmin!», me decía, «que eso no es nat*urel*». Así es como lo pronunciaba exactamente: nat*urel*. «El hombre no fue creado para eso», se quejaba. «Todas las calles son iguales a esta calle Diez u Once; en Filadelfia también»... —el Cónsul sintió que su acento británico lo abandonaba y que lo sustituía el de un cómico de Bleeker Street—. «Pero en Newcastle, Delaware, ¡vamos, que eso sí es otra cosa! Viejos caminos adoquinados... Y Charleston: las cosas del antiguo Sur... Pero ¡oh, Dios mío! esta ciudad... ¡el ruido! ¡el caos! ¡Si sólo pudiera largarme! ¡Si tan sólo supiera a dónde ir!» —concluyó el Cónsul apasionada, angustiosamente; con voz trémula (aunque, en realidad, jamás conoció a tal personaje y Tom le había relatado toda la historia) y agitándose violentamente con la emoción del primer actor.

—¿Para qué escapar —concluyó con entera serenidad— de nosotros mismos?

Paciente, Yvonne volvió a recostarse. Pero ahora se estiraba para apagar su cigarrillo en el plato de un cenicero de pie, alto y gris, con forma semejante a la representación abstracta de un cisne. El cuello del cisne se había despegado un poco, pero al tocarlo, se inclinó grácil y trémulo mientras Yvonne respondía:

—Está bien, Geoffrey ¿qué te parece si lo olvidamos hasta que te sientas mejor? podremos resolverlo en uno o dos días, cuando estés sobrio.

—Pero ¡Dios mío!

El Cónsul siguió sentado, perfectamente rígido y mirando al suelo mientras llegaba hasta su alma la enormidad del insulto. ¡Como si, como si, como si ahora no estuviese sobrio! Sin embargo, en la acusación había una esquiva sutileza que aún no captaba. Porque no estaba sobrio. No, no lo estaba; no en este preciso momento; no lo estaba. Pero ¿qué tenía que ver eso con lo de hacía un minuto o con lo de hacía una hora, para suponer ya fuese que no estaba sobrio ahora, o, (lo cual era peor) que en uno o dos días *iba a estar sobrio*? Y aunque no estuviera sobrio ahora, ¿por qué artes fabulosas, sólo comparables por cierto con los caminos y esferas de la sagrada Cábala, habría podido volver a encontrarse en ese estado al que antes había llegado sólo una vez, y muy brevemente, esa misma mañana, ese estado en el que sólo él podía, según ella, «enfrentarse a la situación», ese estado fugaz y precioso —tan difícil de mantener— de ebriedad en que sólo él estaba sobrio? ¿Qué derecho tenía Yvonne, cuando por ella había sufrido las torturas de los condenados y de la locura durante veinticinco minutos sin tomarse una copa potable, a insinuar siquiera que estaba, según ella, sólo sobrio? ¡Ah, una mujer no podía conocer los peligros, las complicaciones, sí, la *importancia* de la vida de un borracho! ¿Desde qué concebible punto de vista de la rectitud imaginaba ella poder juzgar lo que era anterior a su llegada? Y no sabía en absoluto, nada de lo que sufriera recientemente, de su caída en la calle Nicaragua, de su aplomo, de su presencia de ánimo, hasta de su intrepidez misma... ¡del whisky irlandés Burke! ¡Vaya mundo! Y lo malo era que había estropeado el momento. Porque ahora el Cónsul se sentía capaz de decir (al recordar que Yvonne dijo: —tal vez tome una después del desayuno —con todo lo que eso entrañaba) en un minuto, si no hubiera sido por el comentario de Yvonne y, ¡sí! a pesar de cualquier forma de salvación: —Sí, tienes razón en todos los sentidos: ¡vámonos! —pero ¿quién iba a estar de acuerdo con alguien tan seguro de que iba uno a estar sobrio pasado mañana? Tampoco era, aunque fuese en el plano más superficial, que se conociera bien el hecho de que nadie podía darse cuenta cuándo estaba borracho. Igual que los Taskerson: ¡Dios los bendiga! No era él el tipo de persona a quien se veía haciendo eses en la calle. Es verdad, podía hasta acostarse en la calle, si llegara a ser menester, como todo un caballero; pero no hacer eses. ¡Ah, vaya mundo que pisoteaba la verdad como pisoteaba a los borrachos! ¡Mundo lleno de gente sedienta de sangre, ni más ni menos! ¿Sedienta de sangre? ¿Le oí decir sedienta de sangre, comandante Firmin?

—Pero, ¡Dios mío!, Yvonne, ya debes saber a estas alturas que no puedo emborracharme por mucho que beba —dijo casi trágicamente tomando de pronto un trago de estricnina—. Pero ¿acaso piensas que *me gusta* embriagarme con esta repugnante *nux vomica* o belladona o llámese como sea lo que me da Hugh? —el Cónsul se levantó con su copa vacía y comenzó a dar vueltas por el cuarto. Tenía conciencia no tanto de haber incurrido, por omisión, en algo fatal (no era como si, por ejemplo, hubiese desperdiciado su vida entera) cuanto de algo simplemente idiota y, por decirlo así, triste al mismo tiempo. No obstante, parecía imponerse una reparación. Pensó o dijo:

—Bueno, tal vez mañana sólo beba cerveza. No hay nada como la cerveza para reponerse, y un poco más de estricnina, y luego, al día siguiente, sólo cerveza... estoy seguro de que nadie se opondrá a que beba cerveza. La mexicana es particularmente rica en vitaminas, según creo... Porque puedo prever que será todo un acontecimiento esta reunión de todos nosotros, y luego, quizás cuando mis nervios vuelvan a normalizarse, dejaré de beberla enteramente. Y después, ¿quién sabe? —se detuvo junto a la puerta—, ¡quizás pueda volver a trabajar y así termine mi libro!

Pero la puerta seguía siendo una puerta y estaba cerrada: ahora estaba entornada y veía, al través, la botella de whisky abandonada en el porche, ligeramente más pequeña y más vacía de esperanza que el irlandés Burke. Yvonne no se había opuesto a que bebiera un sorbito: fue injusto con ella. ¿Pero había razón alguna para serlo también con la botella? ¡No había en el mundo cosa más horrible que una botella vacía! Salvo un vaso vacío. Pero podía esperar: sí, a veces sabía cuándo dejarlo. Regresó lentamente a la cama pensando o diciendo:

—Sí: puedo ver las críticas. ¡Ultimos informes sensacionales que sobre la Atlántida aporta el señor Firmin! ¡Lo más extraordinario en su género desde Donnelly! Interrumpidos por su muerte prematura... Maravilloso. ¡Y los capítulos sobre los alquimistas! Con los cuales queda reducido a añicos el Obispo de Tasmania. Sólo que no lo expresarán así exactamente. Está bastante bien, ¿eh? Quizás pueda hasta ponerme a trabajar en algo sobre Coxcox y Noé. Además, tengo un editor que se interesa: en Chicago... se interesa, pero no se preocupa, si me entiendes; porque en realidad es un error imaginar que semejante libro pueda llegar a ser popular. Pero es sorprendente, si te pones a pensar al respecto, ¡cómo parece florecer el espíritu humano a la sombra del matadero! ¡Cómo —para referirme a toda la poesía— no muy lejos, bajo los corrales de ganado, por escapar del todo a la peste de los figones del mañana, puede vivir la gente en sótanos la existencia de los antiguos alquimistas de Praga! Sí: vivir entre los bienes parafernales del mismo Fausto, entre litarges y ágata y jacinto y perlas. Una vida amorfa, plástica y cristalina. ¿A qué me refiero? ¿A la *Copula Maritalis*? ¿O a pasar del alcohol al alkahest? ¿Puedes decírmelo?... O tal vez podría conseguirme otro empleo, asegurándome primero, claro está, de haber puesto un anuncio en '*El Universal*': «¡acompañaré cadáver a cualquier punto del Oriente!»

Sentada, Yvonne ojeaba su revista, envuelta en el camisón ligeramente ladeado que permitía ver el sitio en que su cálido color broncíneo se desvanecía en la blanca piel de sus pechos; sus brazos sobresalían de las sábanas y una mano, vuelta hacia abajo, indiferente, pendía de la muñeca sobre la orilla de la cama: al acercarse el Cónsul, Yvonne volvió hacia arriba la palma de esta mano con involuntario movimiento, acaso de irritación, pero que fue como inconsciente ademán de súplica: era más: parecía resumir de pronto toda la antigua súplica, toda la extraña pantomima secreta de incomunicable ternura y lealtades y eternas esperanzas de su matrimonio. El Cónsul sintió que sus conductos lacrimales se avivaban. Pero también experimentaba una repentina sensación de extraño desasosiego, una sensación casi indecente de que aquél, un extraño, estuviera en el cuarto de Yvonne. ¡Este cuarto! Fue a la puerta y miró hacia afuera. Allí seguía la botella de whisky.

Pero no hizo movimiento alguno hacia ella; no hizo ningún movimiento, excepto ponerse las gafas oscuras. Por vez primera sintió nuevos dolores aquí y allí, consecuencia del golpe que se diera en la calle Nicaragua. Vagas imágenes de tragedia y aflicción aletearon en su mente. En algún lugar revoloteaba una mariposa rumbo al mar: perdida. El pato de La Fontaine se había enamorado de la gallina blanca, pero cuando juntos escaparon del temible gallinero al través del bosque hasta llegar al lago, el pato fue el que nadó: la gallina, al seguirlo, se ahogó. En noviembre de 1895, con ropa de presidiario, de las dos de la tarde hasta las dos y media, esposado, por todos conocido, Oscar Wilde permaneció de pie en el centro de la plataforma en Clapham Junction...

Al volver el Cónsul a la cama y sentarse en ella, los brazos de Yvonne se hallaban bajo las sábanas, en tanto que su rostro estaba vuelto hacia la pared. Al cabo de un rato dijo emocionado, con voz de nuevo enronquecida: —¿Te acuerdas cómo la noche anterior a tu partida concertamos una cita para cenar en México, como si hubiéramos sido una pareja de desconocidos?

Yvonne seguía mirando a la pared:

—No acudiste a ella.

—Fue porque a última hora no pude recordar el nombre del restaurante. Sólo sabía que quedaba por la Vía Dolorosa. Lo descubrimos la última vez que visitamos la ciudad. Entré a todos los restaurantes de la Vía Dolorosa buscándote, y al no encontrarte, me tomé una copa en cada uno de ellos.

—¡Pobre Geoffrey!

—De cada restaurante debo haber telefoneado al Hotel Canadá. De la cantina de cada restaurante. ¡Sólo Dios sabe cuántas veces! porque pensé que habrías regresado allí. Y cada vez me contestaban lo mismo: que habías salido para encontrarte conmigo, pero que no sabían adónde. Y por último se molestaron mucho. No me explico por qué nos hospedamos en el Canadá en vez de ir al Regis:... ¿recuerdas cómo por mi barba, siempre nos confundían allí con el luchador?... De cualquier modo, anduve vagando de la ceca a la meca, luchando, y creyendo todo el tiempo que si sólo pudiera encontrarte lograría impedir que te marchases al día siguiente.

—Sí.

¡Si sólo pudieras encontrarla! ¡Ah, cuánto frío hacía aquella noche, y qué intenso era! ¡con un viento que aullaba y bocanadas de vapor que soplaban por las rejas de las banquetas en donde los chiquillos harapientos se preparaban temprano para dormir, envueltos en sus míseros periódicos! Y sin embargo, nadie más desheredado que tú, mientras más tarde se hacía y arreciaba el frío y aumentaba la oscuridad y a pesar de ello, ¡todavía no la encontrabas! Y una voz lastimera, gimiendo con el viento, parecía seguirte por la calle a la que llamaba por su nombre: ¡Vía Dolorosa, Vía Dolorosa! Y luego, no sé cómo, temprano, al otro día, inmediatamente después de que salió para Canadá —tú mismo trajiste una de sus maletas, aunque no fuiste a despedirla— te hallaste sentado en el bar del hotel bebiendo mezcal con aquel hielo que te refrescaba el estómago y te tragabas las semillas de limón, cuando de repente un hombre con aspecto de verdugo entró de la calle arrastrando a la cocina dos cervatillos que aullaban de terror. Y luedo los oíste gritar, quizás cuando los destazaban. Y pensaste... mejor no te acuerdes de lo que pensaste. Después de Oaxaca, cuando volviste aquí a Quauhnáhuac, en medio de la angustia de aquel regreso (bajando por las curvas de Tres Marías en el Plymouth, viendo allá abajo en la lejanía la ciudad entre la bruma, y luego la ciudad misma, las mojoneras — tu alma pasó arrastrándose junto a ellas como si pendiera de la cola de algún caballo desbocado) cuando volviste aquí...

—Los gatos habían muerto —dijo el Cónsul— cuando regresé... Pedro insiste en que fue tifoidea. O, mejor dicho, el pobre de Edipo murió, según parece, el mismo día que te fuiste; ya lo había tirado a la barranca, mientras que el pequeño Pathos estaba echado en el jardín bajo los plátanos cuando llegué, y parecía más enfermo aún que cuando lo recogimos en la calle; agonizaba, aunque nadie imaginara por qué motivo: María dijo que se le rompió el corazón...

—¡Vaya conversaciones alegres! —respondió Yvonne con voz severa y extraviada, vuelto aún el rostro hacia la pared.

El Cónsul escuchó su propia voz que preguntaba: —¿Te acuerdas de tu canción? No voy a cantarla: el gatito no ha trabajado, el gatote no ha trabajado, nadie ha trabaja-a-do —y lágrimas de congoja le empañaron la vista; rápidamente se quitó sus gafas oscuras y hundió el rostro en el hombro de Yvonne. —No, pero Hugh... —comenzó a decir Yvonne. —¡Olvídate de Hugh! —pero él no había querido despertar esto ni empujarla sobre los cojines; sintió que el cuerpo de Yvonne se ponía rígido, se endurecía y se enfriaba. Y sin embargo, su consentimiento no parecía provenir sólo del cansancio, sino de una solución encaminada a un instante compartido, hermoso como clamor de trompetas resonando en un cielo purísimo...

Pero ahora también podía sentir, al intentar el preludio, las nostálgicas frases preparatorias que repercutían en los sentidos de su esposa, la imagen de su posesión, como aquella puerta cubierta de joyas que el desesperado neófito, rumbo a Yesod, proyecta por milésima vez en los cielos para que por ella pase su cuerpo astral, la cual se desvanece para dejar en su lugar lenta e inexorablemente la de una cantina cuando, en el silencio sepulcral y en la paz, se abre por vez primera en la mañana. Estarían abriendo una de ésas ahora mismo, a las nueve de la mañana: y tenía la extraña sensación de su propia presencia allí, con las trágicas palabras iracundas, las mismas que pronto pronunciaría y que lo acechaban. También esta imagen se desvaneció: estaba donde estaba, sudando ahora, mirando —sin dejar de tocar con un dedo el preludio, la pequeña obertura de la inclasificable composición que inmediatamente podría seguir— por la ventana hacia la calzada, temeroso de que por ella apareciera Hugh, a quien luego imaginó ver en realidad en el extremo más distante, entrando por la brecha, y luego oír nítidamente su paso en la grava... Nadie. Pero ahora, ahora quería irse, deseaba marcharse ardientemente, temeroso de que la paz de la cantina se mutara en su primera preocupación febril de la mañana: el refugiado político que, discreto, sorbía en el rincón su orange crush, el contador que llegaba, con sus cuentas tétricamente vigiladas, el bloque de hielo que un bandolero arrastraba al interior con su escorpión de acero, el único cantinero que rebana limones, el otro, que con ojos soñolientos, clasifica las botellas de cerveza. ¡Y ahora, ahora quería marcharse, sabiendo que ese lugar se estaba llenando de gente que en ninguna otra hora formaba parte de la comunidad de la cantina, gente que eructaba, que estallaba, que fastidiaba con sus reatas echadas al hombro, consciente también de los desperdicios de la noche anterior, cajas de fósforos vacías, cáscaras de limón, cigarros aplastados como 'tortillas' y cajetillas vacías que nadaban en medio de inmundicias y escupitajos. Y ahora que el reloj sobre el espejo indicaba las nueve pasadas, ahora que los voceadores de '*La Prensa*' y '*El Universal*' entraban pateando o se encontraban parados en la esquina en este preciso momento, ante el mingitorio asqueroso y repleto de limpiabotas que llevaban sus cajones en la mano o los habían dejado equilibrados entre el mostrador y la barra de metal, ahora quería marcharse! ¡Ah, sólo él sabía lo hermoso que era todo esto, los rayos de sol, rayos de sol, rayos de sol que inundaban el bar de El Puerto del Sol, que bañaban el berro y las naranjas o caían en una sola línea dorada, como si estuvieran en el acto de concebir a un Dios, que caían como una lanza sobre algún bloque de hielo...

—Lo siento, temo no poder —el Cónsul cerró tras sí la puerta y sobre su cabeza llovió un fino polvo de yeso. De la pared cayó un don Quijote. Recogió del suelo al lastimoso caballero de paja...

Y luego, la botella de whisky: ferozmente bebió de ella.

Sin embargo, no había olvidado su vaso, y en su interior estaba vertiéndose caóticamente una abundante dosis de su mezcla de estricnina, en parte por error, porque había deseado servir whisky. —La estricnina es afrodisíaco. Tal vez surta efectos inmediatos. Quizás no sea aún demasiado tarde —al hundirse en la mecedora verde de carrizo sintió que casi la atravesaba.

Apenas pudo alcanzar su vaso en la parte izquierda de la bandeja, y lo sostuvo entre ambas manos, sopesándolo aunque —porque de nuevo temblaba, no discreta sino violentamente, como un enfermo del Mal de Parkinson o de parálisis— fue incapaz de llevarlo hasta sus labios. Luego, sin beber de él, lo puso en el parapeto. Al cabo de un momento, con el cuerpo sacudido por un violento temblor, se levantó deliberadamente y sirvió de algún modo en el otro vaso limpio, que Concepta no había retirado, cerca de media cuarta de whisky. «Nació en 1820 y sigue tan campante». Sigue. Nació en 1896 y sigue tan campante. Te adoro, murmuró apretando la botella con ambas manos mientras la colocaba sobre la bandeja. Luego acercó el vaso lleno de whisky a la silla, y pensativo, se sentó con él entre ambas manos. Después, sin haber bebido tampoco de este vaso, lo colocó en el parapeto junto a la estricnina. Quedóse contemplando ambos vasos. A su espalda, en el cuarto, oyó la voz de Yvonne.

—...¿Ya te olvidaste de las cartas Geoffrey Firmin? las cartas que ella te escribió hasta que su corazón se quebró ¿por qué te quedas sentado allí temblando? ¿por qué no vuelves a ella? ahora comprenderá después de todo no siempre has sido así quizás cuando se aproximaba el fin pero podrías reírte de todo esto podrías reírte de ello ¿por qué crees que está llorando? no es sólo por eso ya le has hecho esto antes mi amigo las cartas no sólo nunca las contestaste no contestaste ¿contestaste? no contestaste ¿contestaste? luego entonces ¿dónde está tu respuesta? aunque nunca las leíste en realidad ¿dónde están ahora? están perdidas Geoffrey Firmin perdidas o abandonadas en alguna parte aunque no sabemos dónde.

El Cónsul tendió la mano y distraídamente bebió un sorbo de whisky; bien podía la voz ser la de cualquiera de sus familiares o...

Hola, buenos días.

En el momento en que el Cónsul lo vio supo que era una alucinación y permaneció sentado, bastante tranquilo ahora, esperando a que se desvaneciera el objeto con forma de cadáver que parecía flotar boca abajo en su piscina, con un sombrero enorme cubriéndole el rostro. Así que «el otro» había vuelto. Y ahora había desaparecido, pensó: no, no del todo, porque aún había algo allí que en cierto modo estaba relacionado con aquello, o aquí, junto al codo, o a su espalda, ahora frente a él; no, eso también, fuera lo que fuese, desaparecía: tal vez sólo haya sido el quetzal de cola color de cobre que se agitaba en los arbustos, su «ave ambigüa» que ahora, rauda, emprendía el vuelo con crujientes alas, como una paloma vuela rumbo a su hogar solitario en el Cañón de los Lobos, lejos de la gente con ideas.

—Maldita sea, me siento bastante bien —pensó de súbito, mientras terminaba su media cuarta. Alargó el brazo para alcanzar la botella de whisky; no pudo llegar a ella, se levantó nuevamente y volvió a servirse otro dedo—. Mi mano ya es mucho más firme —terminó este whisky y asiendo el vaso y la botella de Johnny Walker, que estaba más llena de lo que había imaginado, atravesó el porche hasta el extremo más lejano y los colocó en un aparador. Había en él dos pelotas de golf—. Anda, juega conmigo, te aseguro que logro llegar al césped del octavo en tres tiros. Estoy más de aquel lado que de éste —dijo—. ¿De qué diablos estoy hablando? Hasta yo sé que estoy alardeando.

—Me voy a quitar la borrachera —regresó y volvió a servirse un poco más de estricnina en el otro vaso; lo llenó; luego, de la bandeja pasó la botella de estricnina a algún lugar más prominente del parapeto—. Después de todo, he estado fuera toda la noche: ¿qué podía esperarse?

—Estoy demasiado sobrio. He perdido a mis familiares, a mis ángeles custodios. Me estoy componiendo —añadió, sentándose de nuevo con su vaso frente a la botella de estricnina—. En cierto modo, lo que ha ocurrido es muestra de mi fidelidad, de mi lealtad; cualquier otro se habría pasado este año de manera muy diferente. Al menos, no tengo enfermedad alguna —clamaba en el fondo de su corazón con un grito que, sin embargo, parecía terminar en una nota de duda—. Y quizá sea un gran acierto haber bebido un poco de whisky, puesto que también el alcohol es afrodisíaco. Tampoco debemos olvidar que el alcohol es un alimento. ¿Cómo puede alguien esperar que un hombre cumpla con sus deberes maritales si no se alimenta? ¿Maritales? De cualquier manera, estoy progresando, lenta pero firmemente. En vez de salir corriendo en seguida al Bella Vista a emborracharme como lo hice la última vez en que ocurrió todo esto cuando tuvimos aquella riña desastrosa por Jacques y cuando hice añicos el foco, me he quedado aquí. Cierto, antes tenía el coche y era más fácil. Pero héme aquí y no voy a escapar. Y lo que es más, pienso divertirme infinitamente más quedándome aquí —el Cónsul tomó unos sorbos de estricnina y luego colocó su vaso en el suelo.

—La voluntad del hombre es inconquistable. Ni Dios puede conquistarla.

Se reclinó en la silla. En el horizonte, el Iztaccíhuatl y el Popocatépetl, aquella imagen del matrimonio perfecto, se alzaban ahora, claros y hermosos, bajo un cielo matutino de pureza casi íntegra. Lejos, por encima de su cabeza, algunas nubes blancas perseguían ágiles, a una luna pálida y jorobada. Bebe toda la mañana, le decían, bebe todo el día. ¡Esto es vivir!

También, a enorme altura, advirtió que algunos zopilotes, más gráciles que las águilas, aguardaban flotando en lo alto como los papeles quemados que escapan de una hoguera y a los que de pronto se ve volar, meciéndose, hacia arriba.

La sombra de inmenso hastío lo invadió... El Cónsul se sumió con estrépito en el sueño.

IV

DAILY GLOBE intelube londres prensa reportó ayer
después acontecimientos preludio campaña antisemita
prensamex solicitud CTM confederación trabajadores
mex referente expulsión exmexico comillas pequeños fa-
bricantes textiles judíos comillas súpose hoy fuentes
fidedignas que legación alemana méxico respalda activa-
mente campaña y afirma que legación llegó hasta man-
dar propaganda antisemita deptomex al interior confir-
mado propaganda posesión periodista local stop sostiene
influencia judíos desfavorable cualquier país habiten y
recalca comillas su creencia poder absoluto y que logran
sus fines sin escrúpulos ni miramientos comillas stop
Firmin.

Releyendo la copia de su último cable (enviado esa
mañana desde la Oficina Principal de la Compañía Telegráfica Mexicana, esquina San Juan de Letrán e Independencia, México, D. F.), Hugh Firmin caminaba punto
menos que penosamente —tal era la lentitud y pesadez
de sus movimientos— por la rampa que ascendía a casa
de su hermano, con el abrigo de éste echado sobre un
hombro; metido un brazo casi hasta el codo en las asas
gemelas de la mochila gladstone, propiedad también de
su hermano; y la pistola que, en el estuche a cuadros,
le golpeaba perezosamente el muslo: ojos en los pies
debo tener, así como paja, pensó al detenerse en la orilla
del profundo bache, y luego suspendiéronse también su
corazón y el mundo: el caballo a mitad del salto por

encima del obstáculo, el clavadista, la guillotina y el ahorcado en su caída, la bala del asesino y el jadeo del cañón en España o en China se congelaron en los aires, la rueda y el pistón, inmóviles...

Trabajando en el jardín, Yvonne —o algún objeto tejido con filamentos del pasado, que se le asemejaba— producía la impresión, a pocos pasos, de estar vestida por completo con rayos de sol. Luego se irguió (llevaba pantalones amarillos) y alzando una mano para resguardarse del sol, lo miró con ojos entornados.

Hugh saltó al césped por encima del bache; librándose de la mochila, sintió una instantánea turbación que lo paralizó y cierta repugnancia en salir al encuentro del pasado. Al caer arrojada en el rústico asiento descolorido, la mochila vomitó por su tapa un cepillo de dientes calvo, una oxidada maquinilla de afeitar, la camisa de Geoffrey y un ejemplar de segunda mano de *El Valle de la Luna* por Jack London, comprado apenas ayer por quince centavos en la Librería Alemana frente a Sanborns, en México. Yvonne agitaba la mano.

Y él avanzaba (así como en el Ebro se retiraban) con el abrigo prestado que seguía meciéndose un poco, echado a medias sobre el hombro, y su sombrero de ala ancha en una mano y en la otra el telegrama arrugado.

—Hola, Hugh. ¡Caramba! por un momento creí que eras Bill Hodson... Geoffrey me dijo que estabas aquí. ¡Qué gusto volverte a ver!

Yvonne sacudióse la tierra de las palmas de las manos y le extendió una de ellas, que Hugh no estrechó, ni siquiera tocó al principio; luego la dejó caer en apariencia con descuido, mientras sentía un dolor en el corazón y le invadía un leve mareo.

—¡Qué gusto! ¿Cuándo llegaste?

—Hace un rato —Yvonne arrancaba las flores secas de algunas plantas que, alineadas en macetas a lo largo de una pared baja, parecían ser de color carmesí y blanco y despedían un aroma fragante y delicado; Yvonne tomó el telegrama que por algún motivo, le tendió Hugh junto a la siguiente maceta—. Oí que estabas en Texas. ¿Te has convertido en vaquero de pacotilla?

Echándolo hacia atrás, Hugh volvió a ponerse el sombrero de ala ancha y, riendo, bajó el rostro, avergonzado por las botas de tacón alto y los pantalones ceñidísimos que llevaba metidos en ellas. —Confiscaron mi ropa en la frontera... Pensaba comprar ropa nueva en la capital pero por alguna razón no llegué a hacerlo... ¡Te ves espléndida!

—¡Mira quién lo dice!

Hugh comenzó a abotonarse la camisa, abierta hasta la cintura, que dejaba al descubierto, por encima de ambos cinturones, una piel más bien ennegrecida que tostada por el sol; bajo el cinturón inferior acarició la bandolera que corría diagonalmente al estuche de la pistola, a la altura del hueso de la cadera y pegado a la pierna derecha por una correa de cuero; acarició la correa (estaba secreta y enormemente orgulloso de todo su atuendo) y luego el bolsillo de la camisa, de donde sacó un flojo cigarro de hoja que encendió mientras Yvonne le decía.

—¿Qué es eso?, ¿el nuevo mensaje a García?

—La C.T.M. —Hugh echó una mirada al cable por encima del hombro de Yvonne—, la Confederación de Trabajadores Mexicanos envió una petición. Protestan contra ciertos enredos de los teutones en el país. Según yo, tienen razón de protestar —Hugh paseó la mirada por el jardín. ¿Dónde está Geoff? ¿Por qué está Yvonne aquí? . Actúa como si nada hubiera ocurrido. ¿No están separados o divorciados después de todo? ¿De qué se trata? Yvonne le devolvió el cable y Hugh lo deslizó en el bolsillo del abrigo—. Este —dijo, poniéndose el abrigo ahora que estaba en la sombra—, será el último cable que mande al *Globe*.

—Así es que Geoffrey... —Yvonne lo miró: estiró la parte posterior del abrigo (¿acaso sabía que era de Geoff?); las mangas eran demasiado cortas: su mirada parecía dolorosa e infeliz, aunque vagamente divertida: su expresión, mientras seguía podando las flores, lograba ser a la vez especulativa e indiferente; preguntó:

—¿Qué es eso que me contaron de que estuviste viajando en un camión de ganado?

—Entré a México disfrazado de vaca para que en la frontera me creyesen texano y no me hicieran pagar impuestos. O algo peor —dijo Hugh—, siendo Inglaterra persona non grata aquí, si vale la expresión, después de todo el jaleo de Cárdenas por el petróleo. Por si no lo sabes, estamos —moralmente, claro— en guerra con México... ¿dónde está nuestro rubicundo monarca?

—Geoffrey está durmiendo —dijo Yvonne. ¿No querrá decir durmiendo la mona?, pensó Hugh—. Pero ¿tu periódico no se ocupa de esas cosas?

—Depende. Es 'muy complicado'... Mandé mi renuncia al *Globe* desde los Estados Unidos, pero no me han contestado... permíteme, deja que haga eso.

Yvonne trataba de empujar una rama de bugambilia que Hugh no había visto y que, obstinada, invadía algunos escalones.

—¿Supongo que te enteraste de que estábamos en Quauhnáhuac? —preguntó Yvonne.

—Descubrí que podía matar varios pájaros de un tiro al venir a México... Claro que fue una sorpresa *no encontrarte* aquí.

—¿No te parece que el jardín es una verdadera *ruina*? —dijo de pronto Yvonne.

—Me parece espléndido, sobre todo si piensas que Geoffrey no ha tenido jardinero durante tanto tiempo —Hugh logró dominar la rama... están perdiendo la Batalla del Ebro por lo que acabo de hacer... y aparecieron los escalones; al bajarlos, Yvonne hizo un gesto y se detuvo cerca del último para examinar una adelfa que parecía razonablemente venenosa y florecía aún en esta época.

—Y tu amigo ¿era ganadero o también se disfrazó de vaca?

—Contrabandista, creo. ¿Así es que Geoff te habló de Weber? —Hugh rió entre dientes—. Tengo la firme sospecha de que trafica con parque. De cualquier modo, me puse a discutir con el tipo en un antro de El Paso y resultó que de alguna manera había hecho arreglos para ir hasta Chihuahua en un camión de ganado, lo cual me pareció una buena idea, para luego poder volar hasta México. De hecho, despegamos desde un lugar con un nombre rarísimo como Cusihuriachic, y discutimos durante todo el trayecto, sabes... era uno de estos americanos semi-fascistas que estuvo en la Legión Extranjera y sólo Dios sabe qué más. Pero en realidad sólo quería ir a Parián, de modo que nos dejó aquí en el campo de aviación. ¡Vaya viajecito!

—Vamos, Hugh, ¡como todo lo que se te ocurre!

Abajo, con las manos en los bolsillos del pantalón y los pies separados como un muchacho, Yvonne sonreía. Sus pechos se erguían bajo la blusa bordada de aves, flores y pirámides; quizás se la había puesto en honor de Geoff; y al sentir un nuevo dolor en el corazón, Hugh miró para otro lado.

—Tal vez debí matar en seguida a este 'bastardo', sólo que el puerco era bastante buena persona...

—A veces puede verse Parián desde aquí.

Hugh sostenía el cigarrillo como si lo ofreciese al aire transparente. —¿No crees que sea inveteradamente inglés de parte de Geoff, o algo por el estilo, al estar durmiendo a estas horas? —Hugh siguió a Yvonne por la vereda—. Mira, éste es mi último cigarrillo de máquina. ¿Lo quieres?

—Geoffrey estuvo anoche en el baile de la Cruz Roja. El pobre está bastante cansado —mientras fumaban siguieron caminando juntos; Yvonne se detenía aquí y allá para arrancar de raíz un poco de cizaña, y de repente se paró para examinar con cuidado un macizo de flores al que estrangulaba con violencia una tosca parra silvestre—. ¡Dios mío! pensar que éste fue un jardín maravilloso. Como el paraíso.

—Entonces larguémonos de aquí: a menos que estés muy cansada como para dar un paseo —llegó a sus oídos el rebote agonizante de un único ronquido, amargo, aunque mesurado: la voz en sordina de Inglaterra sumida en largo sueño.

Yvonne miró rápidamente en torno suyo, como temiendo que Geoff saliera proyectado por la ventana, con cama y todo (a menos que estuviera en el porche) y titubeó. —Para nada —contestó animosa y entusiasta—. Vamos —comenzó a bajar por el sendero antes que Hugh—. ¿Qué esperamos?

Inconscientemente, Hugh la había estado observando: su cuello y sus brazos morenos y desnudos, los pantalones amarillos y las intensas flores escarlatas a su espalda, el pelo castaño que rodeaba sus oídos, los movimientos ágiles y gráciles de sus sandalias amarillas en las que parecía bailar, flotar más que caminar. Hugh se apresuró para alcanzarla, y una vez más siguieron caminando juntos, esquivando un ave de larga cola que descendía sin batir las alas y luego se posó cerca de ellos como flecha que pierde vuelo.

Adelantándoseles y contoneándose mientras bajaba por la rampa cubierta de baches, el ave traspuso la entrada sin puerta, en donde se le unió un guajolote blanco

y carmesí —pirata que luchaba por escapar a toda vela—
para al fin irrumpir en la calle polvorienta. Ambos rieron de las aves, pero se abstuvieron de expresar aquellas
cosas que pudieran haber dicho en otras circunstancias,
como: ¿qué ocurriría con nuestras bicicletas?, o ¿recuerdas aquel café de París, con las mesas en las copas
de los árboles, en Robinson?

Se dirigieron a la izquierda, alejándose de la ciudad.
Bajo sus pies, el camino se inclinaba en aguda pendiente. Al fondo se alzaban colinas de color purpúreo. ¿Por
qué no hay amargura en esto?, pensó Hugh, ¿por qué
no la hay?, ¡pero ya la había! por vez primera tuvo conciencia de aquello otro que le carcomía, a la vez que
la calle Nicaragua y los muros de las enormes residencias que dejaban atrás se convertían casi en un caos
innavegable de adoquines sueltos y baches. Aquí, la bicicleta de Yvonne no habría servido gran cosa.

—Pero ¿qué estabas haciendo *tú* en Texas, Hugh?

—Cazando oklahomos. Es decir, me fui tras ellos a
Oklahoma. Pensé que el *Globe* debía interesarse por
ellos. Luego fui a ese rancho de Texas. Allí me dijeron
que a esos tipos del terregal no se les permitía cruzar
la frontera.

—¡Qué entrometido eres!

—Llegué a San Francisco a tiempo para lo de Munich
—Hugh miró hacia la izquierda donde, en lontananza,
la atalaya enrejada de la cárcel de Alcapancingo acababa de aparecer con remotas figuras que escrutaban el
horizonte con binoculares.

—Sólo están jugando. A la policía de aquí le encanta
parecer misteriosa, como a ti. Y ¿dónde estuviste antes?
Creo que casi nos cruzamos en San Francisco.

Una lagartija desapareció entre la bugambilia que crecía a orillas del camino —bugambilia silvestre, ahora su-
perabundante—, y luego la siguió una segunda lagartija.
Bajo la loma se abría una cavidad en parte protegida,
acaso otra entrada a la mina. A la derecha, los campos
se precipitaban en la distancia, volcándose con violencia
en cada ángulo. Y mucho más lejos, rodeada por las colinas, Hugh pudo distinguir la vieja plaza de toros y
volvió a oír la voz de Weber que en el avión gritaba y
vociferaba junto a su oído mientras se pasaban recípro-
camente la cantimplora de habanero:

—¡Quauhnáhuac! ¡Es allí donde durante la revolución crucificaban a las mujeres en las plazas de toros y luego les echaban encima los toros! ¡Vaya cosa linda de relatar! La sangre corría por los arroyos y en el mercado hacían barbacoa de perro. ¡Primero disparan y después preguntan! ¡Carajo, tienes razón!...— Pero ahora no había revolución en Quauhnáhuac y, en el silencio, las colinas de púrpura que se alzaban ante ellos, los campos y hasta la atalaya y la plaza de toros parecían hablar, murmurantes, de paz, hasta de paraíso. —En China—dijo Hugh.

Yvonne se volvió, sonriente, aunque con mirada afligida y perpleja. —¿Qué hay de la guerra? —preguntó.

—De eso se trata. Me caí de una ambulancia con tres docenas de botellas de cerveza y seis periodistas encima, y fue entonces cuando decidí que podría ser más saludable ir a California —Hugh miró con desconfianza a una cabra que venía siguiéndolos por la derecha, precisamente a lo largo del borde cubierto de pasto entre la carretera y una cerca de alambre, y que ahora, mirándoles con desdén patriarcal, permanecía inmóvil—. No, son la forma más baja de vida animal, salvo, posiblemente... ¡cuidado! ¡Dios mío, lo sabía! —Al embestir la cabra contra ellos, Hugh sintió el violento impacto embriagador del cuerpo cálido y aterrorizado de Yvonne mientras el animal erraba el blanco, derrapaba, y resbalando seguía por la pendiente curva que a la izquierda daba el camino en este punto, por encima del puente de piedra de poca altura, y desaparecía después de haber ascendido una colina, arrastrando furiosamente su cabestro—. ¡Estas cabras! —dijo rechazando a Yvonne con un enérgico movimiento de sus brazos—. Aun cuando no haya guerras, piensa en el daño que hacen —prosiguió en medio de un dejo de enervamiento, de mutua dependencia en la alegría que los embargaba—. Me refiero a los periodistas, no a las cabras. No hay castigo en la tierra para ellos. Sólo el Malebolge... ¡y he aquí el Malebolge!

El Malebolge era la barranca, la hondonada serpeante a lo largo del campo, angosta aquí, pero su aspecto imponente lograba apartar sus mentes de la cabra. Sobre ella se tendía el puentecillo de piedra sobre el que se hallaban. Arboles, cuyas copas crecían hacia abajo, pre-

116

cipitábanse en la cañada ocultando con su follaje el aterrador abismo. Del fondo ascendía la débil risa del agua.

—Debe ser aquí, si allá está Alcapancingo —dijo Hugh—, por donde Bernal Díaz y sus tlaxcaltecas cruzaron para derrotar a Quauhnáhuac. Soberbio nombre para una orquesta de baile: Bernal Díaz y sus tlaxcaltecas... ¿O acaso no llegaste a abrir tu Prescott en la Universidad de Hawai?

—Mn hm —dijo Yvonne contestando sí o no a la pregunta carente de significado y asomándose con un estremecimiento a la barranca.

—Según entiendo, hasta el viejo Díaz se mareó al contemplarla.

—No me extrañaría.

—No puedes verlos, pero está repleto de difuntos periodistas que siguen espiando por el ojo de las cerraduras y convenciéndose de que obran en provecho de los intereses de la democracia. Aunque me olvidaba de que tú no lees los periódicos. ¿Eh? —Hugh se rió—. El periodismo equivale a la prostitución intelectual masculina del verbo y la pluma, Yvonne. Ese es uno de los puntos en que coincido completamente con Spengler. ¡Hola! —Hugh levantó la mirada al percibir un sonido desagradablemente familiar, como el de mil alfombras sacudidas al mismo tiempo en la lejanía: el tumulto parecía emanar del rumbo de los volcanes, que de modo casi imperceptible habían aparecido en el horizonte, y lo siguió en seguida el prolongado *tuang-piing* de su eco.

—Tiro al blanco —dijo Yvonne—. Ya empezaron otra vez.

Por encima de las montañas flotaban paracaídas de humo; durante un minuto ambos permanecieron absortos en contemplación. Hugh suspiró y comenzó a enrollar un cigarrillo.

—Tuve un amigo inglés que fue a combatir a España, y si murió, supongo que sigue allí —Hugh pasó la punta de la lengua por la orilla del papel y, después de apretarlo, lo encendió; el cigarrillo ardió con rapidez y eficacia—. De hecho, lo reportaron muerto en dos ocasiones, pero volvió a presentarse las últimas dos veces. Ya estaba allí en el treinta y seis. Mientras esperaban que Franco atacase, estaba tendido con su ametralladora en la biblioteca de la Ciudad Universitaria leyendo a De Quincey por primera vez. Aunque quizá exagero por lo de la ametralladora. No creo que hayan tenido una sola. Era comunista y tal vez haya sido el mejor hombre que he conocido. Le encantaba el vino rosado de Anjou. También tenía en Londres un perro llamado Harpo. Probablemente no te parezca muy verosímil que un comunista tuviese un perro llamado Harpo... ¿o sí?

—¿A ti sí?

Hugh puso un pie en el parapeto y contempló su cigarrillo que, como la humanidad, parecía encorvarse mientras se consumía con máxima rapidez.

—Tuve otro amigo que fue a China, pero no supo qué hacer; o no supieron qué hacer con él, así es que también fue a España como voluntario. Lo mató un obús perdido antes de que empezara la batalla. Estos dos tipos tenían una vida perfecta en su patria. No habían cometido ningún delito —Hugh guardó un silencio incierto.

—Claro que nosotros salimos de España aproximadamente un año antes de que empezara, pero Geoffrey decía que era demasiado sentimentalismo eso de morir por los republicanos. En realidad, dijo que sería mucho mejor si los fascistas ganaran y todo terminase...

—Ahora canta otra tonada. Dice que *cuando* los fascistas ganen, sólo habrá una especie de «congelación» de la cultura en España... a propósito, ¿es aquello la luna?... pero congelación de cualquier modo. Congelación que, es de suponerse, se habrá de derretir en el futuro cuando se descubra, ¡hazme el favor!, que estuvo en estado de interrumpida animación. Y me atrevo a decir que, hasta allí, es verdad. A propósito, ¿sabías que *yo* estuve en España?

—No —dijo Yvonne sorprendida.

—Oh, sí. Precisamente fue allá donde me caí de una ambulancia con nada menos que dos docenas de cervezas y cinco periodistas encima, cuando todos íbamos rumbo a París. Aquello ocurrió no mucho después de que te vi por última vez. Fue justamente cuando lo de Madrid empezaba a prepararse pero según resultó, todo pareció acabar, así es que el *Globe* me mandó que me largara... Y como imbécil, me marché, aunque después me enviaron nuevamente algún tiempo. No fui a China sino hasta después de lo de Brihuega.

Yvonne lo miró con extrañeza y dijo:

—Hugh, ¿no estarás pensando en regresar a España *ahora*, verdad?

Riendo, Hugh sacudió la cabeza: con ademán meticuloso lanzó su estragado cigarrillo a la barranca. —¿Cui bono? ¿Como parte del noble ejército de padrotes y expertos que ya volvieron a su patria para poner en práctica los pequeños escarnios con que se proponen desacreditar todos los acontecimientos en cuanto se ponga de moda no ser ya defensor del comunismo? 'No, muchas gracias'. Y también acabé con el periodismo; no se trata de una pose —Hugh metió los pulgares bajo el cinturón—. Así, puesto que echaron a los de las Internacionales hace cinco semanas, el veintiocho de septiembre, para mayor precisión —dos días antes de que Chamberlain llegara a Godesburgo para torpedear con primor la ofensiva del Ebro— y con la mitad del último grupo de voluntarios que siguen pudriéndose en la cárcel de Perpignan, ¿cómo supones que pueda uno ir tan tarde?

—Entonces, ¿qué quiso decir Geoffrey con aquello de que «quieres acción» y todo eso?... ¿Y cuál es esa otra finalidad misteriosa para la que viniste aquí?

—En realidad es bastante aburrida —contestó Hugh—. De hecho, voy a volver al mar por algún tiempo. Si todo marcha bien saldré de Veracruz aproximadamente dentro de una semana. Sabías que como cabo de brigadas que soy, tengo un diploma, ¿verdad? Pues bien, hubiera podido tomar un barco en Galveston, pero ahora no es tan fácil como antes. De cualquier manera, será más divertido zarpar de Veracruz. La Habana, tal vez Nassau y, luego, ya sabes, bajar a las Antillas y a São Paulo. Siempre he deseado echar un vistazo a Trinidad —tal vez un día pueda salir de allí alguna diversión de verdad. Geoff me ayudó con un par de presentaciones, pero no más; no quise echarle la responsabilidad. No, simplemente estoy hasta la coronilla de mí mismo, eso es todo. Trata, bajo cualquier nombre, como lo hice yo durante cinco años o más, de persuadir al mundo de que no se degüelle, y empezarás a percatarte de que hasta tu propia conducta forma parte de sus planes. Te pregunto: ¿qué sabemos?

Y Hugh pensaba: el vapor *Noemijolea*, 6.000 toneladas, que sale de Veracruz la noche del 13-14 (?) de noviembre de 1938, cargado de antimonio y café, con destino a Freetown, Africa Occidental Británica, se dirigirá allí, por extraño que parezca, desde Tzucox, en el litoral yucateco, y también con dirección nordeste: no obstante lo cual logrará atravesar los pasos llamados del Viento y Corvo, rumbo al Océano Atlántico, en donde, después de muchos días de no ver tierra, divisará, a la larga, la recalada montañosa de Madera: desde donde, esquivando Port Lyautey y manteniéndose cuidadosamente a unas 1.800 millas de Sierra Leona, al sudeste, librará, con suerte, el estrecho de Gibraltar. De donde otra vez, salvando —es de esperarse ardientemente— el bloqueo franquista, proseguirá con máxima cautela al mar Mediterráneo, dejando a popa primero el cabo de Gata, luego el cabo de Palos, después el cabo de la Nao: de allí, ante las islas Pitiusas se bamboleará en el golfo de Valencia y así, seguirá rumbo al norte, más allá de Carlos de la Rápita y de la desembocadura del Ebro, hasta que, entre bao y proa, asome el rocalloso litoral de Garraf, en donde, finalmente, todavía balanceándose, en Vallcarca, a treinta y dos kilómetros al sur de Barcelona, descargará su cargamento de T. N. T. para los acosados ejércitos republicanos y probablemente lo harán volar en añicos...

Yvonne se asomaba para contemplar el fondo de la barranca; sus cabellos le caían sobre el rostro: —Sé que Geoffrey parece detestable a veces —dijo— pero coincido con él en un punto: estas ideas románticas sobre las Brigadas Internacionales...

Pero Hugh se hallaba en el timón: Fermín Patata o Colón al revés: a sus pies, la cubierta de proa del *Noemijolea* se extendía en el seno de dos olas azules y la espuma estallaba en los imbornales de sotavento, salpicando los ojos del marinero que reparaba un malacate: en el castillo de proa el atalaya repetía el único repique de la campana que Hugh tocara hacía un instante, y el marinero recogía su herramienta: el corazón de Hugh se hinchaba como el barco, tenía conciencia de que el oficial de turno no llevaba su ropa blanca, sino la azul para el invierno, pero al mismo tiempo, sentía el alborozo, la ilimitada purificación del mar...

Con gesto impaciente, Yvonne echó hacia atrás sus cabellos e irguióse. —¡Si no se hubieran metido, la guerra habría terminado hace mucho!

—«*Pos s*icabó la brigada» —dijo Hugh distraído porque ahora no era un barco lo que timoneaba, sino el mundo entero, al cual sacaba del Océano Occidental de sus miserias—. Si las sendas de la fama no llevan sino a la tumba (alguna vez hice tal incursión en la poesía) sea España la tumba do nos lleve el renombre de Bretaña.

—¡Papas!

De pronto, tal vez sin motivo, Hugh rió discreto: con ágil movimiento irguióse y saltó al parapeto.

—¡Hugh!

—¡Dios mío! ¡Caballos! —dijo Hugh mirando de soslayo y estirándose hasta su altura mental de un metro ochenta y ocho (medía un metro setenta y nueve).

—¿Dónde?

Apuntaba con el dedo: —Allí.

—Claro —dijo lentamente Yvonne—, me había olvidado... pertenecen al Casino de la Selva: los dejan allí para que pazcan o algo así. Si ascendemos un poco la colina llegaremos al lugar...

...En una suave pendiente, ahora a su izquierda, potros de brillante pelambre se revolcaban en el pasto. Yvonne y Hugh dieron vuelta en la calle Nicaragua para seguir por un sendero estrecho y umbroso que llevaba a un costado de la dehesa. Los establos formaban parte de lo que parecía ser una granja lechera modelo. Se prolongaba ésta detrás de los establos al nivel del suelo, en donde grandes árboles de aspecto inglés se alineaban a ambos lados de una avenida herbosa con huellas de rodadas. A cierta distancia, algunas vacas bastante grandes que, a pesar de asemejarse al cuernos largos de Texas, tenían un inquietante parecido con los ciervos (veo que ya recuperaste tu ganado, dijo Yvonne), estaban echadas bajo los árboles. Fuera del establo había una hilera de cubetas para leche que brillaban con los rayos del sol. Un olor dulzón de leche y vainilla y flores silvestres flotaba en el tranquilo paraje. Y el sol resplandecía por encima de todo.

—¿No te parece una granja adorable? —dijo Yvonne—. Creo que se trata de un experimento del gobierno. Me encantaría tener una.

—...en vez de eso, ¿quizás te agrade que alquilemos una pareja de aquellos caballos?

El alquiler de los caballos les costó dos pesos la hora por cada uno. 'Muy correcto'. Los ojos oscuros del mozo del establo brillaron con regocijo al ver las botas de Hugh, cuando éste se volvió, ágil, para ajustar los profundos estribos de cuero de Yvonne. Hugh no sabía por qué, pero este chamaco le recordaba cómo en la Ciudad de México, si se para uno en cierto lugar del Paseo de la Reforma temprano por la mañana, de pronto toda la gente que está a la vista parece correr, riendo, bajo los rayos del sol, rumbo al trabajo, al pasar junto a la estatua de Pasteur... —'Muy incorrecto'... Yvonne examinó sus pantalones: saltó dos veces la silla. —Nunca habíamos montado juntos a caballo, ¿verdad? —Se agachó para acariciar el cuello de la yegua cuando, oscilantes, iniciaron la marcha. Erraron por el sendero cuesta arriba, acompañados por dos potros que seguían a su madre fuera de la dehesa y por un cariñoso perro de lanas blancas y restregadas que pertenecía a la granja. Al cabo de un rato el sendero entroncó con la carretera principal. Parecían haber llegado al mismo Alcapancingo, especie de extraviado suburbio. La atalaya, más cercana, más alta, florecía por encima de un bosque entre el cual apenas distinguieron los muros de la cárcel. Del otro lado, a su izquierda, aparecía la casa de Geoffrey, casi un paisaje a vista de pájaro, con su bungalow acurrucado, minúsculo, frente a los árboles, y el largo jardín inferior que se precipitaba con violencia cuesta abajo y respecto al cual, paralelos, en distintos niveles que ascendían oblicuamente por la colina, todos los demás jardines de las residencias contiguas, cada cual con su piscina oblonga color cobalto, también descendían, hacia la barranca, mientras que a lo lejos se extendía el terreno que volvía a ascender en lo alto de la calle Nicaragua hasta el promontorio del Palacio de Cortés. ¿Sería acaso aquel punto blanco en lontananza el mismo Geoffrey? Tal vez para no llegar a un sitio en donde, por la entrada al jardín público, se encontrarían casi directamente ante la casa, tomaron al trote otro sendero que bajaba a la derecha. Hugh se alegró de ver que Yvonne montaba a la manera de los vaqueros y no, según diría Juan Cerillo, «como en los jardines». Dejaron atrás la prisión y Hugh imaginó que ambos adquirirían dimensiones gigantescas en los curiosos gemelos allá en la atalaya. 'Guapa', diría uno de los policías. '¡Ah!, muy hermosa' gritaría otro, encantado con Yvonne y relamiéndose. El mundo estaba siempre dentro de los gemelos de la policía. Mientras tanto los potros, que acaso no sabían del todo que un camino es el medio para llegar a algún sitio y no, como el campo, algo para revolcarse o para comer, siguieron descarriándose por ambos lados de la maleza. Luego, como las yeguas relincharan con ansia, llamándolos, regresaron jugueteando. Después, las yeguas cansáronse de relinchar y así, a su vez, Hugh silbó de cierta forma que antaño aprendiera. Se había comprometido a custodiar a los potros, pero de hecho era el perro quien velaba por todos. Adiestrado a todas luces para descubrir serpientes, corría tomándoles la delantera y luego regresaba para asegurarse de que todos estaban a salvo, antes de emprender de nuevo el galope. Hugh lo observó por un momento. Resultaba difícil comparar a este animal con los perros callejeros que deambulaban por la ciudad, aquellas horribles criaturas que parecían seguir por doquier a su hermano, como si fueran su misma sombra.

—Es sorprendente lo bien que imitas a los caballos —dijo Yvonne de súbito—. ¿En dónde aprendiste eso?

—Ju-ju-ju-ju-ju-ju-ju-jujuiiiii-u —y volvió a silbar—. En Texas —¿por qué había dicho Texas? El truco se lo había enseñado Juan Cerillo en España. Quitóse el abrigo y lo puso atravesado sobre la cruz del caballo, al frente de la silla. Cuando, obedientes, los potros emergieron de los arbustos, se volvió para añadir: —Todo se debe al jiii-u. El agonizante final del relincho.

Pasaron junto a la cabra: feroz cornamenta que rebasaba el seto. No dejaba lugar a duda. Riéndose, trataron de decidir si había dado vuelta en la calle Nicaragua por el otro sendero o en su entronque con el camino de Alcapancingo. La cabra pacía a orillas de un campo y ahora, aunque inmóvil, levantaba hacia ellos una mirada maquiavélica, observándolos. *Tal vez haya errado antes. Pero sigo en pie de guerra.*

El nuevo sendero, pacífico, umbroso, cubierto de rodadas y, a pesar de la sequía, lleno aún de charcas que reflejaban el cielo con esplendor, erraba entre arboledas y setos destruidos que enmarcaban campos indeterminados y ahora era como si fuesen una compañía, una caravana que llevase, para mayor seguridad, un pequeño mundo de amor durante el trayecto. Más temprano el día auguraba ser muy caluroso: pero un sol tibio los calentaba, una suave brisa acariciaba sus rostros, el campo, a ambos lados, les sonreía con engañosa inocencia, un susurro amodorrado surgía de la mañana, las yeguas inclinaban la cabeza, allá estaban los potros, aquí el perro y todo es una maldita mentira, pensó Hugh: rotundamente hemos sucumbido a ella; es como si, en este preciso día del año, cuando vuelven los muertos a la vida (o por lo menos así lo informaron fuentes fidedignas en el autobús) en este día de visiones y milagros, por obra de algún destino adverso; nos fuera concedido vislumbrar por una hora lo que nunca ocurrió, lo que nunca podría ser, puesto que la fraternidad ha sido traicionada, la imagen de nuestra felicidad, de aquello que sería mejor pensar que nunca pudo ser. Otra idea surgió en Hugh. Y no obstante, jamás en la vida esperó ser más feliz que ahora. Nunca encontraré paz que no esté envenenada como estos momentos están envenenados...

—Firmin, eres un pobre tipo bonachón —la voz bien pudo provenir de un miembro imaginario de la caravana, y Hugh imaginó ver con toda claridad a Juan Cerillo, alto, montado en un caballo demasiado pequeño para su estatura, por lo cual, sus pies llegaban casi a tocar el suelo, sin espuelas, sombrero de ala ancha con un listón echado hacia atrás y una máquina de escribir en una caja que, pendiente de una correa en torno al cuello, descansaba en el pomo de la silla; en la mano libre llevaba una bolsa con dinero, y un muchacho correteaba detrás en medio del polvo. ¡Juan Cerillo! En España fue uno de aquellos raros símbolos humanos de la generosa ayuda con que México había contribuido; regresó a su país antes de Brihuega. Después de estudiar química, trabajó en Oaxaca en un banco de crédito ejidal, entregando, a caballo, el dinero para habilitar el esfuerzo colectivo de lejanos pueblos zapotecas. Asaltado con frecuencia por bandidos que criminalmente gritaban '¡Viva *Cristo Rey!*', blanco de balas disparadas por enemigos de Cárdenas apostados en los campanarios de reverberantes iglesias, su labor cotidiana consistía asimismo en una aventura a favor de una causa humana que Hugh fue invitado a compartir. Porque Juan le escribió una carta enviada por entrega inmediata en minúsculo sobre timbrado con coraje —los sellos representaban arqueros lanzando flechas al sol—, le escribió que estaba bien, que había vuelto a su trabajo, a no más de ciento sesenta kilómetros de distancia, y ahora, cada vez que una mirada a las montañas misteriosas semejaba un lamento por esta oportunidad perdida para Geoff y el *Noemijolea*, Hugh parecía escu-

char la voz de su amigo riñéndole. Era la misma voz
quejumbrosa que antaño, en España, le dijo refiriéndose
al caballo que abandonara en Cuicatlán: —Mi pobre caballo debe estar mordiendo, mordiendo todo el tiempo
—pero ahora se refería al México de la infancia de Juan,
al del año en que Hugh nació. Juárez había vivido y
muerto. Y sin embargo, ¿era un país con libertad de expresión, respeto a la vida, a la libertad y a la lucha por
la felicidad? ¿País de escuelas ornadas con brillantes
murales y en el cual hasta el más pequeño poblado de
las frías montañas poseía su teatro al aire libre y en
donde la tierra estaba en manos del pueblo, libre para
expresar su genio nacional? ¿País de granjas modelo: de
esperanza? ...Era un país de esclavitud en donde se vendía a los seres humanos como ganado, y los pueblos
autóctonos: yaquis, papagos, tomasachics, exterminados
por deportaciones o reducidos a peor estado que el
peonaje, perdían sus tierras en servidumbres o a manos
de extranjeros. Y en Oaxaca existía el terrible Valle
Nacional, en donde el mismo Juan —esclavo de buena
fe con siete años de edad— vio a un hermano mayor
azotado hasta morir y a otro —comprado por cuarenta
y cinco pesos— morir de hambre en siete meses, porque
cuando esto ocurría, resultaba más barato al propietario
comprar otro esclavo que tener mejor alimentado al que
moría de agotamiento al cabo de un año. Todo esto se
llamaba Porfirio Díaz: 'rurales' por doquiera, 'jefes po-
líticos' y crimen, extirpación de las instituciones políticas
liberales, y el ejército, máquina de masacres, era un
instrumento de exilio. Juan conoció esto en carne viva,
y aún más. Porque luego durante la revolución, asesina-
ron a su madre. Después, Juan mató a su padre, quien
al luchar con Huerta traicionó la causa. ¡Ah! la culpa y
la aflicción persiguieron también los pasos de Juan, porque no era católico para que pudiera resurgir limpio del
refrescante baño de la confesión. Y sin embargo, persistía
esta trivialidad: que el pasado había pasado irrevocablemente. Y el hombre estaba dotado de conciencia para
lamentarlo sólo en la medida en que pudiera cambiar
el porvenir. Porque el hombre, cada hombre, parecía decirle Juan, al igual que México, debe luchar sin tregua
por alcanzar las alturas. ¿Qué era la vida sino un combate y el paso por el mundo de un extraño? También la

revolución ruge en la 'tierra caliente' del alma de cada hombre. No hay paz que deje de pagar pleno tributo al infierno...

—¿De veras?

—¿De veras?

Con dificultad avanzaban cuesta abajo —hasta el perro sumido en soñoliento soliloquio lanudo avanzaba difícilmente— y ahora llegaban a un río: primer paso hacia adelante, pesado y cauteloso, y luego, el titubeo; después, la marcha río adentro, la sacudida del pie firme bajo el cuerpo que, de tan delicada, producía cierta sensación de ingravidez, como si la yegua nadase o flotase en el aire portando su carga a la otra orilla con la divina seguridad de un Cristóbal en vez de ir guiada por infalible instinto. El perro nadaba por delante con importante fatuidad; detrás, cabeceando solemnes, los potros sacudían la cabeza con el agua a la altura del cuello: los rayos del sol centelleaban en el agua mansa que, poco más lejos, río abajo, donde se estrechaba la corriente, estallaba en pequeños oleajes, remolinos y torbellinos contra negras rocas cerca de la orilla, produciendo un efecto salvaje, casi como si se tratara de rápidos; a poca distancia de sus cabezas, un arrobado relámpago de aves extrañas volaba girando sobre sí y descendiendo en rizos a la Immelmann con increíble velocidad, como libélulas acrobáticas recién nacidas. Espesos bosques cubrían la otra ribera. Más allá de la orilla, ligeramente empinada un poco hacia la izquierda de lo que aparentaba ser la entrada cavernosa a la continuación del sendero, erguíase una 'pulquería' adornada en lo alto de sus dos puertas giratorias de madera parecidas a cierta distancia, a los galones inmensamente amplificados de un sargento del ejército norteamericano, con listones de colores vivos que se agitaban al viento. 'Pulques finos', decían unas letras de azul desteñido en la pared de adobe de blancura de ostión: 'La Sepultura'. Nombre macabro, pero tal vez tenía alguna acepción humorística. Un indio, sentado y apoyando la espalda en la pared, con sombrero de ala ancha echado a medias sobre la frente, descansaba tomando el sol. Cerca de él, su caballo, o un caballo, estaba atado a un árbol, y Hugh pudo advertir desde donde se hallaban, en mitad del río, el número siete marcado en la grupa. Clavado a un tronco había un anuncio del cine de la localidad: *Las manos de Orlac con Peter Lorre.* En la azotea de la pulquería, una veleta de juguete de las que pueden verse en Cape Cod, Massachussetts, giraba incansablemente en la brisa. Dijo Hugh:

—Tu caballo no quiere beber, Yvonne, sino contemplar su imagen. Déjalo. No le jales el freno.

—No lo estoy haciendo. Yo también me di cuenta —dijo Yvonne con una leve sonrisa irónica.

Zigzaguearon despacio al atravesar el río; el perro, nadando como nutria, había llegado casi a la orilla opuesta. Hugh sintió que una interrogante flotaba en el ambiente.

—...eres nuestro huésped, ya lo sabes.

—'Por favor' —Hugh bajó la cabeza.

—...¿Quieres que cenemos fuera y que vayamos a un cine? ¿O estás dispuesto a arriesgarte a la cocina de Concepta?

—¿Qué, qué? —por alguna razón, Hugh recordó su primera semana en la escuela de internos en Inglaterra, una semana sin saber cómo comportarse ni qué contestar a las preguntas, semana en la que sólo lo empujaba la presión de una ignorancia compartida en salones repletos, actividades, maratones, hasta en aislamientos exclusivos, como cuando se encontró paseando a caballo con la esposa del director, recompensa, se le dijo, aunque nunca logró averiguar por qué causa se le premiaba—. No; creo que me repugnaría ir a un cine, muchas gracias —y se rió.

—Es un lugarcillo extraño... podrías encontrarlo divertido. Antes, pasaban noticieros viejos de hace dos años, y no creo que la situación haya cambiado. Y siempre vuelven y siguen volviendo las mismas películas. *Cimarrón* y los *Buscadores de Oro de 1930* y ¡oh! el año pasado vimos un documental de viaje; *Vengan a Andalucía,* a manera de noticiero español.

—¡Vaya chiste! —dijo Hugh.

—Y la corriente *siempre* falla.

—Creo haber visto la película de Peter Lorre en algún lugar. Es una gran actor, pero la película es inmunda. Tu caballo no quiere beber, Yvonne. Se trata de un pianista que tiene un complejo de culpa porque cree que sus manos son las de un asesino o algo así, y constantemente se lava la sangre. Quizá sean en realidad las de un asesino, pero no lo recuerdo.

—Suena tétrico.

—Ya lo sé, pero no es así.

Como al otro lado del río los caballos quisieron beber, Hugh e Yvonne se detuvieron. Luego subieron por la orilla y tomaron el sendero. Ahora los setos eran más altos y espesos y en ellos se enrollaban los convólvulos. Por lo que a eso hacía, bien podían imaginar que estaban en Inglaterra, explorando alguna vereda poco conocida de Devon a Cheshire. Poco de cuanto les rodeaba contradecía esa impresión, salvo uno que otro cónclave de zopilotes aglomerados en la cima de un árbol. Después de subir la escarpada colina por un terreno selvático, el sendero se niveló. Pronto llegaron a espacios más abiertos y comenzaron a galopar. ¡Por Cristo, qué maravilloso era esto! o, mejor dicho, ¡por Cristo!, cómo quería Hugh dejarse engañar por todo esto, como tal vez debió desearlo Judas, pensó, y hélo aquí de vuelta, ¡maldita sea! —si Judas tuvo alguna vez un caballo, o si se lo prestaron o, lo que es más probable, si lo robó, después de aquella 'Madrugada' de 'Madrugadas', arrepintiéndose entonces de haber devuelto las treinta monedas de plata —¿qué nos importa eso? haz lo que quieras, le habían dicho los 'bastardos'— ahora que probablemente quería una copa, treinta copas (como probablemente las querría Geoffrey esta mañana) y tal vez aún así habría conseguido algunas a crédito, aspirando los buenos olores de cuero y sudor, oyendo el agradable repiqueteo de las herraduras del caballo y pensando: ¡cuán alegre podría ser todo esto, cabalgando así bajo el deslumbrante sol de Jerusalén —y entregándose al olvido por un instante, de suerte que en verdad *era* algo gozoso— ¡qué espléndido podría ser todo si sólo no hubiera yo traicionado a aquel hombre por la noche, aunque sabía perfectamente bien que iba yo a hacerlo, qué bueno habría sido, sin embargo, sólo con que no hubiera ocurrido, sólo con que no fuera tan absolutamente necesario ir a ahorcarse!...

Y he aquí por cierto, una vez más, la tentación, la cobarde serpiente corruptora del futuro: aplástala, imbécil. Sé México. ¿No has atravesado el río? En nombre de Dios, ¡muere! Y Hugh cabalgó sobre una culebra muerta estampada en el camino como el cinturón en un pantalón de baño. O tal vez era un monstruo de Gila.

Emergieron en los linderos más remotos de lo que parecía un parque amplio y algo abandonado que se extendía cuesta abajo, a la derecha, o lo que antaño fuera un inmenso soto plantado con altos árboles majestuosos. Refrenaron sus cabalgaduras y Hugh, rezagado, siguió por un momento cabalgando solo... Los potros lo separaban de Yvonne, que miraba hacia adelante, al vacío, como insensible a cuanto les circundaba. La arboleda parecía irrigada por arroyos de riberas artificiales obstruidos por la hojarasca —aunque ciertamente no todos los árboles eran caducos y en la tierra había frecuentes charcos de negras sombras— y surcada de alamedas. En realidad su senda se convirtió en una de ellas. A la izquierda, se escuchó el sonido de una aguja de desvío; la estación no debía estar lejos, probablemente oculta tras aquel montículo por encima del cual cerníase un penacho de humo blanco. Pero los rieles del ferrocarril, que sobresalían en el terreno cubierto de maleza, brillaron a la derecha a través de los árboles; aparentemente, la vía daba un gran rodeo. Cabalgaron junto a una fuente seca, llena de ramas y hojas, que se encontraba bajo algunos escalones rotos. Hugh olfateó: un olor fuerte y crudo que al principio no pudo identificar, perfumaba la atmósfera. Entraban en el recinto indeterminado de lo que bien pudiera haber sido un castillo francés. El edificio, semioculto por los árboles, se alzaba al terminar la arboleda en una especie de patio, y cercábalo una hilera de cipreses que crecían tras de una alta muralla en la cual una imponente puerta se abría ante ambos. El polvo soplaba por la abertura. *Cervecería Quauhnáhuac*: leyó Hugh ahora las letras blancas inscritas en el costado del castillo. Llamó a Yvonne agitando la mano para indicarle que se detuviese. Así pues, el castillo era una cervecería, aunque de tipo extrañísimo —de especie tal, que no se había decidido a ser un restaurante-cervecería al aire libre. Afuera, en el patio, dos o tres mesas redondas (que, probablemente, habían sido colocadas allí para prestar servicio en las visitas ocasionales de «catadores» semioficiales), ennegrecidas y cubiertas de hojarasca, se hallaban bajo inmensos árboles que no eran lo bastante familiares para identificarlos como robles, ni tampoco extrañamente tropicales, y que acaso no eran, en realidad, muy viejos, aunque poseían un aspecto indefinible de ser inmemoriales, de que hacía siglos los había plantado cuando menos un emperador, con azadilla de oro.

Bajo estos árboles, donde se detuvo la cabalgata, jugaba una niña con un armadillo.

De la cervecería que, oblonga y entrecortada, tenía de cerca un aspecto diferente, y que además de emitir de pronto un clamor de molino, parecía serlo en realidad, y en la cual, semejantes a los rayos de las ruedas de molino revoloteaban y deslizábanse los del sol en el agua lanzada por una corriente cercana en donde se reflejaba la maquinaria misma, salió un hombrecillo extraño con aspecto de guardabosque, cubierto con una visera y trayendo dos tarros espumeantes de oscura cerveza alemana. No desmontaban aún cuando ya les tendía la cerveza.

—Dios mío, está helada —dijo Hugh—, pero exquisita. —La cerveza tenía un sabor penetrante, mitad metálico, mitad terroso, como arcilla destilada. Estaba tan fría, que beberla producía dolor.

—'Buenos días, muchacha' —Yvonne, tarro en mano, se agachó sonriendo a la niña del armadillo. El guardabosque desapareció para regresar a la maquinaria por una puertecilla que cerró, aislando así el clamor que de ella provenía, como pudiera haberlo hecho un ingeniero a bordo de un barco. La niña estaba en cuclillas abrazando al armadillo y miraba con aprensión al perro que, echado a distancia, seguía vigilando a los potros, los cuales inspeccionaban a su vez la parte posterior de la fábrica. Cada vez que el armadillo echaba a correr, como si rodase sobre diminutas ruedas, la niña lo atrapaba cogiéndolo por la larga cola en forma de látigo y lo ponía boca arriba. ¡Cuán sorprendentemente suave y desvalido parecía entonces! Luego enderezó una vez más al animal para volver a dejarlo escapar, acaso máquina destructora, que después de millones de años se veía reducida a este extremo—. '¿Cuánto?' —preguntó Yvonne.

Atrapando otra vez el animal, la niña respondió con voz aguda:

—'Cincuenta centavos'.

—No lo quieres realmente ¿verdad? —Hugh (al igual que el general Winfield Scott —pensó— después de surgir de las barrancas de Cerro Gordo) estaba sentado con una pierna echada sobre el pomo de la silla.

Yvonne asintió con la cabeza, en son de broma: —Me encantaría. Es lindísimo.

—No podrías hacer de él un animal doméstico. Tampoco lo logrará la chiquilla: por eso quiere venderlo —Hugh dio un sorbo a su cerveza—. Algo sé sobre armadillos.

—También yo —dijo Yvonne agitando la cabeza para burlarse y abriendo los ojos tan desmesuradamente como pudo—. ¡Todo!

—Entonces debes saber que si sueltas esa cosa en tu jardín, simplemente abrirá un túnel en la tierra y nunca volverá.

Yvonne seguía agitando la cabeza con gesto semiburlón y los ojos muy abiertos. —¿No es una preciosidad?

Hugh bajó la pierna y permaneció sentado con su tarro puesto sobre el pomo, contemplando al animal de nariz larga e inquieta, cola de iguana y vientre manchado e indefenso, juguete de niño marciano. —'No, muchas gracias' —dijo Hugh con firmeza a la niña que, indiferente, no se retiraba—. No sólo nunca regresará, Yvonne, sino que si tratas de detenerlo, luchará por arrastrarte a ti también al agujero —se volvió hacia ella con las cejas arqueadas y, durante un rato, se miraron en silencio—. Como tu amigo W. H. Hudson que, según creo, lo descubrió a costa propia —añadió Hugh. En algún lado a sus espaldas crujió, al caer, la hoja de un árbol, como repentina pisada. Hugh tomó un trago prolongado y refrescante—, Yvonne —dijo—, ¿te importaría si te preguntase sin rodeos si *estás* o no divorciada de Geoff?

Yvonne se atragantó con la cerveza; no sujetaba las riendas, enrolladas alrededor del pomo, y su caballo se sacudió de súbito hacia adelante y luego se detuvo antes de que Hugh tuviera tiempo de alcanzar la brida.

—¿Piensas volver con él, o qué? ¿Acaso ya volviste? —también la yegua de Hugh había dado un paso hacia adelante en señal de solidaridad—. Perdóname por ser tan brusco, pero me siento en una situación horriblemente falsa. Desearía saber con precisión cómo están las cosas.

—También yo —respondió Yvonne sin mirarlo.

—Entonces, ¿no sabes si te *has* divorciado o no de él?

—Oh, me he divorciado —contestó con tristeza.

—Pero ¿no sabes si has vuelto con él?

—Sí. No... Sí. He vuelto con él, eso es, eso es.

Hugh permaneció silencioso mientras caía otra hoja crujiendo, y quedaba suspendida en la maleza. —Entonces, ¿no sería mucho más sencillo para ti si me fuera inmediatamente —le preguntó con dulzura—, en vez de quedarme algún tiempo como pensaba... De todos modos, tenía intención de ir a Oaxaca por uno o dos días...

Yvonne alzó la cabeza al oír la palabra Oaxaca. —Sí —dijo—, sí lo sería. Aunque, ¡oh, Hugh!, no quiero decirlo, sólo que...

—¿Sólo qué?

—Sólo que, por favor, no vayas a marcharte sin que lo hayamos discutido. Tengo tanto miedo.

Hugh pagó las cervezas que costaron sólo veinte centavos; treinta menos que el armadillo, pensó para sí. —¿O quieres otra? —tuvo que alzar la voz para cubrir el renovado clamor de la fábrica que repetía: *mazmorras: mazmorras: mazmorras.*

—No puedo terminar ésta. Acábatela tú.

Lentamente se puso en movimiento la caravana: salieron al patio, atravesaron la sólida puerta y salieron al camino que se extendía más allá. Como si fuese de común acuerdo, dieron vuelta a la derecha, alejándose de la estación del ferrocarril. Un 'camión', proveniente de la ciudad, se aproximaba a sus espaldas y Hugh refrenó el caballo junto a Yvonne mientras el perro pastoreaba a los potros para alinearlos en la zanja. El autobús, *Tomalín: Zócalo*, desapareció con estrépito al doblar una esquina.

—Es uno de los medios de ir a Parián —Yvonne apartó la cabeza para evitar el polvo.

—¿No era el autobús de Tomalín?

—Es igual; es el medio más fácil de llegar a Parián. Creo que hay uno que va directo, pero del otro extremo de la ciudad y por otro camino: el de Topalzanco.

—Parián parece tener algo siniestro.

—En realidad es un lugar aburridísimo. Claro está que es la antigua capital del estado. Y creo que hace años hubo allí un enorme monasterio. Algo como Oaxaca al respecto. Algunas de las tiendas y hasta las cantinas son parte de lo que antaño fue habitación de los monjes. Pero actualmente es una ruina.

—Me pregunto qué encuentra Weber allí —dijo Hugh. Quedaron atrás los cipreses y la fábrica. Al llegar de manera inesperada a un paso a desnivel, sin barrera, dieron vuelta a la derecha, tomando esta vez rumbo a la casa.

Continuaron de frente a lo largo de los rieles que Hugh había visto desde la arboleda y por los cuales siguieron casi en dirección opuesta al camino por donde habían venido. A cada lado se inclinaba un pequeño terraplén hasta llegar a una angosta zanja, más allá de la cual se extendía un terreno cubierto de maleza. Por encima de sus cabezas los alambres del telégrafo vibraban y gemían: *'guitarra guitarra guitarra'*, lo cual, tal vez era preferible a *mazmorras.* Los rieles —vía doble, aunque angosta— divagaban ahora alejándose sin razón de la arboleda y luego volvían a seguirla paralelamente. Poco más adelante, como para equilibrar la situación, tornaban a desviarse rumbo al soto. Pero en la distancia, se alejaban de nuevo, formando hacia la izquierda una curva de tales proporciones que era de esperarse lógicamente que volvería a entroncar con el camino a Tomalín. Esto era demasiado para los postes telegráficos que, erguidos y arrogantes, se sucedían en línea recta hasta perderse de vista.

Yvonne sonrió. —Te noto preocupado. En verdad, en esta vía hay un reportaje para tu *Globe.*

—No acabo de entender el porqué de esta maldita vía.

—La construyeron ustedes los ingleses. Sólo que se pagaba a la compañía por kilómetro.

Hugh se rió a carcajadas. —¿No querrás decir que fue construida de esta manera insensata para cobrar un kilómetro adicional, verdad?

—Es lo que dicen. Aunque no creo que sea verdad.

—Bien, bien. Estoy decepcionado. Creía que se trataba de algún delicioso capricho mexicano. Sin embargo, da que pensar.

—¿Del sistema capitalista? —una vez más había un dejo de burla en la sonrisa de Yvonne.

—Recuerda más de un chiste del *Punch*... A propósito, ¿sabías que en Cachemira hay un lugar llamado Punch? (Yvonne murmuró algo, negando con la cabeza) —...Lo siento, me olvidé de lo que iba a decir.

—¿Qué piensas de Geoffrey? —Yvonne se decidió por fin a hacer la pregunta. Inclinada, apoyándose en el pomo de la silla, lo miraba de soslayo—. Hugh, dime la verdad. ¿Crees que haya alguna... vamos... esperanza para él? —las yeguas escogían delicadamente su ruta en este extraño sendero, los potros se habían alejado más que

133

antes, y de vez en cuando se volvían para echar una mirada en la que solicitaban aprobación por su atrevimiento. El perro corría delante de los potros, aunque no dejaba de regresar periódicamente para cerciorarse de que todo estaba en orden. Atareado, olfateaba en busca de reptiles entre los rieles.

—¿Te refieres a su manera de beber?

—¿Crees que yo pueda hacer algo?

Hugh bajó la mirada para contemplar unas flores silvestres azules semejantes a nomeolvides que, de algún modo, habían encontrado lugar para crecer entre los durmientes de la vía. También estas inocentes tenían su problema: ¿qué oscuro sol horrendo es ese que ruge y fustiga nuestros párpados a cada minuto? ¿Minutos? Horas, era más probable. Tal vez hasta días: como los semáforos solitarios parecían estar alzados todo el tiempo, acaso resultara tristemente expedito hacer preguntas sobre los trenes. —Habrás oído hablar de su estricnina, como él la llama —dijo Hugh—. La cura de los periodistas. Pues bien, conseguí la mezcla gracias a una receta que me dio un tipo de Quauhnáhuac que te conoce a ti y a él.

—¿El doctor Guzmán?

—Sí. Creo que se llama Guzmán. Traté de convencerlo de que viera a Geoffrey. Pero se negó a perder el tiempo con él. Simplemente dijo que, según su leal saber y entender, no tenía nada ni nunca tuvo nada, salvo el no decidirse a dejar de beber. Creo que esto es bastante claro y me atrevo a pensar que sea cierto.

Los rieles se hundieron en la maleza, que luego los cubrió, de suerte que ahora los terraplenes se hallaban a mayor altura.

—En cierto modo no es la bebida —dijo Yvonne de repente—. Pero, ¿por qué bebe?

—Tal vez ahora que has vuelto intempestivamente, deje de hacerlo.

—No pareces abrigar grandes esperanzas.

—Yvonne, escúchame. Es evidente que hay mil cosas que debemos decirnos y no habrá tiempo de que digamos gran parte de ellas. Es difícil saber por dónde comenzar. Estoy casi enteramente a ciegas. Ni siquiera estaba seguro de que te hubieras divorciado, sino hasta hace cinco minutos. No sé... —Dirigiéndose al caballo, Hugh hizo chasquear la lengua pero tiró de las riendas—. En cuanto a Geoff —prosiguió— no tengo ni la menor idea de lo que ha estado haciendo ni de cuánto ha bebido. De cualquier manera, no se sabe la mitad del tiempo cuándo está borracho.

—No podrías decir eso si fueras su *esposa*.

—Un momento... Mi actitud respecto a Geoffrey es la misma que adoptaría respecto a cualquier otro hermano escriba, con una curda de los veinte mil demonios. Pero mientras estaba en México me decía: ¿Cui bono? ¿Para qué? De nada serviría desintoxicarlo por uno o dos días. ¡Por Dios!, si nuestra civilización tornara a la sobriedad por un par de días, al tercero, moriría de remordimiento.

—¡Vaya consuelo! —dijo Yvonne—. Gracias.

—Además, al cabo de algún tiempo piensa uno que si alguien es capaz de soportar la bebida como él, ¿por qué no dejarlo beber? —Hugh se inclinó y acarició el caballo—. No, en serio, ¿por qué no se marchan? Fuera de México. No hay razón para que sigan aquí, ¿verdad? De todas maneras, Geoff detestaba el servicio consular —por un momento Hugh contempló a uno de los potros parado en lo alto del terraplén, cuya silueta se recortaba contra el fondo del cielo—. Dinero no les falta.

—Me perdonarás cuando te haya dicho esto, Hugh. No es porque no quisiera volver a verte. Pero traté de convencer a Geoffrey de que nos marcháramos esta mañana antes de tu regreso.

—Y fue inútil, ¿eh?

—Tal vez no hubiera resuelto nada, de cualquier modo. Ya intentamos antes ese irse y comenzar de nuevo desde el principio. Pero Geoffrey dijo algo esta mañana respecto a continuar su libro... Te juro que ignoro si sigue o no escribiendo; desde que lo conozco, no ha trabajado en él y nunca me ha dejado ver siquiera lo que ha hecho y, sin embargo, lleva consigo todos esos tomos de referencias... y yo pensaba que...

—Sí —dijo Hugh—. ¿Cuánto sabe en realidad de todos esos cuentos de alquimia y cábala? ¿Hasta qué punto le importan?

—Es precisamente lo que iba a preguntarte. Nunca he podido averiguarlo...

—¡Por Dios! No sé... —añadió Hugh saboreándose casi con fruición de usurero—, tal vez se dedique a la magia negra.

Yvonne sonrió distraída y con las riendas dio un leve golpe sobre el pomo. La vía quedó a descubierto y, otra vez, los terraplenes volvieron a caer oblicuamente. En las alturas navegaban formas escultóricas de nubes como ondulantes conceptos en el cerebro de Miguel Ángel. Desviándose de los rieles, uno de los potros erraba en la maleza. Hugh repitió el ritual del silbido, el potro se lanzó sobre el terraplén y el séquito, reintegrado una vez más, trotó con elegancia a lo largo del pequeño ferrocarril laberíntico y egoísta. —Hugh —dijo Yvonne—, al venir en el barco tuve una idea... No sé si... Siempre he soñado con tener una granja de veras, ¿sabes?, con vacas y puercos y pollos... y un establo rojo y silos y trigales y maizales.

—¡Cómo! ¿Sin gallinas de Guinea? En una o dos semanas hasta yo podría tener un sueño semejante —dijo Hugh—. ¿De dónde viene la idea de la granja?

—Bueno... pues Geoffrey y yo podríamos comprar una.

—¿*Comprar* una?

—¿Tan descabellado te parece?

—Supongo que no, pero ¿dónde? —como la pinta y media de fuerte cerveza que había bebido empezaba a surtir un efecto placentero, Hugh estalló de súbito en una carcajada que más pareció estornudo—. Lo siento —dijo—, no pude contenerme ante la imagen de un Geoff sobrio, cavando entre la alfalfa, vestido de mezclilla y con sombrero de paja.

—No por fuerza tendría que vivir sobrio. No soy un monstruo —también Yvonne reía, aunque sus ojos oscuros, que habían estado brillando, se tornaron distantes y opacos.

—Pero, ¿qué tal si Geoff detesta las granjas? A lo mejor lo enferma la simple vista de una vaca.

—Oh, no. En otras épocas hablábamos a menudo de tener una granja.

—¿Sabes algo de agricultura?

—No —de manera abrupta y deliciosa, Yvonne descartó la posibilidad, inclinándose para acariciar el cuello de su caballo—. Aunque me digo que podríamos contratar a un matrimonio que hubiera perdido su granja o algo así, para que administrara la nuestra, viviendo en ella al mismo tiempo.

—Nunca hubiera pensado que sería un buen momento histórico para comenzar prosperando como terrateniente, pero tal vez sea así. ¿Dónde estaría la granja?

—Bueno... ¿qué nos impediría ir al Canadá, por ejemplo?

—...¿Canadá?... ¿Hablas en serio? Bueno, ¿por qué no? pero...

—Perfectamente en serio.

Habían llegado hasta el sitio en que los rieles describían una amplia curva hacia la izquierda, y descendieron del terraplén. El bosque quedó atrás, pero a la derecha de ambos extendíase aún a lo lejos un espeso terreno selvático, en cuyo centro, en lo alto, se alzaba una vez más la señal casi amistosa de la atalaya de la cárcel. Por un instante pudo verse una vereda que seguía los linderos del bosque. Se acercaron a ella lentamente, siguiendo el curso de los empinados postes telegráficos que murmuraban, y decidieron continuar por un arduo camino entre la maleza.

—Quiero decir, ¿por qué prefieres el Canadá a Honduras Británica? ¿O hasta Tristán da Cunha? Tal vez sean lugares un poco solitarios, aunque creo que son admirables para la higiene dental, según me han dicho. Además, está la isla de Gough, frente a Tristán. Deshabitada. No obstante, podrían colonizarla. O Sokotra, que producía incienso y mirra y donde los camellos trepaban como gamuzas... mi isla predilecta en el mar Arábigo —pero el tono de voz de Hugh, si bien divertido, no era del todo escéptico al bordar estas fantasías en parte para sí, ya que Yvonne cabalgaba por delante; era como si, después de todo, se aferrase al problema del Canadá, en tanto que hacía un esfuerzo simultáneo por presentar la situación como si para ella hubiese las más diversas soluciones extravagantes y aventuradas. Hugh le dio alcance.

—¿No te ha hablado Geoffrey en estos últimos tiempos de su gentil Siberia? —dijo Yvonne—. ¿No habrás olvidado que es dueño de una isla en Columbia Británica?

—¿En un lago, verdad? El lago Pineaus. Ya recuerdo. Pero allí no hay casa alguna, ¿o sí? Y el ganado no puede pacer con piñas de abeto y arcilla.

—No se trata de eso, Hugh.

—¿O te propones acampar en la isla y tener tu granja en otra parte?

—Hugh, escúchame...

—Pero supongamos que sólo pudieras comprar tu granja en algún lugar como Saskatchewan —objetó Hugh. Asaltó su memoria un verso idiota que coincidía con el ritmo de los cascos de los caballos:

> Oh take me back to Poor Fish River,
> Take me back to Onion Lake,
> You can keep the Guadalquivir,
> Como You May likewise take.
> Take me back to dear old Horsefly,
> Aneroid or Gravelburg... *

—En algún lugar con un nombre como Invención —prosiguió—. Debe haber un Embuste. De hecho hay un lugar como Embuste.

—Muy bien. Tal vez sea ridículo. ¡Pero por lo menos, es mejor que permanecer aquí sentados sin hacer nada! —casi llorando, irritada, Yvonne acicateó su caballo que comenzó a galopar con paso breve y salvaje, pero el terreno era demasiado áspero; Hugh tiró de las riendas al llegar junto a ella y ambos se detuvieron.

—Lo siento mucho; terriblemente —contrito, asió la rienda de Yvonne—. Estuve más imbécil y estúpido que de costumbre.

—Entonces, ¿*sí* crees que sería una buena idea? —Yvonne se avispó un poco, logrando hasta producir una impresión burlona.

—¿Has estado en el Canadá? —le preguntó Hugh.

—Estuve en las Cataratas del Niágara.

Prosiguieron; Hugh seguía sujetándole la rienda.

—Yo nunca he estado en el Canadá. Pero en España, un tipo amigo mío, pescador franco-canadiense que estuvo con los Mac-Paps, me decía que es el lugar más extraordinario del mundo. Cuando menos la Columbia Británica.

---

* *Llévame al Río de los Pescadillos,*
Llévame al Lago de la Cebolla
Guárdate tu Guadalquivir
Con Como quédate pues
Reintégrame al viejo Tábano,
Aneroide o Gravaburgo...

—Es lo que también solía decir Geoffrey.

—Bueno, pero Geoffrey tiende a ser impreciso al respecto. Pero esto es lo que me dijo McGoff. El era Picto. Supongamos que desembarcas en Vancouver, lo cual parece razonable. Hasta allí todo va bien. A McGoff no le importaba mucho el Vancouver actual. Según él, tiene cierto aspecto a lo Pago-Pago con mezcla de salchichas y puré de papa y generalmente un ambiente bastante puritano. Todos están profundamente dormidos, pero si picas a alguien, surgen de la madriguera agitando la bandera inglesa. Pero en cierto sentido, nadie vive allí. Es como si todos simplemente estuvieran sólo de paso. Minan el país y se largan. Hacen estallar la tierra en añicos, abaten los árboles y los mandan rodando cuesta abajo por el estuario de Burrard... En cuanto a la bebida, se la obstruye —Hugh rió entre dientes—, se la persigue por todos lados poniéndole trabas acaso favorables. No hay bares sino sólo cervecerías tan incómodas y heladas en las que sirven una cerveza tan débil, que ningún borrachín que se respete asomaría las narices por esos lugares. Tiene uno que beber en casa, y cuando se agota la provisión, hay que ir demasiado lejos para conseguir una botella.

—Pero... —y ambos reían.

—Pero un momento —Hugh levantó la mirada para contemplar el cielo de la Nueva España. Era un día semejante a un buen disco de Joe Venuti. Escuchó el zumbido débil, aunque continuo, de los postes telegráficos que cantaban en su propio corazón con su pinta y media de cerveza. En este preciso momento, lo mejor, lo más fácil y sencillo parecía ser la felicidad de estos dos seres en un país nuevo. Y lo que importaba parecía ser, probablemente, la rapidez con que actuaran. Hugh pensó en el Ebro. Así como era posible derrotar en sus primeros días una ofensiva meditada por largo tiempo en razón de eventualidades imprevistas a las que se había dado ocasión de madurar, de la misma manera algún movimiento desesperado y repentino podría triunfar precisamente por el número de posibilidades que destruía de un golpe...

—Lo que hay que hacer —prosiguió Hugh—, es salir de Vancouver lo antes posible. Irse a algún remoto villorrio de pescadores en una ensenada y comprar en seguida una choza en el mar para no tener que pagar sino los derechos de litoral de, digamos, cien dólares. Luego, pasar allí este invierno aproximadamente con sesenta dólares. Sin teléfono. Sin renta. Sin consulado. Apodérense de un pedazo de tierra ajena. Invoquen el espíritu de sus ancestros, los pioneros. Agua de pozo. Corten su propia leña. Después de todo, Geoff es más fuerte que un toro. Y tal vez pueda entonces sentarse a trabajar en su libro y tú volver a tus estrellas y al cambio de las estaciones; aunque a veces se puede nadar hasta en noviembre. Y aprendan a conocer gente auténtica: pescadores de red, antiguos constructores de barcos, cazadores de pieles, en suma, según McGoff, los últimos hombres libres que quedan en la tierra. Mientras tanto puedes hacer arreglos en tu isla y averiguar sobre tu granja, que durante todo ese tiempo se habrá constituido en un señuelo, si eres como pienso, y sigues deseándola...

—¡Oh, Hugh! Sí...

Era tal su entusiasmo, que Hugh casi sacudía el caballo de Yvonne. —Ya veo la choza. Se halla entre el bosque y el mar en lo alto de ásperos guijarros, tiene un embarcadero que baja al agua, ¿sabes?, cubierto de percebes y anémonas y estrellas de mar. Tendrán que atravesar el bosque para llegar a la tienda —Hugh contempló la tienda en su mente. *El bosque estará empapado. Y a veces se desplomará con estrépito algún árbol. Y de cuando en cuando se levantará la niebla y esa niebla se congelará. Luego todo tu bosque se convertirá en un bosque de cristal. En las ramas crecerán como hojas los cristales de hielo. Y luego, en breve, verás el quitameriendas y entonces habrá llegado la primavera...*

Galopaban... La llanura plana y desnuda sustituía a la maleza y, ágiles, andaban a medio galope; por delante caracoleaban alegres los potros, cuando de repente el perro se convirtió en un vellón fugaz que agitaba las ancas, y en tanto que sus yeguas sin trabas y ondulantes llegaban casi imperceptiblemente a dar zancadas largas, Hugh se percató del sentido del cambio, del agudo placer elemental que se percibe a bordo de un barco cuando, al abandonar las aguas agitadas del estuario, se entrega al declive y al bamboleo de alta mar. Un lejano repique de campanas ascendente y descendente resonó en lontananza, como si volviera a sumirse en la sustancia misma del día. Judas había olvidado; mas no: en cierto modo, Judas había sido redimido.

Galopaban siguiendo el curso paralelo del camino desprovisto de setos y a ras de tierra; luego, el rítmico trueno de los golpes de los cascos tuvo de repente un sonido metálico y disperso: ya iban chasqueando por el camino mismo que se alejaba a la derecha rodeando el bosque en torno a una especie de saliente que se precipitaba en el llano.

—Ya estamos de regreso en la calle Nicaragua —exclamó Yvonne con alegría—, ¡casi!

Una vez más acercábanse a pleno galope al Malebolge, serpenteante barranca, aunque en un punto mucho más alejado de aquel por donde la habían atravesado; trotaron el uno junto a la otra sobre un puente bordeado por una valla blanca: luego, de súbito, se encontraron en las ruinas. Primero entró Yvonne. Las bestias parecieron obedecer menos a las riendas que a su propia decisión —acaso nostálgica, tal vez hasta obsequiosa— de detenerse. Desmontaron. Las ruinas ocupaban a la derecha un espacio considerable en la orilla del camino cubierto de hierba. Cerca de ambos se alzaba lo que antaño bien pudo haber sido una capilla cubierta de maleza que brotaba del suelo y sobre la cual brillaba aún el rocío. Por doquiera se esparcían los restos de un amplio porche de piedra con barandales bajos y derruidos. Hugh, que había perdido el rumbo, ató las yeguas en una columna rota color de roca que se alzaba distinguiéndose de toda aquella decrepitud: símbolo que, carente de significado, se desmoronaba.

—¿Qué es todo este *ex-splendor*? —dijo Hugh.

—El Palacio de Maximiliano. El de verano, creo. Pienso que todo aquel efecto selvático en el rumbo de la cervecería también formaba parte de sus dominios —Yvonne dio muestras, de pronto, de sentirse incómoda.

—¿No quieres detenerte aquí? —le preguntó Hugh.

—Sí. Es una buena idea. Me encantaría un cigarrillo —añadió Yvonne vacilando—. Pero tendremos que caminar un poco para llegar a la vista favorita de Carlota.

—La atalaya del emperador ha visto por cierto mejores días —enrollando un cigarrillo para Yvonne, Hugh contempló abstraído aquel sitio que parecía estar tan reconciliado con su propia ruina que no afloraba en él tristeza alguna; había aves encaramadas en las torres derruidas y en las ruinas de mampostería por donde trepaba el inevitable convólvulo azul; los potros, cerca de su perro guardián, pastaban humildemente en la capilla: no parecía arriesgado dejarlos...

—Maximiliano y Carlota, ¿eh? —dijo Hugh—. ¿Debió o no Juárez fusilar al buen hombre?

—Es una historia horriblemente trágica.

—Para acabar lo que tenía que hacer, también debió haber mandado fusilar al desgraciado de Díaz.

Llegaron a la cima y después de haberse vuelto, contemplaron el camino recorrido entre llanura, maleza, vías: el camino a Tomalín. Aquí soplaba un viento seco y perenne. Popocatépetl e Iztaccíhuatl se alzaban allá, al otro lado del valle, con suficiente paz; habían cesado los disparos. Hugh se sintió angustiado. Al venir a este país había acariciado con bastante seriedad la idea de escalar el Popo, tal vez hasta con Juan Cerillo...

—Allí está tu luna todavía —volvió a señalarla, fragmento arrancado a la noche por alguna tempestad cósmica.

—¿No eran maravillosos —dijo Yvonne— aquellos nombres que daban los antiguos astrónomos a los lugares de la luna?

—Pantano de Corrupción. Es el único que recuerdo.

—Mar de las Tinieblas... Mar de la Serenidad...

Permanecieron el uno junto a la otra, mudos; por encima de sus hombros el viento arrancaba el humo de los cigarrillos; también desde aquí el valle se asemejaba a un mar, mar galopante. Más allá del camino a Tomalín, el paisaje ondulaba y hacía restallar sus bárbaras olas de dunas y rocas en todas direcciones. Por encima de los contrafuertes de las montañas, enclavadas las cimas con abetos como botellas rotas que protegieran una barda, flotaba una blanca embestida de nubes que bien pudiera haber sido un grupo de rompientes suspendidos. Pero detrás de los volcanes Hugh podía ver que se acumulaban nubes de tempestad. «Sokotra», pensó, «mi isla misteriosa en el mar Arábigo, de donde provenían incienso y mirra, y adonde nadie ha llegado nunca».

Algo en la agreste fuerza de este paisaje, antaño campo de batalla, parecía gritarle —presencia nacida de aquel vigor cuyo grito reconoció todo su ser como algo familiar, lanzado al viento y por él devuelto (útil contraseña juvenil de valor y orgullo)— acaso apasionada afirmación (aunque casi siempre hipócrita) del alma (pensó) con su deseo de ser bueno, de hacer el bien, lo debido. Era como si ahora contemplase, más allá de esas extensas llanuras, allende los volcanes, el mismo océano ancho, azul y ondulante, sintiéndolo aún en su corazón, impaciencia ilimitada, inconmensurable anhelo.

V

Tras ellos caminaba el único ser viviente que compartiera su peregrinación: el perro. Y poco a poco llegaron al mar salobre. Luego, con almas bien disciplinadas llegaron a la región del norte y contemplaron, con corazones ansiosos de cielo, la imponente montaña Himavat... Lamida por el lago, en ella florecían los lirios, el cáñamo brotaba, las montañas resplandecían, las cascadas jugueteaban, la primavera era verde, blanca la nieve, azul el cielo, y los retoños de los frutos eran nubes: y él seguía sediento. Después, la nieve dejó de resplandecer; las flores de los árboles frutales convirtiéronse en nubes de mosquitos; el Himalaya se ocultó tras el polvo y él sintió más sed que nunca. Luego soplaba el lago, soplaba la nieve, soplaban las cascadas, soplaban los capullos de los frutos, soplaban las estaciones, soplaban alejándose, y él mismo se alejaba arrastrado por una tormenta de capullos, a las montañas en donde ahora caía la lluvia. Pero esta lluvia que ahora caía en las montañas no mitigaba su sed. Ni tampoco, después de todo, se hallaba en las montañas. Se encontraba entre el ganado, en un arroyo. Descansaba, con algunas jacas que, a su lado, metían las patas en frescos pantanos. Yacía boca abajo bebiendo de un lago en que se reflejaban cordilleras de albeantes cumbres, nubes que se amontonaban a una altura de ocho kilómetros detrás de la imponente montaña Himavat, cáñamos de color púrpura y un villorrio acurrucado entre las moreras. Y sin embargo, su sed

seguía sin apagarse. Acaso porque estaba bebiendo, no
agua, sino ingravidez y promesa de ingravidez —¿cómo
era posible que bebiera la promesa de ingravidez? Acaso
porque bebía, no agua, sino certidumbre de claridad—
¿cómo era posible que bebiera certidumbre de claridad?
¡Certidumbre de claridad, promesa de ingravidez, de luz,
luz, luz y otra vez de luz, luz, luz!

...Estallando en su cráneo una inconcebible angustia
de horripilante curda, y acompañado por una pantalla
de demonios que, zumbando en sus oídos lo protegían, el
Cónsul se percató de que en el terrible caso de ser
observado por los vecinos, éstos difícilmente atribuirían
a sus andanzas por el jardín algún inocente objetivo hor-
tícola. Ni siquiera creerían que sólo paseaba. El Cónsul,
despierto hacía uno o dos minutos en el porche, al acordarse súbitamente de todo, casi correteaba. También se
bamboleaba. En vano procuró dominarse (haciendo ex-
traordinarios esfuerzos por aparentar una indiferencia
que dejara traslucir algo más que una insinuación de la
majestad consular) hundiendo más hondamente las manos en los bolsillos, empapados de sudor, de sus pantalones de smoking. Y ahora, olvidándose del reumatismo,
corría en verdad... ¿No podría entonces sospecharse en
él, con razón, algún propósito más dramático, como el
de haber asumido, por ejemplo, el impaciente coturno
de un William Blackstone cuando abandonó a los puritanos para ir a morar entre los indios? ¿o el semblante
desesperado de su amigo Wilson cuando con tanta majestad se separó de la Expedición de la Universidad y
desapareció, también en pantalones de smoking, en las
más recónditas selvas de Oceanía para nunca más volver? No, no era dable sospechar tales cosas con razón.
Por lo pronto si continuara en su actual dirección hacia
el fondo del jardín, una —para él inescalable— cerca de
alambre, frustraría cualquier escapatoria al mundo de
lo desconocido. —Con todo, no seas tan necio como para
imaginar que careces de objetivo. Te lo advertimos, te lo
dijimos, pero ahora que, a pesar de todas nuestras sú-
plicas, te has metido en esta deplorable... —reconoció la
voz de uno de sus familiares, débil entre otras voces
mientras proseguía dando tumbos entre las metamorfo-
sis de alucinaciones agonizantes y renacientes, como
aquel que ignora que le han disparado por la espalda—

...condición (prosiguió la voz con severidad): tienes que hacer algo para remediarla. Por lo tanto estamos guiándote hacia la realización de este algo. —No voy a beber —dijo el Cónsul parándose en seco—. ¿O sí? De cualquier modo, no será mezcal. —Claro que no, la botella está allí detrás de aquel arbusto. Recógela. —No puedo —objetó. —Está bien; tómate tan sólo un trago, sólo lo indispensable, el trago terapéutico: tal vez dos tragos. —¡Dios! —dijo el Cónsul—. ¡Ah! Bien. Dios. Cristo. —Y luego, podrás decir que no hay que tomarlo en cuenta. —No, en efecto. No es mezcal. —Claro que no; es tequila. Podrías echarte otro. —Gracias, así lo haré —tembloroso, volvió a llevar la botella a sus labios—. Arrobamiento. Jesús. Asilo en sagrado... Horror —añadió—. Detente. Deja esa botella, Geoffrey Firmin, ¿no ves el daño que te estás haciendo? —dijo otra voz a su oído, con tal fuerza, que tuvo que volverse. Ante sí, en la vereda, una pequeña serpiente que le pareció una rama, escurrióse entre los arbustos y el Cónsul permaneció por un momento observándola, fascinado, al través de sus gafas oscuras. Se trataba de una verdadera serpiente, no cabía duda. Y no es que le molestase algo tan simple como las serpientes, pensó con cierto orgullo, mirando de frente a los ojos de un perro. Era un perro callejero inquietantemente familiar. —'¡Perro!' —repitió sin que el can se moviera... ¿pero no había ocurrido este incidente, no estaba ocurriendo ahora como si fuera, por decirlo así, hacía una o dos horas?, pensó con rapidez. ¡Qué extraño! Mirando a su alrededor, dejó caer la botella de vidrio blanco corrugado (*Tequila Añejo de Jalisco*, se leía en la etiqueta) para hacerla desaparecer de su vista, entre la maleza. Todo parecía haber vuelto a la normalidad. De cualquier modo, reptil y perro habían desaparecido. Y las voces se acallaron...

Ahora sentíase en condiciones de acariciar, por un minuto, la ilusión de que en realidad todo era «normal». Probablemente Yvonne dormía: no había por qué molestarla aún. Y gran suerte era el haber recordado la botella de tequila casi llena: ahora, antes de volver a ella tenía tiempo para acicalarse un poco, lo cual no le habría sido posible en el porche. En las actuales circunstancias, beber en el porche entrañaba demasiadas dificultades; era conveniente saber dónde echarse con tranquilidad un trago si lo deseaba, sin que lo molestasen, etc., etc...

Todos estos pensamientos cruzaban por su mente —la cual, por decirlo así, asintiendo, solemne, los aceptaba con máxima seriedad— mientras permanecía contemplando el jardín. Por extraño que fuera, no le parecía tan «en ruinas» como antes. Hasta le prestaba cierto encanto adicional un caos semejante al que en él existía. Le agradaba la exuberancia sin retoques de la vegetación circundante. Mientras que, más lejos, los soberbios plátanos que florecían tan rotunda y obscenamente, los espléndidos jazmines trompeta, los perales valientes y obstinados, las papayas plantadas en torno a la alberca y más allá, el mismo bungalow blanco y de poca altura tapizado de bugambilias con su pórtico alargado como la cubierta de un barco, producían positivamente una visión de orden, una visión que, no obstante, se desvanecía en este momento para convertirse, de manera inadvertida, mientras él se volvía por accidente, en una vista subacuática de las llanuras y los volcanes con un sol color añil que ardía con matices múltiples al sudsudeste. ¿O era acaso en el nornoroeste? Contempló todo sin tristeza, hasta con cierto éxtasis, mientras encendía un cigarrillo, un Alas (aunque repitió mecánicamente en voz alta la palabra «Alas»), y luego, brotando de su frente como agua un sudor alcohólico, empezó a caminar por la vereda que llevaba a la valla medianera entre el jardín y el parque público que, más allá, truncaba su propiedad.

En este jardín, que no había vuelto a ver desde la llegada de Hugh (cuando ocultó la botella) y el cual parecía cuidado con amor y esmero, existían por el momento algunas pruebas de trabajos inconclusos: herramientas, inusitadas herramientas —un criminal machete, un rastrillo de forma extraña, que, en cierta manera, empalaba la mente con sus puntas retorcidas y brillantes bajo la luz del sol— se hallaban reclinadas en la valla, así como algo más: un letrero recién arrancado, o tal vez nuevo, cuya faz pálida y oblonga le miraba al través del alambrado. ¿Le gusta este jardín? preguntaba...

'¿LE GUSTA ESTE JARDÍN?

¿QUE ES SUYO?

¡EVITE QUE SUS HIJOS LO DESTRUYAN!'

Inmóvil, el Cónsul contempló las letras negras del cartel. ¿Le gusta este jardín? ¿Por qué es suyo? ¡Expulsamos a quienes destruyan! Palabras simples, simples y terribles palabras, palabras que llegaban hasta el fondo del ser, palabras que, a pesar de que eran quizás un juicio final sobre alguien, no producían, sin embargo, emoción alguna, salvo acaso una agonía descolorida, fría, blanca; agonía tan helada como aquel helado mezcal que bebiera en el Hotel Canadá la mañana en que Yvonne se marchó.

No obstante, ahora volvía a beber tequila, sin tener una idea muy exacta de cómo había regresado con tanta rapidez ni de cómo había encontrado la botella. ¡Ah, la sutil fragancia de alquitrán y broma! Sin importarle ahora que le viesen bebió intensamente a tragos largos y después se paró, y en efecto lo había observado su vecino, el señor Quincey, que a la izquierda, más allá de las zarzas, regaba las flores a la sombra de la valla medianera —se paró una vez más frente a su bungalow. Sintióse acorralado. Se había desvanecido la pequeña visión deshonesta del orden. Sobre su cama, por encima de los fantasmas del abandono que ahora rehusaban disfrazarse, cerníanse las alas de insostenibles responsabilidades. A su espalda, en el otro jardín, su destino repetía con dulzura: —¿Por qué es tuyo?... ¿Te gusta este jardín?... ¡Expulsamos a quienes destruyan! —tal vez el letrero no quería decir exactamente eso— porque el alcohol a veces afectaba en sentido contrario el español del Cónsul (o quizás el letrero mismo, escrito por algún azteca, no estaba correcto) pero casi era eso. Tomando de pronto una decisión, volvió a dejar caer el tequila en la maleza y regresó rumbo al parque público, esforzándose al caminar por aparentar que su paso era firme.

Y no es que tuviera intenciones de cerciorarse de las palabras del letrero, que ciertamente parecía tener más signos de interrogación de los debidos; no, lo que deseaba, y ahora lo veía con meridiana claridad, era hablar con alguien: le era indispensable: pero era, simplemente, algo más; lo que quería implicaba algo así como asir en este momento una oportunidad brillante o, más precisamente, tener una oportunidad de ser brillante, oportunidad excluida por la aparición, entre las zarzas, del señor Quincey ahora a su derecha, a quien debía rodear para llegar hasta el punto en que se hallaba. Y a pesar de ello, esta oportunidad de brillar se convertía a su vez en algo más parecido a otra cosa: en la oportunidad de ser admirado; hasta (y podía cuando menos agradecer al tequila tal honestidad, por breve que fuese su duración) de ser amado. Amado precisamente por lo que constituía una nueva interrogante: y ya que se había hecho la pregunta podía contestarla: amado por su aspecto temerario e irresponsable, o más bien por el hecho de que bajo aquella apariencia arde obviamente la llama del genio que, de manera no tan obvia, no es *mi* genio sino, por extraordinario fenómeno, el de mi bueno y viejo amigo Abraham Taskerson, gran poeta, que alguna vez habló con tanto ardor de mis posibilidades de joven.

Y lo que entonces deseaba ¡ah entonces! (había dado vuelta a la derecha sin mirar el letrero y continuaba su camino siguiendo la cerca de alambre), lo que entonces deseaba, pensó mirando anhelante hacia la planicie —y podría jurar en este momento que una figura cuyo atuendo, sin embargo, no pudo distinguir en detalle antes de que desapareciera, vestía algo luctuoso, permaneció con la cabeza inclinada, en actitud de máxima angustia, cerca del centro del jardín público— lo que deseas pues, Geoffrey Firmin, aunque sea sólo para que te sirva como antídoto de tus alucinaciones cotidianas, es ¡vamos, hombre! nada menos que beber todo el día, cuando las nubes te vuelvan a invitar a que lo hagas; y sin embargo, no del todo; no simplemente deseas beber sino beber en un lugar especial de un pueblo en especial.

¡Parián!... Era un nombre que sugería los mármoles antiguos y las Cícladas barridas por los vendavales. ¡Cómo le llamaba el Farolito de Parián, con sus sombrías voces de la noche de la madrugada! Pero el Cónsul (que de nuevo dio vuelta a la derecha, dejando tras sí la cerca de alambre) se percató de no estar lo bastante borracho para sobreestimar sus posibilidades de llegar hasta allá; el día brindaba demasiadas... ¡trampas! Era la palabra exacta... Estuvo a punto de caer en la barranca, merced a la cual, en una sección no resguardada de esta orilla —en este punto, el precipicio describía una curva muy cerrada hacia el camino de Alcapancingo, para volver a serpear allá abajo y seguir así la misma dirección, seccionando el jardín público— se acrecentaba su propiedad en este entronque con un quinto lado de minúsculas dimensiones. Se detuvo y, envalentonado por el tequila, asomóse por encima de la orilla. ¡Ah, la espantosa sima, el eterno horror de los contrarios! ¡Tú, abismo inmenso, insaciable glotón, no hagas mofa de mí aunque parezca que ansío caer en tus fauces! Para esto, siempre se tropezaba uno con esta porquería, con este cachivache inmenso e intrincado que dividía la mitad en dos y continuaba a lo largo de todo el país, en ciertos lugares simple desfiladero de unos setenta metros que se desplomaba en lo que parecía ser un riachuelo rústico durante la temporada de lluvias, pero que, ahora mismo, aunque no podía verse el fondo, tal vez volvía a asumir sus proporciones de Tártaro universal además de letrina gigantesca. Aquí no era, tal vez, tan horripilante: hasta se podría descender por él, si así se deseaba, por pequeños tramos, claro está, y echándose uno que otro farolazo de tequila en el camino, para visitar al Prometeo de las cloacas, que de seguro allí habitaba. El Cónsul prosiguió su camino con paso más lento. Llegó hasta donde volvía a encontrarse a la vez frente a frente con su casa y con el sendero que rodeaba el jardín del señor Quincey. A su izquierda, más allá de la valla medianera que ahora estaba a su alcance, los verdes céspedes del norteamericano, que regaban innumerables manguerillas silbantes, descendían siguiendo el curso paralelo de las zarzas. Ni tampoco césped inglés alguno podría parecer más suave y encantador. Abrumado súbitamente por sus sentimientos, así como por un violento ataque de hipo, el Cónsul se ocultó tras un nudoso árbol frutal cuyas raíces estaban del lado en que él se hallaba, pero cuyos vestigios de sombra caían del otro lado y, conteniendo la respiración, reclinóse en él. De esta extraña manera imaginó escapar a la vista del señor Quincey que trabajaba un poco más lejos, pero pronto se olvidó de su vecino al quedar en espasmódica admiración ante su jardín... ¿Acontecería al fin y al cabo, y sería ésa la salvación, que el viejo Popeye llegase a parecer menos deseable que un montón de basura en Chesterle-Street, y que aquella grandiosa perspectiva johnsoniana, el camino a Inglaterra, se volviera a extender en el Océano Atlántico de su alma? ¡Y qué insólito sería! ¡Qué extraño sería el desembarco en Liverpool, volver a ver el edificio Liver al través de la lluviecilla brumosa, y aquella lobreguez que ya olía a cebaderas y a cerveza Caegwyrle: los habituales barcos de carga, bien sumidos en el agua, con mástiles armónicamente distribuidos, que, severos, seguían haciéndose a la mar con la marea, mundos de acero que ocultaban sus tripulaciones de las mujeres que, llorosas y con las cabezas cubiertas por negros chales, permanecían en los muelles. Liverpool, de donde zarparon tan a menudo durante la guerra, bajo órdenes selladas, aquellos barcos trampa, cazadores de submarinos, cargueros disimulados que en un abrir y cerrar de ojos podían convertirse en almenados navíos de guerra, peligro anticuado para los submarinos, hocicones viajeros del mundo inconsciente de la mar...

—¿El doctor Livingstone, supongo?

—Hic —repitió el Cónsul desconcertado por el prematuro redescubrimiento, a distancia tan corta, de la figura alta, inmaculada, ligeramente cargada de espaldas, con camisa kaki y pantalones de franela gris, con sandalias, de pelo canoso, completa, digna, propicia para anuncios de alguna agua mineral, que llevaba una regadera y lo contemplaba con repugnancia al través de un par de gafas con montura de carey desde el otro lado de la valla—. ¡Ah, buenos días, Quincey!

—¿Qué tienen de buenos? —preguntó con desconfianza el nogalero jubilado, prosiguiendo su labor de regar aquellos macizos de flores fuera del alcance de las mangueras que giraban sin cesar.

El Cónsul hizo un ademán en dirección de las zarzas y acaso inconscientemente hacia su botella de tequila. —Lo vi desde allá... Iba a inspeccionar mi selva, ¿sabe?

—¿Iba a *qué*? —el señor Quincey lo observó por encima de la regadera, como si quisiera decir: ¡Lo he visto todo; lo sé todo porque soy Dios, y aun cuando Dios era mucho mayor que usted, se levantaba, sin embargo, a estas horas y luchaba contra eso, si era necesario, mientras que usted ignora si está despierto todavía o no, y aunque se haya desvelado toda la noche no está luchando para nada, como sí lo haría yo, de la misma manera en que estaría dispuesto a luchar contra cualquier cosa o contra cualquier persona a la menor provocación!

—Y me temo que sea en verdad una selva —continuó el Cónsul—; de hecho, espero que de un momento a otro salga de ella Rousseau cabalgando un tigre.

—¿Cómo dice? —respondió el señor Quincey, frunciendo el ceño como si hubiera querido decir: Y Dios nunca bebe tampoco antes del desayuno.

—Cabalgando un tigre —repitió el Cónsul.

Quedóse el otro observándole un momento con la mirada sardónica del mundo material. —Era de esperarse —respondió acremente—. Hartos tigres. Hartos elefantes también... ¿Podría pedirle que la próxima vez que inspeccione su selva y tenga deseos de vomitar, lo haga en su lado de la cerca?

—Hic —respondió con sencillez el Cónsul—. Hic —gruñó, riéndose, y tratando de sorprenderse a sí mismo, se dio un fuerte golpe a la altura de los riñones (remedio que, por extraño que resultara, pareció surtir efecto)—. Siento haberle dado esa impresión, sólo es este maldito hipo...

—Así lo veo —dijo el señor Quincey, y quizás también él echó una sutil mirada al escondrijo de la botella de tequila.

—Y lo gracioso es —interrumpió el Cónsul—, que en toda la noche apenas tomé otra cosa que no fuera agua de Tehuacán... A propósito, ¿cómo hizo usted para lograr sobrevivir al baile?

El señor Quincey lo miró indiferente y comenzó a llenar de nuevo su regadera con el agua de una llave cercana.

—Sólo Tehuacán —continuó el Cónsul—, y un poco de gaseosa. Con lo cual debiera acordarse de sus buenos manantiales de soda ¿eh?... ¡ji-ji!... sí, he abandonado el alcohol en estos días.

El otro reasumió el riego, recorriendo, severo, la valla, y el Cónsul, sin lamentarse por tener que dejar el árbol frutal, en el que no había notado adherida la siniestra caparazón de un saltamontes de siete años, lo siguió paso a paso.

—Sí; ahora no bebo sino agua —comentó—, por si lo ignora.

—Yo diría que va a morir ahogado, Firmin —masculló con impertinencia el señor Quincey.

—A propósito, vi una de esas culebrillas hace un momento —dijo el Cónsul. El señor Quincey tosió o gruñó, pero no dijo nada.

—Y me hizo pensar... Sabe, Quincey, a menudo me pregunto si no hay en la antigua leyenda del Jardín del

152

Paraíso, etc., algo más de lo que salta a la vista. ¿Qué tal si Adán no hubiera sido expulsado de aquel lugar? Es decir, en el sentido de que lo comprendemos... —el nogalero había levantado la vista y lo examinaba con mirada firme que, no obstante, parecía dirigirse a un punto algo más abajo del diafragma del Cónsul—. ¿Qué tal si su castigo consistiera en realidad —continuó acalorado—, en tener que *seguir viviendo allí*, solitario, claro está, sufriendo inadvertido, aislado de Dios?... ¿O tal vez —añadió de mejor talante—, tal vez Adán fue el primer latifundista, y Dios, de hecho, el primer agrarista, una especie de Cárdenas,... ji-ji... lo sacó a patadas? ¿Eh? Sí —y el Cónsul rió entre dientes, consciente, además, de que todo esto no resultaba tan divertido en las actuales circunstancias históricas—, porque es evidente para todo el mundo hoy en día, ¿no lo cree usted así, Quincey?, que el pecado original consistió en ser titular de una propiedad...

El nogalero asintió moviendo la cabeza, con gesto casi imperceptible, aunque no parecía estar del todo de acuerdo; su ojo *realpolitik* seguía concentrado en aquel punto bajo el diafragma del Cónsul quien, al bajar la vista, descubrió que su braguета estaba abierta. ¡Licentia vatum, en verdad! —Disculpeme. *J'adoube* —dijo y mientras se abrochaba continuó riendo, y volvió a su primer tema, sin que, por alguna causa misteriosa, perdiera el aplomo por su descuido—. Sí, por cierto... Sí. ¡Y claro está que la verdadera *razón* de aquel castigo, es decir, verse forzado a seguir viviendo en el Paraíso, puede haber sido que el pobre diablo ¿quién sabe? aborreciera en secreto aquel lugar! Que lisa y llanamente lo aborreciera y siempre lo hubiese aborrecido. *Y que el Viejo lo descubriera*...

—¿Me lo imaginé, o vi a su esposa allá arriba hace un rato? —preguntó, paciente, Quincey.

—...¡y no en balde! ¡Al carajo con el lugarcito! ¡Imagínese todos los alacranes y hormigas cortahojas... para no mencionar sino unas cuantas de las abominaciones que tuvo que soportar! ¿Qué? —exclamó el Cónsul, en tanto que el otro repetía su pregunta—. ¿En el jardín? Sí; es decir, no. ¿Cómo lo sabe? Que yo sepa, está profundamente dormida...

—¿Estuvo ausente bastante tiempo, verdad? —preguntó el otro con suavidad, asomándose para ver más claramente el bungalow del Cónsul—. ¿Su hermano sigue aquí?

—¿Hermano? ¡Oh! ¿quiere decir, Hugh?... No, está en México.

—Creo que acabará por descubrir que ya regresó.

El Cónsul se volvió para mirar también su casa.

—¡Hic! —repitió, breve y receloso.

—Creo que salió con su hermano —añadió el nogalero.

—Hola-hola-mira-quién-viene-hola-mi-mosquita-muerta-mi-angustia-minúscula-in-herba... —en estos momentos, el Cónsul, volviendo a olvidar al dueño del gato, saludó al animal mientras éste, gris y meditabundo, con una cola tan larga que la arrastraba por el suelo, avanzaba con paso majestuoso entre las cinias; el Cónsul se puso en cuclillas y comenzó a golpearse los muslos— hola-bicho-mi-Priapibichito, mi Edipichibichito —y al reconocer a un amigo, emitiendo un maullido de placer, el gato giró en torno de la cerca restregándose contra las piernas del Cónsul, ronroneando—. Mi Xicotengatito —alzóse el Cónsul. Silbó dos veces mientras que, a sus pies, el gato meneaba las orejas—. Cree que soy un árbol con un pájaro encaramado —añadió.

—No me extrañaría —replicó el señor Quincey, volviendo a llenar su regadera en la llave.

—Animales que no pueden comerse y que se tienen sólo por gusto, curiosidad o capricho... ¿eh?... según decía William Blackstone... ¡habrá oído hablar de él, por supuesto!... —en cierta forma, el Cónsul estaba en cuclillas, dirigiéndose en parte al gato, en parte al nogalero que se había detenido para encender un cigarrillo—. ¿O se trataba de otro William Blakstone? —ahora hablaba directamente al señor Quincey, que no prestaba atención—. Es un personaje que siempre me ha gustado. Creo que era William Blackstone. O bien Abraham... De cualquier manera, un buen día llegó a lo que es hoy, según creo... pero no importa, algún lugar de Massachusetts. Y vivió allí tranquilamente entre los indios. Al cabo de algún tiempo, los puritanos se establecieron en la otra margen del río. Lo invitaron a que se les uniera; decían que era más salubre la otra orilla, ¿sabe? ¡Ah, la gente!, ¡esa gente con ideas! —dijo al gato—, el viejo William no sentía simpatía por ellos... no, no la sentía... así es que regresó a vivir entre los indios, ¡palabra! Después desapareció por completo, ¡Dios sabrá dónde!... *Ahora bien,* gatito —el Cónsul se golpeó el pecho con gesto significativo, y el gato, inflando la cara, arqueado el cuerpo, retrocedió—, los indios están aquí.

—Ya lo creo que están —suspiró el señor Quincey con tono algo parecido al de un exacerbado sargento primero—, junto con todas aquellas serpientes y elefantes color de rosa y esos tigres de que hablaba.

El Cónsul estalló en carcajadas desprovistas de humor, como si aquella parte de su alma consciente de que todo esto era en esencia la parodia de un gran hombre, antaño amigo suyo, supiese asimismo cuán vacua era la satisfacción que le producía toda esta comedia. —No indios de veras. Y no quise decir en el jardín, sino *aquí* —y volvió a golpearse el pecho—. Sí; justamente la última frontera de lo consciente, eso es todo. El genio, según me gusta repetirlo —añadió mientras se levantaba, arreglaba su corbata y, sin pensar más en ella, alzaba los hombros como para marcharse con una determinación (tomada esta vez de la misma fuente de donde provenían el genio y su interés por los gatos) que le abandonó con la misma celeridad con que la había asumido— ...el genio se las arreglará solo.

En algún lugar distante repicaba un reloj; el Cónsul permaneció inmóvil donde estaba. —¡Oh, Yvonne! ¿Puedo haberte olvidado ya en este día especial? —diecinueve, veinte, veintiún campanadas. Según su reloj eran las once menos cuarto. Pero no había terminado la campana: repicó dos veces más; dos notas ásperas, trágicas: *bing-bong:* vibrantes. El vacío del aire se pobló de murmullos: *¡ay-las! ¡ay-las!* Significaba Alas, en realidad.

—¿Por dónde anda su amigo en estos días? Nunca puedo recordar su nombre... ¿Aquel tipo francés? —acababa de preguntarle hacía un momento el señor Quincey.

—¿Laruelle? —la voz del Cónsul llegó de muy lejos. Sintió un vértigo y cerrando los ojos con hastío, se asió de la cerca para detenerse. Las palabras del señor Quincey tocaron su conciencia (o de hecho alguien tocaba a una puerta) se apagaron, volvieron a golpear con mayor fuerza. El viejo De Quincey; los toques del portón de Macbeth. Toc, toc: ¿quién es? Gato. ¿Gato qué? Gatoástrofe. ¿Gatoástrofe qué? Gatastrofísico. ¡Cómo! ¿Eres tú, mi popogato? ¡Espera tan sólo una eternidad hasta que Jacques y yo hayamos acabado de asesinar al sueño!

155

Gatábasis a gat-abismos. Gatartis atratus.. Por cierto, debió suponerlo, era éste el último momento de la retirada del corazón humano y del ingreso final de lo demoníaco, de la noche aislada, al igual que el verdadero De Quincey —auténtico opiómano, pensó al abrir los ojos y descubrir que miraba directamente hacia donde estaba la botella de tequila— imaginaba el crimen de Duncan y los demás, aislados, ensimismados en profundo síncope y suspensión de la pasión terrenal... Pero, ¿adónde se había ido Quincey? Y ¡Dios mío! ¿quién era este que se acercaba a su rescate, oculto tras el diario matutino y atravesando el césped en donde, como por obra de magia, habían dejado de chorrear las mangueras, sino el mismo doctor Guzmán?

Si no el doctor Guzmán, si no Guzmán, si no era él, no podía ser, pero era, era ciertamente ni más ni menos la silueta de su compañero de la noche anterior: el doctor Vigil; ¿y qué diablos andaría haciendo por aquí? A medida que la figura se aproximaba, el Cónsul sintió una creciente inquietud. Sin duda alguna Quincey era paciente suyo. Pero, en tal caso, ¿por qué no estaba el médico en la casa? ¿Para qué este merodeo por el jardín? Sólo podía significar una cosa: la visita de Vigil había sido, en cierto modo, planeada para coincidir con su propia probable visita al tequila (aunque los había embaucado de lo lindo tanto al uno como al otro), con el fin, claro está, de espiarlo, de obtener alguna información sobre él, alguna pista cuya índole —era muy factible— pudiera encontrarse en las páginas de ese diario acusador: «Se volverá a abrir el antiguo caso del *Samaritan*; créese que el Comandante Firmin se halla en México». «Firmin, declarado culpable, es absuelto y llora en el banquillo». «Firmin inocente, pero lleva sobre los hombros las culpas del mundo entero». «El cuerpo de Firmin, ebrio, descubierto en un *bunker*». Titulares de semejantes monstruosidades formáronse instantáneamente en la imaginación del Cónsul, porque lo que el doctor leía no era sólo *El Universal*; era su destino; pero las criaturas de su conciencia más próxima no podían ser negadas y parecían también acompañar en silencio a aquel diario matutino, haciéndose a un lado (cuando el doctor se detuvo para mirar a su alrededor) desviando las caras, escuchando y murmurando ahora: No puedes mentirnos a nosotros. Sabemos lo que hiciste anoche.

Pero ¿qué *había* hecho? Con toda claridad volvió a ver (mientras que el doctor Vigil, al reconocerlo, aceleraba el paso, cerrando su periódico y acercándosele) volvió a ver el consultorio del doctor en la Avenida Revolución, en donde, por algún ebrio motivo lo visitó a hora temprana, macabro, con sus cuadros de antiguos cirujanos españoles de rostros cabrunos que, extraños, surgían de gorgueras con aspecto de ectoplasma y desternillábanse de risa ejecutando sus operaciones inquisitoriales; pero ya que recordaba todo esto como un mero trasfondo intenso, aislado del todo de su propia actividad, y puesto que era casi todo lo que recordaba, apenas podía hallar consuelo al no parecer participar en todo aquello, y sin desempeñar algún papel alevoso. Cuando menos, no tanto consuelo como el que le había dado la sonrisa de Vigil, ni casi tanto como el que sintió cuando el médico, al ocupar el espacio que un momento antes abandonara el negalero, se detuvo y, de repente, le hizo una profunda reverencia doblándose sobre la cintura; en silencio, inclinóse una, dos, tres veces, pero dándole así la enorme seguridad de que, después de todo, no había cometido crimen alguno de gran magnitud durante la noche anterior, por lo cual seguía siendo digno de respeto.

Luego, ambos gimieron al unísono.

—¿Qué t...? —comenzó a decir el Cónsul.

—'Por favor' —interrumpió el otro con voz ronca y llevando a sus labios un dedo cuidadosamente manicurado, aunque tembloroso, y recorriendo con mirada ligeramente inquieta el jardín.

El Cónsul asintió con la cabeza. —Por supuesto. Se ve tan fresco que estoy seguro de que *usted* no pudo estar en el baile ayer por la noche —añadió en voz alta y con lealtad, siguiendo la mirada de Vigil, aunque Quincey, que después de todo no podía estar tan orondo, seguía brillando por su ausencia. Acaso estaba cerrando la llave central de las mangueras, y qué absurdo había sido sospechar un «plan» cuando de manera tan clara se trataba de una visita informal y casualmente el doctor acababa de ver a Quincey trabajando en el jardín desde la calzada. Bajó la voz—. De cualquier modo, ¿puedo aprovechar esta oportunidad para consultarle sobre lo que debe hacerse en un caso leve de *katzenjammer*?

El médico volvió a echar una mirada inquieta hacia el jardín y comenzó a reír con discreción, aunque todo su cuerpo se cimbraba de gozo: sus dientes blancos brillaban con el sol y hasta su inmaculado traje azul parecía reír. —Señor —comenzó y, como niño, interrumpió su risa mordiéndose los labios con los dientes frontales—. Señor Firmin, por favor, lo siento, pero aquí debo comportarme como —volvió a mirar en torno suyo a la vez que aguantaba la respiración—, como un apóstol. Lo que usted quiere decir, señor —prosiguió con más tranquilidad—, es que se siente admirablemente esta mañana, como *gato en llamas.*

—No del todo —dijo el Cónsul en voz baja, como antes, y a su vez miró con desconfianza en otra dirección, hacia algunos magueyes que crecían más allá de la barranca como batallón que trepara una colina bajo fuego de ametralladora—. Tal vez sea una exageración. Para expresarlo en términos más sencillos, ¿qué haría usted en un caso de delirium tremens crónico, dirigido, sistemático e ineluctable?

Sobresaltóse el doctor Vigil. Una sonrisa medio juguetona se dibujó en las comisuras de sus labios mientras que, con mano más bien temblorosa, lograba enrollar el periódico hasta darle la forma perfecta de un tubo cilíndrico. —No quiere usted decir gatos... —dijo, y describió con una mano, ante sus ojos, un gesto ágil, circular, ondulante y rastrero—, sino más bien...

El Cónsul asintió jubiloso. Porque su mente se había tranquilizado. Había echado una ojeada a aquellos titulares matutinos que parecían tratar exclusivamente de la enfermedad del Papa y la batalla del Ebro.

—...progresión —con ojos cerrados repitió el doctor su gesto con mayor lentitud, sus dedos se arrastraban separados, encorvados como garras, y agitaba con un movimiento idiota la cabeza—. ...'a *ratos'* y dio un zarpazo. —*Sí* —dijo, frunciendo los labios y golpeándose la frente en señal de fingido horror—. Sí —repitió—. Terriblemente... Tal vez lo mejor sea más alcohol —y sonrió.

—Su médico me dice que en mi caso el delirium tremens puede no ser fatal —informó ¡al fin! triunfante, el Cónsul al señor Quincey, que en ese preciso instante se acercaba.

Y al momento siguiente (aunque no antes de que hubiera entre él y el doctor un cambio de señas apenas perceptible: minúscula torcedura simbólica de la muñeca hacia los labios, por parte del Cónsul, mientras levantaba la vista hacia su bungalow, en tanto que, por parte de Vigil, fue un ligero golpeteo producido por el movimiento de los brazos que aparentemente se extendían en el acto de estirarse, lo cual significaba en el oscuro idioma sólo conocido por los iniciados de la Gran Hermandad del Alcohol: —Sube a echarte un trago cuando hayas terminado. —No debería, porque si lo hiciera me echaría a 'volar', aunque pensándolo bien, tal vez vaya...) le pareció beber de nuevo de la botella de tequila. Y, al cabo de otro instante, tuvo la impresión de flotar lento y poderoso entre los rayos del sol, rumbo al bungalow mismo. Acompañado por el gato de Quincey, que en el camino seguía a algún insecto, flotaba el Cónsul en un resplandor ambarino. Más allá de la casa en donde los problemas que le esperaban estaban a punto ya de encontrar enérgica solución, el día se dilataba ante él como ilimitable y maravilloso desierto ondulante al que se iba, aunque en medio de delicias, a hallar la perdición; perderse, pero no tan enteramente como para no poder encontrar los raros charcos necesarios, o los esparcidos oasis de tequila en los que ingeniosos legionarios de la condenación, incapaces de comprender palabra alguna de cuantas dijese, agitando la mano, le animarían a seguir, a pesar de estar ahogado, hacia aquel glorioso Parián, yermo donde el hombre jamás tenía sed y hacia el cual sentíase ahora hermosamente arrastrado por efímeros espejismos, más allá de los esqueletos como alambres congelados y de los leones que merodean meditabundos, hacia el ineluctable desastre personal, siempre, por supuesto, en medio de delicias; podría ocurrir, después de todo, que el desastre contuviera cierto elemento de triunfo. Y no es que el Cónsul se entristeciese. Todo lo contrario. Las perspectivas raras veces le habían parecido tan brillantes. Percatóse por primera vez de la extraordinaria actividad que, por doquiera, le rodeaba en su jardín: una lagartija trepaba por un árbol, otra especie de lagartija bajaba por otro, un colibrí de color verde botella exploraba una flor; enormes mariposas cuyos dibujos precisos y hilvanados recordaban las blusas de los mercados, revoloteaban con indolente gracia de gimnasta (de manera muy semejante a como las había descrito Yvonne cuando la saludaron ayer en la bahía de Acapulco, tormenta multicolor de cartas amatorias despedazadas y arrastradas por el viento, más allá de las cabinas de la cubierta principal); hormigas que con pétalos o capullos escarlatas tachonaban los senderos; mientras que de arriba, de abajo, del cielo y, tal vez de bajo tierra provenía un continuo rumor silbante, un rechinido, un cascabeleo, hasta un clangor. ¿Dónde estaba ahora su amiga la serpiente? Probablemente oculta en lo alto de un peral. Serpiente que aguardaba para dejar caer sobre uno sus anillos: zapatos para putas. De las ramas de estos perales colgaban garrafas rebosantes de amarilla sustancia glutinosa para atrapar insectos, religiosamente renovadas todos los meses por el colegio local de horticultores. (¡Qué alegres eran los mexicanos! Los horticultores hacían de este acontecimiento, como de cualquier ocasión, una especie de danza: traían consigo a sus mujeres que revoloteaban de árbol en árbol recogiendo las garrafas y volviéndolas a colocar donde habían estado, como si todo aquello fuera un movimiento en algún ballet cómico, para luego tenderse durante horas a la sombra, como si el Cónsul mismo no existiese). Luego comenzó a fascinarle la actitud del gato del señor Quincey. Al fin la criatura había logrado capturar al insecto, pero en vez de devorarlo, sin dañarle aún, retenía su cuerpo con gran delicadeza entre los colmillos, mientras que las alas luminosas y bellas que seguían agitándose, porque el insecto no había dejado de volar un solo instante, sobresalían a cada lado de sus bigotes, abanicándolos. Inclinóse el Cónsul para acudir al rescate. Pero el animal saltó y se puso fuera de alcance. Tornó a inclinarse, con idéntico resultado. De esta ridícula manera, inclinado el Cónsul, bailando el gato para evitar que le dieran alcance, y con furioso vuelo el insecto en el hocico de la bestia, llegaron al porche. Por último, extendió el gato una garra preparada para el remate, abrió las fauces, y el insecto, cuyas alas no habían dejado de agitarse, escapó en repentino y maravilloso vuelo, como de hecho pudiera hacerlo el alma humana de las fauces de la muerte, ascendiendo, ascendiendo, ascendiendo, cerniéndose por encima de los árboles: y en ese preciso momento, el Cónsul los miró. Estaban de pie en el porche; los brazos de Yvonne, cubiertos de bugambilias que arreglaba en un jarrón de barro color azul cobalto. —...Pero supónte que se muestre inexorable. Supón que se oponga a ir... ¡cuidado,

Hugh!, que tiene espinas, y debes mirar con atención para cerciorarte de que no tenga escorpiones. —¡Hola, tú, Suchiquetal! —gritó con júbilo el Cónsul, agitando la mano mientras que el gato, echando por encima del hombro una mirada frígida que evidentemente se traducía en: De todos modos, ni lo quería; pensaba dejarlo escapar, echó a correr humillado, y desapareció entre los arbustos—. ¡Hola, Hugh, serpiente emboscada en la maleza! ——————————————————————————

—Luego entonces, ¿por qué se hallaba sentado en el cuarto de baño? ¿Estaba dormido? ¿Muerto? ¿Desmayado? ¿Estaba en el cuarto de baño ahora mismo o hacía media hora? ¿Era de noche? ¿Dónde estaban los demás? Pero ahora oía las voces de algunos de los demás en el porche. ¿Algunos de los demás? Sólo eran Hugh e Yvonne, por supuesto, porque el doctor se había marchado. Sin embargo, por un momento, pudo haber jurado que la casa estaba repleta de gente; pero ¡si aún era de mañana, apenas mediodía, de hecho, sólo las 12.15, según su reloj! A las once había estado hablando con el señor Quincey. —¡Oh!... ¡Oh! —quejóse en voz alta... Recordó que se suponía que estaba preparándose para ir a Tomalín. Pero ¿cómo había logrado convencer a alguien de que estaba lo bastante sobrio para ir a Tomalín? Y, de cualquier modo, ¿por qué a Tomalín?

Una procesión de ideas, cual bichos envejecidos, desfilaron una tras otra por la cabeza del Cónsul, y también su mente atravesaba ya el porche, como lo hiciera una hora antes inmediatamente después de haber visto al insecto escapar del hocico del gato.

Había atravesado el porche —barrido por Concepta— sonriendo en actitud sobria a Yvonne y estrechando la mano de Hugh mientras se dirigía al refrigerador, y, al abrirlo, no sólo supo que habían estado hablando de él sino que, de manera confusa, por aquel claro fragmento de conversación que alcanzara a oír, comprendió rotundamente su significado, como si en ese momento, al contemplar la luna nueva llevando el plenilunio entre sus brazos, se hubiera sentido impresionado por su forma íntegra, aunque el resto estuviera en sombras y sólo iluminado por la luz de la tierra.

Pero, entonces ¿qué había ocurrido? —¡Oh! —volvió a gritar a voz en cuello—. ¡Oh! los rostros de la última hora se cernían sobre él, y ahora las siluetas de Hugh,

Yvonne y el doctor Vigil se agitaban y movíanse ágilmente como imágenes de alguna vieja película muda y sus palabras eran silenciosas explosiones dentro del cerebro. Nadie parecía hacer nada importante; y sin embargo, todo parecía adquirir una máxima y turbulenta importancia; por ejemplo, cuando Yvonne dijo: —Vimos un armadillo... —¡Cómo! ¿Y no había espectros tarsios? —contestó y luego Hugh, abriéndole una helada botella de *Carta Blanca* lanzó la corcholata efervescente al borde del pretil y escanció la espuma en su vaso, cuya contigüidad a la botella de estricnina había (era preciso admitirlo ahora) perdido casi toda su significación...

Percatóse el Cónsul en el cuarto de baño de que todavía le quedaba media cerveza con poco gas; al asir el vaso, su pulso era bastante firme, aunque torpe; bebió con cautela, aplazando con minucia el problema que pronto, cuando quedase vacío, se suscitaría.

...—Tonterías —dijo a Hugh. Y añadió con impresionante autoridad consular que, de cualquier manera, Hugh no podía marcharse en seguida, al menos no para México; que hoy salía sólo un autobús, el mismo en que había venido, que ya había regresado a la ciudad, y un tren que no saldría sino hasta las 11.45 p. m.

Luego: —Pero, doctor, ¿no fue Bougainville —preguntaba Yvonne (y en realidad resultaba asombroso lo siniestras y urgentes y *enardecidas* que le parecían todas estas fruslerías en el baño— ...no fue Bougainville quien descubrió la bugambilia? —mientras que el médico, inclinado sobre las flores de Yvonne, se concretaba a parecer despierto y perplejo, sin decir nada, sino con los ojos, en los cuales apenas dejaba traslucir que se había tropezado con una «situación».

—Ahora que recuerdo, creo que fue Bougainville. Lo cual explica el nombre —comentó Hugh con actitud petulante y sentándose en el parapeto. —Sí: *puedes* ir a la botica y para que no te malinterpreten, di: 'favor de servir una toma de vino quinado o en su defecto una toma de nuez vómica, pero'... —el doctor Vigil reía entre dientes y debía de hablar con Hugh, ya que Yvonne se había escabullido a su cuarto por un momento, mientras que el Cónsul, escuchando a hurtadillas, buscaba en el refrigerador una nueva botella de cerveza... luego: —¡Oh! esta mañana me sentí tan mal en la calle, que tuve que agarrarme de las ventanas —y al Cónsul, mientras volvía: —Por favor, disculpe mi estúpido comportamiento de anoche: ¡Oh! por todos lados he hecho un montón de estupideces en estos últimos días, pero..., —levantando su vaso de whisky— no volveré a beber; necesitaría dormir dos días enteros para recuperarme —y luego, mientras Yvonne regresaba, fingiendo estupendamente su papel y alzando el vaso hacia el Cónsul—. ¡Salud!: espero que no se sienta tan mal como yo. Estaba usted tan perfectamente borracho anoche que hasta pensé que se había matado con tanta bebida. Hasta pensé esta mañana mandar a un muchacho a llamar a su puerta y averiguar si la bebida no lo había matado ya —dijo el Dr. Vigil.

Extraño tipo: en el baño, el Cónsul bebía a sorbos la cerveza sin gas. Tipo extraño, buena persona, de corazón generoso, aunque a veces carente de tacto, salvo en lo que le incumbía. ¿Por qué sería incapaz la gente de llevar la borrachera con dignidad? Cuando menos, él se las había arreglado para ser deferente con Vigil en el jardín de Quincey. En último análisis no podía uno confiar en nadie cuando se trataba de beber hasta el fondo de la botella. Pensamiento éste que embargaba de soledad. Pero no cabía dudar de la generosidad del doctor. De hecho, al poco rato, y a pesar de los indispensables «dos días enteros de sueño», ya los estaba invitando a que le acompañaran a Guanajuato: propuso temerariamente que salieran esa misma noche en auto, para festejar su onomástica, después de una problemática partida de tenis con...

El Cónsul volvió a sorber la cerveza. —¡Oh! —estremecióse—. ¡Oh! —al descubrir la noche anterior que Vigil y Jacques Laruelle eran amigos, se sorprendió un poco, y cuando se lo recordaron esta mañana le resultó mucho más embarazoso... De cualquier manera, Hugh rechazó la idea de un viaje de trescientos kilómetros a Guanajuato, puesto que estaba decidido —a propósito, ¡qué sorprendentemente bien le sentaba aquella vestimenta de vaquero a su porte erguido y descuidado!— estaba ahora decidido a tomar ese tren nocturno; mientras que el Cónsul había rechazado la invitación por causa de Yvonne.

De nuevo viose el Cónsul asomado al parapeto, mirando abajo hacia la alberca —pequeña turquesa enclavada en el jardín. Sois sepulcro do, vivo, yace amor. En ella se movían los reflejos invertidos de aves y platanares, caravanas de nubes. Briznas de césped recién cortado flotaban en la superficie. La piscina estaba casi rebosante de fresca agua de la montaña que goteaba de la manguera rota y agrietada formando, en toda su longitud, una serie de surtidores centelleantes.

Allá abajo, Yvonne y Hugh nadaban en la alberca...

...—'Absolutamente' —dijo el doctor junto al Cónsul, en el parapeto, encendiendo con cuidado un cigarrillo. —Tengo —le dijo el Cónsul mirando hacia los volcanes y sintiendo que su desolación ascendía a aquellas cumbres en las que ahora mismo, a media mañana, el viento ululante azotaría la cara y el terreno bajo los pies sería lava muerta, residuo petrificado y carente de alma, de extinto plasma en el que ni los árboles más selváticos y solitarios jamás arraigarían—; tengo a mi espalda otro enemigo al que no puedes ver. Un girasol. Me observa y sé que me odia. —'Exactamente' —dijo el doctor Vigil—, le odiaría menos si dejara de beber tequila. —Sí, pero esta mañana sólo estoy bebiendo cerveza —respondió el Cónsul, convencido— como podrá verlo con sus propios ojos. —'Sí, hombre' —asintió con la cabeza el doctor Vigil quien, después de algunas copas de whisky (de la nueva botella), había renunciado a no dejarse ver desde la casa del señor Quincey y, audaz, permanecía de pie junto al pretil, al lado del Cónsul. —Hay —añadió el Cónsul—, mil aspectos de esta belleza infernal de la que hablaba, cada uno con sus tormentos peculiares y tan celoso como una mujer de cualquier estímulo que no sea el propio. —'Naturalmente' —dijo el doctor Vigil—. Pero pienso que si va muy en serio lo de su 'progresión a ratos', tal vez tenga que hacer un viaje más largo que este que se ha propuesto —el Cónsul colocó su vaso en el parapeto, mientras el doctor continuaba—. Yo también, a menos que nos obliguemos a no beber nunca más. Yo pienso, 'mi amigo', que la enfermedad no sólo está en el cuerpo sino en aquella parte a la que solía llamarse alma. —¿Alma? —'Precisamente' —dijo el doctor abriendo y cerrando los dedos con agilidad—. ¿Por una malla? Malla. Los nervios son una malla como... ¿cómo se dice?... *an eclectic systemë*. —¡Ah, bien! —respondió el Cónsul—. Quiere usted decir un sistema eléctrico. —Pero después de mucho tequila el sistema eléctrico queda tal vez 'un poco descompuesto', ¿comprende? como a veces en el cine, ¿está claro? —¿Una especie de eclampsia por decirlo así? —quitándose las gafas, el Cónsul asintió desesperado con la cabeza, y al llegar a este punto, recordó que llevaba unos diez minutos sin tomar un trago; además, el efecto del tequila casi se había desvanecido. Se asomó al jardín y fue como si trozos de sus párpados se hubiesen desprendido y revolotearan dando saltos ante su mirada, mutándose en sombras y formas nerviosas, sobresaltándose con el culpable parloteo de su mente, que aún no sonaba del todo como voces, pero volvían, volvían; se le apareció una vez más una imagen de su alma como una ciudad, pero esta vez era ciudad arrasada y fulminada en el sombrío camino de sus excesos, y cerrando sus ojos calcinados, pensó en el hermoso funcionamiento del sistema de aquellos que en verdad vivían, conectados los interruptores, rígidos los nervios sólo ante el peligro real, y tranquilos ahora en un sueño sin pesadillas sin descansar, aunque en reposo: pacífica aldehuela. ¡Cristo! cómo recrudecía el tormento (y mientras tanto existía todo género de razones para suponer que los demás imaginaban que estaba divirtiéndose enormemente) de saber todo esto, y de estar al mismo tiempo consciente de todo el horrible mecanismo que se desintegra, iluminado a veces, a veces apagado, ahora con resplandor cegador, ahora con luz mortecina, con el brillo de una espasmódica batería agonizante, de saber luego, al fin y al cabo, que la ciudad entera se sumía en las tinieblas en donde se hace imposible cualquier comunicación y el movimiento se convierte en obstrucción, amenazan las bombas, las ideas se dispersan despavoridas...

El Cónsul había terminado la botella de cerveza sin gas. Sentado, contemplaba la pared del baño en actitud que parodiaba la de alguna antigua postura para meditar. —Estoy interesadísimo en los locos —¡vaya manera extraña de entablar conversación con quien acababa de convidarlo a un trago! Y sin embargo, así había iniciado el doctor la charla la noche anterior en el bar del Bella Vista. ¿Sería acaso porque Vigil considerara que su ojo avezado había descubierto la locura incipiente y también, al recordar los pensamientos que antes había abrigado al respecto, era gracioso esto de concebirla sólo como incipiente, al igual que quienes, habiendo observado el viento y el tiempo toda su vida, pueden profetizar, ante un cielo clemente, la tempestad que se avecina y las tinieblas que, surgidas de la nada, vendrán galopando por los campos de la mente. Y no es que se pudiera hablar de un cielo muy despejado en este caso. Y sin embargo, ¡cuánto se había interesado el doctor en alguien que sentía que las fuerzas mismas del universo lo hacían pedazos! ¿Qué cataplasmas poner sobre su alma? ¿Qué sabían incluso los hierofantes de la ciencia, de los temibles poderes del —para ellos— mal estéril? El Cónsul no habría necesitado un ojo avezado para descubrir en esta pared, o en cualquier otra, un Mene-Tekel-Peres para el mundo, comparado con el cual la simple locura era como una gota de agua en un océano. Y no obstante, ¿quién hubiera creído jamás que algún desconocido sentado, digamos, en un baño, en el centro del mundo, pensando míseros pensamientos solitarios, pudiera determinar el sino de todos, y que, aún mientras pensaba, era como si entre bastidores se tirara de ciertas cuerdas y continentes enteros estallaran en llamas, y se avecinase la calamidad, de la misma manera que ahora, tal vez en este preciso momento, con sacudida y rechinido repentinos, se hubiese aproximado la catástrofe, y, sin que el Cónsul lo supiera, allá afuera se hubiese oscurecido el cielo. O tal vez no era de ninguna manera un hombre, sino un niño —un niño pequeño, inocente como lo fue aquel otro Geoffrey— el que permanecía sentado en lo alto de un desván en algún lado tocando algún órgano y que, al tirar caprichosamente de los registros, los reinos se dividieran y cayeran y las abominaciones llovieran de los cielos; un niño inocente como aquel infante que dormía en el ataúd que se ladeó al pasar junto a ellos en la calle Tierra del Fuego...

El Cónsul se llevó el vaso a los labios, y volvió a saborear su vacío; púsolo otra vez en el piso que seguía mojado por los pies de los nadadores: el irresistible misterio en el piso del cuarto de baño. Recordó que la siguiente vez que tornó al porche con una botella de *Carta Blanca* (aunque por alguna razón le pareció que esto había ocurrido hacía mucho, en el pasado; era como si algo que no podía precisar sobreviniese para separar drásticamente a aquella figura que regresaba, de sí mismo, sentado aún en el baño, aunque la figura en el porche, con toda su condenación, parecía ser más joven y tener más libertad de movimientos, libre albedrío, tener, aunque sólo fuera por el hecho de asir una vez más un vaso lleno de cerveza, un futuro con mejores perspectivas), Yvonne, juvenil y bonita con su traje de baño de satín blanco, merodeaba, de puntillas, en torno al doctor, que decía:

—Señora Firmin, me siento verdaderamente decepcionado de que no pueda venir conmigo.

El Cónsul y ella intercambiaron una mirada de complicidad o que casi lo fue, y luego Yvonne estaba nadando allá abajo y el doctor decía al Cónsul:

—Guanajuato está situado en medio de un hermoso anfiteatro de escarpadas colinas.

—Guanajuato —decía el doctor— no me lo va a creer. ¡Cómo puede estar allí, cual antigua joya dorada sobre el seno de nuestra abuela!

—Guanajuato —decía Vigil— las calles. ¿Cómo resistir los nombres de las calles? Callejón del Beso. Callejón de las Ranas que Cantan. Calle de la Cabecita. ¿No resulta repugnante?

—Repelente —dijo el Cónsul—. ¿No es Guanajuato el lugar donde entierran a los muertos de pie? —¡ah! y entonces pensó en el jaripeo, y sintiendo que le volvían las fuerzas gritó a Hugh, quien se encontraba sentado al borde de la piscina vestido con los calzones de baño del Cónsul—: Tomalín está bastante cerca de Parián, es ese sitio a donde iba tu cuate. Hasta podríamos ir allí.

Y luego al doctor: —Tal vez usted también pueda venir... Olvidé mi pipa favorita en Parián. Con suerte puedo recuperarla, en El Farolito.

El doctor dijo: —¡Ayyy! «es un infierno».

Entretanto Yvonne, que levantaba uno de los bordes de su gorra de baño para oír mejor, preguntó con humildad:

—¿No se trata de una corrida?

—No, de un jaripeo —dijo el Cónsul—. Si no estás muy cansada.

Pero el doctor, claro está, no podía ir a Tomalín con ellos, aunque esto nunca se discutió, porque en este punto una detonación repentina y terrible que estremeció la casa e hizo que las aves echaran a volar, aterradas, por todo el jardín, interrumpió con violencia la conversación. Tiro al blanco en la Sierra Madre. Antes, mientras dormía, el Cónsul lo había percibido vagamente. Nubecillas de humo flotaban en lo alto, sobre las rocas, bajo el Popo, al otro extremo del valle. Tres negros zopilotes irrumpieron entre los árboles, rozando el techo con suaves gritos roncos como los estertores del amor. Impulsados con insólita velocidad por el miedo, casi parecían zozobrar, manteniéndose juntos pero guardando equilibrio en ángulos diversos para evitar una colisión. Luego buscaron otro árbol donde aguardar, y los ecos de los disparos rebotaron al pasar por encima de la casa, ascendiendo más y más, haciéndose cada vez más distantes, mientras que en alguna parte un reloj repicó diecinueve campanadas. Las doce, y dijo al doctor el Cónsul: —¡Ah, si sólo el sueño del hechicero de magia negra en su oscura cueva, al tiempo que su mano (ése es el trozo que me gusta) tiembla en final decadencia, fuese el término de este mundo tan hermoso! ¡Jesús! Sabes, 'compañero': a veces, tengo la impresión de que de veras está hundiéndose bajo mis pies como la Atlántida. Abajo, abajo, hacia los horribles 'pulpos'. Meropis de Teopompo... Y las montañas *ignívomas.* —'Sí' es el tequila —dijo el doctor, asintiendo con lúgubre cabeceo—. '¡Hombre! un poco de cerveza, un poco de vino', pero ya basta de tequila. Ya basta de mezcal. —Y luego mascullaba: —Pero, '¡hombre!', ahora que ha vuelto su 'esposa'. (Parecía que el doctor Vigil había dicho esto varias veces, sólo que cada una de ellas con diferente expresión en el rostro: Pero, '¡hombre!', ahora que ha vuelto su 'esposa'). Y luego ya se iba: —No era preciso ser curioso para saber que tal vez pudiera haber deseado mi consejo. No, 'hombre'; como le dije anoche, no me interesa tanto el dinero... 'Con permiso', la borrachera no es buena —y una llovizna de yeso cayó sobre la cabeza del Doctor. Luego—: 'Hasta la vista'. —'Adiós'. —'Muchas gracias'. —Muchas, muchas gracias. —Siento que no podamos ir. —Diviértase —desde la piscina. —'Hasta la vista' —luego, otra vez el silencio.

Y ahora estaba el Cónsul en el baño, alistándose para ir a Tomalín. —¡Oh! —decía—. ¡Oh!... pero ¿ya ves?, después de todo no ha ocurrido nada tan horrendo. Ante todo, a lavarse —tembloroso y volviendo a sudar, se quitó chaqueta y camisa. Dejó correr el agua en el lavabo. Sin embargo, por alguna razón misteriosa estaba bajo la ducha en donde esperaba, agonizante, el impacto del agua fría que nunca llegó. Y seguía con los pantalones puestos.

Inerme, estaba sentado aún en el baño, observando los insectos de la pared colocados en ángulos diferentes, como navíos en rada. Serpenteando, una oruga comenzó a acercársele atisbando a derecha e izquierda con inquisitivas antenas. Un enorme grillo de pulido fuselaje, se agarraba de la cortina y mecíala con leve movimiento a la vez que se limpiaba el rostro como un gato, en tanto que sus ojos, clavados en dos cañas, parecían girar en su cabeza. Volvióse esperando encontrar mucho más cerca a la oruga, pero también ella se había vuelto, desviando ligeramente sus amarras. Ahora un alacrán se le acercaba moviéndose con lentitud. De pronto el Cónsul se levantó, temblando de pies a cabeza. Pero no era el alacrán lo que le importaba. Sino que de súbito las leves sombras de clavos aislados, las manchas de mosquitos aplastados, las mismas cicatrices y cuarteaduras de la pared comenzaban a pulular, así que, por doquiera que mirase, a cada momento nacía otro insecto que comenzaba a arrastrarse hacia su corazón. Era como si (y esto resultaba lo más asombroso) todo el mundo de los insectos se le acercase, le arrinconase y se precipitase sobre él. Por un momento, la botella de tequila en el fondo del jardín resplandeció en su alma, y el Cónsul, dando traspiés, llegó hasta su recámara.

Aquí ya había cesado aquel terrible hormigueo visible, pero no obstante —ahora que se hallaba acostado en la cama— parecía persistir en su mente, de manera muy semejante a la anterior visión del muerto, una especie de hervidero del cual —como del persistente redoble de tambores percibido por algún monarca agonizante— se aislase de vez en cuando alguna voz sólo en parte identificada:

—¡Detente, por amor de Dios, idiota! Pisa con cuidado. Ya no podemos ayudarte.

—Quisiera tener el privilegio de ayudarle, de tener su amistad. Trabajaría con usted. De cualquier modo, me importa un comino el dinero.

—¡Cómo! ¿Eres tú, Geoffrey? ¿No te acuerdas de mí? ¿De tu viejo amigo Abe? ¿Qué hiciste, muchacho?

—¡Ja, ja! de ésta no te escapas. Tendido en un ataúd. Síí.

—¡Hijo mío! ¡Hijo mío!

Amor mío. Torna a mí como una vez en mayo.

VI

...Nel mezzco del puerco cammin di nostra vita ritrovai in... Hugh se desplomó en el sofá del porche.

En el jardín aullaban fuertes ráfagas de cálido viento. Refrescado por la natación y por un almuerzo de sandwiches de pavo, con el puro que antes le diera Geoff parcialmente escudado en el parapeto, permanecía observando las nubes que atravesaban con velocidad vertiginosa los cielos mexicanos. ¡Qué rápidas pasaban, con qué exagerada rapidez! A mitad de nuestra vida, a mitad del puerco camino de nuestra vida...

Veintinueve nubes. A los veintinueve un hombre estaba en su trigésimo año. Y él tenía veintinueve. Y ahora sabía al fin —aunque la sensación quizá lo había venido invadiendo en el curso de toda la mañana— lo que era sentir el intolerable impacto de este conocimiento que pudo haber adquirido a los veintidós, pero que no adquirió, que cuando menos debió haber alcanzado a los veinticinco, pero que no obstante, por alguna razón, tampoco alcanzó entonces: este conocimiento hasta ahora asociado con seres tambaleantes al borde de la tumba y con A. E. Housman, de que no se puede ser eternamente joven: que, de hecho, en un abrir y cerrar de ojos, ya no se es joven. Porque en menos de cuatro años que transcurrían con tal rapidez que el cigarrillo fumado hoy parecía haberse fumado ayer, tendría treinta y tres; en siete más, cuarenta: y en cuarenta y siete, ochenta. Sesenta y siete años parecía un plazo cómodamente largo, pero entonces tendría cien. Ya no soy un prodigio. Ya no tengo excusa alguna para seguirme portando de esta manera irresponsable. Después de todo, no soy un tipo tan arrojado. No soy joven. Por otra parte: *soy* un prodigio. *Soy* joven. Soy un tipo arrojado. ¿No es así? Eres un mentiroso, decían los árboles agitándose en el jardín. Eres un traidor, mascullaban las hojas de los plátanos. Y también un cobarde, añadieron caprichosas notas musicales, que eran quizás indicio de que en el zócalo comenzaba la feria. Y están perdiendo la batalla del Ebro. Por tu culpa, dijo el viento. Traidor hasta con tus amigos periodistas a quienes te gustaba denigrar y que son en realidad, admítelo, hombres valerosos. ...¡*Ahhh!* Hugh, como para desembarazarse de estos pensamientos, hizo girar el selector de la radio a diestra y siniestra tratando de captar San Antonio. (En realidad no soy nada de esto. Nada he hecho para hacerme acreedor a esta culpa. No soy peor que los demás...), pero fue en vano. Todas sus resoluciones de esta mañana eran superfluas. Parecía inútil seguir luchando contra estos pensamientos: era mejor dejarlos en libertad. Cuando menos, por un tiempo alejarían su mente de Yvonne, aunque al fin y al cabo siempre lo volvían a su imagen. Ahora hasta Juan Cerillo le fallaba, como, en este momento, San Antonio: en ondas de diferente longitud, dos voces mexicanas se interfirieron. Porque todo lo que hasta hoy has hecho es deshonesto, parecía decir la primera. ¿Y qué hay de la manera en que trataste al infeliz viejo Bolowski, el editor de música? ¿Recuerdas su miserable tiendecilla en Old Compton Street en la vecindad de Tottenham Court Road? Hasta aquello que has logrado creer que constituye uno de tus méritos: tu pasión por ayudar a los judíos, se basa en cierta acción deshonesta que cometiste. No es de asombrarse —ya que tan caritativamente te perdonó— que *tú* le hayas perdonado *sus* chanchullos, hasta el extremo de estar dispuesto a sacar a toda la raza judía de la misma Babilonia... No; mucho me temo que poco de cuanto hay en tu pasado pueda acudir en tu ayuda para luchar contra el futuro. ¿Ni siquiera la gaviota?, dijo Hugh...

¿La gaviota —puro devorador empírico de carroña, cazador de estrellas comestibles— que rescaté aquel día siendo niño, cuando atrapada en una cerca del acantilado se debatía hasta morir, cegada por la nieve, y que, aunque me atacó, logré con una mano arrastrarla de una pata hasta sacarla indemne, y por un instante esplendoroso, la blandí frente a los rayos del sol antes de que se remontara a las alturas con angélicas alas por encima del congelado estuario?

En las colinas volvió a reanudarse el cañoneo. En alguna región ululaba un tren cual vapor que se acercase; tal vez era el mismo que Hugh tomaría esta noche. En el fondo de la alberca, allá abajo, ardía el resplandor de un pequeño sol que cabeceaba entre la imagen invertida de las papayas. Reflejos de zopilotes, a dos mil metros de profundidad, giraban bocabajo y desaparecían. Un ave, cercana en realidad, parecía moverse con saltos repetidos por la cima resplandeciente del Popocatépetl —de hecho, el viento se había calmado, lo cual redundaba en provecho de su puro. También la radio enmudeció y Hugh, volviéndose a acomodar en el sofá, la dejó en paz.

Ni siquiera la gaviota era la respuesta, por supuesto. Al dramatizar el episodio de la gaviota, lo había desvirtuado. ¿Ni tampoco aquel miserable vendedor de *hot dogs*? En aquella áspera noche de diciembre lo encontró en Oxford Street, empujando a grandes penas su carrito nuevo —el primero que vendía *hot dogs* en Londres— que durante más de un mes había venido empujando sin que le compraran uno solo. Y ahora, con una familia que mantener y en vísperas de Navidad, andaba a la cuarta pregunta. ¡Espectros de Charles Dickens! Tal vez lo que parecía tan terrible era lo *nuevo* del malhadado carrito con que embaucaron al hombre. Pero ¿cómo esperaba (habíale preguntado Hugh mientras sobre sus cabezas se cernían, incendiándose y apagándose, los monstruosos engaños y se alzaban en torno a ambos sombríos edificios sin alma envueltos por el sueño glacial de su propia destrucción, se habían detenido a la altura de una iglesia de cuyo muro manchado de hollín habían quitado una figura de Cristo en la cruz para sólo dejar cicatriz y leyenda: ¿No significa esto nada para vosotros que pasáis por aquí?), cómo esperaba vender algo tan revolucionario como un *hot dog* en Oxford Street? Era como tratar de vender helados en el Polo Sur. No; la solución consistía en situarse ante la puerta de una taberna en algún callejón sin salida; pero no de cualquier taberna, sino la de Fitzroy en Charlotte Street, repleta siempre de famélicos artistas que bebían hasta morir tan sólo porque sus almas desfallecían, noche a noche, entre las ocho y las diez por no tener al alcance de la mano algo semejante a un *hot dog*. ¡Allí le convenía ir!

Y... ni siquiera el vendedor de salchichas fue la solución; a pesar de que ya por Navidad había logrado iniciar un espléndido negocio a las puertas de Fitzroy. De pronto Hugh se enderezó, esparciendo por doquier la ceniza de su puro. Y, no obstante, ¿no significa nada el que ya comience a expiar, a expiar por mi pasado tan inmensamente negativo, egoísta, absurdo y deshonesto? ¿No significa nada el que esté dispuesto a sentarme encima de un cargamento de dinamita con destino a los acosados ejércitos republicanos? ¿No significa nada que, después de todo, esté dispuesto a sacrificar mi vida por la humanidad, aunque no sea en pequeños detalles? ¿Nada para vosotros que pasáis?... Aunque no quedaba muy en claro qué diablos esperaba, si ninguno de sus amigos sabía que iba a hacerlo. En cuanto al Cónsul, lo creía tal vez capaz hasta de algo más temerario. Y había que admitir (y esta idea del Cónsul, tan desagradablemente cercana a la verdad, no le repugnaba) que toda la estúpida belleza de semejante decisión que alguien tomase en tal época, estribaba en el hecho de que *era* demasiado fútil, que *era* demasiado tarde, que los republicanos ya habían perdido y que si aquel alguien lograba salir con vida, nadie podría decir de *él* que lo había arrastrado una ola de entusiasmo popular en favor de España, cuando hasta los mismos rusos se habían dado por vencidos y las brigadas internacionales se habían retirado. Muerte y verdad podían hacerse rimar si fuese menester. También existía el viejo truco de decirle a cualquiera que se sacudiese de sus pies el polvo de la Ciudad de Destrucción, que huía de sí mismo y de sus responsabilidades. Pero le asaltó el útil pensamiento: no tengo responsabilidad alguna. ¿Y cómo puedo escapar de mí mismo cuando carezco de sede en este mundo? Sin hogar. Madero a la deriva en el Océano Indico. ¿Es la India mi patria? ¿Disfrazarme de intocable —lo cual no sería tan difícil— e ir a prisión a las Islas Andaman durante setenta y siete años, hasta que Inglaterra dé libertad a la India? Pero te diré esto: al proceder de esta suerte cohibirías a Mahatma Gandhi que, en secreto, es la única figura pública por la que sientes respeto.

No; también lo siento por Stalin, Cárdenas y Jawaharlal Nehru y sólo cohibiría a los tres con mi respeto... De nuevo trató de captar San Antonio.

La radio respondió ahora con venganza; en la estación tejana daban con tal rapidez las noticias de una inundación, que parecía como si el locutor mismo corriera peligro de ahogarse. Otro locutor, con voz más fuerte, se regodeaba con bancarrotas y desastres, mientras que un tercero refería la miseria que asolaba a una capital amenazada, con gente que a tropiezos recorría las oscuras cajellas cubiertas de escombros, y miles de almas que se precipitaban en busca de refugio entre la oscuridad desgarrada de las bombas. ¡Cuán familiar le resultaba aquella jerga! ¡Oscuridad, desastre! Y cómo se hartaba el mundo con ella. En la guerra futura los corresponsales adquirían inaudita importancia al zambullirse en las llamas para alimentar al público con sus propios bocados de excrementos deshidratados. Desgañitándose, una voz pregonó de pronto la baja de valores, las alzas irregulares, los precios del grano, el algodón, metales y las municiones. Mientras como fondo, crepitaba eternamente la estática ¡*poltergeists* del éter y paleros de la idiotez! Hugh se inclinó para auscultar el pulso de este mundo que latía en aquella garganta enrejada cuya voz pretendía ahora horrorizarse ante lo mismo por lo cual se disponía a dejarse engullir en cuanto tuviese la absoluta certeza de que el proceso de deglución duraría lo bastante. Haciendo girar el selector con impaciencia, Hugh creyó oír de repente el violín de Joe Venuti, jubilosa alondrilla de melodía discursiva que se cernía en la cúspide de algún verano todo suyo por encima de toda esta furia abismal, aunque también furioso con el salvaje abandono moderado de aquella música que a veces seguía aún pareciéndole el aspecto más feliz de Norteamérica. Tal vez estuviesen transmitiendo algún disco viejo, uno de aquellos con poético nombre de Polvo de Estrellas o Flor de Manzano; y era curioso comprobar cuánto dolor sentía, como si esta música siempre fresca, perteneciese de modo irreparable a aquello que hoy, al fin y al cabo, se había perdido. Hugh apagó la radio y permaneció recostado, con el puro entre los dedos, contemplando el techo del porche.

Según decían, Joe Venuti no volvió a ser el mismo desde la muerte de Ed Lang. Este hacía pensar en guitarras, y si Hugh llegaba a escribir algún día —como a menudo amenazaba hacerlo— su autobiografía (aunque más bien resultaría inútil, ya que su vida era de aquellas que tal vez se prestan mejor a breves resúmenes en revistas como: «Fulano de tal tiene veintinueve años, ha sido remachador, compositor de canciones, vigilante de coladeras, fogonero, marino, profesor de equitación, artista de variedades, director de orquesta, limpiador de tocino, santo, payaso, soldado por cinco minutos, y ujier en una iglesia espiritualista —de donde no debía inferirse que, lejos de haber adquirido a lo largo de estas experiencias una perspectiva más amplia de la vida, tuviera de ella una idea algo más restringida que cualquier empleadillo de banco que nunca hubiese asomado las narices más allá de Newcastle-under-Lyme»)— si algún día llegaba a escribirla, pensó Hugh, tendría que admitir que una guitarra había llegado a ser símbolo importantísimo en su vida.

Hacía cuatro o cinco años que no tocaba una guitarra —y Hugh podía tocarlas casi de cualquier tipo— y sus numerosos instrumentos abandonados con sus libros en sótanos o buhardillas de Londres o París, en cabarets de Wardour Street o detrás del bar del Marquis de Granby o del Viejo Astoria en Greek Street, que tiempo atrás había sido convertido en convento —y en donde su cuenta seguía aún insoluta—, en casas de empeño de Tithebarn Street o de Tottenham Court Road, en las que los imaginaba esperando oír durante un tiempo —en medio de todos sus sonidos y ecos— su pesado paso, y luego, poco a poco, a medida que el polvo se acumulaba sobre ellos y que cada cuerda sucesiva se reventaba, perdiendo la esperanza; cada cuerda un cable que los ataba a la evanescente memoria del amigo, estallando siempre en primer término la cuerda más aguda, estallando con ruido semejante al seco disparo de un revólver, o con curiosos gemidos de agonía, o con provocadores maullidos nocturnos, como pesadilla en el alma de George Frederic Watts, hasta que no quedaba sino la misma faz inerte de la lira enmudecida, caverna silenciosa para arañas y moscas, y sutil cuello colado, lo mismo que cada cuerda reventada había separado a Hugh, angustia tras angustia, de su juventud, mientras quedaba el pasado, silueta tortuosa, oscura, palpable y acusadora. O acaso ya para ahora, muchas veces habían robado o revendido, o vuelto a empeñar sus guitarras —heredadas tal vez por algún otro maestro, como si cada una de ellas fuese alguna gran idea o doctrina. Estos sentimientos, pensó con alegría, tal vez sentaran mejor a un Segovia exiliado y agonizante, que a un simple ex guitarrista de jazz. Pero si Hugh, por una parte, no podía tocar precisamente como Django Reinhardt o Eddie Lang o, ¡Dios lo ampare!, como Frank Crumit, no podía dejar de recordar tampoco que alguna vez había tenido fama de poseer gran talento. En cierto modo extraño, esta fama, como tantas de las cosas que a él se referían, era espuria, ya que obtuvo sus mayores éxitos con una guitarra tenor afinada como ukelele, y de hecho, la tocaba como si hubiera sido instrumento de percusión. Y sin embargo, un viejo clásico del Ritmo (disco «Parlophone» intitulado, tersamente, «Yuggernaut») seguía siendo clara prueba de que con un extraño estilo llegó a convertirse en mago de conmociones que podían confundirse con cualquier cosa, desde el expreso de Escocia hasta elefantes que pateaban en el plenilunio. En todo caso, pensó, su guitarra fue tal vez su realidad más auténtica. Y, farsa o no, en el fondo de cada una de las decisiones importantes que tomó en su vida siempre hubo una guitarra. Porque por una guitarra se volvió periodista; por una guitarra se convirtió en compositor de canciones, y hasta en gran parte por una guitarra —y Hugh sintió que lo embargaba un ardiente y lento rubor de vergüenza— se embarcó por primera vez.

Hugh empezó a escribir canciones en la escuela, y antes de cumplir los diecisiete años, aproximadamente al mismo tiempo en que, también de varias tentativas perdió la inocencia, la firma judía de Lázarus Bolowski e Hijos en New Compton Street, Londres, le aceptó dos de sus composiciones. Su método consistía en salir los días de fiesta a recorrer durante todo el día las oficinas de los editores de música con su guitarra bajo el brazo —y al respecto, sus primeros años le recordaban los de otro artista frustrado, Adolf Hitler— y sus manuscritos en transcripción para piano solo en el estuche de la guitarra o en una vieja mochila Glanstone propiedad de Geoff. Este éxito alcanzado en el medio de la música popular de Inglaterra, lo anonadó y casi antes de que su tía se enterara de lo acontecido, abandonó la escuela con su consentimiento. En esta escuela, donde fungía como secretario de redacción de la revista, progresaba a tira y tirón; repetíase que la odiaba por los ideales de snobismo que en ella prevalecían. Como en cierto grado reinaba en ella el antisemitismo, Hugh, cuyo corazón se conmovía con facilidad, a pesar de la popularidad que había alcanzado con su guitarra, buscó como amigos íntimos a judíos a los que favorecía en sus columnas. Si bien ya se había inscrito en Cambridge, donde entraría en uno o dos años, en realidad, nunca tuvo la intención de ir allá. Por alguna razón temía semejante perspectiva, punto menos que el encerrarse a preparar algún examen. Y para evitarlo, tuvo que actuar con celeridad. Según lo imaginó con cierto candor, sus canciones le ofrecían una magnífica oportunidad de independizarse por completo, lo cual también implicaba independizarse de antemano del ingreso que, al cabo de cuatro años, comenzaría a recibir de sus tutores públicos, independiente de todos y sin la discutible ventaja de un diploma.

Pero su éxito comenzaba a opacarse un poco. Por una parte, se requería una fianza (su tía la había pagado) y las canciones no se publicarían sino al cabo de varios meses. Y cruzó por su mente la idea que resultó ser más que profética: que estas canciones, cada cual con los treinta y dos compases reglamentarios igualmente triviales y hasta teñidos de cierta puerilidad —tiempo después se avergonzó tanto de sus títulos, que hasta la fecha los conservaba en un secreto cajón de su memoria—, no bastarían para lograr su finalidad. Pues bien, tenía otras canciones entre las cuales algunos de los títulos, «Susquehanna Mammy», «Soñoliento Wabash», «Crepúsculo del Mississippi», «Lúgubre Pantano», etc., eran tal vez reveladores y, cuando menos el de una: «Tengo Añoranza de la Añoranza (de sentir añoranza por mi país) Fox-Trot Cantado»: profundo, si bien no digno de Wordsworth.

Pero todo esto parecía pertenecer al futuro. Bolowski le había insinuado que las aceptaría si... Y Hugh no quiso ofenderlo tratando de vendérselas a otros. ¡Y no es que le quedaran muchos editores que ver! Pero tal vez, tal vez, si ambas canciones *llegaran a ser* un éxito, si se vendieran enormemente, si hicieran la fortuna de Bolowski, tal vez si una gran publicidad...

¡Una gran publicidad! Eso bastaba; eso era siempre lo que se requería: se necesitaba algo sensacional, era el grito de los tiempos; así, cuando aquel día se presentó en la oficina del Superintendente de Marina en Garston —Garston porque su tía se había mudado del norte de Londres a Oswaldtwistle durante la primavera— para enrolarse a bordo del vapor *Filoctetes*, tuvo al menos la certeza de haber descubierto algo sensacional. ¡Oh! Hugh apreció la imagen patética de aquel joven que se imaginaba a sí mismo como la encrucijada entre Bix Beiderbecke, cuyos primeros discos acababan de salir a la venta en Inglaterra, Mozart niño y la infancia de Sir Walter Raleigh, cuando en aquella oficina estampó su firma en la línea punteada; y tal vez también era cierto que en aquella época había estado leyendo con exageración a Jack London, *El Lobo de Mar* —y ahora en 1938 había llegado hasta el viril *Valle de la Luna*— (su predilecto era *La Chaqueta*), y tal vez, después de todo, su amor por el mar fuera genuino y aquella exagerada inmensidad nauseabunda fuera su único afecto, la única mujer de quien tendría que sentir celos su futura esposa, tal vez todo esto fuese cierto de aquel joven que también atisbaba desde lejos, más allá de la cláusula de ayuda mutua para marinos y bomberos, la promesa de ilimitadas delicias en los burdeles de Oriente (ilusión, por no llamarla de otra forma); pero lo que desventuradamente casi le privó hasta del último vestigio de heroísmo fue que, para lograr sus fines sin, por decirlo así, «escrúpulos ni consideraciones», Hugh hizo una visita previa a la redacción de todos los periódicos localizados en un radio de cincuenta kilómetros (y casi todos tenían sucursales en esa región), para darles a conocer su intención de zarpar en el *Filoctetes* y, contando con la prominencia de su familia que, desde la misteriosa desaparición de su padre, constituía remotamente una fuente de noticias, junto con el cuento de la aceptación de sus canciones —audazmente anunció que Bolowski las publicaría todas— urdió el reportaje y con él obtuvo la publicidad requerida, contando asimismo, para poder forzarles la mano a sus familiares, con el temor que éstos le tendrían al ridículo que resultaría si quisiesen impedirle embarcarse, ya que ahora la noticia era del dominio público. Pero también hubo otros factores. Aunque Hugh los había olvidado. Aun así los periódicos apenas se habrían dignado prestar atención a su historia si no se hubiese presentado en cada redacción arrastrando su malhadada guitarrita. Hugh se estremeció ante esta imagen. Tal vez por esta causa los reporteros —honestos padres de familia en gran parte— al ver que él realizaba uno de los anhelos que ellos mismos acariciaban en secreto, complacieron a aquel muchacho tan propenso a hacer el ridículo. Y no es que algo semejante se le hubiera ocurrido en aquella época. Muy al contrario. Hugh estaba convencido de haber sido sorprendentemente listo, y las extraordinarias cartas de «felicitación» que le enviaron de todas partes bucaneros sin barco al descubrir que sus vidas se hallaban bajo la triste maldición de la inutilidad por no haber surcado con sus hermanos mayores los mares de la última guerra, y cuyos extraños pensamientos urdían con alegría la próxima —bucaneros de los cuales Hugh mismo era acaso el arquetipo— sólo sirvieron para fortalecer su opinión. Volvió a estremecerse porque, después de todo, bien hubiera podido no marcharse ya que algunos robustos parientes relegados al olvido, con los que nunca antes había contado, acudieron como si brotasen de la tierra en auxilio de su tía para tratar de impedirle que zarpase, lo cual habrían logrado de no haber sido, por extraño que parezca, por Geoff, que, comprensivo, telegrafió a la hermana de su padre: *Tonterías. Considero viaje proyectado Hugh lo mejor puede ocurrirle. Enérgicamente te apremio le des entera libertad.* Punto capital, consideró, ya que así su viaje perdía ahora no sólo su aspecto heroico, sino además todo posible sabor de rebelión. Porque, a pesar de que ahora estaba recibiendo toda la ayuda de la misma gente de quien por razones misteriosas imaginaba escapar después de haber comunicado sus proyectos al mundo, aún no podía soportar un solo instante la idea de que «huía al mar». Y esto, Hugh nunca se lo perdonó completamente al Cónsul.

Así pues, aquel mismo día, viernes trece de mayo, en que Frankie Trumbauer, a cinco mil kilómetros de distancia, grabó su famoso disco «Por ninguna razón», en do (lo cual llegó a constituir para Hugh una punzante coincidencia histórica), perseguido por trivialidades neoamericanas de la prensa inglesa, que ya comenzaba a interesarse con fruición por su historia y expresábase en términos que iban desde: «Compositor-estudiante vuélvese marino», «Hermano de prominente ciudadano escucha el llamado del mar», «Siempre regresaré a Oswaldtwistle —últimas palabras que pronunció el prodigio antes de partir», «Saga de cantor escolar resucita antiguo misterio de Cachemira», pasando por, en una ocasión, con oscuro significado: «¡Oh, ser un Conrad!» y en otra, con inexactitud: «Estudiante, compositor de canciones en vísperas de graduarse, embarca con su ukelele en un carguero» (porque no estaba a punto de graduarse, según pronto se lo recordaría un viejo marinero, capaz lobo de mar), hasta los últimos y más aterradores, aunque, dadas las circunstancias, de valiente inspiración: «No habrá cojines de seda para Hugh, dice su tía», sin saber si navegaba hacia el este o el oeste, ni tampoco siquiera lo que hasta el ayudante más ínfimo, por rumores, sabía vagamente: que Filoctetes era una figura de la mitología griega —hijo de Peas, amigo de Heracles, cuya ballesta casi resultó ser una posesión tan soberbia y desventurada como su propia guitarra—, Hugh zarpó rumbo a Cathay y a los burdeles de Palambang. Pensando en la humillación que su triquiñuela publicitaria le había deparado en realidad —humillación suficiente en sí misma para enviar a cualquiera a un retiro aún más desesperado que el mar—, Hugh se retorció en el sofá. Entretanto resultaría apenas exagerado afirmar (¡Con un soberano carajo! ¿Leíste aquel periódico cabrón? Llevamos a bordo a un duque hijo de puta o algo así) que se encontraba en situación muy falsa respecto a sus compañeros de tripulación. ¡Y no es que la actitud de éstos fuera en modo alguno como hubiera podido esperarse! Al principio, algunos parecían estimarlo, aunque a la larga se reveló que por motivos no del todo altruistas. Sospechaban —y con razón— que era influyente en el Ministerio. Algunos perseguían motivos sexuales de origen oscuro. Por otra parte, muchos parecían ser increíblemente vengativos y malignos, aunque en ciertos aspectos mezquinos con los que nunca antes había relacionado al mar y a los que desde entonces nunca relacionó con el proletariado. Leían su diario íntimo cuando volvía la espalda. Robaban su dinero. Hasta hurtaron sus pantalones de mezclilla e hicieron que volviera a comprárselos, a crédito, después de haberse privado ellos mismos del poder adquisitivo de su víctima. En su litera y en su mochila de marinero ocultaban martillos y herramientas. Luego, cuando limpiaba, digamos, el cuarto de baño del segundo oficial, algún marino joven de súbito y por razones misteriosas se volvía zalamero y decíale algo como: —¿Te das cuenta, camarada, de que estás trabajando para nosotros, cuando somos nosotros los que debiéramos estar trabajando para ti? —Hugh, que entonces no advertía que también colocaba a sus camaradas en situación falsa, oía con desdén este género de discursos. Aceptaba las persecuciones tal como le venían. Por lo pronto, porque vagamente compensaban lo que para él era una de las deficiencias capitales de su nueva vida.

Esta deficiencia la constituía, aunque en un sentido complicado, la «blandura» de su nueva vida. Y no porque no fuera una pesadilla. Lo era, si bien de índole especialísima, aunque apenas tenía edad suficiente para apreciarla. Y no es que no trabajase hasta llenarse las manos de ampollas y luego tenerlas duras como tablas. O que no hubiese estado a punto de perder la razón con el calor y el aburrimiento cuando trabajaba en el malacate bajo los trópicos o cuando derramaba plomo rojo en las cubiertas. O que todo no fuese mucho peor que hacer de esclavo de los mayores en la escuela, como habría sido si no le hubieran enviado a una escuela moderna en la que no existía esa esclavitud. No, sus manos se habían despellejado, había estado a punto de enloquecer, y todo era peor, en verdad; a lo que se oponía era a las cosas nimias, inconcebibles.

Por ejemplo, que no se llamara al castillo de proa, castillo de proa, sino «cuadra de la tripulación» y que no estuviera en su lugar, sino en la popa, bajo cubierta. Ahora bien, todos saben que el castillo de proa debe estar delante y llamarse castillo de proa. Pero no se designaba a este castillo de proa con el nombre de castillo de proa, porque no era en realidad un castillo de proa. La cubierta superior de la popa cubría lo que no era sino de manera evidentísima «la cuadra de la tripulación», según la designación que se le daba, y eran camarotes separados justamente como aquéllos en el barco de la Isla de Man, con dos literas en cada uno, alineados a lo largo de un pasillo dividido por el refectorio. Pero Hugh no agradecía esta mejoría de condiciones, arduamente lograda. Para él, el castillo de proa —¿y en qué otra parte debía vivir la tripulación de un barco?— significaba de modo inevitable un único cuarto apestoso, situado en la proa, con literas en torno de una mesa colocada bajo una lámpara de petróleo que siempre se mecía, y en donde los miembros de la tripulación reñían, putañeaban, bebían y asesinaban. Y a bordo del *Filoctetes*, la tripulación no reñía ni puteaba ni asesinaba. En cuanto a beber, su tía le había dicho, al fin y al cabo, con una aceptación romántica de auténtica nobleza: Ya sabes, Hugh, que no espero que bebas sólo *café* cuando atravieses el 'Mar Negro. Y tenía razón. Hugh nunca llegó siquiera a ver de lejos el Mar Negro. Sin embargo, la mayor parte del tiempo bebía café a bordo; a veces también té; de vez en cuando agua; y en los trópicos, jugo de limón. Al igual que todos los demás. También este té fue motivo de otra molestia. Todas las tardes al sonar respectivamente las seis y las ocho campanadas, fue su obligación al principio, como su compañero estaba enfermo, salir corriendo de la cocina para ir primero a la despensa y luego a las cuadras de la tripulación con lo que el despensero llamaba untuosamente «el té de la tarde». Con *tabnabs*. Los *tabnabs* eran pastelillos deliciosos y exquisitos que preparaba el segundo cocinero. Hugh los comía con desprecio. ¡El Lobo de Mar tomando, a las cuatro de la tarde, té con *tabnabs*! Y esto no era lo peor. Otro renglón más importante aún era la comida misma. La comida a bordo del *Filoctetes*, simple carguero inglés, era, contrariamente a las afirmaciones de una tradición tan firme que hasta entonces Hugh apenas se hubiera atrevido a contradecirla aun en sueños, óptima; comparada con la de su escuela, en donde había vivido alimentándose en condiciones tales que ningún miembro de la marina mercante habría tolerado cinco minutos, era una fantasía de *gourmet*. Nunca había menos de cinco platillos para desayunar en la mesa de los suboficiales, a cuyo servicio se le había adscrito al principio de manera especial; pero en las «cuadras de la tripulación» era casi igualmente abundante. Picadillo americano, arenques ahumados, huevos pasados por agua, y tocino, avena, bistecs, panecillos, todo en una sola comida, hasta en un único plato; Hugh no recordaba haber visto nunca antes tanta comida. Por ello, tanto más sorprendente le resultó entonces descubrir que uno de sus deberes cotidianos consistía en echar por la borda cantidades de esta milagrosa comida. Se consideraba preferible arrojar al Océano Indico, o a cualquier océano, aquel sancocho que la tripulación no había consumido, que, según corría la frase, «devolverlo a la cocina». Tampoco por esta mejoría de condiciones, lograda con grandes esfuerzos, llegó a sentir Hugh gratitud alguna. Ni tampoco, lo cual resultaba misterioso, parecía sentirla ninguno de los demás. Porque lo infame de la comida era el gran tópico de conversación: —No se desesperen, muchachos, pronto habremos vuelto a casa en donde puede uno echarse algo comestible, en vez de esta inmundicia, con trozos de pintura o Dios sabe qué será —y Hugh, alma leal en el fondo de su ser, rezongaba con los demás. Sin embargo, halló su nivel espiritual entre los camareros...

No obstante, sentíase atrapado. Tanto más cuanto que· se daba cuenta de que en ningún aspecto esencial había podido sustraerse a su vida pasada. Todo continuaba aquí, aunque bajo otra forma: los mismos conflictos, los mismos rostros, la misma gente —imaginaba— que en la escuela, la misma índole de espuria popularidad con su guitarra, la misma clase de impopularidad porque hacía migas con los camareros o, lo que era peor, con los fogoneros chinos. El barco mismo parecía un gigantesco campo. de fútbol moviente. Cierto que había dejado atrás el antisemitismo, porque los judíos del mundo entero eran lo bastante sensatos para no hacerse marinos. Pero si bien al abandonar su escuela pensó también dejar a popa el snobismo inglés, se había equivocado rotundamente. El grado de snobismo imperante en el *Filoctetes* era en realidad tan fantástico y de tal índole, que Hugh nunca lo hubiera creído posible. El cocinero principal consideraba a su incansable segundo como un ser de casta del todo inferior. El jefe de la tripulación despreciaba al carpintero y así, durante tres meses, aunque tomaban los alimentos en el mismo recinto, no le dirigió la palabra por tratarse de un artesano, mientras que, a su vez, el carpintero despreciaba al jefe de la tripulación por tener él, Chips, el grado máximo entre los subalternos. El camarero en jefe, que gustaba de vestir camisas a rayas cuando no estaba de servicio, manifestaba con toda claridad el desprecio que sentía por el jovial segundo de a bordo, el cual, rehusándose a tomar su vocación en serio, se conformaba con vestir un suéter y una camiseta de toalla. Cuando, para ir a nadar, el grumete más joven bajó a tierra con una toalla enrollada al cuello, le riñó con solemnidad el cabo de brigadas (quien a pesar de llevar camisa sin cuello duro, llevaba corbata), acusándolo de ser la deshonra de la tripulación. Y el capitán mismo casi se ponía negro cada vez que veía a Hugh, porque éste, con intención de halagarlo, había dicho durante una entrevista que el *Filoctetes* era un vapor volandero vagabundo. Vagabundo o no, todo el barco se zarandeaba y se revolcaba en medio de prejuicios burgueses y tabús de tal índole, que Hugh ignoraba que existiesen. O al menos, eso creía. Por otra parte, era falso aquello del zarandeo. Hugh, lejos de aspirar a ser un Conrad, según lo sugirieron los periódicos, no había leído hasta entonces una sola palabra de aquel escritor. Pero sabía vagamente que Conrad insinuaba en alguna parte que en ciertas estaciones debían esperarse tifones en la costa de la China. Esta era la estación; aquí, uno u otro día divisarían el litoral chino. No obstante, no aparecía tifón alguno. O, si lo había, el *Filoctetes* ponía buen cuidado en evitarlo. Desde el momento en que salió de los Lagos Amargos hasta que se encontró en rada en Yokohama, reinó una monótona tranquilidad de sepulcro. Hugh desmenuzaba herrumbre durante sus penosas guardias. Sólo que, en realidad, no eran penosas porque nada pasaba. Y no eran guardias nocturnas; trabajaba de día. Y, no obstante, se vio obligado a fingirse a sí mismo, ¡pobre tipo!, que algo romántico tenía lo que había hecho. ¡Y bien que lo tenía! Habría encontrado fácil consuelo consultando un mapa. Por desgracia, también los mapas le recordaban su escuela en demasía. Así es que, cuando atravesaron el Canal de Suez, no prestó atención a las esfinges, a Ismailia ni al Monte Sinaí; ni, al atravesar el Mar Rojo, pensó en Hejaz, Asir o Yemen. Como la isla de Perim pertenecía a la India aunque estuviera tan alejada de ella, siempre le había fascinado. Sin embargo, durante toda una tarde pasaron frente al terrible paraje, sin que él se diera cuenta. Una estampilla de la Somalia italiana en la que aparecía la efigie de agrestes pastores, fue alguna vez su más preciado tesoro. Doblaron por el Cabo de Guardafuí sin que se percatara de ello, al igual que cuando, niño aún, a los tres años, pasó por allí en la dirección contraria. Después no pensó ni en el Cabo Comorín ni en Nicobar. Ni en el Golfo de Siam, en Pnom-Penh. Tal vez ni él mismo supo en qué pensaba; las campanas repicaban, las máquinas murmuraban; *videre: videre;* y tal vez en lo alto del cielo hubiese otro mar en el que el alma abría el surco de su alta e invisible estela...

Por cierto que, para él, Sokotra no se convirtió en símbolo sino mucho después, y nunca se le ocurrió que pudo haber pasado a distancia bastante próxima del sitio en que naciera, cuando en el viaje de regreso navegaron frente a Karachi... Hong-Kong, Shanghai; pero las oportunidades de bajar a tierra eran pocas, y alejadas las unas de las otras; nunca podían tocar el poco dinero que tenían, y después de haber permanecido anclados frente a Yokohama durante todo un mes sin que se les concediera un solo permiso para bajar a tierra, se colmó su cáliz de amargura. Y sin embargo, aquellos que obtuvieron el permiso, en vez de rugir en los bares quedáronse a bordo cosiendo y contando chistes indecentes que Hugh había oído a la edad de once años. O bien se dieron a compensaciones neutras y torpes. Y Hugh tampoco pudo sustraerse al fariseísmo inglés de sus mayores. No obstante, como a bordo había una buena biblioteca, bajo la tutela del estibador, Hugh comenzó a adquirir la educación que una escuela costosa no fue capaz de suministrarle. Leyó *La saga de los Forsyte* y *Peer Gynt*. También en gran parte, gracias al estibador, alma bondadosa filocomunista que en tiempos normales pasaba bajo cubierta las horas de su guardia estudiando un folleto llamado *La Mano Roja*, Hugh renunció a su idea de no ir a Cambridge. —Si estuviera en tu situación, iría al jodido lugar. Sácale lo que puedas.

Mientras tanto, implacable, su reputación lo había seguido hasta el litoral chino. Si bien los titulares del *Free Press* de Singapur solían proclamar: «Asesinato de la Concubina del Cuñado», no fue sorprendente hallar al poco tiempo pasajes como: «Mozalbete de cabeza rizada estaba en el castillo de proa del *Filoctetes* y mientras éste anclaba en Penang, tocaba su composición más reciente en el ukelele». Noticias que ahora, de un día a otro, podrían aparecer en el Japón. Sin embargo, la guitarra misma había acudido al rescate. Y al menos Hugh sabía ahora en qué pensaba. ¡Pensaba en Inglaterra y en el viaje de regreso! Inglaterra, de donde tanto había anhelado escapar, tornábase ahora en el único objeto de su anhelo, en su tierra prometida; en la monotonía de estar perennemente anclados, más allá de los crepúsculos de Yokohama como falsetes de «Cantando el blues», pensaba en su país como el enamorado piensa en su amante. No evocaba por cierto otras amantes que pudo haber tenido en su país. Hacía mucho que había olvidado uno o dos idilios breves, a pesar de que alguna vez fueron serios. El destello de una enternecedora sonrisa de la señora Bolowski en la penumbra de Compton Street le persiguió en forma algo más duradera. No: pensaba en los camiones de dos pisos de Londres, en los anuncios de los teatros frívolos al norte, en el Hipódromo de Birkenhead: dos funciones diarias, a las 6.30 y a las 8.30. Y en verdes campos de tenis, en el rebote de las pelotas sobre el terso césped y en su ágil vuelo por encima de la red, en la gente que recostada en sillas plegables bebía té (a pesar de que podía emularla a bordo del *Filoctetes*), en su gusto recién adquirido por la cerveza inglesa y el queso añejo...

Pero sobre todo, pensaba en sus canciones, que ahora verían la luz. ¿Qué importaba todo lo demás si cuando volviera a casa, tal vez en ese mismo hipódromo de Birkenhead, las tocarían y cantarían dos veces cada noche ante salas repletas? O si bien no las tarareaban, hablarían de él. Porque la fama le aguardaba en Inglaterra, no aquel falso renombre que ya había atraído sobre su persona; no notoriedad barata, sino fama real, fama que sentía ahora, después de haber pasado las de Caín, después de haber pasado «por el infierno mismo» —y Hugh se convenció de que tal era verdaderamente el caso— que había ganado como derecho y recompensa.

Pero vino el tiempo en que Hugh pasó en realidad «por el infierno». Un día, un pobre carguero hermano perteneciente a otro siglo, el *Edipo Tirano* —de cuyo tocayo pudiera haberle informado el estibador del *Filoctetes* que se trataba de otro griego en desgracia—, estaba anclado en rada frente a Yokohama, distante, aunque demasiado cerca, porque aquella noche los dos enormes barcos, girando sin cesar con la marea, gradualmente se acercaron tanto el uno al otro que casi chocaron, y por un momento esto pareció estar a punto de ocurrir; a bordo, la popa del *Filoctetes* hervía de excitación, y luego, mientras los barcos apenas se deslizaban el uno junto al otro, el capitán segundo gritó por un megáfono:

—¡Saludos del capitán Sanderson al capitán Telson, y díganle que le han dado un fondeadero detestable!

El *Edipo Tirano* que, a diferencia del *Filoctetes*, llevaba fogoneros blancos, había sobrepasado el increíble período de catorce meses fuera de su puerto de origen. Por esa razón su maltrecho capitán no estaba ansioso en modo alguno, como el capitán de Hugh, de negar que su barco fuera un vagabundo volandero de los mares. Ya dos veces había descollado a estribor la roca de Gibraltar, no para anunciar el Támesis ni Mersey, sino el Océano Atlántico, el largo trayecto a Nueva York. Y luego, Veracruz y Colón, Vancouver, y el largo viaje por el Pacífico para volver al Lejano Oriente. Y ahora, cuando justamente todos estaban seguros de que en esta ocasión al fin tornarían a casa, acababan de recibir órdenes de volver una vez más a Nueva York. Su tripulación, especialmente los fogoneros, estaba harta de este estado de cosas. A la mañana siguiente, cuando ambos barcos se hallaban anclados a distancia razonable, apareció un anuncio en el comedor trasero del *Filoctetes* en el que se solicitaban voluntarios para sustituir tres marinos y cuatro fogoneros del *Edipo Tirano*. De esta suerte, aquellos hombres podrían regresar a Inglaterra a bordo del *Filoctetes*, que sólo llevaba tres meses en el mar, pero que, en el curso de la semana en que zarpase de Yokohama, haría el viaje de regreso.

Ahora bien, más días en el mar son más dólares, por pocos que sean. Y tres meses en alta mar son asimismo un tiempo larguísimo. Pero catorce meses (Hugh tampoco había leído aún a Melville) son una eternidad. No era probable que el *Edipo Tirano* tuviera que enfrentarse a más de seis años de vagancia: pero nunca se sabía; quizá tuvieran la idea de transferir poco a poco la mano de obra más agotada a navíos que retornaran a casa, cuando los encontrasen, y así mantenerlo errante por dos años más. Al cabo de dos días sólo se habían presentado dos voluntarios, un auxiliar de radio y un marinero.

Hugh contempló el *Edipo Tirano* que, en su nuevo anclaje, aunque continuaba meciéndose con rebeldía, se acercaba como al cabestro de su mente, y así aparecía el viejo vapor ora mostrando por momentos un cuarto, ora otro cerca de la escollera, para dar la apariencia en el siguiente instante de hacerse a la mar. A diferencia del

Filoctetes, era a sus ojos todo lo que debía ser un barco. En primer término, no daba con su aparejo la impresión de ser un campo de fútbol, masa de chaparros postes de meta y redes. Sus mástiles y cabrias pertenecían a la altiva variedad de la cafetera. Los primeros eran negros, de acero. Su chimenea también era alta, y requería pintura. Era sucio y mohoso, y a su costado asomaba el minio rojo. Estaba escorado a babor, y quién sabe si también a estribor. El estado de su puente sugería un reciente contacto —¿sería posible?— con algún tifón. Si no era así, poseía el aspecto de que pronto atraería uno. Estaba mellado, envejecido, y, feliz idea, tal vez hasta a punto de hundirse. Y sin embargo algo tenía de juvenil y hermoso, como una ilusión que nunca muere sino que siempre permanece con el casco sumido en el horizonte. Decíase que era capaz de desarrollar siete nudos. ¡E iba hasta Nueva York! Por otra parte, si se enrolaba en él, ¿qué ocurriría con Inglaterra? La confianza que tenía en sus canciones no era tan absurda como para inducirlo a pensar que allí su fama seguía resplandeciendo tanto después de dos años... Además, comenzar nuevamente desde el principio entrañaba un terrible ajuste. Y sin embargo, no llegaría a bordo marcado con el mismo estigma. Era poco factible que su nombre hubiera llegado hasta Colón. ¡Ah!, ¿qué habría hecho su hermano Geoff, que también conocía estos mares, estas dehesas de experiencia?

Pero no podía hacer aquello. Era pedirle demasiado, irritado como estaba por permanecer inmóvil durante un mes en Yokohama, sin derecho siquiera a bajar a tierra. Era como si en la escuela, precisamente al estar cerca la clausura de las clases, le hubieran dicho que no habría vacaciones ese verano, que debería seguir trabajando como de costumbre durante agosto y septiembre. Salvo que nadie le decía nada. Alguna voz íntima le incitaba simplemente a presentarse como voluntario para que algún otro, cansado del mar y más nostálgico de su patria que él, pudiese ocupar su plaza. Hugh se alistó a bordo del *Edipo Tirano*.

Cuando volvió al *Filoctetes* un mes después, en Singapur, era una persona diferente. Tenía disentería. El *Edipo Tirano* no lo había desengañado. Su comida era pobre. No había más refrigeración que una heladera. Y un camarero principal (¡perro desgraciado!) se pasaba todo el día en su camarote fumando cigarrillos. Y también el castillo de proa estaba en el frente. Y a pesar de todo aquello, lo abandonó contra su voluntad, sin rasgo alguno digno de Lord Jim, por error de alguna agencia, cuando estaba a punto de recoger peregrinos que iban a la Meca. Se había descartado el viaje a Nueva York, y sus compañeros de viaje, si bien no todos los peregrinos, llegarían probablemente a su destino, después de todo. Exento del servicio, solitario con sus dolores, Hugh se sentía como un ser lastimoso. Y no obstante, de vez en cuando se levantaba apoyándose en un codo: ¡Dios mío, qué vida! No existían condiciones demasiado buenas para hombres lo bastante endurecidos que las soportaran. Ni los antiguos egipcios supieron lo que era la esclavitud. Aunque, ¿qué sabía él al respecto? No mucho. Las carboneras, abastecidas en Miki —negro puerto carbonífero concebido para satisfacer la idea que cualquier hombre en tierra tuviese sobre los sueños de los marinos, ya que en él cada casa es un burdel y cada mujer una prostituta, incluso una vieja bruja que grababa tatuajes— pronto estuvieron llenas: el carbón llegaba casi hasta el piso del cuarto de calderas. Hugh sólo había visto el lado agradable —si acaso lo tenía— del oficio de fogonero. Pero ¿era mejor la vida en cubierta? No, en verdad. Tampoco allí había misericordia. Para el marinero, la vida en el mar no era una insensata triquiñuela publicitaria. Era algo perfectamente serio. Hugh se avergonzó terriblemente por haberla explotado como si lo fuera. Años de aplastante monotonía, de estar expuesto a toda clase de oscuros peligros y enfermedades, el destino de cada cual a merced de una compañía que sólo se interesaba por la salud de uno en la medida del riesgo que corría de pagar la indemnización de un seguro, la vida hogareña reducida a una semicópula con la esposa en la estera de la cocina cada dieciocho meses, eso era el mar. Eso, y un secreto anhelo de ser sepultado en él. Y un enorme e insaciable orgullo. Hugh creía comenzar a percatarse ahora, aunque remotamente, de lo que había tratado de explicarle el estibador; el porqué, a bordo del *Filoctetes,* se le había denostado y adulado con servilismo. En gran parte se debió a que estúpidamente se había anunciado como representante de un sistema sin entrañas al que a la vez temían y del que desconfiaban. Y sin embargo, este sistema ofrece muchos más atractivos a los marinos que a los fogoneros, que raras veces surgen por los escobenes a respirar el burgués aire superior. No obstante sigue pareciendo sospechoso. Sus métodos son tortuosos. Sus espías andan por doquier. Lo sonsacan a uno, ¡se sabe!, hasta con una guitarra Por esta razón, debe leerse su diario íntimo. Hay que vigilarlo, mirar de frente sus diabluras. Si es menester, hay que adularlo, imitarlo y pretender colaborar con él. Y él, a su vez, nos adula. Cede un punto en esto y aquello, en asuntos como la comida, mejores condiciones de vida, y, aunque primero haya destruido la tranquilidad espiritual necesaria para aprovecharlas, hasta en bibliotecas. Porque de esta manera mantiene un dominio sofocante sobre nuestra alma. Y porque esto ocurre a veces, al volverse uno servil, de repente se descubre uno diciendo: —¿Sabes?, estás trabajando para nosotros, cuando debiéramos nosotros trabajar para ti —también eso es cierto. El sistema trabaja para uno, como pronto se descubrirá, cuando venga la próxima guerra que traerá consigo empleos para todos—. Pero no te imagines que por siempre podrás salirte con la tuya en todas tus astucias —repite uno todo el tiempo en el fondo del corazón—; de hecho te tenemos en nuestras garras. ¡Sin nosotros, en la paz o en la guerra, la cristiandad deberá derrumbarse como un montón de cenizas! —Hugh advertía lagunas en la lógica de este pensamiento. No obstante, a bordo del *Edipo Tirano*, casi sin la mácula de aquel símbolo, Hugh no había sido objeto de zalamerías ni de vejaciones. Se le había tratado como a un camarada. Y se le había ayudado con generosidad cuando no podía con sus tareas. Sólo cuatro semanas. Sin embargo, aquellas cuatro semanas a bordo del *Edipo Tirano* lo reconciliaron con el *Filoctetes*. Y así, preocupábase amargamente porque durante su enfermedad alguien tenía que hacer su trabajo. Cuando volvió a sus labores antes de haberse restablecido, siguió soñando con Inglaterra y con la fama. Pero se ocupaba sobre todo en perfeccionar el estilo de su trabajo. Raras veces tocó su guitarra durante estas últimas semanas llenas de penalidades. Parecía arreglárselas espléndidamente. Tan espléndidamente que, antes de desembarcar, sus propios compañeros insistieron en hacerle las maletas. Con pan rancio, según descubrió más tarde.

Permanecieron anclados en Gravesend, esperando a que subiese la marea. Al derredor, en la brumosa madrugada, ya los corderos balaban con dulzura. En la media luz el Támesis no parecía muy diferente del Yang-tse-kiang. Luego, de pronto, alguien apagó su pipa golpeándola contra el muro de un jardín...

Hugh no esperó a descubrir si al periodista que había subido a bordo en Silvertown le gustaba tocar sus canciones en sus horas de ocio. Casi lo echó por la borda.

Lo mismo que le inspiró aquel acto de poca generosidad, no le impidió hallar su camino aquella noche hasta llegar a New Compton Street y a la miserable tienducha de Bolowski. Cerrada ahora y oscura. Pero Hugh casi pudo tener la certidumbre de que aquellas canciones en el escaparate eran las suyas. ¡Cuán extraño era todo esto! Casi imaginó escuchar compases familiares que provenían de arriba (sin duda, la señora Bolowski los canturreaba en un cuarto superior) y luego, mientras buscaba un hotel, que toda la gente a su alrededor los tarareaba. También, en el Astoria, este tarareo persistió en sus sueños aquella noche; levantóse al alba para escudriñar una vez más el maravilloso escaparate. Ninguna de sus canciones estaba a la vista. Hugh se sintió desilusionado sólo por un segundo. Tal vez habían llegado a ser tan populares que no podía desperdiciarse ningún ejemplar para exhibirlo. A las nueve de la mañana volvió a la tienda de Bolowski. El hombrecillo estaba encantado de verlo. Sí, por cierto, sus canciones se habían publicado tiempo atrás. Bolowski iría a buscarlas. Hugh esperó conteniendo la respiración. ¿Por qué tardaba tanto? Después de todo, Bolowski era su editor. No podía ser, claro está, que tuviera dificultad para *encontrarlas*. Al fin regresó acompañado por un ayudante y dos enormes paquetes. —Aquí —dijo— están sus canciones. ¿Qué quiere que hagamos? ¿Desea llevárselas? ¿O prefiere que las conservemos aún por algún tiempo?

Y allí, no cabía duda, estaban las canciones de Hugh. Mil ejemplares de cada una se publicaron como lo prometió Bolowski: era todo. No había hecho esfuerzo alguno por distribuirlas. Nadie las tarareaba. Ningún comediante las cantaba en el Hipódromo de Birkenhead. Nadie había vuelto a oír jamás una sola palabra de las canciones del «compositor estudiante». Y a Bolowski le era completamente indiferente si alguien volvía a mencionarlas en el futuro. Las había editado y con ello había cumplido su obligación contractual. Tal vez eso le costaba una tercera parte de la prima. Pero el resto era beneficio neto. Si Bolowski publicaba así mil canciones al año a los confiados bobos que estaban dispuestos a pagar, ¿para qué incurrir en los gastos de distribución? Las simples primas le bastaban. Y, después de todo, Hugh tenía sus canciones. ¿Acaso no sabía, explicóle Bolowski con gentileza, que no había mercado para las canciones de compositores ingleses? ¿Que la mayoría de las canciones publicadas eran norteamericanas? Muy a su pesar, Hugh sintió que lo halagaba el que le iniciasen en los misterios del negocio de canciones. —Pero toda la publicidad —tartamudeó—, ¿no le sirvieron de nada todos esos anuncios? —y Bolowski negó suavemente con la cabeza. Toda aquella historia había muerto antes de que las canciones se publicaran—. Y ¿no sería fácil resucitarla? —murmuró Hugh tragándose sus buenas intenciones al recordar a aquel periodista que había sacado a patadas del barco el día anterior: luego, avergonzado, intentó nueva táctica... ¿Tal vez, después de todo, en América tendría mayores oportunidades como compositor? Y pensó lejanamente en el *Edipo Tirano*. Pero Bolowski se burló de las oportunidades en América, en donde cada mesero era compositor de canciones...

No obstante, abrigando durante todo este tiempo remotas esperanzas, miraba sus canciones. Al menos su nombre aparecía en las cubiertas. Y de hecho, en una de ellas se veía la foto de una orquesta de baile. ¡Interpretada con enorme éxito por Izzy Smigalkin y su orquesta! Tomando varios ejemplares de cada una, volvió al Astoria. Izzy Smigalkin tocaba en el «Elephant and Castle», y hacia allá dirigió sus pasos, aunque no habría podido precisar con qué objeto, ya que Bolowski había dejado traslucir la verdad: que aunque Izzy Smigalkin hubiera estado tocando en el mismo Kilburn Empire, seguiría siendo el tipo de persona que no se interesaba en canciones de las que no se habían editado partituras para orquesta, a pesar de que a raíz de algún secreto arreglo con Bolowski, las hubiese presentado con bastante poco éxito. Hugh comenzó a conocer el mundo.

Pasó sus exámenes de ingreso en Cambridge, pero apenas si renunció a sus antiguas guaridas. Dieciocho meses debieron transcurrir antes de que pudiese entrar. El periodista al que había echado del *Filoctetes* le había dicho, sin aclarar sus razones: —Es usted un idiota. ¡Podría hacer que todos los editores de la ciudad corrieran en pos de usted! —castigado, Hugh consiguió, gracias al mismo tipo, un empleo en algún periódico, en donde pegaba recortes de periódicos para un álbum. ¡Así es que había llegado para eso! No obstante, pronto adquirió cierto sentido de independencia —aunque su tía le pagaba el hospedaje. Y su ascenso fue rápido. Su notoriedad le sirvió, si bien hasta entonces nada había escrito sobre el mar. En el fondo, anhelaba la honestidad, el arte, y se dijo que en el relato que escribió sobre el incendio de un burdel en Wapping Old Stairs, había logrado expresar ambas cosas. Pero en lo íntimo de su ser no se apagaban los rescoldos de otros fuegos. Ya no iba de un desacreditado editor a otro, mendigando con su guitarra y sus manuscritos metidos en la mochila de Geoffrey. Y, no obstante, una vez más en su vida volvía a tener cierta semejanza con la de Adolf Hitler. No se había desconectado de Bolowski y, en el fondo de su corazón, se vio urdiendo una venganza en su contra. Cierta forma de antisemitismo privado se convirtió en parte de su vida. Por las noches trasudaba violento odio racial, aunque a veces atravesaba por su mente la idea de que en el cuarto de las calderas había tocado el fondo del sistema capitalista, esta sensación le resultaba inseparable de su odio por los judíos. En cierto modo era culpa de los pobres judíos, no sólo de Bolowski, sino de todos los judíos, que él hubiese descendido hasta el cuarto de calderas acariciando desmesuradas ilusiones. Los judíos eran responsables hasta de que existiesen excrecencias económicas como lo era la Marina Mercante Británica. En los sueños que acariciaba durante el día convertíase en instigador de enormes pogroms de carácter general en los cuales, por lo mismo, no se derramaba una sola gota de sangre. Y día a día se acercaba a su finalidad. Cierto, entre ésta y él, de vez en cuando, alzábase la sombra del estibador del *Filoctetes*. O centelleaban las sombras de los estibadores del *Edipo Tirano*. ¿Pero acaso no eran Bolowski y los de su calaña los enemigos de su propia raza, y no eran los mismos judíos los descastados, los explotados y los errantes de la tierra, al igual que los estibadores y como él mismo lo había sido? Pero ¿qué era la fraternidad universal si los marinos llenaban de pan rancio la mochila de un hermano? Y, a pesar de ello, ¿adónde volver la mirada para hallar claros valores de rectitud? ¿Acaso su padre y su madre no habían muerto? ¿Su tía? ¿Geoff? Pero Geoff, como el fantasma de su propio *alter ego*, andaba siempre por Rabat o Timbuctú. Además, ya una vez le había privado de la dignidad de convertirse en rebelde. Recostado en el sofá, Hugh sonrió... Porque alguien hubo, ahora recordaba, a cuya memoria, cuando menos, podía haber acudido... Esto le recordó, además, que a la edad de trece años había sido por algún tiempo ardiente revolucionario. Y ¡extraña vocación! ¿no había sido este mismo director de su antigua escuela preparatoria y guía de scouts, el Doctor Gotelby, fabuloso y errante tótem de privilegios, iglesia, caballero inglés —¡Dios salve al Rey!— y segura ancla de los padres, el responsable de su herejía? ¡Cabroncete! Con admirable independencia el apasionado viejo que domingo a domingo predicaba las virtudes en la capilla, ilustró ante los ojos desorbitados de su clase cómo los bolcheviques, lejos de ser los infanticidas del *Daily Mail*, seguían una norma de vida sólo menos espléndida que la usual entre los integrantes de su comunidad de Pangbourne Garden City. Pero ya para entonces Hugh había olvidado a su antiguo mentor. Al igual que hacía mucho olvidó realizar cada día una acción virtuosa. Y que un cristiano sonríe y silba en cualquier circunstancia, y que si una vez había sido uno scout se era para siempre comunista. Hugh sólo recordaba «estar preparado». Y así fue como sedujo a la esposa de Bolowski.

Pero acaso fue una solución más pensada que lograda... A pesar de lo cual, por desgracia, Bolowski se empeñó en presentar una demanda de divorcio acusando a Hugh de complicidad. Aunque quedaba por ocurrir casi lo peor. Bolowski lo acusó también de haber tratado de engañarlo en otros aspectos al declarar que las canciones que le había publicado eran ni más ni menos que plagios de dos números norteamericanos poco conocidos. Hugh quedó estupefacto. ¿Era posible? ¿Acaso había vivido en un mundo de ilusiones tan absoluto que había ansiado apasionadamente la publicación de canciones plagiadas, cuya impresión pagó él mismo, o, mejor dicho, su tía, y que, de modo tortuoso, hasta su desengaño al respecto fuera falso? Según se comprobó, la verdad no fue tan terrible. Y sin embargo, existían bases muy sólidas para la acusación, en lo que a una de las canciones se refería...

Recostado en el sofá, Hugh libraba una lucha con su puro. ¡Dios Todopoderoso! ¡Dios Todopoderoso, azote de los pecadores! Debió haberlo sabido todo el tiempo. Sabía que lo sabía. Por otra parte, preocupado sólo por la interpretación, parecía como si su guitarra pudiera convencerlo de que cualquier canción era suya. También el que el número norteamericano fuese infaliblemente un plagio, no le auxilió en nada. Hugh estaba angustiado. En esta época vivía en Blackheath y un buen día, cuando do la amenaza del escándalo perseguía todos sus pasos, caminó a pie veinticinco kilómetros hasta llegar a la ciudad, recorriendo los suburbios de Lewisham Catford, New Cross, hasta el Old Kent Road, frente, ¡ah!, al Elephant and Castle, hasta el corazón de Londres. Macabras, sus pobres canciones le perseguían ahora en tono menor. Deseaba perderse en estos distritos sin esperanza, asolados por la miseria e idealizados románticamente por Longfellow. Anhelaba que el mundo lo engullera a él y a su infortunio. Porque infortunio era lo que sobrevendría. Lo aseguraba la publicidad que otrora invocara en provecho propio. ¿Cómo se iba a sentir ahora su tía? ¿Y Geoff? ¿Y la poca gente que había confiado en él? Hugh ideó un último programa gigantesco: en vano. Por último, hasta le pareció casi un consuelo saber que su madre y su padre habían muerto. En cuanto al tutor principal de su escuela, no era probable que quisiera dar la bienvenida a un estudiante que acababa de arrastrarse en los «tribunales de divorcio» —palabras terribles. La perspectiva parecíale horrible; la vida, a punto de acabarse; la única esperanza: alistarse en otro barco tan pronto como todo hubiese terminado, o, si fuera posible, antes de que todo comenzase.

Luego, de súbito, ocurrió un milagro, algo fantástico e inimaginable para lo cual hasta este día Hugh no había logrado hallar explicación lógica. De pronto Bolowski desistió de todo. Perdonó a su esposa. Llamó a Hugh y, con máxima dignidad, también le perdonó. Retiró la demanda de divorcio. Y también la acusación de plagio. Todo había sido un error, dijo Bolowski. En el peor de los casos, como nunca se habían distribuido las canciones, ¿qué daño se había hecho? Mientras más pronto se olvidase, mejor. Hugh no pudo dar crédito a sus oídos: como tampoco podía dárselo hoy, al recordar, ni creer tampoco que, poco después de pensar que todo se había perdido y que su vida estaba irremisiblemente arruinada, pudiese, como si nada hubiese acontecido, continuar tranquilamente...

—¡Auxilio!

Tembloroso, con el rostro en parte cubierto de espuma, Geoffrey estaba en el umbral de la puerta de su cuarto haciendo señas con una brocha de afeitar, y Hugh, tirando al jardín su ruinoso puro, se levantó y lo siguió al interior de la casa. En circunstancias normales tenía que atravesar esta interesante estancia para llegar hasta su recámara (por cuya puerta, al frente, abierta, se veía la segadora) y ahora, como el cuarto de Yvonne estaba ocupado, también debía hacerlo para llegar hasta el cuarto de baño. Era éste un lugar delicioso y sumamente amplio para el tamaño de la casa: sus ventanas, al través de las cuales se precipitaban los rayos del sol, daban a la calle Nicaragua por el lado de la rampa. Un fuerte perfume dulzón que usaba Yvonne, invadió el cuarto, en tanto que los aromas del jardín se filtraban por la ventana abierta de la recámara de Geoff.

—La temblorina es horrible. ¿Nunca te ha dado la temblorina? —preguntó el Cónsul agitándose de pies a cabeza: quitóle Hugh la brocha de rasurar y comenzó a frotarla de nuevo en una tablilla de jabón de leche de burra que había en el lavabo—. Sí, la has tenido, me acuerdo. Pero no una temblorina tan monumental.

—No... ningún periodista ha tenido jamás la temblorina —Hugh dispuso una toalla en torno al cuello del Cónsul—. ¿Quieres decir las ruedas?

—Estas son ruedas dentro de ruedas.

—Lo siento mucho. Ya estamos listos. Estáte quieto.

—¿Cómo demonios quieres que me esté quieto?

—Tal vez sería mejor si te sentaras.

Pero el Cónsul tampoco se sentó:

—¡Por Dios, Hugh, lo siento! No puedo dejar de andar saltando. Es como si estuviera dentro de un tanque de guerra. ¿Dije tanque? ¡Jesús!, necesito un trago. ¿Qué es esto? —el Cónsul empuñó una botella destapada de loción que estaba en el alféizar de la ventana—. ¿A qué crees que sepa esto, eh? Para el cuero cabelludo —antes de que Hugh pudiera detenerlo, el Cónsul dio un largo trago—. No está mal. No está nada mal —añadió triunfante y relamiéndose—. Sabe un poco a pernod. De cualquier manera, un buen hechizo contra las cucarachas galopantes. Y contra la polígona mirada proustiana de imaginarios escorpiones. Espera un momento, voy a...

Hugh abrió todas las llaves. En el cuarto contiguo oyó a Yvonne que caminaba, alistándose para ir a Tomalín. Pero como había dejado la radio encendida en el porche probablemente Yvonne no podría oír sino los ruidos habituales en un cuarto de baño.

—Dando dando —comentó el Cónsul, tembloroso aún, cuando Hugh lo ayudó a sentarse—. En una ocasión hice lo mismo por ti.

—'Sí, hombre' —Hugh, que volvía a frotar la brocha en el jabón de leche de burra, arqueó las cejas—. Así es. ¿Te sientes mejor, mi viejo?

—Cuando eras niño —castañeteaban los dientes del Cónsul—, volviendo de la India en el barco de la Peninsular y Oriental... en el viejo *Cocanada.*

Hugh volvió a colocar la toalla al cuello de su hermano; luego, como si, distraído, obedeciese las mudas instrucciones de Geoff, tarareando, atravesó la recámara y salió al porche, en donde la radio tocaba ahora estúpidamente Beethoven en el viento que azotaba con fuerza contra ese lado de la casa. Al regresar con la botella de whisky (que con acierto supuso que el Cónsul había ocultado en el aparador) dejó errar su mirada por los libros de Geoff, ordenados con pulcritud —en el cuarto aseado donde no existía ningún indicio de que su ocupante realizase trabajo alguno o se propusiese hacerlo en el futuro, salvo la cama algo revuelta en la que evidentemente había estado acostado el Cónsul— en altos estantes que cubrían las paredes: *Dogme et Rituel de la Haute Magie, El Culto de la Serpiente y de Siva en América Central*; de éstos, había dos largos estantes, junto con encuadernaciones de piel color herrumbre y bordes raídos de numerosos libros de alquimia y otros cabalísticos; aunque algunos, que parecían bastante nuevos como *La clavícula del Rey Salomón,* probablemente fueran tesoros, el resto era una colección heterogénea: Gogol, el Mahabharata, Blake, Tolstoi, Pontoppidan, los

Upanishads, un Marston en edición Mermaid, el obispo Berkeley, Duns Scoto, Spinoza, *Vice Versa*, Shakespeare, las obras completas de Taskerson, *Sin novedad en el frente*, *El trinquete de Cuthbert*, el Rig Veda y, ¡Dios sabrá por qué!, *Pedrillo Conejo*; —todo se resume en *Pedrillo Conejo* —solía decir el Cónsul. Hugh regresó sonriendo y, con gesto grandilocuente digno de un mesonero español, le llenó de whisky el vaso de lavarse los dientes.

—¿En dónde encontraste eso?... ¡ah!... ¡Me has salvado la vida!

—No es nada. Una vez hice lo mismo por Carruthers. —Hugh comenzó a afeitar al Cónsul, que casi en seguida se tranquilizó.

—¿Carruthers... aquel cuervo viejo? ¿Qué hiciste por Carruthers?

—Le sostuve la cabeza.

—Pero no estaba borracho, por supuesto.

—Borracho, no. Ahogado. Además, fue durante una revisión —Hugh blandió la navaja—. Trata de quedarte quieto, así. Así está bien. El te respeta enormemente... Solía referir gran cantidad de anécdotas tuyas, aunque casi todas eran variaciones sobre el mismo tema... La de aquella vez en que llegaste montado en un caballo al colegio.

—Oh, no... No lo hubiera montado. Cualquier cosa más grande que un cordero me espanta.

—De cualquier manera, allí estaba el caballo, atado en la despensa. ¡Y vaya caballito bronco! Aparentemente fueron menester treinta y siete tipos y el portero del colegio para sacarlo.

—¡Por Dios!... pero no puedo imaginar que Carruthers se pusiera tan borracho para morirse durante una revisión. Déjame ver, en mis tiempos era sólo profesor adjunto. Creo que en realidad tenía más interés en sus ediciones príncipe que en nosotros. Claro que esto era a principios de la guerra, en momentos bastante difíciles... Pero era un tipo estupendo.

—En mi época seguía siendo profesor adjunto.

(En mi época. Pero ¿qué significa eso exactamente? ¿Qué hacía uno en Cambridge —si acaso se hacía algo— para comprobar que el alma era digna de Siegbert de East Anglia... o de John Cornford? ¿Irse de pinta, no asistir a las conferencias ni a las clases, dejar de remar

199

por el colegio, engañar al supervisor y, por último, engañarse a sí mismo? ¿Estudiar economía, y después historia, italiano y pasar apenas los exámenes? ¿Trepar por la reja —contra la que sentía una aversión indigna de marinos— para visitar a Bill Plantagenet en Sherlock Court y, asiendo la rueda de Santa Catalina, sentir, adormecido por un momento, como Melville, que el mundo lo llamaba desde todos los puertos a popa? ¡Ah las campanas marinas de Cambridge y sus fuentes a la luz de la luna y sus patios cerrados y sus claustros y su belleza duradera en la lejana y virtuosa seguridad de sí misma, parecían formar parte, no tanto del brillante mosaico de la estúpida existencia que allí se vivía (aunque tal vez se hubiera logrado mantener por los incontables recuerdos engañosos de tales vidas) cuanto por el extraño sueño de algún vetusto monje, muerto hacía ochocientos años, cuya imponente habitación, fincada sobre pilotes y estacas enterrados en regiones pantanosas resplandeciera otrora como antorcha surgiendo del misterioso silencio y de la soledad de los fangales! Sueño guardado con celo: No Pise el Prado, y no obstante esta belleza irreal nos obliga a decir: Dios, perdóname. Mientras uno vivía cerca de la estación entre los repugnantes olores de mermelada y de botas viejas en una choza vigilada por un inválido, Cambridge era el mar al revés; y al mismo tiempo, una horrible regresión; en el sentido más estricto (a pesar de la reconocida popularidad de que Hugh gozaba, oportunidad caída del cielo) la más espantosa de las pesadillas, como si un hombre maduro se despertase de pronto al igual que el infortunado señor Bultitude en *Vice Versa*, para enfrentarse, no a los azares de los negocios, sino a la lección de geometría que no había preparado treinta años antes y a las torturas de la pubertad. Albergues y castillos de proa encuéntranse donde están, en el corazón. Y sin embargo el corazón enfermaba al correr a todo galope hacia el pasado, hasta los mismos rostros de la escuela, ahora túmidos como los de los ahogados, en cuerpos recrecidos y desmadejados, volver otra vez a todo aquello de lo que con tantos esfuerzos uno había tratado de huir antes, pero de manera desmesuradamente inflada. Y por cierto que, si no hubiera sido así, seguiría uno consciente de la existencia de las camarillas, los snobismos, los genios malogrados, la justicia escarnecida, la seriedad violada y los gigantescos idiotas vestidos de tweed y amanerados como ancianas, cuya única razón de ser radicada en otra guerra. Era como si aquella experiencia del mar, exagerada también por el tiempo transcurrido, lo hubiera revestido con el profundo desajuste interno del marinero que nunca puede ser feliz en tierra. Sin embargo, había comenzado a tocar la guitarra con mayor seriedad. Y una vez más, sus mejores amigos fueron con frecuencia judíos: en algunos casos, los mismos judíos que habían estado en la escuela. Había que admitir que habían sido los primeros, puesto que llegaron desde 1106 A.C. Pero ahora parecían casi la única gente *vieja* como uno mismo: sólo ellos tenían un sentido de la belleza generoso e independiente. Sólo un judío no desvirtuaba el sueño del monje. Y en cierta forma, sólo un judío, con su rica dotación de sufrimiento prematuro, podía comprender el sufrimiento de uno, el aislamiento, esencialmente, la pobre música de uno. Así es como en mi tiempo, y con la ayuda de mi tía, compré un periódico universitario. Esquivando los cargos escolares, convertíme en firme defensor del Sionismo. Como director de una orquesta de baile compuesta en su mayoría por judíos, tocando en bailes locales, y con mi propio número «Tres Hábiles Marinos», amasé una suma considerable. Fue mi amante la bella esposa judía de un conferencista norteamericano que visitaba Inglaterra. También la seduje con mi guitarra que, como la ballesta de Filoctetes o la hija de Edipo, fue mi guía y mi apoyo. Tocábala sin timidez por doquiera. Ni tampoco me impresionó, ni más ni menos que como un cumplido inesperado y útil, el que Phillipson, el dibujante, se hubiese tomado la molestia de representarme en un periódico antagónico con una inmensa guitarra en cuyo interior se ocultaba un niño extrañamente familiar, enroscado como si estuviera dentro de un vientre...)

—Claro que siempre fue un gran conocedor de vinos.

—En mi tiempo comenzaba a confundir un poco los vinos y las primeras ediciones —Hugh afeitaba con destreza la barba de su hermano junto a la vena yugular y la arteria carótides—. Hágame el favor de traerme una botella del mejor John Donne, quiere, Smithers?... Ya sabe, una del genuino 1611.

—Por Dios, ¡qué gracioso!... ¿O no? ¡Pobre Viejo Cuervo!

—Era un tipo espléndido.

—El mejor.

(...He tocado mi guitarra ante el Príncipe de Gales, mendigando en las calles en beneficio de los ex combatientes el día del Armisticio, he tocado en una recepción ofrecida por la Sociedad Amundsen y, mientras arreglaban los años venideros, ante una junta secreta de la Cámara de Diputados francesa. Los Tres Hábiles Marinos alcanzaron fama meteórica y *Metrónomo* nos comparó a los Cuatro Azules de Venuti. En aquella época no podía pensar en nada peor que recibir una herida en la mano. Sin embargo, a menudo soñaba que moría devorado por los leones en el desierto mientras pedía por última vez la guitarra, que seguía rasgueando hasta el fin... Y no obstante dejé de tocar por mi propia voluntad. De repente, menos de un año después de haberme salido de Cambridge, dejé de tocar primero en orquestas, luego en la intimidad, y cesé tan completamente que Yvonne, a pesar del tenue lazo que implicaba el que ella hubiera nacido en Hawai, sin duda alguna ignora que llegué a tocar, y nadie me dice ya con tanto énfasis: Hugh, ¿dónde está tu guitarra? Anda, ven a tocarnos una tonada.)

—Tengo —dijo el Cónsul— una pequeña confesión que hacerte, Hugh... Hice algunas trampas con la estricnina mientras estuviste fuera.

—Thalavethiparothiam, ¿verdad? —dijo Hugh, amenazándole en broma—. O fuerza obtenida por decapitación. Bueno pues, no tengas cuidado, como dicen los mexicanos; voy a afeitarte la parte de atrás del cuello.

Pero Hugh limpió primero la navaja con un pedazo de papel higiénico, y asomóse con gesto distraído para ver el cuarto del Cónsul. Las ventanas de la recámara estaban abiertas de par en par. Las cortinas se mecían hacia adentro con máxima suavidad. El viento casi había cesado. Los perfumes del jardín eran penetrantes. Hugh oyó que el viento volvía a soplar en otra parte de la casa —el feroz aliento del Atlántico saturado de Beethoven salvaje. Pero aquí, del lado de sotavento, aquellos árboles que podían verse por la ventana del baño parecían no percatarse de ello. Y las cortinas se ocupaban con su propia brisa suave. Como la ropa de la tripulación, recién lavada a bordo de un vapor volandero y que, colgada por encima de la escotilla número seis entre bruñidos mástiles, apenas baila en el sol de la tarde mientras que en declive, entre bao y popa, a menos de una legua alguna embarcación indígena con velas que gualdrapean violentamente parece luchar contra un huracán, se hinchaban imperceptibles, como si se dirigiesen a otra latitud...

(¿Por qué dejé de tocar la guitarra? No ciertamente por haber comprendido demasiado tarde el punto de vista del cuadro de Phillipson y la cruel verdad que contenía... Están perdiendo la Batalla del Ebro... Y sin embargo con gusto habría consentido en seguir tocando, pero era menester otra forma de publicidad, un medio de mantenerse en primer plano, ¡como si aquellos artículos semanales para las *Noticias del Mundo* no fueran suficiente publicidad! O yo, destinado a ser una especie de incurable «objeto de amor» o eterno trovador, juglar, interesado sólo en mujeres casadas —¿por qué?— incapaz, a fin de cuentas, de amor alguno... ¡Pobre diablo! Que, de cualquier manera, ya no volvió a escribir canciones. Mientras que la guitarra como fin en sí, pareció a la larga simplemente fútil; ni siquiera ya diversión, ciertamente una niñería para guardar en el desván...)

—¿Es de veras?

—De veras ¿qué?

—¿Ves allá afuera aquel pobre arce desterrado —preguntó el Cónsul—, que apuntalan aquellas muletas de cedro?

—No... por suerte para ti...

—Uno de estos días, cuando el viento sople de otra dirección, se va a desplomar —el Cónsul hablaba vacilante mientras Hugh afeitaba su cuello—. ¿Y ves aquel girasol que se asoma por la ventana de la recámara? Todo el día se pasa mirando a mi cuarto.

—¿Dices que se pasea en tu cuarto?

—Digo que mira. Con saña. Todo el día. ¡Como Dios!

(La última vez que la toqué... Rasgueaba yo las cuerdas en el King of Bohemia, en Londres. Finas cervezas claras y oscuras de Benskin. Y cuando desperté, después de pescar una borrachera, encontrar a John y a los demás cantando sin acompañamiento aquella canción sobre la carrera *bálgina*. De cualquier manera, ¿qué es una carrera *bálgina*? Canciones revolucionarias; falsos bolches —pero ¿por qué antes no había uno oído semejantes canciones? O, ¿cuándo se había visto, en Inglaterra cuando menos, tanta espontánea alegría al cantar? Tal vez porque en cualquier reunión, uno siempre había cantado para sí. Sórdidas canciones: «No tengo a nadie». Canciones sin amor: «El que quiero, me quiere»... Aunque John «y los demás», no eran por lo que a uno le constaba, en todo caso, falsos: no más que uno que, caminando en la multitud a la hora del crepúsculo, o al recibir malas noticias, o al contemplar injusticias, se volvía y pensaba, no creía, regresaba y preguntaba, decidía actuar... ¡Están ganando la batalla del Ebro! No por mí, tal vez. Y sin embargo no es de sorprender que estos amigos, algunos de los cuales yacen ahora muertos en tierra española, se hubieran aburrido, según lo comprendí entonces, con mi rasgueo pseudo-norteamericano, a fin de cuentas ni siquiera un buen rasgueo, y escuchaban por cortesía... desgarrador...)

—Tómate otra copa —Hugh volvió a llenar el vaso de lavarse los dientes, tendióselo al Cónsul y recogió un ejemplar de *El Universal* que yacía en el suelo—. Pienso que un poco más de este lado y en la base del cuello —pensativo, Hugh asentaba la navaja.

—Bebida comunal —el Cónsul pasó el vaso de lavarse los dientes por encima de su hombro—. «El tintineo de la moneda irrita a Fort Worth» —sosteniendo el diario con bastante firmeza leyó el Cónsul en voz alta la página en inglés—: «Kink infeliz en el exilio». No lo creo ni yo. «La Ciudad hace recuento de los hocicos caninos». Tampoco creo eso, ¿tú sí, Hugh?...

—Y... ¡ah, sí! —prosiguió—. «Huevos que permanecieron durante un siglo en un árbol en Klamanth Falls, según calculan los leñadores por los anillos de la madera». ¿Es ésta la clase de basura que escriben ustedes hoy en día?

—Casi. O: Japoneses en todos los caminos de Shangai. Evacúan a los norteamericanos... Ese tipo de cosas. Estáte quieto.

(Sin embargo, no la había tocado desde aquella fecha hasta este día... No; ni tampoco había sido feliz desde aquel día hasta hoy... Un poco de conocimiento de sí mismo es peligroso. Y, de cualquier manera, ¿acaso sin la guitarra estaba uno menos en primer plano, se interesaba uno menos por las mujeres casadas... etc., etc.? Un resultado inmediato de su renuncia a la guitarra fue sin duda alguna aquel segundo viaje por mar, aquella serie de artículos, el primero para el *Globe*, sobre el cabotaje inglés. Luego, todavía otro viaje más, que espiritualmente se tradujo en nada. Terminé como pasajero. Pero los artículos fueron un éxito. Chimeneas cubiertas de costra salina. Bretaña reina del mar. Después consideróse con interés mi obra... Por otra parte, ¿por qué me ha faltado siempre verdadera ambición como periodista? Según las apariencias, nunca he logrado dominar esa antipatía por los periodistas, resultado de mi ardiente y prematuro galanteo con ellos. Además, no puede decirse que comparto con mis colegas la necesidad de ganarme la vida. Siempre tuve mis ingresos. Como corresponsal viajero resulté bastante bueno, y hasta este día sigo siéndolo —aunque cada vez con mayor conciencia de mi soledad y mi aislamiento— y consciente también del extraño hábito de arrojarme para después retirarme, como cuando uno recuerda que, después de todo, no tiene uno la guitarra... Tal vez aburría a la gente con mi guitarra. Pero, en cierto sentido... ¿qué importa?... me unía a la vida...)

—Alguien te citó en *El Universal* —rió el Cónsul—, hace algún tiempo. Me temo que ya olvidé con motivo de qué... Hugh, ¿qué tal te gustaría, «con un modestísimo sacrificio», un «abrigo de pieles importado, bordado, talla grande, casi nuevo»?

—Estate quieto.

—O un Cadillac por 500 pesos. Precio original, 200... Y ¿qué supones que quiera decir esto? «Y también un caballo blanco». Diríjase apartado siete... Extraño... Pez antialcohólico. No me gusta como suena eso. Pero allí va algo para ti: «Departamento céntrico conveniente para nido amoroso». O, de otro modo, «Departamento...».

—¡Ja!

—«...serio, *discreto*...» Hugh, escucha esto. «Para joven dama europea que debe ser bonita, relaciones con caballero culto, no viejo, de buenas *posiciones*...»

Según parecía, el Cónsul temblaba tan sólo desternillándose y Hugh, riendo también, se detuvo con la navaja en alto.

—Pero los restos de Juan Ramírez, famoso cantante, Hugh, siguen vagando de manera melancólica de la ceca a la meca... ¡Ea!, dice aquí que se han hecho «graves objeciones» a la impúdica conducta de ciertos jefes de policía en Quauhnáhuac. «Graves objeciones por...» ¿qué es esto?... «desempeñar sus funciones privadas en público...»

(«Ascendí el Parson's Nose», escribí en el libro de visitas del hotelito para alpinistas en Gales: «en veinte minutos. Encontré que las rocas eran fáciles de escalar». «Descendí el Parson's Nose», añadió algún inmortal bromista un día después, «en veinte segundos. Descubrí que las rocas eran durísimas»... Así que ahora, al acercarme a la segunda mitad de mi vida, sin quien me anuncie ni quien me cante, sin ni siquiera una guitarra, vuelvo al mar una vez más: acaso estos días de espera se parezcan más a aquel chusco descenso al que hay que sobrevivir para repetir el ascenso. En la cima del Parson's Nose, si así se deseaba, podía uno ir caminando por las colinas a casa a tomar el té, al igual que el actor en el auto sacramental puede bajarse de la cruz e irse a su hotel para beber una Pilsener. No obstante, en el ascenso o en el descenso de la vida siempre se encuentra uno envuelto por brumas, frío y amenazas, por la cuerda traicionera y los bloques resbaladizos; sólo que, mientras se resbalaba la cuerda, había a veces tiempo para reír. A pesar de lo cual me temo... Como temo a un simple dique o a escalar mástiles agitados por el viento en el puerto... ¿Será tan malo como el primer viaje, cuya dura realidad, por alguna razón, hace pensar en el rancho de Yvonne? Uno se pregunta cómo se sentirá ella cuando por primera vez vea degollar un puerco... Temerosa; y sin embargo, sin temor; sé cómo es el mar; ¿será que vuelvo a él con mis sueños intactos; no; con sueños que, no siendo viciosos, son más pueriles que antes? Amo el mar, el puro mar noruego. Una vez más, mi desilusión es una pose. ¿Qué estoy tratando de probar con todo esto? Acéptalo: uno es sentimental, enredoso, realista, soñador, cobarde, hipócrita, héroe, en suma, inglés, incapaz de seguir las propias metáforas. Cazador de penachos y explorador disfrazado. Iconoclasta y explorador. ¡Intrépido pelmazo destruido por nimiedades! ¿Por qué, me pregunto, en vez de creerme apegado a aquella taberna, no me puse a aprender algunas de aquellas canciones, aquellas valiosas canciones revolucionarias? De todos modos, ¿qué puede impedirle a uno el aprender otras de esas canciones ahora, canciones nuevas, canciones diferentes, aunque sólo sea para recuperar algo de la ante-

206

rior alegría con sólo cantarlas y tocarlas en la guitarra? ¿Qué he hecho de mi vida? Relaciones con hombres famosos... Por ejemplo, aquella ocasión en que Einstein me preguntó la hora. Esa noche de verano, mientras erraba rumbo a la tumultuosa cocina de St. John's College —¿quién había de ser el que detrás de mí salió del departamento del profesor que vivía en el D4? ¿Y quién era también el que caminaba hacia el pabellón del portero?— ¿dónde, al cruzarse nuestras órbitas, me preguntó la hora? ¿Es Einstein que viene a obtener un grado honorífico? ¿Y quién sonríe cuando contesto que no sé?... y sin embargo, me preguntó. Sí; el gran judío que ha trastocado las nociones de tiempo y espacio de todo el mundo, asomó por encima de su hamaca colgada entre Aries y el Círculo del Pez Occidental, para preguntarme la hora a *mí*, exantisemita hecho líos y harapiento estudiante de primer año acurrucado en su bata al comenzar a acercarse la estrella de la tarde. Y volvió a sonreír cuando le indiqué el reloj que ni él ni yo habíamos advertido...)

—...mejor que si desempeñaran sus funciones públicas en privado, de todos modos, diría yo —dijo Hugh.

—Tal vez hayas dado en el clavo con eso que acabas de decir. O sea, que aquellos pájaros en cuestión no son la policía en sentido estricto. De hecho, aquí la policía regular...

—Ya sé que está en huelga.

—Así es que, claro, deben ser democráticos según tu punto de vista... Tal como el ejército. Bien, es un ejército democrático... Pero mientras tanto, estos otros tipos se están sobrepasando. Lástima que te marches. Habría sido un reportaje de los de tu especialidad. ¿Nunca has oído hablar de la Unión Militar?

—¿Quieres decir la organización española anterior a la guerra civil?

—Quiero decir aquí, en este estado. Está afiliada a la Policía Militar, que los encubre, por decirlo así, porque el Inspector General, que *es* la policía militar misma, forma parte de ella. Y también el Jefe de Jardineros, según creo.

—Oí decir que en Oaxaca van a erigirle una nueva estatua a Díaz.

—...El hecho es —prosiguió el Cónsul bajando un poco el tono de voz mientras continuaban su conversación en el cuarto contiguo—, que existe esta Unión Militar, sinarquistas, o como se llamen, si te interesa; a mí, en lo personal no... y su cuartel general estaba antes en la Policía de Seguridad de aquí, aunque ya no lo está sino que, según he oído, ahora se encuentra en Parián.

Al fin estaba listo el Cónsul. La única ayuda adicional de que hubo menester fue para ponerse los calcetines. Vestido con una camisa recién planchada y un par de pantalones de tweed con la correspondiente chaqueta que Hugh le había tomado prestada y que ahora trajo del porche, permaneció contemplándose en el espejo.

Resultaba sorprendente en grado máximo que no sólo pareciera el Cónsul refrescado y vivaz, sino que no tuviese semblante alguno de disipación. Cierto, antes no tenía el talante maciento de un anciano depravado y desgastado: ¿por qué, de hecho, habría de tenerlo, cuando sólo era doce años mayor que Hugh? Y a pesar de ello, era como si el destino hubiese fijado su edad en un momento del pasado, imposible de identificar, cuando su persistente yo objetivo, tal vez fatigado de mantenerse al margen mientras contemplaba su propia caída, se había, al fin y al cabo, retirado enteramente de él, cual el navío que por la noche abandona la bahía. Corrían relatos siniestros así como otros chuscos y heroicos sobre su hermano, cuyo precoz instinto poético ayudó claramente a que floreciera la leyenda. Ocurriósele a Hugh que, a fin de cuentas, el pobre tipo quizás se hallara indefenso en las garras de algo contra lo cual todas sus admirables defensas poco le auxiliaban. ¿De qué servían al tigre agonizante sus garras y colmillos contra el abrazo, digamos, para empeorar las cosas, de una boa-constrictora? Pero, según las apariencias, este improbable tigre no tenía la menor intención de morir por ahora. Por lo contrario, se proponía dar un paseíto, llevando consigo a la boa-constrictora, y hasta simulando creer por algún tiempo que no existía. De hecho, este hombre de fuerza anormal, de constitución y ambición oscuras, a quien Hugh nunca conocería y al que nunca podría liberar ni tampoco encomendar a la bondad de Dios, pero al que, a su manera, amaba y deseaba ayudar, había logrado recuperarse. Mientras que lo que sin duda había dado lugar a todas estas reflexiones era sólo la fotografía que colgaba en la pared (y que ahora examinaban ambos), cuya presencia en ese lugar debiera descartar la mayor parte de aquellos relatos sobre un pequeño carguero disfrazado y ante la cual gesticulaba ahora el Cónsul con su vaso en el que se había vuelto a servir:

—Todo lo del *Samaritan* fue un ardid. Ve esos cabrestantes y propaos. Aquella entrada negra que parece la entrada al castillo de proa, también es un fraude... hay un cañón antiaéreo cómodamente oculto allí. Ese es el lugar por donde se baja. Esa era mi cabina... Allí está el corredor del cabo de brigadas. Esa galera podía convertirse en batería antes de que pudieras decir Cloclogenus paca México...

—Y, por extraño que parezca —aproximóse el Cónsul para contemplarlo de más cerca— recorté esa foto de una revista alemana —y también Hugh escudriñaba los caracteres góticos al pie de la fotografía: *Der englische Dampfer trägt Schutzfarben gegen deutsche U-Boote*—. Recuerdo que sólo en la página siguiente había una fotografía del *Emden* —prosiguió el Cónsul—, con «So verliess ich dem Weltteil unserer Antipoden», o algo por el estilo, en la parte de abajo. «Nuestras Antípodas» —dio a Hugh una mirada que hubiera podido tener cualquier significado—. Extraña gente. Pero veo que de pronto te interesas por mis libracos antiguos... Lástima... Dejé mi Boèhme en París.

—Sólo miraba.

Miraba, ¡por Dios!, *Un Tratado del Azufre, escrito por Michall Sandivogius i. e. en anagrama Divi Leschi Genus Amo: El Triunfo Hermético o la Piedra Filosofal Vencedora, Tratado más completo y más inteligible que cualquiera de los hasta hoy escritos, referente al Magisterio Hermético;* miraba *Los Secretos revelados o Ingreso Abierto al Sub-Palacio del Rey, que contiene el mayor Tesoro en Química jamás descubierto tan íntegramente, compuesto por famosísimo inglés que se autonombraba Anónimo o Eyraeneo Philaletha Cosmopolita quien, mediante inspiración y lectura, descubrió la Piedra Filosofal a la edad de veintitrés años Anno Domini 1645:* miraba *El Musaeum Hermeticum, Reformatum et Amplificatum, Omnes Sopro-Spagyricae artis Discipulos fidelissime erudiens quo pacto Summa illa vera que Lapidis Philosophici Medicina, qua res omnes qualemcunque defectum patientes, instaurantur, inveniri haberi queat,*

Continens Tractatus Chimicos Francofurti, Apud Hermannum à Sande CIƆ IƆC LXXVIII: el Sub-Mundanes o los Elementos de la Cábala, reimpresión del texto del Abate de Villars, Fisio-Astro-Místico, con Apéndice Ilustrativo de la obra Demonología, en la cual se afirma que existen sobre la tierra creaturas racionales además de los hombres...

—¿De veras? —dijo Hugh, sosteniendo en su mano este último libro, extraordinario y antiguo (del cual emanaba un olor venerable y remoto), y pensando—: ¡Sabiduría Judía! —mientras que una visión repentina y absurda del Sr. Bolowski en otra vida, con un caftán, luenga barba blanca y solideo, y apasionada mirada fija, de pie sobre una silla de coro en una especie de New Compton Street medieval, y leyendo una hoja de música en la que las notas eran caracteres hebreos, aparecía por conjuro en su mente.

—Erekia, el que desgarra con violencia; y aquellos que aúllan largos gritos, Illirikim; Apelki, los guías engañosos que hacen desvariar; y quienes atacan a su presa con trémulo movimiento, Dresop; ¡ah!, y los acongojados que acarrean la desdicha, Arekesoli; y tampoco debemos olvidar a Burasin, destructores por asfixiante aliento de humo; ni a Glesi, el que brilla, horrible, como insecto; ni a Effrigis, el que se estremece, horripilante (te encantaría Effrigis)... ni tampoco a los Mames, que se mueven caminando hacia atrás, ni a los que se mueven arrastrándose de modo especial, Ramisen... —dijo el Cónsul—. Carne desvestida y malignos interrogantes. Tal vez no pudieras llamarlos precisamente racionales. Pero todos ellos han visitado alguna vez mi lecho.

Marcháronse todos con tremenda prisa y con excelente humor para iniciar el viaje a Tomalín. Hugh, que comenzaba a sentir el efecto de lo que bebiera, escuchaba como en sueños las divagaciones de la voz del Cónsul. —Hitler —prosiguió, cuando salieron a la calle Nicaragua (y también esto habría podido servir para uno de sus reportajes, si tan sólo hubiera mostrado antes algún interés)—, deseaba simplemente aniquilar a los judíos con el fin de obtener tales arcanos como los que se podían hallar tras ellos, en los estantes de su biblioteca —cuando de súbito sonó el teléfono en la casa.

—No, déjalo que suene —dijo el Cónsul al hacer Hugh ademán de regresar. Siguió llamando (porque Concepta había salido) y el tintineo resonaba en los cuartos vacíos como pájaro cautivo; luego cesó.

Mientras caminaban, dijo Yvonne:

—¡Vamos, Geoff, no! No sigas preocupándote por mí; me siento muy descansada. Pero si Tomalín queda demasiado lejos para alguno de ustedes, ¿por qué no vamos al jardín zoológico? —Contempló a ambos de manera sombría, directa y hermosa con sus ojos cándidos bajo sus amplias cejas, ojos con los que no correspondió del todo a la sonrisa de Hugh, aunque su boca sugería el esbozo de otra. Acaso interpretaba en serio el flujo de la conversación de Geoff como buena señal. ¡Y tal vez lo fuera! Calificándola con leal interés o llevándola por la tangente rápida e inquieta con observaciones sobre cambios impersonales o sobre el envejecimiento, los sarapes, el carbón o el hielo, el tiempo (¿dónde estaba ahora el viento? después de todo podrían tener un día tranquilo y agradable, sin demasiado polvo), Yvonne, reanimada en apariencia por la natación y contemplando cuanto la circundaba como algo nuevo, con mirada objetiva, caminaba con agilidad y gracia e independencia, como si no estuviese en realidad cansada; y sin embargo le pareció a Hugh que caminaba sola. ¡Pobre Yvonne tan adorable! Al saludarla cuando estaba lista, había sido como si volviera a encontrarla después de larga ausencia, pero también fue como una separación. Porque la utilidad de Hugh se había agotado, y circunstancias insignificantes, de las cuales no era la menor su propia presencia continua, habían entorpecido de manera sutil «la intriga» de ambos. Ahora ya sería tan imposible como su antigua pasión, buscar sin engaño estar solo con ella, aun tomando en cuenta el interés exclusivo por Geoff. Hugh echó una mirada anhelante cuesta abajo, por el camino que habían recorrido esa mañana. Ahora se apresuraban en dirección contraria. Bien podía esta mañana haberse sumido en lo más profundo del pasado, como la infancia o los días que precedieron a la última guerra; el futuro comenzaba a desenvolverse, el futuro, triunfante, estúpido, sanguinario, terrible, de guitarrista. Mal protegido contra él, Hugh sintió, advirtió con su mesura de periodista que Yvonne llevaba las piernas descubiertas, que, en vez de sus *slacks* amarillos, vestía un traje blanco de piel de tiburón hecho a la medida, con un botón en el talle y, bajo él, una blusa llamativa de cuello alto, como detalle en algún Rousseau; los tacones de sus zapatos rojos, golpeando lacónicos sobre las piedras rotas, no parecían ni altos ni bajos, y ella asía un bolso de brillante color rojo. Al pasar junto a ella, nadie habría podido sospechar su agonía. Nadie hubiera advertido su carencia de fe ni preguntado si sabía adónde iba, ni se hubiera asombrado de que estuviese caminando dormida. Cualquiera habría dicho: ¡qué feliz y hermosa se ve! ¡Tal vez vaya a reunirse con su amante en el Bella Vista!... Mujeres de estatura mediana, de constitución delgada, divorciadas en su mayoría, apasionadas pero celosas del macho —ángeles para él, ya sea rubio o moreno, y no obstante inconsciente súcubo destructor de sus ambiciones— mujeres norteamericanas con aquel caminar más bien grácil y ágil, de rostros infantiles recién restregados y asoleados, con piel de fina contextura de resplandor de satín, con pelo limpio y brillante como si acabaran de lavarlo, pero peinado con descuido, de manos diminutas y morenas que no mecen la cuna, de pie fino, ¿cuántos siglos de opresión las han producido? No les importa quién esté perdiendo la batalla del Ebro, porque es demasiado pronto para que ellas bufen más fuerte que el caballo de batalla de Job. No ven en ello significación alguna, sino sólo imbéciles que van a la muerte por un...

—Siempre se dijo que tenían una virtud terapéutica. Según parece, siempre han tenido zoológicos en México... hasta Moctezuma, tipo cortés, paseó al robusto Cortés por un zoológico. El pobre hombre creyó estar en las regiones infernales —el Cónsul había descubierto un escorpión en la pared.

—'¿Alacrán?' —dijo Yvonne.

—Parece violín.

—Curiosa ave es el alacrán. Le da lo mismo el cura que el pobre peón... Realmente es una criatura hermosa. Déjalo. De cualquier manera morirá por su propio aguijonazo. —El Cónsul agitó su bastón...

Subieron por la calle de Nicaragua, siempre entre los raudos arroyos paralelos, pasaron junto a la escuela con lápidas grises y columpios como horcas, junto a los altos muros misteriosos y setos entrelazados con flores carmesí entre las cuales, emitiendo roncos gritos, se mecían pájaros color de mermelada. Hugh se alegraba ahora de haber bebido algunas copas, al recordar cómo, en su infancia, el último día de vacaciones era siempre peor si se iba a alguna parte, porque el tiempo, al que entonces había pensado engañar, comenzaba a deslizarse en cualquier momento en pos de su presa, como sigue el tiburón al nadador. ¡*Box*! decía un cartel. *Arena Tomalín. El Balón vs. el Redondillo.* ¿Balón vs. pelota, quería decir aquello? Domingo... Pero eso sería para el domingo, mientras que ellos iban a un jaripeo, propósito en la vida que no ameritaba siquiera que se anunciase. 666: leíase también, para muda satisfacción del Cónsul, en otros carteles de un insecticida, placas de hojalata de sombrío color amarillo pegadas en la parte baja de los muros. Hugh rió entre dientes. Hasta ahora el Cónsul se había portado de modo espléndido. Sus pocos «tragos necesarios» (razonables o desaforados), habían obrado maravillas. Caminaba soberbiamente erguido, con los hombros echados hacia atrás y el pecho hacia afuera: lo mejor de todo era su engañoso aspecto de infalibilidad de lo indiscutible, en especial si se le hacía contrastar con la forma en que Hugh se veía vestido con ropa de vaquero. Vistiendo su tweed cortado con cuidado a la medida (el saco que Hugh tomara tenía muchas arrugas, y ahora Hug había tomado otro) y la vieja corbata Chagford de rayas azules y blancas, con la afeitada que le diera Hugh, su espeso cabello rubio peinado con cuidado hacia atrás, su barba café ligeramente entrecana recién acicalada, su bastón, sus gafas oscuras, ¿quién habría de decir que no era, inequívocamente, una imagen de total responsabilidad? Y si esta figura respetable, hubiera podido decir el Cónsul, parecía estar sufriendo de vez en cuando una ligera mutación, ¿qué importaba? ¿Quién lo advertiría? Podía ser (porque un inglés en país extraño siempre espera encontrarse con otro inglés) simplemente de origen náutico. Si no, su leve cojera —obvio resultado de una cacería de elefantes o de alguna antigua refriega contra patanes— lo excusaría. El tifón se retorcía, invisible, en medio de un tumulto de rotos adoquines: ¿quién estaba consciente de su existencia, por no preguntar qué mojoneras del cerebro había destruido? Hugh reía.

"*Plingen plangen aufgefangen*
Swingen swangen at my side,
Pootle swootle, off to Bootle,
Nemesis, a pleasant ride,"

dijo, misterioso, el Cónsul y añadió con heroísmo, mirando en torno suyo:

—Realmente es un día extraordinariamente agradable para dar un paseo.

'*No se permite fijar anuncios...*'

De hecho, Yvonne caminaba sola ahora; ascendían en fila india: Yvonne a la cabeza, el Cónsul y Hugh atrás, a distancias desiguales e, independientemente de lo que pudiera pensar su perturbada alma colectiva, Hugh lo olvidaba, porque se había entregado a un acceso de risa que el Cónsul se esforzó por no encontrar contagioso. Caminaban de esta manera porque un muchachito llevaba, cuesta abajo, pasando junto a ellos, casi corriendo, algunas vacas, y, como el sueño de algún hindú agonizante, ias tiraba de la cola. Luego venían algunas cabras. Yvonne se volvió hacia él y le sonrió. Pero estas cabras eran humildes y de aspecto dulzón, con sus cencerros que repicaban. *Aunque papá te espera. Papá no ha olvidado.* Detrás de las cabras, una mujer de rostro ennegrecido y crispado, pasó junto a ellos tambaleándose bajo el peso de una canasta llena de carbón. Tras ella galopaba cuesta abajo un peón que llevaba en equilibrio, sobre su cabeza, un inmenso barril de helado y aparentemente atraía con sus gritos la atención de los parroquianos, con esperanzas de éxito que no podía imaginar, ya que parecía tan cargado que le era imposible detenerse o volver la cabeza en ninguna dirección.

—Es cierto que en Cambridge —decía el Cónsul mientras golpeaba con discreción sobre el hombro de Hugh—, puedes haber aprendido algo acerca de los Güelfos, etc.... pero ¿sabías que jamás puede transformarse ningún ángel con seis alas?

—Me parece haber aprendido que ningún pájaro vuela con una...

—O que Thomas Burnet, autor de la Telluris Theoria Sacra ingresó a Christ College en... '¡Cáscaras!' '¡Caraco-

les!' '¡Virgen Santísima!' '¡Ave María!' '¡Fuego, fuego!'
'¡Ay, que me matan!'

Con estruendoso y horrísono estrépito, abatióse un
avión por encima de sus cabezas, pasó rozando los ate-
morizados árboles, empinóse, por un pelo erró un mirador, y al momento siguiente desapareció en dirección a
los volcanes, desde los cuales volvió a retumbar el monótono estallido de las balas.

—'Acabóse' —dijo el Cónsul con un suspiro.

De pronto advirtió Hugh que un hombre alto (que
debió de haber salido de la calle lateral por la que
Yvonne, ansiosa, había manifestado su deseo de que siguieran), apuesto, de hombros caídos y facciones ate-
zadas —aunque evidentemente se trataba de un euro-
peo, sin duda alguna exiliado— se hallaba frente a ellos;
y era como si la totalidad de este hombre, por alguna
extraña invención, se alzase para alcanzar el ala del
mismo panamá que levantaba perpendicularmente, porque para Hugh el vacío de abajo parecía seguir ocupado
por una especie de aureola o de propiedad espiritual
de su cuerpo, o tal vez por la esencia de algún secreto
culpable que llevara bajo el sombrero pero que ahora
descubría momentáneamente, aturdido y confuso. Hallábase frente a ellos, aunque sonreía en apariencia sólo
a Yvonne: sus atrevidos ojos azules y saltones expresa-
ban incrédula congoja y sus negras cejas congelábanse
en arcos de comediante: titubeó; luego, este hombre que
llevaba abierta la chaqueta y pantalones muy por arriba
del estómago, acaso diseñados así para ocultarlo, aunque sólo lograban dar el aspecto de una hinchazón adicional a la parte inferior del cuerpo, se acercó con ojos
que brillaban y boca que, bajo su bigotillo negro, tor-
cíase en sonrisa a la vez falsa e insinuante, y, sin embargo, en cierta forma, protectora —y también, de cierto modo, crecientemente solemne— adelantóse como si
fuera impulsado por algún mecanismo de relojería, pre-
sentando su mano y buscando congraciarse en seguida:

—¡Yvonne! ¡Vaya sorpresa deliciosa! Oh, hola, Frijolillo...

—Hugh, te presento a Jacques Laruelle —dijo el Cónsul—. Quizá me hayas oído hablar de él de vez en cuando. Jacques, te presento a mi hermano menor, Hugh:
ditto... Il vient d'arriver... o viceversa. ¿Qué tal, Jacques? Pareces necesitar desesperadamente un trago.

—...

—...

Un momento después, M. Laruelle, cuyo nombre tan sólo hizo vibrar una lejanísima cuerda en la memoria de Hugh, tomaba a Yvonne por el brazo y caminaba ya con ella en mitad de la calle, cuesta arriba. Tal vez esto carecía de sentido. Pero la presentación del Cónsul había sido brusca por no decir otra cosa. El mismo Hugh se sintió medio herido y por cualquier causa que fuese, experimentó una aterradora tensión cuando él y el Cónsul volvieron a quedar rezagados. Mientras tanto, decía M. Laruelle:

—¿Por qué no vamos todos un rato a mi «manicomio»? ¡Sería divertidísimo!, ¿no lo cree, Geoffrey... ja... ja... Hugues?

—No —dijo desde atrás el Cónsul en voz baja a Hugh, el cual, por su parte, se sentía ahora casi dispuesto a volver a reírse, porque el Cónsul repetía una y otra vez en voz baja una porquería. Ambos siguieron a Yvonne y a su amigo en medio del polvo que ahora, arrastrado por un vendaval, se movía en la misma dirección que ellos, cuesta arriba, siseando en petulantes remolinos, que se dispersaban como lluvia. Cuando cayó el viento, el agua que se precipitaba en los arroyos era aquí como repentina fuerza que corría en dirección contraria.

M. Laruelle, caminando por delante, decía a Yvonne con suma cortesía:

—Sí... Sí... Pero el autobús de ustedes no sale sino hasta las dos y media. Aún tienen más de una hora.

—...Pero esto parece en verdad un maldito milagro, del todo insólito —dijo Hugh—. ¿Quieres decir, que después de todos estos años...?

—Sí. Fue una enorme coincidencia que nos encontrásemos aquí —dijo el Cónsul a Hugh, con voz que se había vuelto monótona—. Pero en realidad creo que deberían juntarse, porque ambos tienen algo en común. En serio, puede que te guste su casa; siempre es moderadamente divertida.

—Bien —dijo Hugh.

—Miren, aquí viene el cartero —gritó Yvonne volviendo a medias el rostro hacia atrás y liberando su brazo del de M. Laruelle. Apuntaba a la esquina de la izquierda, hacia la cúspide de la colina, en donde la calle Nicaragua, entroncaba con la calle Tierra del Fuego—. Es sencillamente sorprendente —dijo, voluble—. Lo gracioso es que todos los carteros de Quauhnáhuac son idénticos. Según parece, todos proceden de la misma familia y positivamente han sido carteros por generaciones. Creo que el abuelo de éste lo fue en tiempos de Maximiliano. ¿No es delicioso pensar que la oficina de correos colecciona todas estas pequeñas criaturas grotescas como otras tantas palomas mensajeras para despacharlos a voluntad?

¿Por qué eres tan voluble?, preguntóse Hugh: —Deliciosa idea de la oficina de correos —respondió con cortesía. Todos observaban al cartero que se aproximaba. Pero Hugh nunca antes había visto ninguno de estos insólitos carteros. Este no medía un metro sesenta, y a cierta distancia parecía un tipo de animal imposible de clasificar, aunque en cierta forma agradable, que avanzaba sobre cuatro patas. Vestía un descolorido traje de mezclilla y cubría su cabeza una estropeada cachucha oficial, pero además, según Hugh lo advertía ahora, gastaba una minúscula perilla. En su rostro pequeño y marchito, a medida que se avalanzaba hacia ellos caminando cuesta abajo por la calle de este modo inhumano aunque enternecedor, había una expresión de entrañable amistad. Al verlos, se detuvo, quitóse la cartera del hombro y comenzó a desabrocharla.

—Hay una carta, una carta, una carta —dijo, cuando llegaron hasta él, e hizo una reverencia a Yvonne, como si apenas la hubiera saludado la víspera—, un mensaje para 'el señor', para su caballo —informó al Cónsul, mientras sacaba dos paquetes y sonreía con picardía mientras los desataba.

—¡Qué!... ¿nada para el señor Calígula?

—¡Ah! —el cartero examinó otro bulto, mirándolos de reojo y manteniendo los codos junto a los costados para no dejar caer su mochila—. No —puso la cartera en el suelo e inició su búsqueda febril; pronto hubo cartas esparcidas en toda la calle—. Debe estar. Aquí. No es ésta. Entonces ésta. ¡Ay, ay, ay, ay, ay, ay!

—No se preocupe, mi amigo —dijo el Cónsul—. Por favor.

Pero el cartero volvió a buscar: —Badrona, Diosdado...

También Hugh permaneció a la expectativa, no tanto por cualquier comunicación del *Globe* —que, si acaso viniera, llegaría por cable— sino aguardando a medias (con esperanza que, por la apariencia misma del cartero, volvíase deliciosamente plausible) recibir otro minúsculo sobre oaxaqueño cubierto con estampillas de vivos colores con arqueros que apuntaban hacia el sol, de Juan Cerillo. Escuchó; de alguna parte, detrás de un muro, alguien tocaba (mal) una guitarra, sintióse deprimido; y un perro ladró bruscamente.

—...Fiichbank, Figueroa, Gómez... no, Quincey, Sandoval, no.

Por último, el buen hombre recogió sus cartas y haciendo reverencias para disculparse, desilusionado prosiguió rápidamente cuesta abajo. Todos permanecieron observándolo y precisamente cuando Hugh se preguntaba si la conducta del cartero no formaba parte acaso de alguna gigantesca broma personal, si en realidad no se había estado burlando de ellos todo el tiempo, aunque con benevolencia, se detuvo, volvió a registrar uno de los paquetes, dio media vuelta y regresó hasta ellos, corriendo, con pequeños gañidos triunfantes y presentó al Cónsul lo que parecía ser una tarjeta postal.

Yvonne, que por ahora se había vuelto a adelantar, hizo un movimiento con la cabeza, como si quisiera decir: —Bien, encontraste la carta, después de todo —y con alegres pasos de baile siguió caminando despacio junto a M. Laruelle, remontándose por la polvorosa colina.

Dos veces volvió el Cónsul la tarjeta, y después la pasó a Hugh.

—¡Qué extraño!... —dijo.

...Era de la misma Yvonne y a todas luces parecía haber sido escrita cuando menos hacía un año. Percatóse súbitamente de que Yvonne debió de haberla enviado poco tiempo después de abandonar al Cónsul y muy probablemente ignorando que éste se proponía quedar en Quauhnáhuac. Y a pesar de ello era la tarjeta que había estado perdida: dirigida originalmente a Wells Fargo en la ciudad de México, por algún error había sido enviada al extranjero, de hecho había sufrido serios extravíos, porque tenía los matasellos de París, Gibraltar y hasta de Algeciras, en la España fascista.

—No, léela —dijo el Cónsul sonriendo.

Decían los garabatos de Yvonne: *"Querido: ¿Por qué me marché? ¿Por qué me dejaste ir? Espero llegar a los*

Estados Unidos mañana; a California, dos días después.
Espero encontrar noticias tuyas. Te adoro. Y."

Hugh volvió la tarjeta. Era una fotografía del Signal
Peak en El Paso, con su aspecto leonino y la carretera
de Carlsbad Cavern atravesada en cierto punto por un
puentecillo protegido con blanca valla entre desierto y
desierto. A lo lejos veíase que el camino formaba una
curva y desaparecía.

VII

Al lado del ebrio mundo que, girando desaforado, precipitábase a la 1.20 p. m. hacia la Mariposa de Hércules,
lo de la casa parecía ser una mala idea, pensó el Cónsul.

Eran dos torres los 'zacualis' de Jacques, una en cada
extremo, unidas por una pasarela en la azotea que era
el gablete de cristales del estudio situado abajo. Estas
torres daban la impresión de estar camufladas, casi como
el *Samaritan*, de hecho las habían fustigado, cebrado de
azul, gris, púrpura y bermellón. Pero tiempo e intemperie habíanse combinado para que el efecto, al contemplarlo de cerca, fuese de un apagado malva monótono.
Sus ápices a los que se llegaba desde la pasarela por dos
escalas gemelas de madera y desde el interior por dos escaleras de caracol, formaban sendos miradores almenados de endeble aspecto, cada uno de los cuales, apenas mayor que una garita, era minúscula variante sin
techo de los puestos de observación que en Quauhnáhuac
dominaban el valle por doquiera.

En los almenajes del mirador que se alzaba a la izquierda del Cónsul y Hugh cuando se hallaron ante la
casa, con la calle Nicaragua que se extendía cuesta abajo
a su derecha, se les aparecieron dos ángeles de aspecto
atrabiliario. Los ángeles, tallados en cantera rosa, permanecían arrodillados de perfil uno frente a otro, y sus
siluetas se destacaban contra el fondo del cielo entre
las almenas intermedias mientras que atrás, en los mer-
lones correspondientes de la parte posterior, en actitud

solemne estaban sentados dos objetos sin nombre como balas de cañón de mazapán que a todas luces habían sido construidos con el mismo material.

El otro 'mirador' carecía de ornamentación, salvo la que formaban sus almenas, y el Cónsul había pensado con frecuencia que este contraste —como el que sin duda existía entre ángeles y balas de cañón— correspondía en cierto modo confuso a la personalidad de Jacques. Tal vez fuese también significativo el hecho de que éste usara su recámara para trabajar mientras el estudio, situado en el piso principal, había llegado a convertirse en comedor donde la cocinera y sus parientes solían acampar a menudo.

De más cerca, podía verse que en la torre de la izquierda, ligeramente mayor, bajo las ventanas de aquella recámara —como matacanes degenerados, habían sido construidas en sentido oblicuo, cual mitades separadas de un mismo cabrio— habían insertado levemente en la pared, para producir un efecto de bajorrelieve, un panel de piedra bruta cubierto con enormes letras pintadas de oro. Estas letras doradas, aunque muy gruesas, se mezclaban de manera en extremo confusa. El Cónsul había advertido que algunos de los visitantes de la ciudad se quedaban contemplándolas por espacio de media hora. A veces, M. Laruelle salía a explicarles que en realidad querían decir algo; que formaban aquella frase de Fray Luis de León de la que el Cónsul no quería acordarse ahora. Ni tampoco se preguntó por qué se había acostumbrado más a esta extraordinaria construcción que a su propia casa, ahora que, precediendo a M. Laruelle (el cual, bromeando, le punzaba por detrás) seguía a Hugh y a Yvonne hacia el interior, al estudio, por una vez vacío, al que subían por la escalera de caracol de la torre izquierda.

—¿No hemos hecho trampa con los tragos? —preguntó, y su ánimo de total despego expiraba ahora al recordar que sólo hacía unas cuantas semanas había jurado no volver a entrar nunca a este sitio.

—¿No piensas nunca en otra cosa? —parecióle oír que decía la voz de Jacques.

El Cónsul no respondió y concretóse a entrar en el cuarto familiar, en donde reinaba el acostumbrado desorden, de ventanas inclinadas —matacanes degenerados vistos ahora desde el interior— y, siguiendo a Jacques, lo atravesó en sentido oblicuo hasta salir a un balcón que daba a la parte posterior, en donde surgió ante un paisaje de valles y volcanes bañados de sol y sombras de nubes que se arrastraban por la planicie.

Sin embargo, M. Laruelle bajaba ya con pie nervioso las escaleras. —¡Para mí no! —protestaron los demás. ¡Idiotas! El Cónsul dio dos o tres pasos para seguirlo, movimiento que pareció carecer de sentido a pesar de constituir casi una amenaza: con expresión vaga levantó la vista para mirar por la escalera de caracol que continuba desde el cuarto hasta el 'mirador' situado en el piso superior, y se reunió con Hugh e Yvonne en el balcón.

—Suban a la azotea, o quédense en el porche; hagan lo que quieran, pero siéntense en su casa —dijo una voz desde abajo—. Hay unos gemelos en la mesa... este... Hugues... No me tardo nada.

—¿Les importa que suba a la azotea? —preguntó Hugh.

—¡No te olvides de los gemelos!

Yvonne y el Cónsul permanecieron solos en el balcón volado. Desde donde estaban, la casa parecía enclavada en mitad de un risco que se elevaba en escarpa desde el valle a sus pies. Al volverse veían la ciudad como si estuviera construida sobre la cima de este risco, suspendida sobre sus cabezas. Mudas, por encima de las azoteas, las barras de los volantines de la feria se agitaban en el aire como gestos de dolor. Pero los gritos y la música de la feria llegaban hasta ellos en estos momentos con toda claridad. A lo lejos distinguió el Cónsul una parcela verde: el campo de golf, con diminutas figuras que se arrastraban en torno al risco... Escorpiones golfistas. Recordó el Cónsul la tarjeta que llevaba en el bolsillo y pareció hacer un movimiento hacia Yvonne, deseoso de contarle todo, de decirle algo tierno al respecto, de volverla hacia él, de besarla. Luego se percató de que, sin otra copa, la vergüenza por lo ocurrido esa mañana le impediría mirarla cara a cara. —¿En qué piensas, Yvonne? —dijo— con tu mentalidad astronómica... —¿era posible que fuese él quien le hablaba así, en una ocasión semejante? ¡Por cierto que no; era sólo un sueño! Apuntaba a la ciudad—. Con tu mentalidad astronómica —repitió, aunque no, no lo había dicho—. ¿Acaso todo ese girar y precipitarse no te recuerda los viajes de invisibles planetas, de lunas desconocidas precipitadas hacia atrás? —pero no dijo nada.

—Por favor, Geoffrey... —Yvonne puso su mano en el brazo del Cónsul—. Créeme, por favor, por favor, que no quería, no quería verme arrastrada hasta aquí. Finjamos alguna excusa y vámonos tan pronto como sea posible... No me importa cuántas copas bebas *después* —añadió.

—No creo haber dicho nada sobre copas para ahora o después. Eres tú quien me ha metido la idea en la cabeza. O Jacques, a quien oigo ahora rompiendo (o acaso debiera decir, triturando) hielo allá abajo.

—¿No te queda nada de ternura ni de amor por mí? —preguntó Yvonne de repente, casi con voz lastimosa, volviéndose hacia él, y pensó el Cónsul: Sí, te amo, me queda todo el amor del mundo por ti, sólo que ese amor parece tan alejado de mí, y también tan extraño, porque es como si casi pudiera oírlo, como un zumbido o un llanto, pero distante, muy distante, y como un triste murmullo perdido que puede ser que se acerque o se aleje, no sabría decirlo—. ¿No puedes pensar en otra cosa sino en las copas que vas a beber?

—Sí —dijo el Cónsul (aunque, ¿no era Jacques quien acababa de preguntarle eso mismo?—, sí, sí puedo... ¡oh, Dios mío, Yvonne!

—Geoffrey, por favor...

Y, no obstante, no podía mirarla a la cara. Los barrotes de los volantines, vistos de soslayo, parecíanle ahora como si estuvieran martillando sobre él. —Oyeme —dijo—, ¿me estás pidiendo que haga lo necesario para largarnos de todo esto, o vas a comenzar a echarme un sermón sobre la bebida?

—No voy a sermonearte, de veras. Nunca más volveré a sermonearte. Haré lo que me pidas.

—Entonces... —comenzó a decir con enfado.

Pero una mirada de ternura animó el rostro de Yvonne y el Cónsul volvió a recordar la tarjeta postal que llevaba en el bolsillo. Debía ser un buen augurio. Podía ser el talismán para la inmediata salvación de ambos. Tal vez hubiera podido ser un buen presagio si sólo hubiese llegado ayer o si se hubiese recibido en la casa esta mañana. Por desgracia no podía pensarse en ella como si hubiese llegado en cualquier otro momento. ¿Y cómo habría de saber, sin tomarse otra copa, si era o no un buen augurio?

—Pero he vuelto —parecía decir Yvonne—. ¿No puedes verlo? Aquí estamos nuevamente juntos, somos *nosotros*. ¿No puedes ver eso? —sus labios temblaron y casi lloraba.

Luego se halló cerca de él, en sus brazos, pero él miraba por encima de su cabeza.

—Sí, puedo verlo —contestó; sólo que no podía ver, sino únicamente oír el zumbido, el llanto, y sentir, sentir la irrealidad—. Te amo. Sólo que... (En lo profundo de mi ser nunca podré perdonarte lo bastante: ¿era eso lo que pensaba decir?)

...Y a pesar de ello, volvía a pensarlo una y otra vez, como si fuera la primera, cuánto había sufrido, sufrido, sufrido, sin ella; ciertamente que nunca en su vida —salvo cuando murió su madre— había conocido semejante desolación y tan desesperado sentimiento de abandono, de despojo, como durante este último año sin Yvonne. Pero nunca con su madre pudo sentir esta emoción de ahora: este urgente deseo de herir, de provocar en un momento en que sólo el perdón podía salvar el día; más bien ese deseo comenzó con su madrastra, y llegó a tales extremos que ella tenía que gritar:... —¡No puedo comer, Geoffrey, la comida no me pasa por la garganta! —era duro perdonar, duro, duro, perdonar. Aún más duro, por no decir cuán duro era, *te odio*. Ahora mismo, de preferencia a cualquier otro momento. Aunque aquí estaba el momento de Dios, la oportunidad para estar de acuerdo, para producir la tarjeta, para cambiarlo todo; o quedaba aún sólo un momento... Demasiado tarde. El Cónsul había dominado su lengua. Pero sintió que su mente se dividía y se alzaba, como las dos mitades equilibradas de un puente levadizo que se uniesen para permitir el paso de estos ruidosos pensamientos. —Sólo mi corazón... —dijo.

—¿Tu corazón, querido? —preguntó Yvonne ansiosa.

—Nada...

—¡Oh, pobrecito mío!, debes estar tan cansado.

—'Momentito' —dijo, soltándose de ella.

Regresó al cuarto de Jacques, y dejó a Yvonne en el porche; la voz de Laruelle llegaba flotando desde abajo. ¿Sería acaso aquí donde lo habían traicionado? Tal vez este mismo cuarto se había llenado del jadeo amoroso de Yvonne. Por todo el piso esparcíanse libros (entre los cuales no veía su ejemplar de dramas isabelinos) y, junto al sofá del estudio que estaba más cerca de la pared, amontonábanse, hasta el techo, como si fuera obra de algún *poltergeist* * que se hubiese arrepentido a medias. ¿Y si Jacques, al aproximarse a ejecutar sus intenciones con el paso violador de un Tarquino, hubiera perturbado este alud en potencia? Aterradores dibujos al carbón, de Orozco, de horripilancia sin par, amenazaban desde la pared. En uno de ellos, ejecutado por mano de indiscutible genio, veíanse a unas arpías que rechinando los dientes se peleaban encima de un camastro destrozado, entre botellas de tequila rotas. No era sorprendente; al aproximarse para observarlas con mayor detenimiento, el Cónsul buscaba en vano una botella intacta. En vano buscó también en el cuarto de Jacques. Allí había un par de vigorosos Riveras. Amazonas sin expresión con pies cual patas de carnero daban testimonio de la unidad existente entre los trabajadores y la tierra. Por encima de las ventanas en forma de cabrio que daban a la calle Tierra del Fuego, colgaba un cuadro aterrador que antes no había advertido y el cual le pareció a primera vista un tapiz llamado «Los borrachones» —¿por qué no «Los borrachos»?—; asemejábase en parte a un primitivo y en parte a un cartel de la época de la prohibición y denotaba, remotamente, la influencia de Miguel Angel. De hecho, el Cónsul advertía ahora que en realidad se trataba de un cartel de la prohibición, aunque de hacía un siglo o algo así, sólo Dios sabía de qué período. Los borrachos, egoístas y con rostro rubicundo, eran lanzados de cabeza hacia abajo, a los infiernos, en medio de un tumulto de demonios cubiertos de llamas, medusas, y eructaban monstruos verdes, ora volando en picado como golondrinas, ora torpemente con terribles saltos hacia atrás, gritando entre botellas que se precipitaban y emblemas de esperanzas destruidas; en las alturas, muy arriba, generosos, en pálido vuelo hacia la luz que asciende a los cielos, remontándose de manera

* *Poltergeist* es una palabra alemana que en Europa se emplea para designar lo que en castellano llamamos *Espíritu Chocarrero*. El fantasma que se oculta o desplaza objetos es asimismo la cosa afantasmada —muebles, viejos trastos— que parece moverse por una extraña fuerza interior. (*N. del E.*)

sublime en parejas, el macho protegiendo a la hembra y todos escudados por ángeles con alas de abnegación, volaban los sobrios. Sin embargo, advirtió el Cónsul que no todos andaban en parejas. En la parte superior, algunas hembras solitarias iban protegidas sólo por ángeles. Parecíale que estas hembras lanzaban miradas medio envidiosas hacia abajo, contemplando a sus esposos que caían en sentido vertical; los rostros de algunos traicionaban el más inconfundible alivio. Rió el Cónsul, temblando levemente. Era ridículo, pero a pesar de ello, ¿acaso había dado alguien una buena razón para que el bien y el mal no se delimitaran de manera tan simple? En el resto del cuarto de Jacques, ídolos cuneiformes de piedra se acuclillaban cual infantes bulbosos: a un lado del cuarto, formaban, incluso, una fila encadenada. Parte del Cónsul siguió riéndose, a pesar de sí mismo y de toda esta exposición de salvajes talentos extraviados, al pensar que Yvonne pudo haberse hallado después del orgasmo de su pasión frente a esta fila de bebés encadenados.

—¿Qué tal te va por allá arriba, Hugh? —gritó por la escalera.

—Creo que logré enfocar bastante bien a Parián.

En el balcón Yvonne leía y el Cónsul volvió a contemplar «Los borrachones». De pronto experimentó una sensación nunca antes sentida con tan absoluta certidumbre. Y era la de estar en el infierno. Al mismo tiempo le invadió un sentimiento de extraña calma. Pudo dominar una vez más el íntimo fermento de su interior, las turbonadas y los remolinos de la nerviosidad. Podía oír a Jacques, moviéndose allá abajo y pronto tomaría otra copa. Eso le ayudaría, pero no era ése el pensamiento que lo calmaba. Parián... ¡el Farolito!, repetíase. ¡El Faro, el faro que invita a la tempestad y la enciende! Después de todo, en algún momento del día, tal vez cuando estuvieran en el jaripeo, podría separarse de los demás e ir allá, aunque sólo fuera por cinco minutos, aunque fuera para tomarse una sola copa. Aquella esperanza lo invadió de un amor que casi lo consolaba y, en este momento (puesto que formaba parte de la calma), del mayor anhelo que jamás hubiera conocido. ¡El Farolito! Era un lugar extraño, en verdad un lugar para las últimas horas de la noche y las primeras del alba, y que por regla general, como aquella horrible cantina en Oaxaca, no abría sino hasta las cuatro de la madrugada. Pero como hoy era Día de los Muertos, no cerraría. Al principio le había parecido diminuta. Sólo después, cuando llegó a conocerla bien, logró descubrir cuán extensa era hacia el fondo, y supo que en realidad se componía de numerosos cuartos minúsculos, cada uno más pequeño y oscuro que el anterior y todos comunicados sucesivamente entre sí, y que el último y más oscuro de todos no era mayor que una celda. Antojábansele los cuartos como lugares en los que se urdían diabólicas conspiraciones y donde se tramaban atroces crímenes; aquí, como cuando Saturno se encontraba en Capricornio, la vida descendía hasta el fondo. Pero también aquí grandes pensamientos rotantes cerníanse en el cerebro; mientras el alfarero y el labrador madrugadores, deteníanse un momento, soñando, en la puerta exangüe... Ahora lo veía todo: al lado de la cantina el enorme declive que caía a la 'barranca' y evocaba a Kubla Khan; el propietario, Ramón Diosdado, conocido como el Elefante, de quien se rumoreaba que había matado a su esposa para curarla de la neurastenia; los pordioseros destrozados por la guerra y cubiertos de llagas, uno de los cuales, una noche, después de que el Cónsul le pagó cuatro copas, lo tomó por Cristo y, cayendo de rodillas a sus pies le prendió ágilmente con alfileres, en la solapa de su chaqueta, dos medallones unidos a un diminuto corazón labrado que sangraba, semejante a un acerico, con la imagen de la Virgen de Guadalupe. —¡Yo... este... te regalo la Santa! —vio todo esto y sintió que la atmósfera de la cantina se cerraba ya sobre su cabeza con certidumbre de pesar y de mal y también con certidumbre de algo más que se le escapaba. Aunque lo sabía: era la paz. Volvió a ver el alba, que podía contemplar con solitaria angustia desde aquella puerta abierta, en la luz de matices violáceos, mientras que en la Sierra Madre estallaba una lenta bomba —¡*Sonnenaufgang!*— y los bueyes uncidos a sus carretas con ruedas de madera, pacientes, aguardaban a sus conductores afuera, en el aire puro, fresco y cortante del cielo: tan grande era el anhelo del Cónsul, que su alma estaba entrelazada con la esencia del lugar mientras lo asaltaban pensamientos semejantes a los del marino que, al divisar después de largo viaje la tenue boya del punto de partida, sabe que pronto abrazará a su esposa.

Después, volvieron de pronto a la imagen de Yvonne. ¿La había olvidado en verdad?, se preguntó. De nuevo paseó la mirada por el cuarto. ¡Ah, en cuántos cuartos, sobre cuántos divanes, entre cuántos libros habían hallado ellos su propio amor, su matrimonio, su vida en común!; vida que, a pesar de sus muchos desastres y de su total calamidad —y también a pesar de cualquier tenue elemento de falsedad que por parte de Yvonne hubiese existido al principio, con su boda que formaba sólo parte del pasado, de sus antecesores angloescoceses, de las visiones de castillos vacíos en Sutherland en los que silbaban los fantasmas, de las emanaciones de tíos desvaídos en tierras bajas que masticaban su pan a las seis de la mañana— no había sido sin triunfos. Aunque por cuán corto tiempo. Muy pronto comenzó a parecer demasiado triunfante, demasiado buena, como para que no fuese horrible imaginar el perderla y por último, imposible el soportarla: era como si se hubiese convertido en el presagio de sí misma, presagio de que no podría durar, presagio también de una presencia que volvía a encaminar sus pasos a la taberna. Y ¿cómo podía uno volver a empezar desde el principio, como si el café Chagrin y el Farolito nunca hubieran existido? ¿O sin ellos? ¿Podría permanecer fiel a Yvonne y al Farolito?... ¡Oh, Cristo, faro del mundo! ¿Cómo, y con qué ciega fe, podría uno encontrar el camino de vuelta, luchar en el regreso, ahora, en medio de tumultuosos horrores de cinco mil estrepitosos despertares, cada uno más espantoso que el anterior, de un lugar en el que ni siquiera el amor podía penetrar y en el que, salvo en las llamas más espesas, no había valor? En la pared caían eternamente los borrachos. Pero uno de los idolitos mayas parecía llorar...

—¡Ay, ay, ay! —dijo M. Laruelle (de modo no muy distinto al del cartero) acercándose, pisando con fuerza al subir por la escalera; cócteles, despreciable colación. Sin que lo vieran, el Cónsul hizo algo extraño; tomó la postal de Yvonne que acababa de recibir y la deslizó por debajo del cojín de Jacques. Yvonne regresó del balcón—. Hola, Yvonne, ¿dónde está Hugh?... siento haber tardado tanto. Vamos a la azotea, ¿quieres? —prosiguió Jacques.

En realidad, las reflexiones del Cónsul no habían durado ni siete minutos. A pesar de lo cual, Laruelle parecía haberse ausentado por más tiempo. Vio el Cónsul, mientras los seguía, mientras seguía a las copas en su ascenso por la escalera de caracol, que además de coctelera y copas había canapés y aceitunas rellenas en la charola. Tal vez, a pesar de su seductor aplomo, Jacques había bajado, temeroso de toda aquella situación e incapaz de dominarse. En tanto que estos elaborados preparativos eran simples excusas para huir. Acaso también fuese bastante cierto que el pobre tipo había amado a Yvonne... —¡Oh, Dios! —dijo el Cónsul cuando llegó al mirador, donde casi al mismo tiempo subió Hugh, procedente de la pasarela, trepando (mientras ellos se aproximaban) por los últimos peldaños de la escalera—, ¡Dios!, si el sueño del sombrío mago en su cueva habitada por visiones, en el momento mismo en que tiembla su mano en última decadencia (ése es el pasaje que me gusta) fuera el fin verdadero de este puerco mundo... No debiste haberte molestado, Jacques.

Le quitó los gemelos a Hugh y, colocada su copa en un merlón vacío, entre los objetos de mazapán, paseó sosegadamente su mirada sobre el paisaje. Pero, cosa extraña, no había tocado la copa. Y la calma persistía misteriosamente. Era como si se hallasen en algún elevado promontorio de un campo de golf, al comienzo del juego. ¡Qué espléndido hoyo se haría de aquí a aquel prado entre esos árboles al otro lado de la barranca, aquel obstáculo natural que a ciento cincuenta metros de distancia podía superarse con un buen golpe de cuchara, muy alto... Plock. El Hoyo Gólgota. En las alturas, un águila se dejaba caer en el viento. Habían dado pruebas de falta de imaginación cuando construyeron el campo de golf de la localidad hasta allá, lejos de la barranca. Golf =abismo= golfo. Prometeo devolvería las pelotas perdidas. Y de aquella otra parte, qué extraño campo de golf se habría podido idear, atravesado por rieles solitarios, murmurante con postes telegráficos, bailando con inconcebibles yacimientos en los terraplenes por encima de las colinas, en la distancia, como la juventud, como la vida misma, el campo se deslizaría por todas estas planicies, extendiéndose más allá de Tomalín, entre la selva, al Farolito, hoyo diecinueve ...ya no es lo mismo.

—No, Hugh —dijo ajustando las lentes, pero sin volverse—, Jacques se refiere a la película basada en *Alastor*, que realizó antes de ir a Hollywood, y en la que hizo las tomas que pudo en una bañera y, según parece, montó el resto recurriendo a secuencias de ruinas de viejos documentales de viajes, y a una selva que aparecía en *In dunkelste Afrika* y a un cisne proveniente del final de algún antiguo Corinne Griffith... creo que también Sarah Bernhardt tomaba parte mientras que el poeta permanecía todo el tiempo en la playa y la orquesta hacía sus mayores esfuerzos con el Sacre du Printemps. Creo que olvidé la niebla.

Con la risa de todos se aligeró algo la atmósfera.

—Pero antes de comenzar a filmar, según solía decir un director alemán amigo mío, debe tenerse idea de lo que va a ser la película —les decía Jacques, a espaldas del Cónsul, cerca de los ángeles—. Pero después, es otro cuento... En cuanto a la niebla, es el truco más barato de cualquier estudio.

—¿No filmó usted películas en Hollywood? —preguntó Hugh, que poco antes casi se había embarcado en una polémica de carácter político con M. Laruelle.

—Sí... Pero me niego a verlas.

—¿Pero qué diablos seguía buscando él, el Cónsul —pensó el Cónsul— allá, en aquellas llanuras, en aquel paisaje tumulario, a través de los gemelos de Jacques? Sería acaso una ficción de sí mismo, del que antaño había gozado con una cosa tan simple, saludable, estúpida y sana como el golf, como lo eran por ejemplo los hoyos invisibles que llevaban a altos yermos de dunas, antaño, sí, con el mismo Jacques. Trepar y luego contemplar desde la cima de una eminencia el océano con humo en el horizonte, y después, lejos, allá, cerca de la banderola en el césped, su nuevo y resplandeciente Silver King. ¡Ozono!... El Cónsul no podía ya jugar al golf: sus pocos esfuerzos en los últimos años habían resultado desastrosos... Cuando menos, debí haberme convertido en una especie de Donne de los campos de golf. Poeta del irremplazable césped. ¿Quién sostiene el banderín mientras hago un hoyo en tres tiros? ¿Quién caza mi zona zodiacal en la playa? ¿Y quién, en aquel último lance final, aunque llegue a aquel hoyo en cuatro tiros, acepta mi puntuación de diez a tres... aunque tenga más? El Cónsul dejó al fin los gemelos, y se volvió. Y aún no había tocado su copa.

—Alastor, Alastor —decía Hugh acercándosele—. ¿Quién es, fue, por qué, y/o escribió Alastor?

—Percy Bysse Shelley —el Cónsul se recargó en el mirador junto a Hugh—. Otro tipo con ideas... Entre las historias que se cuentan sobre Shelley la que más me gusta es aquella en que se deja hundir hasta el fondo del mar... llevando consigo, claro está, varios libros... y se quedó allí, antes que admitir que no sabía nadar.

—Geoffrey, ¿no crees que Hugh debiera ver algo de la fiesta —dijo Yvonne de pronto desde el otro lado—, ya que es su último día? En especial si hay bailes indígenas.

Así pues, era Yvonne la que los «sacaba de todo esto», justamente cuando el Cónsul se proponía permanecer allí. —No sé —respondió—. ¿No podríamos ver bailes indígenas y cosas así en Tomalín? ¿Querrías ir, Hugh?

—Seguro. Claro. Lo que digan —Hugh bajó del parapeto con movimiento torpe—. Todavía queda una hora antes de que salga el autobús, ¿verdad?

—Estoy segura de que Jacques nos perdonará si nos vamos corriendo —dijo Yvonne casi desesperada.

—Entonces déjenme acompañarlos abajo —respondió Jacques, dominando su voz—. Es muy temprano para que la fiesta sea gran cosa, pero debería usted ver los murales de Rivera, Hugues, si no lo ha hecho ya.

—¿No vienes, Geoffrey? —volvióse Yvonne en la escalera—. Ven, por favor —decían sus ojos.

—Bueno, las 'fiestas' no son mi fuerte. Vayan ustedes y nos encontramos en la terminal a la hora de salida del autobús. De todos modos, tengo que hablar con Jacques.

Pero ya todos habían bajado y el Cónsul permanecía solo en el mirador. Y, sin embargo, no estaba solo. Porque Yvonne había dejado una copa en el merlón, cerca de los ángeles, la del pobre de Jacques estaba en una de las almenas, y la de Hugh a un lado del parapeto. Y la coctelera no estaba vacía. Además, el Cónsul no había tocado siquiera su propia copa. A pesar de lo cual, no bebía ahora. Con su mano derecha se tocó bajo la chaqueta el bíceps de la izquierda. Fuerza... de cierta clase... ¿pero cómo infundirse valor? Aquel buen valor festivo de Shelley; no, aquello era orgullo. Y el orgullo invitaba a seguir adelante, ya fuera a seguir adelante hasta matarse, o bien hasta «enderezarse», como antes, tan a menudo, solitario, con ayuda de treinta botellas de cerveza y contemplando el techo. Pero esta vez era muy diferente. ¿Qué ocurriría si aquí la valentía entrañara admitir la derrota total, admitir que no podía uno nadar, admitir hasta (aunque por un instante la idea no pareció del todo mala) internarse en una clínica para curarse. No; fuera cual fuera el fin, no se trataba sólo de «salir de aquello». En eso, ningún ángel ni Yvonne ni Hugh podían ayudarlo. En cuanto a los demonios, los había en su interior así como en el exterior; tranquilos por el momento (acaso durmiendo una siesta) seguían no obstante rodeándolo y habitándolo; lo estaban poseyendo. El Cónsul contempló el sol. Pero había perdido el sol: no era *su* sol. Como la verdad, era casi imposible verlo de frente; no quería ir a ningún lado para acercársele, ni mucho menos, sentarse frente a su luz para verlo de frente. —Y, sin embargo, lo veré de frente —¿cómo? Cuando no sólo se mentía a sí mismo, sino además creía su propia mentira y volvía a mentir a aquellas ficciones engañosas, entre las cuales no estaba ni siquiera su propio honor. Los engaños de sí mismo carecían incluso de una base consecuente. ¿Cómo entonces podía tenerla su esfuerzo por ser honrado?— Horror —dijo—. Y sin embargo, no cederé —¿pero quién era Yo, cómo encontrar aquel Yo, adónde había pasado «Yo»?—. Haga lo que haga, lo haré deliberadamente —y deliberadamente, por cierto, se abstuvo de tocar su copa—. La voluntad del hombre es inconquistable. ¿Comer? Debiera comer. Así es que el Cónsul se comió un canapé. Y cuando do M. Laruelle regresó, el Cónsul seguía escudriñando sin beber... ¿hacia dónde miraba? El mismo no lo sabía—. ¿Recuerdas cuando fuimos a Cholula —dijo— cuánto polvo había?

Ambos enfrentáronse en silencio. —En verdad no quiero hablar contigo —añadió el Cónsul al cabo de un momento—. Es más no me importaría que fuera ésta la última vez que te viese... ¿Me oíste?

—¿Te has vuelto loco? —exclamó por fin M. Laruelle—. ¿Quieres darme a entender que tu esposa ha vuelto a tu lado (y te he visto orar y aullar bajo la mesa por ello, ¡de veras, bajo la mesa!)... y que la tratas con tal indiferencia y sólo sigues preocupándote por saber de dónde vendrá la próxima copa?

Para esta injusticia incontrovertible y espantosa carecía el Cónsul de respuesta; alcanzó su coctel, lo asió y lo olió: pero en alguna parte, en donde poco serviría, no cedió un cable: no bebió el Cónsul; casi sonrió complacido a M. Laruelle. Bien puedes comenzar ahora o más tarde a rechazar copas. Puedes comenzar ahora; o más tarde. Más tarde.

Sonó el teléfono y M. Laruelle bajó corriendo la escalera. El Cónsul permaneció sentado un rato con la cabeza hundida entre las manos y luego, dejando su copa intacta, dejando, sí, todas las copas intactas bajó al cuarto de Jacques.

M. Laruelle colgó. —Bien —dijo—, no sabía que se conociesen. Se quitó la chaqueta y comenzó a desanudarse la corbata—. Era mi doctor, que preguntaba por *ti*. Quiere saber si todavía no te has muerto.

—¡Oh!... Oh, ¿era Vigil?

—Arturo Díaz Vigil. 'Médico Cirujano'... ¡Etcétera!

—Ah —dijo, desconfiado, el Cónsul, paseando su índice por el interior del cuello de la camisa—. Sí. Apenas lo conocí anoche. De hecho, pasó por el rumbo de mi casa esta mañana.

Pensativo, M. Laruelle echó a un lado su camisa y dijo: —Vamos a formar un equipo antes de que se marche de vacaciones.

Sentado, imaginaba el Cónsul aquel horripilante y fugaz partido de tenis bajo los violentos rayos del sol mexicano, las pelotas de tenis agitadas en un mar de errores, difícil partido para Vigil, pero ¿qué le importaba? (¿y quién era Vigil? el buen hombre parecíale ahora tan irreal como cualquier figura a la que dejaría uno de saludar por temor de que no se tratase de la misma persona a quien uno hubiera conocido esa misma mañana, como el doble de carne y hueso del actor al que se vería en la pantalla esa tarde), mientras que el otro se preparaba a meterse bajo una regadera que, con aquel extraño descuido arquitectónico por el decoro del que hace gala un pueblo que ante todo valoriza el decoro, había sido instalada en un rincón espléndidamente visible tanto desde la ventana como desde lo alto de las escaleras.

—Quiere saber si has cambiado de parecer; si después de todo tú e Yvonne quieren irse con él en coche a Guanajuato... ¿Por qué no van?

—¿Cómo supo que estaba aquí? —temblando un poco, enderezóse el Cónsul, aunque por un momento se sintió asombrado de su dominio sobre la situación: de que aquí, en realidad *existía* alguien llamado Vigil que lo había invitado a ir a Guanajuato.

—¿Cómo?... ¡Cómo habría de saberlo!... Se lo dije yo. Es lástima que no se hayan conocido antes. Ese hombre podría ayudarte verdaderamente.

—Tal vez descubras... que tú podrías ayudarle en algo hoy mismo —el Cónsul cerró los ojos y volvió a oír claramente la voz del doctor: «pero ahora que ha vuelto su 'esposa'... Pero ahora que ha vuelto su 'esposa'... Yo podría trabajar con usted» —¿Qué? —abrió los ojos... Pero el abominable impacto que en todo su ser produjo en este momento el hecho de que aquel miembro horriblemente alargado en forma de pepino, compuesto de nervios azules y agallas bajo el estómago humeante e impúdico, hubiera buscado sus placeres en el interior del cuerpo de su esposa, lo hizo levantarse tembloroso. ¡Qué asquerosa, qué increíblemente asquerosa es la realidad! Comenzó a dar vueltas por el cuarto y a cada paso sus rodillas parecían ceder con una sacudida. Libros, demasiados libros. Aún no veía el Cónsul su ejemplar de dramas isabelinos. Y sin embargo, había todo lo demás, desde *Les joyeuses bourgeoises de Windsor* hasta Agrippa d'Aubigné y Collin d'Harleville, de Shelley a Touchard, Lafosse y Tristan l'Hermite. Beaucoup de bruit pour rien! ¿Podría bañarse en ella su alma o extinguir su sed? Podría. Y no obstante, en ninguno de estos libros encontraba uno de los sufrimientos propios. Ni tampoco enseñaba cómo contemplar una margarita silvestre.

—Pero ¿qué te hizo decir a Vigil que estaba yo aquí, si ignorabas que me conocía? —preguntó casi con un sollozo.

M. Laruelle, abrumado por el vapor, metióse los dedos en las orejas para indicar que no había oído: —¿De qué pudieron hablar Vigil y tú?

—De alcohol. De locura. De la comprensión medular del sombrero de copa. Nuestras conformidades fueron más o menos bilaterales —el Cónsul, que ahora temblaba ya franca y normalmente, se asomó por las puertas abiertas del balcón para contemplar los volcanes sobre los cuales volvían a flotar nubecillas de humo acompañadas por detonaciones de fusilería; por una vez lanzó una mirada apasionada hacia el mirador en donde seguían sus copas intactas—. Reflejos en masa, pero sólo la erección de rifles que diseminan muerte —dijo, mientras advertía que los sonidos de la feria aumentaban.

—¿Qué fue eso?

—¿Cómo te proponías divertir a los demás? suponiendo que se hubieran quedado —casi gritaba el Cónsul en su interior, porque conservaba horribles recuerdos del agua deslizándose por todo su cuerpo como jabón que escapa de temblorosos dedos— ¿tomando una ducha?

Y regresaba el avión observador, ¡oh, Jesús!, sí, aquí, aquí, salido de la nada, acercábase zumbando directamente hacia el balcón, sobre el Cónsul, tal vez buscándolo, estrepitosamente... ¡Aaaaaaaah! ¡Brrrumm!

M. Laruelle sacudió la cabeza; no había oído un solo sonido, una sola palabra. Salió de la regadera y pasó a su pequeño rincón cubierto por una cortina, que utilizaba como vestidor.

—¡Qué espléndido día!, ¿verdad?... Creo que va a haber tormenta.

—No.

De repente, el Cónsul se dirigió al telófono situado también en una especie de nicho (la casa parecía estar hoy más llena que de costumbre de estos recesos), encontró el directorio y, temblando de pies a cabeza, lo abrió; no Vigil, no; Vigil no, farfullaban sus nervios, sino Guzmán. A.B.C.G. Ahora estaba, sudando, terriblemente. De pronto, en este pequeño nicho hizo tanto calor como en cualquier cabina telefónica de Nueva York durante una onda cálida; temblaban sus manos frenéticamente; 666, Cafiaspirina; Guzmán, Erikson 34. Tenía el número; lo había olvidado; el nombre Zuzugoitea, Zuzugoitea y luego Sanabria y le saltaron del libro: Erikson 35. Zuzugoitea. Ya había olvidado el número, olvidado el número, 34, 35, 666: volvió las páginas hacia atrás, cayó una enorme gota de sudor en el directorio; esta vez creyó ver el nombre de Vigil. Pero ya había descolgado la bocina, descolgado la bocina, descolgado, habíasela puesto al revés, hablando y empapando el auricular, el micrófono, no podía oír; ¿podrían oír ellos?, ¿ya ves?; el auricular, como antes: —'¿Qué quieres?' ¿A quién quieres?... ¡Dios! —y gritando, colgó. Necesitaría un trago para hacer esto. Corrió en dirección a la escalera, pero a medio camino, estremeciéndose frenético, tornó a bajar; yo bajé la bandeja. No, las copas siguen allá arriba. Salió al 'mirador' y se bebió todas las copas que había a la vista. Oyó música. De repente, cerca de trescientas cabezas de ganado, muertas, congeladas en la misma posición que la del ganado vivo, surgieron en la colina frente a la casa y desaparecieron. El Cónsul se acabó el contenido de la coctelera y bajó en silencio, recogió un libro de bolsillo que se hallaba sobre la mesa, sentóse y lo abrió exhalando un profundo suspiro. Era *La machine infernale* de Jean Cocteau. «Oui, mon enfant, mon petit enfant» —leyó, «les choses qui paraissent abominables aux humains, si tu savais, de l'endroit où j'habite, elles ont peu d'importance». —Podríamos tomarnos una copa en la plaza —dijo cerrando el libro y volviéndolo a abrir: sortes Shakespeareanae. «Los dioses existen, son el demonio», le informó Baudelaire.

Se había olvidado de Guzmán. Los borrachones seguían cayendo eternamente en las llamas. M. Laruelle, que no había advertido nada, reapareció, resplandeciente con sus pantalones blancos, tomó su raqueta de la parte superior de un librero; el Cónsul encontró el bastón y las gafas oscuras, y ambos bajaron juntos por la escalera de caracol.

—'Absolutamente necesario' —afuera, detúvose el Cónsul y se volvió.

'No se puede vivir sin amar', eran las palabras escritas en la casa. En la calle no soplaba el menor viento y ambos caminaron un trecho sin proferir palabra, escuchando sólo el babel de la fiesta que iba en aumento a medida que se aproximaban a la ciudad. Calle de la Tierra del Fuego, 666.

M. Laruelle, posiblemente porque caminaba por la banqueta, parecía ahora más alto de lo que era, y junto a él, abajo, sintióse el Cónsul por un momento incómodamente reducido a las proporciones de un enano, infantil. Años antes, cuando ambos eran niños, la situación había sido inversa; a la sazón el Cónsul era más alto. Pero en tanto que a los diecisiete había dejado de crecer y se había estancado en un metro ochenta, M. Laruelle siguió creciendo al correr de los años hasta tener una estatura muy superior a la del Cónsul. ¿Superior? Jacques era un chico de quien el Cónsul podía recordar aún ciertos detalles con afecto: la forma en que pronunciaba *vocabulary* por lo cual rimaba con *foolery* o *bible* con *runcible*. Cuchara *runcible*. Y logró crecer hasta convertirse en un hombre que podía afeitarse y quitarse los calcetines por sí mismo. Pero apenas podía afirmarse que era superior. Allá, al correr del tiempo con su estatura de uno noventa, no parecía demasiado ridículo sugerir que seguía sufriendo la influencia del Cónsul. Si no era así, entonces ¿por qué el saco de tweed de aspecto inglés parecido al del Cónsul, aquellos zapatos de tenis, caros y expresivos, de los que permiten caminar con holgura, los pantalones ingleses blancos de veintiún pulgadas de ancho, y la camisa que llevaba a la inglesa y la extraordinaria bufanda que sugería que M. Laruelle había ganado alguna competencia deportiva en la Sorbona o algo así? Incluso había, a pesar de su leve corpulencia, una especie de ingravidez ex-consular en sus movimientos. ¿Por qué habría Jacques de jugar al tenis? ¿Has olvidado, Jacques, cómo yo mismo te enseñé aquel verano hace mucho tiempo, detrás de la casa de los Taskerson o en los nuevos campos públicos de Leasowe? Precisamente en tardes como ésta. Tan breve su amistad y a pesar de ello, pensó el Cónsul, ¡qué enorme!, cómo aquella influencia penetró en todo, cómo penetró en la vida entera de Jacques, influencia que se manifestaba hasta en la elección de sus libros, de su trabajo; en primer lugar, ¿por qué había venido Jacques a Quauhnáhuac? ¿Acaso no era tanto como si el Cónsul, desde lejos, lo hubiese deseado, con oscuros propósitos personales? El hombre al que había encontrado aquí mismo hacía dieciocho meses, parecía ser, aunque herido en su arte y en su destino, el francés más completamente inequívoco y sincero que hubiese conocido. Ni tampoco resultaba compatible la seriedad del rostro de M. Laruelle —el cual veía ahora con el cielo como fondo, entre las casas— con cierta cínica debilidad. ¿Acaso no era casi como si el Cónsul le hubiese tendido una trampa para hacerle caer en la deshonra y en la angustia, como si de hecho hubiese querido hasta que lo traicionara?

—Geoffrey —dijo, de pronto, M. Laruelle, tranquilo—, ¿ha vuelto Yvonne de veras?

—Así parece, ¿no crees? —ambos guardaron silencio mientras encendían sendas pipas, y el Cónsul advirtió que Jacques llevaba un anillo que no le había visto: un escarabajo de sencillo diseño, tallado en una calcedonia: ignoraba si Jacques se lo quitaría para jugar al tenis, pero la mano en que lo traía temblaba, en tanto que ahora la del Cónsul era firme.

—Quiero decir que si ha vuelto de veras —prosiguió en francés M. Laruelle mientras seguían, cuesta arriba, por la calle Tierra del Fuego—. ¿No ha venido simplemente de visita, o para verte por curiosidad, confiando en que sólo seguirán siendo ustedes simplemente buenos amigos, etc., si no te molesta que te lo pregunte?

—Si he de hablarte con franqueza, me molesta bastante.

—Comprende bien esto, Geoffrey: pienso en Yvonne, no en ti.

—Comprende mejor esto. Piensas en ti mismo.

—Pero hoy... Puedo comprender que... Supongo que en el baile estuviste completamente borracho. Yo no fui. Pero si así ocurrió, ¿por qué no estás en tu casa dando gracias a Dios y tratando de descansar y esperando a que se te pase la borrachera, en vez de hacer la desdicha de todos, llevándolos a Tomalín? Yvonne parece estar agotada.

Las palabras araban débiles surcos de fatiga en la mente del Cónsul, llena constantemente de inofensivos delirios. Sin embargo, su francés era fluido y rápido:

—¿Cómo puedes decir que suponías que estaba borracho, cuando el mismo Vigil te lo dijo por teléfono? ¿Y no sugeriste ahora mismo que llevase a Yvonne a Guanajuato con él? Tal vez imaginaste que, de lograr infiltrarte en nuestro grupo para el viaje proyectado, ella dejaría de sentirse cansada milagrosamente, aunque quede cincuenta veces más lejos que Tomalín.

—Cuando sugerí que fueran no me había dado cuenta enteramente de que acababa de llegar esta mañana.

—Bueno... se me olvida de quién fue la idea de ir a Tomalín —dijo el Cónsul. ¿Es posible que sea yo quien discute con Jacques sobre Yvonne, sobre *lo nuestro*, de esta manera? Aunque, después de todo, ya lo habían hecho antes—. Pero no te he explicado en qué forma entra Hugh en el juego...

—...¡Huevos! —¿gritaba acaso por encima de ellos el jovial propietario de los 'abarrotes' desde la acera de la derecha?

—¡*Mezcalito*! —¡Qué! ¿Alguien susurraba esto pasando a su lado con una tabla, acaso algún borrachín amigo suyo, o había ocurrido eso esta mañana?

—...Y pensándolo bien, no creo que me tome la molestia.

Pronto surgió la ciudad ante sus miradas. Habían llegado al pie del palacio de Cortés. Cerca de ellos, algunos niños (alentados por un hombre que también llevaba gafas oscuras y parecía conocido, al cual saludó el Cónsul) giraban en torno a un poste de telégrafos, meciéndose en improvisado tiovivo, minúscula parodia del Gran Tiovivo de la plaza, en lo alto de la loma. Más arriba, en una terraza del palacio (porque también era el Ayuntamiento) había un soldado, en descanso, con un rifle: en una terraza aún más alta, erraban los turistas: vándalos calzados de sandalias contemplando los murales.

Desde donde estaban, el Cónsul y M. Laruelle alcanzaban a tener una buena visión de los frescos de Rivera. —Desde aquí logras una impresión que allá arriba no tienen los turistas —dijo M. Laruelle—; están demasiado cerca —apuntaba hacia ellos con su raqueta de tenis—. El lento oscurecimiento de los murales cuando se ven de derecha a izquierda. En cierto modo parece simbolizar la gradual composición de la voluntad conquistadora de los españoles sobre los indios. ¿Comprendes lo que quiero decir?

—Si te pararas más lejos, te podría parecer que simboliza la gradual imposición de la amistad conquistadora de los norteamericanos, de izquierda a derecha, sobre los mexicanos —dijo el Cónsul sonriente y quitándose sus gafas oscuras—, sobre aquellos que tienen que mirar los frescos y recordar quién los ha pagado.

En el sector de los murales que contemplaba, se veía a los tlahuicas, muertos en defensa de este valle en donde vivía. El artista los había pintado con atuendo guerrero de máscaras y pieles de león y tigre. Mientras los miraba, parecía como si estuviesen congregándose en silencio. Después, convertíanse en una sola figura, en inmensa y malévola criatura que, a su vez, le miraba. De pronto, esta criatura pareció precipitarse hacia adelante y luego hacer un movimiento brusco. Bien podía ser (de hecho lo era inconfundiblemente) para indicarle que se alejara.

—Mira; allá están Yvonne y Hugues saludándote —el Cónsul correspondió al saludo, agitando su raqueta de tenis—. Sabes, creo que forman una pareja formidable —añadió con una sonrisa, en parte dolorosa, en parte maliciosa.

Y allí estaban (los veía) la pareja formidable, junto a los frescos. Hugh, con un pie en el barandal del balcón del palacio, contemplaba, por encima de sus cabezas, acaso los volcanes; Yvonne estaba vuelta de espaldas. Se reclinaba sobre el barandal que quedaba frente a los murales y luego se volvió a Hugh para decirle algo. No volvieron a saludar.

M. Laruelle y Hugh optaron por no seguir el camino del risco. Continuaron por la base del palacio y luego, frente al 'Banco de Crédito Ejidal', volvieron a la izquierda para ascender por el camino estrecho y empinado que llevaba hasta la plaza. Con esfuerzo arrimáronse al muro del Palacio para ceder el paso a un hombre montado a caballo, indio de finas facciones que pertenecía a la clase desheredada y vestía ropas blancas, aunque sucias y holgadas. El hombre cantaba para sí con alegría. Pero con la cabeza hizo un gesto cortés, como para agradecerles. Pareció estar a punto de hablar y frenó su pequeño caballo —en cuyos costados tintineaban dos alforjas y cuya anca tenía marcada con el número siete— para hacerlo caminar más lentamente, mientras ellos subían la colina. *Toca toca sobrecincha.* Pero el hombre, que iba un poco más adelante, no habló; en la cima agitó la mano y, cantando, desapareció al galope.

El Cónsul se sintió angustiado. ¡Ah, qué daría por tener un caballo y galopar, cantando, lejos, quizá para ir a ver al ser amado, para llegar al corazón de la sencillez y la paz del mundo! ¿acaso no era eso como la oportunidad que depara al hombre la vida misma? Claro que no. Sin embargo, sólo por un momento, así le pareció.

—¿Qué es lo que dice Goethe sobre el caballo? —preguntó—. «Cansado de la libertad toleró que le ensillaran y le pusiesen riendas, y por sus penas tuvo que soportar, hasta la muerte, que le montasen.»

En la plaza, el tumulto era inmenso. Una vez más, apenas podía el uno escuchar lo que el otro decía. Un muchacho, vendedor de periódicos, se precipitó sobre ellos. 'Sangriento combate en Mora de Ebro. Los Aviones de los Rebeldes Bombardean Barcelona. Es inevitable la muerte del Papa'. Sobresaltóse el Cónsul; esta vez, por un momento, creyó que los encabezados se referían a él. Pero claro está que sólo se trataba del pobre Papa, cuya muerte era inevitable. ¡Como si la muerte de todos los demás no lo fuese también! En mitad de la plaza, un hombre trepaba de manera tan complicada por un resbaloso poste, que requería para ello de cuerdas y garfios. El enorme tiovivo, cerca del kiosco de música, estaba poblado por extraños caballos de madera de largos hocicos que, montados en tubos en forma de espiral, se hundían majestuosamente girando en círculos semejantes a los de un pistón. Los chicos, con patines, asidos a los soportes de la lona, se dejaban impulsar y gritaban de alegría, mientras que, al descubierto, la máquina que movía todo el mecanismo martilleaba como una bomba de vapor; luego silbaron. «Barcelona» y «Valencia» mezclábanse a los golpes y gritos a los que parecían ser insensibles los nervios del Cónsul. Jacques apuntaba a los cuadros del tablero central que rodeaba por entero el círculo interior colocado horizontalmente y unido a la cúspide del pilar giratorio del centro. Una sirena recostada en el mar peinaba sus cabellos cantando a los marineros de un buque de guerra de cinco chimeneas. Un pintarrajo que representaba aparentemente a Medea sacrificando a sus hijos, resultó ser una compañía de monos amaestrados. Desde un valle escocés, cinco ciervos de aspecto jovial los atisbaban, en toda su monárquica inverosimilitud, y luego desaparecieron. Mientras que un espléndido Pancho Villa con bigotes de manubrio los perseguía como si en ello le fuese la vida. Pero más extraño aún era un panel que mostraba a un hombre y una mujer, amantes recostados a orillas de un río. Aunque infantil y crudo, poseía cierta calidad sonambulesca y también algo de la verdad del sentimiento amoroso. Habían representado a los amantes curiosamente separados. Y sin embargo, podía sentirse que el uno estaba envuelto en los brazos del otro a orillas de este río y en la penumbra, entre estrellas doradas. Yvonne, pensó el Cónsul con repentina ternura, ¿dónde estás, amor mío? Amor mío... Por un momento, creyóla a su lado. Luego recordó que estaba perdida; luego, que no, que este sentimiento pertenecía al ayer, a los meses de solitario tormento que había dejado atrás. No estaba perdida para nada, estaba aquí todo el tiempo, aquí, ahora, o tanto como si estuviera aquí. El Cónsul quiso levantar la cabeza y gritar de júbilo, como el jinete: ¡está aquí! ¡Despiértate, ha vuelto! ¡Amor mío, mi tesoro, te amo! Un deseo de encontrarla inmediatamente y de llevarla a casa (donde seguía oculta en el jardín, inconclusa, la blanca botella de 'Tequila Añejo de Jalisco') para poner un hasta aquí a este insensato viaje, para estar, sobre todo, solo, con ella, lo invadió, y un deseo, también, de volver a llevar inmediatamente un género normal de vida feliz con ella, una vida, por ejemplo, en la cual fuera posible una felicidad llena de inocencia como la que disfrutaba toda esta gente que le rodeaba. Pero ¿acaso habían llevado jamás una vida normal y feliz? ¿Algo semejante a una vida normal y feliz había sido posible alguna vez para ellos? Sí... Y, no obstante ¿qué había de aquella tarjeta postal demorada, ahora bajo la almohada de Laruelle? Era prueba de que la tortura solitaria había sido innecesaria, prueba hasta de que él la había deseado. ¿Acaso habría *cambiado* algo realmente si hubiese recibido la tarjeta en el momento propicio? Lo dudó. Después de todo, sus otras cartas —otra vez, ¡Cristo!, ¿dónde estaban?— no habían cambiado nada. Si las hubiera leído como debiera, tal vez. Pero nunca las leyó de esa manera. Y pronto olvidaría lo que había sido de la tarjeta. Sin embargo, permanecía el deseo —como un eco del deseo de Yvonne— de encontrarla, de encontrarla ahora, de revertir su sino, era un deseo que casi se convertía en resolución... Levanta la cabeza, Geoffrey Firmin, exhala tu acción de gracias, actúa antes de que sea demasiado tarde. Pero el peso de una enorme mano parecía presionar su cabeza para impedir que la alzara. Pasó el deseo. Al mismo tiempo, como si una nube hubiera oscurecido el sol, mutóse para él todo el aspecto de la feria: el jovial chirrido de los patines, la música, alegre aunque irónica, la gritería de los niños montados en sus corceles con cuello de ganso, el desfile de extraños cuadros, todo esto convirtióse de repente en algo trascendentalmente temible y trágico, lejano, transmutado, como si fuera una última impresión de los sentidos de cómo era el aspecto de la tierra, transportada a una oscura región de muerte, amenazante trueno de irremediable dolor; el Cónsul necesitaba un trago...

—...Tequila —dijo.

—¿Una?' —preguntó con voz aguda el muchacho, y M. Laruelle pidió una gaseosa.

—'Sí, señores' —el muchacho limpió la mesa—. 'Un tequila y una gaseosa' —trajo en seguida una botella de

El Nilo para M. Laurelle, junto con sal, chile y un platito con rebanadas de limón.

El café, situado en el centro de un jardincillo rodeado por una barandilla al extremo de la plaza, entre los árboles, se llamaba el París. Y, de hecho, recordaba a París. Cerca, goteaba una fuente sencilla. El mozo les trajo camarones en un platito y tuvieron que volver a decirle que trajese el tequila.

Al fin, llegó.

—Ah... —dijo el Cónsul, aunque lo que temblaba era el anillo de calcedonia.

—¿De veras te gusta? —preguntóle M. Laruelle, y el Cónsul, chupando un limón, sintió que el fuego del tequila recorría su espina dorsal como el árbol que, fulminado por un rayo, florece milagrosamente.

—¿Por qué tiemblas? —preguntóle el Cónsul.

M. Laruelle lo observó, lanzó una mirada nerviosa por encima de su hombro e hizo como si absurdamente quisiera hacer vibrar las cuerdas de su raqueta, golpeándolas en su pie; pero al recordar el marco, la reclinó con gesto torpe en su silla.

—¿De qué tienes miedo...? —dijo el Cónsul burlándose de él.

—Lo admito, me siento aturdido... —M. Laruelle lanzó otra mirada, esta vez más prolongada, sobre su hombro—. A ver, dame un poco de tu veneno —se inclinó y dio un sorbo al tequila del Cónsul y permaneció inclinado sobre la copa de terrores con forma de dedal, que hacía un momento estaba llena.

—¿Te gusta?

—...Como agua oxigenada o petróleo... Si alguna vez comienzo a beber eso, Geoffrey, podrás decir que estoy acabado.

—Eso me ocurre con el mezcal... El tequila, no; es saludable... y delicioso. Como la cerveza. Bueno para uno. Pero si llego a beber mezcal otra vez, me temo, sí, que ése sería el fin —dijo con actitud soñadora el Cónsul.

—Nom de Dieu de Nom de Dieu —estremecióse M. Laruelle.

—No temes a Hugh, ¿verdad? —prosiguió, burlón, el Cónsul a la vez que se le ocurrió que toda la desolación de los meses siguientes a la partida de Yvonne se reflejaban ahora en los ojos del *otro*—. ¿No estás celoso de él, por casualidad, verdad?

—¿Por qué habría de...?

—Pero estás pensando, ¿no es así?, que durante todo este tiempo nunca te he dicho una sola vez siquiera la verdad sobre mi vida —dijo el Cónsul—, ¿no es así?

—No... Porque tal vez en una o dos ocasiones, Geoffrey, sin saberlo, me has dicho la verdad. No, en verdad quiero ayudar. Pero, como siempre, no me das una oportunidad.

—Nunca te he dicho la verdad. Ya lo sé, es más que terrible. Pero, como dice Shelley, el frío mundo no sabrá. Y el tequila no te ha curado el temblor.

—Me temo que no —dijo M. Laruelle.

—Pero yo creí que tú nunca temías nada... 'Otro tequila' —dijo el Cónsul al mesero, que se acercó corriendo y repitiendo con voz aguda— '¿uno?'

M. Laruelle se quedó mirando al muchacho que se alejaba, como si hubiera deseado decirle «dos»: —Tengo miedo de ti —dijo—, Frijolillo.

Después de la mitad del segundo tequila el Cónsul oía de vez en cuando frases familiares y llenas de buenas intenciones. —Es duro decir esto. De hombre a hombre. No me importa quién sea ella. Aunque haya ocurrido el milagro. A menos que cortes el asunto de raíz.

Sin embargo, el Cónsul contemplaba, detrás de M. Laruelle, los barquitos que volaban a corta distancia de donde estaban sentados: la máquina misma era femenina, grácil como bailarina de ballet, sus faldas de góndolas de acero giraban cada vez más alto. Por último acabó de girar con un zumbido, dando un tenso chasquido y gimiendo, y castamente volvieron a bajar sus faldas y por un momento reinó la calma sólo turbada por la brisa. Y qué hermoso, hermoso, hermoso.

—Por amor de Dios. Vete a casa y métete en la cama... O quédate aquí. Yo encontraré a los demás. Les diré que no vas...

—Pero si voy a ir —dijo el Cónsul, comenzando a pelar uno de los camarones—. 'Camarones', no —añadió—. 'Cabrones'. Así los llaman los mexicanos —poniendo ambos pulgares en la base de sus oídos, agitó los dedos—. 'Cabrón'. Tú también, tal vez... Venus es estrella cornuda.

—¿Qué hay del daño que has hecho a *su* vida?... después de todos tus aullidos... ¡Si ha regresado!... Si tienes esta oportunidad.

—Estás inmiscuyéndote en mi gran batalla —dijo el Cónsul contemplando, a espaldas de M. Laruelle, un cartel colocado al pie de la fuente: *Peter Lorre en Las Manos de Orlac: a las 6.30 P. M.*—. Tengo que tomarme una o dos copas ahora (siempre y cuando, claro está, que no sean de mezcal) o me sentiré aturdido como tú.

—La verdad es, supongo, que a veces, cuando has calculado la cantidad exacta, ves con mayor claridad —admitió M. Laruelle un momento después.

—Contra la muerte —el Cónsul se reclinó, cómodamente en su silla—. Mi batalla por la supervivencia de la conciencia humana.

—Pero no por cierto las cosas tan importantes para nosotros, menospreciados sobrios, de las cuales depende el equilibrio de cualquier situación humana. Precisamente es tu incapacidad para verlas, Geoffrey, lo que las convierte en instrumento del desastre que te has creado. Tu Ben Jonson, por ejemplo, o tal vez fue Christopher Marlowe, tu Fausto, veía pelear a los cartagineses luchando en la uña del dedo gordo de su pie. Así es la clara visión a la que te entregas. Todo parece perfectamente claro, porque es por cierto perfectamente claro en términos de la uña del dedo del pie.

—Cómete un escorpión endiablado —propuso el Cónsul acercándole, con el brazo extendido, los camarones—. Un 'cabrón' endiablado.

—Admito la eficacia de tu tequila... pero, ¿te das cuenta de que, mientras estás luchando contra la muerte (o lo que imagines estar haciendo), mientras que lo que hay de místico en ti se libera (o lo que imagines que se libera), mientras gozas de todo esto, te das cuenta de las extraordinarias concesiones que te hace el mundo que tiene que bregar contigo; sí, y que ahora mismo te hago *yo*?

En actitud soñadora, miraba ahora el Cónsul hacia arriba, hacia la rueda de la fortuna cerca de ellos, inmensa, pero semejante a una infantil estructura de Meccano enormemente aumentada, con sus vigas y ménsulas de ángulo: en la noche se encendería con sus varillas de acero aprisionadas en el patetismo esmeralda de los árboles; *la rueda de la ley, que gira*; y no podía uno dejar de pensar también que el carnaval aún no estaba en plena actividad. ¡Qué alboroto habría más tarde! Su mirada se detuvo ante otro pequeño tiovivo, tambaleante juguete infantil pintado de colores lustrosos, y vióse de niño, decidiéndose a abordarlo, vacilando, perdiendo la siguiente oportunidad, y la siguiente, perdiendo todas las oportunidades hasta que era demasiado tarde. ¿Precisamente de qué oportunidades se trataba? De una radio situada en alguna parte, provino una voz que cantaba: 'Samaritana mía, alma mía, bebe en tu boca linda', y luego enmudeció. Sonaba a Samaritana.

—Y olvidas lo que excluyes de este... digamos sentimiento de omnisciencia. Y en la noche (me imagino) o entre copa y copa (que es como una especie de noche) lo que has excluido regresa, como si resintiera esa exclusión.

—¡Vaya que si regresa! —dijo el Cónsul que ya para entonces escuchaba—. Hay también otros delirios menores, *meteora*, que puedes pescar al vuelo, ante tus ojos, como jejenes. Y esto, según lo que la gente cree, es el fin. Pero el delirium traemens es sólo el comienzo, la música que rodea el portal de Qliphoth, la obertura dirigida por el Dios de las Moscas... ¿Por qué ve ratas la gente? Esta es la índole de preguntas que debiera preocupar al mundo, Jacques. Piensa en la palabra remordimiento. Remuerde. Mordeo. Mordere. ¡La mordida!... Y ¿por qué roedor? ¿Por qué todo este morder, todos aquellos roedores en la etimología?

—Facilis est descensus Averno... Es demasiado fácil.

—¿Niegas la grandeza de mi batalla? Aunque gane. Y ciertamente ganaré, si quiero —añadió el Cónsul, consciente de la presencia de un hombre que, cerca de ellos, trepado en una escalera de mano, clavaba una tabla en un árbol.

—Je crois que le vautour est doux à Prometheus et que les Ixion se plaisent en Eners.

...¡Box!

—Por no decir nada de lo que pierdes, pierdes, de lo que estás perdiendo, hombre. ¡Idiota! ¡Idiota imbécil!... Has sido aislado de la responsabilidad del sacrificio genuino... Hasta el sufrimiento que soportas es en gran parte innecesario. De hecho, espurio. Le falta la base misma que es indispensable a su naturaleza trágica. Te engañas a ti mismo. Por ejemplo, que estás ahogando tus tristezas... ¡Por Yvonne y por mí. Pero Yvonne sabe. Y yo también. Y tú también. Que Yvonne no se habría dado cuenta. Si no hubieras estado tan borracho todo el tiempo. Para saber lo que estaba haciendo. O que te importara. Y lo que es más. Lo mismo va a ocurrir otra vez, idiota, volverá a suceder si no te corriges. Puedo verlo escrito en la pared. Hola.

M. Laruelle no estaba allí; había estado hablando solo. El Cónsul se levantó y terminó su tequila. Pero lo escrito estaba allí, en efecto, aunque no en la pared. El hombre había clavado su tabla en el árbol:

¿LE GUSTA ESTE JARDIN?

El Cónsul se percató, al salir del París, de que estaba en un estado de embriaguez, por decirlo así, raro en él. Sus pasos se inclinaban hacia la izquierda y no podía hacer que lo llevaran a la derecha. Sabía en qué dirección caminaba, hacia la terminal de los autobuses o, mejor dicho, a la cantinucha sombría que quedaba al lado, administrada por la viuda Gregorio, que era mitad inglesa y había vivido en Manchester, y a la que debía cincuenta centavos, mismos que, repentinamente, había decidido pagarle. Pero sencillamente no podía ir en línea recta hasta allí... *Oh we all walk the wibberley wobberley...*

Dies Faustus... El Cónsul miró su reloj. Tan sólo por un momento, un horrible momento en el París, creyó que era de noche, que era uno de aquellos días en que las horas pasan deslizándose al igual que los corchos que se mueven sobre el agua tras la popa, y en que las alas del ángel de la noche arrastran la mañana en un abrir y cerrar de ojos: pero hoy parecía estar ocurriendo todo lo contrario: eran apenas las dos menos cinco. Ya era el día más largo en toda su experiencia, una vida entera; no sólo no había perdido el camión, sino que tendría tiempo de sobra para más copas. ¡Si tan sólo no estuviera borracho! El Cónsul desaprobaba enérgicamente esta embriaguez.

Conscientes de su estado, lo acompañaban, jocosos, los niños. Money, money, money farfullaban. ¡O.K. míster! ¿Juérhar yu go? Se colgaban a sus pantalones, y sus gritos se desanimaban, debilitábanse y dejaban traslucir su desilusión. Le habría gustado darles algo. Y a pesar de ello, no quería atraer más la atención. Vio a Hugh y a Yvonne que probaban su suerte en un puesto de tiro al blanco. Hugh disparaba e Yvonne observaba; *ffut, psst, pfffing*; y Hugh abatió una procesión de patos de madera.

Sin que nadie lo viera, el Cónsul tropezó con un puesto (en el que uno podía fotografiarse con su novia, sobre un fondo aterradoramente tempestuoso, verde y espeluznante, con un toro que embestía y el Popocatépetl en erupción) y pasó con el rostro vuelto a otra parte, frente al lastimoso Consulado Británico, cerrado, donde el león y el unicornio desde el escudo de color azul desteñido le contemplaron apesadumbrados. ¡Qué vergüenza! Pero seguimos, a pesar de todo, estando a tu servicio, parecían decir. Dieu et mon droit. Los niños lo habían abandonado. Sin embargo, había perdido el rumbo. Iba llegando al límite de la feria. Cerradas, se alzaban allí misteriosas tiendas de lona, y yacían desplomadas o dobladas. Las primeras parecían casi humanas, despiertas, en espera; las otras, tenían el aspecto arrugado y encogido del hombre que, a pesar de estar dormido, anhela, aun en su inconsciencia, estirar los miembros. Más allá, en las lejanas fronteras de la feria, era, de hecho, Día de Muertos. Aquí las barracas de lona y los puestos parecían estar no tanto dormidos, cuanto carentes de vida, más allá de cualquier esperanza de resurrección. Y luego vio que, después de todo, había endebles señales de vida.

En un sitio exterior a la periferia de la plaza, colocado en parte en la banqueta, levantábase otro tiovivo «seguro», que ofrecía un aspecto de máxima desolación. Las sillitas giraban bajo una pirámide de franjas de manta que dio vueltas durante medio minuto y luego se detuvo para asemejarse al sombrero del aburrido mexicano que la había puesto en movimiento. Aquí estaba este minúsculo Popocatépetl acurrucado lejos de las vertiginosas máquinas volantes, lejos de la Gran Rueda que existía... ¿para quién?, preguntóse el Cónsul. Sin ser para niños ni para adultos, alzábase, vacía, como puede imaginarse desierto el tiovivo de la adolescencia si la juventud sospecha que ofrece una diversión tan aparentemente inocua y elige lo que en la plaza misma se tuerce en elipses agonizantes bajo un gigantesco dosel.

El Cónsul prosiguió su camino, titubeando aún; creyó haber vuelto a hallar el mundo y luego se detuvo:

¡BRAVA ATRACCION!

10 c. MAQUINA INFERNAL

leyó, impresionado en parte por cierta coincidencia. Brava atracción. La inmensa máquina ondulante, vacía, que giraba sin embargo a toda velocidad por encima de su cabeza en esta sección muerta de la feria, sugería la figura de algún inmenso espíritu maligno gritando en su infierno solitario, retorciendo sus miembros y fustigando el aire como con batanes. Oculta por un árbol, no la había advertido antes. La máquina también se detuvo...

—...¡Míster! Money money money. ¡Míster! ¿juér jar yu go?

Los malditos chiquillos lo habían vuelto a descubrir; y el precio que tuvo que pagar para evitarlos, consistió en dejarse arrastrar inexorablemente, aunque con cuanta dignidad le fue posible, a abordar el monstruo. Y ahora, después de pagar sus diez centavos a un chino jorobado y cubierto con una cachucha de tenis de forma reticular y visera, estaba solo, irrevocable y ridículamente solo en aquel minúsculo confesionario. Al cabo de un momento, con violentas convulsiones turbadoras, la máquina se puso en marcha. Los confesionarios, encaramados en el extremo de amenazantes manubrios de acero, emprendían el vuelo y caían pesadamente. Con potente impulso, la jaula del Cónsul volvió a lanzarse a las alturas y quedó por un momento suspendida en los aires, pero boca abajo, mientras que la otra cesta que, significativamente, estaba vacía, se encontraba abajo; luego, antes de que pudiese comprender esta situación, volvió a descender dando tumbos y detúvose un momento en el otro extremo, sólo para volver a ser levantada cruelmente hasta la máxima altura, en donde, durante un interminable, intolerable período de suspensión, permaneció inmóvil. El Cónsul, como aquel pobre idiota que traía la luz al mundo, permaneció colgado sobre el vacío, boca abajo, con sólo un fragmento de alambre tejido entre él y la muerte. Allí, por encima de su cabeza, pendía el mundo con su gente que se estiraba hacia él, a punto de salirse del camino para estrellarse contra su cabeza o sobre el cielo. 999. Antes no había habido nadie allí. Sin duda, siguiendo a los niños, la gente se había reunido para contemplarlo. De manera indirecta tenía conciencia de no experimentar miedo físico de la muerte, como en este momento no hubiera temido a nada que pudiera devolverlo a la sobriedad; tal vez era ésta su idea principal. Pero no le gustaba. No era divertido. Sin duda alguna se trataba de otro ejemplo del sufrimiento innecesario de Jacques —¿Jacques?—. Y ésta era difícilmente una posición digna de un ex-representante del gobierno de Su Majestad, aunque fuera simbólica; no podía imaginar qué simbolizaba, pero sin duda alguna era simbólica ¡Jesús! De súbito, los confesionarios comenzaron a girar horriblemente en sentido inverso: ¡Oh!, se dijo el Cónsul, ¡oh!; porque la sensación de la caída era ahora como si quedase horriblemente a su espalda, de manera distinta a todo lo demás, más allá de cualquier experiencia; este girar regresivo no se asemejaba por cierto a las piruetas que se hacen en un avión, en donde el movimiento termina en seguida y la única sensación extraña es el aparente aumento de peso; como marinero, también desaprobaba aquel sentimiento, pero éste... ¡ah, Dios mío! Todos los objetos escapaban de sus bolsillos, se los sustraían, se los arrancaban, un artículo diferente en cada indescriptible circuito giratorio, mareante, abismante, retrayente, inenarrable; salían su libreta, su pipa y sus llaves, las gafas oscuras que se había quitado, las monedas sueltas de las que no tuvo tiempo ni para imaginar que después de todo recogerían a zarpazos los chiquillos; se le vaciaba, se le hacía girar hasta dejarlo vacío. Su bastón, su pasaporte. —¿Era aquello su pasaporte?— Ignoraba si lo había traído consigo. Entonces recordó que sí lo había traído. O no lo había traído. Aun para un Cónsul sería difícil hallarse sin pasaporte en México. Ex-cónsul. ¿Qué importaba? ¡Que vuele! Había una especie de fiero deleite en esta aceptación final. ¡Que todo vuele! En particular todo lo que suministraba medios de ingreso o egreso, fijaba límites, confería significado o carácter o propósito o identidad a aquella aterradora maldita pesadilla que se veía obligado a llevar consigo a todas partes, sobre sus espaldas, que deambulaba con el nombre de Geoffrey Firmin, antiguo miembro de la Armada de Su Majestad, después del Servicio Consular de Su Majestad, y más tarde aún de... Repentinamente le pareció que el chino dormía, que los niños, la gente, se habían ido, que esto seguiría para siempre; nadie podría detener la máquina... Había acabado.

Y sin embargo, no había acabado. En tierra firme, el mundo seguía girando desaforado: casas, tiovivos, hoteles, catedrales, cantinas, volcanes; resultaba difícil mantenerse en pie. Se percató de que la gente se reía en sus narices, pero —lo cual era más sorprendente— se percató de que, una por una, le devolvían sus pertenencias. El niño que tenía su libreta, se la ofreció y, juguetón, se la retiró antes de devolvérsela. No: todavía tenía algo en su otra mano, un papel arrugado. Con firmeza el Cónsul le dio las gracias. Un telegrama de Hugh. Su bastón, sus gafas, su pipa intacta; sin embargo, no era su pipa predilecta; no estaba el pasaporte. Bien, definitivamente no pudo haberlo traído. Reintegrando los objetos a sus bolsillos, dobló una esquina con gran vacilación, y se hundió en una banca. De nuevo se colocó los anteojos oscuros, púsose la pipa en la boca, cruzó las piernas y, a medida que disminuía la rapidez del mundo, asumió la expresión aburrida del turista inglés sentado en los jardines del Luxemburgo.

Los niños, pensó, ¡qué encantadores son, en el fondo! Las mismas criaturas que lo habían asediado pidiéndole dinero, le habían devuelto hasta la más insignificante moneda y luego, conmovidos por su turbación, se habían escabullido sin esperar recompensa alguna. Deseó haberles dado algo. También la niñita se había ido. Tal vez éste, abierto sobre la banca, fuera su cuaderno de ejercicios. Deseó no haber sido tan brusco con ella, anheló que regresara para poder darle el cuaderno. Yvonne y él debieron haber tenido niños, habrían podido tener niños, pudieron haber tenido niños, debieran tener...

En el cuaderno de ejercicios pudo entender con dificultad:

Escruch es un viejo. Vive en Londres. Vive solo en una casa grande. Scrooge es hombre rico, pero nunca da a los pobres. Es un avaro. Nadie quiere a Scrooge y Scrooge no quiere a nadie. No tiene amigos. Está solo en el mundo. The man (el hombre): the house (la casa): the poor (los pobres): he lives (él vive): he gives (él da): he has no friends (él no tiene amigos): he loves (él ama): old (viejo): large (grande): no one (nadie):

rich (rico): ¿Quién es Scrooge? ¿En dónde vive? ¿Scrooge es rico o pobre? Tiene amigos? ¿Cómo vive? Solo. Mundo. Sobre.

Al fin había dejado de girar la tierra con el movimiento de la Máquina Infernal. Hasta la última casa permanecía inmóvil y hasta el último árbol estaba de nuevo arraigado. Según su reloj eran las dos y siete. Y estaba sobrio como una lápida. ¡Qué horrible sensación! El Cónsul cerró la libreta de ejercicios: pícaro Scrooge; ¡qué extraño encontrárselo aquí!

Soldados de aspecto jovial, tiznados como deshollinadores, con paso ágil de poco carácter militar, recorrían las avenidas en ambos sentidos. Los oficiales, elegantemente uniformados, seguían en las bancas, reclinándose sobre sus bastones como si los hubieran petrificado lejanos pensamientos estratégicos. Un indio cargador que llevaba un castillo de sillas, galopaba por la avenida Guerrero. Pasó un loco que llevaba, a guisa de salvavidas, una vieja llanta de bicicleta. Con ademán nervioso la cambiaba continuamente de sitio en torno a su cuello. Murmuró algo al oído del Cónsul, pero sin esperar respuesta ni recompensa; quitóse la llanta y la lanzó hacia adelante, hacia un puesto, y luego la siguió, vacilante, mientras se metía en la boca algo que sacaba de una cajita de hojalata. Alzó la llanta, volvióla a lanzar a lo lejos, repitiendo el proceso, en cuya irreductible lógica parecía estar ocupado eternamente, hasta que se perdió de vista.

El Cónsul sintió que le daba un vuelco el corazón y se levantó a medias. Acababa de ver a Hugh y a Yvonne ante una barraca. Yvonne compraba un taco a una anciana. Mientras ésta untaba la tortilla con queso y salsa de jitomate, un minúsculo policía, de aspecto conmovedoramente miserable (tal vez era uno de los que se habían declarado en huelga) con la cachucha de soslayo, pantalones sucios y abolsados, polainas y una chaqueta varias tallas más grande que la suya, arrancó una hoja de lechuga y con una sonrisa de extremada cortesía se la ofreció. Resultaba claro que se estaban divirtiendo de lo lindo. Comieron sus tacos, sonriendo el uno a la otra mientras la salsa se escurría entre sus dedos; y ahora sacaba Hugh su pañuelo; limpió una mancha en la mejilla de Yvonne y estallaron en carcajadas a las que se unió el policía. ¿Qué había ocurrido ahora con su conspiración, su conspiración para alejarlo? No importaba. El vuelco de su corazón se convirtió en el frío golpe acerado de la persecución atenuada tan sólo por leve alivio; porque ¿cómo —si Jacques les había comunicado sus pequeñas inquietudes— podían hallarse allí, riéndose? Y sin embargo, nunca se estaba seguro; y un policía es un policía, aunque estuviese en huelga y fuese cordial, y el Cónsul temía más a la policía que a la muerte. Colocó un guijarro en la libreta de ejercicios de la niña, la dejó atrás, sobre la banca, y se escabulló detrás de una barraca para no encontrarlos. Por entre las tablas, pudo mirar al hombre que estaba a la mitad del palo ensebado, ni lo bastante cerca de la cúspide ni tampoco de la base para tener la certidumbre de hallar alivio en alguno de los extremos; evadió una enorme tortuga que agonizaba entre dos arroyos de sangre que corrían paralelos a la banqueta, frente a un restaurante de mariscos, y entró en El Bosque, con paso seguro, así como en una ocasión anterior, obsesionado de manera semejante, había llegado corriendo: aún no había trazas del autobús; tenía veinte minutos, tal vez más.

Empero, la Cantina Terminal El Bosque parecía tan oscura que aun después de haberse quitado las gafas tuvo que permanecer inmóvil. Mi ritrovai per una bosca oscura... ¿o selva? ¡Qué importaba! La cantina había sido bien nombrada: «El Bosque». Aunque su mente asociaba esta oscuridad con cortinajes de terciopelo, allí, detrás del sombrío mostrador, estaban las cortinas de terciopelo o de pana, demasiado sucias y llenas de polvo como para ser negras, cubriendo en parte la entrada al cuarto trasero, del que nunca podía tener la seguridad que fuese privado. Por alguna razón, la fiesta no se había desbordado hasta aquí: el lugar —pariente mexicano del inglés «Jug and Bottle», y destinado ante todo a quienes beben «fuera» del establecimiento, en el que sólo había una raquítica mesa de acero y dos taburetes en el mostrador, el cual, orientado hacia el este, se volvía progresivamente más oscuro a medida que el sol, para aquellos que se fijaran en esas cosas, ascendía los cielos, estaba desierto, como siempre, a esta hora. El Cónsul andaba a tientas. —Señora Gregorio —dijo en voz baja, aunque con modulación impaciente y agonizante en su voz. Le había sido difícil encontrar su propia voz; con urgencia precisaba otra copa. La palabra resonó en la parte trasera de la casa; Gregorio; no hubo respuesta. Sentóse, mientras que, paulatinamente, las formas que le rodeaban se destacaron con mayor precisión, formas de barriles detrás de la barra, de botellas. ¡Ah, pobre tortuga! Este pensamiento fustigó una dolorosa tangente. Había grandes barriles verdes de 'jerez', 'habanero', 'catalán', 'parras', 'zarzamora', 'málaga', 'durazno', 'membrillo', alcohol puro a peso el litro, tequila, mezcal, rompope. A medida que leía estos nombres, y como si afuera se acercase el alba con paso sombrío, la cantina se iluminó ante su vista y oyó voces que volvían a murmurarle al oído, una sola voz que decía por encima del rugido de la feria, que se oía en sordina: —Geoffrey Firmin, así es el morir así y nada más, un despertar de un sueño en un lugar oscuro en el que, como ves, están presentes los medios de escape de otra pesadilla. Pero la elección depende de ti. No se te invita a que uses esos medios de escape; se deja a tu libre juicio; para obtenerlos sólo es necesario... —señora Gregorio —repitió, y volvió el eco: —Orio.

Antaño, en un rincón de la cantina, alguien comenzó alguna vez un pequeño mural imitando el Gran Mural del Palacio; sólo dos o tres figuras: descascarados tlahuicas a medio acabar. Oyóse el ruido de pasos lentos arrastrándose en la parte trasera; apareció la viuda, pequeña anciana que llevaba un crujiente vestido negro inusitadamente largo y raído. Su cabello, que el Cónsul recordaba canoso, parecía haber sido alheñado en fecha reciente, o teñido de rojo, y aunque le colgaba con desaliño sobre la frente, remataba en la nuca con un chongo. Su rostro, perlado de sudor, revelaba una extraordinaria palidez cérea; veíase agobiada por el trabajo, gastada por el sufrimiento, y a pesar de ello, al ver al Cónsul brillaron sus ojos cansados, iluminando así toda su expresión con un vago reflejo irónico en el que también surgieron a la vez una cierta determinación y cansada expectativa. —Mezcal posiblemente —dijo canturreando en mal inglés con tono extraño y medio burlón—. Mezcal imposible —pero no hizo ademán alguno de servir una copa al Cónsul, tal vez por su deuda, objeción que en seguida quedó resuelta cuando éste puso un 'tostón' en el mostrador. Ella sonrió casi con socarronería al dirigirse al barril de mezcal.

—'No; tequila, por favor' —dijo el Cónsul.

—'Un obsequio' —le tendió la copa de tequila—. *Where do you laugh now?*

—*I still laugh in* 'calle de Nicaragua cincuenta y dos' —respondió sonriendo el Cónsul—. Quiere usted decir *live*, señora Gregorio, no *laugh*; 'con permiso'.

—Acuérdate —corrigióle con dulzura y lentitud la señora Gregorio—, acuérdate de mi inglés. Bueno, así es —suspiró y se sirvió una copita de málaga del barril en que estaba inscrito con tiza aquel nombre—. A tu amor. *What's my names?* —le acercó un plato lleno de sal espolvoreada de chile anaranjado.

—'Lo mismo' —el Cónsul terminó el tequila—. Geoffrey Firmin.

La señora Gregorio le trajo un segundo tequila; durante un rato se miraron sin decir palabra: —Así es —dijo al fin, y volvió a suspirar; en su voz se advertía cierto dejo de conmiseración por el Cónsul—. Así es. Debes aceptar las cosas como vienen. No tiene remedio.

—No, no tiene remedio.

—Si tuvieras a tu esposa, lo perderías todito con ese cariño —dijo la señora Gregorio; y al comprender que de algún modo se reanudaba esta conversación en donde semanas antes la habían interrumpido, tal vez cuando Yvonne lo había abandonado por séptima vez aquella noche, descubrió el Cónsul que no deseaba cambiar aquellas bases de sufrimiento compartido en que se fundaban sus relaciones (porque, en realidad, Gregorio la había abandonado antes de morir) y le informó que su esposa había vuelto y que, de hecho, quizá se hallaba a menos de cincuenta pasos de donde estaban—. Las dos cabezas están ocupadas con lo mismo, así es que no puede perder —prosiguió con tristeza.

—'Sí' —dijo el Cónsul.

—Así es. Si tu cabeza está ocupada con otras cosas, nunca pierdes la cabeza. Tu cabeza, tu vida... todo lo que hay en ella. Cuando era niña nunca pensé que iba a vivir como vivo ahora. Soñaba sueños relindos. Lindas ropas, lindos peinados... «Ahorita todo es bueno para mí», pensé una vez: teatros, todo... hoy no pienso más que en dificultades, dificultades, dificultades; y las dificultades vienen... Así es.

—'Sí, señora Gregorio'.

—Claro que era una muchacha rechula de mi pueblo —dijo—. Esto —y lanzó una mirada despectiva en torno

255

a la oscura cantinucha—, nunca estuvo en mi cabeza. La vida cambia, ¿sabe?, *ycu can never drink of it.*

—No se dice *drink of it*, señora Gregorio, lo que usted quiere decir es *think of it.*

—*Never drink of it.* Ah, bueno —dijo a la vez que servía un litro de alcohol para un infeliz peón desnarizado que penetró en silencio y se mantuvo de pie en un rincón—, una vida relinda entre gente relinda, ¿y ahora qué?

La señora Gregorio pasó al cuarto de atrás arrastrando los pies y dejando solo al Cónsul. Este siguió sentado por algunos minutos con su segundo tequila doble, intacto. Imaginaba beberlo, a pesar de lo cual no tenía fuerza de voluntad para estirar el brazo y tomarlo, como si se tratase de algo alguna vez anhelado con tedio y por mucho tiempo, pero que —copa colmada y de pronto a su alcance— había perdido todo su significado. La vacuidad de la cantina y un extraño tic tac, semejante al de algún escarabajo, dentro de aquel vacío, comenzó a crisparle los nervios; consultó su reloj: sólo las dos y diecisiete. En su imaginación se vio de nuevo bebiendo su copa: una vez más, le volvió a fallar la voluntad. La puerta de goznes se abrió una vez y alguien echó una rápida mirada, quedó satisfecho, y salió: ¿era Hugh, o Jacques? Fuera quien fuese, parecía tener las facciones de ambos alternativamente. Alguien más entró y, aunque un instante después supo el Cónsul que no era así, pasó directamente al cuarto de atrás, atisbando con mirada furtiva en su derredor. Una hambrienta perra callejera que parecía recién desollada, entró siguiendo al último hombre; alzó la mirada y contempló al Cónsul con ojos vidriosos y amables. Luego, echándose sobre su pobre pecho miserable de donde pendían marchitas ubres, se inclinó y comenzó a rascarse. ¡Ah, la invasión del reino animal! Antes fueron los insectos; ahora éstos volvían a cercarlo, estos animales, este pueblo sin ideas: —'Dispense usted, por Dios' —murmuró al oído de la perra, y luego, con intención de decir algo amable, añadió inclinándose alguna frase leída o escuchada en su infancia o en su juventud— porque Dios ve qué tímido y hermoso eres en realidad, y los pensamientos de esperanza que llevas contigo, son como avecillas blancas...

Irguióse y de pronto comenzó a declamarle a la perra:

—Y sin embargo, este día, 'pichicho', estarás conmigo en... —pero ella, dando saltos en tres patas, huyó aterrada y se deslizó por debajo de la puerta.

De un solo trago el Cónsul acabó su tequila; luego se dirigió al mostrador. —Señora Gregorio —gritó; esperó, paseando su mirada por la 'cantina', que parecía haberse iluminado mucho más. Y volvió el eco: Orio... ¡Hombre, aquellas locas pinturas de lobos! Se había olvidado de que estaban aquí. Los cuadros que ahora se materializaban (seis o siete de tamaño considerable) venían a completar, en defecto del muralista, la decoración de El Bosque. Precisamente eran idénticos en cada detalle. Todos mostraban el mismo trineo perseguido por la misma manada de lobos. Los lobos daban caza a los ocupantes del trineo a todo lo largo del bar y a intervalos regulares en torno del cuarto, aunque en el proceso ni el trineo ni los lobos se movían una sola pulgada. ¿Hacia qué enrojecido Tártaro, oh, misteriosa bestia? De modo incongruente recordó el Cónsul la cacería de lobos de Rostov en *La Guerra y la Paz*... ¡ah, y después, aquella incomparable tertulia, en casa del viejo tío, la sensación de juventud, la alegría, el amor! Al mismo tiempo recordó haber oído que los lobos nunca cazaban en manadas. Sí, por cierto. Cuántas concepciones de la vida se basaban en errores congéneres, cuántos lobos sentimos que nos pisan los talones, mientras que nuestros verdaderos enemigos pasan junto a nosotros con piel de ovejas. —Señora Gregorio —volvió a decir, y vio que regresaba la viuda arrastrando los pies, aunque tal vez era demasiado tarde y no tendría tiempo de tomarse otro tequila.

Estiró el brazo y luego lo dejó caer. ¡Dios! ¡Dios! ¿qué le había ocurrido? Por un instante creyó ver a su madre. Ahora sentía que luchaba contra sus propias lágrimas, que quería abrazar a la señora Gregorio, llorar como niño, ocultar el rostro en su regazo. —'Adiós' —dijo, y viendo un tequila en el mostrador, a pesar de todo, lo bebió con rapidez.

La señora Gregorio le tomó una mano y se la retuvo. —La vida cambia, ¿sabe? —le dijo mirándolo fijamente—. *You can never drink of it.* Creo que pronto voy a volver a verlo con su esposa. Me parece verlo riendo en

257

un lugar relindo —y sonreía—. Muy lejos, en un lugar relindo en donde todas esas dificultades que tiene ahora tendr... —sobresaltóse el Cónsul: ¿qué decía la señora Gregorio?— 'Adiós' —añadió ella en español— no tengo casa, no más una sombra. Pero cuando necesite una sombra, mi sombra es suya.

—Gracias.

—*Senk yu.*

—*Senk yu* no, señora Gregorio, *thank you.*

—*Senk yu.*

Parecía no haber moros en la costa: sin embargo, al abrir el Cónsul con cautela las puertas de persiana casi tropezó con el doctor Vigil. Fresco e impecable, en sus ropas de tenis pasaba con rapidez en compañía del señor Quincey y del gerente del cine local, el señor Bustamante. El Cónsul retrocedió temeroso de Vigil, de Quincey, de que lo vieran salir de la 'cantina', pero ellos parecieron no advertirlo cuando pasaron junto al 'camión' de Tomalín (que acababa de llegar) agitando los hombros como los jockeys, a la vez que charlaban sin cesar. El Cónsul sospechó que toda su conversación se refería a él: ¿qué podía hacerse con él?, preguntábanse, ¿cuántos tragos había tomado anoche en el 'Gran Baile'? Sí, allí estaban, yendo precisamente rumbo al Bella Vista, para conseguir algunas «opiniones» adicionales sobre él. Revolotearon a diestra y siniestra y desaparecieron...

'Es inevitable la muerte del Papa'.

VIII

Cuesta abajo...

—Mete el cloch; acelera —el chófer sonrió por encima del hombro. —O.K., Mike —dijo, en provecho de todos, con acento irlandés-americano.

El autobús, un Chevrolet 1918, avanzaba sacudiéndose con fragor de gallinas espantadas. No estaba lleno, aunque el Cónsul ocupaba mucho espacio al estirarse eufórico —borracho-sobrio-liberado; Yvonne iba sentada, neutral pero sonriente; de cualquier modo, se habían puesto en marcha. Aunque no soplaba viento, una ráfaga agitaba los toldos de la calle. Pronto fueron meciéndose en un pesado mar de caóticas piedras. Pasaron junto a altos puestos de forma hexagonal cubiertos con anuncios del cine de Yvonne: *Las Manos de Orlac*. En otros sitios los carteles de la misma película mostraban unas manos de asesino bañadas en sangre.

Avanzaban despacio; pasaron junto a los 'Baños de la Libertad' y junto a la 'Casa Brandes (La Primera en el Ramo de Electricidad)', recorrieron cual ululante intruso encapuchado las callejuelas estrechas y empinadas. En el mercado se detuvieron para dejar subir a un grupo de indias con canastas repletas de gallinas vivas. Los rostros vigorosos de las mujeres tenían el color oscuro de la cerámica de barro. En los movimientos que hicieron al acomodarse había cierta pesadez. Dos o tres llevaban colillas de cigarros tras la oreja y otra masticaba una vetusta pipa. Aunque sus rostros joviales de ídolos antiguos se arrugaban con el sol, no sonreían.

Cuando Hugh e Yvonne cambiaban de lugar les dijo el chófer: —¡Miren! O.K. —a la vez que sacaba de debajo de la camisa, en donde habían permanecido acurrucadas (diminutos embajadores secretos de paz y amor) dos blancas palomas hermosas y mansas—. Mis... este... mis pichones mensajeros.

Tuvieron que rascar la cabeza de ambas aves que, arqueándose orgullosas, brillaban como si acabasen de cubrirlas con pintura blanca. (¿Acaso sabía él, como Hugh —que con sólo oler los últimos titulares se había enterado— cuánto más cerca se encontraba el gobierno, en ese preciso momento, de perder el Ebro, y que ahora sería sólo cosa de días antes de que Modesto se retirara del todo?) El chófer volvió a guardar los pichones bajo su camisa blanca, que llevaba abierta: —Para que estén calientitos. O.K., Mike. Sí, señor —les dijo—. '¡Vámonos!'

Al arrancar el autobús con violenta sacudida, alguien se rió; los rostros de los demás pasajeros se agrietaron lentamente en una expresión de regocijo: el camión obligaba a las mujeres a constituir una sólida comunidad. El reloj, sobre el arco del mercado, como el de Rupert Brooke, indicaba que eran las tres menos diez; pero en realidad faltaban veinte minutos. Serpenteando y a tumbos llegaron a la arteria principal, la Avenida Revolución; pasaron junto a unas oficinas en cuyas ventanas podía leerse, mientras el Cónsul cabeceaba en señal de reproche: 'Dr. Arturo Díaz Vigil, Médico Cirujano y Partero', junto al cine mismo. Tampoco las mujeres parecían saber nada de la batalla del Ebro. Dos de ellas, sin importarles el alboroto ni los rechinidos de las pacientes duelas conversaban, ansiosas, sobre el precio del pescado. Acostumbradas a los turistas, ya no se fijaban en ellos. Hugh preguntó al Cónsul:

—¿Cómo anda la temblorina del rajá?

'Inhumaciones': pellizcándose con sorna una oreja, el Cónsul indicó la respuesta en el establecimiento funerario que pareció desfilar agitándose ante ellos, y en el cual un perico con la cabeza erguida miraba desde su percha suspendida sobre la entrada en la cual un letrero hacía la pregunta:

¿Quo Vadis?

Por donde ellos seguían era cuesta abajo, a paso de caracol, junto a una apartada plaza con árboles enormes y viejos, cubiertos de tierno follaje cual nuevo reverdecimiento primaveral. En el jardín, bajo los árboles, había palomas y también una cabrita negra. ¿Le gusta este jardín que es suyo? ¡Evite que sus hijos lo destruyan!, decía un aviso.

...Sin embargo, no había niños en el jardín: sólo un hombre sentado en una banca de piedra. Este hombre parecía ser el mismo diablo, con su enorme rostro de color rojo oscuro y sus cuernos, colmillos, y la lengua que colgaba por encima de la barba, con aquella expresión en la que se unían el mal, la lujuria y el terror. El diablo alzó su máscara para escupir, se levantó y bamboleóse al atravesar el jardín bailando y trotando rumbo a una iglesia casi oculta tras los árboles. Oíase el chasquido de los machetes. Más allá de unos toldos que se alzaban junto a la iglesia, bailaban una danza autóctona: en los escalones del atrio, dos norteamericanos, a quienes Hugh e Yvonne habían visto antes, de puntillas, estiraban el cuello para ver.

—En serio —repitió Hugh al Cónsul, que parecía aceptar sin inquietud al diablo, y cambió con Yvonne una mirada de pesar por no haber podido ver los bailes en el Zócalo, y ahora era demasiado tarde para salirse.

—Quod semper, quod ubique, quod ab omnibus.

Al pie de la colina atravesaron un puente tendido por encima de la barranca que aquí parecía infinitamente ser el colmo de lo horrendo. Desde el camión, como en lo alto de la gavia mayor de algún velero, podía verse hasta el fondo entre el denso follaje y las amplias hojas que no ocultaban en nada lo pérfido del abismo; sus empinadas márgenes estaban cubiertas de basura que pendía hasta de los arbustos. Al volverse, Hugh vio en el fondo, entre los desechos, el cadáver de un perro; blancos huesos asomaban a través de la piel. Pero en las alturas cerníase el cielo azul e Yvonne se sintió feliz cuando surgió a la vista el Popocatépetl dominando el paisaje durante un rato, mientras ascendían la colina que quedaba más adelante. Luego, al doblar una curva, desapareció. Por la colina serpeaba un camino largo y sinuoso. A mitad de la pendiente, en el exterior de una taberna decorada con mal gusto, un hombre con traje azul y cubierto de extraño tocado, mecíase en actitud de mansedumbre mientras engullía medio melón, aguardando el autobús. Del interior de esta taberna llamada 'El Amor de los Amores', provenía un canto. Hugh vio algo que parecía ser un grupo de policías armados bebiendo ante el mostrador. El camión derrapó y, frenando, atracó en la orilla de la banqueta.

Abandonando el 'camión' inclinado y jadeante, el chófer se precipitó al interior de la taberna y entretanto subió el hombre del melón. Salió el chófer y arrojándose al interior del vehículo casi al mismo tiempo, metió la velocidad. Luego dijo, lanzando por encima del hombro una mirada divertida al recién llegado, y mirando después a sus palomas a la vez que aceleraba el camión para que subiese por la pendiente:

—Seguro, Mike. Seguro. O.K. hombre.

El Cónsul se volvió para apuntar al 'Amor de los Amores':

—'Viva Franco'... Ese es uno de los tugurios fascistas, Hugh.

—Bueno ¿y...?

—Creo que ese atarantado es hermano del propietario. Cuando menos te puedo asegurar una cosa... que no es una paloma mensajera.

—¿Una qué?... ¡Oh!

—Aunque no lo creas, es español.

Los asientos del camión estaban dispuestos a todo lo largo, y Hugh miró al hombre del traje azul que, sentado frente a él, hablaba solo, con voz pastosa y ahora, borracho, narcotizado, o ambas cosas, parecía ir sumido en profundo letargo. En el camión no había cobrador. Tal vez más tarde llegaría uno y, como era evidente que debía pagarse el pasaje al chófer en el momento de bajar, nadie lo despertó. Sus rasgos —nariz alta y prominente y barba enérgica— eran de claro origen español. Sus manos —una de las cuales asía aún el medio melón roído— eran enormes, hábiles y rapaces. Manos de 'conquistador', pensó Hugh de súbito. Pero su aspecto general sugería no tanto el talante de un conquistador cuanto —era la idea acaso demasiado clara de Hugh— la confusión que eventualmente tiende a dominar a los 'conquistadores'. Su traje azul era de hechura fina y la chaqueta abierta parecía bien adaptada a la cintura. Hugh observó sus pantalones de anchas valencianas que, amplios, caían sobre sus zapatos finos. Sin embargo, los zapatos lustrados aquella mañana, aunque sucios ahora con serrín de taberna, estaban llenos de agujeros. No llevaba corbata. Su elegante camisa color púrpura, con el cuello desabrochado, dejaba ver un crucifijo de oro. La camisa estaba rasgada y en ciertas partes el faldón se asomaba por encima del pantalón. Y por algún motivo llevaba dos sombreros, una especie de fieltro barato que se ceñía justamente al ala ancha de su otro sombrero.

—¿Cómo es eso de que es español? —preguntó Hugh.

—Vinieron después de la guerra de Marruecos —dijo el Cónsul—. Un 'pelado' —añadió sonriendo.

La sonrisa aludía a una polémica que, sobre este vocablo, había tenido con Hugh, quien lo había visto definido en alguna parte como «iletrado descalzo». Según el Cónsul, ésta era sólo una de las acepciones; de hecho, los pelados eran los «encuerados», los «despojados», pero también eran aquellos que no tenían que ser ricos para despojar a los pobres de verdad. Por ejemplo, aquellos mezquinos politicastros de medio pelo que, por sólo ocupar un cargo durante un año, durante el cual esperan acumular lo suficiente para abjurar del trabajo durante el resto de sus días, harán literalmente lo que sea, desde lustrar zapatos hasta actuar como quien no es «paloma mensajera». Hugh comprendió por fin que la palabra era bastante ambigua. Por ejemplo, un español podía interpretar que se trataba de un indio, el mismo indio al que despreciaba, utilizaba y embriagaba. No obstante, el indio, con ese término, podía a su vez designar al español. Cualquiera podía usarlo como definir a quien se ofrecía como espectáculo. Tal vez fuera una de esas palabras que, de hecho, se depuraron con la conquista, ya que sugería por una parte la idea de ladrón, y por otra la de explotador. ¡Recíprocos eran siempre los vocablos injuriosos con los que el agresor desacredita a quienes va a destruir!

Después de dejar atrás la colina, detúvose el camión ante la entrada de una avenida adornada de fuentes que llevaba a un hotel: el Casino de la Selva. Hugh distinguió las canchas de tenis y las siluetas vestidas de blanco que en ellas se movían; los ojos del Cónsul indicaron que allí se encontraban el Dr. Vigil y M. Laruelle. M. Laruelle, si acaso era él, lanzó una pelota hacia lo alto, le dio un golpe con la raqueta, pero como Vigil la dejó pasar, rebotó en otro campo.

Aquí comenzaba de veras la carretera de estilo norteamericano; por un corto trecho disfrutaron un camino pavimentado. El 'camión' llegó a la estación del ferrocarril que dormía, con las señales alzadas y los cambiavías soñolientos. Estaba cerrada como un libro. Inusitados Pullmans roncaban en un desviadero. En el terraplén dormían los carros tanques Pearce. Sólo permanecía despierto su bruñido brillo plateado que jugaba al escondite entre los árboles. Y en aquella plataforma solitaria estaría él mismo esta noche, con su alforja de peregrino.

QUAUHNAHUAC

—¿Cómo te sientes? (con lo cual quería significar mucho más y Hugh se inclinó hacia Yvonne, sonriéndole).

—Todo esto es *tan* divertido...

Igual que un niño, Hugh quería que todos estuviesen felices con el viaje. Aunque hubiese tenido que ir al cementerio, habría querido que se sintiesen felices. Pero tenía ante todo la impresión de luchar (fortalecido con una pinta de cerveza) en favor de su escuela en una competencia deportiva después de haber sido incorporado al equipo en el último momento: cuando el temor del campo enemigo, duro como los clavos y las botas, con su línea de postes más altos y blancos, se expresaba con una extraña exaltación, con un urgente deseo de charlar. La languidez del mediodía pasó a su lado, sin detenerse: y sin embargo, las desnudas realidades de la situación, como los rayos de una rueda, se borraban al moverse hacia altos e irreales acontecimientos. Ahora le parecía este viaje la mejor de las ideas. Hasta el Cónsul parecía seguir de buen humor. Pero pronto la comunicación recíproca se hizo virtualmente imposible; la carretera de estilo norteamericano se alejaba, ondulante, en la distancia.

De pronto, al abandonarla, toscos muros de piedra ocultaron la vista. Ahora traqueteaban entre tupidos setos cubiertos de flores silvestres en forma de campánulas azul oscuro. Quizás fueran otra especie de convólvulos. De las cañas de maíz, alrededor de las chozas techadas de palma, colgaba ropa de color verde y azul. Aquí las flores de brillante azul trepaban hasta las copas de los árboles cubiertos ya de capullos blancos.

A su derecha, allende un muro que de pronto se hizo mucho más alto, extendíase el mismo bosque que habían recorrido aquella mañana. Y aquí, proclamada por su olor a cerveza, estaba la 'Cervecería Quauhnáhuac'. Yvonne y Hugh, en torno al Cónsul, cambiaron una mirada de estímulo y amistad. El enorme portón seguía abierto. ¡Con qué velocidad pasaron frente al establecimiento! Con todo, Hugh tuvo tiempo de volver a ver las mesas ennegrecidas cubiertas de hojas y, en la distancia, la fuente asfixiada de hojarasca. La niñita con el armadillo había desaparecido, pero, en el patio, el hombre de la visera con aspecto de guardabosque seguía allí contemplándolos, solitario, con las manos detrás de la espalda. A lo largo del muro los cipreses se hacían recíprocas caricias, soportando el polvo que los cubría.

Después del paso a desnivel, el camino a Tomalín mejoró durante un trecho. Por las ventanas del caluroso 'camión' soplaba una grata brisa refrescante. En las planicies, a su derecha, serpenteaba ahora la estrecha e interminable vía por donde —¡aunque había veintiún caminos diferentes que pudieron haber tomado!— habían cabalgado lado a lado, al regresar a casa. Y rehusándose para siempre a describir aquella última curva hacia la izquierda, los postes telegráficos se prolongaban en línea recta... También en la plaza no habían hablado más que del Cónsul. ¡Qué alivio, qué jubiloso alivio sintió Yvonne, cuando, después de todo, lo vio aparecer en la terminal!... Pero como la ruta volvió a empeorar en seguida, resultaba casi imposible pensar, por no decir hablar.

Traquetearon en terreno cada vez peor. Surgió el Popocatépetl, aparición que giraba, alejándose y les invitaba a proseguir. De nuevo apareció la barranca en escena, arrastrándose, paciente, a sus espaldas, en la distancia. Hundióse el camión en un bache con ensordecedor estrépito que hizo aflorar el alma de Hugh hasta sus labios. Y volvieron a hundirse una y otra vez en una segunda serie de baches aún más profundos.

—Esto es como viajar en la luna —trató de decir a Yvonne.

Yvonne no podía oír... Hugh advirtió que tenía nuevas arrugas en torno a sus labios: una fatiga que no había existido en París. ¡Pobre Yvonne! ¡Ojalá que todo, de algún modo, sea para bien! ¡Ojalá que todos seamos felices! ¡Dios nos bendiga! Ahora se preguntaba si debía sacar de su bolsillo interior una botellita de 'habanero', comprada —en previsión de alguna emergencia— en la plaza, y si debía ofrecer lisa y llanamente un trago al Cónsul. Pero era claro que aún no lo necesitaba. En sus labios flotaba una sonrisa que de vez en cuando se paseaba con movimiento imperceptible de un lado a otro como si, a pesar de los tumbos, el bamboleo y las sacudidas que sin interrupción impelían a unos contra otros, estuviese resolviendo un problema de ajedrez o recitando algo para sí.

Luego el autobús siseó al recorrer un buen trecho del camino recién embreado que atravesaba por un paisaje plano cubierto de árboles, en donde ni el volcán ni la barranca se ofrecían a la vista. Yvonne se había vuelto, y su claro perfil navegaba reflejado en la ventana. Los sonidos del camión, que se habían tornado más regulares, tramaron en el cerebro de Hugh un silogismo idiota: estoy perdiendo la Batalla del Ebro, también estoy perdiendo a Yvonne, por lo tanto Yvonne es...

Ahora el 'camión' se hallaba algo más lleno. Además del 'pelado' y de las viejas, habían subido hombres vestidos con sus mejores ropas domingueras: pantalones blancos y camisas color púrpura, y también una o dos mujeres más jóvenes que, enlutadas, iban tal vez a los cementerios. Las aves ofrecían un espectáculo lastimoso. Todas se habían sometido por igual a su destino: gallinas, gallos y guajolotes, ya estuvieran en sus canastas o bien sueltos. Con sólo uno que otro aleteo esporádico daban señales de vida, y con sus garras enfáticas y puntiagudas atadas con un cordel iban acurrucados bajo los asientos en actitud pasiva. Dos pollas espantadas y temblorosas, estaban entre el cloch y el freno de mano, con las alas mezcladas a las palancas. ¡Pobres criaturas! ¡También ellas habían firmado su pacto de Munich! Uno de los guajolotes hasta tenía un sorprendente parecido con Neville Chamberlain. *'Su salud estará a salvo no escupiendo en el interior de este vehículo'*: estas palabras, escritas encima del parabrisas, continuaban a lo largo de todo el autobús. Hugh se fijó en diversos objetos del 'camión': el pequeño retrovisor rodeado por la leyenda *'Cooperación de la Cruz Roja'*, las tres tarjetas postales de la Virgen María, clavadas junto a él, los dos esbeltos jarroncillos con margaritas colocados encima del tablero, el extinguidor de aspecto gangrenado, la chaqueta de mezclilla y el plumero, bajo el asiento sobre el que iba sentado el 'pelado', al que se puso a observar cuando llegaron a otro trecho pésimo.

Meciéndose de un lado a otro, el hombre, que llevaba los ojos cerrados, trataba de meterse la camisa dentro del pantalón; luego se abotonó la chaqueta con ademán metódico, si bien los botones no coincidían con los ojales. Pero Hugh pensó que todo esto era una mera preparación, una especie de grotesco aliño. Porque, aun sin abrir los ojos, de algún modo logró hallar al fin y al cabo la forma de estirarse en el asiento cuan largo era. Y también resultaba extraordinario cómo, recostado cual cadáver, daba la impresión de enterarse de cuanto acontecía. A pesar de su estupor, estaba en guardia. El medio melón roído escapó de sus manos, lleno de semillas con aspecto de pasas, rodó sobre el asiento; aquellos ojos cerrados lo miraron. El crucifijo comenzaba a asomarse por la camisa y él era consciente de que esto ocurría. El fieltro se escapó del 'sombrero' y deslizóse hasta el suelo, y aunque él lo sabía todo, no hizo esfuerzo alguno por recogerlo. Al mismo tiempo que se protegía contra un intento de robo reunía fuerzas para ulteriores libertinajes. Para llegar a otra cantina que no fuera la de su hermano, tendría que caminar derecho. Semejante presciencia era digna de admiración.

Sólo pinos, mazorcas de abeto, piedras, tierra negra. No obstante, aquella tierra parecía parchada y aquellas piedras inconfundiblemente volcánicas. Por doquiera, como lo informara Prescott, aparecían testimonios de la presencia y antigüedad del Popocatépetl. ¡Y allí estaba de nuevo el condenado! ¿Por qué había erupciones volcánicas? La gente pretendía ignorarlo. Porque bien podían sugerir una explicación: bajo las rocas, por debajo de la superficie de la tierra, se genera el vapor con presión cada vez mayor; porque las rocas y el agua, al descomponerse, forman gases que se combinan con el material fundido de más abajo; porque las rocas acuosas, cerca de la superficie, no pueden reprimir el creciente complejo de presiones, y toda la masa estalla; la lava, al salir a la superficie, se desparrama, escapan los gases y de allí la erupción... Pero no la explicación.

No, todo aquello seguía siendo un misterio. En las películas de erupciones siempre se veía a la gente en medio de la inundación invasora, deleitándose en su contemplación. Desmoronábanse las paredes, desplomábanse las iglesias, familias enteras huían presa del pánico con todas sus pertenencias pero siempre había aquellos que saltaban entre los charcos de lava derretida, fumando sus cigarrillos...

¡Jesucristo! No se había dado cuenta de lo rápido que iban, a pesar del camino y de que el 'camión' era un Chevrolet 1918, y le parecía que, por esto mismo, un ambiente muy distinto reinaba en el vehículo: sonreían los hombres, parloteaban las mujeres con suficiencia y reían entre dientes; dos muchachos que acababan de llegar, colgados por un pelo en la parte trasera, silbaban con alegría, y había camisas de colores vivos, y los boletos de serpentina y confetti (rojos, amarillos, verdes y azules) columpiábanse en un aro que pendía del techo y todo contribuía a dar una sensación de regocijo y casi tornaba a producir un sentimiento de fiesta que antes no existía allí.

Pero, uno por uno, los muchachos se durmieron, y la alegría fugaz cual momentáneo rayo de sol, huyó. Candelabros de cacto de brutal aspecto desfilaron vertiginosos, así como también una iglesia en ruinas llena de calabazas y ventanas en las que crecía la hierba. Incendiada, tal vez, durante la revolución, su fachada estaba ennegrecida por el humo y tenía un aspecto de condenación.

...Te ha llegado el momento de unirte a tus camaradas, de ayudar a los trabajadores, dijo a Cristo, que estuvo de acuerdo. Esa había sido Su idea todo el tiempo; sólo que, hasta que Hugh Lo rescató, aquellos hipócritas Lo habían mantenido encerrado en la iglesia en llamas en donde no podía respirar. Hugh pronunció un discurso. Stalin le dio una medalla y escuchó con simpatía mientras Hugh explicaba lo que pensaba. —Cierto... No llegué a tiempo para salvar el Ebro, pero di mi golpe...— Marchóse con la estrella de Lenin en la solapa y en su bolsillo un certificado; Héroe de la República Soviética y de la Iglesia Verdadera, su corazón lleno de orgullo y amor...

Hugh miró por la ventana. Bueno, ¡qué importa! Cretino, pendejo. Pero lo extraño es que el amor era real.

¡Cristo! ¿por qué no podemos ser sencillos? ¡Cristo Jesús! ¿por qué no hemos de ser sencillos, por qué no hemos de poder ser todos hermanos?

Autobuses de extraños nombres —procesión proveniente de caminos vecinales— rozándoles avanzaban dando tumbos en dirección contraria: autobuses a Tetecala, a Jujuta, a Xiutepec: autobuses a Xochitepec, a Xoxitepec.

A la derecha, el Popocatépetl se alzó piramidal, con un flanco, que se arqueaba como pecho de mujer, y el otro, precipitoso, mellado, feroz. Detrás de él, volvían a amontonarse en altos cúmulos las formaciones de nubes. Iztaccíhuatl apareció...

—*Xiutepecanochtitlantehuantepec, Quintanarooroo, Tlacolula, Moctezuma, Juárez, Puebla, Tlampam*— ¡bong! rugió de pronto el autobús. Con estruendo pasaron rozando algunos puerquillos que brotaban en el camino, un indio que colaba arena, un niño pelón con aretes que, adormecido, rascábase el estómago a la vez que se mecía con vehemencia en una hamaca. Desfilaban letreros inscritos en leprosos muros: '¡Atchís! ¡Instantina! Resfriados, Dolores, Cafiaspirina. Rechace imitaciones. Las Manos de Orlac. Con Peter Lorre'.

En los tramos perpendicularmente malos el camión traqueteaba y, ominoso, se ladeaba. En una ocasión se salió por completo del camino, pero su determinación superó todos los obstáculos: uno se sentía tranquilo de poder transferirle al fin todas las responsabilidades propias para así dejarse sumir en una somnolencia de la que hubiera sido doloroso despertar.

A ambos lados se amontonaban setos en suaves pendientes sobre las que se alzaban árboles polvorientos. Sin disminuir la velocidad, precipitáronse en una serpenteante sección del camino, estrecha y hundida, que recordaba tanto a Inglaterra que en cualquier momento podía esperarse ver surgir un rótulo: *Public Footath to Lostwithiel.*

'*¡Desviación! ¡Hombres trabajando!*'

Aullando llantas y frenos, viraron con demasiada rapidez hacia la izquierda. Pero Hugh vio que habían estado a punto de atropellar a un hombre que parecía dormir profundamente bajo un seto a la derecha del camino.

Ni Geoffrey ni Yvonne, que miraban amodorrados por la ventana de enfrente, lo habían visto. A nadie más, en caso de que alguno lo hubiese advertido, parecía extrañarle que alguien decidiera dormirse, por peligrosa que fuera la situación, tendido al sol en la carretera principal.

Hugh se asomó para llamar, vaciló y luego dio un golpecillo en el hombro del chófer; el camión frenó al mismo tiempo con violencia.

Guiando su gimiente vehículo con agilidad y asiendo el volante con una sola mano en actitud excéntrica, el chófer se alzó estirándose de su asiento para observar los ángulos posteriores y los delanteros, y metió reversa para salir de la desviación y entrar a la estrecha carretera.

El olor a la vez áspero y cordial de los gases del escape se neutralizaba con el aroma del alquitrán caliente —aunque nadie estaba trabajando en ese momento— empleado en las reparaciones que se hacían un poco más lejos, donde la carretera se ensanchaba con amplias márgenes de pasto entre el camino y el seto; los obreros debían haber abandonado las obras quizás horas antes, y nada podía verse sino la suave alfombra añil que, solitaria, sudaba y centelleaba.

A orillas del camino, frente a la desviación, apareció ahora, solitaria en una especie de basurero en donde cesaban las márgenes de pasto, una cruz de piedra. Bajo ella había una botella de leche, un tubo de chimenea, un calcetín y los restos de una vetusta maleta.

Y ahora, en el camino, mucho más atrás aún, Hugh volvió a ver al hombre. Con el rostro cubierto por un sombrero de ala ancha, yacía recostado en actitud pacífica con los brazos tendidos hacia la cruz, a cuya sombra, a menos de diez metros, habría encontrado un mullido lecho. Cerca de él, humilde, pacía en el seto un caballo.

Cuando el autobús se sacudió al volver a detenerse, el 'pelado', acostado aún, casi se cayó del asiento. Empero, logró reponerse y pudo no sólo tenerse en pie conservando un equilibrio que mantuvo de manera admirable, sino que además consiguió, mediante un fuerte movimiento contrario, recorrer la mitad del camino a la puerta, con el crucifijo que se había reintegrado a su sitio en torno a su cuello, y asiendo los sombreros en una mano y lo que sobraba del melón en la otra. Lanzando una mirada que bien habría podido marchitar cualquier intención de robarlos, colocó con cuidado los sombreros en un asiento vacío, cerca de la puerta y luego, con exagerado esmero, bajó. Sus ojos, en los que brillaba un fulgor mortecino, seguían entreabiertos. Y a pesar de ello no cabía duda de que ya había captado íntegramente la situación. Tirando el melón, dirigióse hacia el hombre, con paso cauteloso, como si estuviese saltando obstáculos imaginarios. Pero caminaba derecho y se mantenía rígido.

Hugh, Yvonne, el Cónsul y dos hombres más bajaron del camión y lo siguieron. Ninguna de las ancianas se movió.

En la carretera sumida y desierta hacía un calor sofocante. Yvonne dejó escapar un grito nervioso y giró sobre sus talones; Hugh la asió por el brazo.

—No te preocupes por mí. Es sólo que no puedo soportar la vista de la sangre, ¡maldita sea!

Cuando volvía a subir al camión, Hugh llegó con el Cónsul y dos pasajeros.

El 'pelado' se cimbraba suavemente sobre el hombre yacente y vestido con las habituales ropas holgadas del indio.

Empero, no había mucha sangre a la vista, salvo a un lado del sombrero.

Pero el hombre no dormía en paz. Su pecho jadeaba, como el de un nadador fatigado, su estómago se contraía y se dilataba con rapidez y una de sus manos se abría y se cerraba asiendo el polvo...

Hugh y el Cónsul permanecían en pie, impotentes, pensando cada cual que el otro quitaría el sombrero del indio para exponer al sol la herida que cada uno pensaba que allí debía haber, y refrenaban semejante acto por común renuencia que era tal vez evasiva cortesía. Porque cada cual sabía que el otro pensaba también que sería mejor, que sería mucho mejor si uno de los pasajeros, aunque fuera el 'pelado', examinara al hombre.

Como nadie hacía el menor movimiento, Hugh se impacientó. Descansaba ora sobre un pie, ora sobre otro. Miró al Cónsul en actitud interrogante: él había vivido en este país bastante tiempo para saber qué debía hacerse, y además era, entre ellos, el único que se encontraba en situación más próxima a la representación de cualquier forma de autoridad. Y no obstante, el Cónsul parecía perdido en sus meditaciones. De repente, Hugh se adelantó con movimiento impulsivo y se inclinó sobre el indio; uno de los pasajeros le tiró de la manga.

—Su cigarro, señor.

—Tíralo —el Cónsul salió de su sopor—. Incendios forestales.

—Sí, está prohibido.

Hugh aplastó de un pisotón el cigarrillo y estaba a punto de volver a inclinarse sobre el herido cuando, de nuevo, el pasajero le tiró de la camisa.

—No, no —dijo, dándose golpecillos en la nariz—. También eso está prohibido.

—No puedes tocarlo... lo prohíbe la ley —le dijo con énfasis el Cónsul, que ahora parecía querer alejarse tanto como le fuera posible, aunque fuese en el propio caballo del indio—. En provecho suyo. De hecho es una ley sensatísima. De otro modo podrías llegar a convertirte en cómplice después de cometido el crimen.

El jadeo del indio sonaba como mar que se arrastrase en alguna playa cubierta de guijarros.

Una única ave volaba en las alturas.

—Pero el hombre puede estar murien... —susurró Hugh a Geoffrey.

—Dios mío, me siento pésimamente —replicó el Cónsul, aunque en realidad estaba a punto de actuar en el momento en que se le adelantó el 'pelado', el cual puso una rodilla en tierra y con la rapidez de un relámpago arrancó el sombrero del indio.

Todos fijaron la vista en la cruel herida abierta a un lado de la cabeza, en donde la sangre casi se había coagulado; el rostro enrojecido y bigotudo estaba vuelto a otra parte, y antes de alejarse Hugh vio algún dinero —cuatro o cinco pesos de plata y un puñado de centavos— que con cuidado le habían puesto al hombre bajo el cuello abierto de la camisa que, en parte, lo ocultaba. El 'pelado' volvió a ponerle el sombrero y, enderezándose, hizo un ademán de desesperanza con las manos ahora manchadas de sangre medio seca.

¿Cuánto tiempo habría permanecido tirado en el camino?

Hugh contempló al 'pelado' mientras volvían al 'camión', y luego, una vez más, al indio, cuya vida, mientras hablaban, parecía escaparse. —'¡Diantre! ¿Dónde buscamos un médico?' —preguntó estúpidamente.

Desde el 'camión' volvió el 'pelado' a hacer el ademán de desesperanza, que también era como un gesto de simpatía: ¿qué podían hacer ellos?, parecía tratar de expresarles desde la ventanilla, ¿cómo hubieran podido saber al bajarse que no podrían hacer nada?

—Muévanle el sombrero para que pueda respirar un poco —dijo el Cónsul con voz que traicionaba una lengua temblorosa; Hugh lo hizo, aunque con movimiento tan rápido que no tuvo tiempo de volver a ver el dinero, y también para mantener el 'sombrero' en equilibrio colocó el pañuelo del Cónsul sobre la herida.

Alto y en mangas de blanca camisa, vistiendo sucios pantalones de pana con aspecto de fuelle, metidos en sucias botas abrochadas hasta arriba, acercóse entonces el chófer para mirar. Con su cabeza descubierta y despeinada, su rostro, disipado y risueño, aunque de expresión inteligente, su paso vacilante, aunque atlético, había algo solitario y simpático en este hombre al que Hugh había visto dos veces antes caminando solo por la ciudad.

Instintivamente inspiraba confianza. Y, sin embargo, aquí su indiferencia parecía extraordinaria; pero tenía la responsabilidad del autobús, ¿y qué podía hacer él con sus palomas?

De alguna parte por encima de las nubes, un avión solitario dejó caer un único haz de sonido.

...—'Pobrecito'.

...—'Chingar'.

Hugh se percató de que estos comentarios habían ido multiplicándose gradualmente a su alrededor como una especie de estribillo —porque la presencia de todos ellos, aunada al hecho de que el 'camión' se hubiese detenido, había dado lugar a que se acercasen cuando menos otro pasajero y dos campesinos que, ignorantes de todo, habían pasado inadvertidos hasta ahora, los cuales se unieron al grupo en torno al hombre herido, al que ninguno volvió a tocar— un tranquilo susurro de futilidad, susurro de murmullos, en el cual podían estar conspirando el polvo, el calor, el autobús mismo con su cargamento de inmóviles ancianas y pollos sentenciados, mientras que sólo estas dos palabras, una de compasión, la otra de obsceno desprecio, se oían por encima de la respiración del indio.

El chófer regresó a su 'camión' con el evidente convencimiento de que todo se hallaba en orden —salvo el haberse estacionado en sentido contrario en el camino— comenzó a tocar el claxon, y lejos de que se produjera el efecto requerido, el susurro, ahora subrayado por el satírico acompañamiento de indiferentes bocinazos, se convirtió en discusión general.

¿Tratábase de un robo, de un intento de homicidio, o de ambas cosas? Quizás el indio venía a caballo desde el mercado en donde había vendido sus mercancías, con mucho más de cuatro o cinco pesos ocultos en el sombrero, con 'mucho dinero', así que un buen medio de evitar sospechas de robo habría sido abandonar lo poco que habían dejado. Tal vez no se trataba para nada de un robo y sólo se había caído del caballo. Posiblemente. Imposiblemente.

'Sí, hombre', ¿pero no habían llamado a la policía? Era claro que alguien iba ya a buscar ayuda. 'Chingar'. Uno de ellos debiera ir por la policía en busca de auxilio. Una ambulancia... la Cruz Roja... ¿dónde estaba el teléfono más cercano?

Pero era absurdo suponer siquiera que la policía no estuviera ya en camino. ¿Pero cómo podían estar en camino los 'chingados' si la mitad de ellos estaba en huelga? No, sólo una cuarta parte estaba en huelga. Ya estarían en camino. ¿Un taxi? 'No, hombre', también estaban en huelga. Pero ¿qué de cierto había —intervino alguien— en los rumores de que habían suspendido el 'Servicio de Ambulancias'? De todos modos, no era una Cruz Roja, sino una Cruz Verde, y sólo se ponía en movimiento al recibir avisos. Llamen al Dr. Figueroa. 'Un hombre noble'. Pero no había teléfono. ¡Oh!, alguna vez hubo teléfono en Tomalín, pero se descompuso. No; el doctor Figueroa tenía un teléfono nuevo. Pedro, el hijo de Pepe, cuya suegra era Josefina, y que también conocía —se dijo— a Vicente González, lo había llevado personalmente por las calles.

Hugh (que había pensado de manera extravagante en Vigil jugando al tenis, en Guzmán y en la botella de 'habanero' que traía en el bolsillo) y el Cónsul también discutían. Porque seguía siendo un hecho que quienquiera que hubiese puesto al indio junto al camino (aunque, según tal hipótesis, ¿por qué no sobre la hierba, junto a la cruz?) y por seguridad hubiese ocultado el dinero en el cuello de la camisa (aunque tal vez se había deslizado solo) y providencialmente hubiese atado su caballo al árbol en el seto donde ahora pacía (aunque ¿acaso tenía que ser por fuerza su caballo?) estaría probablemente, fuera quien fuese, estuviera donde estuviese (o estuviesen, quienes con tanta sabiduría y compasión habían actuado) buscando ayuda en estos mismos momentos.

Su ingenuidad era ilimitada. Aunque el obstáculo más poderoso y determinante para hacer algo por el indio consistía en este descubrimiento de que a ninguno de los presentes le incumbía esto, sino a alguien más. Y, mirando en torno suyo, Hugh advirtió que esto era precisamente lo que todos los demás discutían. No me incumbe, decían todos, pero a ti sí, y todos agitaban la cabeza, y no, tampoco a ti sino a otra persona, y sus objeciones se volvían cada vez más enredadas y teóricas, hasta que al fin la discusión comenzó a tomar un cariz político.

Este cariz, según se presentó, le pareció ilógico a Hugh, que pensaba que si Josué hubiese aparecido en este momento para detener el sol, no se habría podido crear un disloque más absoluto del tiempo.

Y sin embargo, no era porque el tiempo se hubiese detenido. Más bien se movía a diferentes velocidades, y la velocidad con que parecía morir aquel hombre producía un extraño contraste con la velocidad con que cada cual encontraba que era imposible tomar una decisión.

Sin embargo, el chófer había dejado de tocar la bocina y estaba a punto de comenzar a hurgar en el motor, y el Cónsul y Hugh, abandonando al agonizante, caminaron hacia el caballo que, con sus riendas de reata, su silla vacía y sus ruidosas vainas de hierro que hacían las veces de estribos, masticaba los convólvulos del seto con la inocente mirada que sólo uno de su especie puede tener cuando se le observa con mortal sospecha. Sus ojos, que se habían cerrado mientras ambos se le acercaban, estaban ahora abiertos con expresión traviesa y plausible. Tenía una llaga en la cía y en el anca estaba marcado el número siete.

—¡Vaya!... ¡Dios mío!... éste debe ser el caballo que Yvonne y yo vimos esta mañana.

—¿De veras? Bueno —el Cónsul hizo un ademán como si fuera a tentar, aunque no la tocó, la cincha del caballo—. Qué gracioso... Yo también lo vi. Es decir, creo que lo vi —lanzó una mirada al indio en el camino, como si tratase de arrancar algo a su memoria—. ¿Advertiste si traía alforjas en la silla cuando lo viste? Las traía cuando yo lo vi.

—Debe ser el mismo tipo.

—Supongo que si el caballo lo pateó hasta matarlo no tuvo la suficiente inteligencia para dar coces a las alforjas hasta tirarlas y luego ocultarlas en algún lado, ¿no...?

Pero el autobús, sin dejar descansar la bocina, arrancaba ya sin ellos.

Acercóseles un poco y luego se detuvo en una parte más ancha del camino para dejar paso a dos exigentes automóviles de lujo que habían tenido que detenerse atrás. Hugh les gritó que se detuvieran, el Cónsul saludó a alguien que tal vez lo reconoció a medias, en tanto que los coches, cuyas respectivas placas traseras ostentaban la indicación de «Diplomático», pasaron vertiginosamente sumiéndose en los muelles y rasando los setos hasta desaparecer más adelante en medio de una nube de polvo. Desde el asiento trasero del segundo coche un terrier escocés les lanzó alegres ladridos.

—El estilo diplomático, sin duda.

Fuese el Cónsul a ver a Yvonne; los demás pasajeros, protegiéndose la cara contra el polvo, subieron al autobús que había continuado hasta la desviación, en donde, estacionado, aguardó inmóvil como la muerte, cual carroza fúnebre. Hugh corrió hacia el indio. Su respiración se oía más débil y a la vez más laboriosa. Un incontenible deseo de volver a verle el rostro le invadió y Hugh se inclinó sobre él. Al mismo tiempo, la mano derecha del indio se alzó en ademán semejante al del ciego que busca a tientas, y el sombrero se había levantado en parte y una voz murmuró o gruñó una palabra:

—'Compañero'.

—...Ya lo creo que me dejarán —dijo Hugh, sin poder apenas explicarle al Cónsul por qué, al cabo de un momento. Pero ya había detenido al 'camión', cuyo motor volvió a ponerse en marcha y contempló a los tres 'vigilantes' que, sonrientes, se acercaban pateando en el polvo, con las pistoleras golpeando contra sus muslos.

—Vámonos, Hugh, no te dejarán subir al camión con él y sólo vas a lograr que te lleven a la cárcel y te enreden en todo este lío sólo Dios sabe por cuánto tiempo —decía el Cónsul—. De todas maneras no son policías de veras, son sólo esos pájaros de los que te hablé... Hugh...

—'Momentito' —casi en seguida Hugh se encontró debatiendo con uno de los 'vigilantes' (los otros dos habían ido directamente a ver al indio) mientras el chófer hacía sonar la bocina con hastío y paciencia. Luego el policía empujó a Hugh hasta el autobús: Hugh, a su vez, lo empujó. El policía bajó una de sus manos y comenzó a manosear la pistolera: se trataba de una maniobra que no había que tomar en serio. Con la otra mano dio un nuevo empellón a Hugh de manera que, para mantenerse en equilibrio, éste se vio forzado a subir al escalón trasero del camión que, en ese instante, con movimiento repentino y violento se puso en marcha con su pasaje a bordo. Hugh hubiera salido, sólo que el Cónsul, haciendo un gran esfuerzo, logró mantenerlo clavado en uno de los montantes.

—No te preocupes, viejo; hubiera sido peor que los molinos de viento... ¿Qué molinos de viento?

El polvo borró la escena...

Ebrio, el autobús prosiguió su curso, tambaleante, en medio de un fragor de truenos y cañonazos. Hugh iba sentado y veía el piso que temblaba y se estremecía.

...Algo semejante a un raigón de árbol con un torniquete, una pierna amputada dentro de una bota militar, recogida por alguien que trató de desatarla y la volvió a dejar con cierto respeto en el suelo, en el camino, en medio de un nauseabundo olor de gasolina y sangre; un rostro que boqueaba pidiendo un cigarrillo, volvióse gris y se esfumó; objetos acéfalos con salientes tráqueas, que iban sentados, cueros cabelludos que caían, enhiestos, en autobuses, niños amontonados por centenares; objetos que gritaban y ardían; como las criaturas, tal vez, de los sueños de Geoffrey: entre los estúpidos ingredientes de un insensato *Tito Andrónico* bélico y los horrores que ni siquiera podían constituir un buen reportaje, pero que en un abrir y cerrar de ojos había evocado Yvonne cuando salían, Hugh, moderadamente endurecido, hubiera podido habérselas arreglado, haber hecho algo, no haber hecho nada...

Téngase al paciente absolutamente tranquilo en un cuarto oscuro. A veces puede darse coñac a los agonizantes.

Culpable, Hugh advirtió la mirada de una vieja. Su rostro carecía totalmente de expresión... ¡Ah, cuán sensatas eran estas ancianas que al menos sabían lo que las inquietaba y habían tomado una muda decisión colectiva para no tener nada que ver con cuanto había ocurrido! Sin titubeo ni aturdimiento ni alboroto. Con cuánta solidaridad, al sentir el peligro se habían aferrado, abrazándolas, a sus canastas de pollos cuando se detuvieron, y cómo se habían vuelto para atisbar e identificar sus propiedades para luego permanecer sentadas, como ahora, inmóviles. Tal vez recordaban los días de la revolución en el valle, los edificios ennegrecidos, las comunicaciones interrumpidas, los crucificados y cornados en la plaza de toros, los perros callejeros en barbacoa en el mercado. En sus rostros no había dureza ni crueldad. Conocían la muerte mejor que la ley, y sus recuerdos eran múltiples. Permanecían ahora sentadas en fila, inmóviles, heladas, sin discutir, sin decir una palabra, petrificadas. Era natural haber dejado el asunto en manos de los hombres. Y sin embargo, en estas ancianas era como si en el curso de las varias tragedias de la historia de México, la conmiseración —el impulso de acercarse— y el terror —el impulso de escapar— (según se aprende en la Universidad), que lo había sustituido, hubieran sido, reconciliados por la prudencia, la convicción de que es mejor quedarse donde se está.

¿Y los demás pasajeros, las jóvenes enlutadas? ...no había jóvenes enlutadas; todas se habían bajado y habían echado a andar; ya que a la muerte a orillas del camino, no debe permitírsele interferir con los propios planes de resurrección en el cementerio. ¿Y los hombres con camisas de color púrpura que habían observado cuanto ocurrió y que a pesar de ello no se movieron del autobús? Misterio. Nadie podía ser más valeroso que un mexicano. Pero no era ésta una situación que requiriese valor. 'Frijoles' para todos: 'Tierra, Libertad, Justicia y Ley'. ¿Significaba algo todo eso? '¿Quién sabe?' No estaban seguros de nada, salvo que era una locura enredarse con la policía, especialmente si no era la policía regular; y lo mismo podía decirse de aquel hombre que había tirado de la manga a Hugh, y a los otros dos pasajeros que se habían unido a la discusión en torno al indio y que ahora se dejaban caer del autobús que corría a toda velocidad, en forma grácil y despreocupada.

En cuanto a él, héroe de la República Soviética y de la Iglesia Verdadera, ¿qué ocurrió con él, viejo 'camarada'? ¿qué le falló? Nada. Con el infalible instinto de un corresponsal de guerra adiestrado en primeros auxilios, había estado alerta y dispuesto a sacar la bolsa azul y mojada, el nitrato de plata, el cepillo de piel de camello.

Había recordado en un instante que en la palabra refugio debía incluirse una manta adicional o un paraguas o protección temporal contra los rayos del sol. En seguida se había lanzado en búsqueda de posibles indicios para el diagnóstico, tales como escaleras rotas, manchas de sangre, maquinarias en movimiento y caballos en reposo. Lo había hecho, pero de nada había servido, por desgracia.

Y la verdad era que tal vez se tratase de una de esas ocasiones en que no es posible hacer nada para ayudar. Con lo cual la situación sólo empeoraba. Hugh alzó la cabeza y miró a Yvonne de soslayo. El Cónsul había tomado su mano y ella asía con firmeza la del Cónsul.

El 'camión', que corría vertiginoso rumbo a Tomalín, seguía meciéndose y sacudiéndose como antes. Otros muchachos que se habían subido atrás, silbaban. Los boletos centelleaban con sus colores brillantes. Subieron más pasajeros que habían llegado corriendo a campo traviesa, y los hombres se contemplaban unos a otros con mirada aprobatoria; el camión se superaba, nunca antes había corrido tan aprisa, tal vez porque sabía también que era día de fiesta.

Un conocido del chófer, acaso el chófer que haría el viaje de regreso, se había unido ahora al vehículo. Deslizábase por el exterior del autobús con pericia de indígena para cobrar los pasajes por las ventanas abiertas. En un momento en que tuvieron que ascender una pendiente, se bajó a la izquierda del camino, dio la vuelta al camión por atrás y volvió a aparecer a la derecha sonriendo como un payaso.

Uno de sus amigos abordó el autobús de un salto. Ambos se acuclillaron a cada lado del cofre junto a los dos guardafangos delanteros, y con frecuencia se daban la mano por encima del tapón del radiador, mientras que el primero, empinándose con gran riesgo, procuraba asegurarse de que una de las llantas traseras que había sufrido un pequeño pinchazo tuviera la resistencia requerida. Luego, siguió recogiendo pasajes.

Polvo, polvo, polvo se filtraba por las ventanas: suave invasión disolvente que llenaba el vehículo.

De pronto, el Cónsul dio de codazos a Hugh y le indicó con la cabeza que viese al 'pelado', al que, sin embargo, Hugh no había podido olvidar: el hombre seguía sentado tieso y jugueteaba con algo que traía en el regazo; llevaba la chaqueta abotonada y ambos sombreros puestos, ajustado el crucifijo y con expresión muy semejante a la que tenía antes, aunque después de la conducta extrañamente ejemplar de que había hecho gala en la carretera, se veía mucho más refrescado y algo sobrio.

Sonriendo, Hugh asintió con la cabeza y perdió interés; el Cónsul volvió a darle un codazo:

—¿Ves lo que veo?

—¿Qué es?

Hugh sacudió la cabeza; miró, obediente, hacia el 'pelado', no pudo ver nada y luego vio, sin comprender al principio.

Las manos de conquistador del 'pelado', manchadas de sangre, las mismas que habían traído el melón, asían ahora un triste montón de pesos de plata y centavos también manchados de sangre.

El 'pelado' había robado el dinero del indio.

Además, como en este punto lo sorprendiera el cobrador que sonreía por la ventanilla, seleccionó con cuidado algunas monedas de cobre entre el montón y también sonriente miró a todos los pasajeros, como si esperase algún comentario acerca de lo listo que había sido y, con este dinero, pagó su pasaje.

Pero no se hizo comentario alguno por la sencilla razón de que nadie, excepto el Cónsul y Hugh, pareció darse cuenta de lo listo que había sido.

Hugh sacó la botellita de 'habanero', diósela a Geoff, y éste la pasó a Yvonne. Yvonne, que no había advertido nada, estuvo a punto de ahogarse; y así fue de sencillo: todos se tomaron un traguito.

...Lo que resultaba tan sorprendente, pensándolo bien, no era que por repentino impulso el 'pelado' hubiese robado el dinero, sino que ahora hiciese tan pocos esfuerzos por ocultarlo, que abriese y cerrase sin descanso la palma de su mano en la que asía la plata y las monedas de cobre ensangrentadas, para que así pudiese verlas cualquiera.

Pensó Hugh que el hombre no estaba haciendo esfuerzo alguno por ocultarlas, que acaso estaba tratando de convencer a los pasajeros, aunque ellos no sabían nada de ello, de que su actuación se debía a motivos tan explicables como justos y que tan sólo había tomado el dinero para guardarlo en lugar seguro, dado que, como lo acababa de demostrar su propio acto, no podía racionalmente dejársele abandonado en el cuello de un agonizante en el camino a Tomalín, a la sombra de la Sierra Madre.

Y además, suponiendo que sospechasen que era un ladrón, sus ojos, que ahora ya estaban del todo abiertos, casi alertas y llenos de maldad, dijeron, aunque logrando dominarse: ¿qué esperanzas tenía el indio, si llegaba a sobrevivir, de volver a ver su dinero? Claro que ninguna, como todos lo sabían. La verdadera policía podía ser honorable y defender los intereses del pueblo. Pero si lo arrestaban estos delegados, estos otros tipos, simplemente se lo robarían, eso era seguro, como ahora mismo habrían robado al indio si no hubiera sido por su acción bondadosa.

Así pues, nadie que en verdad se inquietase por el dinero del indio debía sospechar nada por el estilo o, en última instancia, no debía pensar en ello con demasiada precisión; porque ahora, a bordo del 'camión', hubiese optado por no juguetear más con las monedas pasándolas de una mano a otra, así o bien por deslizar, así, parte del dinero en el bolsillo, y aun suponiendo que el resto llegase a resbalar accidentalmente a su otro bolsillo, así (y esta exhibición era sin duda en provecho exclusivo de Hugh y del Cónsul ya que ambos habían sido testigos de lo ocurrido y eran, además, extranjeros), no debía atribuirse a todo esto significado alguno, ya que ninguno de estos ademanes quería decir que fuese un ratero ni que, después de todo y a pesar de sus excelentes intenciones, hubiese decidido robar el dinero y convertirse en ratero.

Y esto seguía siendo verdad, pasara lo que pasase con el dinero, puesto que su posesión se había consolidado y era clara y patente, y todo el mundo podía enterarse de ello. Es un hecho reconocido, como lo de Abisinia.

El cobrador siguió recogiendo los pasajes restantes, terminó y diolos al chófer. El autobús siguió corriendo a mayor velocidad, la carretera de nuevo se tornó angosta y peligrosa.

Cuesta abajo.... El chófer llevaba la mano sobre el rechinante freno de emergencia mientras entraban por una curva a Tomalín. A la derecha se abría un abismo sin parapeto y desde la cavidad inferior se asomaba una inmensa y polvorienta colina cubierta de chaparrales con árboles que se destacaban en las laderas.

Deslizándose, el Iztaccíhuatl se perdía de vista, pero a medida que descendían girando sucesivamente en las curvas, aparecía y desaparecía sin cesar el Popocatépetl, aunque nunca con el mismo aspecto, sino ora distante, ora enorme y cercano, en un momento incalculablemente próximo y al siguiente, cuando tomaban una curva, descollando con su majestuosa espesura de campos inclinados, valles, bosques, y su cima resguardada por las nubes, fustigada por el viento y la nieve...

Luego, una iglesia blanca, y de nuevo estuvieron en un pueblo atravesado por una larga calle, un callejón sin salida y muchos caminos que convergían en un pequeño lago o estanque que quedaba más lejos, en el cual había gente nadando y más allá del cual se extendía el bosque. Junto a este lago quedaba la terminal del autobús.

Los tres volvieron a quedar parados en medio de la tolvanera, deslumbrados por la blancura, por el resplandor de la tarde. Habíanse marchado las ancianas y otros pasajeros. De una puerta provenían los gemidos de una guitarra, y cerca se escuchaba el refrescante murmullo del agua que caía de una catarata. Geoff indicó el camino y pusiéronse en marcha rumbo a la 'Arena Tomalín'.

Pero el chófer y su amigo iban entrando a una pulquería. Les siguió el 'pelado'. Caminaba muy erecto, alzando mucho los pies y sosteniendo sus sombreros, como si quisiese protegerlos contra un viento que no soplaba, con una sonrisa fatua en sus labios, no de triunfo, sino casi de súplica.

Se uniría a ellos; llegarían a algún arreglo. '¿Quién sabe?'

Quedáronse mirándolos mientras las puertas gemelas de la taberna de original nombre, 'Todos Contentos y Yo También', seguían meciéndose. El Cónsul dijo con noble acento:

—Todos Contentos y Yo También.

Incluso aquellos, pensó Hugh, que sin esfuerzo flotaban, elegantes, en el cielo azul por encima de sus cabezas: los buitres, 'zopilotes', que sólo esperan la ratificación de la muerte.

IX

'Arena Tomalín'...

...¡Cómo se estaba divirtiendo todo el mundo, qué felices eran, qué feliz era cada cual! ¡Con cuánta alegría México apartaba de sí, riéndose, su trágica historia, el pasado, la muerte subyacente!

Era como si Yvonne nunca hubiera dejado a Geoffrey, como si nunca se hubiese ido a los Estados Unidos, como si nunca hubiese sufrido la angustia del último año, era casi como si —pensó por un momento— volvieran a estar en México por vez primera; ilógicamente, era aquella misma sensación cálida y punzante, indefinible, de una tristeza que sería superada, de esperanza —porque ¿no había ido Geoffrey a encontrarla a la terminal de los autobuses?— sobre todo de esperanza, del futuro...

Un gigante sonriente y barbado que llevaba sobre el hombro un blanco sarape con dragones de color cobalto lo proclamaba. Dándose aires de importancia recorría a grandes pasos la arena donde se celebraría el encuentro de box el próximo domingo e impulsaba, en medio del polvo, lo que bien pudiera haber sido el «Cohete», aquella primera locomotora de Stephenson.

Se trataba de un maravilloso carrito de cacahuates. Yvonne podía ver el pequeño motor auxiliar que en el interior funcionaba con minuciosidad agitando, furioso, los cacahuates. ¡Qué delicioso, qué bueno era sentirse, a pesar de toda la tensión y del esfuerzo del día, del viaje, del autobús y, ahora, de la gradería desvencijada y repleta de gente, parte del brillante sarape multicolor de la existencia, parte del sol, de los olores, de la risa!

De vez en cuando jadeaba la sirena del carrito de cacahuates, eructaba la flauta de su chimenea, chillaba su agudo silbato. Según las apariencias, el gigante no quería vender cacahuates. Simplemente no podía resistir la tentación de hacer gala de esta máquina ante todos: ved, ésta es mi propiedad, mi alegría, mi fe, hasta quizás (así le hubiera gustado que todos lo imaginasen) ¡mi invento! Y todos lo amaban.

Para sacarlo de la arena, empujó el carrito que dejó escapar un último aullido y un eructo triunfante en el preciso momento en que un toro se precipitaba desde una puerta situada en el lado opuesto.

No cabía duda de que también se trataba de un toro alegre. '¿Por qué no?' Sabía que no lo iban a matar, que sólo salía a jugar, a participar en la alegría. Pero la alegría del toro era mesurada aún; después de su explosiva entrada, comenzó a dar la vuelta al ruedo, lento, pensativo, aunque levantando mucho polvo. Estaba dispuesto a divertirse en el juego como cualquiera a su propia costa, si fuese preciso, sólo que su dignidad requería primero el debido reconocimiento.

No obstante, parte de la gente sentada ante la primitiva cerca que rodeaba la plaza apenas se tomó la molestia de levantar las piernas al verlo acercarse, en tanto que otros, acostados boca abajo sobre el suelo, con las cabezas como si las hubieran echado a una especie de picota de lujo, no se retiraron ni un centímetro.

Por otra parte, algunos 'borrachos' descarriados llegaron prematuramente a la arena y trataron de montarse sobre la bestia. Esto iba en contra de las reglas del juego: debía sorprenderse al toro de un modo especial; el respeto de las reglas se imponía y fueron expulsados, tambaleantes, temblorosas las rodillas, protestando, aunque siempre alegres...

La multitud, más contenta en general con el toro que con el vendedor de cacahuates, comenzó a aplaudir. Los recién llegados saltaban con donaire por encima de las vallas y manteníanse en maravilloso equilibrio, allá en las barandillas superiores. Vendedores ambulantes de constitución musculosa levantaban con única dilatación robusta del antebrazo sus pesadas bandejas repletas de frutas multicolores. Un muchachito, encaramado en la alta horqueta de un árbol, se protegía los ojos mientras miraba por encima de la selva hacia los volcanes. Buscaba un aeroplano en dirección errónea; zumbando apareció éste cual guión en el azul abismal. Flotaba el trueno en la atmósfera, y a su espalda, en alguna parte, agitábase un hormigueo eléctrico.

Repitió el toro su vuelta al ruedo con paso que, si bien ligeramente más rápido, seguía conservando su constante mesura, y sólo se desvió una vez cuando un inquieto perrito le ladró y le hizo olvidar adónde iba.

Irguióse Yvonne, se quitó el sombrero y comenzó a polvearse la nariz atisbando por el traidor espejo de la polvera esmaltada. Este le recordó que apenas hacía cinco minutos había estado llorando, y logró ver, por encima de su hombro, el Popocatépetl.

¡Los volcanes! ¡Qué sentimental podía uno ponerse con ellos! Ahora se trataba del «volcán»; porque en cualquier posición que colocara el espejo, no podía ver al pobre Ixta, el cual, eclipsado, había desaparecido, mientras que el Popocatépetl, al reflejarse en el espejo, parecía más bello aún con su cúspide que brillaba contra un fondo de nubes apiñadas. Yvonne pasó un dedo sobre su mejilla y bajo uno de sus párpados. También había sido estúpido llorar frente a aquel hombrecillo que, ante la puerta de 'Las Novedades', le había dicho que eran, «según el reloj, las tres y media», y luego que era imposible telefonear porque el doctor Figueroa se había ido a Xiutepec...

—A la maldita arena, pues —había dicho el Cónsul con furia, e Yvonne había llorado. Lo cual resultaba casi tan estúpido como haber vuelto la espalda esa tarde, no al ver sangre, sino ante la simple sospecha de que existiese. Sin embargo, su debilidad consistía en eso, y recordaba aquel perro que yacía agonizante en una calle de Honolulú en medio de riachuelos de sangre que listaban el pavimento, y había deseado ayudarlo, pero en vez de ello, se desmayó, aunque sólo por un minuto y, como luego fue tal su desánimo al encontrarse allí, recostada y sola en la acera —¿qué tal si alguien la había visto?— se marchó rápidamente sin decir nada, sólo para verse perseguida por el recuerdo de la infeliz criatura abandonada, así que en una ocasión... pero, ¿para qué pensar en aquello? Además, ¿no había hecho cuanto le fue posible? No era —claro está— como si hubiesen entrado al jaripeo sin asegurarse antes de que no había teléfono. ¡Y aunque lo hubiese habido! Según lo pudo entender, cuando se marchaban ya estaban atendiendo al pobre indio, así es que ahora, pensándolo bien, no podía comprender por qué... Con un golpecillo dio un último toque a su sombrero y luego parpadeó. Como sus ojos estaban cansados, le hacían malas jugadas. Por un segundo había tenido la horrible sensación de que, no el Popocatépetl, sino la anciana con los dominós que había visto esta mañana, la miraba por encima de su hombro. Cerró la polvera y, sonriente, volvióse hacia los demás.

Tanto el Cónsul como Hugh contemplaban la arena con lúgubre mirada.

De las tribunas cercanas a Yvonne provinieron algunos gruñidos, algunos eructos, algunos olés desganados cuando el toro, después de espantar una vez más al perro con dos cabeceos a ras de tierra cual curvas que describe la escoba al barrer, siguió dando la vuelta al ruedo. Pero no había muestras de alegría ni tampoco aplausos. Algunos de los espectadores sentados cerca de la barrera, cabeceaban, soñolientos. Alguien hacía añicos un sombrero y otro espectador trataba, aunque sin éxito, de lanzarle a algún amigo, como si se tratase de un *bumerang*, un sombrero de petate. México no se reía de su trágica historia; México se aburría. El toro se aburría. Todos se aburrían, tal vez se habían aburrido todo el tiempo. Todo lo que ocurría era que el trago que Yvonne tomó en el camión había surtido efecto y ahora comenzaba a perderlo. En medio del aburrimiento, el toro dio la vuelta al ruedo y, hastiado, se echó en un rincón.

—Igual que Ferdinando... —comenzó a decir Yvonne, todavía en actitud casi esperanzada.

—Nandi —murmuró el Cónsul (y ¡ah! ¿acaso no la había tomado de la mano en el autobús?) mirando al ruedo de soslayo, al través del humo del cigarrillo— el toro. Lo bautizo Nandi, vehículo de Siva, de cuyos cabellos fluye el río Ganges, y a quien también se ha identificado con el dios Védico de la tempestad... y es conocido por los antiguos mexicanos como 'Huracán'.

—Por amor de Cristo, papá —dijo Hugh—, gracias.

Yvonne suspiró; tratábase, en realidad de un espectáculo fatigoso y detestable. Los únicos felices eran los borrachos. Asiendo botellas de tequila o de mezcal, tambaleantes, entraron al ruedo y se acercaron a Nandi que permanecía recostado; luego, dando traspiés y tropezando entre sí, fueron expulsados por varios charros que después trataron de obligar al infeliz toro a levantarse.

Pero el toro se negaba a obedecer. Al fin, un muchachito al que nadie había visto antes, apareció y le mordió la cola, y cuando el chico ya corría, el animal se levantó con movimientos convulsivos. Al momento lo lazó un vaquero montado en un caballo de malévolo aspecto. Pronto se soltó el toro, al que sólo habían logrado lazarle una pata, y agitando la cabeza se alejó hasta que, al ver de nuevo al perro, dio media vuelta y lo persiguió un trecho.

De súbito aumentó la actividad en la arena. Ahora todos, montaran pomposamente a caballo o fueran a pie —corriendo o parados o agitando algún sarape viejo o algún tapete o sólo un harapo— trataban de llamar la atención del toro.

Ahora la pobre bestia parecía impelida, arrastrada hacia acontecimientos que en realidad no acaba de comprender, por gente con la que desea hacer migas, hasta jugar, y que la seduce alentando ese mismo deseo, gente que (porque en realidad la desprecia y desea humillarla) acaba por enredarla.

...Abriéndose camino entre los asientos, el padre de Yvonne se acercaba equilibrándose y contestando con alegría, como un niño al que se le ofrece una mano amistosa en señal de ayuda; su padre, cuya risa, en el recuerdo, tenía aún aquellas resonancias de calor rico y generoso, y cuya fotografía seguía llevando Yvonne consigo, en donde aparecía como joven capitán, vistiendo el uniforme de la guerra hispano-americana, con aquellos ojos cándidos y serios, brillantes bajo las cejas altas y finas, y boca sensitiva de carnosos labios que se dibujaba bajo un oscuro y sedoso bigote, y barba partida; su padre con su fatal prurito de inventor, que antaño partiera con tanta confianza rumbo al Hawai para hacer fortuna cultivando piñas. En esto había fracasado. Echando de menos la vida del ejército e instigado por sus amigos, perdió el tiempo soñando quiméricos proyectos. Yvonne oyó decir que había tratado de elaborar cáñamo sintético con hojas de piña, y que hasta había tratado de domesticar el volcán que había detrás de su finca para hacer funcionar la maquinaria de cáñamo. Solía sentarse en el *lanai* sorbiendo *okoolihao* y cantando melancólicamente melodías hawaianas, en tanto que las piñas se pudrían en los campos y los indígenas se agrupaban a su alrededor para cantar con él o dormir durante la temporada de cosecha mientras la ruina y la cizaña invadían la plantación y agravábanse las deudas del negocio. Ese era el cuadro; Yvonne recordaba poco de aquel período, con excepción de la muerte de su madre. Tenía entonces seis años. Avecinábase la Guerra Mundial, junto con la ejecución de la hipoteca y con ella aproximóse la figura de su tío Macintyre, hermano de su madre, rico escocés con intereses financieros en América del Sur, que hacía mucho había profetizado el fracaso a su cuñado y a cuya enorme influencia se debía sin duda, no obstante, que en seguida y ante el asombro general, el capitán Constable se convirtiera en Cónsul norteamericano en Iquique.

¡Cónsul en Iquique!... ¡O en Quauhnáhuac! ¡Cuántas veces trató Yvonne, en medio de la agonía que sufrió aquel último año, de liberarse del amor que sentía por Geoffrey, y procurando prescindir de él mediante razonamientos, análisis, introspección! —¡Cristo, después de haber esperado y escrito, al principio sólo abrigando esperanzas con todo su corazón, luego urgente, frenética, por último desesperada, aguardando y espiando cada día para ver si llegaba aquella carta: ah, la diaria crucifixión del correo!

Yvonne miró al Cónsul, cuyo rostro pareció por un momento asumir aquella expresión meditabunda que recordaba con tanta nitidez haber visto en su padre durante los largos años de la guerra, en Chile. ¡Chile! Era como si aquella república de estupendo litoral, aunque de estrecha periferia, en donde todos los pensamientos iban a converger en el Cabo de Hornos o en la región de los nitratos, hubiera ejercido cierta influencia atenuante en la mente de su padre. Porque, ¿sobre qué cavilaba en concreto su padre durante toda esa época, más aislado espiritualmente en la tierra de Bernardo O'Higgins, de lo que otrora lo estuviera Robinson Crusoe a sólo unos cientos de kilómetros de las mismas riberas? ¿Acaso sobre el resultado de la guerra misma, o sobre oscuros convenios comerciales que él mismo iniciara, o sobre la suerte de los marinos norteamericanos varados en el Trópico de Capricornio? No; se trataba de una única idea que no llegó, empero, a producir sus frutos sino hasta después del armisticio. Su padre había inventado una nueva especie de pipa, complicada hasta la locura, que para limpiarse exigía el desmonte de sus diecisiete piezas separadas. Las pipas se componían de diecisiete piezas aproximadamente, a esto se reducían y así permanecían, ya que a todas luces nadie, salvo su padre, sabía cómo ensamblarlas después. Era un hecho que el capitán no fumaba en pipa. Sin embargo, como siempre lo habían aconsejado y alentado... Cuando su fábrica en Hilo ardió seis semanas después de haber sido terminada, regresó a Ohio, en donde había nacido, y durante algún tiempo trabajó en una fábrica de alambrados para cercas.

Y ya estaba. Habían lazado al toro más allá de toda esperanza. Luego una, dos, tres, cuatro reatas más, cada cual lazada con nueva y notable falta de cordialidad, lo ataron. Los espectadores pateaban en las tribunas de madera y aplaudían rítmicamente, sin entusiasmo. Sí, ahora se le ocurrió a Yvonne que todo este asunto del toro era como la vida; el nacimiento importante, la oportunidad justa, luego, las vueltas al ruedo, primero tentativas, después seguras, por último casi desesperadas; un obstáculo salvado —hazaña debidamente reconocida— aburrimiento, resignación, derrumbe; luego otro nacimiento aún más convulsivo, nuevo comienzo; circunspectos esfuerzos para abrir los ojos en un mundo ahora francamente hostil, el aparente aunque engañoso estímulo de quienes nos juzgan, la mitad de los cuales dormía, los desvíos hacia los comienzos del desastre por aquel mismo obstáculo insignificante que antes se habría franqueado con un solo paso, la trampa final en las redes de enemigos de los que nunca tenía uno la completa certeza de que fuesen amigos más torpes que de hecho mal intencionados, a la que seguía el desastre, la capitulación, la desintegración.

...El fracaso de una compañía de alambrados, el fracaso de algo menos enfático y decisivo de la mente de un padre, ¿qué valía todo esto a la faz de Dios o ante el destino? La ilusión obsesiva del capitán Constable consistió en creer que lo habían destituido del ejército; y todo partió de esta deshonra imaginaria. Volvió a marcharse a Hawai, aunque la demencia que lo retuvo en Los Ángeles, en donde descubrió que se hallaba sin blanca, era estrictamente de carácter alcohólico.

Yvonne volvió a contemplar al Cónsul que, sentado, meditabundo y con los labios apretados parecía observar con mirada intensa cuanto ocurría en el ruedo. ¡Qué poco conocía él de este período de su vida de aquel terror, el terror —terror que aún podía despertarla de noche— de aquella repetida pesadilla de objetos que se derrumban! Se suponía que tenía que simular un terror semejante a aquél en la película sobre la trata de blancas, la mano que la agarraba por el hombro en una puerta oscura; o el terror real que sintió cuando de hecho se vio atrapada en una barranca con doscientos caballos despavoridos; no, al igual que el mismo capitán Constable, Geoffrey se había aburrido, quizás hasta avergonzado, de todo esto: haber, para comenzar cuando sólo tenía trece años, mantenido a su padre durante cinco años trabajando como actriz en películas de episodios y en *westerns*; bien podía Geoffrey tener pesadillas, ser semejante, también en esto, a su padre, ser la única persona en el mundo que jamás tuviera tales pesadillas, pero que *ella* las tuviese... Ni tampoco sabía Geoffrey mucho más de la ficticia excitación real ni del falso y brillante, aunque insípido, encanto de los estudios, ni del pueril orgullo del adulto, tan acerbo como patético, y justificable por haberse ganado la vida a esa edad.

Junto al Cónsul, Hugh sacó un cigarrillo, lo golpeó sobre la uña del pulgar, advirtió que era el último de la cajetilla y lo colocó entre sus labios. Puso los pies en el respaldo del asiento que estaba frente al suyo y se inclinó apoyando los codos en las rodillas, contemplando el ruedo con el ceño fruncido. Luego, siempre inquieto, encendió un fósforo para lo cual pasó sobre él la uña del pulgar, produciendo así un chasquido semejante al de una pistola de juguete y lo acercó al cigarrillo, protegiéndolo, entre ambas manos mientras bajaba la cabeza... Atravesando el jardín, Hugh se acercaba a ella, bajo los rayos del sol. Con su andar de pavo, su sombrero Stetson echado hacia atrás, su pistolera, su revólver, su bandolera, sus pantalones ceñidos arremangados en el interior de sus botas decoradas con intrincados bordados, había pensado Yvonne, por sólo un instante que era —¡de hecho!— Bill Hodson, el actor-vaquero de quien ella había sido la dama joven en tres películas, cuando tenía quince años. ¡Cristo, qué absurdo! ¡Qué maravillosamente absurdo! *¡Las islas hawaianas nos trajeron a esta auténtica chica rústica que gusta de la natación, el golf, el baile y es asimismo experta amazona! Ella...* Hugh no había pronunciado esta mañana palabra alguna sobre lo bien que montaba, aunque la había divertido secretamente, y no poco, al explicarle que su caballo —milagrosamente— no quería beber. ¡Tales regiones existen en uno mismo y en los demás, y las dejamos, quizás para siempre, inexploradas! Ella nunca le hizo la menor alusión a su carrera cinematográfica; no, ni aun aquel día en Robinson... Pero era una lástima que Hugh no hubiese tenido entonces edad suficiente para entrevistarla, si bien no la primera vez, sí, cuando menos en aquella horrible segunda ocasión después de que el tío Macintyre la mandó a la escuela, y después de su matrimonio y de la muerte de su niño, cuando regresó una vez más a Hollywood. *¡Yvonne La Terrible! ¡Cuídense, sirenas de sarong y chicas seductoras, que Yvonne Constable, la "Muchacha del Bump" ha vuelto a Hollywood por segunda vez. Pero ahora tiene veinticuatro años, y la "Muchacha del Bump" se ha convertido en mujer garbosa y excitante que luce diamantes, orquídeas blancas y armiño. Y es mujer que ha conocido el significado del amor y de la tragedia, que ha vivido una vida entera desde que abandonó Hollywood hace unos pocos años. El otro día la encontré en su casa de la playa: Venus color de miel surgida de las olas. Mientras hablábamos contemplaba el agua con sus sombríos ojos soñolientos y las brisas del Pacífico jugueteaban con su espeso pelo oscuro. Mirándola por un momento costaba trabajo asociar a la Yvonne Constable de hoy en día con la atrevida amazona, reina de los episodios de ayer, ¡pero su torso sigue tan magnífico y su energía es aún sin par! El Diablillo de Honolulú, que a los doce años era una muchacha retozona que lanzaba gritos de guerra, loca por el béisbol, desobediente con todos, menos con su adorado papá al que apodaba Papatrón, se convirtió a los catorce años en una niña-actriz y a los quince en la dama joven de Bill Hodson. Y aún entonces ya era una dínamo. Alta para su edad, poseía flexible fuerza debida a una infancia de natación y deslizadores en las rompientes del Hawai. Sí, aunque ahora no lo crean ustedes, Yvon-*

ne se ha visto sumergida en lagos candentes, suspendida en lo alto de precipicios, ha bajado barrancas montada a caballo, y es experta en el doblaje de "raptos al galope". Yvonne ríe festivamente hoy en día al recordar aquella niña timorata y tenaz que declaró que, ciertamente podía montar muy bien, y luego, cuando estaba rodándose la película, con la compañía contratada, ¡trató de subir al caballo por donde no debía! Un año más tarde, podía montar al vuelo sin siquiera despeinarse. "Pero aproximadamente en esa época, me rescató de Hollywood", según lo afirma, sonriente, "contra mi voluntad, mi tío Macintyre, que literalmente me pescó al vuelo, después de la muerte de mi padre, ¡y me embarcó para Honolulú!" Pero cuando se ha sido la "Muchacha del Bump" y está una a punto de convertirse en la "Muchacha del Umf" a los dieciocho, y cuando una ha perdido a su bienamado "Papatrón", es duro sentar cabeza en un ambiente estricto y falto de cariño. "El tío Macintyre" admite Yvonne, "nunca concedió un adarme de prestigio a los trópicos. ¡Oh, el caldo de carnero y la avena y el té caliente!" Pero el tío Macintyre conocía su deber y, después de que Yvonne hubo estudiado con un preceptor, la envió a la Universidad de Hawai. Allí —tal vez, dice, "como la palabra 'estrella' había sufrido alguna misteriosa transformación en mi mente"— ¡siguió un curso de astronomía! Al tratar de olvidar el dolor de su corazón y su vacío, se obligó a interesarse en sus estudios, ¡y hasta soñó brevemente en convertirse en la "Madame Curie" de la astronomía! Y también allí, antes de transcurrido mucho tiempo, conoció a aquel niño bien y millonario, Cliff Wright. Entró en la vida de Yvonne en un momento en que ésta se hallaba desalentada respecto a sus labores universitarias, inquieta bajo el régimen estricto del tío Macintyre, solitaria y anhelante de amor y de compañerismo. Y Cliff era joven y alegre, y su clasificación dentro de los partidos elegibles era insuperable. Es fácil imaginar cómo pudo convencerla, bajo la luna hawaiana, de que lo amaba y de que debía abandonar la Universidad y casarse con él. («No me hables, por amor de Cristo, de ese Cliff», le escribió el Cónsul en una de sus raras cartas de los primeros tiempos, «puedo imaginármelo y ya estoy odiando al desgraciado ése: miope y promiscuo, un metro noventa de cartílago y cerdas y sentimiento, con sortilegios de voz engolada y casuística». De hecho, el Cónsul lo había imaginado con cierta astucia: —¡pobre Cliff!, poco pensaba ella en él ahora y trataba de no pensar en aquella muchachita severa consigo misma, cuyo orgullo había sido tan ultrajado por las infidelidades de Cliff— «con aires de hombre de negocios, inepto y carente de inteligencia, fuerte y pusilánime, como la mayoría de los norteamericanos, ágil para esgrimir sillas en las refriegas, vanidoso y que a los treinta años sigue teniendo diez y convierte el acto amatorio en una especie de disentería...» *Ya Yvonne ha sido víctima de la "mala prensa" en lo referente a su matrimonio y al consiguiente e inevitable divorcio; cuanto dijo fue tergiversado, y cuando no decía nada, se interpretaba su silencio de manera equívoca. Y no sólo la prensa lo interpretó con equívocos: "El tío Macintyre", dice ella con tristeza, "sencillamente se lavó las manos en lo que a mí se refería"* (Pobre del tío Macintyre. Era fantástico, era casi gracioso, era para desternillarse, en cierto sentido, cuando uno lo relataba a los amigos. ¡Ella era una Constable de pies a cabeza, no fruto del lado materno! ¡Que siga el camino de los Constable! Sólo Dios sabe cuántos, como ella y su padre, habían sido invitados o habían caído en la trampa de la misma índole de tragedia sin significado o de semitragedia. Pudríanse en los asilos de Ohio o dormitaban en ruinosas salas de Long Island con los pollos que picotean entre vajillas de plata heredada de la familia y teteras rotas que ocultaban collares de diamantes. Los Constable, error por parte de la naturaleza, se extinguían: de hecho, la naturaleza, para quien ya no resulta útil lo que en sí no evoluciona, se había propuesto borrar su existencia de la faz de la tierra. El significado secreto de aquella familia, si lo había, se había perdido.) *Así es que Yvonne abandonó Hawai con la cabeza erguida y una sonrisa en los labios, aunque su corazón se hallaba más dolorosamente vacío que nunca. Y ahora está de vuelta en Hollywood y la gente que mejor la conoce dice que en su vida no tiene tiempo para amoríos y que no piensa en nada sino en su trabajo. Rumoréase en el estudio que las pruebas que han estado tomándole recientemente son punto menos que sensacionales. ¡La "Chica del Bump" se ha convertido en la máxima actriz dramática de Hollywood! Así pues, Yvonne Constable, a los veinticuatro años se halla*

en buen camino, por segunda vez, de convertirse en
estrella.

Pero Yvonne Constable no se convirtió en estrella
por segunda vez. Yvonne Constable ni siquiera estuvo en
vías de convertirse en estrella. Se hizo de un agente que
logró manejar cierta publicidad excelente —excelente a
pesar del convencimiento de Yvonne de que la publicidad de cualquier índole era uno de sus máximos temores secretos— a base de sus primeros éxitos de peligrosas cabalgatas; recibió promesas, y eso fue todo. Al
cabo de algún tiempo, solitaria recorrió Virgil Avenue
o Mariposa bajo las palmeras secas, polvorientas y ra-
quíticas de la Ciudad de los Angeles, oscura y maldita,
sin tener siquiera el consuelo de que su tragedia fuese
menos válida por ser tan rancia. Porque sus ambiciones de actriz siempre fueron algo espurias: en cierto
sentido sufrieron con los disloques de las funciones
—percatábase de ello— de la feminidad misma. Al mismo tiempo percatábase ahora de que toda esperanza se
había perdido (ahora que había, después de todo, *supe-*
rado a Hollywood), percatábase de que en condiciones
distintas hubiera podido convertirse en verdadera artista
de primera categoría, hasta en una gran artista. ¿Y qué
era si no eso mismo ahora? (siempre y cuando la diri-
gieran con habilidad) mientras caminaba o conducía
furiosamente su auto a través de su angustia y todas las
luces rojas, viendo, como habría podido hacerlo el Cónsul, el letrero en el ventanal del Ayuntamiento que de
«Baile Informal en el Salón Zebra» se convertía en «Infernal», o el «Aviso de Bienes Rematados» que se convertía en «Aviso para Recién Casados». En tanto que, en
el tablero de avisos —«Encuesta pública del hombre
sobre la hora»— el enorme péndulo del gigantesco reloj
azul se mecía sin cesar. ¡Demasiado tarde! Y era esto,
era esto lo que quizás había contribuido a que su encuentro con Jacques Laruelle en Quauhnáhuac fuese una experiencia tan devastadora y siniestra en su vida. No se
trataba tan sólo de que ambos tuvieran como nexo común al Cónsul, de suerte que, a través de Jacques, logró
alcanzar misteriosamente la inocencia del Cónsul, que
nunca había conocido y, en cierto sentido, hasta posesio-
narse de ella; sólo con él había podido hablar sobre Hollywood (no siempre con sinceridad, aunque sí con el
mismo entusiasmo que emplean entre sí parientes cerca-

nos al hablar de un pariente al que aborrecen ¡y con qué alivio!) en términos, comunes a ambos, de desprecio y de fracaso sólo en parte admitido. Además, descubrieron que ambos estuvieron allí el mismo año, en 1932, de hecho en la misma fiesta al aire libre en donde se había nadado, bebido y comido barbacoa; y también llegó a mostrar a Jacques lo que siempre había ocultado al Cónsul: las viejas fotografías de Yvonne la Terrible vistiendo camisas de cuero adornadas con flecos, pantalones de montar, botas de tacón alto y sombrero de ala ancha, de manera que, en el asombro y la perplejidad con que Jacques la había reconocido esa horrible mañana, Yvonne casi llegó a percibir muestras de un momentáneo titubeo —¡porque Hugh e Yvonne habían sufrido por cierto una grotesca transformación!... Y también, una vez en su estudio —al que obviamente no vendría el Cónsul— M. Laruelle le mostró algunas fotos de sus antiguas películas francesas, una de las cuales resultó que Yvonne —¡vaya sorpresa!— había visto en Nueva York, poco después de haber regresado al este del país. Y (también en el estudio de Jacques) estuvo asimismo en Nueva York aquella helada noche de invierno en Times Square —se hospedaba en el Astor— contemplando las noticias lumínicas que recorrían la cornisa del edificio del *Times,* noticias sobre desastres, suicidios, bancarrotas, sobre la guerra que se avecinaba, sobre nada, las cuales, mientras ella miraba hacia arriba con toda la multitud, se apagaron de repente, se perdieron en la oscuridad, en el fin del mundo, según le pareció, en donde no había más noticias. ¿O acaso se trataba del Gólgota? Huérfana acongojada y desposeída, fracasada a pesar de sus riquezas y hermosura, caminó aunque no rumbo a su hotel, envuelta en el abrigo de piel de su pensión de divorciada, temiendo entrar sola en los bares, cuya tibieza anhelaba y sintiéndose mucho más desolada que una trotacalles; mientras caminaba —y la seguían, siempre la seguían— por la ciudad entumecida, brillante e inhumana —y volvía a ver *lo mejor por menos dinero,* o *Callejón sin salida* o *Romeo y Julieta* y luego leía de nuevo *lo mejor por menos dinero*— aquella horrenda penumbra persistía en su mente, oscureciendo aún más su soledad de falsa riqueza, su desamparo mortal, divorciado y culpable. Las flechas eléctricas le atravesaban el corazón, aunque hacían trampa:

ella lo sabía, y cada vez la aterrorizaba más el conocimiento que de ello tenía, que la oscuridad seguía allí, en ellas, y que a ellas pertenecía. A su lado desfilaban agitándose lentos, los tullidos. Pasaban hombres cuyos rostros dejaban traslucir que en ellos había muerto toda esperanza. Los golfos vestidos con anchos pantalones de púrpura, aguardaban en el sitio donde helados vendavales se precipitaban al interior de salones abiertos. Y por todas partes aquella oscuridad, la oscuridad de un mundo desprovisto de sentido, de un mundo sin finalidades —*lo mejor por menos dinero*— pero en el cual todos, salvo ella, según creía, por hipócritas, por rústicos tullidos desesperanzados que fuesen, eran capaces, aunque sólo fuera en una grúa mecánica y en una colilla de cigarro recogida en las calles, aunque sólo fuera en un bar, aunque sólo fuera al abordarla, de encontrar algo de fe... *Le destin de Yvonne Griffaton*... Y allí estaba —siempre perseguida— frente a aquel pequeño cine de la calle Catorce que proyectaba películas viejas y extranjeras. Y allí, en las fotos ¿quién habría de ser aquella figura solitaria sino ella misma recorriendo las mismas calles oscuras, hasta con el mismo abrigo, sólo que los letreros que la rodeaban y se encendían sobre su cabeza decían: *Dubonnet, Amer Picon, Les 10 Frattelini, Moulin Rouge*. —¡Yvonne, Yvonne! —dijo una voz en el momento en que entraba, a la vez que un sombrío caballo, gigantesco, llenando toda la pantalla parecía salirse de ella para lanzarse sobre Yvonne: era una estatua ante la cual había pasado la figura, y la voz, una voz imaginaria que perseguía a Yvonne Griffaton en las callejuelas oscuras, y también a la otra Yvonne, como si hubiera pasado sin siquiera recobrar su aliento, directamente de aquel mundo externo a este mundo de sombras de la pantalla. Era una de esas películas que, aunque llegue uno a la mitad, cautivan en seguida al producir la instantánea convicción de que se trata de la mejor película que se ha visto en toda la vida; es tan extraordinariamente completo su realismo, que parece importar poco sobre qué verse el relato o quién pueda ser el protagonista, ante la explosión del momento particular, ante la amenaza inmediata, ante la identificación del personaje perseguido, del obsesionado, en este caso, Yvonne Griffaton, ¡o Yvonne Constable! Pero si Yvonne Griffaton era perseguida y acosada —la película parecía tratar de la ruina de una francesa de cepa aristocrática perteneciente a una rica familia—, ella a su vez convertíase también en perseguidora cuando a tientas buscaba algo (Yvonne, al principio no entendía qué) en este mundo sombrío. Al verla acercarse, extrañas siluetas se congelaban en las paredes o en los callejones: evidentemente eran las figuras de su pasado, de sus amantes, de su único amor verdadero que se había suicidado, de su padre; y como si buscara asilo para protegerse de ellos, entró en una iglesia. Yvonne Griffaton oraba, pero la sombra de uno de sus perseguidores se dibujó en los escalones del presbiterio: era su primer amante, y al momento siguiente, reía histéricamente: estaba en el Folies Bergères, estaba en la Opera, la orquesta interpretaba la Zazá de Leoncavallo; y luego jugaba: la ruleta giraba desaforada, volvía a aparecer en su cuarto, y la película se convertía en una sátira, casi en una sátira de sí misma: sus ancestros desfilaban ante ella en veloz sucesión, símbolos muertos y estáticos de egoísmos y desastres, pero según la idealización de su mente aparecían como heroicos, cansados y de pie, volviendo la espalda a los muros de las prisiones, erguidos: en carros de artillería y con ademanes rígidos, fusilados por la Comuna, fusilados por los prusianos, erguidos en la batalla, erguidos en la muerte. Y ahora, el padre de Yvonne Griffaton, que se había visto envuelto en el caso Dreyfus, venía a burlarse de ella y a hacerle muecas. El sofisticado público reía o tosía o murmuraba, pero en su mayor parte parecía saber lo que Yvonne nunca llegó a descubrir, es decir: cómo estos personajes y los acontecimientos en que participaban contribuyeron a la condición actual de Yvonne Griffaton. Todo esto había quedado enterrado en los primeros episodios de la película. Yvonne tendría que soportar antes los noticiarios, los dibujos animados, un rollo intitulado *Vida del pez rojo africano* y una reposición de *Cara cortada* para ver hasta qué punto aquello que podía conferir algún significado (aunque hasta esto lo ponía en duda) a su propio destino, se hallaba sumido en el pasado distante y podía, en cuanto ella lo supiera, repetirse en el futuro. Pero lo que Yvonne Griffaton se preguntaba quedaba ahora claro. Los subtítulos en inglés lo aclaraban por cierto en demasía. ¿Qué podía hacer bajo el peso de semejante herencia? ¿Cómo podía desembarazarse de este anciano del mar? ¿Acaso estaba condenada a una interminable sucesión de tragedias que tampoco Yvonne Griffaton podía creer que formasen parte de una misteriosa trama para expiar por los oscuros pecados de otros que habían muerto hacía mucho y estaban condenados, y que con toda franqueza carecían de significado? Yvonne se lo preguntaba. Carentes de sentido... y sin embargo, ¿estaba uno condenado? Claro está que siempre se podía idealizar a los infortunados Constable: podía uno verse, o al menos simularlo, como una diminuta figura solitaria llevando sobre los hombros el peso de los antecesores, sus debilidades y desvaríos (que podían inventarse cuando no existían) en la propia sangre, víctima de oscuras fuerzas —todos lo eran, ¡era inevitable!— incomprendida y trágica, aunque, al menos, ¡dotada de voluntad propia! Pero ¿de qué servía la voluntad, si no tenía fe? Este era también, y ahora lo veía, el problema de Yvonne Griffaton. Era éste el mismo don que buscaba, y así había sido siempre, en cualquier circunstancia, alguna fe —¡como si pudiera encontrarla como un sombrero nuevo o una casa para alquilar!— sí, lo que estaba ahora a punto de encontrar y de perder, fe en alguna causa, era mejor que nada. Yvonne sintió deseos de fumar un cigarrillo y cuando regresó a la sala, parecía como si Yvonne Griffaton hubiera al fin logrado triunfar en su empresa. Yvonne Griffaton encontraba su fe en la vida misma, en los viajes, en otro amor, en la música de Ravel. Los compases del *Bolero* se contoneaban redundantes, golpeando y haciendo sonar los tacones, e Yvonne Griffaton estaba en España, en Italia: se veían: el mar, Argelia, Chipre, el desierto con sus espejismos, la Esfinge. ¿Qué significaba todo esto? Europa, pensó Yvonne. Sí para ella, inevitablemente Europa, el Gran Viaje, la Torre Eiffel, como siempre lo había sabido. Pero ¿a qué se debía —si estaba dotada en abundancia de capacidad para vivir— el que *ella* nunca encontrara suficiente la simple fe en la vida? ¡Si eso fuera *todo*!... En el amor desinteresado... ¡en las estrellas! Tal vez fuese bastante. Y, sin embargo, sin embargo, era del todo cierto que nunca se había dado por vencida, ni tampoco había dejado de tener esperanzas ni de tratar, a tientas, de hallar un significado, un modelo, una respuesta...

El toro siguió dando tirones un rato contra las fuerzas contrarias de las reatas; después, lóbrego se apaciguó, meciendo la cabeza de lado a lado con cabeceos esquivos en la tierra, en el polvo, donde, temporalmente vencido, aunque vigilante, parecía un insecto fantástico atrapado en el centro de alguna enorme red temblorosa... La muerte, o una especie de muerte, como ocurría con tanta frecuencia en la vida; y ahora, una vez más, la resurrección. Los 'charros', que le daban nudosos pases con sus cuerdas, lo aparejaban para su jinete eventual, fuera quien fuese y estuviera donde estuviese.

...—Gracias —con ademán casi distraído Hugh pasó la botella de habanero a Yvonne. Ella bebió un sorbo y, a su vez, la pasó al Cónsul que permanecía sentado, asiendo la botella en actitud lúgubre entre sus manos, sin beber. ¿Y acaso no la había encontrado él también en la terminal de los autobuses?

La mirada de Yvonne erró en torno de la gran tribuna: por cuanto podía darse cuenta, no había en toda esta reunión otra mujer, salvo una india vieja y retorcida que vendía pulque. No; se equivocaba. Más abajo, una pareja de norteamericanos acababa de trepar por las gradas, una mujer vestida con traje sastre de color gris palomo y un hombre con lentes de montura de carey, un poco encorvado, con el pelo largo sobre la nuca, tenía aspecto de director de orquesta: era la misma pareja que ella y Hugh habían visto antes en el Zócalo, en la esquina de las 'Novedades', comprando huaraches y extrañas sonajas y máscaras, y luego, más tarde, ya en el camión, mirando, desde los escalones de la iglesia, a los indios que bailaban. ¡Qué felices parecían el uno en el otro!; eran amantes o pasaban su luna de miel. Su futuro se extendía ante la mirada de ambos, puro y libre de estorbos cual pacífico lago azul, y al pensar en esto el corazón de Yvonne de pronto se sintió ligero como el de un niño que en sus vacaciones de verano se levanta en la mañana y desaparece entre los rayos del sol.

De pronto comenzó a formarse en su mente la cabaña de que había hablado con Hugh. Pero no era una cabaña: ¡era un hogar! Se alzaba sobre potentes pilotes de pino, entre el bosque de pinares y de alisos altos, altos, que se mecían, y de enormes y esbeltos abedules, y el mar. Un estrecho sendero serpenteaba por el bosque desde la tienda entre las frambuesas de color salmón y las frambuesas con forma de dedales y las zarzamoras que en las claras noches escarchadas de invierno reflejaban un millón de lunas; detrás de la casa había un cornejo en el que dos veces al año florecían innumerables estrellas blancas. Los macizos y las campanillas blancas crecían en el jardincillo. Había un amplio porche en donde se sentaban durante las mañanas primaverales, y un muelle que se prolongaba hasta la orilla. Ambos construirían este muelle cuando bajara la marea, hundiendo uno a uno los postes, en la playa inclinada y profunda. Poste por poste lo construirían hasta que un día pudieran, desde el extremo del malecón, zambullirse en el mar. El mar sería azul y helado, y ellos nadarían todos los días, y todos los días treparían por una escalerilla hasta su muelle y por él correrían directamente hasta la casa. Ahora veía la casa con toda claridad; era pequeña, hecha con plateadas tablas de tejamaní curtidas a la intemperie y una puerta roja y ventanales abiertos al sol. Veía las cortinas que ella misma había confeccionado, el escritorio del Cónsul, su vieja silla (la predilecta), la cama cubierta de sarapes indios de brillantes colores, la luz amarillenta de las lámparas contra el extraño reflejo azul de las largas noches de junio, el manzano silvestre que en parte sostenía la plataforma bañada de sol en donde trabajaría el Cónsul durante el verano, el viento que soplaba entre los ramajes de los árboles sombríos y la marea que azotaba la playa en las noches tempestuosas del otoño; y luego los reflejos circulares del sol en el agua, como los que había descrito Hugh en la 'Cervecería Quauhnáhuac', sólo que éstos se deslizarían frente a su casa, se deslizarían por las ventanas, los muros, los reflejos que por encima y detrás de la casa mutaban las ramas de los pinos en verde felpilla; y en la noche, parados en el muelle, contemplarían las constelaciones, Escorpión y el Triángulo (Bootes y la Osa Mayor) y luego los reflejos rotantes serían los de la luna en el agua al deslizarse sin cesar por las ripias plateadas sobrepuestas en las paredes de madera, los rayos de luna que también en el agua bordarían sus ventanas ondulantes...

Y era posible. ¡Era posible! Todo aquello les esperaba. ¡Si estuviera sola con Geoffrey para hablarle de ello! Hugh, con su sombrero de vaquero echado hacia atrás y sus botas de tacón alto sobre el asiento de enfrente, parecía ahora un intruso, un extraño, parte de la escena que se veía allá abajo. Contemplaba el enjaezamiento del toro con intenso interés, pero al sentir la mirada de Yvonne cerró nerviosamente los párpados, buscó y encontró su paquete de cigarrillos, y corroboró más con sus dedos que con los ojos que estaba vacío.

En el ruedo los jinetes se pasaban una botella de mano en mano y luego la entregaban a los que estaban atareados con el toro. Dos de los jinetes galoparon sin rumbo dando la vuelta al ruedo. El público traía limonada, frutas, papas fritas, pulque. El Cónsul mismo hizo como si fuera a comprar pulque, pero cambió de parecer y acarició la botella del habanero.

Más borrachos intervinieron deseosos de cabalgar sobre el toro; perdieron interés, se apasionaron por los caballos, perdieron también este interés y, ahuyentados, se alejaron tambaleantes.

El gigante volvió con su Cohete que eructaba y silbaba, y desapareció como engullido por su propia máquina. De nuevo enmudeció la muchedumbre, y era tal el silencio que casi podían distinguirse algunos sonidos que bien pudieran haber sido los de la feria de Quauhnáhuac.

El silencio era tan contagioso como la algarabía, pensó Yvonne; el silencio embarazoso en un grupo engendraba un silencio grosero en otro, que a su vez producía un silencio más general, sin significado, en un tercero, hasta que se había extendido por doquier. No hay nada en el mundo más poderoso que uno de estos silencios extraños y repentinos...

...la casa, salpicada de una luz brumosa que llovía de las alturas atravesando las minúsculas hojas jóvenes, y luego la neblina que se alejaba por las aguas, y las montañas blancas aún de nieve, que aparecían nítidas y perfiladas contra el cielo azul, y el humo azul de los leños que ascendía, ondulante, por la chimenea; el techo inclinado del cobertizo de la leña, techado de tejamaníes, sobre el cual caían los capullos del cornejo, y la leña acopiada hermosamente en su interior; el hacha, el desplantador, el rastrillo, la pala, el pozo profundo y fresco con su figura vigilante, un pecio, escultura del mar en madera, colocada en su parte superior; la vieja marmita, la nueva marmita, la tetera, la cafetera, la doble marmita, las cacerolas, el aparador. Afuera, Geoffrey escribía a mano, como le gustaba hacerlo, y ella permanecía sentada ante un escritorio, cerca de la ventana, escribiendo en la máquina porque aprendería a escribir a máquina y transcribiría en páginas limpias y claras todos los manuscritos de aquella caligrafía inclinada, con aquellas *e* griegas que le eran conocidas y sus *t* extrañas; y mientras trabajase, vería surgir del agua una foca que atisbaría antes de volver a zambullirse en silencio. O una garza que parecía de cartón y cáñamo que pasaría agitando pesadamente sus alas para posarse majestuosa en una roca en donde permanecería alta e inmóvil. Y los martín pescadores y las golondrinas revoloteando junto a los aleros o encaramándose en el muelle. O una gaviota que pasaría posada sobre un madero con el pico bajo el ala, meciéndose, meciéndose con el ritmo del mar... Comprarían toda su comida, según lo había dicho Hugh, en alguna tienda más allá de los bosques, y no verían a nadie salvo a algunos pescadores cuyas blancas barquillas, en invierno, verían cabecear, ancladas, en la bahía. Ella cocinaría y limpiaría la casa, y Geoffrey partiría la leña y traería agua del pozo. Y ambos trabajarían y trabajarían en este libro de Geoffrey, que le daría fama mundial. Pero por absurdo que pareciese, esto no les preocuparía; seguirían viviendo en medio de la sencillez y del amor en su hogar entre los bosques y el mar. Y al subir la marea contemplarían desde su muelle y verían, en el agua clara y límpida, estrellas marinas de color turquesa y bermejo y púrpura, y cangrejillos pardos, pequeños y aterciopelados que se deslizarían entre las rocas cubiertas de lapas y bordadas como acericos en forma de corazón. Mientras que, durante los fines de semana, pasarían por el estuario los botes que navegaban contra la corriente dejando tras sí la estela de sus cantos...

Los espectadores suspiraron con alivio, hubo un crujido como de hojarasca entre ellos; algo, Yvonne no podía ver qué, había ocurrido en el ruedo. Las voces comenzaron a zumbar, el aire volvió a hormiguear con sugerencias, elocuentes insultos, réplicas agudas.

El toro se alzaba sobre sus patas con su jinete, un mexicano gordo y despeinado que parecía irritarse e impacientarse por cuanto ocurría. También el toro se veía irritado, pero ahora permanecía inmóvil.

Una orquesta de cuerdas en la tribuna de enfrente comenzó a tocar, desentonada, «Guadalajara». Guadalajara, Guadalajara, cantaba la mitad de la orquesta...

—Guadalajara —Hugh pronunció con lentitud cada sílaba.

Abajo, arriba; abajo, abajo, arriba; abajo, abajo, arriba, estallaban las guitarras mientras el jinete los miraba con fijeza y luego, con fiera expresión, asió firmemente la cuerda que rodeaba el cuello del toro, le dio un tirón y, por un momento, el animal hizo lo que parecía esperarse de él: se agitó con violentas convulsiones, como una máquina mecedora, y saltó con las cuatro patas. Pero luego reasumió su antiguo paso de caminata. Como dejó de participar del todo en el espectáculo, no presentaba dificultad alguna el montarlo; y después de haber dado una vuelta majestuosa por el ruedo, se encaminó sin vacilar a su corral, abierto por la presión que ejercía la multitud que se apiñaba en las vallas, y por el cual había abrigado secretos anhelos todo el tiempo, y trotó hacia él con pezuñas súbitamente centelleantes, inocentes y categóricas.

Todos reían como si se tratase de un mal chiste: era una risa acoplada a una desgracia ulterior que en cierto modo la acrecentaba: la prematura aparición de otro toro que salió del corral expulsado casi a galope por las crueles estocadas y hurgonazos que le daban para detenerlo, el cual, al llegar al ruedo, tropezó y cayó de bruces en el polvo.

El jinete del primer toro, displicente y cubierto de oprobio, había desmontado en el corral: y resultaba difícil no tenerle lástima al verle junto a la valla, rascándose la cabeza y explicando su fracaso a uno de los muchachos que con admirable equilibrio se mantenía de pie sobre la barandilla superior...

...y quizá este mismo mes, si hubiera un tardío veranillo de San Martín, estaría ella en el porche contemplando el trabajo de Geoffrey por encima de su hombro y miraría el agua y contemplaría un archipiélago, islas de opalescente espuma y ramas de helecho seco —aunque hermosas, hermosas— y los reflejos de los alisos que, casi desnudos ahora, proyectarían sus ralas sombras sobre las piedras de brocado con aspecto de acericos, sobre las cuales andarían correteando los cangrejos de brocado entre algunas hojas anegadas...

El segundo toro hizo dos débiles tentativas por levantarse pero se volvió a echar; un jinete solitario atravesó a galope el ruedo, haciendo girar en el aire una reata y gritándole al toro con voz bronca: —Búa, shúa, búa —otros charros aparecieron con más reatas; el perrito se escabulló de algún sitio y correteó dando vueltas; pero de nada sirvió. Nada definitivo ocurrió y nada parecía hacer mover al segundo toro, al que ataron fortuitamente en donde estaba echado.

Todos se resignaron a otra larga espera, a otro silencio prolongado en tanto que allá abajo, de mala gana y con poco entusiasmo, aparejaban al segundo otro.

—Mira al viejo toro desdichado —decía el Cónsul—, en la hermosa plaza. ¿Te importaría si me tomara un traguito, querida, un 'poquitín'?... ¿No? Gracias. Aguardar con insensatas conjeturas las cuerdas que infligen el suplicio de Tántalo...

...y también hojas doradas en la superficie, y escarlatas, y una verde, que con su cigarrillo baila un vals siguiendo el curso de la corriente, mientras el sol de un otoño feroz se refleja desde las piedras...

—O esperar con siete, ¿por qué no?, insensatas conjeturas la cuerda que inflige el suplicio de Tántalo. Cortés el fornido debiera aparecer para el próximo toro, contemplando lo horripilante, Cortés que fue el hombre menos pacífico... Silencioso en una cumbre en Quauhnáhuac. ¡Cristo, qué repugnante espectáculo!

—¿Verdad? —dijo Yvonne, y volviéndose para otro lado advirtió enfrente, bajo la orquesta, al hombre de gafas oscuras al que había visto esa misma mañana en la puerta del Bella Vista, y al que había vuelto a ver más tarde (¿o acaso lo había imaginado?) junto al Palacio de Cortés—. Geoffrey ¿quién es ese hombre?

—Extraño toro —dijo el Cónsul—. Es tan esquivo... Allí está tu enemigo, pero hoy no quiere jugar a la pelota. Se echa... O sólo se cae; mira, casi se ha olvidado ahora de que es tu enemigo, según crees, y así, lo acaricias... De hecho... La próxima vez que te lo encuentres es posible que no lo reconozcas como tu enemigo.

—*Es ist vielleicht* un buey —murmuró Hugh.

—Un marabuey... Sabiamente idiota.

El animal seguía echado boca arriba, pero momentáneamente abandonado. Abajo, la gente se amontonaba en grupos que disputaban. Los jinetes, que también discutían, seguían aullando en el ruedo. Pero no había acción definitiva y aún menos señal alguna de lo que fuera a ocurrir. ¿Quién iba a montar el segundo toro?, parecía ser la interrogante principal que flotaba en el aire. Pero entonces, ¿qué ocurría con el primero que en el corral armaba un jaleo de todos los diablos y al que con dificultad lograban evitar que regresase al ruedo? Mientras tanto, las observaciones que se hacían cerca de Yvonne eran eco de cuanto se discutía en el ruedo. No habían dado oportunidad al primer jinete, '¿verdad?' 'No, hombre', ni siquiera debieron darle esa oportunidad. 'No, hombre', debieron darle otra. Imposible, estaba anunciado otro jinete. *Vero*, aunque no estaba presente, o no podía venir, o estaba presente, pero no iba a montar o no estaba presente, pero estaba tratando de llegar aquí, ¿'verdad'?... y sin embargo, aquello no cambiaba nada ni tampoco daba al primer jinete la oportunidad de volver a probar su suerte.

Los borrachos seguían tan ansiosos como siempre de reemplazar a los actores; uno montaba ya al toro, simulando cabalgar sobre él aunque éste no se había movido un centímetro. Fue disuadido por el primer jinete, que parecía malhumorado, apenas a tiempo: en ese preciso instante el toro se despertó y se enderezó.

A pesar de todos los comentarios, el primer jinete estaba a punto de volver a probar suerte cuando... no; le habían insultado atrozmente y por ningún motivo iba a montar. Se alejó caminando hacia la valla para seguir dando explicaciones al muchachito que seguía equilibrado en lo alto.

Allá abajo, un hombre cubierto con un enorme 'sombrero' pidió a gritos que se callasen y agitando los brazos los arengó desde el ruedo. No se entendía si los incitaba a que siguieran esperando pacientes o bien a que pidiesen que otro jinete se ofreciese como voluntario.

Yvonne nunca llegó a averiguarlo. Porque ocurrió algo extraordinario, algo ridículo, aunque con la brusquedad de un terremoto...

Era Hugh. Dejando su chaqueta en el asiento, había saltado de las tribunas al ruedo y ahora corría en dirección al toro, del cual, tal vez en broma, o acaso porque lo confundían con el jinete previsto, soltábanse las reatas como por obra de magia. Yvonne se levantó: junto a ella, el Cónsul se puso de pie.

—¡Cristo, pero qué imbécil!

El segundo toro, no indiferente como hubiera podido suponerse, a que lo desatasen, y perplejo ante la confusa algarabía que saludó la llegada de su enemigo, se alzó bufando; al montarlo Hugh inició un enloquecido *cake walk* en medio del ruedo.

—¡Maldito estúpido! —dijo el Cónsul.

Con una mano, Hugh tiraba de las riendas y con la otra golpeaba los costados de la bestia, y lo hacía con una pericia que Yvonne se sorprendía de poder juzgar. Yvonne y el Cónsul volvieron a sentarse.

El toro saltó a la izquierda, luego a la derecha, con ambas patas delanteras simultáneamente en el aire, como si se las hubiesen atado juntas. Luego cayó de rodillas. Volvió a levantarse, feroz; Yvonne se dio cuenta de que el Cónsul bebía habanero a su espalda y volvía a tapar la botella.

—Cristo... ¡Jesús!

—No te preocupes, Geoff. Hugh sabe lo que está haciendo.

—Pero qué idiota...

—No le pasará nada. Sabe lo que está haciendo.

Era cierto que el toro se había despertado por completo y hacía cuanto podía por tumbarlo. Rascaba la tierra, se galvanizaba como una rana, hasta se arrastraba sobre la barriga. Hugh seguía asido. Los espectadores se reían a carcajadas y lanzaban vítores, aunque Hugh, que en realidad era indistinguible ahora de cualquier mexicano, veíase serio, hasta torvo. Echábase hacia atrás, asido con determinación, los pies echados hacia afuera y los tacones aguijoneando los costados sudorosos del animal. Los 'charros' atravesaron el ruedo al galope.

—No creo que lo haga por lucirse —dijo Yvonne con una sonrisa. No, tan sólo se sometía a aquella absurda necesidad que sentía de entregarse a la acción, necesidad que se había visto exacerbada por este inhumano día de holgazanería. Ahora todos sus pensamientos iban poniendo al miserable toro de rodillas: ¿Así les gusta jugar? Así me gusta jugar. ¿No les gusta el toro por alguna razón? Muy bien, tampoco a mí me gusta el toro. Yvonne sentía que estos sentimientos contribuían a endurecer la voluntad de Hugh para concentrarla en la derrota del toro. Y, en cierto modo, sentía poca ansiedad al observarlo. En tal situación tenía plena confianza en él, al igual que se confía en un piloto de carreras, en un equilibrista o en un limpiador de campanarios. En parte irónicamente, sentía uno que ésta era la actividad para la que Hugh estaba más capacitado, e Yvonne se sorprendió al recordar su instantáneo pánico de esta mañana, cuando había saltado sobre el parapeto del puente en la barranca.

—Lo que arriesga... ¡Idiota! —dijo el Cónsul bebiendo habanero.

En realidad, las dificultades de Hugh apenas comenzaban. Los 'charros', el hombre del 'sombrero', el niño que había mordido la cola del primer toro, los hombres de sarape y harapos, hasta el perrito que volvió a asomarse por debajo de la valla, todos contribuían a aumentarlas; todos representaban un papel.

De repente Yvonne se percató de que por el noreste ascendían por el cielo nubarrones ennegrecidos, y se hizo una oscuridad siniestra y momentánea durante la cual se tuvo la impresión de que era de noche, y el trueno, solitario gruñido metálico, retumbó en las montañas, y una ráfaga de viento atravesando los árboles, los dobló: la escena misma tenía una belleza extraña y remota: los pantalones blancos y los sarapes de vivos colores de los hombres tentaban al toro y brillaban contrastando con los árboles oscuros y el cielo que se encapotaba, los caballos se transformaron instantáneamente en nubes de polvo con sus jinetes que, provistos de látigos en forma de colas de alacrán, se alzaban sobre sus sillas, asomándose, para lanzar la reata a cualquier lado, a todos lados, la hazaña imposible, aunque de cierta manera espléndida, de Hugh, en medio de todo aquello, el muchacho trepado en lo alto de un árbol, cuyos cabellos se agitaban locamente con el viento sobre su rostro.

En medio del vendaval, la orquesta volvió a iniciar «Guadalajara», y el toro, indefenso, bramaba, atrapados sus cuernos en las barandas por entre las cuales lo aguijoneaban en lo que quedaba de sus testículos, hacíanle cosquillas con varitas, con un machete y, después de que se vio libre y volvió a quedar atrapado, con un rastrillo de jardín; echábanle también tierra y estiércol a los ojos enrojecidos; y ahora parecía que esta crueldad infantil no tendría fin.

—Amor mío —murmuró Yvonne de súbito—, Geoffrey... mírame. Escúchame. He estado... no hay nada que nos detenga aquí... Geoffrey...

El Cónsul, pálido y sin sus gafas oscuras, la contemplaba con lastimosa mirada; estaba sudando y temblaba todo su cuerpo. —No —respondió—. No... *No* —añadió casi histérico.

—Geoffrey, amor mío... no tiembles... ¿qué temes?... Por qué no nos marchamos ahora mismo, mañana, hoy... ¿qué puede detenernos?

—No...

—¡Ah, qué bueno has sido!

El Cónsul pasó uno de sus brazos sobre el hombro de Yvonne y, como un niño, reclinó la cabeza empapada en sus cabellos y por un momento fue como si un espíritu de intercesión y ternura flotase por encima de sus cabezas, protector y vigilante. Dijo el Cónsul con hastío:

—¿Por qué no? ¡Vámonos, por amor de Cristo! ¡Vámonos a miles, a millones de kilómetros, Yvonne, a cualquier parte, siempre y cuando sea lejos. Sólo que sea lejos. Lejos de todo esto. Lejos, ¡por amor de Cristo!, de todo esto.

...a un indómito cielo tachonado de estrellas que se encienden y Venus y la luna dorada al salir el sol, y al mediodía montañas azulosas cubiertas de nieve y frescas aguas azules y toscas... —¿De *veras* lo quieres?

—¡Que si lo quiero!

—Amor mío... —parecióle a Yvonne que de pronto hablaban, que de pronto se ponían de acuerdo con premura, como prisioneros que no disponen de mucho tiempo: el Cónsul la tomó de la mano. Estaban sentados uno junto al otro, apretándose las manos y tocándose los hombros. En el ruedo, Hugh tiraba; el toro, que tiraba por un lado, logró liberarse pero, furioso ahora, embestía contra cualquier parte del burladero que le recordase el corral que abandonó en forma tan prematura, y luego, cansado, perseguido más allá de toda medida, al encontrarlo, embistió sin cesar contra la puerta con exasperada y continua amargura hasta que, al volverle a ladrar el perrito que se hallaba detrás, volvió a perderlo... Hugh cabalgó sobre el toro vencido dando vueltas al ruedo.

—No se trata sólo de escapar; es decir, comencemos de nuevo, pero *de veras*, Geoffrey, de veras, en limpio y en alguna parte. Podría ser como un renacimiento.

—Sí, sí podría ser.

—Creo que ya sé, ya lo veo claramente, al fin. ¡Oh, Geoffrey, creo que al fin lo sé!

—Sí, creo que yo también lo sé.

Abajo, los cuernos del toro volvieron a embestir la valla.

—Amor mío... —llegarían en tren a su lugar de destino, en un tren que correría por un paisaje crepuscular de campos que se extendían junto a las aguas, un brazo del Pacífico...

—Yvonne.

—¿Sí, querido?

—He caído muy bajo.

—¡Qué importa, mi amor!

—...¿Yvonne?

—¿Sí?

—Te amo... ¿Yvonne?

—¡Oh, yo también te amo!

—Amada mía... Amor mío.

—¡Oh Geoffrey! Podríamos ser felices, podríamos serlo.

—Sí... Podríamos.

...y en la distancia, más allá de las aguas, la casita, esperando...

Estalló de pronto el estruendo de un aplauso al que siguió un clamor acelerado de guitarras que se desplegaban en el viento; el toro había logrado zafarse de la valla y la escena volvía a animarse: por un momento Hugh y la bestia lucharon en el centro de un pequeño círculo fijo del que se retraían los demás que permanecieron en el ruedo; un velo de polvo cubría toda la escena; la puerta del corral, situada a la izquierda, había vuelto a abrirse y todos los toros, incluso el primero que tal vez era el responsable de lo ocurrido, se salieron por ella y embestían en medio de vítores, bufando y desperdigándose en todas direcciones.

Por un momento desapareció Hugh, que luchaba con su toro en un rincón lejano; de pronto, alguien gritó de aquel lado. Yvonne soltó al Cónsul y se puso de pie.

—Hugh... Algo ocurrió.

310

Tambaleante, levantóse el Cónsul. Bebió de su botella de habanero, y bebió hasta casi acabársela. Luego dijo:

—No puedo ver. Pero creo que es el toro.

Era aún imposible distinguir lo que ocurría allá, en medio de la polvorienta confusión de jinetes, toros y reatas. Luego Yvonne vio que sí, que el toro vencido yacía de nuevo en tierra. Hugh, tranquilo, se alejó de él, hizo una reverencia a los espectadores que vitoreaban y, evadiendo a los demás toros, saltó sobre la valla. Alguien le devolvió el sombrero.

—Geoffrey... —comenzóle a decir Yvonne con rapidez—. No espero que tú... es decir... sé que va a ser...

Pero el Cónsul estaba acabándose la botella de habanero. Sin embargo, dejó un poco para Hugh.

...Cuando descendieron a Tomalín, el cielo volvía a su color azul; los nubarrones seguían amontonándose tras el Popocatépetl, atravesadas sus masas purpúreas por los brillantes rayos de un sol tardío, y también se desparramaban sobre otro lago plateado que centelleaba, refrescante y fresco, invitándolos. Yvonne no lo había visto, ni lo recordaba.

—El Obispo de Tasmania —dijo el Cónsul—, o alguien que murió de sed en el desierto de Tasmania tuvo una experiencia parecida. La lejana perspectiva del Monte Cradle le consoló por un momento, y luego, cuando vio esta agua... Desgraciadamente resultaron ser los rayos del sol que resplandecían en millares de botellas rotas.

El lago resultó ser el techo roto de un invernadero perteneciente al 'Jardín Xicoténcatl'; sólo la cizaña se daba allí.

Pero mientras caminaban, la casa seguía en la mente de Yvonne: su hogar era real: Yvonne lo veía al despuntar el día, en los largos atardeceres cuando soplaban los vientos del sudoeste, y lo veía al caer la noche bajo la luz de la luna y las estrellas cubierto de nieve: lo veía desde lo alto, en el bosque, con la chimenea y el techo a sus pies, y el muelle empequeñecido: veía que, desde la playa, se alzaba ante ella, y lo veía desde el mar diminuto, en la distancia, asilo y faro frente a los árboles. Era sólo que habían anclado precariamente el botecillo del que hablaran; podía oír los golpes que daba al estrellarse contra las rocas; y luego ella misma lo

arrastraría hasta donde estuviese fuera de peligro. Y
sin embargo, ¿por qué tenía que estar en el centro de
su cerebro la imagen de una mujer histérica sacudiéndose como una muñeca de trapo y golpeando la tierra
con sus puños?

—¡Adelante! Al 'Salón Ofelia' —gritó el Cónsul.

Un viento ardiente, viento de tempestad, lanzóse sobre ellos y después se abatió; de algún lado una campana
tañía sus desolados triptongos.

Correteaban sus sombras por la tierra, deslizábanse
sobre las paredes blancas y sedientas de las casas, y por
un momento se vieron prisioneras de una sombra elíptica: la rueda torcida de la bicicleta de un muchacho,
que giraba y giraba.

Desvanecióse la sombra enrayada de la rueda, enorme e insolente.

Ahora en la plaza sus propias sombras se dirigían hacia las puertas gemelas de la taberna 'Todos Contentos y
Yo También': bajo las puertas vieron lo que parecía ser
el extremo inferior de una muleta; su propietario discutía tras la puerta. Tal vez una última copa. Luego, desapareció: tiraron de una de las puertas y algo salió.

Doblado en dos, gimiendo bajo el peso, un indio
viejo y cojo llevaba sobre las espaldas, mediante una
correa atada en la frente, a otro pobre indio aún más
viejo y decrépito que él. Llevaba al anciano con las
muletas, y cada uno de sus miembros temblaba bajo
este peso del pasado; llevaba las cargas de ambos.

Los tres permanecieron contemplando al indio que
desapareció con el anciano al doblar una curva del camino, adentrándose en la noche y arrastrando en el
polvo gris y blanco sus míseros huaraches.

312

X

—Mezcal —dijo el Cónsul casi distraído. ¿Qué había dicho? ¡Qué importa! Sólo, el mezcal surtiría efecto. Pero no debía ser un mezcal en serio, se dijo—. 'No, señor Cervantes' —murmuró— 'mezcal, poquito'.

Sin embargo, pensó el Cónsul, no era simplemente que no debiese, no era sólo eso, no; más bien era como si hubiera perdido o extraviado algo o, mejor dicho, no perder precisamente, no extraviar por fuerza. Era más como si estuviera esperando algo, y luego, como si volviera a no esperar. Era casi como si una vez más estuviese (en lugar de encontrarse en el umbral del Salón Ofelia contemplando la tranquila alberca en que Yvonne y Hugh estaban a punto de nadar) en el negro andén descubierto, al otro lado del cual crecían las coronillas y las ulmarias, y al que había acudido, después de beber toda la noche, para recibir a Lee Maitland que regresaba de Virginia a las 7.40 de la mañana; había acudido ligero, con paso rápido y en aquel estado de ánimo en que ciertamente se despierta el ángel de Baudelaire, deseoso tal vez de esperar trenes, pero no de esperar a los trenes que se detienen; porque en la mente del ángel no hay trenes que se detengan, y de tales trenes nadie baja, ni siquiera otro ángel, ni siquiera un ángel rubio como Lee Maitland. ¿Estaba retrasado el tren? ¿Por qué estaba el Cónsul paseándose por el andén? ¿Era el segundo o el tercer tren del Puente de Suspensión —¡*Suspensión!*— el que, según el encargado de la estación, traería a Lee? ¿Quién era ella? Era imposible que Lee Maitland viniese en semejante tren. Y, además, todos estos eran trenes expresos. Los rieles se alejaban en la distancia, cuesta arriba. Agitando las alas, un pájaro solitario cruzó las vías en lontananza. A corta distancia, a la derecha del paso a desnivel, congelado, erguíase un árbol cual una mina verde que explotase en el mar. La fábrica de cebollas deshidratadas junto a los desviaderos se despertó, y luego fueron las compañías carboníferas. *Negro carbón que calienta al blanco: Carbón del Demonio*... Un delicioso aroma de sopa de cebolla en las callejuelas aledañas a Vavin impregnaba la madrugada. Cerca, mugrosos barrenderos rodaban sus carretillas o cernían carbón. Hileras de faroles apagados como víboras a punto de atacar, formábanse en el andén. Del otro lado había coronillas y amargones y un bote de basura que cual brasero, ardía, solitario, furioso entre las ulmarias. La mañana calentaba. Y ahora, uno tras otro, aparecían los terribles trenes en lo alto del horizonte que resplandecía como un espejismo: primero el lejano gemido, luego el horrible chorro alargado de negro humo, un pilar sin base, inmóvil, luego un casco redondo, como si no siguiera los rieles, como si fuese por otra ruta, o como si se detuviera ¡oh Dios, no se detiene! Cuesta abajo: *Chúcutu-un* chúcutu-un: *chúcutu-dos* chúcutu-dos: *chúcutu-tres* chúcutu-tres: *chúcutu-cuatro* chúcutu-cuatro: ¡Ay! a Dios gracias no se detiene y los rieles tiemblan, la estación vuela y el hollín, negro y bituminoso: *líqueti-cot líqueti-cot líqueti-cot*: y luego otro tren *chúcutu-un chúcutu-un* que viene en otra dirección, meciéndose, silbando, volando a un metro de los rieles, chúcutu-dos con una luz que arde contra el fondo del alba *chúcutu-tres* chúcutu-tres, un único ojo inútil, extraño, de color rojo dorado: trenes, trenes, trenes y una bruja que con la nariz sopla sobre un organillo una estridente tonada en re menor maneja cada tren; *líqueti-cot líqueti-cot líqueti-cot*. Pero no llega su tren; ni tampoco el de ella. Y, no obstante, vendría sin duda alguna, ¿no había dicho el jefe de estación que sería el tercero o el cuarto? ¿De dónde? ¿Dónde estaba el norte? ¿El oeste? Y, de todos modos, ¿norte y oeste según quién?... Y debía recoger flores para recibir al ángel, a la rubia doncella de Virginia que baja del tren. Pero las flores del terraplén no se dejaban cortar; pegajosas, escupían savia; las flores estaban en el extremo indebido de los tallos, y él (en el lado indebido de los rieles) casi se cayó en el brasero; las coronillas se daban en mitad de sus tallos; los tallos de las ulmarias —¿o eran reinas del bosque?— eran demasiado largos, su ramillete era un fracaso. ¿Y cómo regresar cruzando los rieles?; aquí venía otra vez un tren en sentido contrario *chúcutu-un* chúcutu-un, sobre vías irreales, hollando el aire; sobre rieles que llevaban a alguna parte, a la vida ideal, o tal vez, a Hamilton, Ontario... ¡Idiota! estaba tratando de caminar sobre un solo riel, como un niño sobre el borde de la acera: *chúcutu-dos* chúcutu-dos: *chúcutu-tres* chúcutu-tres: *chúcutu-cuatro* chúcutu-cuatro *chúcutu-cinco* chúcutu-cinco: *chúcutu-seis* chúcutu-seis: *chúcutu-siete* chúcutu-siete, trenes, trenes, trenes; trenes que convergían en él desde todos los puntos del horizonte y cada uno aullaba por su demonio amado. La vida no tenía tiempo que perder. Entonces ¿por qué perdía tanto de todo lo demás? Con las coronillas secas ante sus ojos, en la noche —momento siguiente— estaba el Cónsul sentado en la taberna de la estación con un hombre que acababa de tratar de venderle tres dientes flojos. ¿Se suponía que era mañana cuando tenía que esperar el tren? ¿Qué había dicho el jefe de estación? ¿Sería Lee Maitland aquella que agitaba la mano con frenesí desde el expreso? ¿Y quién lanzó por la ventanilla el montón de papeles sucios? ¿Qué había perdido? ¿Por qué estaba sentado allí aquel idiota vestido con un sucio traje gris cuyos pantalones se abultaban a la altura de las rodillas, con una pinza de bicicleta y su chaqueta gris y larga, larga, también abultada y la gorra de tela gris, y botas marrón con su cara carnosa y gris y espesa, en la que faltaban tres dientes, tal vez los mismos *tres* dientes de un lado, y su cuello grueso, y decía a cada rato a todo el que entraba: —Lo estoy mirando... Puedo verlo... No se me va a escapar... —Si sólo te quedaras quieto, Claus, nadie sabría que estás loco... Era también la hora, en el país de las tempestades, cuando el rayo pela los postes, señor Firmin, y muerde los alambres, sí señor... puedes probarlo también después, en el agua, azufre puro... cuando a las cuatro, todas las tardes, del cementerio cercano, precedido por el sepulturero bañado en sudor, con sus pesadas botas, agachado, prógnata y tembloroso, con sus especiales instrumentos de muerte... venía a esta misma taberna a encontrarse con el señor Quattras, corredor de apuestas negro que venía de Codrington, Barbados.

—Soy hombre de hipódromo y me eduqué con los blancos, así que los negros no me quieren —el señor Quattras, triste y sonriente, temía que le deportasen... Pero aquella batalla contra la muerte había sido ganada, y él había salvado al señor Quattras. Aquella misma noche —¿fue entonces?— con el corazón cual un brasero helado esperaba de pie en el andén de una estación entre las ulmarias bañadas de rocío; son hermosas y aterradoras estas sombras en los coches que pasan vertiginosamente junto a las vallas y corren como cebras por el camino de pasto en la avenida de los robles oscuros bajo la luna: una sombra única, como un paraguas, se desliza sobre rieles al pie de una empalizada; portentos de muerte del corazón que cesa de latir... Desaparece. Devorado al revés por la noche. Y desaparece la luna.

C'était pendant l'horreur d'une profonde nuit. Y el cementerio desierto a la luz de las estrellas, abandonado por el sepulturero, ahora borracho, que regresa a casa a campo traviesa... —Puedo cavar una tumba en tres días, si me dejan... —el cementerio bajo la salpicada luz lunar de un único farol, el pasto espeso y profundo y el obelisco que se alza hasta perderse en la Vía Láctea. Jull, se leía en el monumento: ¿Qué había dicho el jefe de estación? Los muertos. ¿Duermen? ¿Por qué, si nosotros no podemos? *Mais tout dort, et l'armée, et les vents et Neptune.* Y había colocado con reverencia las pobres coronillas marchitas en una tumba abandonada... Eso ocurrió en Oakville. Pero entre Oaxaca y Oakville, ¿qué diferencia? ¿O entre una taberna que abría a las cuatro de la tarde y otra que abría (salvo en los días de fiesta) a las cuatro de la mañana? *¡No le cuento embustes, pero una vez por $ 100 hice cavar una cripta íntegra y la mandé a Cleveland!*

Transportarán un cadáver por expreso...

Rezumando alcohol por cada poro, el Cónsul permanecía en la puerta abierta del Salón Ofelia. ¡Qué cuerdo había sido al tomarse un mezcal! ¡Qué cuerdo! Porque era la bebida indicada, la única que se debía tomar en tales circunstancias. Además, no sólo se había probado a sí mismo no temerlo, sino que también estaba plenamente despierto, volvía a estar del todo sobrio y podía resolver cualquier dificultad que se le presentase. Si no fuera por esas continuas contorsiones y saltos en su campo visual, cual innumerables pulgas de arena, hubiera podido decirse que no se había tomado una sola copa en varios meses. Lo único que andaba mal era que sentía demasiado calor.

Una cascada natural estrellábase en una especie de tanque construido en dos planos: le parecía que el espectáculo era no tanto refrescante como sugerente, en cierto modo grotesco, de alguna especie de último sudor agónico; el nivel inferior formaba una alberca en la que aún no nadaban Hugh e Yvonne. El agua de turbulento nivel superior corría por una cascada artificial, más allá de la cual se convertía en ágil corriente que serpeaba por la espesa selva para perderse de vista al precipitarse en una cascada natural de mayores proporciones. Después, según recordó, se dispersaba, perdía su identidad y goteaba en la barranca por diversos sitios. Una senda seguía el curso de la corriente al través de la selva, y en cierto lugar desviábase hacia la derecha otra vereda que llegaba a Parián: y al Farolito. Aunque el primer camino también llevaba a lugares ricos en cantinas. ¡Sólo Dios sabe por qué! Una vez, quizás en la época de las *haciendas*, Tomalín tuvo cierta importancia irrigatoria. Luego, después del incendio de los cañaverales, se abandonaron los brillantes y factibles proyectos que se habían elaborado para construir un centro termal. Más tarde, vagos sueños de fuerza hidroeléctrica flotaron en la atmósfera, aunque nunca se hizo nada al respecto. Parián era un misterio aún mayor. Colonizada en sus orígenes por un puñado de aquellos fieros antepasados de Cervantes y los desleales tlaxcaltecas que habían logrado hacer de México, aun traicionándolo, algo grande, la capital nominal del estado fue eclipsada por Quauhnáhuac desde la época de la revolución, y aunque siguió siendo un oscuro centro administrativo, nadie le había podido explicar nunca claramente al Cónsul cómo había logrado subsistir. Se veía gente que allá iba; poca —recordaba— que volviese. Claro que regresaban; él mismo había vuelto: había una explicación. Pero, ¿por qué no había autobús para hacer el recorrido hasta allá o por qué sólo hacíalo de mala gana y por una extraña ruta? El Cónsul se sobresaltó.

Cerca de él, algunos fotógrafos acechaban bajo negras capuchas. Esperaban junto a sus maltrechos aparatos a que saliesen los bañistas de los gabinetes. Ahora dos muchachas vestidas con viejos trajes alquilados, gritaban al acercarse al agua. Pavoneándose en lo alto de un parapeto gris que dividía la alberca de los rápidos superiores, sus acompañantes, que a todas luces decidían no zambullirse, para justificarse apuntaban a un trampolín sin escaleras que, abandonado, cual una víctima olvidada de alguna catástrofe diluviana, estaba en un pirul de pobre ramaje. Al cabo de un rato, dando gritos, deslizáronse vertiginosamente por una resbaladilla de concreto que llevaba a la piscina. Las muchachas, aunque remisas, acabaron por meterse al agua con risas sofocadas. Nerviosas ráfagas agitaban la superficie de las aguas. Nubes de color magenta amontonábanse cada vez más en el horizonte, pero en las alturas el cielo estaba despejado.

Hugh e Yvonne aparecieron vistiendo grotescos trajes. Parados en la orilla de la alberca, reían y tiritaban, aunque los rayos horizontales del sol caían sobre ellos con sólido calor.

Los fotógrafos tomaron sus fotos.

—¡Vaya! —dijo Yvonne—, esto es como las Cataratas de la Herradura en Gales.

—O como el Niágara —respondió el Cónsul—, circa 1900. ¿Qué te parecería un viajecito en el *Doncella de las brumas* a setenta y cinco centavos incluyendo los impermeables?

Cauteloso, y con las manos sobre las rodillas, volvióse Hugh.

—Sí. Hasta donde termina el arcoiris.

—La Gruta de los Vientos. La 'Cascada Sagrada'.

Había en realidad, más de un arcoiris. Aunque sin ellos, el mezcal (que Yvonne, claro está, no podía haber advertido) habría dado al lugar un aspecto mágico. La magia estaba en las propias Cataratas del Niágara, no en su elemental majestad de ciudad de las lunas de miel; en un sentido amatorio, cursi, dulzón, hasta indecoroso, que merodeaba en este nostálgico paraje salpicado por la espuma. Pero ahora el mezcal hacía sonar una nota discordante, luego una sucesión de quejumbrosas notas discordantes a cuyo son parecían bailar todas las neblinas que se mecían en las elusivas sutilezas de los listones de luz, entre las cintas de flotantes arcoiris. Era una danza fantasmagórica de almas desconcertadas por estos engañosos matices, las cuales, no obstante, seguían buscando la permanencia en medio de lo que era sólo perpetuamente evanescente o se perdía para siempre. O era una danza entre el buscador y su meta, persiguiendo aquí los alegres colores que había asumido sin saberlo, y allá esforzándose por reconocer la más refinada escena en la que ya participaba sin que acaso jamás llegara a percatarse de ello...

Oscuras espirales de sombras yacían en la cantina desierta. Echáronsele encima. —'Otro mezcalito. Un poquito'—la voz parecía venir de encima del mostrador, donde dos fieros ojos amarillos taladraban la penumbra. Materializáronse la cresta escarlata, las barbas y luego las plumas de metálicos reflejos color verde broncíneo, pertenecientes a un gallo que estaba sobre la barra y, surgiendo juguetón de atrás del mostrador, Cervantes lo saludó con alegría tlaxcalteca.

—'Muy fuerte. Muy terrible' —cacareó.

¿Acaso era éste el rostro que botó quinientos barcos y traicionó a Cristo al imponerlo en el Hemisferio Occidental? Pero el ave parecía bastante mansa. Las tres y media *by the cock*, había dicho aquel otro tipo. Y aquí estaba el gallo, *the cock*. Era un gallo de pelea. Cervantes lo estaba adiestrando para una pelea en Tlaxcala, pero al Cónsul no le interesaba. Los gallitos de Cervantes siempre perdían; el Cónsul había asistido, borracho, a una pelea en Cuautla; aquellas feroces batallas en miniatura inventadas por el hombre, crueles y destructivas y, sin embargo, en cierto modo suciamente inconclusas, breve cada una cual un coito ejecutado con repugnante torpeza, le asqueaban y aburrían. Cercantes retiró el gallo. —'Un bruto' —añadió.

El estruendo amortiguado de las cataratas llenaba el cuarto como el fragor de las máquinas de un barco... Eternidad... El Cónsul, refrescado, se apoyó en la barra contemplando su segunda copa del líquido incoloro con aroma de éter. Beber o no beber... Pero sin mezcal, imaginó, se había olvidado de la eternidad, se había olvidado de su viaje al mundo, de que la tierra era una nave fustigada por la cola del Cabo de Hornos y condenada a no llegar nunca a su Valparaíso. O que era cual una pelota de golf lanzada a la *Mariposa de Hércules* que un gigante asomado a la ventana de un manicomio en el infierno pescaba caprichosamente al vuelo. O que era un camión que hacía su excéntrico viaje a Tomalín y nada. O que era como... lo que fuese dentro de poco, después del próximo mezcal.

Y sin embargo, aún no había habido un «próximo» mezcal. Allí permanecía el Cónsul, como si su mano fuera parte de la copa, escuchando, recordando... De pronto oyó por encima del estruendo las voces claras y dulces de los jóvenes mexicanos que estaban afuera: también la voz de Yvonne, amada, intolerable —y diferente, después del primer mezcal— que pronto habría de perderse.

¿Por qué perderse?... Ahora era como si las voces se confundieran con el torrente cegador de la luz solar que se derramaba por la puerta abierta y que al pasar convertía las flores escarlatas en llameantes espadas. Casi hasta la mala poesía es mejor que la vida, podía estar diciendo la confusión de voces mientras él bebía ahora la mitad de su copa.

El Cónsul advirtió otro estruendo, aunque éste provenía del interior de su cabeza: *Chúcutu-un*: meciéndose, el American Express lleva el cadáver entre las verdes praderas. ¿Qué es el hombre sino una minúscula alma que mantiene en vida a un cadáver? ¡El alma! ¡Ah! ¿Acaso no tenía ella también sus tlaxcaltecas salvajes y traicioneros, su Cortés y sus 'noches tristes' y, sentado en el interior de su más recóndita ciudadela, encadenado y bebiendo chocolate, su pálido Moctezuma?

El estruendo ascendió, desvanecióse, y volvió a elevarse; las cuerdas de guitarra se mezclaban con la algarabía de muchas voces que llamaban y no cantaban, como las nativas de Cachemira, suplicantes, por encima del estrépito del remolino: —'Borrrrraaacho' —gemían. Y el cuarto en la penumbra con su luminoso umbral temblaba bajo sus pies.

—...¿Qué te parece, Yvonne, si algún día escalamos aquel bebé, quiero decir el Popo...?

—¡Dios mío! ¿No has hecho bastante ejercicio por un...?

—...Sería buena idea endurecer primero los músculos, adiestrarse en algunos picos menores.

Estaban bromeando. Pero el Cónsul no bromeaba. Su segundo mezcal era en serio. Sin terminarlo, lo dejó en el mostrador; desde un lejano rincón el señor Cervantes le hacía señas de que se acercase.

Un hombrecillo andrajoso que ostentaba un parche negro sobre un ojo y vestía una chaqueta negra, pero tocado con un hermoso 'sombrero' cuyas borlas de vivos colores caían sobre su espalda, parecía, por salvaje que fuese en el fondo, hallarse en un estado de excitación nerviosa casi tan intensa como la de él mismo. ¿Qué magnetismo atraía a estas trémulas y ruinosas criaturas hacia su órbita? Cervantes se adelantó indicándole el camino por detrás del mostrador, subió dos escalones y corrió una cortina. ¡Pobre tipo solitario!, quería volver a enseñarle su casa. El Cónsul ascendió los escalones con dificultad. Un pequeño cuarto ocupado por una enorme cama metálica. Rifles enmohecidos en una percha de la pared. En un rincón, ante la diminuta Virgen de porcelana, ardía una veladora. Vela sacramental en realidad, derramaba en el cuarto un mortecino resplandor rubescente al través del cristal y formaba un amplio cono amarillo que temblaba en el techo: la mecha ardía débilmente. —Míster —temblando, Cervantes apuntó hacia ella—. 'Señor'. Mi abuelo me dijo que nunca la dejara apagarse —lágrimas de mezcal aparecieron en los ojos del Cónsul y recordó algo que aconteció en la parranda de la noche anterior cuando, acompañado del doctor Vigil, fueron a una iglesia de Quauhnáhuac que no conocía y en la que había oscuros gobelinos y extraños ex-votos pintados, una Virgen piadosa que flotaba en la penumbra, a la cual rogó con el corazón palpitante de pesadumbre para que Yvonne volviera. Sombrías figuras, trágicas y aisladas, merodeaban en la iglesia o permanecían de hinojos... sólo los desamparados y los solitarios iban allí. —Es la Virgen de los que no tienen a nadie —díjole el doctor acercando la cabeza a la imagen—. Y de los marineros que están en alta mar —luego se arrodilló en la mugre y colocando junto a sí su pistola (porque el Dr. Vigil iba siempre armado a los bailes de la Cruz Roja) en el piso, dijo con tristeza—: Nadie viene aquí, sólo los que no tienen a nadie.

Ahora el Cónsul identificaba a esta Virgen con aquella que había escuchado su plegaria y, mientras permanecían ante ella en silencio, volvió a rezar: —Nada ha cambiado, y a pesar de la misericordia de Dios, sigo estando solo. Aunque mi sufrimiento parece no tener sentido, sigo agonizando. No hay explicación para mi vida —no la había por cierto, ni tampoco era esto lo que había querido expresar—. ¡Por favor, que Yvonne logre aquello con lo que ha soñado... ¿soñado?... una nueva vida conmigo... permíteme creer, por favor, que no todo es un abominable engaño de nosotros mismos —trató...—. Permíteme, por favor, hacerla feliz, líbrame de esta horrenda tiranía de mí mismo. Me he hundido muy bajo. Permíteme hundirme aún más para que así pueda llegar a conocer la verdad. Enséñame a amar de nuevo, a amar la vida —tampoco eso serviría...—. ¿En dónde está el amor? Permíteme sufrir en verdad. Devuélveme la pureza, el conocimiento de los Misterios que he traicionado y perdido. Haz que me quede de veras solo para que pueda orar honestamente. Permítenos volver a ser felices en alguna parte, pero juntos, aunque sea fuera de este terrible mundo. ¡Destruye el mundo! —clamó desde lo profundo de su corazón. Los ojos de la Virgen miraban hacia abajo en señal de bendición, pero tal vez no había escuchado. El Cónsul apenas notó que Cervantes había tomado uno de los rifles: —Me encanta la caza —después de volver a ponerlo en su lugar, abrió el último cajón de un ropero arrinconado en otra esquina. El cajón estaba repleto de libros, incluso la *Historia de Tlaxcala*, en diez volúmenes. Lo cerró de inmediato—. Soy un hombre insignificante, y no leo estos libros para probar mi insignificancia —dijo con orgullo—. 'Sí, hombre' —prosiguió, mientras volvían a bajar al bar— como le dije, obedezco a mi abuelo. Me dijo que me casara con mi esposa. Así es que llamo a mi esposa mi madre —sacó la fotografía de un niño en un féretro y la puso sobre el mostrador—. Bebí todo el día.

—...gafas para la nieve y un alpenstock. Te verías maravillosamente con...

Hugh y luego Yvonne hablaban mientras se vestían y conversaban en voz alta por encima de los cuartos de baño, a menos de dos metros, más allá del muro.

—...sientes hambre ahora, ¿verdad?

—...un par de pasas y media ciruela!

—...sin olvidar los limones...

El Cónsul terminó su mezcal: todo era una broma conmovedora, claro está, y no obstante, si bien este proyecto de subir al Popo era el tipo de cosa que Hugh habría planeado antes de llegar, en tanto que descuidaba tantas otras cosas, sin embargo, ¿no se les *habría ocurrido acaso que*, la idea de ascender al volcán tenía en cierto modo la significación de pasar juntos toda una vida? Sí, ante la mirada de ambos alzábase con todos sus peligros ocultos, sus trampas, ambigüedades, engaños, portentoso como lo que podían imaginar, durante el pobre espacio breve e ilusorio de un cigarrillo, que era su propio destino... ¿o simplemente se trataba ¡ay! de que Yvonne era feliz?

—...¿de dónde salimos, de Amecameca?

—Para evitar el mal de montaña.

—...aunque, según dicen, se trata de toda una peregrinación. Geoff y yo pensamos hacerlo hace años. Primero se va a caballo hasta Tlamacas...

—...a media noche, ¡en el Hotel Fausto!

—¿Qué preferirían todos ustedes, coliflores o papizzas? —el Cónsul, inocente, los saludaba, sin bebida, en una cabina, frunciendo el ceño; la cena de Emmaús, pensó, a la vez que trataba de disfrazar su lejana voz de mezcal mientras examinaba el menú que le había entregado Cervantes—. Sopa de venturas o soupe a l'Onan de ajo y huevo.

—¿Chile con leche? ¿O qué te parece un buen filete de huachinango rebozado con salsa de tártaro y alemanes fritos?

Cervantes les había dado un menú a Yvonne y otro a Hugh, pero ambos compartían el de Yvonne: —La sopa especial del Dr. Moise von Schimdthaus —dijo Yvonne, paladeando sus propias palabras.

—Creo que un pitobel enchilado es todo lo que necesito —dijo el Cónsul— después de esos onanes.

—Sólo uno —prosiguió el Cónsul, temeroso de que las risotadas de Hugh fueran a herir los sentimientos de Cervantes—, pero por favor anote los alemanes fritos. Los encuentra uno hasta en el filete.

—¿Y qué hay del tártaro? —preguntó Hugh.

—¡Tlaxcala! —Cervantes, sonriente, discutía entre ellos en su mal inglés, con lápiz tembloroso—. Sí, soy tlaxcalteca... ¿Le gustan los huevos, señora? Huevos pisados. 'Muy sabrosos'. ¿Huevos divorciados? Para pescado, rebanadas o filete con chícharos. Vol-au-vent à la reine. Maromas para la reina. ¿O le gustan los huevos difíciles de cocer, disífiles en pan tostado? ¿O una rebanada de hígado del Capitán? ¿O chopita de popo en pipián? ¿O pollo espectral de la casa? Pichoncito. ¿O un filete de golfo, con un tártaro frito, le gusta?

—¡Ah, el omnipresente tártaro! —exclamó Hugh.

—Pienso que el pollo espectral de la casa sería aún mejor, ¿no lo creen? —Yvonne reía a pesar de los obscenos retruécanos que se decían por encima de su cabeza, pensó el Cónsul, de los cuales aún no se percataba.

—Servido probablemente en su propio ectoplasma.

—Sí; ¿le gustan los calamadres en su tinta? ¿O atunas? ¿O un exquisito mole? ¿Tal vez un melón de moda para comenzar? ¿Mermelada de higos? ¿Moras con mierdabeja a la Gran Duque? Omelésurpus ¿le gusta? ¿Quiere primero un chin fish? ¿Un buen chin fish? ¿Un pez plateado? Sparkenwein?

—'¿Madre?' —preguntó el Cónsul—. ¿Qué es esta 'madre'? ¿Te gustaría comerte a tu madre, Yvonne?

—'Badre, señor'. También es pescado. Pescado de Yautepec. 'Muy sabroso'. ¿Quiere?

—¿Qué te parece, Hugh... quieres esperar el pez que muere?

—Querría una cerveza.

—Cerveza, sí. ¿Moctezuma? ¿Dos Equis? ¿Carta Blanca?

Al fin se decidieron por la sopa de almejas, huevos revueltos, el pollo espectral de la casa, fríjoles y cerveza. Al principio, el Cónsul sólo había ordenado camarones y un sandwich de hamburguesa, pero se rindió a las instancias de Yvonne: —Querido, ¿no vas a comer sino eso? Yo podría devorar un potrillo —y sus manos se unieron por encima de la mesa...

Y luego, por segunda vez aquel día, sus ojos, en una larga, larga mirada anhelante. Tras los ojos de Yvonne, más allá de ella, el Cónsul, por un instante vio Granada y el tren que valsaba proveniente de Algeciras sobre las llanuras de Andalucía, *chófeti pópeti chófeti pópeti*, el camino, bajo y polvoriento, que partía de la estación y pasaba por el antiguo ruedo y el bar Hollywood y llegaba al pueblo, pasando por el Consulado Británico y el Convento de Los Angeles cuesta arriba hasta llegar junto al Hotel Washington Irving (¡No te me puedes escapar, puedo verte, Inglaterra debe volver a Nueva Inglaterra por sus valores!), el viejo tren número siete que hasta allí llevaba: cae la noche y las imponentes carretelas ascienden lentamente por los jardines, se arrastran bajo los portales, suben y pasan junto al lugar donde el eterno pordiosero toca su guitarra de tres cuerdas, por los jardines, jardines, jardines por doquiera, arriba, arriba hasta las maravillosas tracerías de la Alhambra (que le aburría) más allá del pozo donde se conocieron, a la Pensión América; y arriba, arriba, ahora ascendían ellos mismos a los Jardines del Generalife, y ahora, de los Jardines del Generalife a la Tumba Morisca en la cúspide de la colina; aquí habían tenido lugar sus esponsales...

El Cónsul bajó al fin los ojos. ¿Cuántas botellas desde entonces? ¿En cuántos vasos, en cuántas botellas se había escondido, solo, desde entonces? De pronto las vio, botellas de aguardiente, anís, jerez, Highland Queen, las copas, una babel de copas —que ascendía como el humo del tren aquel día— construida hasta el cielo y que luego se derrumbaba y los vasos se volcaban y rompíanse y rodaban cuesta abajo por la pendiente de los Jardines del Generalife, las botellas se quebraban, botellas de oporto, tinto, blanco, botellas de Pernod, *Oxygenée*, ajenjo, botellas que se hacían añicos, botellas desechadas que caían con golpe seco en los terrenos de los jardines, bajo las bancas, camas, butacas de cine, ocultas en cajones de los consulados, botellas de Calvados que al caer rompíanse o se hacían añicos, las que caían en montones de basura, las que eran arrojadas al mar, al Mediterráneo, al Caspio, al Caribe, botellas que flotaban en el océano, escoceses muertos en las montañas del Atlántico, y ahora las veía, las olía a todas ellas, desde el principio: botellas, botellas, botellas y copas, copas, copas de amargo Dubonnet o de Falstaff, rye, Johnny Walker, Vieux Whiskey blanc Canadien, aperitivos, digestivos, demis, los dobles, los noch ein Herr Obers, los et glas Araks, tusen taks, las botellas, las hermosas botellas de tequila y las ollas, ollas, ollas, los millones de ollas de hermoso mezcal... El Cónsul permaneció sentado completamente inmóvil. Su conciencia resonaba apagada por el estrépito del agua. Golpeaba y gemía con la brisa espasmódica en torno al armazón de madera de la casa, amontonaba, con los nubarrones de tempestad que se veían desde las ventanas por encima de los árboles, sus atalayas. ¿Cómo podía encontrarse a sí mismo, comenzar de nuevo, cuando, en algún lugar, tal vez, en una de aquellas botellas rotas o perdidas, en una de esas copas, se hallaba, para siempre, la clave solitaria de su identidad? ¿Cómo volver atrás y buscar ahora, husmear entre los vidrios rotos bajo los eternos bares, bajo los océanos?

¡Detente! ¡Mira! ¡Escucha! De cualquier manera, ¿cuán borracho o cuán beodamente sobrio sin embriaguez calculas que te hallas *ahora*? Primero aquellos tragos en la cantina de la señora Gregorio, de seguro no más de dos. ¿Y antes? ¡Ah, antes! Pero después, en el autobús, sólo había bebido un sorbo del Habanero de Hugh y luego, en el jaripeo, casi se lo acabó. Esto fue lo que volvió a emborracharlo, pero con una embriaguez que no le agradaba, peor aún que en la plaza, la beodez de la inconsciencia inminente, del mareo, y era de esta especie de borrachera —¿acaso era así?— de la que había tratado de librarse tomándose a hurtadillas aquellos mezcalitos. Pero el mezcal, ahora se percataba de ello, había producido un efecto en cierto modo ajeno a sus cálculos. La extraña verdad era que tenía otra curda. De hecho, había algo casi hermoso en los horrendos extremos de la condición en que se encontraba ahora. Era una curda como la marejada de un océano inmenso y oscuro que finalmente se estrellaba contra un vapor a punto de naufragar, impelida por innumerables ventarrones a barlovento que desde hace mucho se habían extinguido. Y a todo esto no resultaba tan necesario librarse de la embriaguez cuanto despertar una vez más, sí, cuanto despertar, tanto como para...

—¿Recuerdas que esta mañana, Yvonne, cuando cruzábamos el río vimos una pulquería del otro lado, llamada 'La Sepultura', o algo así, y que había un indio sentado con la espalda apoyada en la pared, con el sombrero sobre el rostro y su caballo atado a un árbol, y que en el anca del caballo estaba marcado un número siete...

—alforjas...

...Caverna de los Vientos, sede de todas las grandes decisiones, pequeña Citerea de la infancia, eterna biblioteca, santuario que se adquiere por un penique o por nada, ¿en qué otra parte podría el hombre absorber y despojarse de tantas cosas al mismo tiempo? El Cónsul estaba despierto, es verdad, pero en este momento aparentemente no estaba cenando con los demás, aunque sus voces le llegaban con suficiente nitidez. El retrete era todo de piedra gris y parecía una tumba, hasta el asiento era de fría piedra. —Es lo que me merezco... Es lo que soy —pensó el Cónsul—. Cervantes —llamó, y Cervantes, de modo sorprendente, apareció a medias, oculto en parte por la pared (no había puerta alguna en la tumba de piedra) con el gallo de pelea que, cacareando, simulaba forcejear bajo su brazo:

—...¡Tlaxcala!

—...o tal vez era en la grupa...

Al cabo de un momento, después de comprender los apuros del Cónsul, Cervantes le aconsejó:

—Una piedra, 'hombre'; le traigo una piedra.

—¡Cervantes!

—...*marcado*...

...—límpiese con una piedra, señor.

...También la comida había empezado bien, recordó ahora, hacía uno o dos minutos, a pesar de todo y; —Pendejas a la marinera —había comentado al comenzar a tomar la sopa de almejas—. ¡Y nuestros pobres sesos y los huevos que se echan a perder en casa! —¿no se había sentido lleno de conmiseración cuando apareció, nadando en exquisito mole, el pollo espectral de la casa? Habían estado discutiendo acerca del indio que hallaron en el camino y sobre el ratero del camión, y luego: 'Excusado'. Y éste, este último Consulado gris, esta Isla Franklin del alma, era el 'excusado'. Alejado de los baños, conveniente, y al mismo tiempo al abrigo de miradas curiosas, era sin lugar a duda una pura fantasía tlaxcalteca, obra del mismo Cervantes, construido para recordarle algún frío pueblecillo montañoso envuelto en la bruma. Sin embargo, el Cónsul estaba sentado, todo vestido, y sin mover ningún músculo. ¿Por qué se encontraba aquí? ¿Por qué estaba siempre, más o menos, aquí? Le hubiera gustado tener un espejo para hacerse esa pregunta. Pero no había espejo. Sólo piedra. Acaso era ésta la eternidad por la que tanto escándalo había armado, acaso era ya la eternidad, del tipo de Svidrigailov, sólo que, en vez de ser un baño en el país lleno de arañas, aquí resultaba ser una pétrea celda monástica en donde estaba sentado —¡qué extraño!— ¿quién sino él mismo?

—...'Pulquería'...

—...y luego este indio.

SEDE DE LA HISTORIA DE LA CONQUISTA
¡VISITE UD. TLAXCALA!

leyó el Cónsul. (Y ¿cómo explicar que, junto a él, hubiese una botella de limonada medio llena de mezcal, cómo la había obtenido con tanta rapidez, o tal vez Cervantes, arrepentido, ¡a Dios gracias!, de la piedra, junto con el cartel turístico al cual habían añadido un horario de ferrocarril y autobuses, la había traído... o la había comprado él mismo antes, y en ese caso, cuándo?)

'¡VISITE UD. TLAXCALA!'

'Sus monumentos, sitios Históricos y de Bellezas Naturales. Lugar de descanso. El Mejor Clima. El Aire más Puro. El Cielo Más Azul'.

'¡TLAXCALA! SEDE DE LA HISTORIA DE LA CONQUISTA'

—...esta mañana, Yvonne, cuando cruzábamos el río, vimos esta pulquería del otro lado...

—...¿'La Sepultura'?

—...indio sentado con la espalda apoyada en la pared...

SITUACION GEOGRAFICA

Este Estado se encuentra entre 19° 06' 10" y 19° 44' 00" latitud Norte y entre 0° 23' 38" y 1° 30' 34" longitud Este del meridiano de México. Son sus límites al noreste y al Sur con el Estado de Puebla, al Oeste con el Estado de México y al noroeste con el Estado de Hidalgo. Su extensión territorial es de 4.132 kms. cuadrados. Su población es aproximadamente de 220.000 inhibitantes lo cual da una densidad de 53 inhibitantes por kilómetro cuadrado. Está situada en un valle rodeado de montañas, entre las cuales se encuentran las llamadas Matlalcuéyatl e Iztaccíhuatl.

—...De seguro te acuerdas, Yvonne, que había esta 'pulquería'.

—...¡Qué espléndida mañana fue...

CLIMA

Intertropical y propio de las regiones montañosas, regular y saludable. Se desconoce la enfermedad de la malaria.

—...bien, Geoff dijo que era español...

—...pero ¿qué más da?

—Para que el hombre tirado en el camino pudiera ser un indio, por supuesto —dijo el Cónsul desde su retrete de piedra, aunque le resultó extraño que nadie pareciera haberlo oído—. Y ¿por qué indio? Para que el incidente pudiera tener alguna significación social para él, para que apareciera como una especie de día del juicio de la Conquista, ¡si me hacen el favor! para que a su vez aquello pudiera parecer una repercusión de...

—...cruzábamos el río, un molino de viento...

—¡Cervantes!

—Una piedra... ¿Quiere usted una piedra, 'señor'?

HIDROGRAFIA

Río Zahuapan, afluente del río Atoyac y contiguo a la ciudad de Tlaxcala, suministra gran cantidad de energía a varias fábricas; entre las lagunas, la de Acuitlapico es la más notable y se encuentra a dos kilómetros al sur de la ciudad de Tlaxcala... Hay abundancia de palmípedos en la primera laguna.

—...Geoff dijo que la cantina de donde salió era un nido de fascistas. 'El Amor de los Amores'. Lo que creí comprender es que había sido dueño de la cantina, aunque creo que ha venido a menos y ahora sólo trabaja allí... ¿Quieres otra cerveza?

—¿Por qué no? Tomémosla.

—¿Y qué tal si este hombre tirado en el camino hubiera sido un fascista, y tu famoso español un comunista? —en su retrete de piedra el Cónsul dio un sorbo a su mezcal—. No te preocupes, creo que tu ladrón es fascista, aunque de cierta índole ignominiosa, tal vez espía de otros espías o...

—Según yo, Hugh, pensé que sólo se trataba de un pobre hombre que venía del mercado después de haber bebido mucho pulque y se cayó de su caballo y lo estaban atendiendo, pero luego llegamos nosotros y lo robaron... Aunque, sabes, yo no advertí nada... Me avergüenzo de mí misma.

—Muévele un poco el sombrero hacia abajo para que respire un poco de aire.

—...fuera de 'La Sepultura'.

La capital del estado, de la que se dice que es igual a Granada, *la Capital del Estado, de la que se dice que es igual a Granada, se dice que es igual a Granada, Granada, la Capital del Estado, de la que se dice que es igual a Granada,* es de agradable apariencia, calles rectas, edificios arcaicos, clima puro y hermoso, eficiente servicio público de alumbrado y moderno Hotel para turistas. Posee un hermoso Parque Central llamado "Francisco I. Madero" cubierto de árboles agobiados por los años, siendo en su mayoría fresnos, jardín vestido por múltiples flores de singular hermosura; asientos por doquier, *cuatro limpias, asientos por doquier,* cuatro limpias y bien alineadas avenidas laterales. Durante el día las aves cantan melodiosamente entre el follaje de los árboles. En conjunto ofrece un aspecto de majestad emocional, *majestad emocional* sin que por ello pierda su apariencia de tranquilidad y reposo. La calzada del Río Zahuapan, con una extensión de 200 metros de longitud, tiene a ambos lados corpulentos fresnos a lo largo del río, en algunas partes se han construido murallas que dan la impresión de diques, en la parte media de la calzada existe un bosque en donde se encuentran 'senadores' (por *cenadores*) merced a los cuales tienen mayores facilidades los excursionistas que a él acuden en los días de descanso. Desde esta calzada pueden admirarse los sugestivos paisajes que muestran al Popocatépetl y al Iztaccíhuatl.

—...o no pagó su pulque en 'El Amor de los Amores' y el hermano del pulquero lo siguió para exigirle el precio del consumo. Veo una extraordinaria verosimilitud en esto.

...—¿Qué cosa *es* el Ejidal, Hugh?

—...Un banco que adelanta dinero para financiar el esfuerzo colectivo en los pueblos... Estos mensajeros desempeñan un cargo peligroso. Tengo un amigo en Oaxaca... A veces viajan disfrazados como buenos peones... Por algo que dijo Geoff... Atando cabos... Pensé que el pobre hombre podía ser mensajero del banco... Pero era el mismo tipo que vimos esta mañana; de todos modos, era el mismo caballo. ¿Recuerdas si llevaba alforjas cuando lo vimos?

—Es decir, creo que lo vi... Las traía cuando creo que lo vi.

—...Ahora que me acuerdo, Hugh, creo que hay uno de esos bancos en Quauhnáhuac, precisamente junto al Palacio de Cortés.

—...mucha gente a la que no le gustan los Bancos de Crédito ni Cárdenas tampoco, como ya sabes, ni le hacen gracia estas leyes de reforma agraria.

Dentro de los límites de la ciudad de Tlaxcala se alza una de las iglesias más antiguas del Nuevo Mundo. Este lugar fue residencia de la primera Sede Apostólica, llamada "Carolense" en honor del Monarca Español Carlos V, y fue su primer Obispo don Fray Julián Garcés en el año de 1526. En dicho convento, de acuerdo con la tradición, fueron bautizados los cuatro senadores de la República Tlaxcalteca y existe aún, en el lado derecho de la iglesia, la fuente bautismal; fueron sus padrinos el Conquistador Hernán Cortés y varios de sus capitanes. La entrada principal del convento ofrece una magnífica serie de arcos, y en el interior hay un pasadizo secreto, *pasadizo secreto*. Al lado derecho de la entrada se yergue una majestuosa torre que se estima no tiene par en América. Los altares son de estilo churrigueresco (recargado) y están decorados con pinturas de los artistas más célebres, como Cabrera, Echave, Juárez, etcétera. En la capilla del lado derecho existe aún el famoso púlpito desde donde se predicó, por vez primera en el Nuevo Continente, el Evangelio. El techo de la iglesia conventual muestra entrepaños decorados que forman estrellas doradas. El techo es único en toda la América Hispana.

—...a pesar de aquello en lo que he estado trabajando y mi amigo Weber y de lo que dijo Geoff acerca de la Unión Militar, sigo creyendo que los fascistas no tienen aquí ningún amigo digno de mención.
—¡Oh, Hugh, por amor de Dios!...

PARROQUIA DE LA CIUDAD

La iglesia se alza en el mismo sitio donde los españoles construyeron la primera Ermita consagrada a la Virgen María. Algunos de los altares están decorados con recargadas obras de arte. El pórtico de la iglesia es de apariencia hermosa y severa.

—¡Ja ja ja!
—¡Ja ja ja!
—Siento mucho que no puedan venir conmigo.
—Porque es la Virgen de los que no tienen a nadie.
—Nadie viene aquí, sólo los que no tienen a nadie.

CAPILLA REAL DE TLAXCALA

Frente al Parque Francisco I. Madero podían verse las ruinas de la Capilla Real, en donde los senadores tlaxcaltecas por vez primera oraron al Dios del Conquistador. Ha quedado sólo el pórtico en el que puede admirarse el escudo papal así como los del pontificado mexicano y del Rey Carlos V. La historia relata que la construcción de la Capilla Real se erigió con un costo que asciende a $ 200,000.000.

—Un nazi podrá no ser fascista, pero ciertamente hay muchísimos por estos rumbos, Yvonne. Apicultores, mineros, químicos. Y cantineros. Las cantinas, por supuesto, son los cuarteles generales por excelencia. Por ejemplo, en la Ciudad de México, en el Pilsener Kindl...

—Por no mencionar Parián, Hugh —dijo el Cónsul sorbiendo su mezcal, aunque nadie parecía haberle oído, salvo un colibrí que en ese momento entró zumbando en su retrete de piedra, aleteó, zarandeóse en la entrada y rebotó casi en el rostro del ahijado del propio Conquistador, Cervantes, que volvía a pasar, deslizándose con su gallo de pelea bajo el brazo—. En el Farolito...

SANTUARIO OCOTLAN EN TLAXCALA

Es un santuario cuyos campanarios blancos y adornados, de 38.7 metros de altura y estilo recargado, producen una impresión imponente y majestuosa. La fachada. ornada con estatuas de los santos arcángeles, de San Francisco y el epíteto de la Virgen María. Su construcción se compone de madera labrada de perfectas dimensiones, decorada con símbolos alegóricos y flores. Fue construida en la época colonial. Su altar central es de estilo recargado y preciosista. Lo más admirable es la sacristía, con bóvedas, y decorada con gráciles obras labradas en las que prevalecen los colores verde, rojo y dorado. En la parte superior del interior de la cúpula están labrados los doce apóstoles. El conjunto es de una singular hermosura que no se halla en ninguna otra iglesia de la República.

—...No estoy de acuerdo contigo, Hugh. Si volvemos unos cuantos años atrás...

—...olvidando, claro está, a los mixtecas, toltecas, Quetzalcóatl...

—...no necesariamente...

—...¡Oh sí, los olvidas! Y dices primero: el español explota al indio; luego, cuando tuvo descendencia, explotó al mestizo, luego al español de pura sangre nacido en México, el criollo; luego el mestizo explota a todo el mundo, al extranjero, al indio, a todos. Luego los alemanes, los norteamericanos lo explotaron a él; ahora, el capítulo final, la explotación de todos por todos...

Sitios Históricos — SAN BUENAVENTURA ATEMPAM

En esta ciudad se construyeron y probaron en un dique las naves usadas por los Conquistadores en el ataque a Tenochtitlán, la gran capital del Imperio de Moctezuma.

—*Mar Cantábrico.*

—Bien, ya te oí; la conquista tuvo lugar en una comunidad organizada en la que, naturalmente, ya existía la explotación.

—Bien...

—...no, lo importante es, Yvonne, que la conquista tuvo lugar en una civilización tan buena, si no mejor, que la de los conquistadores, una estructura de profundas raíces. No eran tribus salvajes o nómadas vagabundos...

—¿lo cual sugiere que si hubieran sido vagabundos y errantes, quizá nunca habría habido explotación?

—Tómate otra botella de cerveza... ¿Carta Blanca?

—Moctezuma... Dos Equis.

—¿O Moctezuma?

—Moctezuma en la botella.

—Es todo lo que es ahora...

TIZATLAN

En esta ciudad, muy cercana a la ciudad de Tlaxcala, siguen en pie las ruinas del palacio, residencia del Senador Xicoténcatl padre del guerrero del mismo nombre. En dichas ruinas podían apreciarse aún los bloques de piedra en que se ofrecían los sacrificios a sus Dioses... En la misma ciudad, hace mucho tiempo, estaba el cuartel general de los guerreros tlaxcaltecas.

—Te estoy observando... no te me vas a escapar.

—...no se trata sólo de escaparse. Quiero decir, comencemos de nuevo, de veras y limpiamente.

—Creo que conozco el lugar.

—Puedo verte.

—...dónde están las cartas, Geoffrey Firmin, las cartas que escribió hasta que su corazón se quebró...

—Pero en Newcastle, Delaware, bueno, eso es algo completamente distinto.

—...las cartas que no sólo nunca contestaste ¿las contestaste? no las contestaste ¿las contestaste? no las contestaste ¿las contestaste? entonces ¿dónde está tu respuesta?...

—...pero, ¡oh Dios mío!, esta ciudad... ¡qué ruido! ¡qué caos! ¡Si sólo pudiera largarme! ¡Si sólo supiera adónde puede uno llegar!

En esta ciudad cerca de Tlaxcala existía, hace muchos años, el Palacio Mexicatzin. En ese lugar, de acuerdo con la tradición, tuvo lugar el bautizo del primer indio cristiano.

—Será como un volver a nacer.

—Estoy pensando en naturalizarme mexicano, e irme a vivir entre los indios, como William Blackstone.

—La pierna de Napoleón temblaba.

—...pudo haberte atropellado. Debe haber algo malo, ¡qué! No, ir a...

—Guanajuato... las calles... ¿cómo resistir el nombre de las calles... el Callejón del Beso...?

MATLALCUEYATL

Esta montaña sigue siendo las ruinas del santuario dedicado al Dios de las Aguas, Tlaloc, cuyos vestigios están casi perdidos; por consiguiente, casi no es visitado por los turistas y se refiere que en este sitio, el joven Xicoténcatl arengó a sus huestes, diciéndoles que lucharan contra los conquistadores hasta el límite de sus fuerzas, hasta morir si fuese preciso.

—...'no pasarán'.

—Madrid.

—También a ellos les dieron. Primero tiran y luego preguntan.

—Puedo verte.

—Te estoy observando.

—No te me puedes escapar.

—Guzmán... Erikson 43.

—Transportarán un cadáver por...

SERVICIO DE FERROCARRIL Y AUTOBUSES

(MEXICO-TLAXCALA)

Líneas	MEXICO	TLAXCALA	Tarifa
F. C. México-Veracruz	Sale 7.30 Llega 18.50	Llega 12.00	$ 7.50
F. C. México-Puebla	Sale 16,05 Llega 11.05	Llega 20.00	$ 7.75

Transbordo en Santa Ana Chiautempan de ida o de vuelta.
Camiones Flecha Roja Salen cada hora de las 5 a las 19 horas.
Pullmans Estrella de Oro salen cada hora de las 7 a las 22.
Transbordo en San Martín Texmelucan de ida o de vuelta.

334

...Y ahora, una vez más, sus ojos se encontraron por encima de la mesa. Pero en esta ocasión había algo semejante a una niebla entre ellos, y a través de la niebla el Cónsul creía ver, no Granada, sino Tlaxcala. Era una blanca y hermosa ciudad catedralicia aquella que anhelaba el alma del Cónsul y que en muchos aspectos se asemejaba a Granada; sólo que a sus ojos aparecía, al igual que las postales para turistas, perfectamente vacía. Era ésa su más extraña característica y al mismo tiempo la más hermosa; nadie había en ella, nadie —y también en esto se asemejaba a Tortú— que interfiera con el hábito de beber, ni siquiera Yvonne que, según parecía, bebía con él. El blanco santuario de la iglesia de Ocotlán, de estilo recargado, erguíase ante ellos: blancas torres con un blanco reloj y nadie más. En tanto que el reloj mismo era intemporal. Caminando, llevaban blancas botellas y hacían girar bastones y ramas de fresno, en el clima mejor, más regular y saludable, en el aire más puro, entre los corpulentos fresnos y los árboles agobiados por los años, a lo largo del parque desierto. Caminaron, felices como sapos durante la tormenta, cogidos del brazo, por las cuatro avenidas laterales limpias y bien alineadas. Permanecieron, borrachos como alondras, en el desierto convento de San Francisco ante la capilla solitaria donde se predicó por vez primera en el Nuevo Mundo, el Evangelio. En la noche, durmieron en blancas y frescas sábanas entre las blancas botellas en el Hotel Tlaxcala. Y en la ciudad había también innumerables cantinas blancas en donde podía beberse eternamente a crédito, con las puertas abiertas y el viento que soplaba. —Podríamos ir directamente allí —decía el Cónsul—, directamente a Tlaxcala. O podríamos pasar la noche en Santa Ana Chiautempan, trasbordando, por supuesto, a la ida y a la vuelta, y seguir a Veracruz por la mañana. Claro que esto implica... —consultó su reloj— regresar directamente ahora... Podríamos pescar el próximo autobús... Tendremos tiempo para beber algunas copas —añadió con tono consular.

Habíase disipado la niebla, pero los ojos de Yvonne estaban llenos de lágrimas y su rostro pálido.

Algo andaba mal, muy mal. Una cosa, cuando menos, era cierta: tanto Yvonne como Hugh parecían estar sorprendentemente borrachos.

—¿Qué es eso? ¿No quieren regresar ahora mismo a Tlaxcala? —dijo el Cónsul, con voz quizá demasiado pastosa.

—No es eso, Geoffrey.

Por fortuna, Cervantes llegó en ese preciso momento con un platito lleno de mariscos vivos y palillos. El Cónsul bebió un poco de la cerveza que le había estado esperando. En cuanto a lo bebido, la situación era ahora la siguiente, era la siguiente: una copa le había estado aguardando y esta cerveza no la había terminado del todo. Por otra parte, hasta hacía poco había bebido varias copas de mezcal (¿por qué no?; la palabra no le intimidaba, ¿eh?) que le esperaban afuera en una botella de limonada y a la vez se las había bebido y no se las había bebido: las había bebido en realidad, pero no en cuanto a Hugh o Yvonne se refería. Y antes de eso había habido dos mezcales que, a la vez, debió y no debió haber bebido. ¿Lo sospechaban ellos? Había implorado a Cervantes que callase. ¿Acaso el tlaxcalteca, incapaz de resistir, lo había traicionado? ¿De qué habían estado hablando en realidad mientras él estuvo afuera? El Cónsul levantó los ojos del plato de mariscos y miró a Hugh; Hugh, como Yvonne, a la vez que borracho, parecía estar herido y airado. ¿Qué se traerían entre manos? El Cónsul no había estado ausente mucho tiempo (pensó), no más de siete minutos en total, había reaparecido lavado y peinado —¡Dios sabe cómo!—, su pollo estaba apenas frío, mientras que los los demás estaban acabándose el suyo... ¡Et tu Bruto! El Cónsul sintió que la mirada que lanzaba a Hugh se convertía en fría mirada de odio. Sin alejar de él los ojos con los que lo taladraba, lo vio como había aparecido esa misma mañana sonriente, el filo de la navaja afilado bajo los rayos del sol. Pero ahora se adelantaba como para decapitarlo. Luego oscurecióse la visión y Hugh siguió avanzando, pero no hacia él. En vez de ello, de vuelta en el ruedo abalanzábase sobre un buey: ahora había cambiado su navaja por una espada. Tiró una estocada para obligar al toro a que cayera de rodillas... El Cónsul luchaba contra un acceso de feroz rabia casi irresistible. Temblando, sólo por este esfuerzo a su juicio —también el esfuerzo constructivo, por el que nadie le concedería crédito alguno, para cambiar de tópico— empaló uno de los mariscos con el palillo y lo blandió a la vez que silbaba entre dientes.

—Ahora sabes qué clase de criaturas somos, Hugh. Comemos seres vivientes. Es lo que hacemos. ¿Cómo puedes sentir respeto por la humanidad o tener creencia alguna en la lucha social?

A pesar de esto, al cabo de un momento Hugh pareció decir, remota y tranquilamente: —Vi una vez una película rusa sobre una sublevación de pescadores... Capturaron en una red a un tiburón con un cardumen de otra especie y lo mataron... ¡Esto me pareció un símbolo bastante bueno del sistema nazi que, aunque muerto, sigue tragándose vivos a los hombres y mujeres que luchan!

—Lo mismo ocurre con cualquier otro sistema... Incluso con el sistema comunista.

—Mira, Geoffrey...

—Mira, Frijolillo —el Cónsul oía sus propias palabras—, tener en tu contra a Franco o a Hitler es una cosa, pero tener a Actinio, Argón, Berilio, Disprosio, Niobio, Paladio, Praseodimio...

—Mira, Geoff...

—...Rutenio, Samario, Silicón, Tántalo, Telurio, Terbio, Torio...

—Mira...

Tulio, Titanio, Uranio, Vanadio, Virginio, Zenón, Iterbio, Itrio, Circonio, por no hablar de Europio y Germanio... ¡Hip!... ¡y Columbio!... contra ti y contra todos los demás, es otra —el Cónsul acabó su cerveza.

De súbito volvió a estallar afuera el trueno con estrépito y se desvaneció al alejarse.

A pesar de lo cual, Hugh parecía decir con voz tranquila, remota: —Mira, Geoffrey. Aclaremos esto de una vez por todas. El comunismo no es para mí, esencialmente, y sea cual sea su fase actual, un sistema. Es tan sólo una nueva actitud, algo que podrá parecer o no algún día tan natural como el aire mismo que respiramos. Me parece haber oído antes esta frase. Y tampoco lo que tengo que decir es original. De hecho, si tuviese que decirlo dentro de cinco años quizás fuera lisa y llanamente frívolo. Pero hasta donde puedo saberlo, nadie ha invocado también a Matthew Arnold en apoyo de los argumentos propios. Así es que voy a citarte a Matthew Arnold, en parte porque no crees que pueda citar a Matthew Arnold. Pero en esto te equivocas. Mi idea de lo que llamamos...

—¡Cervantes!

—...es una actitud que en el mundo moderno desempeña un papel análogo al del cristianismo en la antigüedad. Matthew Arnold dice, en su ensayo sobre Marco Aurelio...

—¡Cervantes, por Cristo!...

—«Lejos de ello, el cristianismo que esos emperadores trataron de reprimir era, según el concepto que de él tenían, algo filosóficamente despreciable, políticamente subversivo y moralmente abominable. Como hombres lo consideraban sinceramente de modo muy semejante a como la gente bien equilibrada, entre nosotros, considera al mormonismo: como gobernantes, lo consideraban de modo muy semejante a como los estadistas liberales, entre nosotros, consideran a los jesuitas. Como una especie de mormonismo.

—...

—«constituido como una vasta sociedad secreta con oscuros fines subversivos de carácter político y social, fue lo que Antonio Pío...

—¡Cervantes!

—«La causa eficiente e interna de esta representación estribaba, no cabe duda alguna, en esto: en que el cristianismo era una nueva actitud en el mundo romano, destinada a obrar en ese mundo como su disolvente: y era inevitable que el cristianismo...»

—Cervantes —interrumpió el Cónsul—, ¿eres oaxaqueño?

—'No, señor', soy tlaxcalteca; de Tlaxcala.

—¿Tlaxcalteca? —dijo el Cónsul—. Bien, 'hombre', ¿no hay árboles agobiados por los años en Tlaxcala?

—'Sí, sí, hombre'. Arboles agobiados por los años. Muchos árboles.

—Y Ocotlán. El Santuario de Ocotlán. ¿No está eso en Tlaxcala?

—'Sí, sí, señor, sí el Santuario de Ocotlán' —dijo Cervantes, regresando hacia el mostrador.

—¿Y Matlalcuéyatl?

—'Sí, hombre'. Matlalcuéyatl... Tlaxcala.

—¿Y lagunas?

—'Sí'... muchas lagunas.

—¿Y no hay abundancia de palmípedos en esas lagunas?

—'Sí, señor. Muy fuerte'... En Tlaxcala.

—Bien; entonces —dijo el Cónsul volviéndose a los demás—, ¿qué tiene de malo mi plan? ¿Qué les pasa a todos ustedes? ¿No vas después de todo, a Veracruz, Hugh?

De pronto, en el umbral, un hombre comenzó a tocar airadamente la guitarra y una vez más se acercó Cervantes:

—«Flores Negras» es el nombre de esa canción —Cervantes estaba a punto de hacer una seña al guitarrista para que entrase—. Dice: «Sufro porque tus labios sólo mienten y dan la muerte con un beso».

—Dile que se vaya —ordenó el Cónsul—. Hugh... '¿Cuántos trenes hay de día para Veracruz?'

El guitarrista cambió de tonada.

—Esta es una canción ranchera —dijo Cervantes—, para los bueyes.

—¡Bueyes! Para bueyes ya hemos visto bastante por hoy. Dile que se aleje de aquí, por favor —pidió el Cónsul—. ¡Dios mío! ¿Pero qué les pasa a ustedes? ¡Yvonne! ¡Hugh!... Es una idea perfecta, de lo más práctica. No ven que así matamos dos pájaros de una pedrada... ¡Cervantes, una piedra!... Tlaxcala está en el camino a Veracruz, Hugh, la vera cruz... Esta será la última vez que te veamos, mi viejo... Por cuanto sé... Podríamos celebrarlo. Vamos, no me puedes mentir, te estoy viendo... Trasbordo en San Martín Texmelucan de ida o de vuelta...

Aislado, un trueno estalló entre cielo y tierra, precisamente fuera de la puerta y Cervantes vino corriendo con el café. Encendió un fósforo para sus cigarrillos:
—'La superstición dice —sonrió y prendió otro para el Cónsul—, que cuando tres amigos prenden su cigarro con la misma cerilla, el último muere antes que los otros dos.'

—¿También tienen esa superstición en México? —preguntó Hugh.

—'Sí, señor' —asintió Cervantes con la cabeza—, según la creencia, cuando tres amigos prenden su cigarro con la misma cerilla, el último muere antes que los otros dos. Pero en la guerra es imposible, porque muchos soldados sólo tienen un cerillo.

—Feurstick —dijo Hugh, abrigando una segunda llama para el Cónsul—. Los noruegos tienen un nombre mejor para los cerillos.

Aumentaba la oscuridad; el guitarrista, según parecía, estaba sentado en un rincón con sus gafas oscuras; habían perdido el autobús de regreso, si es que habían tenido intenciones de tomarlo, el autobús que los iba a llevar a casa, a Tlaxcala, pero le pareció al Cónsul que a la hora del café comenzó de pronto a hablar de nuevo con lucidez, brillantemente y con facundia, que estaba, por cierto, en su mejor forma, hecho por el cual —estaba seguro— Yvonne, sentada frente a él, volvía a ser feliz. Feurstick, el vocablo noruego de Hugh, seguía girando en su cabeza. Y el Cónsul hablaba sobre los indoarios, los iranios, y el fuego sacro, Agni, que bajó del cielo con sus feursticks acudiendo al llamado del sacerdote. Hablaba del soma, Amrita, néctar de la inmortalidad, que alaba todo un libro del Rig Veda, del *bhang*, acaso muy semejante al mezcal mismo, y cambiando aquí de tópico, con delicadeza hablaba de arquitectura noruega, o mejor dicho, de cómo la arquitectura en Cachemira era casi, por decirlo así, noruega; por ejemplo, la mezquita de Hamadam, de madera, con sus flechas altas y puntiagudas y sus ornamentos que pendían de los aleros. Hablaba del Jardín Borda, en Quauhnáhuac, frente al cine de los Bustamante y de cuánto siempre, por alguna razón, le recordaba la terraza del Nishat Bagh. El Cónsul hablaba de los dioses védicos que propiamente no eran antropomórficos, mientras que el Popocatépetl y el Iztaccíhuatl... ¿o acaso tampoco lo eran ellos? De cualquier manera, el Cónsul volvía a hablar acerca del fuego sagrado, del fuego sacrificador, de la pétrea prensa para el soma, de los sacrificios de pasteles y bueyes y caballos durante los cuales el sacerdote entona cánticos vedantas, de cómo los ritos de la bebida, simple en sus orígenes, se tornaron más complicados con el transcurso del tiempo, de cómo el ritual tenía que observarse con meticuloso cuidado, ya que bastaría un solo error —¡ti ji!— para que el sacrificio perdiese su validez. Soma, bhang, mezcal ¡ah, sí! el mezcal, volvía a abordar nuevamente ese tema, y de él se alejaba casi con tanta astucia como antes. Hablaba de la inmolación de las esposas y del hecho que, en la época a la que se refería, en Taxila, en la boca del Paso de Khyber, la

340

viuda de un hombre que muriese sin dejar descendencia podía contraer matrimonio por levirato con su cuñado. De pronto el Cónsul descubrió que establecía una oscura relación, aparte de la puramente verbal, entre Taxila y Tlaxcala: porque cuando aquel gran discípulo de Aristóteles —Yvonne—, Alejandro, llegó a Taxila, ¿acaso no se puso, al igual que Cortés, en comunicación con Ambhi, rey de Taxila, quien asimismo vio en la alianza con un conquistador extranjero una excelente oportunidad de acabar con un rival, en este caso no Moctezuma sino el monarca de Paurave que gobernaba el país entre Jhelma y el Chenab? Tlaxcala... El Cónsul hablaba, como Sir Thomas Browne, de Arquímides, Moisés, Aquiles, Matusalén, Carlos V y Poncio Pilato. Hablaba el Cónsul además de Jesucristo o, mejor dicho, de Yus Asaf que, según la leyenda de Cachemira, *era* Cristo... Cristo, quien, después de que lo bajaron de la cruz, marchóse a Cachemira en busca de las tribus perdidas de Israel, y murió allá, en Srinagar.

Pero había un ligero error. El Cónsul no estaba hablando. Aparentemente no. El Cónsul no había dicho una sola palabra. Todo era una ilusión, un rotante caos cerebral del que surgió a la larga, al fin y al cabo, en este mismo instante, rotundo e íntegro, el orden:

—La acción de un loco o de un borracho, Frijolillo —dijo—, o de un hombre que se halla bajo el reflejo de una violenta excitación, le parece menos libre y más inevitable a quien conoce la condición mental del hombre que ejecutó el acto, y más libre y menos inevitable a quien no la conoce.

Era como una pieza de piano, era como aquel pequeño pasaje en do bemol menor en las teclas negras; era lo que, más o menos, según recordaba ahora, se había *propuesto* recordar cuando fue al 'excusado', para tenerlo al alcance de la mano en el momento requerido; tal vez era también como la cita que hizo Hugh de Matthew Arnold sobre Marco Aurelio, como esa pieza que tan laboriosamente aprendió uno, años atrás, sólo para olvidarla precisamente cuando la quería tocar hasta que un día se emborrachaba uno de tal modo que los dedos recordaban la combinación, y milagrosa, perfectamente, liberaban el tesoro de la melodía, sólo que aquí Tolstoi no había pronunciado melodía alguna.

—¿Qué? —preguntó Hugh.

—Nada de eso... Siempre vuelvo al grano y de nuevo abordo la cuestión en el punto en que fue abandonada. ¿De qué otro modo me habría podido mantener durante tanto tiempo en el cargo de Cónsul? Cuando carecemos en absoluto de la comprensión de las causas de un acto (y me estoy refiriendo, en caso de que tu mente se haya desviado al tema de tu propia conversación, a los acontecimientos de esta tarde) sean las causas malévolas o virtuosas o de cualquier índole, atribuimos al acto, según Tolstoi, un mayor elemento de libre albedrío. Según Tolstoi, pues, debimos haber sido menos renuentes a intervenir de lo que fuimos...

—«Todos los casos, sin excepción, en los que varía nuestro concepto del libre albedrío y de la necesidad, dependen de tres consideraciones» —dijo el Cónsul—. No puedes sustraerte a esto.

—Además, según Tolstoi —prosiguió el Cónsul—, antes de juzgar al ladrón (si se trata de un ladrón) tendríamos que preguntarnos ¿cuáles eran sus relaciones con otros ladrones, sus lazos de familia, su lugar en el tiempo, si sabemos hasta eso, su relación con el mundo exterior, y las consecuencias que desembocan en el acto... ¡Cervantes!

—Por supuesto que estamos perdiendo nuestro tiempo en descubrir todo esto mientras el pobre diablo se muere en el camino —decía Hugh—. ¿Cómo nos metimos en esto? Nadie tuvo oportunidad de intervenir sino hasta después de realizado el acto. Ninguno de nosotros lo vio robar el dinero, según tengo entedido. De todos modos, ¿de qué crimen hablas, Geoff? Si hubiese otro crimen... Y el hecho de que no hiciésemos nada por detener al ladrón no tiene nada que ver seguramente con no haber hecho algo por salvar la vida de aquel hombre.

—Precisamente —dijo el Cónsul—. Hablaba, según creo, de interferencia en general. ¿Por qué debíamos haber hecho algo para salvar su vida? ¿Acaso no tenía derecho a morir si así lo deseaba?... Cervantes, mezcal; 'no, parras, por favor...' ¿Para qué inmiscuirse en los asuntos de los demás? Por ejemplo, ¿por qué hubo quien se metiera con los tlaxcaltecas, que eran perfectamente felices bajo sus árboles agobiados por los años, entre los palmípedos de la primera laguna...?

—¿Qué palmípedos en qué laguna?

—O, tal vez más específicamente, Hugh, no hablaba de nada... Ya que, suponiendo que arreglásemos algo ¡ah *ignoratio elenchi*!, Hugh, eso es lo que es. O la falacia de suponer que un punto se comprueba o se refuta argumentando algo que comprueba o refuta algo que no se discute. Como estas guerras. Porque me parece que en nuestra época, en casi todo el mundo, hace mucho ha dejado de existir algo fundamental de trascendencia para el hombre... ¡Ah, ustedes la gente de ideas!

—¡Ah, *ignoratio elenchi*!... Por ejemplo, todo esto de ir a luchar por España... ¡y por la pobre China indefensa! ¿Acaso no puedes ver que hay una especie de determinismo en el destino de las naciones? A la larga parece que a todas les toca lo que merecen.

—Bien...

Una ráfaga de viento aulló, horrísona, por la casa, semejante a un norte que merodeara entre las redes de tenis en Inglaterra, haciendo tintinear sus aros.

—No precisamente original.

—Hace no mucho tiempo fue la pobrecita e indefensa Etiopía. Antes de esto, la pobrecita e indefensa Flandes. Por no decir nada, claro, del pobrecito e indefenso Congo Belga. Y mañana será la pobrecita e indefensa Latvia. O Finlandia. O la fregada. O hasta Rusia. Lee la historia. Vuelve mil años atrás. ¿De qué sirve intervenir en su curso inservible y estúpido? Semejante a una barranca atestada de desechos que serpea a través de las edades y desaparece en... ¡Por Dios!, ¿qué tiene que ver toda la heroica resistencia que ofrecen pobres naciones pequeñas e indefensas que, en primer lugar, se han vuelto indefensas por alguna razón criminal y bien calculada...

—¡Carajo! *Yo* te dije eso...

—...con la supervivencia del espíritu humano. Nada de nada. Menos que nada. Países, civilizaciones, imperios, grandes hordas perecen sin razón alguna, y su alma y significado perecen junto con ellos para que algún anciano del que quizás nunca hayas oído hablar y que nunca oyó hablar de ellos, que se derrite en Tombuctú y comprueba la existencia del correlativo matemático del *ignoratio elenchi* con instrumentos anticuados, pueda sobrevivir.

—¡Cristo! —dijo Hugh.

—Basta con que regreses a la época de Tolstoi...
Yvonne, ¿adónde vas?

—Afuera.

—Luego fue el pobrecito e indefenso Montenegro. La pobrecita e indefensa Servia. O poquitín antes, Hugh, de tu Shelley, cuando fue la pobrecita Grecia indefensa... ¡Cervantes!... Como volverán a ocurrir, ¡por supuesto! ¡O la pobrecita Córcega indefensa de Boswell! Sombras de Paoli y Monboddo. Padrotes y maricones en defensa de la libertad. Como siempre. Y Rousseau —no el *douanier*— sabía que estaba diciendo tonterías.

—¡Y yo quisiera saber qué carajo crees estar diciendo!

—¿Por qué no puede la gente ocuparse de sus malditos asuntos?

—¿O decir lo que piensan?

—Era otra cosa, te lo concedo. La deshonesta racionalización que las masas hacen del *motivo*, justificación del vulgar prurito patológico. De los motivos de interferencia; la mitad del tiempo se trata meramente de una pasión por la fatalidad. Curiosidad. Experiencia... muy natural... Pero nada, en el fondo, constructivo en realidad, sólo aceptación, ¡una mezquina y despreciable aceptación del estado de cosas que nos halaga al hacernos sentir así nobles o útiles!

—Pero, ¡Dios mío!, es *precisamente* contra tal estado de cosas por lo que gente como los republicanos...

—¡Pero con calamidades al cabo de la lucha! Debe haber calamidades, porque de no ser así, quienes se inmiscuyeran tendrían que volver atrás y asumir sus responsabilidades, para variar...

—¡Nada más deja que sobrevenga una guerra verdadera y entonces verás cómo son en realidad de sanguinarios los tipos como tú!

—Eso nunca bastaría. Toda la gente como tú que habla de ir a España y de luchar por la libertad... ¡Cervantes!... debería aprenderse de memoria lo que dijo Tolstoi acerca de eso en *La Guerra y la Paz*, aquella conversación con los voluntarios en el tren...

—Pero, de todos modos, eso fue en...

—Quiero decir, cuando el primer voluntario resultó ser un fanfarrón degenerado que tenía la convicción, después de haber bebido, de estar realizando algo heroico... ¿De qué te ríes, Hugh?

—Es gracioso.

—Y el segundo era un tipo que lo había intentado todo y en todo había sido un fracaso. Y el tercero...

—Yvonne regresó de súbito, y el Cónsul, que hasta ahora había estado gritando, bajó un poco la voz—, un artillero, fue el único que al principio le impresionó favorablemente. Y no obstante, ¿qué resultó ser? Un simple cadete que había fracasado en sus exámenes. Todos, ves, inadaptados; todos, buenos para nada; cobardes, micos, lobos mansos, parásitos; todos y cada uno, sin excepción, temerosos de enfrentarse a sus responsabilidades, de luchar por sus causas, dispuestos a ir a cualquier parte, como bien lo advirtió Tolstoi...

—¿Flojos? —preguntó Hugh—. ¿Acaso Katamasov, o quienquiera que haya sido, no creía que la acción de aquellos voluntarios era, sin embargo, expresión de toda el alma del pueblo ruso?... Fíjate, me doy perfecta cuenta de que un cuerpo diplomático que simplemente permanece en San Sebastián esperando a que Franco gane pronto, en vez de regresar a Madrid para decirle al gobierno británico la verdad de lo que está ocurriendo realmente en España, ¡no puede estar formado por flojos!

—¿Acaso tu deseo de luchar por España, por cualquier simpleza, por Tombuctú, por China, por la hipocresía, por cualquier pendejada, por cualquier abracadabra que a unos cuantos atarantados hijos de la fregada se les pega la gana de llamar libertad... aunque en realidad no es nada de eso...

—Sí...

—Si en realidad has leído *La Guerra y la Paz*, según lo pretendes, te repito, ¿por qué no tienes bastante sentido común para aprovechar sus enseñanzas?

—Cuando menos —dijo Hugh— la he aprovechado lo bastante para distinguirla de *Ana Karénina*.

—Bien, pues *Ana Karénina*... —interrumpióse el Cónsul—. ¡Cervantes! —y apareció Cervantes con su gallo de pelea que a todas luces dormía profundamente bajo su brazo.

—'Muy fuerte' 'muy terrible' —dijo atravesando el cuarto—, 'un bruto'.

—Pero según lo dejé entender, ustedes, montón de puercos, óyeme bien, ninguno de ustedes se ocupa mejor de sus propios asuntos en su propia patria, por no hablar de los demás países. Geoffrey, querido, ¿por qué no dejas de beber?, no es demasiado tarde —y todas esas cosas. ¿Por qué no es demasiado tarde? ¿Lo dije yo? ¿Qué decía? El Cónsul se oía hablar, casi sorprendido por esta repentina crueldad, por esta vulgaridad. Y en un momento más iba a ponerse peor—. Creía que todo había quedado tan espléndida y legalmente arreglado, que sí era demasiado tarde. Sólo tú insistes en que no es así.

—¡Oh, Geoffrey!...

¿Acaso era el Cónsul quien decía esto? ¿Debía decirlo?... Así parecía. —Por lo que a ti te consta, sólo el conocimiento de que certísimamente es demasiado tarde es lo que me mantiene vivo... Todos ustedes son iguales, Yvonne, Jacques; tú, Hugh, todos tratan de inmiscuirse en la vida de los demás, de inmiscuirse, de inmiscuirse... ¿Por qué había de inmiscuirse alguien con el joven Cervantes aquí presente, por ejemplo; por qué haberle despertado interés en las peleas de gallos?... y precisamente eso es lo que está acarreando los desastres que afligen al mundo, para llevar un argumento a sus últimas consecuencias; sí, ¡y vaya argumento!, y todo porque no tienen la sabiduría ni la sencillez ni el valor, sí, el valor de tomar cualquiera de, de tomar...

—Mira, Geoffrey...

—¿Qué has hecho tú alguna vez por la humanidad, Hugh, con toda tu *oratio obliqua* sobre el sistema capitalista, sino hablar y medrar gracias a él hasta hacer que tu alma hieda?

—¡Cállate, Geoff, por lo que más quieras!

—¡Por eso mismo apesta el *alma* de ustedes dos! ¡Cervantes!

—Geoffrey, por favor, siéntate —pareció que dijo, aburrida, Yvonne—, estás dando un verdadero espectáculo.

—No no es cierto, Yvonne. Estoy hablando muy tranquilamente. Como cuando te pregunto: ¿qué diablos has hecho por alguien que no seas tú misma? —¿debía decir esto el Cónsul? Lo estaba diciendo; lo había dicho—; ¿Dónde están los hijos que pude haber deseado? Puedes suponer que pude haberlos deseado. Ahogados. Con acompañamiento del traqueteo de mil irrigadores vaginales. ¡Pero fíjate bien, *tú* al menos no pretendes amar a la «humanidad», ni así de poquito! Tú ni siquiera necesitas una ilusión (aunque por desgracia abrigas algunas) que te ayude a negar la única función buena y natural que tienes. ¡Aunque, pensándolo bien, tal vez fuese preferible que las mujeres no tuvieran función alguna!

—¡No seas tan cerdo, Geoffrey! —Hugh se levantó.

—Quédate donde estás —ordenó el Cónsul—. Por supuesto que veo el romántico aprieto en que se encuentran ambos. Pero aunque Hugh vuelva a aprovecharlo hasta el máximo no pasará mucho antes de que se dé cuenta de que él es sólo uno de los cientos y tantos mamatetas con agallas de bacalao y venas de caballo de carreras... pujantes todos como cualquier cabrón, calientes como macacos, salaces como lobos en brama. No, uno basta...

Un vaso, por fortuna vacío, cayó al suelo y se hizo añicos.

—Como si arrancara besos de raíz y luego colocase su pierna sobre el muslo de ella y suspirase. ¡Vaya divertida la que deben haberse dado ambos todo el santo día sobándose las manos y cachondeándose tetas y chichis, so pretexto de salvarme...! ¡Jesús! Pobrecito de mí tan indefenso, no había pensado en eso. Pero, ¿ven?, todo se reduce a algo perfectamente lógico: también yo traigo entre manos mi mezquina lucha por la libertad. ¡Mami, déjame volver al lindo burdel! Allá donde tañen esos triques, el trismo infinito...

—Cierto, he sentido la tentación de proponerles paz. Me han engañado con sus ofertas de un paraíso sobrio y sin alcohol. Cuando menos, supongo que por esos rumbos han andado rondando todo el día. Pero ahora he tomado mi decisión, una insignificante y melodramática decisión, en la medida en que he podido, pero he podido. ¡Cervantes! Que lejos de desearlo, muchísimas gracias, al contrario, elijo... Tlax... —¿en dónde estaba?— Tlax... Tlax...

...Casi era como si se encontrase en aquel negro andén descubierto de la estación, adonde había acudido —¿de veras *había* acudido?— aquel día, después de haber bebido toda la noche, para recibir a Lee Maitland que regresaba de Virginia a las 7.40 de la mañana, había acudido ligero y con paso ágil, y en aquel estado de ánimo en el que ciertamente se despierta el ángel de Baudelaire, tal vez deseoso de esperar a los trenes, pero no a los trenes que se detienen, pues en la mente del ángel no existen trenes que se detengan, y de tales trenes nadie baja, ni siquiera otro ángel, ni siquiera un ángel rubio como Lee Maitland. ¿Estaba retrasado el tren? ¿Por qué estaba el Cónsul paseándose por el andén? ¿Era el segundo o el tercer tren del Puente de Suspensión?... ¡Suspensión!... —Tlax... —repitió el Cónsul—. Elijo...

Estaba en un cuarto, y de pronto en este cuarto, la materia se dislocó; un picaporte se hallaba a cierta distancia de la puerta a la que correspondía Solitaria, una cortina entró flotando hacia el interior, desprendida y sin estar sujeta a nada. Ocurriósele al Cónsul que la cortina había venido a estrangularlo. Un metódico relojito detrás del bar le volvió a su juicio con su fuerte tic-tac: *Tlax*: *tlax*: *tlax*: *tlax*... Las cinco y media. ¿Apenas? —¡Carajo! —profirió absurdamente—. Porque... —sacó un billete de veinte pesos y lo puso sobre la mesa.

—Me encanta —les gritó desde afuera por la ventana abierta. Cervantes seguía detrás del mostrador, mirándolo asustado y sujetando su gallo—. Me encanta el infierno. Se me hace tarde para regresar a él. De hecho, voy corriendo, ya casi estoy de vuelta en él.

Y corría, en efecto, a pesar de su cojera, gritándoles enloquecido, y lo raro era que no hablaba verdaderamente en serio al correr hacia el bosque que cada vez tornábase más sombrío y tumultuoso por encima de su cabeza... Sopló entonces desde el bosque una ráfaga de viento y, lloroso, el pirul rugió.

Detúvose al cabo de un rato: todo estaba en calma. Nadie lo había seguido. ¿Acaso era bueno eso? Sí, era algo bueno, pensó, con el corazón desbocado. Y puesto que era tan bueno, tomaría el camino de Parián, al Farolito.

Ante él, clivosos, los volcanes parecían haberse acercado. Erguíanse dominando la selva y se adentraban en el cielo cada vez más bajo... sólidos intereses que se movían en el trasfondo.

XI

Crepúsculo. Remolinos de aves verdes y anaranjadas desparramábanse en las alturas, girando cada vez con mayor amplitud cual círculos en el agua. Dos cerditos al galope se perdieron en la tolvanera. Con la gracia de Rebeca, una mujer que llevaba equilibrado sobre la cabeza un cántaro pequeño y ligero, pasó con rapidez...

Luego, después que hubieron dejado atrás el 'Salón Ofelia', asentóse el polvo. Y su camino, que llevaba al bosque atravesando por el estruendo del agua y junto a los baños donde, temerarios, se demoraban los últimos bañistas, se hizo recto.

Directamente frente a ellos, hacia el nordeste, se erguían los volcanes tras los cuales remontábanse sin cesar a los cielos oscuros nubarrones.

...La tempestad, que ya enviaba sus avanzadillas, debía haber estado moviéndose en forma circular: la verdadera embestida quedaba por venir. Mientras tanto, se calmó el viento y volvió la luminosidad, aunque ya el sol se había ocultado tras ellos, ligeramente a la izquierda, en el sudoeste, donde un resplandor encarnado se abría en forma de abanico por encima de sus cabezas.

El Cónsul no había estado en el 'Todos Contentos y Yo También'. Y ahora, al través del cálido crepúsculo, Yvonne, precediendo a Hugh, caminaba adrede demasiado aprisa para no tener que hablar. Sin embargo, la voz de Hugh (como antes ese mismo día la del Cónsul) la perseguía.

—Sabes perfectamente bien que no voy a huir y a abandonarlo —dijo Yvonne.

—¡Por Cristo! ¡Esto nunca habría ocurrido si yo no hubiese estado allí!

—Probablemente habría ocurrido alguna otra cosa.

La selva cerróse sobre sus cabezas y desaparecieron los volcanes. Empero, no caían aún las tinieblas. Del agua que corría junto a ellos emanaba un resplandor. Brillando como estrellas en la penumbra, enormes flores amarillas con aspecto de crisantemos crecían a ambos lados del agua. La bugambilia silvestre —de color rojo ladrillo en la media luz—, y ocasionalmente algún arbusto de blancas campánulas con las lengüetas hacia abajo, saltaban a su encuentro, y de vez en cuando un letrero clavado a un árbol, puntiaguda y desteñida flecha, apuntaba con palabras apenas visibles: *'a la Cascada'*.

Más adelante, rejas de arados fuera de uso y algunos chasis retorcidos y herrumbrosos de coches norteamericanos abandonados, formaban un puente sobre el agua que seguía corriendo a la izquierda.

El rumor de las cataratas que quedaron atrás confundíase con el de la cascada de adelante. Rocío y humedad impregnaban el aire. A no ser por el fragor, casi se hubiese podido oír el crecer de las cosas mientras el torrente se precipitaba entre el follaje húmedo y espeso que surgía por doquier en el terreno de aluvión.

De pronto volvieron a ver el cielo sobre sus cabezas. Las nubes, que ya no eran rojas, tornáronse de un extraño azul blanquecino, masas profundas y montones flotantes, como si más que el sol, las iluminara la luna, y entre ellas seguía rugiendo el profundo cobalto insondable del atardecer.

Allá en lo alto volaban majestuosas las aves que ascendían cada vez más. ¡Infernales aves de Prometeo!

Eran los zopilotes que en la tierra disputan entre sí y se mancillan con sangre e inmundicias, pero que no obstante son capaces de ascender de esta manera por encima de las tempestades hasta alturas reservadas sólo al cóndor sobre la cima de los Andes...

Hacia el sudoeste flotaba la luna, preparándose a seguir al sol tras el horizonte. A la izquierda, entre los árboles que se alzaban allende el agua, surgían bajas colinas como las que había al terminar la calle Nicaragua: purpúreas y melancólicas. Al pie de estos cerros, tan cercanos que Yvonne podía escuchar débiles crujidos, en los campos inclinados movíase el ganado entre maizales de dorado tinte y misteriosas tiendas rayadas.

Ante ellos, el Popocatépetl y el Iztaccíhuatl continuaban dominando el nordeste, aunque de ambos picos quizás fuese ahora el más hermoso la Mujer Dormida, con su cima dentada cubierta de nieve sanguinolenta que se desvanecía ante sus miradas al fustigarla las sombras más oscuras color de roca, mientras que su cumbre parecía flotar en el aire entre grumosos nubarrones que ascendían sin cesar.

¡Chimborazo, Popocatépetl —así decía el poema que gustaba al Cónsul— habíanle robado el corazón! Pero en la trágica leyenda indígena, el Popocatépetl resultaba ser, extrañamente, el soñador: el fuego de su amor guerrero, que nunca se extinguió en el corazón del poeta, ardía para siempre por Iztaccíhuatl, a quien perdió tan pronto como la hubo encontrado, y a la que velaba en su sueño sin fin...

Habían llegado al final del claro, donde el camino se dividía en dos sendas. Yvonne vaciló. Apuntando hacia la izquierda, es decir, como si fuera derecho, otra vetusta flecha clavada a un árbol repetía: 'a la Cascada'. Pero una flecha semejante en otro árbol apuntaba en dirección opuesta a la corriente, a un camino que iba hacia la derecha: 'a Parián'.

Ahora sabía Yvonne dónde estaban, pero la alternativa, los dos senderos, extendíanse ante ella a ambos lados como los brazos —ocurriósele la idea extrañamente dislocada— de un crucificado.

De escoger el camino de la derecha, llegarían mucho antes a Parián. Por otra parte, el sendero principal los llevaría a la larga al mismo sitio, y (lo cual convenía más) pasando cuando menos por otras dos cantinas.

Optaron por la senda principal: las tiendas rayadas y los maizales desaparecieron de la vista y volvió la maleza con su terroso aroma húmedo y leguminoso que surgía envolvente junto con la noche.

Este camino (pensó Yvonne después de salir a algo como una carretera principal cercana a un restaurante cantina llamado El Ron Popo, o 'El Popo') cortaba, al seguir —si es que podía ser considerado el mismo camino— en ángulo recto, por el bosque, hasta Parián, pasando por 'El Farolito', que hubiera podido ser el sombrío travesaño del que pendiesen los brazos del crucificado.

El estruendo de las cataratas cercanas resonaba ahora como el despertar de cinco mil gritos de perdices, arrastrado por el viento en una sabana de Ohio; sobre ellas precipitábase con furia el torrente, alimentado río arriba, donde, en la ribera izquierda que se transformaba de súbito en un gran muro de vegetación, brotaba el agua, en el caudal entre matorrales festoneados de campanillas de mayor altura que los árboles más altos de la selva. Y era como si la vertiginosa corriente arrastrase también al espíritu, junto con los árboles arrancados de cuajo y los destrozados arbustos en desorden, hacia aquella última caída.

Llegaron a la pequeña cantina 'El Petate'. Surgiendo a corta distancia de las estruendosas cataratas, con su hospitalaria luz que se filtraba por las ventanas y brillaba en el crepúsculo, sólo estaban en ella (y al advertirlo el corazón de Yvonne palpitó y se abatió, volvió a palpitar y a abatirse) el cantinero y dos mexicanos, pastores o labriegos, reclinados en el mostrador y atentos a su propia conversación. Sus bocas se abrían y cerraban sin emitir sonido alguno y sus manos morenas trazaban dibujos en el aire con corteses ademanes.

'El Petate', que desde donde Yvonne estaba parecía una especie de complicada estampilla, con sus muros exteriores sobrecargados de los inevitables anuncios de Moctezuma, Criollo, Cafiaspirina, Mentholatum —¡no se rasque las picaduras de los insectos!— era casi cuanto quedaba, según les habían referido a ella y al Cónsul, del antaño próspero pueblo de Anochtitlán, que se incendió y que otrora extendíase hacia el oeste, del otro lado de la corriente.

En el ensordecedor estrépito, Yvonne aguardó afuera. Desde que salió del 'Salón Ofelia' hasta ahora, Yvonne había sentido que la más absoluta indiferencia la poseía. Pero ahora que Hugh formaba parte de la escena en la 'cantina' (hacía preguntas a los dos mexicanos, describía la barba de Geoffrey al cantinero, describía la barba de Geoffrey a los mexicanos, hacía preguntas al cantinero, el cual con dos dedos imitaba burlón una barba en su rostro) se dio cuenta de que se reía con inhumanas carcajadas; al mismo tiempo sintió locamente como si el rescoldo de algo en su interior se hubiese incendiado, como si a cada instante todo su ser estuviese a punto de estallar.

Retrocedió un paso. Había tropezado con un objeto de madera cerca de 'El Petate' que pareció echársele encima. Según pudo ver a la luz que emanaba de las ventanas, era una jaula en donde había una gran ave acurrucada.

Era un aguilucho al que había espantado y que ahora tiritaba en la humedad y lobreguez de su prisión. La jaula hallábase entre la 'cantina' y un árbol chaparro y tupido: en realidad, dos árboles que se abrazaban: un 'amate' y un 'sabino'. La brisa rociaba con partículas de agua el rostro de Yvonne. Sonaba el estrépito de las cataratas. Las raíces entrelazadas de ambos árboles amantes corrían sobre la tierra hacia la corriente a la que buscaban en éxtasis, aunque no la necesitasen en realidad; bien podían las raíces haber permanecido en donde estaban porque en torno a ellas superábase la naturaleza en extravagante fructificación. Allende los más altos árboles escuchábase un crujido, un desgarramiento rebelde y un rechinar como de cordaje; las ramas, cual botalones, se agitaban sombrías y rígidas sobre su cabeza con sus grandes hojas desplegadas. Una atmósfera de negra conspiración, como la que invade la bahía antes de la tempestad cuando están anclados los barcos, sentíase en los árboles, entre los que fulgió de repente, allá en lo alto de las montañas, el relámpago; y las luces de la 'cantina' vacilaron hasta apagarse; encendiéronse y se volvieron a apagar. Pero no siguió el trueno. La tempestad volvía a estar lejos. Yvonne esperó con nervioso temor: las luces se encendieron y Hugh —¡así eran los hombres, oh Dios!, aunque tal vez ella tenía la culpa por haberse rehusado a entrar— se tomaba rápidamente una copa con los mexicanos. Y allí seguía el ave, forma furiosa y sombría de alas gigantescas, microcosmos de fieras desesperanzas y sueños, y recuerdo de altos vuelos sobre el Popocatépetl, kilómetro por kilómetro, para descender a través del desierto y posarse vigilante en los árboles fantasmagóricos de los asolados linderos de la montaña. Con mano apresurada y temblorosa Yvonne comenzó a desatar la jaula. El ave salió aleteando y se posó sobre sus patas, voló a la azotea de 'El Petate' y luego emprendió el ascenso a través de la penumbra, aunque no al árbol más cercano, como hubiera podido suponerse, sino —Yvonne tenía razón, el aguilucho sabía que estaba libre— hacia las alturas, con un súbito despliegue de sus alas, al límpido cielo de sombrío azul profundo, en donde, en este mismo instante apareció una estrella. Yvonne no sintió remordimiento alguno. Sólo un inexplicable triunfo secreto y un alivio: nadie sabría jamás que ella lo había hecho; y luego la invadió una furtiva y total sensación de pérdida y congoja.

La débil luz de las lámparas se reflejaba entre las raíces de los árboles; los mexicanos, en el umbral de la puerta, junto a Hugh, indicaban el mal tiempo con movimientos de cabeza y apuntaban hacia el camino, mientras que en el interior, el cantinero se servía una copa de una botella que había sacado de debajo del mostrador.

—¡No!... —gritó Hugh para dominar el estruendo—. No estuvo allí para nada. Busquemos en el otro lugar.

—...

—¡En el camino!

Después de 'El Petate', el sendero se desviaba a la derecha y pasaba junto a una perrera en donde estaba encadenado un oso hormiguero que con el hocico hurgaba en la negra tierra. Hugh tomó a Yvonne del brazo.

—¿Ves el oso hormiguero? ¿Te acuerdas del armadillo?

—¡No he olvidado *nada*!

Yvonne contestó esto, mientras igualaban sus pasos sin saber con precisión lo que había querido decir. Montaraces criaturas salvajes, pasaban junto a ellos ocultas entre la maleza, y por doquiera Yvonne buscaba en vano su águila con la esperanza de volverla a ver. La espesura se aclaraba poco a poco. Pudriéndose, la vegetación los rodeaba y en el aire flotaba un hedor de corrupción; la barranca no debía de quedar muy lejos. Luego, extrañamente, comenzó a soplar un vientecillo cálido y dulzón y la senda se angostó. La última vez que Yvonne recorrió estos parajes había escuchado un

354

chotacabras. *Uip-pur-uil, uip-peri-uil,* decía que en su país la voz quejumbrosa y solitaria de la primavera, invitándola a volver a casa... ¿adónde? ¿Al hogar de su padre en Ohio? ¿Y qué estaba haciendo este chotacabras tan lejos de casa, en este oscuro bosque mexicano? Pero, como el amor y la sabiduría, el ave no tenía sede fija; y tal vez, como añadió después el Cónsul, prefería estar aquí que arrastrándose por Cayena, donde se suponía que invernara.

Ascendieron y se acercaron a un claro en lo alto de una loma; Yvonne podía ver el cielo. Pero no lograba dominarse. El aspecto del cielo mexicano se volvía extraño y las estrellas le enviaban esta noche un mensaje más solitario aún que el evocado por el chotacabras sin nido. ¿Por qué estamos aquí —parecían decir— en lugar indebido y posición indebida, tan lejos, tan lejos, tan lejos de casa? ¿De qué casa? ¿Cuándo no había *ido* Yvonne a casa? Pero las estrellas, con su sólo ser, la consolaban. Y caminando, caminando, sintió que volvía a invadirla la sensación de indiferencia. Ahora se hallaban ella y Hugh en un promontorio que les permitía ver, por entre los árboles, las estrellas próximas al horizonte occidental.

Escorpión estaba a punto de ocultarse... Sagitario, Capricornio; ¡ah!, después de todo, allí estaban en su lugar sus configuraciones, correctas de inmediato, identificadas, con su prístina geometría centelleante, impecables. Y esta noche, como hacía cinco mil años, saldrían y se ocultarían: Capricornio, Acuario, con Formalhaut solitario; Piscis; y Aries; Tauro con Aldebarán y las Pléyades. «Cuando Escorpión se oculta en el sudoeste, las Pléyades se levantan en el nordeste. Y Ceto, la Ballena, Mira». Esta noche, como hace muchos siglos, la gente repetía estas palabras, o cerraba sus puertas, huyendo de las estrellas con acongojada agonía o se acercaba a ellas para decir amorosamente: «Aquélla es nuestra estrella, tuya y mía». O con ellas se orientaba más allá de las nubes o, extraviada en los mares o de pie en el castillo de proa y bañada por la brisa marina, de súbito las miraba mecerse; ponía en ellas su fe o su falta de fe; dirigía hacia ellas, en mil observatorios, los débiles telescopios en cuyas lentes nadaban enjambres de estrellas y nubes de astros oscuros y muertos, catástrofes de soles que habían estallado, o la gigantesca Antares que rabiaba hasta extinguirse, ardiente rescoldo pero quinientas veces mayor que el sol que ilumina la tierra. Y la tierra misma que sigue girando sobre su eje, rotando en torno de aquel sol, y el sol que gira en torno a la rueda luminosa de esta galaxia, las ruedas incontables, inconmensurables y cubiertas de joyas de incontables e inconmensurables galaxias que giran, giran, giran majestuosamente en lo infinito, en la eternidad, durante todo lo cual la vida seguía su curso. Mucho después de que Yvonne muriese, los hombres seguirían leyendo todo esto en el cielo nocturno, y a medida que la tierra girase durante aquellas lejanas estaciones y ellos contemplasen las constelaciones que seguían ascendiendo, culminando, poniéndose para volver a surgir —Aries, Tauro, Géminis, Cáncer, Leo, Virgo, Libra y Escorpión, Capricornio cabra marina, y Acuario, portador de las aguas, Piscis, y luego, de nuevo y triunfalmente ¡Aries!— ¿acaso no seguirían también ellos preguntándose la eterna, la insoluble interrogante: ¿para qué? ¿Qué fuerza mueve a esta sublime maquinaria celeste? Escorpión se oculta... Y ascienden —pensó Yvonne— invisibles tras los volcanes, aquéllas cuya culminación tiene lugar hoy mismo a media noche al ocultarse Acuario; y algunos contemplarían todo esto con sensación de fugacidad, aunque sintiendo refulgir en su alma por un momento el brillo diamantino de los astros, tocando todo aquello que en la memoria es dulce o noble o valeroso o altivo, mientras en las alturas aparecerían, volando levemente como parvada de aves rumbo a Orión, las benéficas Pléyades...

Las montañas, que antes habían desaparecido, volvieron a surgir ahora allá adelante, mientras ambos caminaban por el bosque cada vez menos espeso. Y ello no obstante, Yvonne seguía quedándose atrás.

A lo lejos, en el sudeste, el cuerno inclinado de la luna, pálida compañera de esa misma mañana, ocultábase al fin e Yvonne la observaba —¡muerta hija de la tierra!— con extraña y hambrienta súplica. El Mar de la Fecundidad, con su forma de diamante, el Mar del Néctar, pentagonal, y Frascatorio con su muro al norte que se había derrumbado, la gigantesca muralla occidental de Endimión, elíptica en la extremidad poniente; las montañas de Leibniz en el Cuerno del Sur y, al este de

Proclo, el Pantano de un Sueño. Hércules y Atlas seguían allí, en mitad del cataclismo, allende nuestro saber...

La luna había desaparecido. Una ráfaga de cálido viento sopló sobre el rostro de ambos y en el nordeste se encendió el relámpago, blanco y desgarrado; lacónico, el trueno rugió, cual alud en suspenso...

Empinándose, el sendero inclinóse aún más hacia la derecha y comenzó a serpentear entre árboles desperdigados que, altos y solitarios, hacían de centinelas, y entre enormes cactos cuyas espinosas manos de innúmeras contorsiones obstruyeron la vista por ambos lados cuando el sendero dio vuelta. Había oscurecido tanto, que resultó sorprendente no encontrar la noche más tenebrosa en el mundo allende la selva.

No obstante, el espectáculo que vieron sus ojos al salir al camino fue aterrador. Las masas de negros nubarrones seguían ascendiendo en el cielo crepuscular. Mucho más arriba, a gran altura, a una altura aterradora, negras aves incorpóreas, que parecían más bien esqueletos de aves, flotaban en el aire. Y a lo largo de toda la cúspide del Iztaccíhuatl, oscureciéndolo, soplaban las nevascas mientras que, en la base, apiñábanse los cúmulos. Pero toda la escarpada silueta del Popocatépetl se les echaba encima, parecía viajar con las nubes, asomarse al valle, en una de cuyas laderas brillaba, resaltando merced a la extraña melancolía de la luz, una minúscula cima rebelde en la que había un pequeño cementerio.

Hervía en el cementerio una multitud que sólo resultaba visible por la luz de las velas.

Pero de pronto fue como si un heliógrafo de relámpagos tartamudease mensajes a través del montaraz paisaje; Yvonne y Hugh distinguieron, congeladas, las diminutas figuras blanquinegras. Y luego, mientras esperaban el estallido del trueno, las escucharon: el viento impelía desde las alturas sus débiles gritos y lamentos. Los dolientes cantaban junto a las tumbas de sus deudos, tocaban en sordina sus guitarras o rezaban. Un rumor semejante a un repiqueteo de campanas, un fantasmagórico tintineo, llegó hasta sus oídos.

Pero el titánico rugido de un trueno lo ahogó y retumbando por los valles perdióse en la distancia. El alud comenzaba. Y, sin embargo, no apagaba la luz de las velas. Seguían brillando, impávidas, y algunas movíanse en la procesión. Algunos de los dolientes bajaban en fila por la ladera.

Yvonne sintió con gratitud el duro contacto del camino bajo su pie. Las luces del 'Hotel y Restaurante El Popo' se encendieron. En lo alto de una cochera contigua, un letrero luminoso apuñalaba la oscuridad: *Euzkadi*. De una radio cercana escapaba con increíble velocidad una frenética música de jazz.

Estacionados fuera del restaurante, formando una fila ante el callejón sin salida en la linde del bosque, algunos autos de fabricación norteamericana daban al lugar algo del aire de espera y retraimiento que en la noche tienen las fronteras; y había, en efecto, una especie de frontera no lejos de allí, donde la barranca, provista de un puente en las afueras de la antigua capital, marcaba la línea divisoria entre los estados.

Por un momento, el Cónsul apareció sentado en el porche, cenando tranquilo y solitario. Pero sólo ella lo vio. Yvonne y Hugh se deslizaron por entre las mesas redondas y llegaron hasta el equívoco bar en donde el Cónsul estaba sentado, frunciendo el ceño, con tres mexicanos. Pero nadie sino Yvonne lo advirtió. El cantinero no había visto al Cónsul. Ni tampoco el ayudante del administrador —un japonés inusitadamente alto que también fungía de cocinero— que reconoció a Yvonne. Sin embargo, mientras negaban haberlo visto (y aunque ya para entonces Yvonne había decidido que él estaba en 'El Farolito'), el Cónsul desaparecía en cada rincón y salía por cada puerta. Algunas mesas colocadas en el piso de mosaico en el exterior del bar hallábanse desiertas y, no obstante, también aquí se hallaba imprecisamente sentado el Cónsul, que se ponía de pie al verlos acercarse. Y afuera, en el patio trasero, fue el Cónsul quien empujó hacia atrás la silla en que estaba sentado y adelantóse, inclinándose, a recibirlos.

De hecho, como a menudo ocurre por alguna razón en tales lugares, la cantidad de personas que había en 'El Popo' no alcanzaba a justificar el número de coches estacionados afuera.

Hugh dejó errar la mirada, en parte por la música que parecía provenir de la radio en alguno de los automóviles y sonaba como algo extraterreno en este sitio desolado: abismal fuerza mecánica descarriada que precipitándose a la muerte, quebrantándose y lanzándose contra temibles obstáculos, bruscamente calló.

El patio de la cantina era un largo jardín rectangular cubierto de flores y maleza. En la semioscuridad corrían a ambos lados terrazas cuyos arqueados parapetos les conferían apariencia de claustros. Los dormitorios daban a las terrazas. Con desnaturalizado brillo, la luz del restaurante caía de vez en cuando sobre una flor escarlata, sobre un verde arbusto. Dos cacatúas de iracundo aspecto, plumaje colorido y encrespado estaban posadas en dos aros de acero que colgaban entre los arcos.

Palpitante, el relámpago fustigó las ventanas por un momento; el viento hizo crepitar las hojas y apaciguóse, dejando un cálido vacío en el que los árboles se agitaron caóticamente. Yvonne se reclinó en un portal y se quitó el sombrero; el estridente chillido de una de las cacatúas le hizo taparse los oídos con las palmas de las manos, y cuando volvió a retumbar el trueno, las apretó con mayor fuerza, manteniéndolas allí, cerrados los ojos, ausente, hasta que el ruido hubo cesado y llegaron las cervezas que Hugh ordenó.

—Bien —decía Hugh—, ¡vaya diferencia entre esto y la Cervecería Quauhnáhuac! ...Sí, supongo que siempre recordaré esta mañana. ¡Estaba tan azul el cielo!, ¿verdad?

—Y el perro lanudo y los potros que nos acompañaban y el río sobre el que volaban las aves...

—¿A qué distancia estaremos de 'El Farolito'?

—Como a dos kilómetros y medio. Podemos ahorrarnos más de kilómetro y medio si tomamos el atajo por el bosque.

—¿En la oscuridad?

—No podemos esperar mucho si hemos de tomar el último camión para Quauhnáhuac. Son más de las seis. Yo no puedo beber esta cerveza, ¿tú sí?

—No. Sabe a metal de cañón... ¡demontres!... ¡por Dios! —dijo Hugh—. Vamos a pedir...

—Algo diferente de beber —propuso Yvonne, medio irónica.

—¿No podríamos *telefonear*?

359

—Mezcal —dijo Yvonne entusiasmada.

El aire estaba tan cargado de electricidad, que vibraba.

—Comment?

—Mezcal, por favor —repitió Yvonne sardónica y agitando la cabeza con gesto solemne—. Siempre he querido descubrir qué encuentra Geoffrey en él.

—'¡Cómo no!' Tomemos dos mezcales.

Pero aún no regresaba Hugh, cuando otro camarero, escrutando la penumbra, trajo dos copas en la bandeja equilibrada en una mano, y encendió otra luz.

Las bebidas que Yvonne tomó en la cena y durante el día, aunque pocas, pesaban en su alma como cerdos: transcurrieron algunos momentos antes de que alcanzara la copa y la bebiera.

Enfermizo, tétrico, con sabor a éter, al principio el mezcal no produjo calor alguno en su estómago, sino, como la cerveza, un frío, una sensación de frescura. Pero surtió efecto. Desde el pórtico exterior una guitarra algo desafinada entonaba 'La Paloma'; una voz mexicana cantaba y el mezcal seguía surtiendo efecto. A la larga tenía la cualidad de una buena bebida fuerte. ¿Dónde estaba Hugh? ¿Habría, después de todo, encontrado aquí al Cónsul? No: Yvonne sabía que no estaba aquí. Abarcó de una mirada el ámbito de 'El Popo': desalmada muerte atravesada por corrientes de aire, que gemía y latía cual mecanismo de reloj, según había dicho en alguna ocasión el propio Geoff: triste remedo de hostería norteamericana; pero ya no parecía tan terrible. Tomó un limón de la mesa; exprimió algunas gotas en su vaso, y el tiempo que le tomó hacer todo esto fue exageradamente largo.

De repente se percató de que su risa era forzada; había en su interior un rescoldo, algo se incendiaba; y también una vez más se formó en su mente la imagen de una mujer que sin cesar golpeaba sus puños contra la tierra...

Pero no; no era ella lo que se incendiaba. Era la morada de su espíritu. Era su sueño. Era la granja, Orión, las Pléyades, la casa de ambos a orillas del mar. Pero, ¿dónde estaba el fuego? El Cónsul fue el primero en advertirlo. ¿Qué eran todas estas ideas insensa-

tas, pensamientos sin forma ni lógica? Estiró el brazo
para beberse el otro mezcal, el de Hugh, y el fuego se
extinguió, lo ahogó una repentina ola de amor desesperado y de ternura por el Cónsul, que recorrió todo su
ser.

—*oscurísimo y despejado con una brisa marina y el
murmullo de la resaca invisible, en la profundidad de
la noche primaveral brillaban sobre tu cabeza las estrellas, presagios del verano, y relucían los astros; despejado y oscuro, y la luna no había salido; una brisa marina, hermosa y fuerte, y luego la luna menguante se
alzaba sobre las aguas, y después, en el interior de la
casa, el rugir de invisible resaca que resuena en la noche...*

—¿Qué, te gusta el mezcal?

Sobresaltóse Yvonne. Casi se había recostado sobre
la copa de Hugh; éste, oscilante, estaba parado detrás
de ella y tenía bajo el brazo un estuche de manta, enorme y estropeado, en forma de llave.

—¿Qué diablos traes ahí? —la voz de Yvonne sonó
lejana y borrosa.

Hugh colocó el estuche en el parapeto. Luego puso
sobre la mesa una lámpara de pilas. Era un instrumento de *boy-scout* con aspecto de ventilador de barco, y
provisto de un anillo metálico para pasar el cinturón al
través. —Me encontré en el porche con el tipo al que
Geoff trató tan mal en el 'Salón Ofelia' y le compré
esto. Pero quería vender su guitarra y comprar una
nueva, así que también se la compré. Sólo 'ocho pesos
cincuenta'...

—¿Para qué quieres una guitarra? ¿Vas a tocar con
ella la «Internacional» o qué, a bordo de tu barco? —dijo
Yvonne.

—¿Cómo está el mezcal? —volvió a preguntarle Hugh.

—Como diez metros de alambrado de púas. Casi me
arrancó la tapa de los sesos. Mira, éste es tuyo, Hugh...
lo que queda.

Sentóse Hugh. —Me tomé un tequila afuera con el
'hombre' de la guitarra...

—Bien —añadió—, en definitiva no voy a tratar de
regresar a México esta noche y, habiendo decidido esto,
hay varias cosas que podríamos hacer respecto a Geoff.

—Preferiría emborracharme —dijo Yvonne.

—'Como tú quieras'. Sería una buena idea.

—¿Por qué dijiste que sería una buena idea emborracharse? —volvió a preguntar Yvonne, por encima de los nuevos mezcales—. ¿Para qué compraste esa guitarra? —repitió.

—Para acompañarme. Tal vez para engañar a la gente.

—¿Con qué objeto te comportas de manera tan rara, Hugh? ¿Para engañar cómo y a quién?

Hugh echó hacia atrás la silla hasta tocar el parapeto, y permaneció sentado así acariciando la copa de mezcal.

—El tipo de mentira que medita Sir Walter Raleigh cuando se dirige a su alma. «La verdad será tu garantía. Ve, puesto que debo morir. Y engaña al mundo. Di a la corte que relumbra y brilla como leña podrida. Di a la iglesia que enseña lo que es bueno y no lo practica. Si la iglesia y la corte replican, entonces engáñalas.» Cosas como ésas, sólo que un poco diferentes.

—Estás haciendo un drama, Hugh. ¡'Salud y pesetas'!

—¡'Salud y pesetas'!

—¡'Salud y pesetas'!

Fumando y copa en mano, Hugh seguía apoyado contra el sombrío portal monástico y contemplaba a Yvonne.

—Pero, por el contrario —decía—, queremos hacer el bien, ayudar, mostrarnos fraternales en la desgracia. Condescenderemos hasta vernos crucificados, bajo ciertas condiciones. Y esto ocurre regularmente casi cada veinte años. ¡Pero para un inglés es de tan pésimo tono ser mártir de buena fe! Podremos respetar con parte de nuestra inteligencia la integridad, digamos, de hombres como Gandhi o Nehru. Podremos hasta reconocer que, por ejemplo, su altruismo podría salvarnos. Pero gritamos desde nuestro corazón: «¡Echen ese tipejo al río!» O «¡Dejen libre a Barrabás!», «¡Con D'Dwyer hasta la muerte!» ¡Por Cristo! También para España resulta de bastante mal tono ser mártir; claro que de manera muy diferente... Y si Rusia demostrara...

Hugh decía todo esto mientras Yvonne escudriñaba un documento que él mismo acababa de poner sobre la mesa para que ella lo viera. Era sólo un sucio y grasiento menú que parecía haber sido recogido del suelo o haber pasado largos meses en el bolsillo de alguien,

e Yvonne lo leyó varias veces con alcohólica delibera-
ción:

«EL POPO»

SERVICIO A LA CARTA

Sopa de ajo	$ 0.30
Enchiladas en salsa verde	$ 0.40
Chiles rellenos	$ 0.75
Rajas a la «Popo»	$ 0.75
Machitos en salsa verde	$ 0.75
Menudo estilo Sonora	$ 0.75
Pierna de ternera al horno	$ 1.25
Cabrito al horno	$ 1.25
Asado de pollo	$ 1.25
Chuletas de cerdo	$ 1.25
Filete con papas al gusto	$ 1.25
Sandwiches	$ 0.40
Frijoles refritos	$ 0.30
Chocolate a la española	$ 0.60
Chocolate a la francesa	$ 0.40
Café solo o con leche	$ 0.10

Todo esto estaba escrito a máquina en color azul, y
más abajo —ella lo descifró con la misma delibera-
ción— había un dibujo como pequeña rueda en cuyo
interior estaba escrito: 'Lotería Nacional Para la Benefi-
cencia Pública', formando otro círculo, dentro del cual
aparecía una especie de sello de fábrica que representaba a una madre acariciando a su niño.

Ocupaba todo el lado izquierdo del menú una litogra-
fía de cuerpo entero de una joven sonriente sobre cuya
figura se leía el anuncio que 'en el Hotel Restaurante El
Popo se observa la más estricta moralidad, siendo esta
disposición de su propietario una garantía para el pasajero que llegue en compañía'. Yvonne estudió la efigie
de esta mujer: rolliza y desaliñada, con peinado casi al
estilo norteamericano, llevaba un vestido largo de tela
estampada multicolor; con una mano hacía un ademán

363

picaresco mientras que en la otra sostenía una ristra de diez billetes de lotería, en cada uno de los cuales una vaquera montaba un caballo encabritado y (como si estas diez minúsculas imágenes fueran réplicas de los semiolvidados egos de Yvonne que se despidieran de ella) agitaba la mano.

—Bien —dijo Yvonne.

—No; me refería al otro lado —dijo Hugh.

Volvió Yvonne el menú y permaneció mirando al vacío.

El reverso del menú estaba casi totalmente cubierto con la escritura del Cónsul en su fase más caótica. A la izquierda del ángulo superior leíase:

Recknung

1 ron y anís	1.20
1 ron Salón Brasse	.60
1 tequila doble	.30
	———
	2.10

Estaba firmado G. Firmin. Se trataba de una cuenta que, meses antes, dejó el Cónsul, una notita que calculó para sí... No, acabo de pagarla —dijo Hugh, que ya entonces estaba sentado al lado de Yvonne.

Pero debajo de este «recuento» estaba escrito, enigmáticamente: «penuria ...inmundicia ...tierra», y más abajo había un incomprensible garabato alargado. En el centro del papel leíanse estas palabras: «Cuerda... muerda...recuerda» y luego «de fría celda», mientras que, en el lado derecho —progenitor y explicación parcial de estas extravagancias—, estaba lo que parecía ser un poema en proceso de composición, tal vez intento de cierta índole de soneto, aunque de disposición irresoluta y malograda, y tan borroneado, tachado, deteriorado y cubierto de garabatos —un palo de golf, una rueda, hasta una gran caja negra que se asemejaba a un féretro— que casi llegaban a ser indescifrables; acababa teniendo esta apariencia:

Some years ago he started to escape
.........has been ... escaping ever since
Not knowing his pursuers gave up hope
Of seeing him (dance) at the end of a rope
Hounded by eyes and thronged terrors now the lens
Of a glaring world that shunned even his defense
Reading him strictly in the preterite tense
Spent no ...... thinking him not worth
(Even) ...... the price of a cold cell.
There would have been a scandal at his death
Perhaps. No more than this. Some tell
Strange hellish tales of this poor foundered soul
Who once feld north ... *

Que antaño huyó hacia el norte, pensó Yvonne. Hugh
decía:

—'Vámonos'.

Yvonne asintió.

Afuera soplaba el viento con excéntrica estridencia.
En alguna parte golpeaba y golpeaba un postigo suelto,
y el terrero eléctrico en lo alto de la cochera aguijoneaba
la noche: *Euzkadi*...

Encima del letrero, el reloj —¡encuesta pública del
hombre sobre la hora!— indicaba: doce para las siete:
«Que antaño huyó hacia el norte». Ya la gente había
abandonado los pórticos de 'El Popo'...

Al relámpago —que estalló cuando ambos comenzaban a bajar los escalones— siguieron casi simultáneamente salvas de truenos dispersos y prolongados. En el
norte y el este, los cúmulos de negros nubarrones engu-

---

* Algunos años ha que comenzó a escapar
  ....desde entonces ... ha estado huyendo
  Sin saber que sus perseguidores mucho ha que
      abandonaron la esperanza
  De verlo (bailar) en la extremidad de una cuerda
  Acosado por miradas y por un tropel de horrores,
      lente ahora
  De un mundo en llamas que hasta su defensa rehuyó
      impertérrito
  Al leerlo estrictamente en tiempo pretérito
  No perdió ...... sin creer que valiese
  (Siquiera) ...... el precio de fría celda
  Acaso con su muerte habría estallado
  El escándalo. Tan sólo esto. Algunos han tramado
  Misteriosos relatos infernales de esta alma perdida
  Que antaño huyó hacia el norte ...

llían a los astros; cabalgando, Pegaso ascendía, invisible, por los cielos; pero a mayor altura seguía despejado: Vega, Deneb, Altair; entre los árboles, hacia el oeste, Hércules: «Y que antaño huyó hacia el norte», repetía Yvonne. Directamente frente a ellos alzábanse, junto al camino, con dos columnas altas y esbeltas, las confusas ruinas de un templo griego al que se llegaba subiendo por dos anchos escalones: o bien este templo existió por un momento con la exquisita belleza de sus columnas, su equilibrio y proporciones perfectos, la amplitud de extensión de sus escalones que ahora se convertían en dos rayos de borrascosa luz que, provenientes de la cochera, atravesaban el camino, y las columnas, dos postes de telégrafo.

Dieron vuelta y tomaron la vereda. Hugh proyectaba con su lámpara de mano un fantasmal blanco de tiro que se dilataba, volvíase gigantesco, se desviaba y transparentemente se enredaba en los cactos. Angostábase el sendero y caminaban, en fila india, Hugh atrás con el luminoso blanco de tiro deslizándose ante ellos y barriendo el terreno en elipsis concéntricas a través de las cuales saltó la falsa sombra de Yvonne, o la sombra de una giganta. Al descubrirlos la luz de la lámpara, se irguieron los órganos de color gris salobre, demasiado rígidos y carnosos para doblarse con la fuerza del viento; levantábanse en lenta ola interminable, inhumano parloteo de escamas y espinas.

«Que antaño huyó hacia el norte...»

Yvonne se sentía ahora completamente sobria: desvanciéronse los cactos, y la vereda —angosta aún— entre inmensos árboles y maleza, parecía bastante cómoda.

«Que antaño huyó hacia el norte». Pero no iban hacia el norte, iban rumbo al 'Farolito'. Ni tampoco huyó entonces el Cónsul hacia el norte; había ido, por supuesto, como esta noche, al 'Farolito'. «Acaso con su muerte habría estallado el escándalo». El follaje de los árboles producía un sonido como si cayese agua sobre la cabeza de ambos. «Con su muerte».

Yvonne estaba sobria. Era la maleza, que se movía a su paso con repentina agilidad, obstruyendo así su camino, la que no estaba sobria; los árboles móviles no estaban sobrios; y por útimo era Hugh quien —ahora lo descubría, sólo la había traído hasta aquí para comprobar la mayor viabilidad del camino, el peligro de estos bosques bajo las descargas eléctricas que ahora casi caían sobre sus cabezas— no estaba sobrio: e Yvonne advirtió que se detenía bruscamente y que cerraba las manos con tal fuerza que sus dedos le dolían, y decía:

—Deberíamos apresurarnos; ya deben ser casi las siete —y luego, que iba aprisa, que casi corría por la vereda, hablando en voz alta y con excitación—: ¿Te dije que la noche anterior al día en que me marché hace un año, Geoffrey y yo concertamos una cita para cenar juntos en México y que él olvidó en qué restaurante, según me dijo, y que se fue de restaurante en restaurante buscándome, como ahora lo buscamos nosotros?

> *'En los talleres y arsenales*
> *a guerra todos, tocan ya',*

cantaba Hugh resignado y con voz de bajo.

—...y lo mismo ocurrió cuando lo conocí en Granada. Hicimos cita para cenar en algún sitio cercano a la Alhambra y yo creí que debíamos encontrarnos en la Alhambra pero no pude hallarlo, y vuelvo a ser *yo* quien lo busca... la primera noche después de mi regreso.

> *'...todos, tocan ya;*
> *morir ¿quién quiere por la gloria*
> *o por vendedores de cañones?'*

Volvió a resonar en el bosque una salva de truenos, e Yvonne se detuvo casi paralizada al imaginar ver por un instante a la mujer de los billetes de lotería, sonriéndole fijamente y haciéndole señas al final del camino.

—¿Cuánto falta? —preguntó Hugh.

—Creo que ya casi llegamos. Más adelante hay dos curvas y un árbol caído sobre el cual tenemos que pasar.

> *'Adelante, la juventud;*
> *al asalto, vamos ya,*
> *y contra los imperialismos*
> *para un nuevo mundo hacer'.*

...entonces, creo que tenías razón —dijo Hugh.

Por un momento hubo tal calma en la tempestad, que para Yvonne —que veía mecerse las oscuras copas de los árboles amplia y lentamente en el viento contra el cielo tempestuoso— fue un momento como el del cambio de marea, en el cual, sin embargo, había algo semejante a la cabalgata de esa mañana con Hugh, cierta esencia nocturna de los pensamientos que habían compartido entonces, con un violento anhelo de juventud, amor y dolor por el amor.

En algún lugar cercano se escuchó una detonación como de arma de fuego o del escape abierto de un automóvil, que rompió aquella oscilante inmovilidad, y luego siguió otra, y otra: —Más prácticas de tiro —dijo Hugh riéndose; y no obstante estos sonidos, de efecto consolador si se les comparaba con el malsano retumbar del trueno que siguió, eran diferentes, terrenos, porque implicaban que estaban cerca de Parián, que pronto sus luces brillarían entre los árboles; por el resplandor de un relámpago, claro como la luz del día, vieron una flecha inútil y afligida que apuntaba hacia el camino por donde habían venido, hacia la incendiada Anochtitlán: y ahora, en la oscuridad más profunda, la luz de Hugh iluminó un tronco de árbol a la izquierda, en donde un letrero de madera con una mano que apuntaba les confirmó la dirección:

🖙 'A PARIAN'

Hugh iba cantando detrás de Ivonne... Comenzó a lloviznar y del bosque ascendió un dulce aroma de limpieza. Y ahora, aquí estaba el lugar en que el camino volvía sobre sí para verse obstruido por un inmenso tronco cubierto de lama que dividía la vereda de la senda que Yvonne se había rehusado a seguir, y que el Cónsul debió haber tomado después de Tomalín. Allí estaba aún la escala enmohecida con sus peldaños ampliamente separados en el flanco cercano del tronco, e Yvonne casi había acabado de subir por ella cuando advirtió que le faltaba la luz de Hugh. De algún modo logró mantenerse en equilibrio en lo alto del sombrío tronco resbaloso y volvió a ver que la luz de Hugh, ligeramente a un lado, se movía entre los árboles. Dijo con aire de triunfo:

—Cuidado, no vayas a perder el camino por allí, Hugh; es algo engañoso. Y ten cuidado con el tronco caído. Hay una escala por este lado, pero tienes que saltar por el otro.

—Saltemos, pues —dijo Hugh—. Debo haberme salido de tu camino.

Al oír Yvonne los quejumbrosos lamentos que emitía la guitarra de Hugh mientras éste golpeaba contra el estuche, llamó: —Aquí estoy; por aquí.

> *'Hijos del pueblo que oprimen cadenas*
> *esa injusticia no debe existir;*
> *si tu existencia es un mundo de penas,*
> *antes que esclavo, prefiere morir, prefiere morir...'*

cantaba, irónico, Hugh.

De pronto, comenzó a llover a torrentes. Un viento, cual tren expreso barrió el bosque en vertiginosa carrera; precisamente delante de ellos estalló el relámpago entre los árboles con salvaje rugido desgarrador de trueno que hizo temblar la tierra...

Hay, a veces, cuando estalla el trueno, otra persona que piensa por uno, alguien que pone al abrigo los muebles de nuestro pórtico mental, cierra y pone los postigos a las ventanas de la mente contra lo que parece menos aterrador como amenaza que como distorsión del recogimiento celestial, una estrepitosa locura de los cielos, una forma de catástrofe que los mortales tienen prohibido observar de muy cerca: pero en la mente queda siempre entornada una puerta —como se sabe que los hombres en las grandes tempestades dejan abiertas sus puertas verdaderas para que por ellas pase Jesús— pero el ingreso y la recepción de lo inaudito, la temible aceptación de la centella que nunca cae sobre uno, para el relámpago que siempre cae en la próxima calle, para el desastre que tan raras veces golpea en la desastrosa hora probable, y por esta puerta mental Yvonne, que seguía equilibrándose en el tronco, percibió ahora algo ominosamente aciago. En el trueno que disminuía acercábase algo como un rumor que no era de lluvia. Era un animal de alguna especie, aterrado por la tempestad, y fuera lo que fuese —ciervo, caballo, sin duda tenía pezuñas— acercábase despavorido con seco galope, entre la maleza; y ahora que estallaba de nuevo el relámpago, y el trueno se apagaba, oyó Yvonne un prolongado relincho que se convirtió en un grito de pánico casi humano. Yvonne advirtió que le temblaban las rodillas. Trató de volverse, dando voces a Hugh, para bajar la escala, pero sintió perder pie en el tronco; al deslizarse, procuró recobrar el equilibrio, volvió a resbalar y cayó hacia adelante. Al caer, uno de sus pies se dobló bajo su peso y le produjo un agudo dolor. Al momento siguiente, cuando trató de levantarse, vio, a la luz de un relámpago, al caballo sin jinete. Precipitábase de lado, no hacia ella, y vio hasta el último de sus detalles: la silla que se deslizaba ruidosamente por la grupa, hasta el número siete marcado en el anca. Al tratar de levantarse de nuevo escuchó el grito de su propia voz cuando el animal se dirigió a ella y se le echó encima. El cielo era una sábana de blancas llamaradas en las que quedaron clavados por un instante los árboles y el caballo encabritado y suspendido en los aires...

Eran las cestas de la feria las que remolineaban a su alrededor; no, eran los planetas, mientras que el sol, ardiente y brillante, giraba en el centro; aquí volvían Mercurio, Venus, la Tierra, Marte, Júpiter, Saturno, Urano, Neptuno, Plutón; pero no eran los planetas, porque no era el volantín, sino la rueda de la fortuna, eran constelaciones en cuyo eje, cual gigantesco y frío ojo, ardía la Estrella Polar, y girando, girando en torno suyo iban: Casiopea, Cefeo, el Lince, la Osa Mayor, la Osa Menor y el Dragón; y, a pesar de ello, no eran constelaciones, sino, en cierto modo, millares de hermosas mariposas, la nave de Yvonne entraba en la bahía de Acapulco en medio de un huracán de hermosas mariposas que zigzagueaban en lo alto y que sin cesar se desvanecían por la popa, sobre el mar, el mar violento y puro y las largas olas del alba que se acercaban, se alzaban y se desplomaban para deslizarse convertidas en elipsis incoloras en la arena, hundiéndose, hundiéndose, alguien la llamaba por su nombre en lontananza y ella recordó que estaban en una selva oscura y oyó el viento y la lluvia precipitándose en el bosque y vio los estremecimientos del relámpago trepidar entre los cielos, y el caballo —¡santo Dios!, ¡el caballo!... ¿y se repetiría esta escena interminablemente y para siempre?— el caballo, encabritado, suspendido sobre su cabeza, petrificado en el aire, estatua, alguien estaba sentado en la estatua, era Yvonne Griffaton, no, era la estatua de Huerta, el borracho, el asesino, era el Cónsul o era un caballo mecánico del volantín, el carrusel, pero el carrusel se había detenido y ella estaba en una barranca por la cual bajaban estrepitosamente un millón de caballos que se dirigían hacia ella, y tenía que huir por la selva amiga, a su casa, la casita de ambos a orillas del mar. Pero la casa estaba en llamas, según podía verlo ahora desde el bosque, desde lo alto de los escalones, oía la crepitación, estaba en llamas, todo ardía, ardía el sueño, ardía la casa y no obstante allí permanecieron un momento, Geoffrey y ella, en el interior, dentro de la casa, apretándose las manos y todo parecía estar en orden, en su lugar, la sala seguía allí, con todos sus objetos naturales, amados y familiares, salvo que el tejado estaba ardiendo y había este ruido como de hojas secas que pasaron rozando por el techo, esta crepitación mecánica, y ahora el fuego se extendía precisamente mientras ambos lo contemplaban, el aparador, las sartenes, la antigua marmita, la nueva marmita, la figura del guardián en el pozo hondo y fresco, la trulla, el rastrillo, el techo inclinado con sus tejas de madera en donde caían las flores de cornejo pero en donde ya no volverían a caer porque el árbol estaba en llamas, el fuego se extendía cada vez más aprisa, ardían las paredes con sus reflejos a la manera de ruedas de molino proyectaban los rayos del sol sobre el agua, las flores del jardín estaban ennegrecidas y ardían, retorcíanse, se enroscaban, caían, ardía el jardín, ardían el porche en donde solían sentarse en las mañanas primaverales, la puerta roja, las ventanas encajonadas, las cortinas que ella misma hiciera, ardían, ardía la vieja silla de Geoffrey, su escritorio, y ahora su libro, su libro ardía, las páginas ardían, ardían, ardían, levantábanse del fuego en torbellinos y esparcíanse incandescentes a lo largo de la playa, y ahora aumentaba la oscuridad y subía la marea, la marea se agitaba bajo la casa en ruinas, los botes de excursión que habían transportado sus canciones río arriba, navegaban mudos al regreso en las aguas de Erídano. Su casa expiraba, ahora no había en ella sino agonía.

Y, abandonando el incandesdente sueño sintióse Yvonne arrebatada hacia las alturas y transportada hacia las estrellas, en medio de un torbellino de astros que se esparcían en lo alto en círculos cada vez mayores, como ondas en el agua, entre los cuales ahora aparecían, como una grey de aves diamantinas que volasen suave y firmemente hacia Orión, las Pléyades...

XII

—Mezcal —dijo el Cónsul.

El cuarto principal de 'El Farolito' estaba desierto. Desde un espejo que, colgado tras el bar, también reflejaba la puerta abierta a la plaza, su propio rostro, mudo, lo miró fijamente con ojos llenos de austero y familiar presagio.

Sin embargo, el sitio no estaba en silencio. Lo invadía aquel latido: el tictac de su reloj de pulsera, de su corazón, de su conciencia, de algún otro reloj. También, de muy abajo, venía un lejano rumor de hirientes y amargas acusaciones que él mismo lanzaba contra su propia desdicha, voces como de un altercado, la suya más potente que las demás, mezclada ahora a las otras que parecían gemir acongojadas en la distancia: —¡'Borracho', 'Borrachón', 'Borraaacho'!

Pero una de estas voces, implorante, era como la de Yvonne. Seguía sitiendo a su espalda la mirada de ambos, la mirada de Hugh e Yvonne en el 'Salón Ofelia'. Rechazó deliberadamente todo pensamiento sobre Yvonne. Bebióse rápidamente dos mezcales: las voces cesaron.

Chupando un limón, hizo el inventario de cuanto le rodeaba. El mezcal lo tranquilizaba y a la vez entorpecía su mente. Para que cada objeto llegara hasta él era menester que transcurrieran algunos momentos. Echado en un rincón del cuarto, un conejo blanco le roía un elote. Mordisqueaba con aire indiferente las teclas moradas y negras como si tocase un instrumento. Detrás del bar, colgaba de un torniquete giratorio una hermosa cantimplora oaxaqueña con 'mezcal de olla' de la que habían escanciado sus dos copas. A ambos lados alineábanse botellas de Tenampa, Barreteaga, 'Tequila Añejo', 'Anís doble de Mallorca', un garrafón violeta con 'delicioso licor' de Henry Mallet, una botella de cordial de menta, una botella alta y estriada de 'Anís del Mono', en cuya etiqueta un demonio blandía un tridente. Sobre el ancho mostrador había platos con palillos, chiles, limones, un cubilete lleno de popotes y un tarro de vidrio en el que se cruzaban las cucharas. En uno de los extremos alzábanse multicolores jarras bulbiformes llenas de aguardiente, alcohol crudo de diferentes sabores en el que flotaban cortezas de cítricos. Un cartel del baile de la noche anterior en Quauhnáhuac, clavado junto al espejo, le llamó la atención: *'Hotel Bella Vista Gran Baile a Beneficio de la Cruz Roja. Los Mejores Artistas del Radio en acción. No falte Ud.'* Un escorpión estaba prendido del cartel. El Cónsul observó con cuidado todas estas cosas. Exhalando largos suspiros de glacial alivio, contó los palillos. Aquí estaba a salvo; era éste el lugar que amaba: el refugio, el paraíso de su desesperación.

El 'cantinero', muchachito diminuto y moreno de aspecto enfermizo —hijo del Elefante—, conocido como el Pocas Pulgas, con mirada miope detrás de unas gafas con montura de concha escrutaba los dibujos de «El Hijo del Diablo», episodios de una revista infantil *Ti-to*. Y leyendo con sordo murmullo, engullía chocolates. Cuando devolvió al Cónsul otra copa llena de mezcal, derramó un poco en el mostrador. Continuó su lectura sin limpiarlo y siguió refunfuñando a la vez que se hartaba de calaveras de chocolate para el Día de Muertos, esqueletos de chocolate y carrozas fúnebres, sí, de chocolate. El Cónsul apuntó con el dedo hacia el escorpión de la pared y el muchacho lo hizo caer de un manotazo irritado: estaba muerto. El Pocas Pulgas volvió a enfrascarse en el relato, alzando su pastosa voz masculló: —'De pronto Dalia vuelve en sí y grita llamando la atención de un guardia que pasea. ¡Suélteme! ¡Suélteme!'

Sálvame, pensó vagamente el Cónsul en tanto que el muchacho se alejaba de pronto en busca de cambio, 'suélteme', auxilio: pero tal vez, como el escorpión no quería que lo salvaran, se había matado con su propio aguijón. El Cónsul caminó por el cuarto. Después de tratar sin éxito de hacer migas con el conejo blanco, acercóse a la ventana abierta a su derecha. Un abismo casi perpendicular llegaba hasta el fondo de la barranca. ¡Qué lugar tan oscuro y melancólico! En Parián, Kubla Khan... Y también allí seguía el despeñadero (como en Shelley o Calderón, o en ambos) el despeñadero que no se decidía a derrumbarse por completo, tal era la desesperación con que, hendido, se asía a la vida. El abismo era aterrador, pensó asomándose para contemplar de soslayo la roca resquebrajada, tratando asimismo de recordar aquel trozo de *Los Cenci* que describe la enorme hacina colgada de la masa de tierra como si se apoyara en la vida, no temerosa de caer, pero oscureciendo de todos modos el lugar donde habría de desplomarse si se zafase. Era un descenso tremendo, espantoso, hasta el fondo. Pero se le ocurrió que tampoco él temía caer. Mentalmente trazó el sinuoso sendero abismal de la 'barranca' a través de los campos y de las minas destrozadas hasta llegar a su propio jardín, y luego volvió a verse esta mañana parado con Yvonne ante el escaparate del impresor contemplando la imagen de aquella otra roca. 'La Despedida', roca glacial que se desmoronaba entre las invitaciones de boda y la rueda que giraba a sus espaldas. Le pareció que todo aquello había ocurrido hacía mucho tiempo, que era tan extraño, tan triste y tan remoto como el recuerdo de su primer amor o hasta de la muerte de su madre; cual lastimera aflicción, pero esta vez sin esfuerzo alguno, desvanecióse la imagen de Yvonne.

Por la ventana, el Popocatépetl se erguía con su inmensa falda en parte oculta por tempestuosos nubarrones; su cima cubría el cielo, y se alzaba sobre la cabeza del Cónsul, y directamente en su base estaban la 'barranca' y 'El Farolito'. ¡Bajo el volcán! Por algo los antiguos situaron el Tártaro bajo el monte Etna, y en su interior al monstruo Tifeo con sus cien cabezas y sus ojos y voces —relativamente— temibles.

El Cónsul se volvió y llevó su copa a la puerta entornada. Una agonía de mercurocromo teñía el poniente. Miró hacia Parián. Allá, tras una parcela cubierta de hierba, extendíase la inevitable plaza con su jardincillo público. Hacia la izquierda, en la orilla de la 'barranca', dormía un soldado al pie de un árbol. Casi frente a él, a la derecha, en un declive, alzábase lo que a primera vista tenía el aspecto de un monasterio en ruinas o de una central eléctrica. Se trataba del cuartel almenado y gris de la Policía Militar que le había mencionado a Hugh como el supuesto cuartel general de la 'Unión Militar'. El edificio, que también incluía la prisión, lo observaba con un ojo amenazante por entre un arco colocado al frente de su baja fachada: un reloj marcaba las seis. A cada lado del portal, las ventanas enrejadas de las oficinas del 'Comisario de Policía' y de la 'Policía de Seguridad' miraban al sitio en que un grupo de soldados charlaban, echadas al hombro sus cornetas pendientes de cordones de brillante color verde. Otros soldados, con las polainas sueltas, daban traspiés durante su guardia. Bajo el portal, en la entrada del patio, un cabo trabajaba ante una mesa sobre la cual había una lámpara de petróleo apagada. El Cónsul sabía que estaba escribiendo algo en caligrafía inglesa, porque en su vacilante caminata hasta aquí —aunque no tan vacilante como antes en la plaza de Quauhnáhuac, si bien de cualquier modo escandalosa— estuvo a punto de caerle encima. Por entre los arcos el Cónsul distinguía, agrupadas en torno al patio, las mazmorras con barrotes de madera y aspecto de pocilgas. En el interior de una de ellas gesticulaba un hombre. Hacia la izquierda extendíanse por doquier chozas techadas de oscura paja y confundíanse con la espesura de la selva que por todos lados rodeaba al pueblo, encendido ahora con la luz lívida y monstruosa de la tempestad que se avecinaba.

Cuando regresó el Pocas Pulgas, el Cónsul fue al mostrador a recoger su cambio. Simulando no oír, el muchacho le sirvió más mezcal de la hermosa olla. Al tenderle la copa, volcó los palillos. Por el momento, el Cónsul no volvió a aludir al cambio. Sin embargo, mentalmente tomó nota para pedir la siguiente copa que costaba más de los cincuenta 'centavos' ya entregados. De esta manera se vio recuperando su dinero poco a poco. A pesar de lo absurdo, llegó a convencerse de que sólo por esto le era forzoso quedarse. Sabía que existía otra razón, aunque le era imposible precisarla cobraba conciencia de ello cada vez que la imagen de Yvonne tornaba a su mente. Parecía en verdad entonces como si tuviese que permanecer allí por ella, no porque Yvonne fuera a *seguirlo* hasta allí —no, ya se había marchado, al fin la había dejado irse; Hugh podría venir pero ella, nunca, no; esta vez era obvio que se iría y la mente del Cónsul no podía ir más allá de este punto— sino por alguna otra cosa. Sobre el mostrador vio su cambio del cual no habían deducido el precio del mezcal. Echóselo íntegro en el bolsillo y de nuevo se acercó a la puerta. Ahora se invertía la situación: el muchacho tendría que vigilarlo a *él*. Encontraba una lúgubre diversión imaginando en provecho del Pocas Pulgas —si bien consciente en parte de que el muchacho, enfrascado en la lectura, no lo observaba— que había asumido la expresión de aburrimiento característico de cierto tipo de borrachos, templados con dos copas servidas a crédito de mala gana, mirando fijamente ante la puerta de un salón vacío —expresión que simula estar esperando una ayuda, cualquier tipo de ayuda que viene en camino, amigos, cualquier tipo de amigos que andan al rescate. Para éstos la vida está a la vuelta de la esquina en forma de otra copa en una nueva cantina. Y sin embargo, no desea ninguna de estas cosas. Abandonado por sus amigos, como él los ha abandonado, sabe que nada, salvo la aplastante mirada del acreedor, se halla a la vuelta de la esquina. Ni tampoco se ha fortificado lo bastante para pedir más dinero prestado, ni para obtener más crédito; ni, de cualquier manera, tampoco le gustan las bebidas que sirven en la cantina de al lado. ¿Por qué estoy aquí? dice el silencio, ¿qué he hecho? repite el eco de la vacuidad, ¿por qué me he arruinado de esta manera deliberada? —dice, riendo entre dientes, el dinero de la gaveta, ¿cómo he podido caer tan bajo?, murmura la avenida, a todo lo cual la respuesta era... La plaza no le daba la respuesta. El pueblecillo, que le había parecido vacío, se llenaba a medida que caía la noche. A veces, algún oficial bigotudo pasaba contoneándose con paso denso y golpeando su fuete contra los guardapiernas. La gente regresaba de los cementerios, si bien la procesión tal vez tardaría aún un poco en pasar. Un pelotón de soldados harapientos marchaba en la plaza. Se escuchaba una fanfarria de cornetas. También los policías (aquellos que no estaban en huelga o los que habían simulado estar de servicio en las tumbas, o los delegados... tampoco era fácil establecer con nitidez la distinción entre policías y militares) habían llegado. Con alemanes fritos, sin duda. El cabo seguía escribiendo en su mesa; esto, por extraño que pareciese, le tranquilizaba. Pasaron rozándolo tres bebedores que entraron al 'Farolito', con sombreros adornados de borlas sobre la nuca, y pistoleras que les golpeaban contra los muslos. Llegaron dos pordioseros que se instalaron en su puesto a la salida de la cantina, bajo el cielo tempestuoso. Uno, sin piernas, se arrastraba en la tierra cual desdichada foca. Pero el otro, que hacía gala de una única pierna, manteníase en pie, rígido y altivo, apoyado en la pared de la 'cantina' como si estuviese esperando a que lo fusilaran. Luego este mendigo cojo se inclinó hacia adelante: dejó caer una moneda en la mano tendida del otro. Los ojos del primer mendigo estaban llenos de lágrimas. Después el Cónsul advirtió que a su extrema derecha, por el mismo sendero del bosque que él había tomado para venir, salían extraños animales semejantes a gansos, aunque grandes como camellos, y hombres sin piel ni cabeza, trepados sobre zancos, cuyas entrañas palpitantes se arrastraban por tierra. Cerró los ojos ante esta visión y cuando volvió a abrirlos, un hombre con aspecto de policía pasó llevando un caballo por la senda; era todo. Se rió, a pesar del policía, y luego calló. Porque veía que el rostro del mendigo apoyado en la pared se transformaba lentamente en el rostro de la señora Gregorio, y luego, a su vez, en el de su madre, en el que aparecía una expresión de infinita piedad y súplica.

Volviendo a cerrar los ojos, de pie, con la copa en una mano, pensó por un momento con glacial tranquilidad, indiferente y casi divertida en la horrible noche que inevitablemente le aguardaba, siguiese o no bebiendo mucho más, y en su cuarto cimbrándose con demoníacas orquestas, en las ráfagas de sueño aterrado y tumultuoso, interrumpido por voces que en realidad eran ladridos de perros, o por su propio nombre repetido sin cesar por imaginarios grupos que iban llegando, en los malévolos gritos, en el tañer de las guitarras, en los portazos, los golpes, la lucha con insolentes archidiablos, en el alud que derrumbaba la puerta, en los pinchazos desde debajo de la cama y, siempre afuera, en los gritos, los gemidos, la terrible música, las espinetas en la oscuridad; regresó a la cantina.

Diosdado, el Elefante, acababa de entrar por atrás. El Cónsul lo vio quitarse la chaqueta negra, colgarla en el armario y luego tentarse en el bolsillo de la camisa inmaculadamente blanca buscando una pipa que por él asomaba. Sacóla y comenzó a llenarla con el contenido de un paquete en el que se leía 'Tabaco Country Club de El Buen Tono'. El Cónsul se acordó ahora de su pipa: allí estaba, no cabía duda.

—'Sí, sí', *mister* —respondió inclinando la cabeza para oír la pregunta del Cónsul—. 'Claro'. No, mi pipa... este... no es inglesa. Es de Monterrey. Estaba usted... este borracho un día. ¿No, señor?

—'Cómo no' —dijo el Cónsul—. Dos veces al día.

—Estaba usted borracho tres veces al día —dijo Diosdado, y su mirada, el insulto y el alcance de su rebajamiento invadieron el alma del Cónsul—. Entonces va a regresar a los Estados Unidos —añadió mientras buscaba algo detrás del mostrador.

—¿Yo? No. ¿'Por qué'?

De pronto Diosdado dejó caer sobre el mostrador un grueso paquete de cartas atadas con una liga:

—...¿'es suyo'? —preguntó sin rodeos.

¿Dónde están las cartas Geoffrey Firmin las cartas las cartas que te escribió hasta que se rompió su corazón?

Aquí estaban las cartas, aquí y en ningún otro lado: éstas eran las cartas y el Cónsul lo supo en seguida sin tener que examinar los sobres. Al hablar no podía reconocer su propia voz:

—'Sí, señor, muchas gracias' —dijo.

—De nada, señor —Diosdado le volvió la espalda.

La rame inutile fatigue vainement une mer immobile.

Durante un minuto el Cónsul no pudo moverse. Ni siquiera hacer un ademán para acercarse a la copa. Luego, sobre el mostrador comenzó a dibujar de lado, en el licor que se había derramado, un minúsculo mapa de España. Diosdado regresó y lo observó con interés.

—España —dijo el Cónsul, y luego prosiguió—: ¿Usted es español, 'señor'?

—'Sí, sí señor, sí' —dijo Diosdado, observándolo, pero con nuevo tono de voz—. 'Español'. 'España'.

—Estas cartas que me dio ¿ve? son de mi esposa... mi 'esposa'. ¿'Claro?' Nos conocimos allá. En España. ¿La reconoce, su antigua patria? ¿Conoce Andalucía?

Esto de aquí arriba es el Guadalquivir. Detrás está la Sierra Morena. Aquí Almería. Estas —dijo, dibujándolas con un dedo— en el medio, son las montañas de Sierra Nevada. Aquí está Granada. Aquí fue. En este lugar nos conocimos —el Cónsul sonrió.

—Granada —dijo Diosdado de súbito con pronunciación diferente, más áspera que la del Cónsul. Observólo con mirada importante, suspicaz y escrutadora, y lo volvió a dejar solo. Luego se puso a hablar con un grupo en el otro lado de la cantina. Los rostros se volvían para contemplar al Cónsul.

Con las cartas de Yvonne, el Cónsul se llevó otra copa a un cuarto interior, uno de los cubículos de este rompecabezas chino. No los recordaba enmarcados con cristales opacos, como a los compartimentos de los cajeros en los bancos. En realidad no le sorprendió encontrar a la anciana tarasca que viera en el Bella Vista esa misma mañana. En el centro de la mesa redonda tenía un tequila rodeado por fichas de dominó. Su pollito picoteaba entre ellas. El Cónsul se preguntó si los dominós serían de ella, o bien si sólo le era indispensable tenerlos consigo dondequiera que fuese. Su bastón con el mango de garra colgaba de la mesa como si estuviera vivo. El Cónsul se le acercó, bebió la mitad del mezcal, quitóse las gafas y zafó la liga del paquete.

...«¿Te acuerdas de mañana?», leyó. No, pensó; las palabras se hundían en su mente como piedras... Era un hecho que estaba perdiendo contacto con la situación... Se hallaba separado de sí mismo, pero se percataba de ello claramente como si el impacto de recibir las cartas le hubiese despertado en cierto modo, si bien tan sólo, por decirlo así, para pasar de un estado de sonambulismo a otro; estaba borracho, estaba sobrio, estaba crudo: todo al mismo tiempo; eran pasadas las seis de la tarde, y, fuera por estar en el Farolito o por hallarse ante esta anciana en este cuarto cubierto de vidrio, donde ardía una luz eléctrica, le pareció haber regresado a la mañana: era casi como si fuese otra especie de borracho, en circunstancias diversas, en otro país, a quien le aconteciera algo muy diferente: era como alguien que se levanta, en la madrugada, medio idiotizado por el licor, murmurando: —¡Cristo, esto es lo que soy! ¡Qué asco! —para despedir a su mujer que sale temprano en un camión (aunque sea demasiado tarde) y sobre la mesa puesta para el desayuno encuentra una nota: «Perdóname por haberme puesto histérica anoche, aunque me hayas lastimado no puede disculparse explosión semejante, no olvides meter la botella de leche», bajo la cual puede leer, como si fuera casi una reflexión tardía: «Amor mío, no podemos seguir así, es demasiado horrible, me voy...» y, en vez de comprender del todo el significado de esto, recuerda de modo incongruente haberle contado al cantinero la noche anterior, después de muchos esfuerzos, cómo ardió la casa de alguien —y por qué le dijo en dónde vivía, ahora la policía puede averiguarlo... y por qué el cantinero se llama Sherlock ¡nombre inolvidable!— y tomándose una copa de oporto y un vaso de agua y tres aspirinas que le producen náuseas, se percata de que deben transcurrir todavía cinco horas antes de que abran las cantinas, para volver a la misma a presentar sus disculpas... Pero, ¿dónde puse mi cigarrillo?, ¿y por qué está mi copa bajo la tina de baño?, ¿y acaso lo que oí fue una explosión en algún lugar de la casa?

Y, encontrando sus ojos acusadores en otro espejo del cuartito, el Cónsul tuvo la impresión extraña y pasajera de que había salido de la cama para hacer esto, que se había levantado de un salto y ahora debía mascullar: —Coriolano ha muerto— o —Confusión, confusión, confusión— o —Creo que fue ¡Oh! ¡Oh!— o algo en verdad carente de sentido como —¡Cubos, cubos, millones de cubos en la sopa!— y que ahora volvería (aunque estaba sentado tranquilamente en 'El Farolito') a sumirse en las almohadas para observar, temblando con impotente terror ante sí mismo, las barbas y los ojos que se formaban en las cortinas, o llenar el espacio entre el ropero y el techo, y escuchar desde la calle los suaves pasos del policía eterno y fantasmagórico que la recorría...

«¿Te acuerdas de mañana? Es nuestro aniversario de bodas... No he recibido una sola letra tuya desde que me marché. ¡Dios mío!, es este silencio lo que me aterra.»

El Cónsul bebió un poco más de mezcal.

«Es este silencio lo que me aterra... este silencio...»

El Cónsul releyó varias veces esta frase, la misma frase, la misma carta, todas las letras, vanas como las que llegan al puerto a bordo de un barco y van dirigidas a alguien que quedó sepultado en el mar, y como tenía cierta dificultad para fijar la vista, las palabras se volvían borrosas, desarticuladas y su propio nombre le salía al encuentro; pero el mezcal había vuelto a ponerlo en contacto con su situación hasta el punto de que no necesitaba comprender significado alguno en las palabras, aparte de la abyecta confirmación de su propia perdición, de su propia ruina infructífera y egoísta, acaso acarreada al fin por él mismo, con su propio cerebro en angustiosa pausa ante esta prueba cruelmente omitida de las congojas que le había ocasionado a Yvonne.

«Es este silencio lo que me aterra. He imaginado que te ocurre todo género de desgracias, es como si te hallases lejos, en la guerra, y yo estuviese esperando, esperando noticias tuyas, la carta, el telegrama... pero ninguna guerra tendría semejante poder para helar así mi corazón y aterrarlo tanto. Te envío todo mi amor, todo mi corazón y todos mis pensamientos y mis oraciones.» Mientras bebía, el Cónsul advirtió que la vieja con las fichas de dominó trataba de atraer su atención, para lo cual abría la boca e indicaba hacia el interior con un dedo; luego se ponía a girar sutilmente en torno a la mesa para acercársele. «Sin duda debes haber pensado mucho en *nosotros*, en todo lo que construimos juntos, en el descuido con que destruimos la estructura y la belleza, pero sin embargo no destruimos el recuerdo de aquella belleza. Esto es lo que me ha obsesionado día y noche. Al mirar al pasado nos veo en cien lugares con cien sonrisas. Llego a una calle y allí te encuentro. De noche me deslizo en el lecho y allí me esperas. ¿Qué otra cosa hay en la vida aparte de la persona a quien se adora y la vida que puede construirse con ella? Por primera vez comprendo el significado del suicidio... ¡Dios! ¡Qué fútil y vacío es el mundo! Días llenos de momentos despreciables y empañados se suceden; con amargo ritmo rutinario se siguen una tras otra las noches inquietas asediadas por espectros: el sol brilla sin esplendor y la luna sale sin derramar sus rayos. Mi corazón sabe a ceniza y con el llanto y la fatiga se me anuda la garganta. ¿Qué es un alma perdida? Es la que se ha desviado de su verdadera senda y anda a tientas en la oscuridad de los caminos del recuerdo...»

La anciana le tiraba de la manga y el Cónsul —¿habría estado leyendo Yvonne las cartas de Abelardo y Eloísa?— estiró el brazo para tocar un timbre cuya presencia, cortés si bien violenta en estos extraños nichos minúsculos, nunca dejaba de impresionarle. Al cabo de un momento entró el Pocas Pulgas con una botella de tequila en una mano y otra de mezcal *Xicoténcatl* en la otra, y volvió a llevársela, después de llenarles las copas. Con la cabeza hizo el Cónsul una seña a la anciana, le indicó la copa de tequila, bebióse la mayor parte de su mezcal y siguió leyendo. No podía recordar si había pagado o no. «Oh, Geoffrey, ¡con cuánta amargura lo lamento ahora! ¿Por qué lo aplazamos? ¿Es demasiado tarde? Deseo tener hijos tuyos, pronto, ahora mismo, los quiero. Quiero que tu vida me llene y se mueva en mí. Quiero sentir tu felicidad bajo mi corazón y tu tristeza en mis ojos y tu paz en los dedos de mi mano...» Detúvose el Cónsul: ¿qué decía? Se restregó los ojos y se puso a buscar sus cigarrillos: ¡Alas!, la trágica palabra zumbó en el cuarto cual bala que le hubiese atravesado. Fumando prosiguió la lectura: ...«Estás caminando al borde de un abismo y no puedo seguirte. Me despierto y me hallo en una oscuridad en la que sin cesar debo seguir mis propios pasos, odiando al yo que eternamente me sigue y se me enfrenta. ¡Si pudiésemos resurgir de nuestra miseria, volvernos a buscar el uno al otro y encontrar de nuevo el solaz de nuestros labios y de nuestros ojos! ¿Quién ha de interponerse? ¿Quién puede impedirlo?»

El Cónsul se levantó —ciertamente, Yvonne había estado leyendo *algo*— hizo una reverencia a la vieja y salió al bar que, en su imaginación, se había estado llenando durante todo ese tiempo, pero que, en realidad, seguía casi desierto. Sí, por cierto, ¿quién habría de interponerse? Volvió a permanecer en la puerta, como antes en otras ocasiones, en la engañosa alborada de color violeta. ¿Quién, por cierto, podría impedirlo? Una vez más contempló la plaza. El mismo pelotón de harapientos parecía seguir atravesándola, como una película interrumpida que se repitiese. El cabo luchaba aún con su ejercicio de caligrafía bajo el portal, sólo que su lámpara estaba ya encendida. Oscurecía. Los policías no se dejaban ver por ningún lado. Aunque por la 'barranca', el mismo soldado dormía aún bajo un árbol; ¿o acaso no era un soldado, sino algo diferente? Volvió la mirada hacia otra parte. Negros nubarrones volvían a amontonarse y en lontananza se escuchaba el distante retumbar del trueno. Aspiró el aire asfixiante en el que flotaba una ligera insinuación de frescura. ¿Quién, claro, aun ahora, habría de interponerse?, pensó con desesperación. En ese mismo momento deseaba a Yvonne, quería tomarla entre los brazos, deseaba más que nunca ser perdonado y perdonar: ¿pero adónde ir? ¿En dónde la encontraría ahora? Toda una inverosímil familia de clase indefinida desfiló ante la puerta: a la cabeza, el abuelo corregía la hora en su reloj, atisbando el del cuartel que, casi invisible, seguía marcando las seis, luego la madre echándose el 'rebozo' sobre la cabeza, reía, acaso para burlarse de la probable tempestad (en lo alto de las montañas, dos deidades ebrias colocadas a gran distancia la una de la otra seguían empeñadas en violento partido de ping-pong interminablemente incierto, acompañando su juego con un gong birmano), el padre, aislado, sonreía orgulloso en actitud contemplativa, ora haciendo sonar los dedos, ora sacudiendo un grano de polvo de sus botas negras, limpias y relucientes. Dos hermosas criaturas de límpidos ojos negros caminaban entre ambos, asidas de la mano. De pronto, la mayor soltó la mano de su hermana y comenzó a dar una serie de cabriolas en el lozano césped. Todos reían. Al Cónsul le repugnaba verlos... Al fin se marcharon, ¡a Dios gracias! Angustiadamente, deseaba y no deseaba a Yvonne. —¿'Quiere María'? —murmuró una voz a su espalda.

Sólo vio de pronto las bien torneadas piernas de la muchacha que lo hacía caminar ahora por la sola fuerza opresiva de la carne adolorida, de la lujuria patética y temblorosa aunque brutal, por entre los cuartuchos con paneles de vidrio, que cada vez se empequeñecían y oscurecían más, hasta que llegaron junto al 'mingitorio' de los «Señores» (en cuya hedionda penumbra estalló un siniestro risoteo), en donde había tan sólo un anexo sin luz, no mayor que un armario, y en el cual, sentados, bebían o tramaban algo dos hombres cuyos rostros no pudo ver.

Luego se le ocurrió que alguna fuerza criminal y temeraria lo arrastraba y lo forzaba a hacer (en tanto que él seguía apasionadamente consciente de todas las posibles consecuencias y, en cierto modo, tan inocentemente inconsciente), sin precaución ni conciencia, lo que nunca podría deshacer ni desconocer, y que lo sacaba irresistiblemente al jardín —que, iluminado ahora con los relámpagos, le recordaba de modo extraño su propia casa y el Popo, adonde había pensado ir antes, sólo que este lugar era más macabro, el anverso de aquél—, le hacía pasar por la puerta abierta y luego entrar en el cuarto —uno de tantos que daban al 'patio'— en el que aumentaba la oscuridad.

Así pues, esto era todo, el último rechazo estúpido y antiprofiláctico. Todavía ahora podía impedirlo. No lo impediría. Sin embargo, tal vez sus familiares, o una de sus voces, tuviese un buen consejo que darle, miró en torno suyo para escuchar; *erectis pútibus*. No se dejó escuchar voz alguna. De repente se echó a reír: había sido muy listo al engañar a sus voces. No sabían que estaba aquí. El cuarto mismo, alumbrado por un único foco azul, no era sórdido: a primera vista era una habitación de estudiante. De hecho, se asemejaba mucho a su antiguo cuarto del colegio, sólo que éste era más amplio. Tenía las mismas puertas amplias y un librero en un lugar que resultaba familiar con un libro en el estante superior. En un rincón, incongruentemente, había un sable gigantesco. ¡Cachemira! Imaginó haber visto la palabra, que luego desapareció. Tal vez la había visto, porque el libro —por extraño que pareciese— era una historia española de la India Británica. La cama estaba en desorden, cubierta de pisadas y hasta de algo que parecían manchas de sangre, aunque también esta cama se asemejaba a un catre de estudiante. Notó junto a ella una botella de mezcal casi vacía. Pero el piso era de losas rojas y en cierto modo su fría e implacable lógica anulaba el horror: bebió el resto de la botella. Mientras la muchacha cerraba las puertas, le hablaba en extraño idioma, acaso en zapoteca y, luego vino hacia el Cónsul, que se percató de cuán joven y hermosa era. Al encenderse un relámpago se dibujó en la ventana la silueta de un rostro que por un momento pareció ser el de Yvonne. —¿Quieres María? —volvió a ofrecerse ella y, rodeando con sus brazos el cuello del Cónsul lo atrajo sobre la cama. También su cuerpo era el de Yvonne, sus piernas, sus pechos, su corazón que latía apasionado; a medida que los dedos del Cónsul recorrían el cuerpo de la muchacha, crujía la electricidad bajo sus caricias, aunque la ilusión sentimental se desvanecía, estaba hundiéndose en un mar, como si no hubiese estado allí, habíase convertido en el mar, en un horizonte desolado donde navegaba vertiginosamente un enorme barco negro, con el casco oculto deslizándose hacia el ocaso; o bien su cuerpo no era nada sino una mera abstracción, una calamidad, un diabólico aparato para producir sensaciones calamitosas y enfermizas; era el desastre, era el horror de despertarse por la mañana en Oaxaca vestido de pies a cabeza, a las tres y media de cada madrugada después de la partida de Yvonne; Oaxaca y la nocturna fuga del Hotel Francia que dormitaba, allí donde Yvonne y él habían sido felices, la huida del mismo cuarto barato que desde la altura veía hacia 'El Infierno', aquel otro 'Farolito', el horror de buscar la botella en la penumbra y no encontrarla, el buitre posado en la palangana; sus propios pasos, insonoros, el silencio sepulcral fuera de su cuarto, demasiado temprano para que se escucharan allá abajo en la cocina los aterradores sonidos y los chillidos y la matanza; el horror de bajar la escalera alfombrada hasta llegar al inmenso pozo oscuro del comedor desierto (antaño patio), el hundirse en el mullido desastre de la alfombra, sus pies que se sumían en la congoja cuando, llegado a la escalera, no estaba seguro de no hallarse en el descanso, y la puñalada de pánico y de horror de sí mismo al pensar en la ducha de agua fría allá atrás, a su izquierda, la misma que sólo una vez usara, pero una le había bastado; y el último acercamiento mudo, tembloroso y respetable, sus pies hundiéndose en la calamidad (y era esta calamidad la que él, con María, penetraba, la única cosa viva en él era este órgano maligno ardiente, hirviente, crucificado... ¡Dios!, ¿es posible sentir sufrimiento mayor que éste? De este sufrimiento debe nacer algo, y lo que nacería sería su propia muerte) porque ¡ah! qué semejantes son los gemidos del amor y los de la agonía; y sus pasos se hundían en su temblor, el frío temblor nauseabundo, y en el oscuro pozo del comedor con una luz mortecina a la vuelta flotando por encima del escritorio, y el reloj —demasiado temprano— y las cartas no escritas, impotente para escribir, y el calendario que eterno e impotente anunciaba su aniversario de bodas, y el sobrino del gerente dormido en el sofá, esperando salir a recibir el primer tren de México;

la oscuridad que, palpable, murmuraba, la soledad fría y dolorosa en el altisonante comedor, rígido con sus servilletas de color gris blancuzco muertas y dobladas, el peso del sufrimiento y la conciencia mayores (parecía) que el soportado por cualquier superviviente; la sed que no era sed, sino que, congoja y lujuria, era muerte: muerte y otra vez muerte y muerte la espera en el frío comedor del hotel, hablándose a sí mismo en voz baja, mientras aguardaba, puesto que 'El Infierno', aquel otro 'Farolito', no abría sino hasta las cuatro de la mañana y difícilmente podía uno esperar en la intemperie... (y esta calamidad en que ahora penetraba, era la calamidad, la calamidad de su propia vida, su esencia misma en la que ahora penetraba, en donde estaba penetrando, donde había penetrado)... aguardando el 'Infierno' cuya única lámpara de esperanza pronto brillaría allende las atarjeas descubiertas y, sobre la mesa, en el comedor del hotel, difícil de distinguir, una jarra de agua; llevar, tembloroso, tembloroso, la jarra de agua hasta sus labios, pero no lo bastante cerca, era demasiado pesada, como este peso de congoja —*no puedes beber de ella*—, sólo podía humedecer sus labios, y luego (debe haber sido Jesús quien me mandó esto, después de todo sólo El me seguía) la botella de vino tinto francés traída de Salina Cruz, que aún estaba allí en la mesa puesta para el desayuno, marcada con el número de cuarto de algún otro huésped, descorchada con dificultad y (cuidándose de que el sobrino no lo viese) asirla con ambas manos, y dejar que el bienaventurado licor escurriese por su garganta, sólo un poco, porque después de todo uno es inglés y responsable, y luego recostarse también en el sofá —su corazón un frío dolor, cálido en un costado— en fría concha temblorosa de palpitante soledad, sintiendo, no obstante, un poco más el vino, como si el pecho se llenase ahora de hirviente hielo, o como si un hierro al rojo vivo atravesara el pecho, pero de fríos efectos, porque la conciencia que vuelve a enfurecerse debajo y hace estallar nuestro corazón, arde tan fieramente con las llamas infernales, que un hierro candente resulta, en comparación, simple escalofrío, y el tic-tac del reloj, con su corazón que palpita como tambor cubierto por la nieve, y hace tic-tac y se estremece, el tiempo se estremece y se acerca al 'Infierno', haciendo tic-tac, y luego —¡la fuga!— poniendo sobre su cabeza la cobija que en secreto había bajado del cuarto del hotel, salir a hurtadillas pasando junto al sobrino del gerente —¡la fuga!— junto al mostrador del hotel, sin atreverse a mirar si hay cartas; «¡es este silencio lo que me aterra!» (¿puede estar allí? ¿soy yo? ¡Ay de ti!, miserable infeliz que te condueles de tus propias desgracias, viejo bribón) pasando junto —¡la fuga!— al velador indígena que duerme en el suelo y, apretando en el puño los pocos pesos que le quedan, con aspecto de indígena ahora, salir a la vieja ciudad amurallada y cubierta de adoquines, pasando junto —¡la fuga por el pasadizo secreto!— a las cloacas descubiertas en las tristes callejuelas y a los pocos faroles solitarios de mortecina luz, salir a la noche, al milagro de hallar todavía los ataúdes de las casas y las mojoneras, la fuga por las aceras resquebrajadas, gimiendo, gimiendo —y ¡qué semejantes son los gemidos del amor a los de la agonía!— y las casas tan silenciosas, tan frías antes del alba, hasta ver brillar, al volver la esquina, ya a salvo, la única lámpara de 'El Infierno', que tanto se asemejaba a 'El Farolito', y luego, sorprendido una vez más de haber podido llegar hasta allí, parado en aquel sitio, apoyado en la pared, con la cobija aún sobre su cabeza, hablar a los mendigos, a los obreros madrugadores, a las sucias prostitutas, a los padrotes, al desecho y basura de las calles y a lo más bajo de la tierra, pero que se hallaban, no obstante mucho más alto que él, bebiendo de la misma manera que él había bebido aquí, en 'El Farolito' contando mentiras, mintiendo —¡la fuga, siempre la fuga!— hasta el alba teñida de lila que debiera haber traído la muerte, y él también debiera haber muerto, ¿qué he hecho?

Los ojos del Cónsul se fijaron en un calendario que pendía sobre la cama. Al fin había llegado a la crisis, crisis sin posesión, casi —después de todo— sin placer, y lo que vio, bien pudiera ser (no estaba seguro de que lo fuera) un cuadro del Canadá. Bajo los rayos de un brillante plenilunio había un venado a orillas de un río donde remaban, en una canoa de abedul, un hombre y una mujer. Las hojas del calendario mostraban lo futuro, el mes siguiente, diciembre: ¿en dónde iba a estar entonces? En la penumbra azulosa llegó hasta a distinguir los nombres de los santos para cada día de diciembre, impresos bajo los números: Santa Natalia, Santa

Bibiana, S. Francisco Javier, S. Sabás, S. Nicolás de Bari, S. Ambrosio: con el trueno abrióse la puerta y el rostro de M. Laruelle se esfumó en el umbral.

En el 'mingitorio' un hedor como de mercaptano le aplicó amarillentas manos en el rostro y ahora, desde las paredes del urinario, sin haberlas invitado, volvió a oír sus voces que, silbantes, le gritaban y le aullaban estridentes: —¡Ahora sí que la hiciste, ya la hiciste en verdad, Geoffrey Firmin! Ahora ni nosotros podemos ayudarte ya... de todos modos, mejor sácale todo el provecho posible ahora, la noche es joven aún...

—¿Le gusta María? —la voz de un hombre (el Cónsul reconoció que pertenecía al que había reído entre dientes) surgió de la penumbra y, con rodillas temblorosas, el Cónsul miró a su derredor: lo que primero vio fueron desganados cartelones en las viscosas paredes iluminadas por una luz mortecina: *'Clínica Dr. Vigil, Enfermedades Secretas de Ambos Sexos, Vías Urinarias, Trastornos Sexuales, Debilidad Sexual, Derrames Nocturnos, Emisiones Prematuras, Espermatorrea, Impotencia. 666'.* Su versátil compañero de esta mañana y de la noche anterior habría podido informarle que no todo estaba perdido aún... por desgracia ahora ya estaría en camino hacia Guanajuato. Distinguió en un rincón, sentado y encorvado en la taza del excusado, a un hombre increíblemente mugroso cuyos pies, cubiertos por los pantalones, no alcanzaban a tocar el piso inmundo y cubierto de papeles sucios. —¿Le gusta María? —volvió a pujar—. Se la mandé. Yo soy su amigo —soltó un pedo—. Mi cuate inglés, siempre, siempre. —¿Qué hora? —preguntó tembloroso el Cónsul, al ver en el canal un escorpión muerto; después de un destello fosforescente, desapareció, o nunca estuvo allí—. ¿Qué hora es? —*Sick* —respondió el hombre—. *No it er oh half past sick by the cock.* —Quiere decir, las seis y media en punto. —'Sí señor'. *Half past sick by the cock.*

606.—Betabelga enchilaba, pitobel enchilado; componiéndose la ropa rióse el Cónsul lúgubremente por la contestación del padrote (¿o acaso era una especie de delator, en el sentido más estricto del vocablo?). Y quién era el que, antes, había dicho *half past tree by the cock.* ¿Cómo había podido averiguar este tipo que él era inglés?, preguntóse, mientras la risa del hombre lo seguía por los cuartos rodeados de cristales, en medio del bar que ya empezaba a llenarse, hasta llegar a la puerta. Tal vez trabajaba para la 'Unión Militar', y pasaba todo el día sentado, encorvado, en las letrinas de la Seguridad espiando la conversación de los prisioneros, mientras que el lenocinio sólo era tal vez su oficio complementario. Podría haber averiguado algo sobre María, si ella... pero no quería saberlo. Con todo, el hombre le había dado bien la hora. El reloj de la 'Comisaría de Policía', con forma de anillo y de imperfecta luminosidad, indicaba, como si acabase de moverse dando un salto, que eran poco más de las seis y media, y el Cónsul puso a tiempo su reloj que se atrasaba. Y ya era bastante la oscuridad. No obstante, el mismo pelotón harapiento parecía seguir cruzando la plaza. Sin embargo, el cabo había dejado de escribir. Enfrente de la prisión había un único centinela inmóvil. Una violenta luz recorrió de repente el portal que quedaba a su espalda. Más allá, junto a las celdas, mecíanse en la pared las sombras de la linterna de algún policía. Invadían la noche extraños rumores semejantes a los del sueño. El redoble de un tambor que resonó en algún lado fue una revolución, en la calle estalló el grito de alguien a quien asesinaban, unos frenos chirriaron en lontananza, un alma en pena. Sobre su cabeza flotaban las notas de una guitarra. En la distancia repicó frenética una campana. Relampagueó. *Half past sick by the cock.* En la Columbia Británica, en el Canadá, en el frío lago Pineo donde mucho ha su isla habíase convertido en selva de laurel y alcandía, fresas silvestres y acebo de Oregón, recordó la extraña creencia que tienen los indios de que un gallo canta ante el cuerpo de un ahogado. ¡Qué horrenda confirmación la de aquella noche hacía muchos años cuando, fungiendo como Cónsul de Lituania en Vernon, acompañó al grupo de salvamento en el bote, y el gallo salió de su marasmo para cantar siete veces con estridente grito! Al parecer, las cartas de dinamita no habían perturbado nada; remaban lúgubremente hacia la orilla en la bruma crepuscular, cuando vieron de pronto en el agua algo que sobresalía y que a primera vista les pareció un guante: la mano del lituano que se había ahogado. Columbia Británica, amable Siberia, que no era ni amable ni Siberia, sino inexplorado y tal vez inexplorable Paraíso, pudo haber sido una solución; regresar allá, para construir, si bien no en su isla, en algún otro lugar, una nueva vida con Yvonne. ¿Por qué no pensó en eso antes? ¿O por qué no lo había pensado Yvonne? ¿O acaso sería *eso* a lo que ella aludió esa misma tarde y que a medias captó la mente del Cónsul? Mi casita gris en el oeste. Parecíale haber pensado antes en ello a menudo en este preciso lugar en que ahora se hallaba. Pero cuando menos también ahora esto quedaba claro. No podía volver a Yvonne, aunque lo quisiese. La esperanza de una nueva vida en común, aunque se la volvieran a ofrecer milagrosamente, apenas podría sobrevivir en la árida atmósfera de un enajenado aplazamiento al que, amén de todo lo demás, debía someterse sólo por brutales razones higiénicas. Cierto, esas razones carecían por ahora de bases sólidas pero, por otro propósito que se le escapaba, debían permanecer inexpugnables. Ahora, todas las soluciones —incluso el perdón— tropezaban contra su enorme muralla china. Volvió a reír, sintiendo una extraña liberación, casi una sensación de logro. Su mente estaba despejada. También físicamente parecía sentirse mejor. Era como si hubiese sacado fuerzas de una última contaminación. Sentíase libre para devorar en paz lo que le quedaba de vida. Al mismo tiempo, cierta horrenda alegría se insinuaba en su estado de ánimo y, de modo extraordinario, cierta ingrávida maldad. Tenía conciencia de un deseo a la vez de completo olvido saciado y de una inocente travesura infantil. —¡Ay! —pareció quejarse una voz a su oído—. Mi pobre criatura, en realidad no sientes ninguna de estas cosas: sólo estás perdido, sin hogar.

Sobresaltóse. Ante sí, atado a una arbolillo que no había advertido antes a pesar de que se alzaba justo frente a la cantina al otro lado del sendero, pastaba un caballo en la hierba fresca. Algo familiar en el animal le hizo acercarse. Sí... tal como lo suponía. Ahora ya no cabía lugar a duda respecto al número siete marcado en la grupa ni respecto al labrado en el cuero de la silla. Era aquella cabalgadura, aquel caballo del indio al que primero vio cantando, montado sobre él cuando salía al mundo iluminado por los rayos del sol, y al que luego volvió a ver abandonado, agonizante junto a la carretera. Acarició al animal, que sacudió las orejas y siguió pastando imperturbable... tal vez no tan imperturbable; al estallar el trueno, el caballo, al que misteriosamente le habían vuelto a poner las alforjas, tembloroso lanzó un relincho adolorido. A pesar de lo cual, también misteriosamente aquellas alforjas ya no tintinearon. De modo espontáneo surgió en la mente del Cónsul una explicación de los acontecimientos de esa tarde. ¿Acaso no se habían mutado en un agente de policía todas aquellas abominaciones que había visto poco ha, en un agente de policía que traía un caballo en esta dirección? ¿Por qué no habría de ser aquél, este caballo? Habían sido aquellos vigilantes que se presentaron esta tarde en la carretera, y aquí en Parián, como se lo había dicho a Hugh, estaba su cuartel general. ¡Cómo disfrutaría Hugh todo esto si estuviese aquí! La policía, ¡ah!, la temible policía —o, mejor, no la verdadera policía, se corrigió— sino aquellos tipos de la 'Unión Militar' se hallaban en el fondo, de manera locamente complicada pero en el fondo, no obstante, de todo aquel asunto. De súbito tuvo la certeza. Como si de una correspondencia entre el mundo subnormal y el universo anormalmente delirante y sospechoso que hervía en su interior hubiese surgido la verdad, surgido, empero, como sombra que...

—¿'Qué hacéis aquí'?

—'Nada' —contestó sonriendo al hombre que tenía aspecto de sargento de la policía mexicana y acababa de arrebatarle la rienda—. Nada. 'Veo que la tierra anda; estoy esperando a que pase mi casa por aquí para meterme en ella' —logró expresarse en español con brillantez. Sobre el latón de las hebillas en el uniforme del sorprendido policía se reflejó la luz que emanaba de la puerta de 'El Farolito' y luego, mientras se daba la vuelta, en el cuero de su cinturón, de suerte que lo hizo lustroso como hoja de plátano y, por último, la reflejaron sus botas brillantes como plata antigua. El Cónsul se rió; bastaba sólo mirarlo para sentir que la humanidad estaba a punto de que la salvaran en seguida. Repitió el chiste mexicano, no tan bueno en inglés: *I learn that te world goes round, so I am waiting here for my house to pass by,* dando golpecillos en el brazo del policía que lo miraba sin expresión con la boca abierta de estupor, y le tendió la mano a la vez que le decía:

—'Amigo'.

El policía gruñó y con brusco ademán rechazó la mano del Cónsul. Luego, echándole miradas rápidas y sospechosas por encima del hombro, ató más seguramente el caballo al árbol. El Cónsul se dio cuenta de que en esas miradas rápidas había sin duda algo serio, algo que le conminaba a huir ante el peligro. Un poco resentido, recordó que de la misma forma lo había mirado Diosdado. Pero el Cónsul no se sintió preocupado ni con deseos de huir. Ni tampoco cambió de parecer al sentir que el policía lo empujaba a la 'cantina', tras la cual, a la luz del relámpago, apareció por un instante en el oriente la tempestad que embestía. Al trasponer el umbral de la puerta, precediéndolo, pensó el Cónsul que de hecho el policía trataba de ser cortés con él. Con ágil movimiento se hizo a un lado para invitar al agente a que pasara primero. —'Mi amigo' —repitió. El policía lo empujó y ambos fueron a un extremo de la barra que estaba vacío.

—'Americano, ¿eh?' —dijo ahora con firmeza este policía—. Espérese 'aquí'. ¿Comprende, 'señor'? —y se metió detrás de la barra para discutir con Diosdado.

En vano trató el Cónsul de introducir, en beneficio de su conducta, una cordial nota explicativa para el Elefante, que tenía un aspecto torvo, como si acabase de asesinar a otra de sus mujeres para curarle la neurastenia. Mientras tanto, el Pocas Pulgas, ocioso por el momento y con gesto de sorprendente claridad, deslizó un mezcal sobre el mostrador. De nuevo la gente se quedó mirándolo. Luego el policía volvió a enfrentársele desde el otro lado de la barra. —Dicen que tiene dificultades para cobrarle —dijo en su mal inglés—. Usted no pagó el whisky mexicano. No le pagó a la muchacha mexicana. Usted no tiene dinero, ¿eh?

—Zicker —dijo el Cónsul consciente de que su español, a pesar de un pasajero resurgimiento, había desaparecido virtualmente—. 'Sí'. 'Mucho dinero' —añadió poniendo un peso a disposición del Pocas Pulgas. Vio que el policía era un hombre apuesto, de cuello grueso, negro bigote arenoso, dientes brillantes y aires de fanfarronería más bien afectados. En este momento se le unió un hombre alto y esbelto, de rostro sombrío y recio, manos largas y hermosas, vestido con un traje de tweed de corte elegante. Mirando de vez en cuando al Cónsul, habló en voz baja con Diosdado y el policía. Este hombre, con rasgos castellanos de pura cepa, le parecía conocido y el Cónsul se preguntó en dónde lo había visto antes. Separándose de él, el policía se inclinó y apoyando los codos en la barra le habló al Cónsul. —Usted no tiene dinero ¿eh? y ahorita iba a volarse mi caballo —guiñó el ojo a Diosdado—. ¿Para qué quería escaparse con el caballo mexicano? Para no pagar dinero mexicano, ¿eh?

El Cónsul lo miró. —No. Decididamente no. Por supuesto que no iba a robarme su caballo. Simplemente lo estaba viendo, admirándolo.

—¿Para qué quería ver el caballo mexicano? ¿Para qué? —el policía se rió de repente, con auténtico júbilo, golpeándose los muslos; era evidente que se trataba de una buena persona y, sintiendo que el hielo se rompía, el Cónsul rió también. Pero obviamente el policía estaba también bastante borracho, así que resultaba difícil definir el sentido de su risa. En tanto que las caras de Diosdado y del hombre vestido de tweed seguían sombrías y ceñudas—. Dibuje el mapa de España —insistió el policía dominando al fin su risa—. ¿Conoce España?

—Comment non —dijo el Cónsul. Así pues, Diosdado le había contado lo del mapa, lo cual sin embargo era algo inocente, inocuo—. Oui. 'Es muy asombrosa' —no, no era Pernambuco: definitivamente no debía hablar portugués—. Jawohl. 'Correcto, señor' —concluyó—. Sí, conozco España.

—¿Dibujaste un mapa de España, cabrón bolchevique? ¿Eres miembro de las Brigadas Internacionales y estás armando líos?

—No —respondió el Cónsul con firmeza y cortesía, aunque algo agitado ahora—. 'Absolutamente no'.

—Ab-so-lu-ta-mente, ¿eh? —guiñando nuevamente un ojo a Diosdado, el policía imitó la actitud del Cónsul. Salió de detrás del mostrador para acomodarse de nuevo del otro lado, y trajo consigo al hombre lúgubre que no decía una sola palabra ni bebía, sino simplemente estaba allí, con su aspecto severo, como el del Elefante que, frente a ellos ahora, secaba con enojo unos vasos—. ¡Muy... —dijo, el policía arrastrando las sílabas, y—: ...bien! —añadió con tremendo énfasis a la vez que daba una fuerte palmada en la espalda del Cónsul—. ¡Muy bien! Vamos, mi amigo... —invitólo—. Bebe, bebe todo lo que quieras. Hemos estado buscándote —prosiguió con voz estentórea medio bromeando y con tono de borracho—. Asesinaste a un hombre y huiste por siete estados. Queríamos saber de ti. Descubrimos —¿así se dice?— que desertaste de tu barco en Veracruz. Dices que tienes dinero. ¿Cuánto traes?

El Cónsul sacó un billete arrugado y volvió a metérselo en el bolsillo. —Cincuenta pesos, ¿eh? Puede ser que eso no alcance. ¿Por quién estás? ¿Inglés? ¿Español? ¿Americano? ¿Alemán? ¿Ruso? ¿Eres de los S. S.? ¿Qué haces?

—*I no sipikker di Inglish... hey*, ¿cómo te llamas? —le preguntó a su espalda una voz estridente y, al volverse, el Cónsul vio otro policía vestido de manera muy semejante al primero, sólo que de menor estatura, quijadas robustas y diminutos ojos crueles plantados en un rostro cenizo, carnoso y recién afeitado. Aunque llevaba pistola al cinto le faltaban el índice y el pulgar derechos. Al hablar hizo un obsceno movimiento giratorio con las caderas y guiñó el ojo al primer policía y a Diosdado, aunque rehuyó la mirada del hombre vestido de tweed.—. 'Progresión al culo' —añadió (por razones que ignoraba el Cónsul) moviendo aún las caderas.

—Es el Jefe del Municipio —explicó cordialmente al Cónsul el primer policía—. Este quiere saber cómo te llamas.

—Trotsky —respondió, burlón, alguien desde el otro extremo del mostrador, y el Cónsul, consciente de su barba, se sonrojó.

—Blackstone —respondió solemnemente; y por cierto, preguntóse al aceptar otro mezcal, ¿acaso no había, vengativo, venido a vivir entre los indios? La única dificultad era que tenía mucho miedo de que estos indios resultaran también gente con ideas—. William Blackstone.

—¿De qué lado está usted? —gritó el policía gordo, cuyo nombre era algo así como Zuzugoitea—. ¿En favor de quién está? —y repitió el catecismo del primer policía al que parecía imitar en todo—: ¿Inglés? ¿Alemán?

El Cónsul negó con la cabeza: —No. Sólo William Blackstone.

—Eres Juden —preguntó el primer policía.

—No. Sólo Blackstone —repitió el Cónsul meneando la cabeza—. William Blackstone. Los judíos raras veces están muy 'borrachos'.

—Estás... este... 'borracho', ¿eh? —dijo el primer policía y todos se rieron... varios que evidentemente eran sus secuaces, habíanseles unido, aunque el Cónsul no podía distinguirlos con precisión, salvo, inflexible e indiferente, el hombre vestido de tweed—. Este es Jefe de Jardineros —siguió explicando el primer policía. Y en su tono de voz se advertía un temor reverente—. Yo también soy jefe. Soy el Jefe de Tribunas —añadió, pero casi pensativo, como si quisiera decir—: Soy sólo Jefe de Tribunas.

—Y yo... —comenzó a decir el Cónsul.

—Estoy 'perfectamente borracho' —terminó el primer policía, y todos volvieron a estallar en carcajadas, salvo el 'Jefe de Jardineros'.

—Y yo... —repitió el Cónsul, pero ¿qué decía? Y en realidad ¿quién era toda esta gente? Jefe de qué Tribunas, Jefe de qué Municipio; sobre todo, Jefe de qué Jardines? Con seguridad este tipo silencioso vestido de tweed, de aspecto también siniestro, aunque aparentemente era el único que no portaba armas entre los del grupo, no era el responsable exclusivo de todos aquellos jardincillos públicos. A pesar de lo cual, el Cónsul sintió la sombría presciencia que ya tenía respecto a los que invocaban estas pretensiones titulares. Asociábalos en su mente con el Inspector General del Estado y también, como le había dicho Hugh, con la 'Unión Militar'. Sin duda, los había visto aquí antes, en uno de los cuartos o en el bar, pero ciertamente no tan cerca como ahora. Sin embargo, tanta gente hacía llover sobre él preguntas a las que no podía contestar, que acabó por olvidar casi el significado de su presentimiento. Supuso, no obstante, que el respetado Jefe de Jardineros, a quien en este mismo momento lanzó una muda súplica de ayuda, debía estar «más arriba» que el mismo Inspector General. Por toda respuesta recibió una mirada más torva que nunca: al mismo tiempo recordó el Cónsul dónde lo había visto antes; el Jefe de Jardineros pudo haber sido su propia imagen, cuando esbelto, bronceado, serio, sin barba, en la encrucijada de su carrera, asumió el Viceconsulado de Granada. Traían innumerables tequilas y mezcales y el Cónsul bebía todo cuanto tenía a su alcance, sin considerar a quién pertenecía. —No es suficiente decir que estuvieron juntos en 'El Amor de los Amores' —oyó que repetía su propia voz, contestando tal vez alguna insistente pregunta relativa al incidente de esta tarde, si bien ignoraba por qué se la hacían—. Lo que importaba es cómo ocurrió todo. ¿Estaba borracho el 'peón'?... aunque tal vez no se trataba de un 'peón'. ¿O se cayó del caballo? Tal vez el ratero reconoció a un compañero de parranda que le debía una o dos copas...

El trueno gruñó afuera de 'El Farolito'. El Cónsul se sentó. Se trataba de una orden. Todo se volvía caótico. El bar estaba casi repleto. Algunos de los parroquianos, indios vestidos con ropas holgadas, venían de los cementerios. Había soldados andrajosos y entre ellos aquí y allá un oficial vestido con elegancia. En los cuartos de cristales distinguió cornetas y cordones verdes que se movían. Entraron varios danzantes que, cubiertos con largas túnicas negras rayadas de pintura luminosa, representaban esqueletos. A su espalda hallábase ahora de pie el Jefe del Municipio. También de pie estaba el Jefe de Tribunas, hablando a su derecha con el 'Jefe de Jardineros', cuyo nombre, según descubrió el Cónsul, era Fructuoso Sanabria. —¡Hola! ¿Qué tal'? —preguntó el Cónsul. Volviéndole en parte la espalda, había alguien sentado junto a él, que también le parecía conocido. Tenía aspecto de algún poeta amigo de sus años de escuela. Sobre su noble frente caían rubios cabellos. El Cónsul le ofreció una copa que el joven no sólo rehusó en español, sino que para hacerlo se puso de pie, moviendo una mano como para rechazar al Cónsul, y luego se retiró al otro extremo de la barra, con rostro iracundo, oculto en parte. El Cónsul se sintió herido. Volvió a lanzar una muda llamada de auxilio al Jefe de Jardineros: éste le respondió con una mirada implacable, casi definitiva. Por vez primera olfateó el Cónsul la tangibilidad de su peligro. Sabía que Sanabria y el primer policía discutían con suma hostilidad para decidir lo que harían con él. Luego los vio tratando de atraer la aten-ción del Jefe del Municipio. Los dos solos se abrieron paso detrás del bar para regresar a un teléfono que antes no había notado, y lo curioso de este teléfono era que parecía funcionar normalmente. El Jefe de Tribunas era el que hablaba: ceñudo, Sanabria permanecía a su lado y a todas luces daba instrucciones. Lo hacía sin apresurarse y, al darse cuenta de que la llamada —aparte del carácter que tenía— se refería a él, el Cónsul, con lento, ardiente y angustioso dolor, sintió una vez más cuán solo estaba, sintió que cuanto le rodeaba, a pesar de la multitud y del estrépito que aminoró un poco obedeciendo a un ademán de Sanabria, se extendía como el desierto de la gris marea del Atlántico que hacía un rato, cuando estaba con María, había surgido ante sus ojos en un conjuro sólo que en esta ocasión no había velas a la vista. El ambiente de malicia y liberación se había desvanecido por completo. Sabía que en parte había esperado todo el tiempo que Yvonne viniese a rescatarlo, y ahora estaba consciente de que era demasiado tarde, de que no vendría. ¡Ah, si Yvonne (aunque sólo fuera como una hija) que comprendería y lo confortaría, pudiese estar ahora a su lado! Aunque sólo fuera para llevarlo de la mano, para dirigir su borrachera rumbo a casa, entre campos de piedra, entre los bosques —sin interferir, claro está, con sus ocasionales tragos de la botella y ¡ah, cómo echaría de menos, por doquiera que fuese, aquellos ardientes sorbos solitarios que tal vez eran los momentos más felices de su vida!—, como había visto que los hijos de los indios llevaban a casa a sus padres los domingos. Instantánea, conscientemente, volvió a olvidar a Yvonne. Por su cabeza cruzó la idea de que quizás podría abandonar 'El Farolito' solo, sin ninguna ayuda, inadvertido y sin dificultad, porque el Jefe del Municipio seguía enfrascado en su conversación, mientras que los otros dos policías estaban vueltos de espalda, y sin embargo no se movió. En vez de ello, con los codos en el mostrador, hundió el rostro en las manos.

Con los ojos de la mente volvió a ver «Los Borrachones» aquella extraordinaria imagen colgada en la pared de Laruelle, sólo que ahora adquiría un aspecto un tanto distinto. ¿Acaso no tendría otro significado ese cuadro, carente de intención como su humorismo, más allá de lo simbólicamente obvio? Vio que aquellos personajes con aspecto de espíritus, aparentemente se volvían más libres, más separados, y sus nobles rostros característicos tornaban a ser más característicos, más nobles, mientras mayor era su ascenso hacia la luz; aquellos seres rubicundos que se semejaban a demonios amontonados, se volvían más parecidos entre sí, más juntos, más semejantes a un único demonio mientras mayor era su cercanía a las tinieblas. Tal vez esto no fuera tan ridículo. Cuando él había luchado por elevarse, como al principio de su existencia con Yvonne, ¿acaso los «rasgos» de la vida no habían parecido aclararse, animarse más, los amigos y enemigos volverse más identificables, los problemas especiales, las escenas, y con ellos el sentido de su propia realidad, más *separados* de sí mismo? ¿Y no resultó que, mientras más se hundía mayor era la tendencia de aquellos rasgos a disimularse, a obstruirse y resolverse, para a la larga, transformarse en algo apenas mejor que horrendas criaturas de su hipócrito yo interno y externo, o de su lucha, si la lucha existía aún? Sí, pero aunque lo hubiera deseado, anhelado, este mismo mundo material, por ilusorio que fuese, pudo haberse convertido en aliado para indicarle el buen camino. En este caso no habría habido recurrencia, por medio de voces irreales y engañosas y formas de disolución que cada vez se asemejaban más a una sola voz, a una muerte más muerta que la muerte misma, sino una infinita dilatación, una infinita evolución y extensión de límites, en que el espíritu era una entidad, perfecta e íntegra: ¡ah! ¿quién sabe por qué fue ofrecido al hombre —por acosada que fuese su suerte— el amor? Y sin embargo, tenía que enfrentarse a ello: había caído, caído, caído hasta... pero ahora mismo se percataba de no haber llegado enteramente hasta el fondo. Todavía no era el fin completo. Era como si su caída se hubiese detenido sobre un estrecho borde, borde desde el que no podía subir ni bajar, y sobre el cual yacía bañado en sangre y medio aturdido mientras que allá abajo, en las lejanas profundidades, aguardaba bostezando el abismo. Y mientras yacía sobre aquel borde lo rodeaban en delirio los fantasmas de sí mismo, los policías, Fructuoso Sanabria, aquel otro tipo que parecía poeta, los esqueletos luminosos, hasta el conejo de la esquina y las cenizas y escupitajos en el piso inmundo, porque, ¿acaso no todos y cada uno de ellos correspondían, en forma que no le era posible comprender (si bien la reconocía de modo confuso), a alguna facción de su ser? Y vio con imprecisión, cómo también la llegada de Yvonne, la serpiente en el jardín, su disputa con Laruelle y después con Hugh e Yvonne, la máquina infernal, el encuentro con la 'señora' Gregorio, el hallazgo de las cartas y muchas otras cosas más, cómo todos los acontecimientos del día habían sido sin duda como indiferentes matojos a los que se había asido sin convicción o como piedras que se habían aflojado en su caída y seguían lloviendo sobre su cabeza. El Cónsul

sacó el paquete azul de cigarrillos con alas impresas:
¡Alas! Volvió a levantar la cabeza; no, estaba donde
estaba y no tenía adónde huir. Y fue como si un perro
negro se le hubiese subido a la espalda para mantenerlo
en la silla.

El Jefe de Jardineros y el Jefe de Tribunas seguían
junto al teléfono, tal vez en espera del número correcto.
Quizás estaban llamando al Inspector General; pero,
¿suponiendo que hubieran olvidado al Cónsul... suponiendo que no estuviesen telefoneando sobre su caso?
Recordó las gafas oscuras que se había quitado para
leer las cartas de Yvonne, y al atravesar por su mente la
fatua idea de un disfraz, volvió a ponérselas. A su espalda, el Jefe del Municipio seguía absorto; ahora, una
vez más, podía marcharse. Con auxilio de sus gafas oscuras, ¿qué podía ser más sencillo? Podía marcharse...
sólo que necesitaba otra copa; la del estribo. Además, se
percató de que lo arrinconaba una sólida masa de gente
y, para empeorar las cosas, un hombre con un sombrero
negro y mugroso echado hacia atrás y cinturón de car-
tucheras colgándole sobre el pantalón, le asía con afecto
por el brazo; era el padrote, el espía del 'mingitorio'.
Encorvado casi en la misma postura que antes, aparentemente había estado hablándole durante los últimos cinco minutos.

—Mi amigo para mí —farfullaba en su mal inglés—.
Todos éstos, nada para ti, nada para mí. Todos estos
hombres... ¡nada para ti o para mí! Todos estos hombres son hijos de puta... ¡Seguro, tú, inglés! —asió con
mayor firmeza el brazo del Cónsul—. ¡Todo mí! Mexicanos: ¡todo tiempo inglés, mi amigo, mexicano! No me
importan los hijos de puta americanos: no son buenos
para ti ni para mí, mexicano todo tiempo, todo tiempo,
todo tiempo... ¿eh?

El Cónsul retiró el brazo, pero en seguida le asió
alguien más de nacionalidad incierta, bizco de borracho,
que tenía aspecto de marino. —Maldito inglés —afirmó
llanamente a la vez que giraba en su taburete—. Yo soy
del condado de Pope —vociferó con lentitud este desconocido metiendo el brazo bajo el del Cónsul—. ¿Qué
crees? Mozart fue el que escribió la Biblia. Estás aquí
para estar *aparte* allá. El hombre aquí en la tierra, será
igual, y que haya tranquilidad. Tranquilidad significa
paz. Paz en la tierra, de todos los hombres...

El Cónsul liberó su brazo. El padrote volvió a asirlo. Casi en busca de socorro, miró al derredor. El Jefe del Municipio seguía ocupado. En el bar, el Jefe de Tribunas volvía a telefonear; Sanabria permanecía a su lado, dándole instrucciones. Engarzado en la silla del padrote, otro hombre al que el Cónsul creyó norteamericano miraba de soslayo por encima de su hombro como si estuviese esperando a alguien, y decía, si bien a nadie en especial: —¡Winchester! Carajo, eso es otra cosa. No me digan. ¡Eso es! El Cisne Negro está en Winchester. Me capturaron en el sector alemán del campo y en el mismo lado del lugar en que me capturaron había una escuela para niñas. Una maestra de escuela. Me la pegó. Y se la regalo a ustedes. Téngala.

—¡Ah! —dijo el padrote asido aún del brazo del Cónsul. Hablaba por encima de la cabeza de éste, y volviéndose en parte al marino—. Mi amigo... ¿Qué te pasa? Te he estado buscando todo el tiempo. Mi inglés, todo el tiempo, todo el tiempo, seguro, seguro. Con perdón. Este hombre está diciéndome mi amigo para ti todo el tiempo. ¿Te gusta? Este tipo tiene chorros de lana. Este hombre... bueno o malo, seguro. Mexicano mi amigo o inglés. Cabrón americano hijo de puta para ti o para mí o para cualquier *tiempo*.

El Cónsul bebía inextricablemente con estos macabros personajes de los que no podía deshacerse. Cuando, en esta ocasión, miró en torno suyo, encontró los ojos minúsculos y crueles del Jefe del Municipio que lo observaban. Renunció a tratar de comprender lo que decía el marino analfabeto, que parecía más equívoco aún que el soplón. Consultó su reloj: seguían siendo las siete menos cuarto. También el tiempo, intoxicado de mezcal, volvía a fluir circularmente sobre sí mismo. Sintiendo que los ojos del señor Zuzugoitea seguían clavados en su cuello, sacó de nuevo y con ademán importante, defensivo, las cartas de Yvonne. Con las gafas oscuras puestas, Dios sabe por qué, le parecían más claras.

—Y lo que del hombre es *aparte* aquí, hará que el señor esté con nosotros todo el tiempo —bramó el marino—, ésa es mi religión resumida en unas cuantas palabras. Mozart fue el hombre que escribió la Biblia. Mozart escribió el antiguo testimonio. Concrétate a eso y te sentirás bien. Mozart era abogado.

...«Sin ti estoy desechada, amputada. Soy una proscrita, una sombra de mí misma...

—Me llamo Weber. Me capturaron en Flandes. Más o menos podrían dudar de mis palabras. ¡Pero si me capturaran ahora!... cuando llegaron los de Alabama pasamos con talones alados. No hacemos preguntas a nadie, porque allí no corremos. ¡Cristo! si los quieren, anden, captúrenlos. Pero si quieren Alabama, aquel montón —el Cónsul levantó la vista; Weber cantaba—. *Sólo soy un ca-campesino*. No sé nada —hizo un saludo militar a su imagen reflejada en el espejo—. Soldat de la Légion Etrangère.

«Allí encontré cierta gente de la que debo hablarte, porque tal vez al presentarla ante nuestros ojos como una plegaria de absolución, el recuerdo de ellos pueda fortalecernos una vez más para alimentar la llama que nunca podrá apagarse, pero que arde ahora mortecina.»

—...Sí, señor. Mozart era abogado. Y no me siga discutiendo. Bebo a lo que es aparte de Dios. ¡Me pondría a discutir mis incomprensibles argumentos!

—...de la Légion Etrangère. Vous n'avez pas de nation. La France est votre mère. A cuarenta kilómetros de Tánger, con bastante estrépito. El Ordenanza del Capitán Dupont. Era un tejano hijo de puta. Nunca diré su nombre. Ocurrió en el Fuerte Adamant.

—...¡Mar Cantábrico!...

...«Naciste para andar en la luz. Si sacas la cabeza fuera del candor celeste forcejeas en un elemento extraño. Crees estar perdido, pero no es así, porque los espíritus de la luz te ayudarán y te levantarán a pesar de ti mismo, aun a pesar de toda la oposición que les presentes. ¿Te parezco loca? A veces creo estarlo. Posesiónate de la inmensa fuerza dentro de tu alma, devuélveme a la cordura que me abandonó cuando me olvidaste, cuando me mandaste lejos, cuando dirigiste tus pasos hacia un camino diferente, sendero desconocido que has recorrido solo...»

—Demolió allí los torreones de aquella fortaleza subterránea. Quinto escuadrón de la Legión Extranjera Francesa. Lo condecoraron con la Gran Aguila. Soldat de la Légion Etrangère —Weber volvió a hacer ante su imagen el saludo militar y golpeó los talones—. El sol seca los labios y se parten. ¡Por Cristo qué vergüenza! Los caballos se alejan dando coces en el polvo. Me sublevé. También a ellos les tocó.

...«Tal vez soy el ser más solitario de la creación. No hallo en la bebida el espíritu de compañerismo que encuentras tú, por poco satisfactorio que sea. Mi desdicha está prisionera en mi interior. Solían clamar pidiéndome ayuda. La súplica que hoy te hago es mucho más desesperada. Ayúdame, sí, sálvame de todo cuanto me envuelve que, amenazador y tembloroso, está a punto de derrumbarse sobre mi cabeza.»

—...hombre que escribió la Biblia. Tiene que profundizar mucho para saber que Mozart escribió la Biblia. Pero te diré, no puedes pensar como yo. Mi mente es algo terrible —decía el marino al Cónsul—. Y te deseo lo mismo. Deseo que te vaya bien. Sólo que yo, al Diablo —añadió y, víctima de repentina desesperación, se levantó y salió haciendo eses.

—Los americanos no son buenos para mí, no. Los americanos no son buenos para el mexicano. Esos burros, esos hombres —dijo el padrote en actitud contemplativa mirando primero al Cónsul y luego al legionario que examinaba una pistola en la palma de su mano como si se tratara de una brillante joya—. Todo yo hombre mexicano. Todo el tiempo, hombre inglés, mi amigo mexicano —haciendo una seña, llamó al Pocas Pulgas y, ordenando más copas, indicó que el Cónsul pagaría—. No me importa el hijo de puta americano, no es bueno para ti ni para mí. Mi mexicano, todo el tiempo, todo el tiempo, todo el *tiempo*, ¿eh? —declaró.

—¿'Quiere usted la salvación de México'? —interrogó de pronto una radio colocada en algún lugar detrás del bar—. ¿'Quiere usted que Cristo sea nuestro Rey'? —y el Cónsul vio que el jefe de Tribunas había 'dejado de telefonear, aunque seguía en el mismo sitio con el Jefe de Jardineros.

—No.

...«Geoffrey, ¿por qué no me contestas? Sólo puedo creer que no has recibido mis cartas. He hecho a un lado todo mi orgullo para rogarte que me perdones, para ofrecerte mi perdón. No puedo creer, me resisto a creer que hayas dejado de amarme, que me hayas olvidado. ¿O es acaso porque piensas erróneamente que estoy mejor sin ti, que te estás sacrificando para que yo halle la felicidad con otro? Amor mío, cariño, ¿no te das cuenta de que eso es imposible? Podemos darnos el uno al otro tanto más de lo que pueden darse los demás, podemos volvernos a casar, podremos construir proyectándonos hacia el futuro...»

...—Eres mi amigo para siempre. Yo pago por ti y por mí y por éste. Este hombre es mi amigo y amigo de éste —y el padrote dio una calamitosa palmada en la espalda del Cónsul, que en ese momento tomaba un largo sorbo de su copa—. ¿Lo quieres?

...«Y si ya no me amas ni deseas que regrese a tu lado, ¿no quieres escribirme y decírmelo? Este silencio es lo que me mata, la incertidumbre que surge de este silencio y se posesiona de mis fuerzas y de mi espíritu. Escríbeme y dime que la vida que llevas es la que quieres, que eres feliz o desgraciado, que estás satisfecho o inquieto. Si has perdido la noción de mi existencia, háblame del tiempo, de la gente que conocemos, de las calles que recorres, de la altura... ¿En dónde estás, Geoffrey? Ni siquiera sé dónde estás. ¡Oh! todo esto es demasiado cruel. Me pregunto adónde hemos llegado. ¿En qué lugar lejano seguimos caminando asidos de la mano?...»

Levantándose por encima del clamor, la voz del soplón se diferenció... Babel, pensó el Cónsul, la confusión de lenguas, y volvió a recordar (a la vez que reconocía la lejana voz del marino, que ahora volvía a hablar) el viaje a Cholula: —¿Tú me lo dices o yo te lo digo? Japón no es bueno para los Estados Unidos, para América... 'No bueno'. Mexicano, 'diez y ocho'. Todo el tiempo los mexicanos van a la guerra por los Estados Unidos. Seguro, seguro, sí... Echame un cigarro. Dame un cerillo. Yo mexicano, voy a la guerra por Inglaterra todo el tiempo...

...«¿En dónde estás, Geoffrey? Si sólo supiera dónde estás, si sólo supiera que aún me amas, hace mucho que estaría contigo. Porque mi vida está unida irrevocablemente y para siempre a la tuya. No vayas a pensar nunca que por dejarme vas a quedar libre. De esta manera sólo nos condenarías a un último infierno sobre la tierra. Sólo liberarías algo que nos destruiría a ambos. Tengo miedo, Geoffrey. ¿Por qué no me dices qué ha ocurrido? ¿Qué necesitas? Y ¡Dios mío! ¿qué esperas? ¿Qué liberación puede compararse a la del amor? Mis muslos arden en deseos de estrecharte. El vacío de mi cuerpo no es sino el hambre que siento de ti. Mi lengua está seca en mi boca por la sed de *nuestras* palabras. Si dejas que algo te ocurra, dañarás mi carne y mi mente. Ahora estoy en tus manos. Salva...»

—Los mexicanos trabajan, los ingleses trabajan, los mexicanos trabajan, seguro, los franceses trabajan. ¿Para qué hablar inglés? Yo soy mexicano. A los mexicanos los ven en Estados Unidos como negros... ¿comprende?... Detroit, Houston, Dallas...

—¿Quiere usted la salvación de México? ¿Quiere usted que Cristo sea nuestro Rey?

—No.

Mientras metía las cartas en su bolsillo, el Cónsul alzó la vista. Alguien, que estaba cerca de él, rasgaba con estrépito las cuerdas de un violín. Un viejo mexicano, desdentado y de barba rala y alambrada al que desde atrás alentaba irónicamente el Jefe del Municipio, tocaba casi a oídos del Cónsul el «Star Spangled Banner». Pero también le decía algo en secreto, en pésimo inglés: —¿'Americano'? Este es lugar peligroso para usted. Estos 'hombres' son 'malos'. 'Cacos'. Mala gente la de aquí. 'Brutos'. 'No bueno' for *aniy-one*. 'Comprendo'. Soy alfarero —continuó, apremiante, con el rostro cercano al del Cónsul—. Lo llevo a mi casa. Lo espero allá afuera —el anciano, tocando aún con frenesí, aunque bastante desentonado, se marchó y la multitud le abría paso, pero el lugar que dejó vacío entre el Cónsul y el padrote, vino a ocuparlo una anciana que, si bien respetablemente vestida con un bello 'rebozo' echado sobre los hombros, se comportaba de manera inquietante y no cesaba de meter la mano en el bolsillo del Cónsul, el cual, con igual inquietud, se la retiraba, creyendo que quería robarlo. Luego se dio cuenta de que también ella deseaba ayudarle. —No es bueno para usted —murmuró—. Mal lugar. 'Muy malo'. Estos no son amigos de los mexicanos —con la cabeza indicó el mostrador en donde seguían el Jefe de Tribunas y Sanabria—. Estos no son de la 'policía'. Son 'diablos'. Asesinos. Ese mató diez viejos. Ese otro mató a veinte 'viejos' —echó una mirada nerviosa a su espalda para ver si el Jefe del Municipio la observaba y luego sacó de debajo del rebozo un esqueleto de juguete. Lo puso sobre el mostrador ante el Pocas Pulgas que, mirándolo intensamente, masticaba un féretro de mazapán—. 'Vámonos' —susurró al oído del

Cónsul, mientras que el esqueleto, al que le había dado cuerda, bailaba dando saltos antes de desplomarse fláccidamente. Pero el Cónsul sólo levantó su copa. —'Gracias, buena amiga' —dijo sin expresión. Luego la vieja desapareció. Mientras tanto, la conversación en derredor del Cónsul se volvió más absurda y desenfrenada. Del otro lado, allí donde había estado el marino, el padrote manoseaba al Cónsul. Diosdado servía 'ochas', alcohol puro en humeante infusión de hierbas: de las piezas guarnecidas de vidrios salía también el punzante olor de la marihuana. —Todos estos tipos y viejas me dicen este hombre mi amigo suyo. '¡Ah!, me gusta gusta gusta'... *You like me like?* Yo pago por este hombre todo el *tiempo* —el padrote rechazó al legionario, que estaba a punto de ofrecer una copa al Cónsul—. ¡Yo, amigo del hombre de Inglaterra! ¡Yo para todo mexicano! Los americanos no son buenos para mí. Estos burros, estos hombres. No saben nada. Yo pago todas tus copas. Tú no eres americano. Eres inglés. O.K. ¿Lumbre para tu pipa?

—'No, gracias' —dijo el Cónsul, prendiéndola y mirando con intención a Diosdado, del bolsillo de cuya camisa volvía a sobresalir su otra pipa—. Da el caso que soy americano y que me están hartando sus insultos.

—¿'Quiere usted la salvación de México'? ¿'Quiere que Cristo sea nuestro Rey'?

—No.

—Estos burros. Cabrón hijo de puta para mí.

—One, two, tree, four, five, twelve, sixee, seven... it's a long, longy, longy, longy... way to Tipperaire.

—Noch ein habanero...

—...Bolchevisten...

—Buenas tardes, señores —saludó el Cónsul al Jefe de Jardineros y al Jefe de Tribunas, que volvían del teléfono.

Estaban junto a él. Pronto volvieron a decirse entre ellos cosas absurdas, sin razón adecuada: le parecía contestar preguntas que, a pesar de que no se las hubieran hecho, flotaban, no obstante, en el ambiente. Y en cuanto a algunas respuestas que otros daban, al volverse, no encontraba a nadie. Lentamente, el bar se vaciaba para la cena; y sin embargo, un puñado de misteriosos desconocidos ya habían entrado a ocupar el lugar de los demás. Ninguna idea de fuga afloraba ya en la mente del Cónsul. Tanto su voluntad como el tiempo que, desde la última vez que tuvo conciencia de él, no había avanzado cinco minutos, estaban paralizados. El Cónsul vio a alguien a quien reconoció: el chófer del camión de esa tarde. Había llegado a ese estado de ebriedad en que el estrechar las manos de todos se convierte en una necesidad. También el Cónsul se encontró saludando al chófer. —¿Dónde están sus palomas? —le preguntó. De pronto, obedeciendo a una señal de Sanabria, el Jefe de Tribunas metió las manos en los bolsillos del Cónsul. —Es hora de pagar por su whisky mexicano —dijo en voz alta, sacando la cartera del Cónsul a la vez que guiñaba un ojo a Diosdado. El Jefe del Municipio repitió su obsceno movimiento giratorio con las caderas. —'Progresión al culo...' —comenzó a decir. El Jefe de Tribunas había sustraído el paquete de Cartas de Yvonne: lo miró de reojo sin quitar la liga que había puesto nuevamente el Cónsul. —'Chingao, cabrón' —con la mirada interrogó a Sanabria que, silencioso y severo, volvió a hacer una seña con la cabeza. Del bolsillo de la americana del Cónsul el Jefe extrajo otro papel y una tarjeta que el Cónsul ignoraba llevar consigo. Las cabezas de los tres policías se juntaron por encima del mostrador para leer el papel. Desconcertado ahora, el Cónsul leía también el papel:

Daily... Londres Prensa. Campaña antisemita prensamex solicitud... fabricantes textiles comillas... alemana respalda... al interior ¿Qué era esto? *...noticias... judíos país creencia... poder fines escrúpulos comillas stop Firmin.*

—No. Blackstone —dijo el Cónsul.

—¿Cómo se llama'? Su nombre es Firmin. Aquí lo dice: Firmin. Dice que es judío.

—Me importa un demonio que diga lo que diga. Me llamo Blackstone y no soy periodista. De veras, soy 'escritor', sólo que de asuntos económicos —concluyó el Cónsul.

—¿Dónde están tus papeles? ¿Por qué no tienes papeles? —preguntó el Jefe de Tribunas mientras guardaba en su bolsillo el cable de Hugh—. ¿Dónde está tu pasaporte? ¿Por qué necesitas disimular?

El Cónsul se quitó las gafas oscuras. Sin pronunciar una sola palabra, el Jefe de Jardineros le presentó, con ademán sarcástico entre índice y pulgar la tarjeta: *Federación Anarquista Ibérica*, decía, *Sr. Hugo Firmin.*

—'No comprendo' —el Cónsul tomó la tarjeta y le dio vuelta—. Me llamo Blakstone. Soy escritor, no anarquista.

—¿Escritor? ¡Anticrista! ¡Sí, cabrón, anticrista! —el Jefe de Tribunas le arrebató la tarjeta y la guardó en su bolsillo—. Y judío —añadió. Quitó la liga de las cartas de Yvonne y humedeciéndose el pulgar miró de soslayo los sobres—. 'Chingar'. ¿Para qué cuentas mentiras? —dijo casi con conmiseración—. 'Cabrón'. ¿Para qué dices mentiras? También aquí dice que te llamas Firmin —parecióle al Cónsul que Weber, el legionario, que seguía en el bar, lo miraba con expresión vagamente perpleja, aunque luego volvió la mirada hacia otro lado. El Jefe del Municipio contempló el reloj del Cónsul que ahora tenía en su mano mutilada mientras que con la otra se rascaba con furia entre los muslos. —Aquí, 'oiga' —el Jefe de Tribunas sacó un billete de diez pesos de la cartera del Cónsul, lo arrugó y luego lo aventó sobre el mostrador—. 'Chingao' —haciendo guiños a Diosdado se volvió a guardar la cartera con los demás objetos del Cónsul. Luego, Sanabria le habló por primera vez.

—Me temo que tendrá que ir a la cárcel —dijo simplemente en inglés. Volvió al teléfono.

El Jefe del Municipio hizo girar las caderas y asió al Cónsul de un brazo. El Cónsul gritó en español a Diosdado y, sacudiéndose, logró zafarse. Llegó a agarrar el mostrador, pero Diosdado, dándole un golpe hizo que lo soltara. El Pocas Pulgas se puso a ladrar. De la esquina provino un ruido que sobresaltó a todos: tal vez eran Yvonne y Hugh, ¡al fin! Volvióse el Cónsul con rapidez, libre aún del Jefe: pero no era sino la fisonomía enigmática sobre el piso del bar, el conejo que, presa de convulsiones nerviosas, temblando de pies a cabeza, arrugaba la nariz y arrastraba las patas en actitud reprobadora. El Cónsul alcanzó a ver a la anciana del rebozo: leal, no se había marchado. Lo miraba y movía la cabeza, fruncía el ceño con tristeza y el Cónsul se percató entonces de que era la misma anciana de los dominós.

—¿Para qué mientes? —repitió el Jefe de Tribunas con voz amenazadora—. Dices que tu nombre es Black. No es Black —lo hizo retroceder a empujones hacia la puerta—. Dices que eres escritor —volvió a empujarlo—. Tú no eres escritor —lo empujó con mayor violencia pero el Cónsul no cedió—. No eres escritor, eres espiador y en México matamos a los escorpías —algunos militares presenciaban la escena con inquietud. Los recién llegados se dividían en grupos. Dos perros callejeros correteaban en torno al mostrador. Aterrada, una mujer apretó contra su cuerpo a su hijo—. No eres escritor —el Jefe lo asió de la garganta—. Eres Al Capón. Eres un 'chingao' judío —sacudiéndose, volvió a soltarse el Cónsul—. Eres un escorpía.

Como Sanabria de nuevo había acabado de hablar por teléfono, la radio, que Diosdado había puesto a todo volumen, gritó de pronto en español (y el Cónsul tradujo para sí instantáneamente), igual que las órdenes que se gritan en medio de una tempestad, las únicas que pueden salvar el barco: —Incalculables son los beneficios que la civilización nos ha traído, inconmensurable el poder productivo de todo género de riquezas originadas por los inventos y descubrimientos de la ciencia. Inconcebibles las maravillosas creaciones del sexo humano para lograr que los hombres sean más felices, más libres y más perfectos. Sin par las fuentes cristalinas y fecundas de la nueva vida que siguen cerradas a los labios sedientos de la gente que sigue con sus tareas atroces y bestiales.

De repente el Cónsul creyó ver un enorme gallo que ante sus ojos agitaba las alas, arañando y cacareando. Levantó las manos y el gallo defecó sobre su rostro. El Cónsul dio un golpe directo en medio de los ojos al 'Jefe de Jardineros' que regresaba. —¡Devuélvame esas cartas! —oyó que gritaba su propia voz al Jefe de Tribunas, pero la radio ahogó su voz y luego un trueno ahogó la voz de la radio—. Montón de sifilíticos, montón de gonococos. Ustedes mataron a ese indio. Trataron de matarlo y de hacerlo pasar por accidente —rugió—. Todos tomaron parte. Luego, otros de ustedes llegaron y se robaron su caballo. Devuélvanme mis papeles.

—Papeles. ¡'Cabrón'! No tienes papeles —enderezándose, el Cónsul vio que la expresión del Jefe de Tribunas adoptaba rasgos de M. Laruelle, y la golpeó. Luego vio su propia imagen en el Jefe de Jardineros y golpeó aquel rostro; después, en el Jefe del Municipio, vio al policía al que Hugh se había abstenido de golpear esa tarde, y también golpeó aquel rostro. El reloj de afuera dio siete rápidas campanadas. El gallo agitó las alas ante sus ojos, cegándolo. El Jefe de Tribunas lo tomó por la chaqueta. Alguien más lo asió por detrás. A pesar de sus esfuerzos, lo arrastraron hacia la puerta. El joven rubio, que había regresado, los ayudó a empujarlo; y Diosdado, que saltó pesadamente por encima del mostrador; y el Pocas Pulgas que le pateaba con saña las espinillas. El Cónsul asió un 'machete' de una mesa cercana a la entrada y lo blandió con ferocidad. —¡Devuélvanme esas cartas! —gritó—. ¿En dónde estaba ese cabrón de gallo? Le iba a tronchar la cabeza. Dando traspiés y caminando hacia atrás llegó al camino. Los que ponían sus mesas cubiertas de 'gaseosas' al abrigo de la tempestad, se detuvieron para contemplar la escena. Los pordioseros volvieron la cabeza con torpe movimiento. El centinela del cuartel permanecía inmóvil. El Cónsul ignoraba estar diciendo: —sólo los pobres, sólo mediante Dios, sólo la gente en la que uno se limpia los pies, los pobres de espíritu, los ancianos que llevan a cuestas a sus padres, y los filósofos que gimen en el polvo, América, tal vez; Don Quijote... —seguía blandiendo el machete (en realidad era el sable, pensó, que había visto en el cuarto de María)— si sólo dejaras de inmiscuirte, dejaras de caminar dormido, dejaras de acostarte con mi esposa, sólo los mendigos y los malditos —el machete cayó produciendo un ruido metálico. El Cónsul sintió que tropezaba, que se desplomaba de espaldas hasta caer en un montoncillo de pasto—. Ustedes robaron ese caballo —repitió.

El Jefe de Tribunas lo miraba desde lo alto. Sanabria estaba junto a él, silencioso, sobándose la mejilla con macabro ademán. —¿Norteamericano, eh? —dijo el Jefe—. Inglés. Judío —entrecerró los ojos—. ¿Qué carajo andas haciendo por estos rumbos? Eres un 'pelado', ¿eh? No es bueno para tu salud. Me he echado al pico a veinte tipos —dijo con tono mitad amenazante, mitad secreto—. Hemos averiguado... en el teléfono... ¿verdad?... que tú eres un criminal. ¿Quieres ser policía? Te hago policía en México.

Tambaleante, el Cónsul se puso en pie con lentitud. Alcanzó a ver el caballo atado a corta distancia. Sólo que ahora lo veía con mayor nitidez y como un todo, electrificado: en el hocico una reata el pomo de madera pulida detrás de cuya cinta pendían las alforjas, las esterillas bajo la cincha, la llaga y el brillo lustroso en el anca, el número siete marcado en la grupa, el clavo que, detrás de la hebilla de la montura, brillaba como topacio a la luz de la 'cantina'. Tambaleante, se acercó al caballo.

—A purito balazo te voy a abrir de pies a cabeza, 'chingao' judío —amenazó el Jefe de Tribunas agarrándolo del cuello, mientras que, a su lado, el Jefe de Jardineros asentía solemne con la cabeza. El Cónsul se volvió a zafar de una sacudida, y comenzó a tirar desaforadamente de la brida del caballo. El Jefe de Tribunas se hizo a un lado con la mano puesta sobre su pistolera. Sacó su revólver. Con la mano desocupada hizo señales a los posibles curiosos para que se alejaran—. A purito balazo te voy a destripar de pies a cabeza, cabrón pelado —dijo.

—No, en su lugar yo no haría eso —dijo el Cónsul tranquilamente mientras se volvía—. Es una Colt 17, ¿verdad? Tira muchas virutas de acero.

El Jefe de Jardineros empujó al Cónsul fuera del alcance de la luz, dio dos pasos adelante y disparó. El relámpago brilló como una oruga geómetra que bajase por el cielo y, tambaleándose, el Cónsul vio por un momento sobre su cabeza la silueta del Popocatépetl empenachado de nieve color esmeralda y bañado de luz. El Jefe volvió a disparar dos veces y las detonaciones fueron espaciadas, deliberadas. El trueno estalló en las montañas y luego muy cerca. Libre ya, el caballo se encabritó; sacudiendo la cabeza, dio media vuelta y relinchando se precipitó en el bosque.

Al principio el Cónsul sintió un extraño alivio. Ahora se percataba de que habían disparado sobre él. Cayó sobre una rodilla y luego, gimiendo, boca abajo, cuan largo era sobre la hierba. —Dios —observó, perplejo— ¡qué manera de morir!

Una campana proclamó:

...¡Dolente... dolore!

Lloviznaba. Sobre su cabeza rondaban formas que le asían de la mano, tal vez tratando de robarle aún lo que llevaba en los bolsillos, o quizás deseosos de ayudarlo, o simplemente curiosas. Sentía que la vida se le escapaba por la herida como un hígado rebanado, y que se esparcía en la frescura de la hierba. Estaba solo.

¿Dónde estaban todos? ¿O acaso no había ido nadie? Luego un rostro brilló en la penumbra, una máscara compasiva. Era el anciano violinista que se agachaba sobre él. —Compañero... —empezó a decir. Y luego desapareció.

Luego la palabra «pelado» invadió toda su conciencia. Era la palabra con que Hugh describió al ratero: ahora alguien le había lanzado ese mismo insulto. Y fue como si, por un momento, se hubiera convertido en el 'pelado', en el ladrón... sí, en el ratero de confusas ideas desprovistas de significado de las que había surgido su rechazo de la vida, el ratero que había llevado dos o tres sombreros, sus disfraces, por encima de estas abstracciones: ahora la más real de todas ellas se hallaba cerca. Pero también, alguien le había llamado «compañero», lo cual era mejor, mucho mejor. Eso lo hacía feliz. Acompañaba a estos pensamientos que iban a la deriva por su mente una música que sólo podía escuchar si oía con atención. ¿Era Mozart, por casualidad? La Siciliana. Final del cuarteto en re menor por Moses. No, era algo fúnebre, tal vez Gluck, de *Alceste*. Sin embargo, había en aquella música algo que recordaba a Bach. ¿Bach? Un clavicémbalo que se oía desde muy lejos, en Inglaterra, en el siglo diecisiete. Inglaterra. Las cuerdas de una guitarra, también, alejándose un poco, se mezclaban al lejano clamor de una cascada y a lo que sonaba como los jadeos del amor.

Estaba en Cachemira, lo sabía y se hallaba recostado en las praderas cerca de un arroyo que serpeaba entre violetas y tréboles, el Himalaya allá a lo lejos, por lo que resultaba tanto más sorprendente que estuviese a punto de iniciar el ascenso del Popocatépetl en compañía de Hugh e Yvonne. Ya ellos le llevaban alguna delantera. —¿Puedes cortar bugambilias? —oyó que decía la voz de Hugh, y: —Cuidado —respondió Yvonne—, tiene espinas y debes mirar con cuidado para asegurarte de que no tiene escorpiones. —Nosotros, en México, matamos a los escorpías —masculló otra voz. Y con esto, desaparecieron Hugh e Yvonne. Sospechaba que no sólo habían ascendido al Popocatépetl sino que ahora se encontraban mucho más allá. Solitario, caminaba el Cónsul con dificultad recorriendo afanoso las laderas, en el rumbo de Amecameca. Con gafas ventiladas para nieve, con *alpenstock*, guantes y gorro de lana calado hasta las orejas, con puñados de ciruelas, pasas y nueces, con un frasco lleno de arroz que sobresalía de una de las bolsas de su saco, y la información del Hotel Fausto, que se asomaba por la otra, sentíase abrumado por el peso. No podía seguir adelante. Exhausto, desvalido, se desplomaba. Nadie le ayudaría, aunque pudieran hacerlo. Ahora era él quien quería morir a orillas del camino, en donde ningún buen samaritano se detendría. Aunque resultaba sorprendente que resonara en sus oídos ese estallido de risas, de voces: ¡Ah!, al fin lo rescataban. Encontrábase en una ambulancia que aullaba al atravesar por la selva, precipitándose cuesta arriba, dejando atrás los límites de la vegetación, rumbo a la cúspide —¡y ciertamente era éste un medio de llegar hasta allí!— en tanto que aquéllas que le rodeaban eran voces amistosas: la de Jacques y la de Vigil harían concesiones, tranquilizarían a Yvonne y a Hugh en cuanto a él se refería. —'No se puede vivir sin amar' —dirían, lo cual explicaría todo, y lo repitió en voz alta. ¿Cómo pudo haber juzgado con tanta dureza al mundo, cuando el auxilio estuvo al alcance de la mano todo el tiempo? Y ahora había llegado a la cumbre. ¡Ah, Yvonne, amor mío, perdóname! Potentes manos lo alzaban. Abriendo los ojos, miró hacia abajo, esperando hallar a sus pies la espléndida selva, las cumbres, el 'Pico de Orizaba', la Malinche, el 'Cofre de Perote', semejantes a aquellas cimas de su vida, conquistadas una tras otra, antes de lograr con éxito este supremo ascenso, si bien de modo poco convencional. Pero no había nada: ni cumbres ni vida ni ascenso. Ni tampoco era ésta su cúspide, una cúspide exactamente: no tenía sustancia, no tenía bases firmes. También esto, fuera lo que fuese, se desmoronaba, se desplomaba mientras que él caía, caía en el interior del volcán, después de todo debió haberlo ascendido, si bien ahora había ese ruido de lava insinuante que crepitaba en sus oídos horrísonamente, era una erupción, aunque no, no era el volcán, era el mundo mismo lo que estallaba, estallaba en negros chorros de ciudades lanzadas al espacio, con él, que caía en medio de todo, en el incontenible estrépito de un millón de tanques, en medio de las llamas en que ardía un millón de cadáveres, caía en un bosque, caía...

De pronto, gritó y fue como si este grito fuera proyectado de árbol en árbol, como si sus ecos regresasen y, luego, como si los árboles se cerraran sobre su cabeza, apiñados, se cerrasen sobre su cuerpo, compadecidos...

Alguien tiró tras él un perro muerto en la barranca.

¿LE GUSTA ESTE JARDIN QUE
ES SUYO?
¡EVITE QUE SUS HIJOS LO DESTRUYAN!

$600=